Stephen Hunter
DIE GEJAGTEN

Stephen Hunter

DIE GEJAGTEN

Roman

Aus dem Amerikanischen von
Bernhard Josef

List Verlag
München · Leipzig

Die Originalausgabe erschien 1994
unter dem Titel *»Dirty White Boys«*
bei Random House, New York

ISBN 3-471-79310-0

Satz: Franzis-Druck GmbH, München
Druck und Bindung: Wiener Verlag, Himberg

Den fünf Freunden,
die da waren, als ich sie brauchte:
Mike Hill, Bob Lopez, Lenne Miller,
Weyman Swagger, Steven Wigler

»Es gibt im Kern der Strafrechtslehre ein Paradoxon, auf das die tausend Übel und Leiden des Vollzugssystems zurückgehen. Es besteht darin, daß nicht allein die schlechtesten Jugendlichen ins Gefängnis kommen, sondern auch die besten – das heißt die stolzesten, die mutigsten, die kühnsten, die risikofreudigsten und ungeschlagensten der Armen. Dort beginnt das Grauen.«

– Norman Mailer im Vorwort zu *Mitteilungen aus der Hölle* von Jack Henry Abbot

»No one knows what it's like to be the bad man.«
– Peter Townsend, *Behind Blue Eyes*

KAPITEL 1

Es gab in der Staatlichen Justizvollzugsanstalt McAlester in Oklahoma zwar drei Männer mit einem größeren Penis als Lamar Pyes, aber die waren schwarz und zählten damit seiner Ansicht nach nicht. Er hatte den größten, den man hier je an einem Weißen gesehen hatte, und das war auch in jedem anderen der Zuchthäuser so, in denen er einen Großteil seines Erwachsenenlebens verbracht hatte. Sein Glied war ein Monster, eine Schlange, ein Ding mit strickartigen Venen, das eher nach einem Gummischlauch aussah als nach dem, was es war.

In der Hitparade der Schwulen hier war Lamar deswegen die Nummer eins, aber sie waren gescheit genug, ihm aus dem Weg zu gehen; sie durften nur von ihm träumen. Lamar selbst war kein Schwuler, obwohl er es schon mal einem von hinten besorgte, wenn er gerade Lust hatte. Er war nicht der Puppenjunge einer der Scheichs hier, war weder Mieze noch Miststück, weder Tunte noch Spitzel; die Anmut seiner knappen Bewegungen signalisierte eine einfache Botschaft: Wichs mich an, und dein Leben ist futsch.

Es half natürlich, daß Daddy Cool die Hand über ihn hielt; da Lamar den speziellen Zauber der Macht des kugelnarbigen Bikerkings, Boß der Dirty White Boys im »Mac«, genoß und seinen eigenen Ruf als Menschenschlächter pflegte, machte ihn hier so gut wie keiner an, und das galt für Knackis wie Schließer. Und wenn es ganz hart zur Sache ging, war sein wuchtiger Cousin Odell zur Stelle, um ihm den Rücken zu stärken. Aber im Grunde war sich Lamar selbst genug. Unter den Dirty White Boys war er der Prinz.

Es war vier Uhr nachmittags, ein Tag wie jeder andere in der tristen Geschichte von Oklahomas härtestem Knast. Im Quartier der Schließer, zwei Sicherheitsstufen über dem D-Block, machte Lamar die Dusche an und stellte sich unter den harten Strahl, der ihm auf die geschwollenen Muskeln trommelte und den Schweiß mit sich fortspülte. Das hier war der Höhepunkt von Lamars Tag; als dienstältester »Lebenslänglicher« hatte er sich das Recht auf ein, zwei private Momente in der Dusche der Schließer kurz vor dem Einschluß erworben. Für ihn war das wie eine Million Dollar auf der Bank, und er wußte, die Million war für ihn nicht drin. Dafür hatte er eben ein schönes neues Stück Markenseife ausgepackt, statt das flüssige grüne Desinfektionsmittel zu nehmen, das der normale Knacki zum Duschen bekam.

Lamar Pye war achtunddreißig und hatte eine wüste, dichte Mähne auf dem Kopf, die er für gewöhnlich zum Zopf oder Pferdeschwanz gebunden trug. Trotz seines freundlichen und offenen Gesichts und der warmen Augen über der arg ramponierten Nase standen ein FUCK und ein YOU! auf den Knöcheln seiner Fäuste geschrieben und auf dem linken Unterarm ein BORN TO FETZ, alles in den krakeligen, zittrigen blauen Buchstaben eines Knast-Tätowierers. Auf dem rechten Unterarm trug Lamar einen ebenso wackelig gezeichneten Dolch, der zur Hälfte ins Fleisch gerammt war. Eine Kette roter Tröpfchen wand sich aus der Wunde. Auf dem linken Handgelenk hieß es unter einem primitiven, aber effektvollen Schädel SCHATTEN DES TODES. Unter dem Handgelenk seiner Rechten stand DER WEISSE BLITZ, und der halb verblichene blaue Rattenschwanz darunter stellte diesen Blitz dar. Lamar wußte selbst nicht mehr, wie er dazu gekommen war. Er mußte wohl besoffen gewesen sein oder bekifft. Als er im Crabtree-Staatsgefängnis in Helena zwei Jahre für vorsätzliche Körperverletzung abzureißen hatte, wachte er eines Morgens auf, und das Ding war einfach da. Total verrückt.

So wie das Wasser gegen die geschwollenen Muskeln schoß, fühlte es sich gut an, vor allem wegen des Kontrasts zwischen dem zischenden Dampf und dem Gefühl, langsam abzukühlen. Zweihundert Curls mit der Dreißig-Kilo-Hantel, zweihundert Kniebeugen mit hundert Kilo über der Schulter, eine halbe Ewigkeit an der Brustmaschine bei hundert Kilo, bis er aufgepumpt war wie ein Reifen an einem heißen Tag. Das Wasser traf ihn und ließ die Luft aus den Muskeln – Mann, war das ein geiles Gefühl!

Durch den zischenden Dampf betrachtete er seine Brust. Sein Brustkorb war breit und nicht besonders behaart: Er bot ihm unendlich viele Möglichkeiten. Die Welt stand Lamar offen. Er könnte sich drauf machen lassen, was ihm gefiel.

Richard hatte ihn darauf gebracht. Richard hatte als Neuer eine solche Scheißangst vor den anderen gehabt, daß er in der ersten Woche nicht einmal das Maul aufmachte; Lamar hatte ihn zuerst etwas triezen wollen, bevor er ihn bumsen und bei Rodney Smalls'

Niggern gegen Zigaretten eintauschen würde, aber der verdammte Kerl war ein solcher Schwächling, daß es einfach keinen Spaß gemacht hätte. Er saß immer nur da, mit einem Bleistift und einer Art Block, und seine Hand flog übers Papier, als würde alles verschwinden, wenn er sich nur ordentlich konzentrierte. Oder er las komische kleine Bücher ohne Bilder, in denen er wie ein Wahnsinniger Passagen unterstrich. Trotzdem, beim Hofgang folgte er Lamar auf dem Fuß wie ein Hund.

»Verflucht noch mal, Kleiner«, hatte Lamar schließlich gesagt, »was machst du da eigentlich für 'nen Scheiß?«

So direkt angesprochen schien Richard sich aufzulösen. Sein aufgedunsenes Gesicht wurde ganz blaß. Er zitterte wie ein Blättchen im Sturm. Dann sagte er: »Kunst.«

»Was soll 'n das sein?« fragte Lamar.

»Na Kunst«, sagte Richard. »Du weißt doch. Kunst. Bilder. Was die Imagination eben so eingibt.«

»Red doch keinen solchen Scheiß!« sagte Lamar. Jetzt hatte er wirklich Lust, dem Kerl weh zu tun. Wenn er was nicht abkonnte, dann daß ihm einer ein Wort über den Schädel zog. *Magination.* So ein Krampf! Trotzdem bückte er sich, merkwürdig neugierig geworden, und sah sich an, was Richard da zusammengekritzelt hatte.

Verdammt noch mal – das war Lamar! Lamar wie er leibte und lebte: furchterregend wie ein Löwe und selbst völlig furchtlos, aber hier sah er aus wie ein Wikingerprinz. Unter einem eisigen Mond. Lamar, ein mächtiges Schwert in der Hand, bereit, seine Feinde zu Tausenden hinzuschlachten. Das Bild war ihm irgendwie unheimlich, als wäre es eine Art Zauberei. Irgendwo tief in sich spürte Lamar eine kleine Regung.

»Scheiße«, sagte er, »das stimmt ja nicht gerade. Ich bin ein ›Lebenslänglicher‹, verdammt noch mal, ein Knacki-Arschficker. Verfluchte Scheiße, ich bin nun wirklich kein Held.«

»Ich … Ich habe nur gezeichnet, was mir in den Kopf kam«, sagte Richard. »Tu mir nichts. Bitte.«

»Ach«, sagte Lamar ratlos und wandte sich wieder seinem *Penthouse* zu.

Aber das Bild hatte irgend etwas in ihm ausgelöst. Es ging ihm bis in die Träume nach, verdrängte für eine Weile sogar die Fotos der Blondinen, die ihm in den Wichsvorlagen Nacht für Nacht ihre rosigen Ärsche hinhielten, bis er sich abgegeilt hatte. Diesen Abend wurde es damit nichts. Tags darauf mußte Richard ihm das Bild noch mal zeigen, ebenso am nächsten und dann noch mal. Eine weitere Woche überlegte er, dann begann er zu träumen.

»Weißt du, das Bild.«

»Ja«, sagte Richard.

»Könntest du noch eins machen? So, wie ich's dir sage. Brauchst es ja nicht im Kopf zu haben, oder was. Ich könnt's dir ja verdammt noch mal einfach sagen. Kannst du das?«

»Hm, ja, ich nehme an. Ich meine, natürlich.«

»Hm«, machte Lamar und dachte scharf nach. »Weißt du, worauf ich wirklich stehe, das sind Löwen. Aber nicht so 'n Löwe im Dschungel, sondern einer auf einer Burg. Verstehst du. Und dazu eine Schnalle, blond, mit richtig großen Titten. Und, na ja, irgendwie müßte sie auf den Löwen stehen. Ich meine, nicht wie auf ein Haustier – wie auf einen Kerl. Also, nicht daß du denkst, ich will was, wo der Löwe es ihr besorgt oder so, aber er könnt's ihr besorgen. Wenn er wollte.«

»Ah, ich glaube, ich weiß, worauf du hinauswillst. Er ist, ich will mal sagen, der Archetyp einer gewissen aggressiven maskulinen Kraft.«

»Was?«

»Ah, ich meine ...«

»Er ist 'n *Löwe*, und zwar 'n Löwe mit 'ner Schnalle. Und sie hat Titten. Und alles ist schon lang her. Alles klar?«

»Ja, Sir.«

Richard machte sich an die Arbeit. Tagelang kauerte er in der Ecke und kritzelte wie ein Besessener vor sich hin. Fluchend warf er einen Entwurf nach dem anderen weg. Er ging sogar in die Gefängnisbibliothek und holte sich Bücher mit Löwen. Und dann endlich ...

»Lamar? Hast du's dir in etwa so vorgestellt?«

Er hielt ihm eine Zeichnung entgegen. Der Löwe war ein Gott, die Frau eine Schlampe mit riesigem Busen, die Brustwarzen straff wie gespannte Bogensehnen. Das Tier war der Herr, sie war die Sklavin.

»Verdammt«, sagte Lamar. »Nun schau sich einer das an! Mann, als hättest du's aus meinem Kopf! Verdammt, das ist ja vielleicht 'n Ding! Nur, paß auf, wär's nicht besser, wenn der Löwe größer wär? Und vielleicht die Titten von der Kleinen nicht ganz so groß? Ich mein, die hier sind zu groß. Die sehen nicht *echt* aus. Es soll aber *echt* aussehen. Aber die Burg find ich gut.«

Richard nahm die Kritik wie ein Mann und brachte eine weitere Woche mit Überarbeiten zu. Als er seine endgültige Version einreichte, war Lamar sichtlich zufrieden.

»Gottverdammt, Richard. Also ich bin da ja vielleicht nicht ganz neutral, aber du hast Talent. Paß auf, sagen wir mal, ich hätt gern, daß du noch was andres probierst. Weißt du, so andres Zeug, was ich in meinem Kopf habe, könntest du das?«

»Das könnte ich sicher«, sagte Richard.

»Verfluchte Scheiße, das ist ja 'n Ding. Du malst mir, was ich dir sage. Und wenn du's machst, kümmre ich mich um dich. Kapiert?«

»Ja, Sir«, sagte Richard, und die Sache war geritzt.

Wieso ihm das so viel gab? Er wußte es nicht. Aber so war's nun mal, und es war eine bis dahin unbekannte Quelle der Freude für ihn. Egal, was er sich einfallen ließ, Richard zauberte es auf Papier. Lamar freute sich wie ein Kind. Er lebte geradezu auf, sonnte sich in den Freuden seiner wohlgeordneten Welt. Alle fürchteten ihn. Wenn ihm danach war, konnte er so gut wie jeden der Weißen hier bumsen und die Hälfte der Nigger dazu. Er hatte Prozente an drei Drogenringen, darunter ein Methamphetaminlabor im Caddo County, das jede Woche ein halbes Kilo Speed in den Knast schleuste. Er sorgte dafür, daß sein Cousin Odell so glücklich war, wie der arme Junge nur sein konnte. Er hatte in Richard seinen Haus- und Hofmaler. Er war ein wohlhabender Mann.

Aber dann bewegte sich etwas vor ihm im Dampf, und alles änderte sich; schlagartig war alles dahin.

Erschrocken hob Lamar den Kopf. Kein Schwanz hatte hier was zu suchen! Er zahlte Harry Funt, dem Schließer, vier Stangen Zigaretten die Woche, nur damit der dafür sorgte, daß ihn hier keiner störte.

»Wer ist da, verfluchte Scheiße?« bellte Lamar.

Eine mächtige schwarze Gestalt tauchte aus dem Dampf vor ihm auf, splitternackt, mit schimmernden Muskelbergen, genau wie Lamar.

»Verfluchte Scheiße, Junior, hier hat keiner was verloren! Ich hab mir die Zeit gekauft, verflucht noch mal, und anständig dafür bezahlt.«

Junior Jefferson brachte hundertachtzig Kilo auf die Waage, und nackt sah sein gewaltiger Körper aus wie von der Kinoleinwand geholt, so wie er glänzte. Dazu hatte er einen so gottverdammt merkwürdigen Blick. Lamar schmeckte das gar nicht. Sofort wurden seine wilden Instinkte wach. Junior war als Vergewaltiger und Kinderficker bekannt und vielleicht der einzige im D-Block, der keine Angst vor Lamar und seinem monströsen Cousin hatte.

»Du kennst die verdammten Regeln, Junior«, sagte Lamar und wich gerade mal ein Stückchen zurück. »Das hier gehört mir, ich hab's bezahlt. Bei Harry Funt. So sind die Regeln, verflucht noch mal.«

»Auf deine Regeln ist geschissen«, sagte Junior, griff dabei nach seinem Schwanz und zeigte ihn Lamar. Er war steif wie eine Latte und merkwürdig blau.

»Mir ist nach 'nem Fick mit was Weißem«, sagte Junior. »Nach 'nem weißen Arschloch wie deinem.«

»Bleib mir bloß vom Leib, du Drecksnigger! Unsere Gangs haben Waffenstillstand, und du brichst ihn gerade nach Strich und Faden.«

»Dein Cousin, die dumme Sau, ist Daddy Cool dumm gekommen, also hat der deinen Arsch an Rodney Smalls verhökert, und der hat dich mir gegeben. Darfst für 'nen Monat Nigger ranlassen.«

Lamar wußte auf der Stelle, daß das gut möglich war. Dieser Odell! Dumm geboren und nichts dazugelernt! Dem gingen nicht bloß Gaumen und Lippe ab, dem fehlte gottverdammt noch mal ein Stück Keks! Aber wenn er Daddy dumm gekommen war, hatte es keinen Sinn, ihn zu disziplinieren, denn er war schlicht und ergreifend zu blöd, um zu wissen, was gut für ihn war; schlimmer noch, er machte sich nicht mal einen Begriff davon, was Angst überhaupt war. Odell zu bestrafen wäre damit sinnlos; also hatte Daddy sich wohl entschlossen, sich an Lamar zu halten, und der sah die schreckliche Gerechtigkeit durchaus ein: Als Verwandter trug er die Verantwortung für seinen Cousin.

»Du bringst da was durcheinander, Nigger. An mein Arschloch kommt mir keiner ran. Ich steck ihn schon mal in eins rein, aber ranlassen tu ich keinen.«

»Ich hab extra um dich gebeten«, sagte Junior, »weil du so 'n Hübscher bist.«

Lamar hatte mal mit angesehen, wie Junior im Hof des D-Blocks eine Tunte umbrachte, indem er sie an der Wand zerdrückte. Ein Spitzel, der es nicht anders verdient hatte, sicher; aber so – Junior rammte die Tunte gegen die Wand, hielt ihr Gesicht vor seinen gewaltigen Bauch und die riesige Brust und schob. Die Tunte schlug quiekend um sich, aber in zwei Minuten war alles vorbei. So schnell konnte das im Hof gehen.

Junior kam auf ihn zu wie die Erde selbst, fest entschlossen, ihn zu verschlingen. Lamar hatte keine Waffe dabei; sein Messer lag bei seinem Rasierzeug auf dem Klo. Er hatte noch nicht mal Stiefel zum Treten. Junior war knapp zwei Zentner schwerer als er, und auch wenn Lamar selbst nicht gerade ein Handtuch war, er war nicht annähernd kräftig genug. Aber er hatte keine Angst. Es war komisch, Angst kannte er nicht. Er lachte kurz auf. Er stand gern mit dem Rücken zur Wand; er fand es aufregend, wenn es ums Ganze ging.

Er zögerte und nahm seine Kraft zusammen, als der Gigant auf ihn zuwabbelte, die Arme ausgebreitet, die Finger zum Zupacken gespreizt. Im selben Augenblick, als Junior die Arme schloß, traf Lamar ihn mit einem gewaltigen Schlag genau über dem Herz. Wie ein Dampfhammer fuhr die Faust mit dem FUCK nach vorn, und das Geräusch von Fleisch auf Fleisch hallte durch den zischenden Dampf. Er schickte das YOU! hinterher, direkt in den Solarplexus, aber Junior hielt das nicht auf, er drückte Lamar mit dem Bauch an die Wand und lehnte sich gegen ihn.

»Ich laß dir erst mal die Luft raus, und wenn du halbtot bist, geb ich's dir wie einem Hund. Und dann ziehst du zu mir in die Zelle, das sag ich dir. Wirst alle Hände voll zu tun haben heut nacht.«

Juniors volles Lachen erfüllte den Raum, als er seine Arme um Lamar zu schmieren begann; sein ungeheures Gewicht preßte Lamars Brustkorb platt und zerdrückte ihm schier das Herz. Lamar spürte seinen Kopf zucken wie den eines krepierenden Fisches, den sich ein paar Jungen zum Spaß auf den Kai gelegt hatten. Mit einer Hand, so groß wie ein Schinken, griff Junior Lamar ins Haar, hielt den Kopf fest und beugte sich dann freudestrahlend vor, um seinem Opfer ein Küßchen zu geben.

Der Sauerstoffzufuhr beraubt, mußte Lamar hilflos mit ansehen, wie die Lippen des Schwarzen sich zu einem Dichtungsring formten, dann entfuhr seiner Lunge ein verzweifelter Schrei, der Junior stutzen ließ, was Lamar wiederum eine winzige Chance gab. Sein Hals schnellte nach oben, fast wie der einer Schildkröte, und einen Augenblick später schon hatte er seine Zähne in Juniors Nase gehauen. Er biß zu, bis er am Blut zu ersticken drohte; er hörte Junior noch nicht einmal schreien. Aber der brüllte wie am Spieß und wandte sich ab, während seine Hände im Reflex an seinen zerrissenen Zinken fuhren. Lamar spuckte Knorpel, bückte sich blitzartig, und als er wieder hochschoß, setzte er Junior einen weiteren Dampfhammer genau auf die Eier und zerquetschte ihm dabei eins. Junior taumelte, schien durchzudrehen und fuhr dann in rasender Wut auf, als Lamar ihm ein wüstes FUCK gegen den Hals knallte, diesmal mit einer Karatekralle, die seine Knöchel rasiermesserscharf werden ließ. Sie fuhren in den Speck um Juniors Kehlkopf, erwischten und zerdrückten ihre Beute. Japsend ging Junior in die Knie. Mit den Augen winselte er um Gnade, aber mit Gnade hatte Lamar nichts am Hut; mit einem Sprung stand er neben dem Riesen und rammte ihm mit einer weiteren offenen Faust das FUCK in den Nacken. Junior zuckte nach vorn, als wäre der Schlag elektrisch geladen; dann hob er einen kraftlosen Arm, um neue Schläge abzuwehren, aber Lamar drosch weiter auf Wirbelsäule und Nacken ein – ein FUCK, ein YOU! nach dem anderen – und setzte dabei die Handballen ein, um sich keinen Knochen zu brechen, bis der große Mann schließlich reglos am Boden lag.

Lamar stand auf und betrachtete keuchend sein Werk. Die Hände taten ihm weh. Er zitterte ungewollt. Donnernd raste ihm das Blut durch das Hirn.

»Siehste mal, was es bringt, wenn man mich anwichst«, erklärte er.

Wie ein auf den Strand gespülter Wal wälzte Junior sich herum. Blut schoß ihm aus Nase und Mund. Das Entsetzen stand ihm in den Augen. Ein großer wabbeliger Arm kam hoch, als wollte er sich weiterer Schläge des kleineren, aber härteren Mannes erwehren. Das Wasser prasselte herab, der Dampf stieg nach oben. Rote Flüssigkeit schwappte um Juniors schwarze Haut.

»Tu mir nichts mehr«, sagte er. »Bitte.«

Lamar starrte ihn an. Auf einen wie Junior konnte man ein Jahr lang eindreschen und würde ihn bestenfalls zum Krüppel schlagen, wirklich umzubringen war er so nicht. Da brauchte es schon mehr, womöglich mehr, als Lamar in sich hatte.

»Gott«, ächzte Junior. »Hast mich schlimm erwischt. Hol Hilfe. Ich krieg kaum noch Luft.«

Lamar spürte so gut wie nichts. Er hatte nur ein Problem: *Wie stopf ich diesem fetten Nigger das Maul?* Und dann die Lösung dafür. Er griff in die Seifenschale und nahm das nagelneue Stück Dial heraus. Damit kniete er flink vor Junior nieder.

»Ich glaube, du hast da was im Maul«, sagte er. »Mach besser mal auf, damit ich was sehen kann.«

Gehorsam öffnete Junior den Mund und Lamar stopfte ihm mit der Blitzartigkeit einer Schlange die Seife hinein, um sie dann mit beiden Daumen nach hinten zu zwingen. Junior trieb es die Augen heraus; er hob eine kraftlose Hand an den Mund, aber Lamar schlug sie beiseite und zwang das Stück Seife den Rachen hinab. Juniors Zunge, die darunter gefangen war, rollte sich ein und wieder aus. Die merkwürdigsten Laute kamen aus seinem Hals – *»Alllccccchhhhh! Allguccchhhhhhach!«* Dann begann er auf dem nassen Boden der Dusche zu zucken. Das Wasser rauschte auf sie beide herab. Junior kämpfte, wehrte sich; die Augen weit aufgerissen, gab er widerliche nasse Geräusche von sich. Mit den Fürzen kam der Kot und erfüllte die Dusche mit Dreck und Gestank, während die schwarze Haut direkt blau zu werden begann.

Schließlich wurde der große Arm schlaff, und sein Kopf fiel schwer nach links. Seine Augen starrten ins Nichts. Er lag bewegungslos in seinem eigenen Kot.

Lamar stand auf.

»Komm hoch, du fette Sau«, sagte er. »Ich bin noch nicht fertig mit dir.« Aber Juniors Augen hatten sich mit Wasser gefüllt.

Wie zum Teufel soll ich mich jetzt waschen? überlegte Lamar.

Dann holte er kräftig Luft. Ihm wurde klar, daß er hier rausmußte, sonst würden ihm entweder Rodney Smalls und die Nigger oder Daddy Cool noch vor Einbruch der Dunkelheit den Hahn abdrehen.

Für Richard Peed war die letzte Stunde vor dem Einschluß die schlimmste. Auf dem Hof konnte er sich an Lamar oder Odell hängen und sich so vor den Raubtieren schützen. Nach dem Einschluß hielt er sich die beiden Pyes dadurch mehr oder weniger vom Leib, daß er sich totstellte. Durch diese Passivität verloren sie irgendwie die Lust, ihm weh zu tun. Und jetzt, wo er durch das provisorische Abkommen Lamars Haus- und Hofmaler geworden war, hatte er das Gefühl, einen großen Schritt getan zu haben, was sein Überleben anging; drei Monate »Mac« hatte sein Deal mit der Staatsanwaltschaft vorgesehen, dann würde man ihn nach El Reno verlegen, einem Gefängnis der untersten Sicherheitsstufe, zwanzig Meilen westlich von Oklahoma City.

Um vier jedoch ging Lamar nach seinen zwei Stunden an den

Hanteln in die Dusche der Schließer und Odell hinter den Küchentrakt, um seine Katzen zu füttern. Dann hatte Richard wenigstens eine Stunde verwundbaren Alleinseins zu überstehen. Er hatte sich angewöhnt, sich mucksmäuschenstill ins Halbdunkel seiner Zelle zu setzen, wo er an diesen oder jenen Maler dachte, irgendwas, Hauptsache, die Zeit verging.

Immer diese Angst. Er wußte, er war Nahrung. Wirklich Nahrung, weiter nichts. Ein schwächlicher Weißer ohne kriminelle Fertigkeiten, ohne angeborene Gerissenheit, ohne auch nur die geringste Waffe, dafür aber mit einem nackten Entsetzen vor jeder Art von Gewalt: Er war das unterste Glied der Nahrungskette in McAlester. Er war Plankton. Wenn Gott nicht wollte, daß Richard gefressen wurde, warum hatte er dann einen derartigen Schwächling aus ihm gemacht und dann obendrein einen Plan ausgeheckt, ihn ohne eigenes Verschulden ins Zuchthaus zu stecken?

Richard wußte, daß er ein einzigartiges Talent hatte. Nur die Intrigen anderer verhinderten, daß diese Größe zum Tragen kam. Trotzdem, er sah nun mal Dinge, die andere nicht sahen, spürte Dinge, die andere nicht spürten. Vielleicht war er sensibler, als es gut für ihn war, und die Leute haßten ihn deshalb so, weil er so vieles durchschaute.

Aber das war nun mal die Bürde des Künstlers. In einer Gesellschaft von Philistern hatte er dieses Kreuz zu tragen. Er würde das schon schaffen.

Richard, einunddreißig, hatte ein luftiges Kissen von blondem Haar auf dem Kopf, und sein Gesicht war viel zu glatt für sein Alter. Sein hoch aufgeschossener Körper war weichlich, und so wie er durch die Gegend schlich, hätte man meinen können, seine Füße seien irgendwie zarter als die anderer Leute. Von Beruf war er Kunsterzieher mit einem Magister vom Maryland Institute of Art in Baltimore, seine Leidenschaft jedoch machte ihn zu einem Künstler, der sich seit zwei Jahrzehnten damit abmühte, gewisse Komplexitäten des menschlichen Körpers zu meistern. Ein Problem, das er nie so recht hinbekommen hatte, aber jetzt, mit 877 Tagen Gefängnis vor sich, dachte er, wenn er sich richtig konzentrierte, dann fand er ja vielleicht einen Weg –

»Richard, verfluchte Scheiße, Junge, mach, daß du hochkommst.«

Richard, aus seinen Träumen gerissen, blickte auf und sah Lamar, der mit nassem Haar in die Zelle gestürzt kam.

»Ah, ich ...«

»Hör zu, wir müssen fix machen. Du gehst hinter den Küchentrakt und holst mir diesen verdammten Odell. Hast du verstanden?«

Das Entsetzen trieb Richard die Farbe aus dem Gesicht. Er schluckte, als hätte er eine Billardkugel im Hals. Der Hof war ein Land des Schreckens für ein Karnickel ohne Begleitung wie ihn. Die Schwarzen rissen ihm doch den Arsch auf. Die Arische Bruderschaft nahm in als Kühlerfigur. Die Homeboys aus den Jugendgangs machten Hackfleisch aus ihm. Die Schwulen würden ihn in jede Körperöffnung ficken. Die Indianer rösteten ihn am Marterpfahl, während er für die Schließer womöglich eine gute Zielscheibe für Schießübungen war.

»Richard!« bellte Lamar. »Heute mußt du mal 'n Mann sein! Ich mußte grade in der Schließerdusche einem Riesennigger den Hahn abdrehen, und ...«

»Du mußtest *was*? Du hast ei...«

Schon hatte ihn Lamar gepackt, herumgerissen und ihm eine Hand auf den Mund gelegt, um ihn zum Schweigen zu bringen.

»Hör zu, Richard. Wenn ich hier nicht rauskomme, bin ich bis Sonnenuntergang tot – und der arme kleine Odell genauso. Und wenn wir zwei nicht mehr sind, kleiner Bruder, was meinst du, machen die dann mit dir? Du wirst hier die größte Fotze aller Zeiten, mein Sohn. Die tätowieren dir ›Zu Vermieten‹ auf deinen Arsch. Also, ich kann mich draußen nicht sehen lassen, weil die meinen, daß ich grade Junior Jeffersons Schwanz reite. Wir müssen hier raus!«

»Raus?«

Das überstieg Richards Vorstellungskraft.

»Genau, Junge. Wir gehen auf Urlaub, hier ist nämlich verdammt noch mal bald die Hölle los.«

Es war alles eine Frage der Haltung, das war Richard schon klar. Man mußte nur auf eine bestimmte männliche Art auftreten, mit einem Gang, der geradezu nach Gewalt stank und jeden, der einem unterkam, wissen ließ, was für ein beinharter Macker man war.

Er blies sich auf und stolzierte den Korridor entlang in Richtung der Tür zum Hof. Schultern zurück, Bauch rein, Brust raus, so trat er in das blendende Licht. Er war ein Mann. Keiner hier konnte ihm was.

»Hier, miez-miez-miez«, sang ein Schwarzer ihn an.

Jemand gab feuchte Kußgeräusche von sich.

Wieder ein anderer fuhr sich mit einer gigantischen Zunge über entsprechende Lippen und schnalzte dann vor Vorfreude auf gewalttätigen Sex.

Richard schmolz dahin. Seine Knie begannen zu schlottern; sein Atem ging in schrecklichen Stößen, er mußte sich die Luft in die Brust zwingen und wieder hinaus. Seine Umgebung verschwamm ihm vor den Augen. Er ging geradeaus weiter, tat, als hörte er keinen der Rufe, die ihn begrüßten, während er innerlich am liebsten losgeheult hätte. In diesem Universum gab es keinen Trost, nicht die Spur davon, nirgendwo, nichts. Hier herrschte der blanke Darwinismus, das Recht des Stärkeren galt hier im Quadrat. Die Starken fraßen nicht nur die Schwachen, sie fraßen sogar die Starken. In diesem Urpfuhl war ein endloses großes Gelage im Gange.

»Mrs. Lamar Pye, Süße, gleich kommt der große böse Hund und besteigt dich«, rief einer und endete mit einem Glissando töliger Laute.

Was ihn hier am meisten überrascht hatte, war die Freiheit, die man im Gefängnis genoß. Gefängnis? Er hatte sich vorgestellt, den ganzen Tag in einer kleinen Zelle zu sitzen, wo sich mal ordentlich was weglesen ließ. Von wegen. Die Zellen öffneten sich um sieben, dann folgte der Appell, und danach hieß es mehr oder weniger: Erlaubt ist, was Spaß macht. Nur ganz wenige Insassen, die mit Verbindungen, hatten Arbeit, der Rest wimmelte gärend auf dem Hof, arbeitete endlos mit den Hanteln oder spielte eine merkwürdige Version von Handball an der Wand. Gelegentlich und völlig willkürlich kam es zu Gewalttätigkeiten. Es war Hieronymus Bosch in Reinkultur – ein Garten der Erniedrigung. Über allem ragten drohend die weißen Mauern auf, die die zirka siebenhundert Gefangenen in eine Arena pferchten, die für dreihundert angelegt war; die gesetzten Wächter mit ihren automatischen Waffen achteten nur am Rande auf das, was da so geschah.

»He, *pachuco*, he, *gringa*, Romeo hat hier 'nen Lutscher für dich, hübsches Ding, du.«

Es waren die Mexikaner. *Cholos* nannten sie sich. Sie waren nicht weniger schlimm als die Schwarzen. Anmutige Männer, sexy sogar, ständig am Lachen; in ihren Augen blitzte die Leidenschaft, die roten Tücher und die Haarnetze verliehen ihnen einen merkwürdigen Stil. Blendend weiß gebleichte T-Shirts. Auch die

Schwarzen hatten ihre eigene Art: Sie brachten die siedende Musik ihrer Großstadtkultur in ihren Raum; vierundzwanzig Stunden am Tag dröhnte der Bau von ihrem Soul. Sie waren wie ebenholzfarbene Krieger mit harten Muskeln aus Anthrazit, ihre schweißglänzenden Körper waren unglaublich anmutig. Die Schwarzen strotzten vor Stolz. Sie waren zum Fürchten. Vor ihnen hatte er eine Heidenangst. Und dann die Gang der Rothäute. Sie nannten sich N-D-N-Z; die Buchstaben waren in einer herrlichen Schrift sorgfältig rund um den Bizeps tätowiert – eindeutig das Werk eines Genies. Sie betrachteten ihn mit ausdruckslosen Augen, als zeige ihr Radar seine Lebensform noch nicht einmal an. Weder verarschten sie ihn, noch forderten sie ihn heraus, sie beobachteten ihn nur mit dem gleichgültigen Blick des Raubtiers; er wußte, sie stellten sich vor, ihm aus schierer Langweile an die Wäsche zu gehen.

Aber keine dieser Gangs war so schlimm wie die White Boys, die eigentlichen Herren des »Mac«. Ein Stamm von Mutanten und Abschaum, tätowiert, schmuddlig, mit fettigem Haar, eine Horde Wikinger auf Raubzug mit einer tückischen Bauernschläue in den rastlosen engstehenden Augen. Sie vergewaltigten einen oder brachten ihn um, von einem Augenblick auf den nächsten, und keinem von ihnen schien das auch nur das geringste auszumachen. Sie waren fette Schweine mit bleichen Hängebäuchen und stolz auf die lila Knasttätowierungen auf ihrer kreidigen Haut. Sie waren die Elite unter den Gesetzlosen. Ziegenbärtchen, zottige Hillbilly-Bärte, Pferdeschwänze – wichtig war, daß es Haare waren, ganz gleich welcher Art. Ihre Religion war das Anderssein an sich, und sie gipfelte in der Unempfindlichkeit gegenüber dem Schmerz, sei es der anderer oder der eigene. Ein paar von ihnen hatten sogar den einen oder anderen Zahn.

In seiner heillosen Angst sehnte Richard sich nach Lamars schützender Hand, und selbst beim Anblick des schwachsinnigen Odell wäre ihm ein Stein vom Herzen gefallen. Er hätte jedoch nie gewagt, Lamar zu enttäuschen, der ein strenger Zuchtmeister sein konnte. Also ging er irgendwie seinen Weg, schob sich durch den Mob und wartete darauf, daß ihm vor Aufregung das Herz stehenblieb.

Das »Mac« ohne Lamar? Großer Gott, ein grauenhafter Gedanke. Er würde …

»Wi-tschad.«

Er hob den Kopf. Es war sein zweiter Retter. Es war Odell.

Lamar machte sich rasch ans Werk und ging zwei Zellen weiter zu Freddy, dem Zahnarzt, der gerade den Motor eines Modell-Jagdflugzeugs aus dem Zweiten Weltkrieg bemalte; Lamar schickte ihn auf die Suche nach Harry Funt, dem Schließer. Harry Funt war Dreh- und Angelpunkt des Gaunerstückchens, das Lamar sich mit einer Geschwindigkeit zurechtgelegt hatte, die zu unglaublich war, als daß sie mit einem Intelligenztest zu messen gewesen wäre; zugute kam ihm dabei sein geradezu enzyklopädisches Wissen über das »Mac«.

Er warf einen Blick auf seine Uhr. Zwanzig vor. Nicht mehr lange, und die anderen kämen zurück. Er konnte nur hoffen, daß dieser gottverdammte Harry auch kam.

Er ging in seine Zelle zurück und holte unter der Kloschüssel sein bestes Messer hervor, ein fieses kleines Ding von fünf Zentimetern Länge, aus einem gestutzten Buttermesser gemacht. Hatte ihn zwei Stangen gekostet, das Ding. Damit ließ sich einer auf einen Streich umbringen, wenn man ihn nur richtig erwischte. Und er hatte es auch schon zweimal getan. Er fühlte sich gleich etwas besser. Wenigstens würde er wie ein Mann untergehen.

Er hatte sein ganzes verdammtes Leben gekämpft. Und nie mit einer reellen Chance. Aber das spielte keine Rolle; er war ein Mann, er tat, was getan werden mußte. Nichts, was er nicht durchstehen konnte. Einmal, er war neunzehn, hatten ihn zwei Cherokees, beides Hilfssheriffs in Anadarko, drei Tage lang in die Mangel genommen; sie hatten ihm die Nase gebrochen, den Kiefer, einen Backenknochen, vier Rippen und sämtliche Finger der linken Hand. Weil sie dachten, er hätte ein Indianermädchen vergewaltigt. Natürlich hatte er – und noch ein paar andere, die nur zuviel Angst gehabt hatten, ihn anzuzeigen, aber er gab den beiden nicht die Genugtuung, es zu gestehen. Es war nicht das erste Mal gewesen, daß er Blut und Zähne gespuckt hatte.

Er ging zu seiner Sammlung von Wichsvorlagen, grub sich durch *Titten, Klassestelzen* und *Süße Ärsche*, bis er auf das *Penthouse* vom November 1992 stieß. Er nahm es behutsam heraus, öffnete es auf dem Centerfold und fand das Bild.

Es zeigte Lamar, den Löwen, und seine Schlampe von einer Prinzessin. Er sah es sich an, erkannte seine eigenen Züge in denen des Königs der Tiere und die Unterwürfigkeit – für ihn die höchste Form von Liebe – in dem schönen Gesicht der Frau. Richard hatte endlich die Titten hingekriegt. Keine Hängepiezen. So was konnte er nicht leiden. Er hatte sie lieber fest und stramm, so daß sie beim Laufen wippten, ohne gleich auf den Bauch zu baumeln. Die wesentlichen Umrisse der Gestalt waren fast eingraviert, weil er sie mit dem Bleistift nachgezogen hatte, in der Hoffnung herauszukriegen, wie Richard das machte. Aber seine Linien machten alles irgendwie schwerer.

Das Bild hatte etwas, was ihm unglaublich gefiel; nichts in seinem Leben hatte ihm je derart Freude gemacht. Er faltete es zusammen und steckte es eben in die Tasche, als Harry Funt hereinkam. Harry, der älteste Schließer hier, trug seine blaue Uniform, das Walkie-talkie und den Schlagstock, aber keine Schußwaffe.

»Lamar«, sagte Henry.

»Wir gehen raus. Jetzt. Wir drei, Richard, Odell und ich – mit dir.«

Harry sah ihn sprachlos an. Er schluckte. Etwas Wasser trat ihm in die blassen alten Augen.

»Lamar ...«

»Ich mußte einen der Nigger umlegen. Junior Jefferson. Wollte mich ficken. Also, ich weiß, du hast Ausweise für den Anbau in deinem Büro und kannst uns an der Kontrolle vorbei aus dem Block bringen, mindestens in den A-Trakt und in Vewa Zwo.«

Der alte Mann war eine leere Hülse ohne Schneid, ohne Entrüstung; er kam einem vor wie eine welke Blume – kurz vor dem Tod in einer frostigen Nacht. Er senkte den Blick, winselte um Gnade.

»Ich kann nicht, Lamar. Zwing mich bitte nicht dazu. Meine Frau braucht eine Operation. Meine Enkeltochter hat's an der Lunge, wir müssen sie ...«

Aber mit Gnade hatte Lamar noch nie was am Hut gehabt.

»Ach was, Harry, und ob du das kannst. Wenn die nämlich Junior finden, ist hier die Hölle los, die Nigger bringen mich um. Das kann ich mir und meinen Leuten nicht antun. Ich werd auspacken. Du hast hier für Daddy Cool Stoff reingeschafft *und* Diamanten *und* Phennies für Smalls, und außer mir weiß keiner, daß du für beide Seiten arbeitest. Alles klar? Also, dann überleg mal, wie fix ich dich an beide Seiten verhökern kann, alter Mann. Genauso fix. Von dem, was die von dir übriglassen, werden noch nicht mal Odells Katzen satt.«

Harry schaute auf seine Uhr. Noch zirka zwölf Minuten bis Einschluß. Er kapitulierte, und Lamars clevere Rechnung ging auf.

»Okay«, sagte der Schließer. »Wäre aber besser, wenn du mir eins überbrätst. Würde nicht ganz so schlecht aussehen. Bringt mir vielleicht sogar einen Orden.«

Es war weder Odells Größe noch der gespaltene Gaumen, noch die finstere Lücke von der Tiefe des Marianengrabens unter der Nase. Noch nicht einmal seine abnorm langen Arme, die schwarzen Zähne oder daß er seiner Deformiertheit wegen ein Mundatmer und damit ständig von einem schnarrenden Keuchen umgeben war.

Nein, mehr als alles andere war es der merkwürdige rhombenförmige Schädel, der nach oben zu auseinanderging, als explodiere das spitze kleine Kinn zu einer breiten blassen Stirn, die, fast schon absurd, von einem feuerroten Schopf gekrönt war. Er hatte Sommersprossen wie Huckleberry Finn, nur daß seinen Augen so gut wie jede Regung abging.

Er hielt eine tote Katze vor sich. Sie hatte einfach aufgehört, sich zu rühren. Er hatte sie eben noch an sich gedrückt. Er schüttelte sie, um sie wieder zum Leben zu bringen, aber sie blieb reglos und schlaff.

Miez-miez, dachte er, *Mieze, mach miez-miez. Mach miau. Mieze macht heiaheia. Mieze soll aber springen machen! Mach spring-spring! Dell will, daß Mieze springen macht. Spring-spring. Dell mag nicht, wenn Mieze nichts macht. Miezebaby macht heia.*

Richard, der nervös vor ihm stand, dachte: *Herrgott, woher hat er bloß diese grauenhafte Asymmetrie? Noch nicht einmal William Blake hätte sich den Kerl ausdenken können.*

Da man hier wußte, daß Odell keine Angst hatte, ging man ihm aus dem Weg, sogar die Schwarzen und die Krieger der N-D-N-Z. Er machte selbst diesem Bodensatz verhaltensgestörter Persönlichkeiten angst, nur weil er buchstäblich keine hatte. Allein Lamar hatte ihn unter Kontrolle und kam überhaupt an ihn ran, und Lamar vermietete ihn für Disziplinarmaßnahmen an Daddy Cool. Ohne sie auch nur zu bemerken, trat Odell in eine Gruppe Schwarzer und verkrüppelte den Mann, der sich Daddy Cools Unwillen zugezogen hatte. Dann ging er wieder, sein Gesicht eine Maske gnadenloser Gleichgültigkeit.

»Odell, Lamar braucht uns. Er hat mich geschickt, dich zu holen. Komm schnell.«

»Neine Miezi is dood«, sagte Odell teilnahmslos, seine Miene unbewegt, dumpf, als hätte er Richard überhaupt nicht gehört. Richard kam eben dahinter, was Odell gesagt hatte, und war auf der Stelle beunruhigt: Meine Mieze ist tot.

Odell hielt die winzige Katze hoch, die schlaff in seinen mächtigen Pranken lag. Das Fell zwischen den Ohren war merkwürdig feucht, als hätte er es geleckt.

Richard hatte das Gefühl, kotzen zu müssen. Solange Lamar ihm nichts anderes sagte, war Odell ein verwahrloster Koloß von einem Kerl, ein erwachsener Mann mit dem Hirn eines Fisches und dem Gehorsam eines alten Beagle.

»Das ist wirklich schade, Odell, aber Lamar braucht uns. Es ist was passiert.«

»Bassiert?« fragte Odell.

»Dell schnell-schnell«, sagte Richard und imitierte die merkwürdige Sprache, in der Lamar mit Odell kommunizierte.

Es flackerte in Odells stumpfem Blick.

»Nell-nell«, sagte er und setzte zu einem Lächeln an, das vorübergehend die entsetzliche Spalte in seinem Schädel verbreiterte. Er packte sich die Katze unter das Hemd – Richard hätte am liebsten gespien – und lief los. Die Masse teilte sich, um ihn passieren zu lassen. Keiner hätte Odell gegenüber die Respektlosigkeit gewagt, sich ihm in den Weg zu stellen. Richard nutzte die gesegnete Sicherheit dieser Schneise und lief hinterdrein. Fast fühlte er sich wie ein Held.

Sie kamen nicht bis in die Zelle, da Lamar sie schon an der Tür zum D-Block abfing.

»Okay, Jungs, es ist Zeit«, sagte Lamar.

»Lamar, ich ...« begann Richard ausgesprochen nervös.

»Du hältst jetzt mal den Mund, Richard, und bist schön brav. Odell, wenn Richard was sagt, mach ihn nix sagen.«

»Nix sagen, Mar«, sagte Odell, und in seinen Augen blühte die Liebe zu ihm; dann wandte er sich Richard zu, als wollte er ihm den Schädel zerquetschen.

»Nix sagen, Witschad«, sagte er.

»Nix sagen«, wiederholte Richard.

Sie machten sich auf den Weg ins Büro des Lieutenants, das unbesetzt war; vermutlich saß der Lieutenant auf einen Kaffee in der Kantine der Schließer. Es erwartete sie ein nervöser alter Harry Funt.

»Die Passierscheine hab ich, Lamar, ich weiß nur nicht, ob das so geht. Ich muß euch Jungs in Eisen legen.«

»Na, dann mach schon, Harry, verflucht noch mal!«

»Und du brätst mir richtig eins über, ja?«

»Und wie.«

»Wollt ihr nicht das Büro auseinandernehmen? Da wärt ihr schließlich über mich hergefallen.«

»Sag ihnen eben, es gab keinen Kampf. Fürs Büro ist keine Zeit.«

»Na schön, Lamar, wenn du's sagst. Und du erzählst nicht, daß ich mitgemacht habe, falls es nicht klappt?«

»Das klappt schon, Harry. Wenn Lamar 's dir sagt. Darfst es ruhig glauben, Harry. Also, jetzt nimm das hier.«

Er gab ihm das scharfe fiese Messer mit dem Plastikheft.

»Brauchst doch keine Waffen, Lamar«, sagte Harry. »Du wirst doch keinem was tun, oder?«

»Ach was«, sagte Lamar. »Aber vielleicht kommt es zu einer Kraftprobe, und wenn einer ein Messer sieht, denkt er verdammt noch mal dran, wie übel man ihn damit zurichten kann. Also, nimm schon. An dich geht keiner mit dem Metalldetektor ran, Harry. Und jetzt mach zu. Wir müssen los.«

Erschauernd nahm Harry die Klinge und ließ sie in seine Hüfttasche gleiten, als wüßte er nicht, wofür sie war.

Rasch hatten sich die drei Gefangenen Beineisen, Hüftketten und Handschellen angelegt. Sich außerhalb des Zellenblocks ohne Fesseln zu bewegen war nicht erlaubt – McAlesters älteste und strengste Sicherheitsmaßnahme.

»Paß auf, Lamar, angenommen, es fragt mich einer, wieso ich euch gleich alle drei anschleppe? Laut Vorschriften darf immer nur einer nach dem anderen durch die Kontrolle in den ungesicherten Bereich.«

»Zwinkerst du ihnen halt zu, als hättest du drei Fische an der Leine. Hast drei ganz große Fische geschnappt. Wir plaudern was aus, was der Direktor selbst hören muß. Wirst noch ein richtiger Held, Harry.«

»Wichtiga Held«, sagte Odell.

Jetzt hatte Richard mit einem Mal wirklich Angst.

Verdrossen schob Harry sein aneinandergekettetes Trio den Korridor entlang.

»Nimm deinen Prügel raus«, sagte Lamar. »Das sieht ernster aus.«

Harry schluckte und tat, was man ihm sagte, und im nächsten Augenblick stießen sie auf zwei Schließer, die den Einschluß überwachen sollten.

»Harry, was zum Teufel wird das denn?«

»Ah, Lamar, weißt du, Lamar hat Zoff mit einem der Brüder da drin und will dem Lieutenant ein Ständchen bringen. Unterm Lieutenant will er's nicht machen.«

»Willst du mir was vorsingen, Lamar?«

»Bubba, du hast hier nicht genug zu melden für 'nen Deal. Ich nenn dem Direktor 'n paar Namen, aber nur gegen Schutz für mich und die Jungs. Dazu braucht es schon den langen Arm vom Direktor.«

»Paß bloß auf den auf, Harry. Lamar ist verdammt noch mal viel zu clever, um einen Kumpel zu verpfeifen. Der hat irgendwas auf der Pfanne, das schwör ich dir.«

»Lamar ist ein guter Junge, nicht wahr, Lamar«, sagte Harry durch trockene Lippen.

»Lamar ist 'n Stück Scheiße wie alle hier drin, Harry, trau dem bloß nicht über den Weg. Dabei kommst du bloß zu Schaden, das schwör ich dir.«

Aber die beiden Schließer schlurften weiter Richtung Zellentrakt, wo sie ihre Pflichten erwarteten.

Die kleine Gruppe erreichte die Treppe, die zum Ausgang des Zellenblocks hinaufführte; Harry griff nach seinem Walkie-talkie.

»Ah, Kontrolle, hier Mike-fünf, ah, ich komme mit drei Häftlingen durch, den beiden Pyes und ihrem Zellengenossen, ah ...«

»Peed«, sagte Richard.

»Ja, Peed«, sagte Harry in das Gerät.

»Was liegt denn an, Harry?« knisterte es über Funk. »Hat der Lieutenant das abgesegnet?«

»Sag ja und daß er bloß nachzufragen braucht«, sagte Lamar.

Harry schluckte und schien dabei eine weitere Nuance blasser zu werden; dann log er in das Sprechfunkgerät, und das miserabel: »Ja, hat er, Kontrolle. Brauchst ja bloß nachzufragen. Ich hab hier 'nen Kanarienvogel, der ihm ein Ständchen bringen will.«

»Brauchst du eine Eskorte?«

»Ach was, bei so 'nem Waschlappen von 'nem Frischling und zwei weichen alten Knochen? Kein Problem.«

»Paß bloß auf diesen Odell auf«, sagte die Stimme. »Du weißt, daß der nicht alle Tassen im Schrank hat.«

»Alles klar?«

»Alles klar, aber ich brauch noch Papiere dafür.«

Harry trieb die drei Männer den schmalen Rost hinauf. Oben angekommen, konnten sie sich umdrehen und hatten einen Blick auf den gesamten Zellenblock hinter ihnen: ein Würfel voller Zellen im größeren Würfel des Baus. Die Laufstege aus Metallrosten, die parallel zu jeder Etage verliefen, waren die »Schießstände«; von dort aus konnten die Schließer die Stege beobachten oder mit Wasser, Rehposten oder ihren 223ern auf die Gefangenen losballern, je nachdem, was gerade vonnöten war.

Lamar sah es sich an. Sein Zuhause. Er kannte jede Zelle, jeden Winkel, jedes Versteck. Der einzige Ort, wo er je glücklich gewesen war. Hier gehörte er nicht nur her, hier gehörte er dazu.

»Mar«, sagte Odell. »Heim, Mama sehen?«

»Genau. Odell. Odell gehen heim, Mama sehen. Mach nur, was ich dir sag, und alles geht klar.«

Lamar kapierte, daß Odell Angst hatte. Er verließ einen Ort, den er kannte. So klein und eng sein trauriges bißchen Hirn war, konnte er sich wahrscheinlich gar nicht mehr an draußen erinnern. Er stieß Odell liebevoll den Ellenbogen in die Seite. »Mar kümmert sich um Dell«, sagte er, »Mar macht alles in Ordnung.«

Die Hauptsicherheitspforte im obersten Stock öffnete sich.

Die drei Gefangenen gerieten in einen Wirbel professioneller Aufmerksamkeit. Wärter stürzten sich auf sie, klopften sie ab; einer fuhr mit einem Garret-Super-Scanner-Metalldetektor ihre Körper entlang und wartete dabei auf das Summen, das ihm eine versteckte Haarnadel oder eine Rasierklinge verriet – es blieb aus. Inzwischen warf ein anderer einen Blick auf Harrys Papiere.

»Harry, also das sieht verdammt noch mal gar nicht nach dem Zinken von unsrem verdammten Lieutenant aus, obwohl, verfluchte Scheiße, der Mann kann ja kaum seinen eigenen Namen schreiben.«

»Wenn er was getrunken hat, wird seine Klaue immer so fahrig«, sagte Harry. »Warum rufst du ihn nicht einfach an?«

Einen Augenblick lang hing alles in der Luft. Richard hielt den Atem an, aber Lamar war ein gerissener Hund.

»Bei den Scherereien, die ihr mir macht, Jungs, könnt ich's mir glatt noch mal überlegen. Ich möcht wirklich nicht zu lange drüber nachdenken, was ich mir da in den Kopf gesetzt hab. Womöglich fällt dann mein Ständchen ganz anders aus.«

»Lamar, du bist beschissener als 'ne Latrine«, sagte der Wärter. »Geh zu, Harry, schaff sie hier raus. Daß Lamar singen will, kauf ich dem eh nicht ab. Was, Lamar? Hab immer gedacht, du bist so 'n harter Knastbruder.«

»Ich werd eben alt«, sagte Lamar. »Krieg ihn irgendwie nicht mehr so recht hoch. Der Direktor wird mir zu 'nem weniger harten Knast verhelfen, weißt du, so 'nem richtigen Country Club. Vielleicht komm ich da sogar mal an 'n bißchen Muschi ran.«

»Schaff sie bloß raus hier«, sagte der Oberaufseher. »Ich hoffe verdammt noch mal bloß, der Direktor weiß, auf was er sich da einläßt.«

Harry eskortierte sie den Flur hinter dem Kontrollpunkt hinauf. Sie schienen plötzlich in einer ganz anderen Welt zu sein; der Flur war trotz des Maschendrahts an den Fenstern luftig und breit; man sah gerade noch die grünen Ebenen Südostoklahomas, die nach der zirka hundert Meilen entfernten Hauptstadt hin abfielen. Nichts als Farmland und sanfte Hügel. Und Horizont! Richard sah den Horizont zwischen den beiden roten Türmen des rückwärtigen Tors, das nur von Vewa II aus zu erreichen war, dem Bau, in dem sie sich jetzt befanden.

Die Außenwelt: Richard hatte ganz vergessen, daß es so etwas überhaupt gab. Er sah kurz ein köstliches Bild von seinem früheren Leben, seinen Freiheiten, dem Vergnügen, den idiotischen kleinen Rechten. Wie eine Sturzflut rissen ihn Selbstmitleid und das Gefühl der Hilflosigkeit mit sich fort.

»Hier rein«, sagte Lamar und lehnte sich mit der Schulter gegen eine verschlossene Tür, die er lautlos aufstemmte.

Die vier Männer befanden sich plötzlich im verdunkelten Büro des Anstaltsarztes Dr. Benteen. Benteen war der Schwager eines mächtigen Staatssenators und ließ sich dieser Tage kaum noch sehen – er hatte ein schlimmes Alkoholproblem –, aber so sehr ihn jeder hier im Gefängnis verabscheute, man kam nicht an ihn ran.

Rasch nahm Lamar dem unglückseligen Harry die Schlüssel ab und befreite sich; dann warf er sie Odell zu, der es ihm nachmachte, und schließlich war Richard dran. Als er die Ketten los war, hatte sich Lamar bereits am Fenster postiert. Sie befanden sich im zweiten Stock. Herrgott noch mal, dachte Richard, was sollten sie tun? Mit dem Fallschirm abspringen?

»Ja, er ist noch da, verdammt noch mal«, sagte Lamar. »Parkt, wo er immer parkt. So haben wir drei Meter weniger. Hast doch keine Angst vor 'nem kleinen Sprung, Richard, oder? Knapp sieben Meter. Auf das schöne weiche Dach eines Lieferwagens.«

Richard sah nach: acht Meter unter ihm erblickte er das flache weiße Dach eines Lieferwagens. Woher hatte Lamar gewußt, daß der da war?

»Der Typ kommt jeden verdammten Dienstag um diese Zeit, um die Twinkies und HoHos im Automaten der Schließer aufzufüllen. Also, wir springen rauf, ich schließ das verdammte Ding kurz, und ab geht die Post. Hat doch sein Gutes, daß die Scheißschließer hier so auf Süßzeug stehen!«

Lamar kannte das Gefängnis wie seine Hosentasche. In- und auswendig.

»Fallen lang«, sagte Odell. »Macht Dell aua. Weh-weh.«

»Odell, das schaffst du schon, ich weiß, du schaffst es. Mama sehen, raus hier, alles klar, Odell?« Er wandte sich an Richard. »Hatte seine Mama so was von gern, der Junge. Vor mir war sie die einzige, die ihn anständig behandelt hat. Wir müssen dafür sorgen, daß er wenigstens einmal ihr Grab sieht, bevor er stirbt. Also, Odell, du biegst jetzt das verdammte Gitter nach draußen, so daß wir hier rauskönnen. Wir müssen schnell machen – der Typ wird jeden Augenblick weiterfahren.«

»Lamar, soll ich mich schon mal fesseln?« fragte Harry. »Glaub aber nicht, daß ich's richtig stramm kriege. Wirst mir wohl die Knoten machen müssen.«

»Klar doch, Harry. Mach nur. Nimm deinen Gürtel und die Vorhangschnur da – und vielleicht treibst du noch 'nen Klebstreifen auf. Odell und ich, wir drücken das Gitter da raus. Richard, Sportsfreund, halt kurz die Füße still, wir brauchen dich vielleicht.«

Aber sie schafften es auch ohne ihn. Odell raffte ein Stück Vorhang zusammen, wickelte es sich um die Hände und schlug das Glas aus dem Fenster. Dann drehte er den Stuhl des Arztes um und zerpflückte ihn, bis er einen Eisenstab hatte. Diesen steckte er in eine Lücke zwischen Metallrahmen und Wand und stemmte genug von dem Gitter aus den Schrauben, um richtig ranzukommen; den Rest erledigte er mit der Kraft seiner Arme. Mit einem wüsten Ruck bog er das Drahtgitter zurück, bis man bequem durchkrabbeln konnte.

In der Zwischenzeit stellte Harry Funt das Büro auf den Kopf, bis er eine Rolle Kreppband gefunden hatte.

»Das Band hier wird's tun«, sagte er. »Was meinst du, soll ich mich knebeln, Lamar?«

»Ja, Harry, gute Idee. Weißt du, es sind die Kleinigkeiten, die so was echt aussehen lassen. Läuft doch alles wie geschmiert, Richard, was meinst du?«

»Großartig«, sagte Richard. »Wirklich, ganz, ganz prima.«

»Fast fertig, Odell?«

»Feddich«, sagte Odell.

»Lamar«, sagte Harry. »Ich hab die Knöchel und die Beine. Ich mach mir jetzt den Knebel rein. Kannst du dann die Handgelenke machen? Aber nicht zu fest. Und wenn du zuhaust, dann grade mal so, daß es 'n bißchen blutet. Nichts Dramatisches. Für 'n Drama bin ich verdammt noch mal schon zu alt.«

»Aber sicher doch, Harry«, sagte Lamar. Er wartete, während sich der alte Mann einige Wattebäusche in den Mund stopfte, dann wickelte er ihm in Mundhöhe ein paarmal das Band um den Kopf. Anschließend bückte sich Lamar hinter den Alten, der ihm auf dem Rücken eifrig die Hände anbot; mit einigen flinken Bewegungen hatte Lamar sie gebunden.

»Ist ziemlich fest, meinst du nicht?« fragte Richard.

»Na ja, vielleicht«, sagte Lamar. »Aber wir wollen schließlich, daß es echt aussieht. Harry stört's nicht. Oder stört's dich, Harry?« fragte er ihn.

Harry, der bereits etwas würgte, schüttelte den Kopf.

»Gut«, sagte Lamar. »Tja, Jungs, dann könnten wir. Oh, wartet noch, nur noch eine Kleinigkeit.«

Er beugte sich über Harry.

»Wir wollen doch, daß es echt aussieht, Harry. Auch die Details?«

Harry nickte.

Wie durch Zauberei hatte Lamar plötzlich das Messer in der Hand und schnitt dem Alten die Kehle durch.

KAPITEL 2

Das Klingeln des Telefons riß Bud Pewtie aus der Leere eines traumlosen Schlafs; er erwachte im Dunkel seines Schlafzimmers neben seiner schwer atmenden Frau. Abgesehen von den Geräuschen seiner beiden Söhne, die sich am anderen Ende des Flurs im Schlaf hin und her warfen, war das Haus still.

Er nahm ab.

»Ja, Pewtie.«

»Bud?«

Bud erkannte auf der Stelle die Stimme von Captain Tim James, Kommandant von Zone V, sein Chef. Bud spürte sofort, daß er ziemlich aufgekratzt war. Hatte es auf der I-44 wieder übel gekracht: über den Asphalt verschmierte Kinder, brennendes Propangas, ausgelaufenes Benzin, ein ausgebrannter Schulbus? Nichts, was Bud nicht schon gesehen hätte.

»Ausrücken, Bud. Großeinsatz. Oben im verdammten McAlester sind drei Häftlinge getürmt, ganz üble Burschen. Sie haben einen Wärter umgelegt, einen Insassen und wahrscheinlich einen Typ, dem sie den Laster geklaut haben.«

»Ja, Sir«, sagte Bud.

Bud war insgeheim erleichtert. Er hatte schon so viel willkürliche Zerstörung auf dem Highway gesehen – was Tempo und Metall so anrichten konnten, beim Unschuldigen wie beim Dummen. Fünfundzwanzig lange Jahre war er nun schon dabei, und er wußte, ein bestimmter Teil von ihm nutzte sich ab: der, der ohne mit der Wimper zu zucken hinsehen konnte, wenn wieder mal ein junges Leben in ein verbogenes Stück Metall gedrückt war.

Russell »Bud« Pewtie war achtundvierzig, ein großer kräftiger Mann mit kurzem graumeliertem Haar und einer schroffen Art. Er hatte seine Gefühle von Haus aus nie an die große Glocke gehängt, und sein Beruf hatte dazu beigetragen, auch die paar »öffentlichen« Gefühle tiefer hinter die wie in Stein gehauenen kantigen Züge seines Gesichts zu treiben. Es war so gut wie unmöglich, in diesen Zügen zu lesen. Er war Sergeant der Highway Patrol von Oklahoma, stellvertretender Kommandant der Einsatzgruppe G, Zone V, und damit zuständig für die Counties Comanche, Caddo, Grady, Cotton, Stephens und Jefferson. Dazu gehörte auch der lange Nordost- bzw. Südwestabschnitt der Bundesautobahn 44 von Oklahoma City bis kurz vor das bereits in Texas gelegene Wichita Falls.

»Verstanden, Captain«, sagte er. »Bin schon unterwegs.«

»Bud, diesmal fährt keiner allein raus. Anweisung aus der Hauptstadt. Dazu sind diese Burschen einfach zu übel, verdammt. Du kannst Gift drauf nehmen, daß die erst mal in einem Waffengeschäft oder im Keller eines Jägers haltmachen. Es wird in Zweiergruppen ausgerückt – Waffe gespannt und gesichert.«

»Mit wem fahr ich denn?«

»Ich seh hier, daß du den jungen Ted Pepper eingearbeitet hast. Der wohnt doch bei dir in der Nähe, oder?«

Bud zögerte gerade mal einen Herzschlag lang. Er versuchte, einen klaren Kopf zu bekommen – natürlich, wer sonst? Irgendwie hatte es ja wohl Ted sein müssen.

»Ja, zirka zehn Minuten von hier, auf der anderen Seite von Lawton.«

»Okay, ihr seid ein Team. Nur für den einen Einsatz. Wir richten Straßensperren an sämtlichen Hauptstraßen zwischen hier und McAlester ein. Einsatzbesprechung ist in der Straßenmeisterei oben in Chickasha. Schaffst du's bis zur Zuteilung der einzelnen Sperren um sieben? Ich will dich und Ted als Vertreter unserer Einsatzgruppe dabeihaben. Ich werd zusehen, mit wem ihr euch abwechseln könnt.«

»Ja, Sir«, sagte Bud. »Ich rufe Ted an.«

»Bud, ich weiß, daß du es verdammt gut machen wirst, aber sei vorsichtig. Diese Jungs sind der letzte Dreck.«

Bud rollte sich aus dem Bett. Auf der Kante zögerte er einen Augenblick, um seine zerstreuten Gedanken zu sammeln. Ihm war kalt, so, als ginge draußen ein strenger Wind, aber es war nur ein vorübergehendes Frösteln.

»Bud?«

Es war Jen, die im Dunkeln lag.

»Ja?«

»Was ist los?«

»Ach, nur Tim. Ein Einsatz. Verfluchte Scheiße. Paar Häftlinge sind ausgerückt. Ich werd wohl an einer verfluchten Straßensperre herumsitzen oder den Highway auf- und abgondeln, weiter nichts.«

»Sei bloß vorsichtig, Bud.«

»Bin ich doch immer«, sagte er.

Bud ging hinab in die Küche und wählte nach minimalem Zögern Ted Peppers Nummer. Er kannte sie auswendig.

Es klingelte dreimal.

»Hallo?«

Es war Holly, Teds Frau. Nur zu gut kannte Bud ihre Stimme. Er schluckte schwer. Am Telefon hörte sie sich wie Sirup an; es lag ein leises Vibrieren darin, ein Brummen, das ihn immer noch etwas schwindlig machte. Sie war sechsundzwanzig. Warum mußte immer alles so kompliziert sein?

»Holly?«

»Bud! Du solltest mich hier nicht anrufen. Er ...«

»Holly, ist Ted da?«

»Natürlich ist er nicht hier bei mir. Das weißt du doch. Er ist im anderen Schlafzimmer. Ich hole ihn.«

»Gut, Holly, mach mal.«

Dreißig Sekunden später meldete sich Ted.

»Bud?«

»Allerdings«, sagte Bud herzlich und gab Ted die Meldung durch. »Ich komm in 'ner Viertelstunde bei dir vorbei. Daß du mir bis dahin auf der Matte stehst – scharfe Bügelfalten, das AR-15 geladen und gesichert. Alles klar, Junge?«

»Himmel Herrgott«, sagte Ted. »Ich bin gerade erst ins Bett gekommen.«

»Tja dann, ich weiß, du bringst das schon.«

»Herrgott, Bud, mußt du auf alles eine Antwort haben, verflucht noch mal. Du freust dich drüber, das hör ich dir an. Also, in zwanzig Minuten.«

»Fünfzehn, mein junger Kollege«, sagte Bud.

Er tat immer so lustig mit Ted. Der gestandene alte Sergeant, der auf alles eine Antwort hatte, verflucht noch mal, immer ein Lachen parat, einen Scherz und dabei trotzdem subtil auf Gehorsam bestand. Bevor er seine Winkel bekommen hatte, war er für ein gutes Dutzend alte Sergeants der »Kleine« gewesen; und jetzt, jetzt war er selbst Sergeant.

Bud stellte sich unter die Dusche, war wie der Blitz wieder draußen und erledigte im Eiltempo den Rest. Schließlich öffnete er seinen Wandschrank, fand auf dem Kleiderbügel eine frühlingsfrische Uniform für den nächsten Tag. Er steckte sich das goldene Abzeichen an, ein Indianerschild mit zwei Flügeln darüber, darunter die Aufschrift: »Schützen und Dienen«. Einer ganzen Reihe von jüngeren Kollegen bedeutete dieses Abzeichen nichts. Er dagegen sah es nach wie vor als Symbol, von einer Elite aufgenommen und akzeptiert worden zu sein: Wir sorgen für die Einhaltung der Gesetze, sagte es der Welt. Wir sind da, um zu schützen.

Er zog sich die Socken an und legte den Galco-Pistolengurt an der Wade an, bevor er in seine maulwurfgraue Hose mit den Nahtstreifen stieg. Immer noch Größe 36. Das braune Hemd mit den auffälligen grauen Schulter- und Taschenklappen saß wie ein Handschuh. Die drei gelben Winkel direkt unter dem pfeilspitzenförmigen Oberarmabzeichen mit der Aufschrift »Oklahoma Highway Patrol« hoben sich ab wie ein Strauß Gänseblümchen. Neunzehn Jahre hatte er gebraucht, um diesen Rang zu erreichen, und dabei hatte er die Prüfung schon beim erstenmal, nach zehn Jahren, als Bester bestanden. Er knöpfte sich zu und band sich rasch die Krawatte um.

»Daß du mir ja die Weste anlegst, Bud!« rief Jen aus dem Schlafzimmer, wo sie eigentlich schlafen sollte.

Ihre Mahnung irritierte ihn, aber dieser Tage irritierte ihn so ziemlich alles, was von Jen kam.

»Könnt ich genausogut eine Waschmaschine mit rumschleppen.«

»Trotzdem, zieh sie an.«

»Natürlich zieh ich sie an«, log er. Er haßte das Ding. Es gab ihm das Gefühl, ein Korsett zu tragen.

Zu guter Letzt schlüpfte Bud in seine schwarzen Halbschuhe, die er fest schnürte. Dann trat er vom Schrank zurück.

»Du hast die Weste nicht an, Bud«, sagte Jen, »ich seh's doch. Eines Tages schießt dich einer über den Haufen, und ich sitze mit einem Berg Rechnungen da.«

»Keiner schießt mich über den Haufen«, sagte er. »Und jetzt schlaf weiter.«

»Ich schwör's dir, du bist in letzter Zeit ein richtig unleidiger Dickschädel«, sagte sie verdrießlich. Sie zog sich die Decke über und drehte sich um.

Er trat in den kurzen Flur. Das Haus machte nicht viel her, aber es hatte sich noch keiner beschwert. Es lag im Dunkeln, aber Bud kannte jeden Quadratzentimeter wie seine Hosentasche. Er machte ein paar Schritte und öffnete leise die Tür, um einen Blick auf Russ zu werfen, der einen unruhigen Schlaf hatte – er war im Schlaf nicht weniger nervös als am Tag. Russ' Haar, eine Art marmorierter Filz, rankte sich um sein hübsches Gesicht; auf einem Poster über ihm das Schreckgespenst eines Rockstars, ein leichenblasser Psychotiker, der aufgezäumt war wie der Teufel persönlich. Er sah aus wie der PCP-Zombie, den die Drogenfahndung mal vor Buds Augen auf der I-44 hinter Oklahoma City über den Haufen geknallt hatte. Aber Bud machte sich keine Sorgen um Russ. Russ, der inzwischen siebzehn war, mochte ja übel aussehen mit seinen verdammten Zotteln und den schwarzen Klamotten, in denen er immer rumlief, ganz zu schweigen von dem glitzernden Ding im Ohr, von dem Bud erst gar nichts wissen wollte, aber irgendwie wußte Bud, daß Russ zuviel von seiner Mutter hatte, um irgendwas Verrücktes zu tun. Er brachte immer noch fast nur Einsen nach Hause. Wenn alles nach Plan lief, dann bekäme er die Chance, an eine klasse Uni im Osten zu gehen.

Auf der anderen Seite des Flurs sah Bud nach Jeff, seinem Jüngsten. Jeff war mit seinen fünfzehn Jahren zwar der kleinere, aber auch der zähere von den beiden. Er hatte das Gesicht eines Preisboxers und die drahtige muskulöse Figur eines Athleten. Sein Zimmer roch leicht nach dem schalen Schweiß alter Socken, muffigen Bandagen und zehn Paar Turnschuhen. Er wäre zu gern eine Sportskanone gewesen, war weder ein Genie noch ein großer Leser, aber egal, auf welchen Sportplatz man ihn stellte, er rackerte sich ernsthaft ab; er sehnte sich danach, was zu zeigen, schaffte es freilich so gut wie nie. Jeffs Nöte und seine ständig enttäuschte Miene hatten eine gewisse Tragik. Eine Welle von Liebe und Melancholie schlug über Bud zusammen, so heftig, daß er fast das Gefühl hatte, sich vorbeugen und dem Jungen einen Kuß auf die Backe drücken zu müssen. Jeff schien ihn so sehr zu brauchen.

Und den Jungen soll ich verlassen? fragte er sich und spürte die drückende Last auf seinen Schultern. Aber wegzugehen war bereits im Gespräch. Es war eine Möglichkeit. Sie jagte ihm eine Heidenangst ein. *Bin ich wirklich drauf und dran, mich hier abzuseilen?*

Tja, vielleicht. Aber vielleicht kommen sie ja zurecht.

»Papa?« Jeff hatte sich bewegt und seinen Vater erspäht.

»Ja, Jeff, was gibt's?«

»Was ist los?«

»Och, ich werd gebraucht. Nichts Großes.«

»Du hast die Weste nicht an. Das seh ich.«

»Ist wirklich nichts«, sagte er. »Mach dir mal keine Sorgen. Bist ja wie deine Mutter. Schlaf weiter.«

Bud ließ die Familie hinter sich und ging hinunter zu einer Besenkammer am Ende des Flurs. Er öffnete sie und sah sich vor seinem Waffensafe. Rasch stellte er die vertraute Kombination ein.

Sein schwerer schwarzer Gurt hing an einem Brett mit Holznägeln an der Innenseite der Tür; er nahm ihn ab, legte ihn sich um die Hüfte und zog ihn zu – drittes Loch. Der Gurt war wichtig für einen Polizisten; er hatte so viel zu tragen: die Handschellen, die chemische Keule, den Schlagstock für den Fall, daß es eine Menschenmenge zu bändigen gab, einen Totschläger, wie ihn einige der Jungs mit sich führten, ein Sprechfunkgerät, das Futteral für die Schnellader und dann natürlich die Waffe.

Die Waffe, natürlich. Ein Smith & Wesson M66, im Kaliber .357 Magnum mit vierzölligem Lauf. Er nahm ihn aus dem Fach und wischte kurz drüber; der Edelstahl schimmerte häßlich im schlechten Licht, aber das verdammte Ding lag so was von gut in der Hand. Es verschoß sechs mörderische kleine 8,1-g-Hohlmantelgeschosse, von denen eine in 93 Prozent der Fälle ausreichte, den Gegner zu stoppen. Bud ging zweimal die Woche auf den Schießplatz, und er war ein ausgezeichneter Schütze.

Er klappte die Trommel aus und füllte das Magazin mit sechs Patronen aus einer offenen Packung; er hatte zwei Schnellader mit, also noch zwei mal sechs Patronen zum raschen Nachladen. Im Gegensatz zu vielen Kollegen fand Bud Schnellader mühsam; dagegen konnte er in weniger als zwei Sekunden die sechs Hülsen herausnehmen und durch neue Patronen ersetzen. Er war noch nie dazu gezwungen gewesen, ebensowenig wie er noch nie einen hatte erschießen müssen, aber es war besser, fix damit zu sein und es nie zu brauchen, als es einmal zu brauchen und dann nicht zu bringen. Er steckte den Revolver in den Gurt, legte die Schlinge um den Hahn und schloß den Druckknopf. Dann griff er noch einmal in den Waffensafe und holte einen kleinen Smith & Wesson 640 heraus, mit einem Zwei-Zoll-Lauf, nur halb so lang wie der andere, kippte die Trommel heraus, um sich zu vergewissern, daß fünf +P-Hohlmantelgeschosse vom Kaliber .38 Special drin waren, und steckte ihn in den Wadengurt über der Innenseite des Knöchels am linken Fuß; auch diese Waffe sicherte er mit einer Schlaufe.

Er verschloß den Safe wieder und nahm seinen »Smokey«, der

obenauf lag. Der dunkelgrüne Hut mit der flachen Krempe mußte genau im richtigen Winkel auf seinen Kopf, so daß der Rand den oberen Horizont seines Gesichtskreises bildete, genau wie es sich gehörte. Vielleicht hatte damit für Bud vor so vielen Jahren alles angefangen. Verflucht noch mal, seiner Ansicht nach war es immer noch der schärfste Hut, den er je gesehen hatte; jedenfalls war es der einzige, den er je tragen würde. Er wollte mit dem Ding auf dem Kopf begraben werden – oder wenigstens auf der Brust.

Er verließ das Haus und stieg in den Streifenwagen, der auf der Zufahrt parkte, einen glänzenden Chevy Caprice in Schwarzweiß, wie man sie in Oklahoma hatte. Nachdem er den Motor angelassen hatte, nahm er das Mikro zur Hand und drückte die Sprechtaste.

»Ahm, Zentrale, hier sechs-null-fünf, ich bin unterwegs zum Kollegen zwo-elf.«

»Verstanden, sechs-null-fünf«, sagte die Stimme der Führungsbeamtin von der Nachtschicht. »Für laufende Meldungen schalten Sie auf Intercity-Netz.«

»In Ordnung, Zentrale. Gibt's was Neues?«

»Bisher nicht das geringste.«

»Okay, Zentrale, ich fahr dann mal los.«

Er schaltete auf das Intercity-Netz, auf 155,67 MHz, rangierte den großen Wagen aus der Zufahrt und machte sich auf zu Ted und Holly Pepper.

Der Wohnwagen der Peppers, der ganz allein in seiner trostlosen kleinen Straße stand, war beleuchtet wie eine Autobahntankstelle. Ted stand in voller Uniform davor, einen Gewehrkoffer in der Hand. Er war ein hochgewachsener, hübscher junger Kerl – womöglich sogar zu hübsch; wenn er eine Charakterschwäche hatte, dann die, daß man ihm als jungen Mann immer alles hinten und vorn reingesteckt hatte. Er hatte weder seine Lektion in Demut gelernt, noch hatte er je richtig ranklotzen müssen. Wenn man blaue Augen und eine Stupsnase hat und immer der Liebling ist, wird einem einfach alles auf dem silbernen Tablett serviert. Aber Ted war in Ordnung – auch wenn er einfach nicht die Gaben hatte, die den wirklich guten Polizisten ausmachten – jenen speziellen Instinkt für Abweichler, den Riecher fürs Motiv, die Antenne für die Wahrheit unter der Lüge und, zu guter Letzt, den Willen, sich voll in die Arbeit zu hängen. Aber so viele wirklich gute Polizisten gab es ja auch nicht mehr, und Bud wußte sehr gut, daß er aus einer Reihe von Gründen selbst nicht zu denen zählte. Das einzige, was er Ted voraushatte, war, daß er ein bißchen länger dabei war.

Als Bud vorfuhr, ging die Tür des Wohnwagens auf, und Holly kam im Hausmantel heraus, zwei verschlossene Plastikbecher in der Hand – vermutlich heißer Kaffee. Ohne Make-up waren ihre Sommersprossen zu sehen; die strohfarbene Mähne mit dem Stich ins Rot sah aus, als hätte Holly einen elektrischen Schlag abgekriegt, aber der Teufel sollte ihn holen, so war sie nun mal; sie war wirklich ein schnuckliges Ding.

Ted war mieser Laune, das sah Bud auf den ersten Blick, und Holly kam ihm gar nicht erst zu nahe.

»Hallo, Bud«, zirpte sie. »Habt ihr wohl wieder eins eurer glorreichen Abenteuer vor euch, Sie und Ted.«

»Holly, Herrgott noch mal«, sagte Ted. »Wie geht's denn so, Bud.«

»Ted, alles geladen und gesichert?«

»Ja, Sir. Und ich hab noch drei Magazine mit 4,47er Hohlmantel eingesteckt. Achtzehn pro Magazin, ganz nach Vorschrift.«

»Gut, der Mann. Dann verstau sie im Kofferraum, damit wir endlich loskommen. Morgen, Holly.«

»Oh, tun Sie, als wär ich gar nicht da, Mr. Sergeant Bud Pewtie.«

Er lachte. Kokettes Ding, diese Holly.

»Ich hab euch Jungs Kaffee gemacht. Ich hoffe, es hilft.«

»Alles hilft«, sagte Bud, der eben den Kofferraum öffnete. Ted legte seinen Gewehrkoffer neben den von Bud, der einen Mossberg-Vorderschaftrepetierer im Kaliber 12 mit extralangem Magazin verbarg.

»Ihr Jungs könntet glatt einen Krieg anfangen«, sagte Holly.

»Heute wird nicht geschossen«, sagte Bud. »Diese dreckigen Kerle wollen sich nur mal die Beine vertreten, bevor sie wieder einwandern. Kleiner Urlaub, weiter nichts.«

»Soviel ich gehört hab, haben sie schon drei Leute umgebracht«, sagte Holly.

»Na schön, sie sind halt ein bißchen gereizt«, meinte Bud. Aber dann wandte er sich an Ted.

»Ted, geh du mal rein und leg deine Weste an. Noch nie war sie so wertvoll wie heute.«

»Ach, Bud, du weißt, ich hasse diese Schweißweste. Hast ja selber keine an.«

»Hab ich nicht. Stimmt. Das liegt daran, daß ich mir denke, du wirst den Helden spielen, wenn geschossen wird, während ich auf dem Rücksitz liege und bete. Ich brauch also keine. Aber du, junger Freund. Wirst doch die schöne junge Frau hier nicht zur Witwe machen wollen, oder?«

»Ach, Bud ...«

»Hör zu, Ted, ich möchte hier vor deiner Frau nicht meinen Rang raushängen lassen. Geh einfach rein und leg sie an. Und glaub ja nicht, es geniert mich, wenn du mich einen Heuchler nennst: Ich weiß, daß ich einer bin, mein Sohn, aber ich bin sogar verdammt stolz darauf!«

Mürrisch wie ein gezüchtigtes Kind verschwand Ted im Wohnwagen, in dem gleich darauf alles mögliche herumgeworfen und mit Türen geknallt wurde.

»Heute wird's ernst für ihn, nehm ich an«, sagte Bud.

»Nach 'ner Tasse Kaffee kommt er schon klar. Wie geht's dir denn, Bud?«

»Ach, Holly, das weißt du doch.«

Er und Holly trafen sich wenigstens zweimal, manchmal – je nach Appetit und Gelegenheit – auch fünf-, sechsmal die Woche in unterschiedlichen Motels, von denen es in der Gegend von Lawton mehr als genug gab; dort schliefen sie mit einer Verzweiflung und Reinheit miteinander, die Bud nicht für möglich gehalten hätte. Mit Jen schlief er schon seit über zwei Jahren nicht mehr. Er erinnerte sich kaum noch daran. Aber er würde nie vergessen, wie es mit Holly war.

Was würde wohl als nächstes passieren? Verdammt, wenn er das nur wüßte. Er kam sich vor wie auf einer Verfolgungsjagd, die immer schneller wurde, bis einfach was passieren mußte, aber wenn man mit so was mal angefangen hatte, mußte man es, so schlimm es auch ausgehen mochte, zu Ende bringen.

»Du hast gesagt, du kriegst das schon hin, und ich vertraue dir. Du bist der Mann. Einer hier muß es ja sein.«

»Irgendwas regt ihn auf, oder? Könnte es sein, daß er ...«

»Bud, der Junge beachtet mich seit einem Jahr nicht mehr. Ich könnte grün werden, und er würde es nicht merken. Nein, nein, Bud, er hat keine Ahnung.«

»Na schön. Ich möchte ihm nicht weh tun. Wir müssen es ihm unbedingt sagen, wenn wir es Jen sagen. Damit keinem mehr als nötig weh getan wird. Wir kriegen das schon hin. Ich versprech's dir. Ich schwör's dir sogar.«

»Du kannst wohl überhaupt keinem weh tun, Bud, was? Gerade das mag ich so an dir. Trotzdem solltest du deine Weste anhaben.«

»Tja, Ted hat schon recht. Ich bin zu alt, um mich von dem Ding den ganzen Tag jucken zu lassen – aber du bist jetzt schon die dritte in zwanzig Minuten, die mir sagt, daß ich sie anlegen soll.«

»Solltest du auch, Bud. Wirklich.«

»In die alte Haut hier schießt mir keiner ein Loch, das versprech ich dir.«

»Ich liebe dich, Bud«, sagte sie plötzlich, als müßte sie das noch schnell unterbringen. Dann tauchte Ted wieder auf – mit den gut drei Kilo Kevlar-verstärktem Fiberglas, die er sich unter das Uniformhemd geschnürt hatte, wirkte er etwas steif.

»Okay«, sagte Bud, »sehen wir zu, daß wir endlich in die Gänge kommen.«

Er warf Holly einen verstohlenen Blick zu, während Ted in den Wagen stieg, und stieg dann selbst ein, setzte zurück auf die Straße und raste aus dem Wohnwagenpark auf die andere Seite der Stadt, um auf ihrem Weg zur 44 Gore abzuholen.

Ted schwieg.

»Also«, sagte Bud schließlich, »sieht ganz so aus, als würden uns ein paar harte Tage bevorstehen. Bei diesen Geschichten geht keiner nach Hause, bevor nicht wirklich auch alles vorbei ist. Ich erinnere mich noch an 1978: Da gab's mal einen Knastbruder, der ...«

Aber als er einen Blick zur Seite warf, sah er, daß Ted sich unfreiwillig zurückgelegt und schwer zu atmen begonnen hatte: Er schlief.

Mitten in der Nacht! dachte Bud und zog die Sechs-Liter-Maschine mit einem satten Druck aufs Pedal hoch. Während er durch die menschenleeren Straßen der Stadt schoß, schob sich im Osten die Sonne an den Himmel.

Es wurde bereits hell, als Bud auf das Gelände der Straßenmeisterei von Chickasha einbog, die vierzig Meilen hinter Lawton die 44 hinauf Richtung Oklahoma City lag. Ted hatte den ganzen Weg über geschlafen. Kein Problem – Ted hätte sowieso nur geredet, um sich reden zu hören. Ihm sollte es recht sein, wenn Ted dadurch später besser auf Zack wäre.

Als er auf das Gelände fuhr, war er nicht überrascht, daß die Streifenwagen nicht nur von seinem Verein, sondern auch von einem halben Dutzend anderer stammten: dem des County-Sheriffs, von der Stadtpolizei von Chickasha und Lawton, der Militärpolizei aus Fort Sill, deren riesiges Gebiet direkt an Lawton angrenzte; abgerundet wurde das Bild von ein paar schwarzen Autos, die das Markenzeichen vom OSBI waren, dem Landeskriminalamt, einer Art hausgestricktem FBI.

Großer Gott, dachte Bud, *Osbies*. Diese alten Besserwisser. Nur daß sie immer bessere Rückendeckung haben als so ein alter Smokey von der Highway Patrol.

»Okay, Sportsfreund«, verkündete Bud. »Sehen wir zu, daß wir an unsere Info kommen.«

»Ha? Oh, Herrgott, 'tschuldige, Bud, ich hab kaum ein Auge zugetan. Meine bessere Hälfte konnte wieder mal nicht genug kriegen. Kaum zu glauben, daß so ein mageres Mädel es zweimal die Nacht braucht.«

»Ja ja, noch einmal so jung sein«, sagte Bud und schloß damit den Lügenkreis. Aus irgendeinem unerfindlichen Grund hatte Ted vor dreizehn Monaten aufgehört, mit seiner Frau zu schlafen; Bud hatte damit vor zwei Monaten angefangen – und er wußte, warum.

Sie stiegen aus, und als sie reingingen, stellten sie fest, daß bereits mächtig was los war, wie nicht anders zu erwarten. Er sah einen Lieutenant der Einsatzgruppe M aus Altus mit zwei Typen, denen schier die Augen zufallen wollten. Ihren schlechtsitzenden Anzügen nach waren das die Leute vom OSBI. Trotz der Anzüge hatte jeder der beiden eine Remington 700 mit Zielfernrohr über der Schulter. Überhaupt mußte er feststellen, daß fast jeder der diversen Vollstreckungsbeamten, die im Korridor herumliefen, schwerer bewaffnet war als sonst.

»Holen Sie sich erst mal Kaffee«, sagte ihm der Lieutenant. »Wir warten noch darauf, von C. D. eingewiesen zu werden.«

»Ich dachte, der alte Zausel wäre längst tot«, sagte Bud und nahm damit die Erwähnung des legendären Gesetzeshüters zur Kenntnis.

»C. D. doch nicht«, sagte der Lieutenant. »Der hat viel zu lange in Bourbon gelegen, um einzugehen.«

Bud und Ted fanden den Kaffee und dazu einen großen Kübel voll Donuts; Bud verkniff sich das Gebäck, während Ted gleich einen mit Zuckerguß nahm. Bud merkte mit einem Mal, daß die Männer in den Dienstraum zu strömen begannen, als wüßte jeder hier, daß es Zeit war, sich seine Befehle zu holen. Bud reihte sich ein. Der Raum, in dem die zwölf Männer, die sich hier sonst zur

Schichtbesprechung trafen, kaum auffielen, war diesmal gerammelt voll mit Polizisten.

Ein Beamter der Highway Patrol machte ein paar einleitende Bemerkungen, aber Bud achtete ebensowenig wie die anderen auf ihn; alle glotzten den legendären alten Lieutenant C. D. Henderson an, der in Schnürsenkelkrawatte und Tony-Lama-Stiefeln vor ihnen saß und dessen Colt, den er in einem speckigen alten Schultergurt mit zig Riemen und Schnallen unter dem Sakko trug, definitiv nicht den Vorschriften entsprach.

C. D. war Oklahomas berühmtester Kriminalpolizist und darüber hinaus ein gestandener Mann, was Schießereien anging; er war schon in der guten alten Zeit dabeigewesen, als die Pistolenriege der Polizei von Oklahoma City dem FBI ihre besten Leute schickte, wann immer es einen brenzligen Job zu erledigen galt. Er selbst, so hieß es, hatte den Zweikampf mit der Handfeuerwaffe noch unter dem legendären Staatsanwalt »Jelly« Bryce gelernt.

Aber er sah so furchtbar alt aus. Gerüchten zufolge war er ein heimlicher Säufer und wäre längst pensioniert, hätte er nicht ein paar Fotos bekannter Politiker mit ihren Nutten gehabt.

»Tja dann, mein Kompliment an alle hier, ich kann Ihnen gar nicht sagen, wie verdammt beeindruckt ich bin, wie schnell und zahlreich ihr Jungs hier erschienen seid«, sagte C. D., als er übernahm. Sein Gesicht glich einer Dörrpflaume, und so lustlos, wie der Anzug – khakifarben mit Cowboybiesen – an dem alten Klappergestell hing, schien er ursprünglich für einen weit größeren Mann gekauft worden zu sein.

»Wie auch immer, Männer, die verdammte Gefängnisverwaltung hat uns da eine üble Geschichte aufgehalst, und ich gebe mal weiter, was ich eben reingekriegt habe. Ich hatte nämlich gerade Oklahoma City am Apparat. Gebt doch bitte mal die letzte Meldung aus, ja?«

Einige kleinere Lichter drängten sich durch die Männer und verteilten ein dreiseitiges Schreiben.

»Gestern abend gegen achtzehn Uhr, vor dreizehn Stunden also, hat ein ziemlich übler Kunde namens Lamar Pye seinen Cousin Odell und irgend so einen armen Neuzugang namens Richard Peed aus dem Staatsgefängnis von McAlester herausgebracht. Die erste schlechte Nachricht ist, daß man erst um zweiundzwanzig Uhr beim Appell bemerkt hat, daß die drei Jungs den Abgang gemacht haben. Erst dann begann die Suche. Gefunden hat man eine verdammte Schatztruhe voll Leichen: einen alten Wärter mit durchschnittener Kehle und einen Schrank von einem schwarzen Häftling, einen gewissen Willie Ralph Jefferson, Jr., in einem Spind mit einem Stück Seife im Hals. Wahrscheinlich Odells Werk. Wir haben außerdem erfahren, daß ein Automatenauffüller, dessen letzter Stopp das Gefängnis war, vermißt wird. Das Miese an der Sache ist, daß die Brüder schon vier Stunden draußen waren, bevor man überhaupt gemerkt hat, daß sie abgehen. Mit anderen Worten, in der Gegend von McAlester werden Straßensperren und Bluthunde wohl kaum noch was bringen.«

Lebhaft schilderte er einige Details der Flucht, inklusive Beschreibung und Nummer des Lieferwagens, in dem sie vermutlich geflohen waren – es handelte sich um einen 89er Ford Econoline mit HOSTESS PRODUCTS auf dem Kasten –, und einer Beschreibung des armen Kerls, der ihn gefahren hatte, eines gewissen Willard Jones.

»Was Sie da vor sich haben, ist das Strafregister der Ausbrecher. Lamar ist von den dreien der übelste Kerl. Ein Profi als Knastbruder wie als Krimineller. Der Mann hat das Gesetz gebrochen, seit er zehn Jahre alt war. Sein Papa ist übrigens schon 1955 bei einer Schießerei mit einem Staatspolizisten in Arkansas ums Leben gekommen, da war Lamar noch ein Klumpen im Bauch seiner Mutter. Aufgewachsen in der Besserungsanstalt. Einbruchsdiebstähle, Körperverletzung, versuchter Totschlag, bewaffneter Raubüberfall, Verstöße gegen das Betäubungsmittelgesetz – er hat sich so ziemlich an allem versucht. Sein Aktionsraum war Tulsa und Oklahoma City. 1974 hat er schließlich den Verkäufer eines kleinen Supermarkts erschossen. Mir nichts, dir nichts, aus nächster Entfernung. Das ist Lamar. Wie auch immer, durch einen Deal mit der Staatsanwaltschaft wurde daraus nur Totschlag, und er kam 1980 auf Bewährung wieder raus. Dann verlegten sich er und sein Cousin Odell, dieser arme Trottel, auf Banken und Fastfood-Restaurants – verflucht, sogar einen Joghurtladen in einem Einkaufszentrum in Tulsa haben sie ausgeraubt. Sie haben beide schnell den Finger am Abzug. Außerdem glauben wir, daß Lamar zwei Spitzel, die die Noble Pagans, einen Rockerclub, verpfeifen wollten, erledigt hat. Im Auftrag der Pagans. Hier noch was, was Sie nicht auf der Mitteilung finden: Es heißt, der Bursche hat 'nen Schwanz wie 'n Bulle. Angeblich ist Johnny Dillinger in dieser Hinsicht ein Winzling gegen den Mann. Wenn Sie also einen Verdächtigen haben, können

Sie sich ja mal seinen Riemen ansehen – und wenn Sie einen zweiten Zollstock brauchen, dann würde ich sagen, Sie haben den Mann!«

Das Lachen schwappte wie eine Welle durch den Raum.

»Also, dieser Odell ist Lamars Leibdiener. Dumm wie Bohnenstroh, kaum daß er einen Satz zustande bringt. Vermutlich zurückgeblieben. Wie auch immer, 1985 kamen Lamar und Odell auf die Idee, einen Anführer der Noble Pagans abzuziehen. Der Mann war ein Dealer, und die beiden lotsten ihn bis hinter Anadarko und schossen ihm in den Kopf. Tja, nur daß er nicht so schnell gestorben ist, wie sie gedacht hatten; er konnte vorher noch ihre Namen nennen, und so sind die beiden dann im ›Mac‹ gelandet.«

Bud schaute sich die Fotos der beiden Männer an und sah, was er schon so oft gesehen hatte – typisch asoziale Hinterwäldler mit stechenden Augen, in denen entweder irgendein obskurer Groll gegen die Welt schwelte oder die schiere Dummheit. Ihr Verstand funktionierte nicht wie der der meisten Menschen; das machte sie so anders – als sähen sogar ihre Schaltkreise unterschiedlich aus. Killer und falsche Fuffziger waren das, skrupellos und primitiv – und trotzdem, verflucht noch mal, sie hatten alle Mumm in den Knochen. So was von nackter Aggression. Eine enge Vertrautheit mit der Gewalt – sie suhlten sich geradezu darin.

Odells Augen waren zwei Kohlebrocken; in ihnen war nicht das geringste zu sehen; stumpf stierte er einfach aus dem Foto. Sein merkwürdig geformter Kopf sah aus wie von einem anderen Stern; wo eine Oberlippe sein sollte, hatte er einen schwarzen Fleck.

Lamar war da anders: Sein Gesicht war breiter und offener, es hatte sogar einen gewissen Charme. Auf eine gewisse, harte Art war er ein gutaussehender Mann; aber die Augen funkelten, sie waren eine einzige Drohung: Leg dich bloß nicht mit mir an. Aber sie hatten auch etwas Tragisches: Die ganz Harten unter den Knastbrüdern, die echten Profis hatten immer ein gewisses Talent; sie hätten alle was anderes, etwas Besseres sein können.

»Ich würde sagen, wir kriegen sie folgendermaßen«, sagte Henderson. »Früher oder später läuft der zu seinesgleichen – Rockerabschaum, Rotzer, hoffnungslose Fälle. Verflucht, der Kerl hatte mit der Hälfte aller Banden hier in Oklahoma zu tun, er hat mit sämtlichen unverbesserlichen Knastbrüdern und Berufsverbrechern dieses Staates gesessen. Der meldet sich bei denen, und irgendeiner von ihnen wird ihn verpfeifen, da passen Sie mal auf.«

»Was ist mit dem anderen?« rief eine Stimme.

»Peed ist nicht so einfach zu durchschauen«, sagte C. D. Henderson. »Er ist alles andere als der typische Knastbruder, oder jedenfalls sieht es so aus. Keine Vorstrafen. Eine Art Genie. War auf dieser High-School für Begabte oben in Tulsa. Sein Vater war ein großes Tier bei einer Ölfirma. Er hat irgendwo im Osten Kunst studiert. Ist angeblich Maler. Na, jedenfalls kommt er wieder nach Hause, als seine Mutter krank wird, die er dann zehn Jahre lang pflegt. Während dieser Zeit unterrichtete er Kunst am städtischen Junior College in Oklahoma City, aber in der Hauptsache malt er.«

Bud sah sich Richard Peed an. Unter dem luftigen Haarkissen sah er ein bemerkenswert weiches Gesicht. Nicht ein scharfer Zug an dem Mann. Er schien geradezu Rohmaterial zu sein, konturlos, unreif, ein Kindmann. Sein Gesicht war wie Teig, der darauf wartete, daß die Erfahrung ihn formte. Die Augen waren verschwommen, irgendwie schwach, und selbst auf diesem Foto, auf dem er, durch den harten Blitz jeder Nuance beraubt, über die Häftlingsnummer starrte, sah man seine Angst. Er war ein Karnickel. Im Knast würde man ihn umbringen.

»Was hat denn dieser harte Brocken gemacht?« fragte ein Deputy Sheriff. »Einen Limonadenstand ausgeraubt?«

Alles, was er laut Akte auf dem Kerbholz hatte, war versuchter Totschlag – drei bis fünf Jahre. Was einem freilich kaum einen gnadenlosen Knast wie das »Mac« einbrachte. Jeder Jurastudent im ersten Jahr könnte einen Mann ohne Vorstrafen bei so etwas innerhalb von zwei Monaten wieder rausholen.

»Tja, weil er weiß und reich war, hat man eine große Schau draus gemacht, ihm ordentlich auf die Finger zu klopfen. Es war aber vereinbart, daß er nur drei Monate im ›Mac‹ absitzen sollte, dann sollte er auf den Bundesspielplatz in El Reno. Was er gemacht hat, war allerdings krank, daran gibt es nichts zu deuteln«, sagte Lieutenant Henderson. »Er hatte da eine Ausstellung und dachte, die Kritiker würden sich vor Lob überschlagen, doch es kam keiner. Als ihn dann seine Mama nervte, stach er zu.«

Falls C. D. Henderson versuchte, sein Publikum zu schockieren, ging es daneben. Den Männern hier waren groteskere Scheußlichkeiten untergekommen in den Gebirgskaffs und Schwarzenvierteln von Oklahoma, aber Henderson war noch nicht fertig.

»Allerdings in die Augen. Er hat seiner Mutter die Augen ausgestochen, verflucht noch mal. Er hat sie geblendet.«

KAPITEL 3

Ein weiteres Karnickel lernte seine Lektion über Wölfe.

Es war fast acht und wurde langsam dunkel. Es sollte noch sechs Stunden dauern, bis Bud Pewtie seinen Anruf bekam. Aber in einem Lieferwagen, der gerade mal fünf Meilen unter dem Tempolimit die Staatsstraße 1 in westlicher Richtung auf Ada zurollte, nahm die Lektion ihren Lauf.

Das Karnickel hieß Willard. So jedenfalls stand es in Schreibschrift auf einem kleinen Oval seiner Tasche: WILLARD.

Lamar dachte: *Egal, was passiert, mich stecken sie jedenfalls nicht in ein Hemd mit meinem gottverdammten Namen in so einem Ei, mich kommandiert kein Spießer herum: »Oh, he, Lamar, schau mal das Öl nach, ja? Stell das mal hier rüber, Lamar. Lamar, ich will Zucker in meinen Kaffee.«*

Willard hatte sich bereits in die Hosen gepißt. Er kriegte sich kaum noch ein, so sehr mußte er heulen. Aber so waren Karnickel nun mal. Deswegen waren sie ja Karnickel.

»Also, Willard«, sagte Lamar, »wie war das noch mal mit der Firma.«

»Tun Sie mir nichts, Mister, Herrgott noch mal, es ist bloß eine Firma, verdammt, wie jede andere auch.«

»Wie viele Laster habt ihr?«

»Herrgott, Mister, ich weiß nicht, ich hab sie nie gezählt.«

»Jetzt hör mal genau zu, Willard. Ich will dir nichts tun müssen. Sag's halt einfach. Wie viele Laster? Du gibst mir eine Antwort, oder ich sag Odell, er soll dir noch mal weh tun.«

Odell hatte Willard bereits vier Finger gebrochen. Im Augenblick saß er da, einen seiner mächtigen Arme um Willards zitternden dürren Hals, und aß Twinkies. Er hatte schon über fünfzig der kleinen Kuchen verdrückt.

»Din-kies«, sagte er hin und wieder.

»Richard«, rief Lamar, »du hältst weiter geradewegs auf Ada zu, ja? Mach mir bloß keine Dummheiten. Du bist haarscharf am Tempolimit, das spür ich.«

Richard, der den Lieferwagen fuhr, versuchte lässig zu wirken, aber das Entsetzen des Karnickels hing wie der Geruch von verrottendem Fleisch in der Luft; ihm war schon ganz schlecht.

»Schon gut, Lamar«, rief Richard. Sie rollten durch Käffer, bei denen Richard sich immer gefragt hatte, wovon die Leute dort eigentlich lebten; dann ging es wieder durch wellige grüne Felder, auf denen wie riesige Fässer das Heu lag, eine Landschaft, die jederzeit für das agrarische Amerika hätte stehen können. Er versuchte, nicht zu hören, was da hinter ihm vor sich ging, sondern sich auf die Geschwindigkeitsbegrenzung zu konzentrieren und genau bei sechzig Meilen die Stunde zu bleiben.

»So um die fünfundzwanzig«, sagte Willard, dessen brüchige Stimme vor Angst gelegentlich ins Falsett umschlug. »Wir haben Kundschaft im ganzen Süden des Staats. Wir beliefern sämtliche Lebensmittelgeschäfte, wir haben Automaten in den Veteranenheimen jeder Stadt mit über fünftausend Einwohnern, wir beliefern Polizeiwachen – Polizisten essen eine Menge HoHos –, Tankstellen, überall, wo jemand Twinkies oder HoHos essen könnte, da sind auch wir.«

»Din-kies«, sagte Odell.

»Bitte, bitte, ich habe eine Frau und zwei Kinder. Sir, ich habe nie jemandem was getan. Ich habe nie was angestellt.«

»Ist jetzt nicht wichtig, Willard. Mach du nur einfach tüchtig mit, und ich werd sehen, ob ich nicht bei Odell 'n gutes Wort für dich einlegen kann, okay?«

»Ja, Sir«, schluchzte Willard.

»Fünfundzwanzig Laster? Also, wenn du reinkommst, parken die dann alle auf einem Haufen, oder wie ist das? Ist ein Zaun drum rum? Werdet ihr wo eingetragen? Paßt jemand drauf auf, was ihr so macht? Mußt du dich wo melden – was?«

»Wir parken alle nebeneinander, Sir«, sagte Willard, der sich fest konzentrierte. »Zaun oder so was haben wir nicht. Eingetragen werden wir auch nicht. Die Fahrer gehen einfach ins Büro und liefern ab, was sie übrig haben. Dann meldet man sich ab.«

»Was, wenn du dich mal nicht abmelden würdest, würde das einer merken? Wär das 'n Problem? Wer würde davon erfahren?«

»Herrgott, Sie wollen mir was tun!«

»Ich werd dir nichts tun, wenn du mich nicht dazu zwingst. Ich will das jetzt wissen, Willard. Willard, hilf mir, gottverdammt noch mal! Wir können das zusammen durchziehen, verfluchte Scheiße, oder nicht?«

»Ich nehme an, so gegen acht würde man sich womöglich fragen, wo zum Teufel ich abgeblieben bin. Um zehn würde man vielleicht die Polizei rufen. Aber wissen Sie, Fahrer und Automatenauffüller, also, die verschwinden laufend, die verrücktesten Sachen kommen da vor.«

»Aber nicht bei dir, Willard. Du machst deine Arbeit gut.«

»Ja, Sir.«

»Also, Willard. Hast du Geld?«

»Sir, ich habe gerade mal zehn Dollar bei mir, bar, meine ich. Und 'ne Menge 25-Cent-Münzen. Vielleicht fünfhundert Dollar in 25-Cent-Münzen und kleiner.«

»Ach«, sagte Lamar und rechnete. »Wie steht's mit 'ner Kreditkarte? Hast du so was, Willard?«

»Nein, Sir. Ich verdien grade mal vierzehntausend im Jahr. Das reicht nicht für eine Kreditkarte.«

»Hast du daheim noch was?«

»Bitte Sir, nicht zu mir nach Hause. Ich habe zwei kleine Mädchen. Oh, großer Gott, warum passiert das bloß mir?«

Es war, als hätte Willards Frage Lamar so aufgeregt, daß ihm der Geduldsfaden riß. *Warum?* Seiner Ansicht nach hatte einfach keiner das Recht, ihm eine derart elementare Frage zu stellen.

»Ich kann dir sagen, warum, Willard. Siehst du, was da steht?«

Er hielt ihm seine riesige rechte Faust hin, die mit FUCK drauf.

Willard nickte.

»Ja, das siehst du.«

Dann hielt er ihm die andere hin.

Auf der hieß es: YOU!

Wie Wärme strahlte Willard die Angst aus den Augen. Lamar sah so etwas gern.

»Alles klar, Willard? Dämmert's jetzt?«

Willard nickte verzweifelt.

»Ja. Jetzt dämmert's, was? Odell, brich ihm seinen verdammten Daumen.«

Dell Kuchen, Kuchen gut. Süß. Kuchen wie Mama so süß.

Kuchen, soviel Dell will. Guck mal, so viele Kuchen! Guck doch! Ganzer Laster voll Kuchen. Weiße Kuchen, braune Kuchen, und die, die sind wie Milch, die Kuchen.

Mar auf einmal so laut. »Dell brech ihm den vadammden Daumen.«

Dell macht dem Mann weh-weh. Schlimmes Weh-weh. Daumen kaputt. Daumen.

»*Kaputt! Daumen kaputt!*«

Daumen macht knack!

Knack. Daumen kaputt.

Jetzt wieder Kuchen, Mar. Mar sagt, ich wieder Kuchen.

Willard schrie, als Odell ihm den Daumen brach. Er schrie so laut, daß er Lamar damit auf die Nerven ging. Lamar krabbelte nach vorn, geduckt, um von außen nicht gesehen zu werden, und wandte sich an Richard.

»Wie geht's denn so, Richard?«

»Warum mußt du ihm denn so weh tun?« fragte Richard.

»Weh tun? Verdammt, da hast du aber noch nicht viel gesehen in deinem kurzen Leben, Richard, wenn du meinst, daß das unter Wehtun fällt.« Lamar lachte leise über Richards dumme Bemerkung.

»Ist ja egal«, fuhr er einen Augenblick später fort. »An der nächsten Abzweigung mußt du abbiegen, glaub ich, wenn wir nach Ada wollen. Wir suchen die Davis Street. Ruf mich, wenn du abbiegst.«

»Lamar ... Wo fahren wir hin?«

»Keine Bange, mein Junge, ist alles geplant. Also, wie war das mit den Handgelenken, Kleiner? Du weißt doch, neulich abend hast du mir was über Handgelenke erzählt.«

Willard schrie noch immer; er schluchzte und bettelte mit bebender Brust, aber Odell hielt ihn mit einer seiner gewaltigen Pranken, während er mit der anderen Twinkies aß.

Handgelenke? Welche Handgelenke? Was zum Teufel sollte das nun wieder?

Dann hatte er es: Kunst. Er sprach von Kunst!

»Ach so, ja. Tja, ich glaube wirklich, daß ... Ah, verstehst du, was ein Gemälde, eine Zeichnung so flüssig, ich meine, so lebensecht macht, ist die Flexibilität des Handgelenks, die feine Abstimmung aller gegliederten Muskeln von Handgelenk und Hand mit der Vorstellungskraft. Deshalb bezeichnet man eine freihändig gezeichnete Linie ja auch als ›lebend‹.«

»Verdammt«, sagte Lamar entzückt. »Eines muß man dir lassen, reden kannst du. Reden und zeichnen! Bist ein verdammt interessanter junger Mann, stimmt's nicht, Odell?«

»Auwoaaa«, sagte Odell Pye, und sein breiter verkrüppelter

Mund verzog sich zu einem Lächeln voll kleiner Brösel aus flaumiger Eiercreme. Willard heulte in seinem Griff.

»Also, Richard, Junge, kannst dir schon mal Gedanken über dein nächstes Bild machen. Ich glaube, wir gehen wieder zurück zu den Löwen. Ich meine, Adler und Tiger, ist ja alles ganz schön, aber verflucht, der König des Dschungels, also der hat einfach was, das kratzt mich, wo's am übelsten juckt, sag ich dir!«

Richard sah einen schwarzweißen Wagen der Highway Patrol vorbeifliegen. Er warf einen Blick auf die Uhr. Ganz offensichtlich hatte noch keiner etwas gemerkt.

Lamar hatte noch was auf dem Herzen. Er kroch zurück in den Kasten des Lieferwagens. Er griff nach dem Kopf des Karnickels und hob ihn an, so daß ihm der Mann in die Augen sah. Er sah darin genau, was er erwartet hatte, nichts, was ihn überrascht hätte. Die pure Angst. Die Augen leuchteten, als wäre das Karnickel auf Speed, aber die einzige Droge, die dieses Karnickel durchdrehen ließ, war die Angst. Er könnte mit Willard jetzt machen, was er wollte: Er könnte ihn ficken oder seine Töchter, ihm die Frau umbringen, das Haus abfackeln. Und Willard würde ihn nicht anders ansehen als jetzt – mit bebenden Babylippen. Er war einfach kein Mann, verflucht noch mal. Er war ein Karnickel. Sogar 'n Nigger würde sich wehren, wenn man ihm arg genug zusetzte, wenn man ihn in die Enge trieb. Aber ein Karnickel nicht. Ein Karnickel sah einen bloß an, während man überlegte, was man ihm abbeißen sollte. Es half einem womöglich sogar bei der Entscheidung. Und es verkaufte einem alles – einfach alles.

»Also, Willard, hör mal zu. Ich brauch deine Hilfe.«

»W-was?« sagte Willard.

»Waffen. Ich brauch was zum Schießen. Männer wie ich, Männer mit Feinden, brauchen was zum Schießen, verstehst du? Nicht, um jemandem weh zu tun, nur zum Schutz. Also, Willard, hast du was zum Schießen?«

»Ich hasse Waffen«, sagte Willard.

»Affen«, sagte Odell. »Machen peng-peng.«

»Was mich nicht überrascht, mein Sohn.«

»Ich kenne da ein Waffengeschäft«, sagte Willard in dem Versuch, behilflich zu sein.

»Also, Willard, ich seh ja, daß du mitzumachen versuchst. Aber ein Waffengeschäft tut's nicht. Wie soll ich ohne Waffe ein Waffengeschäft ausräumen? Und wenn ich eine Waffe hätte, würde ich doch kein Waffengeschäft auszuräumen brauchen. Und dann läuft einem in Waffengeschäften heutzutage der letzte Dreck über den Weg. Die Leute sind alle bewaffnet, die warten doch bloß auf eine Ausrede, einen abknallen zu können. Lesen in 'ner Waffenzeitschrift drüber und träumen davon, einen abzuknallen. Asoziale, weißes Gesindel, was hier in Oklahoma auf dem Land so an Dreck durch die Gegend läuft. Nichts da, ein Waffengeschäft ist nicht drin. Was ich brauche, ist ein solider Bürger mit Waffenschrank. Jemand, der was zum Schießen daheim hat, ein Jäger oder was in der Richtung. Willard, ich weiß, wenn du mal scharf überlegst, dann fällt dir so einer ein.«

Willard dachte verzweifelt nach, bis in seinen Augen ein kleines Licht anging.

»Mr. Stepford sagt, sein Vater geht auf die Jagd«, sagte er. »Er meint, sein alter Herr schickt ihm jeden Herbst eine Hirschkeule.«

»Hmm«, sagte Lamar. »Wer soll dieser Mr. Stepford denn sein?«

»Mr. Bill Stepford ist der Bezirkschef der Backwarenabteilung von Hostess Oklahoma. Der Chef meines Chefs. Der mir den Job verschafft hat. Er hat gesagt, sein Vater wäre schon in Kanada auf Elchjagd gegangen und hätte in Mexiko Tauben geschossen. Und daß er noch nach Maine will, einen Bären erlegen, bevor er stirbt.«

»Wo wohnt dieser Vater denn?«

»Er ist ein Großfarmer. Er hat einen Hof in der Nähe von Ratliff City.«

»Hat der Alte auch einen Vornamen?«

»Sir, ich, ich ... Sie werden ihm doch nichts tun, oder? Er ist ein alter Mann. Er hat im Zweiten Weltkrieg einen Bomber geflogen. Er war ein Held. Er war ein ...«

»Ob er einen Vornamen hat?«

»Ich weiß nicht«, sagte Willard. »Nur, wenn ich so überlege, glaube ich, Mr. Bill Stepford ist Mr. Bill Stepford junior. Sie werden dem alten Mann doch nicht weh tun, oder?«

»Paß auf, Willard«, sagte Lamar. »Ich bin ein fairer Mensch. Du hast mir geholfen, ich hab dir nichts getan. Wieso sollte ich also dem alten Mann weh tun? Seh ich wie so einer aus? Odell, nicht weh tun. Odell still machen, ja?«

»Mjam-mjam«, sagte Odell.

Und so tat Odell Willard auch nicht weh. Er erwürgte den jungen Mann so friedlich wie möglich, auch wenn der junge Mann sich dabei zappelnd wand.

Der Lieferwagen beschleunigte fast bis auf neunzig Meilen. Lamar fuhr herum und schrie: »Verfluchte Scheiße, Richard, mach langsam, du blöder Schwanzlutscher, du. Wenn du uns die Bullen auf den Hals hetzt, dann nehm ich mir deinen Arsch zum Frühstück!«

Richard versuchte, sich in den Griff zu bekommen. Der Junge hatte endlich aufgehört, sich zu wehren. Richard sah in den Rückspiegel, während er wieder unter das Limit von fünfundsechzig fiel; es waren keine Lichter zu sehen. Noch mal davongekommen. Er bemühte sich, ruhiger zu atmen.

»Din-kie«, sagte Odell.

KAPITEL 4

In den siebziger Jahren hatte er die Welt mit einem Mal nicht mehr verstanden, und seither war alles noch hundertmal schlimmer geworden: völlig durchgedrehte Kinder mit automatischen Waffen, Verbrechen gegen Frauen und Kinder, durchgeknalltes, asoziales weißes Gesocks, das sich für das auserwählte Volk Gottes hielt, Nigger, die total durchdrehten vor lauter Einbildung, immer die Opfer zu sein, und so voller Groll waren, daß man es mit der Angst bekommen konnte. Manchmal glaubte er fast, daß dahinter die Kommunisten steckten oder die Trilateralisten, vielleicht auch irgendein Verein wie die CIA, das FBI oder der Ku Klux Klan. Trotzdem hielt Lieutenant C. D. Henderson in seinem Kampf gegen das wachsende Chaos an gewissen Überzeugungen fest. Zuallerst glaubte er an die Logik. Er war Kriminalbeamter, der spezialisierteste und renommierteste Typ des Gesetzeshüters, zudem der berühmteste im ganzen Staat und prominenter Gast sämtlicher Polizistentagungen, einer, dessen Rat Kollegen von nah und fern suchten. Kern seiner Überzeugungen war: Wenn man genügend Daten zusammentrug, fand auch irgendein schlauer Kopf ein Schema mit Hand und Fuß und zog daraus die logischen Schlüsse.

Er war achtundsechzig Jahre alt und immer noch Lieutenant. Er würde zeitlebens Lieutenant sein, das war ein ebenso ehernes Gesetz, wie daß man ihn rief, wenn es eine Ermittlung zu leiten galt. Mit seiner Intelligenz und seinem Scharfblick hatten andere Karriere gemacht, und trotzdem verdiente er noch nicht einmal vierzigtausend im Jahr. Die Männer, die er eingearbeitet hatte, waren fast alle tot, die Männer, die er ausgebildet hatte, waren längst im Ruhestand oder hatten sich was Besseres gesucht. In der Hauptsache arbeitete Henderson heute für junge Rotzlöffel. Aber seine Gabe hatte er nach wie vor: Zusammenhänge zu sehen, die anderen entgingen. Und dann war er willens, die langweilige Arbeit zu tun, das Vergleichen, das Sichten, die endlose Sondierung kleinster Details.

»Diese jungen Leute«, jammerte er seiner besseren Hälfte oft vor, »diese verdammten jungen Leute, die wollen einfach nichts mehr tun. Da wird immer gleich abgehört, Razzia gemacht, das SEK losgeschickt, beim Verhör hingelangt oder gedroht, das Labor eingeschaltet. Die haben einfach nicht die Geduld, die Antworten herauszukitzeln. Die wollen sich ihr Material einfach nicht ansehen, nichts ausknobeln.«

»Carl«, sagte sie dann, »die sind eben keinen Pfifferling wert.«

Es war vor allem die Bitterkeit, die ihn in die liebenden Arme von I. W. Harper trieb. Mit seiner täglichen Flasche Harper, die sich trostverheißend in einer braunen Papiertüte in die rechte Innentasche des Sakkos schmiegte, löste er seinen Verstand, ölte seine Gedanken und erstickte den siedenden Zorn, der ihm zusetzte wie ein bissiger kleiner Hund. Vielleicht machte er ein paar Fehler mehr, vielleicht übersah er das eine oder andere, vielleicht rochen die Jüngeren auch den Whiskey in seinem Atem und waren gescheit genug, ihm nach vier Uhr nachmittags aus dem Weg zu gehen, es war ihm egal. Er wußte, für ihn hieß es trinken oder die Kugel.

Jetzt, am zweiten Tag der Menschenjagd, saßen Anfänger wie Zyniker in einer Art Hangar neben der Mautstraßenverwaltung in Chickasha, während eine Flut von Männern von der Schicht hereinkam, um sich etwas auszuruhen oder ihn um einen Rat anzugehen. Es hatte sich herumgesprochen, daß das hier nicht seine erste Menschenjagd war.

»Wie ist das, Lieutenant«, sagte einer, »ich hab da 'n Mädel, zu dem ich gern heimkommen würde. Wie, meinen Sie, stehen denn die Chancen, hier fertig zu werden?«

»Die meisten Ausbrecher ziehen nur durch die Gegend, ohne die geringste Ahnung, wohin«, begann er und starrte über das Meer junger, ungeformter Gesichter. »Die laufen schon während der ersten paar Minuten oder Stunden in eine Straßensperre. Die sind kein Problem, das sind die, für die man Straßensperren erfunden hat. Dann gibt es die, die irgendeine Organisation hinter sich haben, auf die sie zählen können, was Transport, Waffen, Papiere und dergleichen angeht. Aber früher oder später verpfeift sie einer, wenn für ihn was dabei rausspringt.

Aber hin und wieder«, fuhr er fort, »hin und wieder stößt man auf einen mit Köpfchen. Einen, der schon mit einer gewissen Gerissenheit auf die Welt kam, wissen Sie, einer der eine Gabe für so was hat. Dazu kommt, daß er sich das seit Jahren in allen Einzelheiten durch den Kopf hat gehen lassen. Er hat über seine Fehler nachgedacht und ist gescheit genug, von den älteren Knastbrüdern was aufzuschnappen. Und Sie dürfen mir glauben, der scheucht Sie schon rum. Der bringt Sie noch gehörig ins Schwitzen.«

»C. D., Sie glauben also, daß dieser Lamar uns ordentlich scheuchen wird?«

»Tja, mein Junge, es ist noch sehr früh. Aber er ist jetzt schon achtundvierzig Stunden draußen und wie vom Erdboden verschluckt. Das ist schon beeindruckend, das muß ich Ihnen sagen. Also vielleicht ist Lamar ja so einer, ein hartgesottener Verbrecher mit einer Glückssträhne. Und dann wird er von Tag zu Tag kühner. Und ich sage Ihnen, wenn dem so ist, dann wird er verdammt schwer zu schnappen sein.«

»C. D., wenn der Gouverneur Sie um Rat fragt, was sagen Sie ihm dann?«

»Das, was ich in jedem anderen Fall auch gepredigt habe. Ich würd zu ihm sagen: ›Suchen Sie nach dem dritten Hinweis.‹ Manchmal geht's auch mit zweien. Mit einem ist nichts zu machen, das weiß ich aus den langen bitteren Jahren, in denen ich es versucht habe. Manchmal bringen einen vielleicht – aber auch nur vielleicht – schon zwei auf die richtige Spur. Ich hab das durchaus schon erlebt. Das hier ist eine Ermittlung wie jede andere auch. Jeder einzelne verdammte Fall – sei es einer, bei dem das SEK ausrücken muß, sei es ein Familienstreit oder eine wilde Verfolgungsjagd auf der Schnellstraße – läuft im Grunde auf eine Ermittlung hinaus, das heißt, es gelten die grundlegenden Regeln. Und es ist dieser dritte Hinweis, der Sie jedes verdammte Mal aufs neue zum Ziel bringt. So habe ich seinerzeit auch Freddy den Zahnarzt geschnappt.«

Es war Hendersons berühmtester Fall; man hatte sogar in einer Zeitschrift darüber geschrieben. Auch von einem Film war die Rede gewesen, obwohl daraus nie was geworden war.

Aber nicht einer hier sagte: »Erzählen Sie uns von Freddy dem Zahnarzt, C. D.« Oder wenigstens dauerte es ein Weilchen.

»War das nicht der …«

»Genau der«, sagte C. D. und legte los. Wie ein Sternenbanner hißte er seinen alten Ruhm. Großer Gott, was hätte er jetzt für einen Schluck gegeben, um sich die Kehle zu schmieren, aber um diesen jungen Leuten den Weg zu weisen, mußte es wohl auch ohne gehen.

1975: Eine Maschine der American Airlines, Flug 354 von Oklahoma City nach Chicago, war zwanzig Minuten nach dem Start explodiert. Einhundertzwanzig Leute mit einem einzigen Schlag in Luft aufgelöst. Leichenteile über vier Counties verstreut. Das FBI ging den Fall auf die ihm eigene selbstherrliche Art an. Rasch war man zu dem Schluß gekommen, daß ein äußerst banaler Sprengsatz benutzt worden war: vier Dynamitstangen, verdrahtet mit einem Wecker aus dem Drugstore, hatten die Maschine noch vor Erreichen der Reisehöhe zerfetzt. Man nahm an, daß, wer immer das gewesen war, es ausschließlich des Geldes wegen getan hatte, also Verbrechen aus Habgier. Rasch ging man die Daten der Opfer durch, die in letzter Zeit eine Lebensversicherung über $100.000 oder mehr abgeschlossen hatten. Das war der erste Hinweis. Er erbrachte dreiundzwanzig Verdächtige; unter diesen suchte man die mit Sprengstofferfahrung heraus – in der Annahme, daß eine so »komplizierte« Vorrichtung technische Kenntnisse voraussetze. Das war der zweite Hinweis, und der Teufel solle ihn holen, wenn sie nicht schon tags darauf den vierzigjährigen Abteilungsleiter eines Ölkonzerns verhafteten, der für Phillips auf den Ölfeldern von Choctaw gearbeitet hatte, wo man Dynamit bei der Reflexionsseismik einsetzte.

C. D. freilich schluckte das nicht. Der Mann hatte seine Frau schon immer kurzfristig versichert, wann immer sie flog, seit 1958, als sie geheiratet hatten. Es gab keinerlei Berichte über Eheprobleme, und dann war der Knabe auch noch Diakon seiner Kirche. Und bumste obendrein seine Sekretärin, was vermutlich sein wahres Verbrechen war, aber so offensichtlich, daß er unmöglich damit gerechnet haben konnte, es käme nicht heraus. Das wichtigste jedoch: Er war kein Heimwerker. C. D. sah sich nach seiner Verhaftung in seinem Haus um und sah nicht ein Möbel, daß er selbst gemacht hätte, noch nicht mal ein Bücherregal. Im Keller gab es kein Werkzeug, nichts als Kartons. Er wußte, zwischen Männern, die was selber machten, und solchen, die nichts selber machten, lag eine Welt; er glaubte einfach nicht, daß einer aus der zweiten Gruppe sich dranmachte, eine Bombe zu bauen.

»Das FBI hatte natürlich eine Mordspresse mit seinem Triumph«, erzählte C. D. »Aber für mich stank die Geschichte zum Himmel. Nicht ein Krümel Sprengstoff – weder bei ihm zu Hause noch in seinem Büro. Ich weiß nicht viel über Bomben, aber als die mir weismachen wollten, daß dieses Ding von ihm stammte, mußte ich mich einfach davon überzeugen, daß der Typ auch genug Vertrauen in sein handwerkliches Geschick hatte, um so was anzugehen, ohne dabei das halbe County in die Luft zu jagen.«

So machte sich C. D. an die Arbeit: erster Beweis: Versicherungspolicen über $35.000, nicht gleich über $100.000.

»Für Leute aus der Stadt wie die Jungs vom FBI, die mit organisierter Kriminalität, Wirtschaftsdelikten, Drogen und dergleichen zu tun haben, würde für unter hundert Mille keiner auch nur einen Finger krümmen. Aber für einen vom Land, einen mittelständischen Ladeninhaber, einen Selbständigen, der gerade mal so über die Runden kommt, der sein Lebtag nie viel gehabt hat und bis über den Hals verschuldet ist, also für so einen können sich fünfunddreißigtausend schon nach ganz schön was anhören.«

Das brachte ihm nicht dreiundzwanzig Namen, sondern siebenundvierzig. Die klopfte er auf Erfahrungen irgendwelcher Art mit Sprengstoffen ab und ... erreichte nichts. Nicht einer der Verdächtigen hatte Erfahrung in dieser Richtung, jedenfalls war ihnen keine nachzuweisen.

Also, dachte er sich, mußte der Täter wohl in der Bibliothek gelernt haben. Er rief die Stadtbibliothek an und erfuhr, daß von den siebenundvierzig einunddreißig Leserausweise hatten; damals kamen gerade Computer in Mode, so daß er die Ausleihen der einunddreißig Ausweisinhaber durchsehen konnte. Es stellte sich heraus, daß einer von ihnen erst zwei Monate zuvor ein Buch mit dem Titel *Prinzipien der Reflexionsseismik: Handbuch für die Erdölprospektion* entliehen hatte.

Der Mann war ein gewisser Freddy Dupont aus Midwest City, achtunddreißig Jahre und ... Zahnarzt.

»Zahnarzt, dachte ich mir«, erzählte C. D. seinem Publikum. »Also wozu leiht ein Zahnarzt sich Bücher über Sprengstoffe bei der Erdölsuche aus? Und verflucht noch mal, ist ein Zahnarzt nicht schon von Berufs wegen genau die Art von Bastler mit dem nötigen Geschick, um so was wie eine Bombe zu bauen?«

Aber das genügte noch nicht. Er brauchte seinen dritten Hinweis.

Also ging er mit dem Buch zu einem Bekannten von ihm, einem Ölgeologen, und fragte den Mann: »Also ich weiß, was in dem Buch drinsteht. Was steht denn da nicht drin?«

Der Geologe sah sich das Buch einige Minuten lang an, ging Inhaltsangabe und Index durch und sagte dann ein Wort, bei dem es C. D. einen Schauer über den Rücken jagte.

»›Zünder‹, hat er mir gesagt. Es stand nichts über Zünder drin. Wie man so was hochjagen kann.«

»Wo würde man wohl hingehen, um was über Zünder zu erfahren?« hatte C. D. ihn gefragt.

»Da gibt es nur eine Adresse«, lautete die Antwort. »Das Militär.«

»Nur daß er nicht beim Militär war.«

Aber dann kam C. D. eine Erleuchtung. Das Militär schreibt doch alles, was man dort weiß in ... Feldhandbücher.

Danach war alles ganz einfach. Er rief bei der Bundesdruckerei in Washington an und erfuhr, daß eine Zahnarzthelferin namens Rose Fleurry, die seit kaum einem Jahr bei Dupont arbeitete, ein Feldhandbuch mit dem Titel *Improvisierte Detonationstechniken für Sondereinheiten* bestellt hatte. Eine Durchsicht des Buches förderte eine Blaupause für einen »Zünder, einfach, mit Behelfsmaterialien« zutage. Und der Teufel sollte ihn holen, wenn das Ding nicht dem ähnlich sah, das laut FBI die Maschine in die Luft gejagt hatte. Eine eintägige Observation erbrachte, daß der Zahnarzt doch tatsächlich bei dieser Rose Fleurry wohnte; eingezogen war er, wie ein weiterer Tag Ermittlungsarbeit ergab, einen Tag nachdem seine Frau und seine drei Kinder bei der Explosion umgekommen waren.

C. D. hatte Rose aufgelesen, sie eine Stunde lang sacht vernommen, und schon hatte sie ihren Liebhaber verpetzt. Wie sich herausstellte, war sie längst nicht mehr so scharf auf ihn wie zuvor. Er schloß den Klodeckel nicht. Und die fünfzigtausend Dollar von der Versicherung für die Frau und die drei Kinder? Das war ihnen so nebenbei eingefallen, ein bißchen Taschengeld für einen Urlaub in Mexiko, aus dem nun nichts mehr wurde.

»Ich habe ihn in die Todeszelle gebracht, sage ich nicht ohne Stolz, obwohl das verdammte Urteil später auf ›lebenslänglich‹ reduziert wurde. Das Komische daran ist, als wir ihn verhaftet haben, hatte er die ganze verdammte Bude voller Modellflugzeuge. Der Mann war ein Flugzeugnarr. Aber entscheidend war der dritte Hinweis.«

Diese letzte Bemerkung fiel bereits auf größtenteils taube Ohren, denn der alte Mann langweilte sein junges Publikum. Das passierte C. D. immer wieder. Sie taten, als wollten sie etwas wissen, aber irgendwie fehlte es ihnen einfach an Geduld, an Konzentration.

Als sie sich abwandten, um sich für den nächsten Tag auszuschlafen, tat C. D., als wende er sich wieder Lamars OSBI-Akte zu.

In Wirklichkeit griff er in seine Sakkotasche und holte die Flasche Harper heraus. Der Verschluß war schon lose; mit geschickten Fingern entfernte er ihn. Er machte einen Buckel, als setze er sich mit seinen morschen Altherrenknochen zurecht, schaffte es dabei jedoch, einen großen feurigen Schluck aus der Flasche zu nehmen. Der Whiskey schmeckte nach Holzkohle, Pulverdampf und alten Pflaumen und schickte C. D. schlagartig dorthin, wo er am liebsten war – in einen Zustand, in dem alles um ihn herum verschwamm.

Bud drehte sich um und versuchte zu schlafen. Bei diesem Job hatten sie sechs Stunden an der Straßensperre, wo sie in Fahrzeuge spähen durften, und dann zwölf auf der Straße – »aggressive Streife« nannte man das. Danach hatte man sechs Stunden frei, und von denen waren drei um – der Teufel sollte den alten C. D. holen, der ein paar Pritschen weiter eine verdammte Audienz für eine Gruppe Jungs vom Landeskriminalamt gab. Draußen hatten sie einige Hundeteams, die schon mal kräftig jaulten, nur für den Fall. Hin und wieder schrubbte ein Hubschrauber des OSBI über ihre Köpfe hinweg. Die Fernmeldeanlage in einer Ecke des Raums krächzte vor sich hin. Einige Männer reinigten ihre Waffen, die noch nie abgefeuert worden waren. Man mußte sich seinen Schlaf erkämpfen.

Trotzdem war Bud nicht unglücklich. Er und Ted wechselten sich am Steuer ab, obwohl er es haßte, chauffiert zu werden, nachdem er nun fast fünfundzwanzig Jahre selbst fuhr. Und bildete er sich das nur ein, oder drückte sich Teds zwiespältige Einstellung zum Leben irgendwie in seiner Fahrweise aus? Jedenfalls saß Bud wie auf Kohlen, während der Junge mit dem Gas spielte. Wenn man zur Highway Patrol ging, dann mußte einem Autofahren schlicht über alles gehen, man tat schließlich 98 Prozent seiner Schicht nichts anderes. Man sah Autofahrer auf alle Arten und Abarten sterben, man jagte sie, erschoß vielleicht sogar mal einen, aber der Dreh- und Angelpunkt war der PS-starke Wagen. Entweder man liebte dieses Miststück auf Rädern, oder man tat besser daran, sich nach einem anderen Job umzusehen.

Aber in drei Stunden wäre er wieder dran, sich einen Tag lang hinters Steuer zu klemmen. Ein Teil von ihm reagierte auf dieses Vergnügen, und er hoffte, daß sie diese verdammten Kerle nicht erwischten, bevor er seine achtzehn Stunden hinter sich hatte.

Das war jedoch nur die Oberfläche. In Wahrheit verspürte Bud ein weit tieferes Vergnügen, auch wenn er nicht so recht hätte sagen können, worin das bestand. Im Augenblick, in dieser vorübergehenden Aufhebung der Normalität, die so eine staatsweite Verbrecherjagd mit sich brachte, spürte er geradezu ein Sausen, so aufgewühlt war er. Für ihn war das Freiheit oder wenigstens die Illusion der Freiheit von seinem *Problem*.

So nannte er es nämlich insgeheim: sein *Problem*. Es war sein *Problem* und sonst nichts. Sein *Problem* war diese Geschichte, dieser Schlamassel, diese ganze Situation. Sein *Problem* waren Jen und die Jungs und die stillen Freuden seines Dienstes im Gegensatz zu der herrlichen Wiedergeburt, die er mit der jungen Holly erlebte, und all den Freuden, die sie versprach, all den Orten, die sie ihm noch zeigen würde, all den ungeahnten Möglichkeiten des Seins.

Bud war nicht sonderlich romantisch. Seine Vorstellung einer guten Lektüre waren die neuen Hefte von *Guns & Ammo* und *Car and Driver*, seine Vorstellung von Amüsement war High-School-Baseball, wenn Jeff spielte, oder seine .270er für die Jagdsaison einzuschießen. Einmal im Jahr ging er ins Kino, und das war schon einmal zuviel. Er sah nicht mehr fern, seit sie Carson durch diesen Clown ersetzt hatten – ein Blödsinn, der ihm immer noch stank. In der Hauptsache tat er seinen Dienst, hart und fair, so wie er das sah; ansonsten erwartete er, daß man ihn in Frieden ließ.

Und dann kam sein *Problem*, und seither stand die Welt für ihn Kopf. Es war drei Monate her, da hatte er gegen Ende seiner Schicht auf der 44 in seinem Lieblingslokal haltgemacht, einem Imbiß namens Mary's in einem winzigen Ort namens Cement. Der Kaffee dort war heiß und schwarz, und die Röstkartoffeln knusprig, genau so, wie er sie mochte.

Er saß an der Theke, genoß die zwanzig Minuten seiner Pause und hörte plötzlich seinen Namen.

»Bud? Sergeant Bud Pewtie?«

Er drehte sich um, und da stand sie. Er dachte zurück: Als er während Teds sechsmonatiger Probezeit mit ihm gefahren war, hatte er Holly ab und an gesehen, und als Ted seinen ersten Streifen bekam, hatten er und Jen das jüngere Paar zur Feier des Tages zu einer Grillparty eingeladen. Aber als Ted sich zu verändern begann, hatte er sich von Bud entfernt und sprach seither kaum noch mit ihm.

»Holly, wie geht es dir? Verdammt, was verschlägt dich denn hierher?«

In Bud reagierte etwas, was er längst nicht mehr zu haben glaubte. Holly war nicht nur hübsch, es gab da noch was unter der Oberfläche, was ihn auf eine merkwürdige Art reizte. Ihre Jugend, ihr knabenhafter Körper, die Sommersprossen, das strahlende Lächeln, aber vor allem war es irgendwas in ihren Augen, eine verstohlene Heiterkeit, die geradezu etwas Verschwörerisches hatte. Und sie war ein intrigantes kleines Ding, so viel stand fest.

»Tja, Bud, um die Wahrheit zu sagen, ich bin auf der Suche nach Ihnen.«

»Na dann setzen Sie sich doch, ich spendiere Ihnen eine Tasse Kaffee. Haben Sie schon mal was von einem Apparat namens Telefon gehört? Ist ganz einfach zu bedienen. Sie werfen einen Zehner ein, drücken ein paar Tasten und, siehe da, sie reden mit dem Mann Ihrer Träume.«

»Danke für den Tip, Bud, aber so einfach ist das nicht. Es sollte privat sein.«

»Jetzt haben Sie's privat. Das wird hoffentlich nicht einer dieser traurigen Songs, die man so im Radio hört – davon hab ich nämlich nicht die geringste Ahnung. Ich meine, daß Ted, dieser Dummkopf, sich eine Neue angelacht hat oder was weiß ich. Ich seh nur aus wie ein Briefkastenonkel, mir fehlt aber die Weisheit dazu. Ich würde Ihnen nämlich sagen: Ich leih Ihnen meinen Revolver, und Sie schießen ihn tot. Ann Landers würde Ihnen das wohl kaum raten.«

Sie kicherte über den alten Bud.

»Sie flirten gern, was, Bud? Sie bringen die Mädels gern zum Lachen. Ich wette, Sie waren ein heißer Typ auf der High-School.«

Weit gefehlt; er hatte Football gespielt, als Fullback. Mit anderen Worten: Er war ein großer, linkischer Kerl gewesen, wenn auch etwas gescheiter, als die Leute einem Schrank wie ihm zugetraut hätten, aber für heiße Kisten mit dem weiblichen Geschlecht war er nicht gebaut. Er hatte die erste Hübsche geheiratet, die nett zu ihm war.

»Klar doch.«

»Ist ja egal«, sagte sie, »so ganz daneben liegen Sie nicht. Ich glaube nicht, daß es eine andere ist. Aber irgendwas ist es. Er ist einfach nicht mehr da. Ich dachte mir, vielleicht hat es was mit dem Dienst zu tun, vielleicht ist was passiert, was ich wissen sollte.«

Es stimmte schon, Ted war irgendwie auf Distanz gegangen. Er mied die anderen, tat seinen Dienst und verschwand. Er war nicht mehr Teil ihrer komplexen Subkultur, zu der nun mal Turnhalle,

Schießplatz, das freiwillige SEK-Training oder der Autoparcours gehörten; und wenn man sich derart absonderte, konnte man lange auf eine Beförderung warten.

»Och, vielleicht hat er einfach an was zu knabbern.«

»Das sagt er auch immer, wenn er überhaupt was sagt.«

»Der Beruf kann schon hart sein.«

»Aber aus Bud Pewtie hat er auch nicht gleich einen Sauertopf gemacht.«

»Tja, der alte Bud Pewtie – nicht daß der nie einen lausigen Tag gehabt hätte. Holly, lassen Sie Ted etwas Raum. Vielleicht ist er ja nicht zum Polizisten geschaffen. Das ist in Ordnung. Daran ist nichts Schlimmes. Er kann was anderes machen, worauf Sie beide stolz sein können, ich schwör's Ihnen. Es ist ein hartes Leben, und ich habe es mehr als einmal bedauert, diesen Weg eingeschlagen zu haben.«

»Also, so wie Sie nach John Wayne aussehen, kann ich das kaum glauben. Aber es ist nett von Ihnen, daß Sie mich beruhigen wollen.«

Sie lachte, und mit einem Mal kam Bud der Gedanke, wie leicht er sich in sie verlieben könnte. Manchmal wünschte er, der Geschichte gleich dort ein Ende gemacht, diesen Augenblick in seinem Herzen eingefroren zu haben: ihr Lachen, sein Vergnügen daran, ihre blendende Schönheit, das Gefühl, das Richtige getan zu haben.

Aber einige Wochen darauf, nachdem er an so gut wie nichts anderes mehr gedacht hatte als an sie, rief er sie einfach unter dem Vorwand an, sich nach Teds Schwierigkeiten zu erkundigen, und eines führte verdammt noch mal zum anderen. Und damit wurde es zum *Problem*.

»Bud?«

Es war Ted, der auf der Pritsche nebenan lag.

»Ja.«

»Bud, ich kann nicht schlafen, ich setz mich mal in den Wagen.«

»Ted, du brauchst deinen Schlaf.«

»Wenn ich aber nicht kann.«

»Ted, du mußt auf Zack sein. Hast du was?«

»Ich erzähl's dir ein andermal. Ich bin sicher, du kannst mir einen guten Rat geben.«

Bud sah Ted nach draußen gehen. Er versuchte etwas für ihn zu empfinden. Sollte er sich nicht schrecklich fühlen, mit jemandem zusammenzuarbeiten, mit dessen Frau er was hatte? Aber er fühlte nichts. Ted mit seinem merkwürdigen Verhalten war selbst schuld. Bud konnte sich einfach nicht vorstellen, daß es an Holly lag, und einige der Dinge, die sie ihm über Ted erzählt hatte, fand er schlichtweg zum Kotzen. Etwa daß er sich nachts allein Pornovideos ansah. Ted schien nicht mal mehr daran zu denken, Holly anzurühren. Es war ihm einfach alles egal; sie lebten sich auseinander, und er tat nichts dagegen.

Ted, Partner, du hast da einen verdammten Fehler gemacht. Ich wollte, ich wäre Manns genug, dir zu helfen, aber ich stecke da zu tief drin.

Sie befanden sich auf der I-44 zwischen Chickasha und Anadarko, genau da, wo die beiden Pyes herstammten und wohin sie sich möglicherweise wenden würden (obwohl Bud das nicht glaubte; was immer dieser Lamar sein mochte, blöd war er jedenfalls nicht), als Ted schließlich sein Schweigen brach.

»Bud, mir geht da so einiges durch den Kopf.«

»Tja, da gehört es nun wirklich nicht hin. Spuck's aus.«

Das Gesicht des jungen Polizisten schien sich vor Schmerz zu verzerren, als er nach Worten rang. Aber schließlich entspannte er sich etwas und rückte einfach damit heraus.

»Weißt du, Bud ... Mir macht da was zu schaffen, seit Monaten bereits. Ich war sogar schon beim Psychiater – über das Hilfsprogramm des Amts für Öffentliche Sicherheit. Aber du bist der erste richtige Mensch, dem ich was davon sage.«

»Na, dann raus damit. Spuck's einfach aus, wir klauben die Brocken auf und sehen, was sich damit anfangen läßt.«

»Es ist folgendes: Ich glaube nicht, daß ich den Schneid habe, den man für diesen Job braucht. Ich meine so richtig Mumm in den Knochen.«

Das war es also. Der Augenblick hing im Wagen. Auf beiden Seiten zog die Landschaft wie ein grüner Fluß vorbei; sie war hügelig, aber nicht bergig: Weiden, Weizen- und Luzernefelder, alles rekelte sich grün unter der Sonne. Bald würde Anadarko auftauchen, ein häßlicher kleiner Ort, vor dessen trostlosem Zentrum man die übliche Meile protzig aufgemachter billiger Fastfood-Schuppen passierte.

»Kann einem ja auch angst machen, der Job. Ted, jeder von uns hat Angst, wenn er seine Waffe umschnallt. Da läuft einem so ein verrückter Bandenhäuptling aus Tulsa über den Weg, zugeknallt bis an die Halskrause, oder ein Hinterwäldler, dem weiß der Teufel was stinkt, und schon kann man sich eine Kugel einfangen. Mir geht's genauso, vor allem in einer derart verrückten Zeit, wo jeder verdammte Idiot mit einer Knarre rumläuft.«

»Nein, Bud, was du meinst, ist nur die Angst vor dem Dienst. Das hat mir auch der Seelenmasseur gesagt. Aber bei mir geht das tiefer.«

»Tja, wenn du meinst. Aber meiner Ansicht nach geht in unserem Beruf jedem die Muffe.«

»So zirka vor einem Jahr hatte ich eine Geschwindigkeitsübertretung. Ich hatte einen Nova geblitzt, zirka zwanzig Meilen südlich von Oklahoma City. Ich habe ihn rangewunken. Es war gegen drei Uhr früh, verflucht noch mal. Keine Menschenseele weit und breit. Noch nicht mal Lichter am Horizont. Ich ließ die Zentrale die Nummer kontrollieren, aber wie sich herausstellte, lag gegen den Halter nichts vor. Trotzdem, ich weiß auch nicht warum, aber ich hatte Schiß. Ein Kollege in Maryland hat bei so 'ner Gelegenheit vor ein paar Jahren eine Kugel in den Kopf gekriegt.«

»Ich erinnere mich, Ted. Ich war auf seiner Beerdigung.«

»Na jedenfalls ging ich rüber zu dem Wagen ... Es waren vier Schwarze. Weißt schon, Rappermütze, Schwitzanzüge, und – Mann – die ganze Karre stank nach Gras. Die hatten mächtig was weggezogen, mir wurde schon ganz anders bloß vom Danebenstehen. Ich bitte den Fahrer um die Papiere, und der Typ gibt sie mir. Und dabei spüre ich ihre acht Augen auf mir. Ich schaue rein. Und die starren mich einfach an, der Rauch von den Joints quillt nur so aus dem Wagen, und ich bin mutterseelenallein und denke mir: Jetzt bist du tot. Ich bin mir sicher, es handelte sich um einen Transport. Und die starren mich die ganze Zeit über bloß an, warten, daß ich was mache, geradezu herausgefordert haben sie mich. Und dann sah ich die erste Waffe. Eine AR-15 wie meine, nur das Modell mit dem kürzeren Lauf. Sie taucht auf dem Beifahrersitz auf. Einer von ihnen steigt aus. Er hat eine Uzi in der Hand, verfluchte Scheiße! Ich sehe, daß der Typ auf dem Rücksitz an irgendwas rummacht, was ich noch nicht mal kannte! Irgendein unheimliches Ding mit ventiliertem Handschutz, Lichtzielgerät, Bananenmagazin, verflucht noch mal! Und ich stehe da mit meinem Smith – sechs Patronen in der Trommel. Gottverdammt, Bud, mein Papa ist in Vietnam gewesen, mein Großvater in Korea und im Zweiten Weltkrieg, und so geht das weiter, ich meine, wir Peppers haben uns nie gedrückt. Und mit einem Mal dämmerte es mir, und das so schlagartig, daß ich dachte, ich kippe um: Ich hab's einfach nicht drauf.«

»Ted ...«

»Na, jedenfalls gebe ich den Führerschein zurück. Entschuldige mich, sie angehalten zu haben. Und dann sehe ich zu, wie sie wegfahren. Gelacht haben sie. Ich habe sie lachen hören. Ich ging zurück zu meinem Streifenwagen, stieg ein und habe geheult. Ich saß da und habe geheult.«

Ted saß einfach da, das Gesicht ausdruckslos, die Augen stumpf. Ausgebrannt, verbraucht. Er hatte sich von dieser Geschichte auffressen lassen.

»Hör zu, Ted, du bist ein guter junger Polizist«, sagte Bud schließlich. »Ich finde, es wäre eine Schande, wenn du dich von dieser Geschichte fertigmachen lassen würdest. Manchmal muß man einfach den Schwanz einziehen. Die Jungs haben dich kalt erwischt. Was hätte es für einen Sinn gehabt, sich für nichts und wieder nichts abknallen zu lassen? Wahrscheinlich haben sie sich ohnehin inzwischen längst gegenseitig umgebracht. Warum läßt du's nicht einfach gut sein und schwörst dir, von jetzt ab dein Bestes zu tun? Das ist alles.«

»Hast du denn nie einen Fehler gemacht, Bud? Fühlst du dich nie schuldig? Nein, vermutlich nicht. Du bist von Natur aus einer von denen, die durchs Leben gehen, ohne Mist zu bauen. Gott, ich wollte, ich wär wie du. Manchmal denke ich, Holly wünscht sich auch, ich wär wie du. Ständig heißt es: Bud hier, Bud da. Hast einen Mordsschlag bei dem Mädel, Bud. Und eine Zeitlang hab ich dich dafür gehaßt.«

»Ted, ich ...«

»Nein, Bud, ist ja verdammt noch mal nicht deine Schuld. Na, jedenfalls ist es genau das. Du hast es. Ich nicht.«

»Weißt du, Ted, die Wahrheit ist, daß ich mein Lebtag nichts gemacht habe, wozu's Mut gebraucht hätte. Keine Ahnung, was wäre, wenn die Luft bleihaltig wird, und ich möcht's auch erst gar nicht wissen. Und dann gibt's da eine ganze Menge über mich, wovon du einfach nichts weißt.«

»An alle Einheiten, an alle Einheiten«, krächzte ihr Motorola über das Intercity-Netz.

Beide horchten sie auf.

»Das OSBI hat eben den Standort des Lieferwagens bestätigt, der mutmaßlich von den Ausbrechern Pye und Peed gestohlen wurde. Er fand sich auf dem Parkplatz einer Hostess-Bäckerei und -Auslieferung in Ada, wo er offenbar sechsunddreißig Stunden gestanden hat, ohne daß man ihn bemerkt hätte.«

»Verflucht noch mal«, sagte Bud.

»Eine Leiche in dem Wagen wurde als Willard Jones, vierundzwanzig, aus Ada identifiziert. Gesucht wird jetzt das Privatfahrzeug des Opfers, ein blauer Dodge Dart, Baujahr 87, mit dem Kennzeichen Lima-Xray-Papa fünf-neun-sieben«, gab die Zentrale durch.

»Verflucht«, sagte Bud, »dieser Lamar ist nicht dumm. Der einzige Ort, an dem keiner einen Hostess-Lieferwagen bemerkt, ist der Parkplatz von Hostess. Jetzt ist er außerhalb des Rings. Und kein Mensch weiß, wo zum Teufel er hinwill.«

Bud überlief ein Schauer.

Ein gerissener Kerl, dieser Lamar, und ein übler Kunde obendrein. Die Meldung hätte nicht schlimmer sein können.

»Verdammt noch mal«, sagte Ted. »Ich bin wirklich froh, daß du mich die verdammte Weste hast anziehen lassen.«

KAPITEL 5

Richard wußte, daß er gescheit war. Er hatte mit drei schon gelesen. Seine ganze Schulzeit hatte er in Klassen für besonders Begabte verbracht, seine Leistungen waren auch mit den besten Noten nicht mehr zu bewerten, und bei seinem IQ waren den Leuten die Augen übergegangen. Und dann sein Talent: unheimlich, lebendig, fast übernatürlich. Er war ein besonderer Junge gewesen, ein Schatz, der jeden beeindruckte, der mit ihm zu tun hatte.

Aber Lamar war clever.

Setz einen wie Richard auf die Straße, er wird nicht überleben. Steck einen wie Richard ins Gefängnis, und er kommt um. Steck ihn nach Rußland, ins alte Rom, auf den Mars, zu den Marines, er bleibt auf der Strecke. Nicht so Lamar. Lamar hätte dort meist früher oder später das Sagen – oder wenigstens in den Gefängnissen dort. Lamar weiß einfach, wo's langgeht. Er ist ständig am Kalkulieren. Zeig ihm ein Problem, und er hat es auf der Stelle aufgedröselt, wenn auch nicht unbedingt so, wie ein normaler Mensch das tun würde. Sein Ergebnis läßt ihn selbst immer besser dastehen als den anderen. Das ist seine einzige Moral, und da er sie nun mal akzeptiert hat, kennt er weder Zweifel noch Skrupel. Er setzt diese Moral mit leidenschaftlicher Geradlinigkeit um. Wie heißt es bei Yeats? »Die Schlechtesten sind von leidenschaftlicher Intensität«? Das ist es. Das ist Lamar. Ein durchtriebenes Genie der Anarchie, ein Prinz des Chaos.

Diese Gedanken schossen Richard durch den überhitzten Verstand, während er das Trio in Willard Johnsons vier Jahre altem Dart westlich von Ada auf Ratliff City zusteuerte, wo Bill Stepford senior mit Familie wohnte, der Mann, der einige Schußwaffen hatte, die sie sich aneignen würden, mit welchen Mitteln auch immer. Diesen Gedanken versuchte Richard erst gar nicht aufkommen zu lassen. Die armen Leute waren verurteilt: Hurrikan Lamar würde über sie hereinbrechen und sie mit Hilfe seines Zyklons Odell auslöschen. Sie waren bereits tot, so wie sie in ihrem kleinen Farmhaus saßen, auch wenn sie noch an ihrem Pfirsichauflauf löffelten, beim Fernsehen waren oder in Gedanken beim nächsten Treffen des Farmerverbands, der Jagdsaison oder Oklahomas Chancen, je eine Profisportkonzession zu bekommen. Sie hatten in Kriegen gekämpft, Steuern gezahlt und gut sechzig Jahre lang ihre Gebete gesagt; sie hatten einander geliebt und das Land, das sie nährte, und jetzt waren sie tot. Richard war überwältigt von so viel existentieller Erhabenheit.

Lamar und Odell schliefen auf dem Rücksitz. Er hörte sie atmen, das Auf und Ab ihrer Schnarchrhapsodie, die gelegentlich von einem Rülpsen oder dem Murmeln eines bestialischen Furzes unterbrochen wurde – Odell furzte den ganzen Tag und meinte dann lächelnd: »Odell stinki macht.« Ihre Gegenwart bedeutete nicht nur Schrecken, sondern auch Dreck und Banalität. Sie waren so primitiv, unverblümt, krätzig, roh und ungehobelt – Tiere des Es. Richard sah zum Fenster auf die stillen Luzernefelder Oklahomas hinaus; das lange, schreckliche Warten im Lieferwagen war endlich vorbei. Er unterdrückte ein Schluchzen und musterte ein sternenübersätes Stück Himmel.

Richard dachte: Ich könnte es tun, das Steuer herumnehmen, den Wagen in den Graben fahren, die Tür aufreißen und die Beine in die Hand nehmen. Laufen, was das Zeug hält. Fliehen. Die Polizei würde mich schon irgendwann finden. Ich könnte alles erklären. Es ist wie bei der anderen Geschichte: Es war einfach nicht meine Schuld. Wirklich. Man hat mich gezwungen, ich hatte keine andere Wahl.

Aber er wußte, es war von hinten bis vorn Illusion. Er konnte vor Lamar ebensowenig weglaufen, wie er ihn bei einem Zweikampf umbringen könnte. Lamar war alles. Lamar würde ihn aufspüren. Lamar würde ihm mit seinen starken Händen den Hals brechen und beim Sterben zusehen, mit Augen voll oberflächlichem Charme, die letztendlich jedoch ganz und gar gefühllos waren. Wenn Richard dann erstickte, mit der Wirbelsäule in der Lunge, würde Lamar ihn lachend in den Arsch ficken; so und nicht anders würde Richard diese Welt verlassen.

Natürlich würde Richard es nicht tun. Allein der Gedanke daran machte ihn nervös. Wenn Lamar sehen könnte, was Richard dachte, würde er ihn allein schon dafür umbringen. Lamar war ein absoluter Gott: Er pochte nicht weniger auf Gehorsam als der des Alten Testaments.

Richard sah wieder zum Seitenfenster hinaus.

»Wär ganz einfach, was, Richard?« fragte Lamar leise von hinten. Erschreckt fuhr Richard zusammen.

»Was bist du doch für ein Scheißer, Richard.« Lamar lachte flüsternd. »Aber einfach wär's trotzdem, stimmt's?«

»Was denn, Lamar?«

»Na was wohl. Uns loszuwerden. Abzuhauen. Mach schon, gib's zu, du hast dran gedacht.«

»Kühnheit ist nicht gerade mein Fall.«

»Allerdings. Das hab ich vom ersten Augenblick an gesehen. Aber das werd ich schon ändern, Richard, ich schwör's dir, bleib bei mir, und du wirst vielleicht nicht reich, aber bei Gott, ich mach einen Mann aus dir. Verstanden?«

»Ja, Sir«, sagte Richard.

»Und nenn mich nicht noch mal Sir. Ich bin doch kein verdammter Offizier. Ich bin dein Freund, Richard. Glaubst du mir das? Der einzige, den du hast.«

»Ja, Lamar.«

»Es paßt dir nicht, wenn ich wen kaltmache, stimmt's?«

»Allerdings.«

»Weißt du, Kleiner, das heißt nichts anderes, als daß du woanders groß geworden bist als wir zwei. Wo ich herkomme, da mußtest du dich einfach kloppen, Tag für Tag und auf Teufel komm raus, sonst hätte man dir alles genommen. Es ist nicht so, daß mir das Spaß machen würde. Ich bin kein Fiesling, kein asoziales Gesindel. Aber als Mann muß man nun mal tun, was nötig ist, um sich um die Seinen zu kümmern. Verstehst du das?«

»Ja.«

»Gut. Ausgezeichnet.«

Aber nichts war gut, denn im selben Augenblick tauchte im Strahl ihrer Scheinwerfer ein einsamer Briefkasten auf, davor das glänzende schwarze Band der Straße, dahinter die Weizenfelder, die bereits abgeerntet waren. STEPFORD stand auf dem Briefkasten und weiter nichts.

»Auf geht's«, sagte Lamar.

Richard mußte ran. Lamar erklärte es ihm geduldig.

»So eine alte Farmersfrau, die braucht mich doch bloß zu sehen, und schon ruft sie den Sheriff. Irgendwas an mir macht den Leuten angst. Du, Richard, du bist nicht tätowiert, hast ein Gestell wie 'n Mädel, so einer könnte keiner Fliege was tun. Du klopfst an die Tür und bringst uns rein, und wenn ich dazukomme, sorgst du dafür, daß mir der Alte nicht an 'ne Knarre kommt.«

Sie parkten auf halber Strecke zwischen Straße und Farm. Richard sah das Haus, das mit erleuchteten Fenstern in der Mitte des Hofes stand; in der Nähe ragte die Scheune auf. Das Ganze nahm sich wie eine Weihnachtskarte aus. Richard sehnte sich nach einem Zeichen moralischer Verkommenheit oder ländlicher Dekadenz, um sich sagen zu können, die Leute verdienten, was Lamar mit ihnen vorhatte, aber es war nichts zu sehen. Es war alles viel zu schön, von malerischer Banalität, womöglich sogar etwas zu künstlich. Eine Farm aus einem Potemkinschen Dorf.

Odell setzte sich nach hinten ab; er würde durch die Hintertür kommen, wenn Lamar durch die Vordertür war. Es war gegen zehn. Wieso waren diese alten Leute so spät noch auf?

»Du ... Du wirst ihnen doch nichts tun, wenn's nicht unbedingt nötig ist?« fragte Richard.

»Natürlich nicht«, sagte Lamar. »So hundsgemein bin ich auch wieder nicht. Nur, weißt du, wir brauchen die Waffen. Nimm an, die Bullen rücken uns auf den Pelz. Willst du zurück in den Kahn? Damit uns die Nigger aufmischen? Dich auch, und das nicht zu knapp! Sogar Odell? Nichts da, das laß ich nicht zu.«

»Okay. Aber ich habe dein Wort.«

»Kannst dich auf mich verlassen«, sagte Lamar.

Richard sah ihn eins mit der Dunkelheit werden. Dann stand er allein da in der frischen Nacht; er atmete schwer und hörte den Wind durch die Bäume fahren und hin und wieder ein Krächzen oder das fahrige Geräusch von kleinem Viehzeug, das im Dunkeln kämpfte und starb. Der Mond war nicht zu sehen; die Sterne wogten wie Weizenfelder, ganze Sturmfluten tobten hoch über ihm, weit entfernte Feuerräder aus uraltem Licht. Richard hätte am liebsten geheult, aber er konnte nur gehorchen, also zählte er im stillen, und als er bei dreihundert war, machte er sich auf den Weg.

Als er das Haus erreichte, sah er den alten Mann, der in seinem Arbeitszimmer unter den ausgestopften Köpfen einiger Tiere saß; an der Wand stand ein Waffenschrank mit Glastür; eine Frau war nicht zu sehen, aber dafür sah Richard den blauen Schein eines Fernsehers im ersten Stock.

Er betete darum, daß keine Enkel oder anderen Verwandten zu Besuch waren.

Er klopfte an die Tür. Vielleicht waren sie gescheit. Kein Mensch machte heutzutage noch um diese Zeit einem Fremden einfach so auf. Vielleicht waren sie gescheit und riefen den Sheriff oder vertrieben die Eindringlinge mit der Flinte. Er klopfte noch einmal und betete darum, daß sich nichts tat.

Die Tür öffnete sich weit.

»Na so was, hallo«, sagte die Frau.

»Ah, hallo. Ich … Ich bin Kunsterzieher in Oklahoma City. Mein Wagen ist mir ein Stück die Straße hinauf stehengeblieben. Ich dachte mir, ob Sie nicht vielleicht den Autoclub anrufen könnten. Ich brauche ja nicht reinzukommen.«

»Und draußen in der Kälte warten? Kommt doch gar nicht in Frage. Das ist ja das Albernste, was ich mein Lebtag gehört habe. Kommen Sie mal rein in die warme Stube, und wir sehen zu, daß die einen Abschleppwagen schicken. Möchten Sie Kaffee?«

Lamar glitt ins Haus wie der Schatten einer Katze und schien sich geradezu über die alte Frau zu legen, als er ihren Schrei erstickte. Er hatte ihr sein Messer an die Kehle gedrückt, und Richard starrte wie gebannt auf die Klinge, die sich in die lose weiße Haut drückte. Die Frau stieß einen weinerlichen Laut aus und richtete in ihrer Verzweiflung die Augen auf Richard; sie weiteten sich vor Entsetzen. Mit ihrem Blick bettelte sie um Gnade. Fröstelnd wandte sich Richard ab.

Ein lautes Krachen ließ das Haus erzittern, dann noch eines, dann kam Odell durch die Hintertür, aus irgendeinem wunderlichen Grund ohne Hemd, das Haar naß und nach hinten geklatscht, eine Axt in der Hand. Er blieb stehen, um die Decke anzuheulen – oder den Himmel durch Decke und Dach –, jedenfalls sah Richard zutiefst fasziniert, wie ihm der Schrei aus dem Körper drang. Odell bebte vor Verzückung. Plötzlich befreit, tanzten all seine Dämonen im Raum. Er rannte auf das Arbeitszimmer zu, wo der alte Mann völlig verwirrt zu ihm aufblickte, bevor er sich vor dem Schlag duckte, mit dem es der halbnackte Riese mit der Axt auf ihn abgesehen zu haben schien.

»Die Gewehre, Richard«, befahl ihm Lamar.

Richard lief an den Waffenschrank. Das Glas war ihm im Weg. Dahinter ruhte der schimmernde Schatz. Er sah die grünen und gelben Schachteln mit Munition, die in der Ecke gestapelt waren. Er versuchte es mit dem Griff, aber das Ding war verschlossen, was ihn zögern ließ. Womit freilich schlagartig Schluß war, als ihm das Glas krachend entgegenzufliegen schien. Odell hatte einfach mit der Axt die Scheibe eingeschlagen.

»Obacht«, sagte Odell und hob die Axt zu einem zweiten mächtigen Schlag. Richard sprang zurück, als krachend die Tür aus dem Rahmen fiel und Odell sich gierig eine langläufige Flinte und eine Schachtel aus dem nächsten Fach griff. Sofort begann er, die roten Röhren in die Waffe zu fädeln. Mit einem öligen *Klackkk* lud er durch und drehte sich um.

»Auftehn«, kommandierte er, aber der alte Mann rührte sich nicht. Zitternd saß er da, buchstäblich gelähmt vor Schreck darüber, wie blitzartig sich das Universum gegen ihn und sein Leben verschworen hatte.

Lamar hatte die alte Frau zu Boden geworfen und kam herüber, um zu sehen, was sie hatten.

»Verfluchte Scheiße!« sagte er fast auf der Stelle. »Flinten! Flinten! Keine Revolver, keine Pistolen? Was zum Teufel ist los mit dir, du altes Stück Scheiße!«

Zornig trat er gegen den Schrank. Als ihn die Wut vollends packte, nahm er eine Flinte aus dem Ständer und fädelte Patronen hinein. Er pumpte eine ins Lager, richtete den Lauf nach oben und drückte ab.

Der Krach war furchtbar.

Richard war sein ganzes Leben nie in der Nähe einer losgehenden Waffe gewesen. Es tat weh in den Ohren. So laut! Zu Lamars Befriedigung rieselte Putz herunter; er lächelte über seinen winzigen Sieg über die Welt. Odell tanzte glücklich im Raum. Hin und wieder schlug er nach etwas und schrie. Die beiden alten Leute fanden sich auf der Couch; die Frau weinte in den Armen des alten Zausels.

Schließlich trat Lamar vor sie hin.

»Ich hab gedacht, du gehst auf die Jagd, du alter Kacker. He, du! Ich red mit dir! Soll ich dir deine alte Schlampe hier ausweiden? Dann red gefälligst mit mir, du Arsch!«

Der Alte funkelte ihn an.

»Ich geh seit letztem Jahr nicht mehr auf Hochwildjagd. Ich habe meine Zentralfeuerwaffen verkauft. Ich ...«

»Du hast was?«

»Ich habe über hundert Stück Rot- und Rehwild geschossen, zwei Wapitis, drei Bären und einen Elch. Das war mir genug.«

»Du verschissener Waschlappen, ich will Zentralfeuer! Ich will was mit Bums! Ich will Selbstlader! Ich will eine verdammte Beretta! Einen Colt! Und zwar Magnum! Du schwuler alter Sack, dich würd ich nicht mal in den Arsch ficken, dich würde ich Richard hier geben. Richard, wenn er dir nicht auf der Stelle sagt, wo er seine Faustfeuerwaffen hat, fick ihn in den Arsch! Hörst du? Besorg's ihm richtig – und dann seiner Alten!«

»Sag's ihm doch, Bill«, sagte die Frau.

»Ich kann nicht«, sagte der alte Mann.

»Bill, sag's ihm«, flehte die Frau.

»Er würde sie bloß mitnehmen und damit Leute umbringen. Er bringt uns so oder so um. Wir sind doch schon tot. Spielt überhaupt keine Rolle mehr.« Er wandte sich an Lamar. »Wissen Sie, 1944 haben mich eine Menge blonder, blauäugiger junger Kerle umzubringen versucht – in Messerschmitts. Das waren Flugzeuge. Aber ich habe ihre Fabriken bombadiert, ihre Frauen und Kinder umgebracht, ihren ganzen Dreck ausgelöscht. Und Sie, Sie sind genauso – Gefängnisabschaum! Nur zu, wenn Sie mich ficken wollen oder meine alte Frau. Sie können mir weh tun, aber mir angst machen, das können Sie nicht.«

Lamar schien sich zum erstenmal nicht mehr so sicher.

»Hast du das gehört, Richard? Ein verdammter Held. Odell?«

»Das sind die Pyes«, sagte der alte Mann seiner Frau. »Aus den Nachrichten, die Ausbrecher. Das schlimmste Gesindel überhaupt. Eine gesunde Gesellschaft hätte sie schon vor Jahren hingerichtet. Der Teufel soll dich holen, Lamar Pye, und diesen Schwachkopf und deinen kleinen homosexuellen Spezi gleich mit!«

»Ich bin kein Homosexueller«, sagte Richard.

Der Alte spuckte Richard an.

Richard starrte den Klecks auf seinem Hemd an. Dann sah er den Alten an. Er war einer dieser klapperdürren alten Kerle, die nur aus Leder und Sehnen bestanden; in seinen blauen Augen loderte die Wut. Er sah aus wie einer, der jeden Tag um vier aufstand und allem und jedem, der ihn sein Leben lang genervt hat, die Hölle heiß machte. Wahrscheinlich hatte er eine Million Dollar auf der Bank und glaubte, er könnte das Geld mit ins Grab nehmen. Seine Kinder haßten ihn wahrscheinlich heimlich genauso, wie Richard seinen Vater insgeheim gehaßt hatte. Aber wie Richard würden die Kinder dieses Mannes ihm das nie ins Gesicht zu sagen wagen.

»Willst du ihm das durchgehen lassen?« fragte Lamar.

Warum mußte er das tun? dachte Richard.

»Du kannst ihm das nicht durchgehen lassen. Ein alter Mann, der in zwei Schrotflinten schaut und sich für einen Helden hält. Du mußt ihn brechen, Junge.«

»Der hat doch Schiß«, sagte der Alte. »Das riech ich doch. Der hat doch die Unterhose voll Kakao. Die stinkt doch schon. Ist bei der Achten Division ständig passiert. Kerle wie der, von denen hat doch nicht einer seine fünfundzwanzig Einsätze geflogen. Hast die Hosen voll – stimmt's?«

Richard schluckte. Ja, wenn er ehrlich war, es stimmte. Er hätte nicht sagen können, wann genau es passiert war, aber er hatte sich in die Hose geschissen. Er schluckte noch mal, fragte sich, wem er *das* erklären sollte, und dann trat er dem Alten gegen das Bein.

»So ist's recht, Richard. Zeig's ihm«, rief Lamar. »Sei endlich ein Mann, Richard, verflucht noch mal!«

Jeder riß das Maul auf, Lamar kannte das. Es war die Regel. Aber der Alte hier hatte mehr Mumm in den Knochen, als auf dem durchschnittlichen Gefängnishof zu finden war, und Richard hatte nun wirklich nicht das Zeug, ihn zum Reden zu bringen, obwohl er ein paarmal auf den Greis eintrat, der eingerollt auf dem Boden vor seiner heulenden Alten lag.

»Schon gut, Richard«, sagte Lamar schließlich, nicht aus einem plötzlichen Anfall von Mitleid für diesen Spießer heraus, sondern weil Richard ihm zuwider war – das Gesicht in Falten gelegt wie ein Mädchen, während er zimperlich um den Alten rumtanzte, ohne einmal richtig mit voller Wucht zuzutreten.

Richard sah ihn an, das Gesicht von Gefühlen verzerrt. Aber nicht etwa von Zorn; es war eher eine Art schrecklicher Erregung. Scheiße, dachte Lamar, der sieht ja aus, als hätte ihm jemand eine Gurke in den Arsch gesteckt.

»Odell«, befahl Lamar.

Odell wälzte den Alten auf den Rücken und drehte ihm den Arm nach hinten hoch wie einen Korkenzieher, bis der Mann schrie. Inzwischen machte Lamar sich auf die Suche nach Schnaps. Ob die Leute wohl christliche Abstinenzler waren? Er hatte von so was gehört, konnte es sich jedoch nicht so recht vorstellen. Das Geschrei hinter ihm regte ihn auf.

Er wanderte in die Speisekammer. Bewahrten die besseren Leute ihren Sprit nicht in der Speisekammer auf? Lamar sah sich um. Er war noch nie in einem Haus wie dem hier gewesen. Er fragte sich, wie es wohl wäre, in so einem Haus zu leben. Fotos von einem Haufen Kinder an der Wand. Er sah sie sich näher an: Sie kamen ihm vor wie vom Mars. All die Kinder, die hübschen Frauen, die netten

Jungs, die wohl die Töchter oder Söhne oder was auch immer von dem Alten waren. Er fragte sich, wie es wohl wäre, eine Frau zu ficken, die so aussah, so ganz anders als die *Penthouse*-Schnallen mit den perfekten Titten und der seidigen Haut. Die wirkten irgendwie getürkt, auch wenn einem Nacht für Nacht einer abging dabei. Die Mädels hier sahen irgendwie echt aus, zärtlich und lieb. Er stellte sich die Angst in ihren Augen vor, falls er sich entschloß, sie zu bumsen. Lamar hatte seit über zehn Jahren keine echte Möse mehr gehabt. Er konnte sich kaum noch vorstellen, wie das war. Selbst jetzt war er sich nicht ganz sicher, ob er noch zu einer kommen würde, bevor sie ihn dann doch schnappten.

Da hatte er sie: eine saubere Reihe brauner Flaschen in einem verschlossenen Glasschrank. Er riß die Tür auf und machte dabei das Schloß kaputt. Schönes Schloß. Jack Daniel's Old No. 7 – süffiger Whiskey aus Tennessee. Besser hätte er es nicht treffen können. Er schraubte eine Flasche auf und nahm einen Schluck. Herrgott noch mal. Wie nasser Rauch. Das Zeug brannte sich hinab bis in die Magengrube, die Augen ballten sich wie Fäuste, kleine Tränen traten einem hinein. Das war auch die einzige Art und Weise, Lamar Pye heulen zu sehen. Er nahm rasch noch einen Schluck und stellte die Flasche wieder hinein. Besser, wenn Odell sie nicht sah. Odell war schon nüchtern Problem genug. Besoffen konnte er tödlich sein und unmöglich. Wenn die Bullen bei ihnen klopften, dann würde es nicht angehen, daß Odell besoffen wäre – Richard wäre nun weiß Gott nicht zu gebrauchen, wenn es zu einer Schießerei mit der Polizei kommen sollte.

Er wanderte in das Zimmer mit dem Fernseher. Die Nachrichten liefen. Irgend so eine asoziale weiße Schlampe mit einem Armvoll Kinder flennte, während zwei oder drei hübsche Reporterinnen herumstanden und zusahen, wie sie aus dem Leim ging. Sie greinte was von ihrem armen Mann, Willard, und was für ein guter Kerl er gewesen war. Lamar wurde klar, daß es die Frau von Willard aus dem Laster war.

Verflucht, Willard, dachte er, *da hast du ja vielleicht 'nen Besen erwischt.* Häßlich oder nicht, er wünschte irgendwie, er hätte es ihr besorgt. Ihm war danach, irgendwas zu ficken – egal was. Vielleicht würde er später den Alten durchziehen.

Als nächstes sah er sich selbst, und irgendeiner sagte was über ihn: daß die Behörden die Ausbrecher für »bewaffnet und extrem gefährlich« hielten. Das kannst du laut sagen!

Das Foto stammte aus einer Gegenüberstellung vor neun Jahren; die Mordkommission in Oklahoma City hatte ihn hoppgenommen, nachdem er mit Odell für die Pagans Nicky Pusateri kaltgemacht hatte. Das war vielleicht eine Geschichte! Man steckte einfach nicht drin. Mitten in den Hinterkopf hatte er dem kleinen Scheißer die Pille gesetzt. Er hatte ihn fallen sehen; das Blut war gespritzt wie bei einer Tomate. Dann noch ein Schuß in den Rücken, in eine Plane gewickelt, zwanzig Meilen rausgefahren und abgeladen. Und er hatte danach noch gelebt?

Er hatte, und die Kripo war zu Lamar gekommen; sie hatten ihn zugedröhnt gefunden, bis an die Halskrause voll Speed. Er hatte damals bei Sally Two-Shoes gewohnt, einer Indianerin und Gelegenheitsnutte, die ab und an mit ihm einen Lebensmittelladen ausnahm, ihr kam man dabei freilich nie auf die Schliche; sie hatte ihren Vater in der Kloschüssel ertränkt, als er besoffen war. Seit sie zehn war, hatte er sie gezwungen, ihm einen zu blasen, wenn ihm danach war, und mit vierzehn hatte sie ihm schließlich den Hahn abgedreht. Na, jedenfalls hatten sie Lamar aufs Präsidium geschleift, einen ziemlich feudalen Schuppen, und fotografiert; er erinnerte sich noch daran, daß einer der Bullen nach Knoblauch stank. Lamar sah sich das Foto noch mal an, bevor er verschwand; er trug ein Golfhemd, das einzige, das er je gehabt hatte, ein Ding mit einem kleinen Krokodil auf der Tasche. Wie eine Tunte sah er aus in dem Ding. Warum hatte er sich das je gekauft? Seine Nase war eingedrückt und seine Augen ganz stumpf und unscharf, weil er gerade am Abdröhnen war; die Unterlippe hing ihm herab, so entspannt war seine Visage am Ende des Trips. Sein Haar war lang, obwohl er es fest nach hinten gezogen trug. Er sah blöd aus. Es war sein letzter Augenblick in Freiheit gewesen.

Dann erschien eine Nachrichtenmoderatorin. Hübsch wie die Farmerstöchter und die Reporterinnen bei Willards Frau, vielleicht sogar hübscher. Auch bei ihr fragte er sich, wie es wohl wäre, mit ihr zu bumsen. Mit leiser, eindringlicher Stimme sagte sie, wie gefährlich diese Männer waren und daß man ihnen auf jeden Fall aus dem Weg gehen sollte. Sie sprach über die schrecklich obszöne Tätowierung auf Lamars Knöcheln und darüber, daß es bereits drei Tote gab. Ihr Gesicht wurde lang und finster dabei.

Lamar fand den Hauch nervöser Angst in ihrer Stimme ganz amüsant. Auf so etwas konnte er. Er wußte, er jagte braven Bürgern Schauer über den Rücken. Sie sahen ihm in die Augen und sahen

Schmerzen und Grauen darin. Das heißt, wenn sie ihm überhaupt in die Augen sahen, was sie kaum taten – noch nicht mal damals, als er noch draußen war. Angesichts eines FUCK YOU! auf den Knöcheln wurde so ein Spießer meist mächtig still.

»Lamar?«

Es war Richard.

»Ja?«

»Wir haben sie. Er hat einen Safe. Der Alte hat uns die Kombination gegeben.«

»Was ist mit dem Alten?«

»Tut sich etwas schwer mit Atmen.«

»Er hätte es sich nicht so schwermachen sollen. Hätte uns die ganze Mühe erspart. Was hat es ihm denn gebracht? Soll er krepieren, wenn er keinen Spaß versteht.«

Sie gingen hinunter in einen Kellerraum. Ein Regal voll Marmeladengläsern an einer Wand ließ sich an Scharnieren vorziehen und gab den Blick auf einen offenen Safe frei, zirka einszwanzig hoch; auf seinen Fächern schien alles ausgestellt, was je an Faustfeuerwaffen produziert worden war.

»Sechsundfünfzig, dreiunddreißig, null-acht«, sagte Richard stolz. »Ich habe ihn selbst aufgemacht.«

Aus Achtung vor Lamar hatte sich noch nicht mal Odell bedient. Lamar griff hinein und berührte so viele der Waffen wie nur möglich.

»Mach das verdammte Licht an«, sagte er.

Das Licht ging an.

Lamar prüfte, was der Safe zu bieten hatte, und fand schließlich, was er suchte. Ja, der Mann war Pistolenschütze, kein Zweifel; rasch griff sich Lamar seine Beute: eine Selbstladepistole im Kaliber .45 mit extrem langem Schlitten und vielleicht achtzölligem Lauf. Ganz niedrig auf dem Schieber saß ein teures Visier. Er überzeugte sich davon, daß es auch tatsächlich ein Colt war, aber unter den Namen hatte jemand einen zweiten gesetzt: CLARK CUSTOM GUNS, NEW IBERIA, LA.

»Präzisionsanfertigung, was?« frage Lamar.

»Scheren Sie sich zum Teufel«, sagte der alte Mann, der sich mit geschwollenem Gesicht auf dem Boden krümmte.

»Das werd ich wohl, Sir«, sagte Lamar, »aber eine Präzisionswaffe ist es trotzdem, stimmt's?«

»Bill war damit in den Siebzigern Landesmeister im Pistolenschießen, stehend, Schnellfeuer, und das dreimal hintereinander«, sagte die Frau.

»Wär mir ein Vergnügen, ihn eines Tages schießen zu sehen«, sagte Lamar, »aber daraus wird leider nichts.«

Dann griff er in den Safe und nahm etwas anderes heraus: einen Python – einen großen Colt im Kaliber .357 Magnum mit vierzölligem Lauf. Den gab er Richard.

»Hier«, sagte er. »Jetzt bist du ein Mann.« Dann wandte er sich an die alte Frau.

»Ich wette, daß Sie so richtig gut kochen. Wie wär's, wenn Sie uns ein ordentliches Bauernfrühstück hinzaubern? Eier, Speck, Saft, was Sie so haben. Ich und meine Freunde hier haben einen Mordskohldampf, Oma.«

»Daß du dem bloß nicht hilfst«, sagte der alte Mann.

»Sie bringen uns um, stimmt's?« sagte die alte Frau.

»Ja, Ma'am, das werd ich wohl müssen. Nicht weil ich Sie nicht leiden könnte oder so, sondern weil es nun mal nicht anders geht. Aber könnten wir erst noch essen?«

»Ich denke schon«, sagte die alte Frau.

»Wie kannst du nur so dumm sein, Mary«, sagte der alte Mann.

»Na, na, Bill«, sagte Lamar, »Mary versucht doch bloß, nett zu ihren Mitmenschen zu sein.«

KAPITEL 6

Ich muß ja wohl das Letzte sein, dachte Bud, erstaunt über das Tempo, mit dem er von einer Treulosigkeit zur nächsten raste. Es war so einfach. Es war ihm zur Gewohnheit geworden und schließlich zur zweiten Natur. Er war in der Lage, Jen anzurufen und sie durch eine trostlose kleine Unterhaltung zu bluffen, während er darauf achtete, ja nichts zu sagen, um sich später nicht zu verraten. Dann rief er Holly an und war furchtbar lieb und freundlich und anständig – es ging so einfach, so schnell. Er fand sich zum Kotzen. Aber er konnte nicht mehr zurück.

Er stand in einer Telefonzelle vor Jim's Diner in Ratliff City an der Staatsstraße 76, etwa auf halbem Weg zwischen Duncan und der I-35 nach Dallas. Es gab hier nicht viel: den Imbiß, eine Sunoco-Tankstelle, einen Waschsalon, einen kleinen Supermarkt. Der Imbiß war für sein Chili bekannt, aber für Chili war es um zehn Uhr vormittags noch zu früh. Sie waren seit sechs auf der Straße, kleine Maschen eines Netzes, mit dem man die – ja, wen eigentlich? – einzufangen versuchte. Die Ausbrecher? Man hatte von den Kerlen seit dem Auffinden des Lieferwagens mit der Leiche vor sechsunddreißig Stunden nichts mehr gehört.

Das Telefon klingelte zweimal, dann ging Jen ran.

»Hallo, wie geht's denn? Danke für die Uniformen.«

Jen, Sklavin ihrer zahlreichen Pflichten, war nach Chickasha hochgefahren, mit fünf frischen Uniformen, in Plastik gepackt, dazu Unterwäsche und Socken, da Buds eigener Vorrat zu Ende ging.

»Ach was«, sagte sie, »ist schon gut. Bei uns hier ist alles in Ordnung. Wie geht's dir denn so?« Ihre Stimme war so typisch: weit weg, distanziert, mit einem verzweifelten Unterton, aber nichts, was sich hätte festmachen lassen.

»Prima. Wird langsam langweilig, weißt du, und kein Aas hat auch nur die geringste Ahnung, wo die Kerle sind. Dauert sicher nicht mehr lange, und sie heben Straßensperren und Streifen auf, vielleicht sogar schon morgen. Hat einfach keinen Sinn.«

»Schrecklich, was sie dem armen Automatenmann angetan haben«, sagte Jen.

»Ja, allerdings. Sind wirklich üble Burschen. Was machen die Kinder?«

»Russ hat die Ergebnisse der Aufnahmeprüfung fürs College gekriegt. Sie sind so gut! Wir sollten wirklich stolz auf ihn sein.«

»Er gerät eben nach dir. Wie geht's denn Jeff?«

»Ach, dem geht's gut. Er hatte gestern abend ein Spiel, aber er wurde nicht eingesetzt, weil's so knapp war. Trotzdem war er gut aufgelegt danach. Die Jungs gingen noch auf eine Pizza und er ging sogar mit.«

»Ich hätte dabeisein sollen. Dieser Scheißjob. Nächstes Jahr bin ich aber dabei.«

»Ach, Bud?«

»Was gibt's denn?« fragte er mit einem Blick auf die Uhr.

»Warst du Freitag in der Nähe des Forts?«

Ein kleines Gefahrensignal stellte sich ein. Freitag, ja. Da war er mit Holly zusammengewesen. Einige Stunden, in einem Motelzimmer. Der Laden hieß Wigwam und befand sich kurz vor Fort Sill, ein Stückchen unterhalb von Tor IV. In der Hauptsache stiegen dort die Familien von Soldaten ab, wenn sie zu Besuch kamen. Es gehörte einem pensionierten Stadtpolizisten, der Bud das Zimmer um die Mittagszeit kostenlos überließ.

Bud war überrascht, wie schwer ihn das traf. Er hatte vorher nie Probleme gehabt. Er hob den Kopf und sah den armen Ted an der Theke vor einem Teller Spiegeleier sitzen, die er nicht angerührt hatte, und einer halb leeren Cola; er sprach mit der Bedienung.

»Nein, nein, nicht daß ich wüßte«, log Bud und versuchte etwas Unschuld in seine Stimme zu zwingen, spürte aber, daß er kläglich versagte.

»Marge Sawyer schwört, sie hätte dich aus irgendeinem Parkplatz herauskommen sehen. Sie hat gehupt, aber du hast sie nicht gesehen. Ich erwähn das nur, weil ich dich von ihr fragen soll, ob du die Gegend um die Kaserne kennst, ob du nicht vielleicht ein gutes Motel empfehlen könntest, das nicht gleich so teuer ist wie das Holiday Inn, aber trotzdem in der Stadt, nicht am Flughafen. Ihre Schwester ...«

»Ach was, Jen, das war ich nicht«, fuhr er sie an. »Und die Gegend kenne ich auch nicht.« Die unbeholfenen Lügen kamen ihm nur schwer über die Lippen. »Hör zu, ich muß wieder weiter. Ich ruf dich heute abend an, wenn's nur irgendwie geht.«

»Sicher.«

Bud legte auf; er hatte das Gefühl, Mist gebaut zu haben, und war wütend auf sich. Es war ein so strahlender Morgen, und er stellte überrascht fest, daß er ins Schnaufen gekommen war. Wer zum Teufel war Marge Sawyer? Was hatte sie gesehen? Er hatte noch dazu die Uniform angehabt an dem Tag, unmöglich, ihn zu verwechseln. Verdammt! Wie hatte er nur so dumm sein können? Besser, ein Weilchen kürzerzutreten, sonst ...

Er warf eine weitere Münze ein und wählte die Nummer. Holly hob sofort ab.

»Oh, Bud, du hast dich so lange nicht gemeldet. Du hast gesagt, du würdest gestern abend anrufen.«

Das war nun etwas, was Bud auf den Tod nicht leiden konnte, und bei seiner augenblicklichen Laune war es nun wirklich der falsche Ton. Manchmal nervte ihn allein schon der Gedanke an die ganze Geschichte derart, daß er einen Abend für sich brauchte. Er mußte immer an so viel denken: Wieso er zu spät kam, was passiert war, welche Route er auf dem Heimweg genommen hatte – alles, was man zu einem Betrug so brauchte. Und manchmal rieb ihn das einfach auf.

»Ich konnte Ted nicht loswerden. Die halten uns ganz schön auf Trab. Ich hab auch nur 'nen Augenblick.«

»Na schön, wie geht's dir denn?« wollte Holly wissen.

»Na ja, das hier ist eine ganze Ecke langweiliger als normale Streife, das kann ich dir sagen. Aber ich denke, ein Weilchen, und dann packen sie wieder ein. Diese Straßensperren bringen doch nichts.«

»Bud, du klingst so ärgerlich.«

»Ich bin bloß müde, Holly.«

»Du fehlst mir.«

»Du mir auch, Maus.«

»Seh ich dich, gleich nachdem ihr eingepackt habt?«

»Tja, ich versuch's jedenfalls«, sagte er mit dem vagen Gefühl, in der Falle zu sitzen. »Ich weiß nicht, ob's geht. Ich hab schon eins der Spiele von meinem Sohn versäumt und möchte beim nächsten dabeisein, für den Fall, daß er spielt.«

»Okay«, sagte sie in einem Ton, der erkennen ließ, daß es nicht okay war.

»Du fehlst mir.«

»Ich weiß.«

»Ich melde mich bald.«

Er legte auf, höllisch sauer. Hatte er ihr nicht gerade versprochen, sie an seinem ersten freien Tag zu sehen? Na toll. Er würde erschöpft sein. Und was wäre mit Ted – würde der nicht am selben Tag freihaben? Es war zum Mäusemelken. Manchmal wußte Bud wirklich nicht mehr, was zum Teufel er tun sollte.

Nachdem er seiner Verdrießlichkeit einige Augenblicke nachgegeben hatte, ging er zurück in den Imbiß und setzte sich neben Ted.

»Wie geht's ihr denn?« fragte Ted.

»Prima. Ausgezeichnet. Hast du Holly angerufen?«

»Ach, Holly ist schon in Ordnung, nehm ich an«, sagte Ted. »Tja, ich denke, wir schieben besser mal wieder ab, was meinst du?«

Bud warf einen raschen Blick auf die Uhr. Viertel nach zehn, ja, sie sollten wieder auf die Straße – für alle Fälle. Er war nicht gern allzulang ohne Funkkontakt. Er hatte gar nicht gemerkt, daß er fast zehn Minuten telefoniert hatte. Er trank einen letzten Schluck Kaffee, der mittlerweile lauwarm war, stand auf und zählte einige Scheine von seinem Bündel. Es war nicht unbedingt nötig, aber Bud wußte, wenn man anfing, umsonst zu essen – und nichts war einfacher –, dann verscherzte man sich den Respekt dieser Leute. Er ließ einen Dollar für die Bedienung da, und wie immer stieß es ihm auf, daß Ted nichts beisteuerte, nicht mal das Trinkgeld.

»Ach, Bud«, sagte Ted. »Da wär noch was. Die Frau hier wollte dich was fragen.«

Bud wandte sich an die Bedienung, eine Frau mittleren Alters mit dem Namen Ruth auf dem Brustschild; er kannte sie von früheren Besuchen her, hatte sie aber nie persönlich angesprochen wie einige andere Bedienungen hier und da.

»Was gibt's denn, Ruth?«

»Na ja, Sergeant, es geht um den alten Bill Stepford. Seit zehn Jahren trinkt er nun jeden Morgen seinen Kaffee bei uns, Punkt neun. Heute ist er nicht aufgetaucht. Ich mache mir irgendwie Gedanken deswegen.«

»Ich habe ihr gesagt, das ist was für den Sheriff vom Murray County«, sagte Ted.

»Ach was, sind doch alle unterwegs, Cowboy spielen«, sagte Ruth. »Sam Nicks ist seit dem Ausbruch oben in McAlester kein einziges Mal hiergewesen.«

»Schon mal dran gedacht, den Mann einfach anzurufen?«

»Hab ich, Sir. Es war besetzt. Viermal habe ich angerufen, immer besetzt.«

»Vielleicht unterhält er sich mit jemandem.«

»Tja, vielleicht. Aber ich kenne Mr. Stepford nun mal, und er ist nicht gerade der gesprächige Typ.«

»Und seine Frau?« fragte Ted.

»Also die ist furchtbar nett und so, aber sie ist auch nicht gerade jemand, der eine halbe Stunde an der Strippe hängen würde.«

»Hört sich an, als hätte man den Hörer abgenommen«, sagte Bud.

»Bill Stepford hat in zehn Jahren nicht einen Kaffee versäumt. Sogar als wir das letztemal Schnee hatten, war er hier – mit seinem Wagoneer durch die Wehen. Dem schmeckt unser Kaffee.«

Bud überlegte.

»Wo wohnt er denn?«

»Sieben Meilen die Straße hinauf. Dann links auf die Bezirksstraße 79. Nach 'ner Weile sehen Sie dann den Briefkasten. Ich habe einfach Angst, er könnte gefallen sein oder was und kommt nicht an den Apparat. Ich finde, man sollte nicht so weit vom Schuß wohnen.«

»Na ja«, sagte Bud, »ich ruf mal die Zentrale an, ob man uns braucht. Und wenn nicht, dann schauen wir halt mal vorbei.«

Lamar ließ Richard zuerst duschen und schlafen, da Richard gefahren war, während er und Odell geschlafen hatten. Richard sank in ein traumloses Nichts, was ihm wie ein Geschenk des Himmels vorkam. Aber als Lamar ihn um neun weckte, lag er noch immer im Schlafzimmer der Stepfords im ersten Stock, nach wie vor ein Ausbrecher und in der Gesellschaft von Mördern.

Richard zog eine von Stepfords Jeans und ein blaues Arbeitshemd an und machte sich dann unter Lamars Anweisungen an zweierlei: Er sollte sich oben ans Fenster setzen und aufpassen, nur für den Fall. Und dabei Löwen zeichnen.

»Jetzt, Lamar? Bei allem, was hier los ist?«

»Ja, jetzt. Auf der Stelle, und zwar perfekt, so daß wir zum nächsten Schritt übergehen können, wenn es soweit ist.«

Zum nächsten Schritt?

Wie auch immer, jetzt saß er da, die vielstudierte erste Skizze vor sich, und kritzelte daran herum. Sie verkümmerte langsam zu einer willkürlichen Ansammlung von Strichen. Überhaupt fragte er sich, was Lamar von Anfang an darin gesehen hatte. Die Zeichnung war von unerträglicher Banalität: ein Löwe, eine Frau – eine Art verrückter Arierphantasie, etwas aus der Steinzeit. Sie paßte zwar zu Lamars psychischer Zurückgebliebenheit, hatte aber mit Kunst nichts zu tun; sie entstammte eher den ungewaschenen Phantastereien des Lumpenproletariats, wie sie sich in Lieferwagen-Reklame, Comic-Heften oder bäurischen und blutrünstigen Kinolangweilern äußerte. So was von primitiv, so bar jeder Finesse, jeden Charakters.

Und doch hatte sie ihm das Leben gerettet, das war ihm klar. Sie hatte irgendwie Lamars Zorn gezähmt und in eine andere Richtung gelenkt; sie hatte Lamar gezeigt, daß das Leben noch etwas anderes zu bieten hatte als Mord und Raub. Und die Zeichnung selbst: Sie hatte in der Tat etwas Wildes, etwas Unzivilisiertes und Freies, worauf Lamar reagiert hatte, was Richard jedoch seither nicht wieder hinbekommen hatte, egal, ob er bei Löwen geblieben oder zu Tigern und Adlern übergegangen war. Kaum dachte er darüber nach, war es schon verschwunden; man konnte so etwas einfach nicht aus dem Ärmel schütteln. Es hatte irgendwie mit den beiden Hirnhälften zu tun. Lamar hatte das verstanden und Richard etwas Luft gelassen. Aber jetzt wollte er langsam Ergebnisse sehen.

Glücklicherweise hatte der alte Farmer eine große Sammlung Papier und Bleistifte. Mit einem 2er saß Richard am Fenster, blickte verträumt hinaus und versuchte sich eine wilde Steppe vorzustellen, wo Mann und Raubkatze eins waren, aber die Frau trotz allem Frau. Auf dieser Steppe herrschte – mit Zähnen und Klauen und ohne Gnade – der Stärkste. Und die mächtigste und gerissenste all dieser Kreaturen war Lamar, Lamar der Löwe, nicht bloß ein Killer, sondern obendrein ein listiger und gerissener König.

Der Bleistift flog übers Blatt; Richard fühlte sich dem Konzept *Löwe* tiefer verbunden denn je – als wäre er irgendwie in die rote Zone gelangt, in den Geist des Dschungels, wo sich einem angesichts anderer Lebensformen nur eine Frage stellte: Wie mag sie wohl schmecken?

Er hielt inne. Hm, nicht schlecht.

Verträumt sah er aus dem Fenster. Er versuchte sich eine Ebene mit Zebras, Giraffen, Kaffernbüffeln, listigen kleinen Antilopen und den allgegenwärtigen Hyänen vorzustellen.

Und fast sah er sie sogar, obwohl die Illusion nicht mehr aufrechtzuerhalten war, als er bemerkte, wie ein schwarzweißer Streifenwagen der Highway Patrol die Straße herab auf das Haus zugerollt kam.

Obwohl Bud selbst fuhr, war er nach wie vor schlecht gelaunt.

»Ted, du solltest Holly wirklich anrufen.«

»Ach was« war alles, was Ted herausbrachte.

»Sie wird sich Sorgen machen«, sagte er.

»Um die Wahrheit zu sagen, Bud«, sagte Ted, »wir haben uns in letzter Zeit kaum mehr was zu sagen. Sie habe ich auch im Stich gelassen. Ich seh's in ihrem Blick, daß ich ihr nichts bedeute. Verflucht noch mal, ich liebe sie doch wirklich, und da habe ich sie vor mir und komm nicht an sie ran.«

Bud schluckte verlegen. Es schien ihm was den Hals hochgekommen zu sein. Ted ging es wirklich dreckig, so wie er in seinem Schmerz schmorte.

»Ich meine, du und Jen, ihr habt so eine perfekte Ehe. Ihr seid ein Team. Sie ist Teil deines Berufs. Sie ist zufrieden mit dem, was du hast. Sie setzt dich nicht unter Druck.«

»Tja, Ted, so ein Schein kann durchaus trügen.«

»Nicht bei dir, Bud.«

»Ted ... Paß auf, wir müssen uns wirklich mal unterhalten.«

»Worüber denn?«

»Darüber, wofür du mich hältst und was ich nicht bin. Und so einiges mehr.«

»Und das wäre?«

Sie waren jedoch im Hof der Stepfordschen Farm angelangt. Das Haus war mit weißgestrichenen Holzplanken verschalt, und man hatte des öfteren angebaut, während die Farm gedieh. Der Rasen war sauber, und jemand hatte am Weg eine Rabatte mit leuchtenden Blumen gepflanzt. Über dem Haus ragte eine mächtige Eiche auf.

Bud und Ted stiegen aus. Bud rückte seine Sonnenbrille zurecht, nahm den Smokey-Hut vom Gitter hinter dem Sitz und setzte ihn auf. Er sah sich um. Er sah ein Feld, auf dem der Weizen bereits geerntet und die Erde gepflügt worden war. Hier und da waren auf den sachten Wellen des Landes Zwergeichenhaine zu sehen, und das leuchtende Grün in der Ferne wies auf Luzerne. Rechter Hand lag eine Bartgrasweide, auf der zwischen großen Heurollen einige Rinder grasten.

»Scheint alles in Ordnung zu sein«, sagte Ted. »Wahrscheinlich ist der verdammte Hörer nicht aufgelegt.«

»Hallo?« rief Bud. Und dann noch mal.

Er erhielt keine Antwort.

»Gehen wir mal rauf und klopfen, mal sehen, was sich tut.«

Richard lief die Treppe hinab. Er wußte, er sollte nicht schreien, wollte aber. Schrille Panik durchfuhr ihn. Er hätte sich am liebsten gleich noch mal in die Hose gemacht. Sein Magen schmerzte, als er die Treppe hinabtrampelte.

»Lamar«, schluchzte er, »Lamar, Lamar, oh, Lamar.«

Wie im Fall nahm er die letzten Stufen.

Im Zwielicht des Kellers stand Odell über die Werkbank gebeugt und hantierte mit einer Bügelsäge. Auf dem Boden sah Richard drei lange Metallstäbe und etwas, was wie drei hölzerne Stiefel aussah.

Lamar sah Richard an.

»Lamar«, keuchte er, »Bullen. Staatspolizei.«

Lamar sah ihn nur ausdruckslos an. Dann fragte er: »Wieviel? Ein verdammtes Team? Ein Einsatzkommando, verfluchte Scheiße? Oder bloß 'n einzelner Wagen?«

»Ich habe nur einen gesehen«, sagte Richard. »Auf halbem Weg die Zufahrt herauf. Die sind jeden Augenblick da.«

Lamar nickte. Er drehte sich um und sah die Stepfords an, die völlig fertig auf einer alten Couch saßen.

»Einen Mucks von euch, und ihr seid tot. Und ich mein das ernst, Sir, ich mach hier keinen Spaß.« Seine Stimme war ruhig, aber eindringlich.

Odell hatte sich inzwischen aufgerichtet und war damit beschäftigt, Munition in die Flinten zu schieben, die er, wie Richard jetzt sah, abgesägt hatte, um sie kurz und handlich zu machen.

Lamar nahm eine davon und lud mit einem öligen Klacken durch.

»Wir gehen nach oben. Du verschnürst mir die zwei hier, aber richtig. Dann kommst du nach. Wenn du Schüsse hörst, kommst du gerannt, ist das klar? Und bring deinen Revolver mit.«

»Schüsse«, sagte Odell glücklich.

»Ja, Lamar«, sagte Richard.

»Okay, Odell«, sagte Lamar. »Braten wir uns einen Smokey.«
Lamar stopfte sich ein Dutzend leuchtender rot-blauer Patronen in die Taschen, und Odell machte es ihm nach. Dann rannten sie die Treppe hinauf.

Lamar beobachtete sie. Einen Typ, der nicht mehr der jüngste war, und einen jungen Spund. Sie standen in der Sonne und sahen sich das Haus an. Der ältere rief »Hallo« und rückte sich den Gurt zurecht. Dann holte er seinen Smokey-Hut heraus und fummelte ihn zurecht. Mußte offensichtlich genau richtig sitzen. Angeberisches Arschloch. Der Junge sah aus, als wäre er schlecht drauf, vielleicht auch müde. Er wollte das hier hinter sich bringen.

Lamar wußte, daß die beiden nichts ahnten. Er roch es geradezu. Sie hatten keine Idee, in was sie da reinspazierten; hätten sie eine gehabt, sie hätten ihre Knarren gezogen und wären in Deckung gegangen. Er sah zu, wie sie einige knappe Worte wechselten, eine Entscheidung trafen und auf das Haus zukamen.

An der unnatürlich glatten Art, in der die Baumwolle am Kevlar klebte, sah Lamar außerdem, daß der Jüngere eine kugelsichere Weste trug; der Ältere war zwar ein Mordskerl mit einem mächtigen Brustkorb, trug aber offenbar keinerlei Panzer, dafür hatte der Stoff bei ihm zuviel Spiel.

»Odell, du gehst hintenrum und links vom Haus nach vorn. Daß du nicht vor mir schießt. Als erstes nimmst du dir wie ich den Älteren vor. Der dürfte nicht zum erstenmal in der Klemme sein, womöglich sind ihm schon mal die Kugeln um die Ohren geflogen. Dem geht die Muffe wahrscheinlich nicht so schnell wie dem anderen. Am wichtigsten ist, daß die nicht an den verdammten Wagen kommen; wenn die nämlich reinrufen, dann haben sie in zwei Minuten Verstärkung hier. Wir müssen sie auf einen Schlag wegputzen, hast du verstanden, Kleiner?«

»Wechpussen«, sagte Odell.

»Beim dem Jungen hältst du auf den Kopf. Ziel hoch, versuch ihn im Gesicht zu erwischen. Dem Alten kannst du's in den Bauch geben. Der hat keine Weste an.«

Odell spritzte mit einer der Flinten nach hinten davon.

Lamar stellte sich links neben das Fenster. Für die Flinte waren sie zu weit weg. Wenn dieser verdammte alte Farmer hier ein Sturmgewehr gehabt hätte, würde er die zwei mit einer Salve fix abknipsen. In dem abgesägten Selbstlader hatte er vier Ladungen und eine Tasche voll zur Reserve, dazu die .45er mit dem langen Lauf, aber er trug so was nicht gern mit einer Kurzwaffe aus. So was war ihm einfach nicht sicher genug.

Er konnte kaum glauben, wie aufgekratzt er war. Ihm war fast schwindlig geworden. Gerade, daß er nicht zu kichern begann. Er versuchte sich wieder einzukriegen, aber Himmel Herrgott noch mal, bei einem solchen Mordsspaß!

Wann sollte er schießen? Wenn sie an die Tür klopften? Durchs

Holz der Tür, um sie von der Veranda zu pusten? Aber vielleicht wären die Rehposten nicht kräftig genug, um das Holz zu durchschlagen, oder sie verausgabten sich dabei. Nein, besser, er ließ sie auf drei, vier Meter rankommen und legte dann los. Er könnte sie mit der Flinte umhauen und dann rauslaufen, um ihnen mit der .45er den Rest zu geben.

Oh, Mann! Einen Smokey in der Pfanne zu haben!

Sie gingen auf das Haus zu. Eine große Libelle blitzte in der Sonne. Bud sah die Blumen und mit welcher Liebe die Hausherren sie gepflegt hatten. Jen war genauso. Irgendwie merkwürdig, daß sie nicht herausgekommen waren, um die beiden Polizisten zu begrüßen – Leute vom Land waren so ziemlich die letzten Amerikaner, die noch Respekt vor dem Stern hatten.

Er wandte sich nach Ted um, wollte was über die Stille sagen, als Ted auch schon explodierte.

Explodieren war vielleicht nicht das richtige Wort, Ted schien nur plötzlich in einem roten Nebel zu stehen, wie angewurzelt, sein Hals ein pulsierendes Kaleidoskop, seine Augen vor Entsetzen ganz groß.

Bud hatte das Gefühl, durch eine Glastür in eine andere Welt getreten zu sein, in der es Melasse oder Öl gab statt Luft, irgendwas Dickes, wodurch die Geräusche gedämpft und die Bewegungen träge und furchtbar schmerzhaft wurden. Es war nichts zu hören. Oder falls doch, so hörte Bud es jedenfalls nicht. Er spürte Stiche – als würde ein Schwarm Wespen über ihn herfallen; dann hatte er das Gefühl, kein Bein mehr zu haben.

Schließlich zerfiel die Welt in orangefarbene Blitze, und er bekam überhaupt nichts mehr mit – als hätte ihn eine große Hand aus der Zeit gerissen und eine Sekunde später wieder auf die Erde geworfen. Jedenfalls stellte er zu seiner Überraschung fest, daß er auf dem Boden lag. Er erinnerte sich nicht, gefallen zu sein. Alles war voll Blut. Er warf einen Blick auf den armen Ted, der noch schlimmer blutete, vor allem am Hals, und dabei lautlos schrie. Das linke Glas von Teds Sonnenbrille zierte eine Spinne; in einer Schlangenlinie rann das Blut darunter hervor. Es schien alles so langsam zu gehen. Vor allem aber verstand Bud nicht, was eigentlich los war. Nur daß die Luft voll Staub und Insekten schien. Bis er endlich begriff, daß einer aus dem linken Fenster mit einer Schrotflinte auf sie geschossen und sie schlimm erwischt hatte.

Bum-bum! Bum-bum!

Bum-bum macht die Finte und haut Dell, Trone raus, hops, bum-bum macht die Finte und haut Dell noch mal!

Ha! Ha!

Dell macht Rauch, Dell macht Feuer.

Böse Buben fallen um. Dell macht weh-weh. Dell macht sie rot! Guck mal, wie rot!

Bum-bum macht sie rot.

Mar so laut: »Laden-schießen, laden-schießen.« Dell wieder bum-bum. Muß Trone rein. Finte macht klack! Dann Finte wieder bum-bum!

Odell lachte.

Das macht Dell Spaß.

»Mich hat's erwischt! Oh Gott!« schrie Ted, und seine Stimme durchschnitt die Stille. Mit einem Mal war alles voll Lärm. Bud dröhnten die Ohren, so laut war es plötzlich, es tat richtig weh. Er hatte einen Kupfergeschmack im Mund, als hätte er Pennies gelutscht. Seine Lunge ächzte, und Teds rasselnder Atem hörte sich lauter als eine Kreissäge an.

Bud erinnerte sich nicht daran, gezogen zu haben, hatte den Smith aber wie durch ein Wunder in der Hand und drückte Kugeln durch das kaputte Fenster. Er zog nur immer wieder durch, bis ihm ein weiterer Schmerz in die Brust fuhr. *Die Weste! Die Weste,* dachte er traurig. Dann kippte er weg. Der Revolver war fort. Dann hatte er ihn wieder, riß ihn hoch und zog durch, aber der Hahn schlug auf eine leere Patrone. Er kippte die Trommel aus, die sechs leeren Hülsen fielen heraus. Er starrte sie blöd an.

Der Schnellader. *Der Schnellader!*

Linkisch fummelte er einen der Schnellader aus dem Etui, aber seine Finger waren so dick und glitschig, daß er ihm aus der Hand fiel und in den Staub rollte. Rote Flecken breiteten sich im Sand aus.

»Mich hat's erwischt, oh Gott, mich hat's erwischt!« heulte Ted.

Deckung, dachte Bud, er brauchte Deckung. Aber der Wagen war zu weit weg.

Er kam auf die Beine und zerrte Ted irgendwie zu dem Baum zwei, drei Meter hinter ihm. Ein großer Mann kam auf ihn zugerannt, und Bud hob den Revolver, um zu schießen, aber der Mann duckte sich. Bud kam nicht dahinter, wieso der Smith nicht losging. Er sah nach. Natürlich, er hatte nicht nachgeladen. Der Schnellader lag noch im Dreck. Der zweite im Etui fiel ihm ein.

Lad nach, sagte er sich, *lad endlich nach*, während er den zweiten Schnellader aus dem Etui zog. Auch der fiel ihm aus der Hand. Dann fiel ihm Teds Waffe ein, er versuchte sie herauszubekommen, aber der Sicherheitsgurt gab sie nicht frei. Unter Bud zitterte Ted gotterbärmlich. Rhythmisch quoll Blut aus einem Loch unter dem Ohr; sein ganzes Gesicht war blutgesprenkelt, und aus den Beinen blutete er auch.

»Ich seh nichts«, sagte er. »Oh Herrgott, Bud, ich kann nicht mehr sehen.«

»Ganz ruhig, ganz ruhig«, sagte Bud, der immer noch einen klaren Kopf zu bekommen versuchte. Er hob den Schnellader auf und bekam die Spitzen der sechs Patronen irgendwie in die Kammern. Ein kleiner Dreh am Knopf, und die Patronen senkten sich in die Trommel. Er warf sie zu und versuchte, Ziele auszumachen, konnte aber nichts sehen.

Der Wagen, dachte er. Sieh zu, daß du ans Funkgerät kommst, ruf dir Verstärkung, los mach schon! *Jetzt!*

»Ted, ich muß zum Wagen.«

»Laß mich nicht liegen, bitte, laß mich nicht hier!«

Richard zog den letzten Knoten zu stramm und spürte den alten Mann unter seiner Grausamkeit zittern. Aber es war ihm egal. Er hatte jetzt was anderes im Kopf. Er sah sich die beiden an, gut verschnürt wie Weihnachtsgänse. Unter anderen Umständen eine tragische Szene. Aber nicht jetzt.

Er rannte die Treppe hinauf in die Küche. Sein einziger Gedanke: Er mußte hier raus.

Er würde zur Scheune laufen und von dort aus in die Felder dahinter. Er würde einfach verschwinden, während die anderen schossen. Irgendwann würde man ihn schon finden. Er würde sie schon überzeugen: Er hatte nichts mit alledem hier zu tun.

Er war auf halbem Weg durch die Küche, als er den ersten Schuß hörte, lauter noch als den von gestern abend. Er kam sich vor wie in einer Kesselpauke.

Sofort ließ er sich fallen und drückte das Gesicht auf den Boden.

Bum! Bum! Bum!

Es wollte nicht aufhören. Der Lärmpegel stieg im Gegenteil nur noch an. Er hatte keine Ahnung gehabt, daß Gewehre so laut waren. Er lag auf dem Boden und begann zu weinen.

Bitte, laß nicht zu, daß mir was passiert.

Während er sich von Ted loszumachen versuchte, sah er sich nach Zielen um. Aber es hing zuviel Pulverdampf und Staub in der Luft, das Ganze von der Sonne zum Glänzen gebracht. Er blinzelte. Er wußte noch immer nicht so recht, was hier los war. Es waren Flinten, so viel stand fest, und zwar zwei.

Er glaubte hinter einer Hausecke eine Bewegung zu sehen und schoß diesmal beidhändig, rasch hintereinander, zweimal, und als er hochkam, um zum Wagen zu laufen, riß ihm eine Explosion die Beine weg und warf ihn um. Der Revolver schlitterte davon. Er konnte ihn nicht mehr sehen. Er versuchte zu kriechen.

»Laß mich nicht allein, bitte«, rief Ted und griff nach Buds Knöchel.

Bud kroch ein Stück weiter, bis er Lamar Pye in die Augen sah, der über ihm stand.

»Tag, Paps«, sagte Lamar. »Wie geht's uns denn so?«

»Herrgott«, sagte Bud.

»Ja, Sir, Mr. Smokey, wenn ich Sie wäre, würd ich schon mal meinen Frieden mit ihm machen.«

»Verreck doch«, sagte Bud.

»Oh, ein ganz harter Brocken. Odell komm her und schau, was wir da erwischt haben. Zwei Smokeys.« Er wandte sich wieder an Bud. »Fand ich klasse, so unter Beschuß nachzuladen. Wirklich gut. Sie sind 'n Profi, das muß man Ihnen lassen. Aber jetzt hast du deinen Meister gefunden. Odell, nimm dem anderen Kerl den Revolver ab.«

Odell Pye war erstaunlich groß und hatte ein sommersprossiges Gesicht voller Pickel und einen wüsten Schopf roter Haare darüber; er ging zu dem blutenden Ted und trat ihm ordentlich in den Rücken. Ted bäumte sich vor Schmerz auf, und Odell bückte sich, um ihm die Waffe aus dem Halfter zu reißen.

»Volver«, sagte Odell und hielt Lamar stolz Teds Smith & Wesson entgegen.

»Ganz recht, Odell, ganz recht.«

Lamar wandte sich an Bud.

»Also, Paps, für den Fall, daß du's noch nicht kapiert hast, dein

Weg ist hier zu Ende. Ich hab im Grunde nichts gegen Bullen, sind auch bloß Leute, die ihre Arbeit tun. Aber ihr Smokeys habt vor Jahren meinen alten Herrn umgelegt. Da war ich noch nicht mal auf der Welt.«

»Du kannst mich mal kreuzweise, Pye. Dich kriegen wir schon, da paß nur auf.«

»Paß du nur auf, Bulle. Ich zieh euch eine Blutspur durch den Staat, die keiner so schnell vergißt. Noch in hundert Jahren werden die Väter hier ihre Kinder mit 'ner Geschichte vom bösen Lamar Pye in die Betten scheuchen. Dem Löwen von Oklahoma. Odell, setz du eine Kugel ins Funkgerät von dem Streifenwagen, und schau nach, ob sie noch Waffen haben.«

Odell ging zum Wagen hinab. Bud hörte das Krachen, als Odell mit der Flinte in das Funkgerät schoß. Einen Augenblick später hörte er, wie der Kofferraum aufging.

»Ein Gewehr, ein Gewehr«, sang Odell, und Bud sah, daß er Teds AR-15 aus ihrem Koffer geholt hatte.

Scheiße, dachte er.

Und dann: *Ob ich wohl an meine Reserve komme?* Er hatte doch noch den kleinen Smith an der Wade.

Als Lamar sich wieder umdrehte, stürzte sich Bud nach vorn. Er erreichte den Revolver, bekam aber den Druckknopf nicht auf, weil er einfach zuviel Blut an den Händen hatte und sein Daumen abrutschte. Als das Ding endlich offen war, hatte Lamar schon einen seiner großen Füße auf Buds Knöchel gesetzt; er bückte sich und nahm die Waffe an sich.

»Was macht denn ein großer Kerl wie du mit so 'ner Damenknarre? Solltest dich schämen.«

Er warf den Revolver beiseite.

»Tut mir nichts, bitte!« schrie Ted. »Ich will nicht sterben!«

»Halt den Mund, Ted«, rief Bud.

»Glaub nicht, daß der dich hört«, sagte Lamar. »Der ist längst übergeschnappt.«

»Er ist doch noch 'n Kind. Laß ihn zufrieden. Er ist ja noch nicht mal lang genug dabei, um seinen Corporal zu machen. Er hat eine Frau. Er wird mal Kinder haben. Tut ihm nichts. Bringt mich um. Ich bin ein alter Mann, ich habe meine Kinder gehabt.«

Lamars Augen öffneten sich weit in gespielter Überraschung.

»Ich sag dir was«, sagte er, »wie wär's, wenn ich euch beide abknalle, dann könnt ihr im Himmel darüber streiten, wen ich hätte umbringen sollen.« Er hielt seinen Witz für ziemlich gut. Aber dann wandte er sich an Odell.

»Odell, hol diesen verdammten Richard und die beiden Alten. Wir verschwinden von hier für den Fall, daß einer den Krach gehört hat. Kannst sie schon mal einladen.«

»Ja, Mar«, sagte Odell. Lamar kniete neben Bud nieder.

»Tut's ordentlich weh? Ich könnt dich gleich erledigen und dir eine Menge Schmerzen ersparen.«

»Fick dich ins Knie, Pye!«

»Mumm hast du ja, Smokey. Gefällt mir, so was. Aber dein Partner da, ich würd sagen, dem geht mächtig was ab, was Schneid anbelangt. Hier rumzugreinen wie ein Baby. Ich kann Babies nicht leiden.«

»Er ist noch ein Kind, du Arschloch!«

»Trotzdem, man muß lernen, nicht gleich zu greinen. Keiner mag Babies. Wie seid ihr uns eigentlich draufgekommen?«

»Eine Durchsage. Hier tauchen jeden Augenblick sechzig Wagen auf.«

»Willst du dem Herrn mit einer Lüge auf den Lippen gegenübertreten? Laut Bibel ist das der sichere Weg in die Hölle, mein Freund. Besser, du nutzt deine Zeit, deinen Frieden mit ihm zu machen.«

»Pye. Laß den Jungen zufrieden, ja? Und die alten Leute. Laß sie gehen. Du hast mich, einen Smokey-Sergeant, das langt doch für einen Tag.«

»Also, du bist wirklich ein harter Bursche«, sagte Lamar, »aber alle mach ich dich trotzdem.«

Bud versuchte nicht zu zittern, konnte aber nichts dagegen tun. Er versuchte, die Schmerzen zu verdrängen, aber sie wollten nicht gehen. Er sah sich an. So viel Blut. Er mußte mindestens hundert Löcher haben. Er hätte nie gedacht, so viel Blut zu haben. Das Atmen tat weh. Das Denken.

Lamar war verschwunden. Bud war allein. Er dachte an Jen, Herrgott noch mal, er war ihr ein so schlechter Mann gewesen! All die Dinge, die er ihr nie gesagt hatte. Und dann, gegen Ende zu, die Geschichte mit Holly. Wieso? *Wieso war ich kein anständiger Kerl? Da wollte ich immer nur das Beste – und dann das.* Er dachte an seinen jüngsten Sohn Jeff. *Ach, Jeff, ich wäre so gern für dich dagewesen. Ich wollte dir helfen, dir alles mögliche zeigen, und wenn du etwas mehr Hilfe brauchtest als andere, wollte ich sie dir geben. Ich hätte dich nie verlassen.* Er sehnte sich nach seinen Kindern.

»Bud«, kam es schluchzend zu ihm herüber.

Unter unsäglichen Qualen rollte er sich herum. Er hatte nicht gewußt, daß man solche Schmerzen haben konnte.

»Ted, bleib ganz ruhig.«

»Bud, die werden uns erschießen.«

»Die wollen uns bloß angst machen. Die müssen schleunigst von hier verschwinden, und das wissen sie auch. Wenn die uns kaltmachen, werden unsere Leute sie jagen und abschießen, das wissen die ganz genau. Die bluffen bloß.«

»Nein, Bud, tun sie nicht. Aber du schaffst es. Ich nicht. Ich sterbe – so oder so. Bud, bitte, mir fehlt Holly so sehr. Ich liebe sie, Herrgott noch mal, ich liebe sie so sehr. Es tut mir so leid, nicht der Mann zu sein, der ...«

»Hör auf damit, Ted.«

»Kümmre dich um sie, Bud. Versprich's mir, bitte. Kümmre dich um sie. Hilf ihr. Wie du mir helfen wolltest.«

»Ich ...«

»Bitte! Oh, Gott, ich habe solche Angst. Bitte, bevor ich sterbe.«

»Ted, ich ...«

Aber dann war Lamar wieder da. Ein Wagen, ein Jeep Wagoneer, kam vor Ihnen zum Stehen. Bud sah die beiden grimmigen alten Leute, die stocksteif im Fond saßen. Sie waren als nächste dran. Am Steuer saß ein Typ, der eher nach einer Pfeife aussah – dieser verdammte Richard Peed. Lamar und Odell kamen herüber.

Lamar sagte: »Hast du deinen Frieden mit dem Herrn gemacht, Bulle?«

»Leck mich am Arsch«, sagte Bud.

Lamar ging hinüber zu Ted. Ted hatte sich eingerollt wie ein Fötus, er lag halb auf dem Bauch, halb auf der Seite und heulte leise vor sich hin. Lamar beugte sich mit dem Colt über ihn und schoß ihn in den Hinterkopf. Teds Haar hob sich etwas, als die Kugel seinen Schädel zerfetzte. Dann wandte Lamar sich an Bud, aber die .45er war leer, ihr Schlitten hatte gesperrt, der Lauf guckte hervor.

Er gab die Waffe Odell und legte mit der Flinte an. Er war vielleicht acht Meter entfernt.

»Hättest deine Weste anziehen sollen, Sergeant«, sagte Lamar fröhlich. Bud krümmte sich vor den Rehposten zusammen, hörte jedoch nichts. Er war im Zentrum der Explosion. Für ihn war alles rot, er hatte den Geruch von Staub und Pulverdampf in der Nase, er spürte die Hitze und die tausend Trümmer, die in ihn drangen.

Er fühlte, wie seine Seele den Körper verließ.

KAPITEL 7

Schier eine Ewigkeit fuhren sie schweigend dahin; Odell saß am Steuer und strahlte vor Seligkeit, neben ihm hielt Lamar die Augen offen, und Richard saß hinten neben den reglosen Stepfords. Irgendwann flüsterte Mrs. Stepford ihrem Mann etwas zu.

»Tschuldigung«, sagte er, »aber meine Gattin müßte mal Pipi machen.«

Lamar sagte: »Tut mir leid, Ma'am, aber ich muß Sie bitten, sich das noch 'n Weilchen zu verkneifen, wir haben's eilig.«

»Was spielt das denn noch für eine Rolle?« sagte Mr. Stepford. »Sie bringen uns doch genauso um wie die zwei Jungs von der Polizei.«

»Machen Sie einfach mit, okay, Alter? Ich muß mich drauf konzentrieren, wo's hingehen soll.«

Sie fuhren weiter über Landstraßen, immer knapp unter dem Tempolimit, um ja kein Gesetz zu brechen. Sie hörten keine Sirenen, und im Radio war nicht davon die Rede, daß man irgendwo auf die Leichen von Polizisten gestoßen sei. Auch Hubschrauber waren nicht zu sehen.

»Okay«, sagte Lamar mit einem weiteren Blick auf die Karte, »du mußt immer geradeaus, Odell. Nicht abbiegen. Halt die Augen offen, damit wir Cox City nicht übersehen, da geht's links ab auf die 21 nach Bray. Schilder kann er ja nicht lesen, aber geradeaus fahren und abbiegen, wenn ich's ihm sage.«

»Wohin fahren wir denn, Lamar?« fragte Richard.

»Mit dir red ich noch nicht, Richard. Ich muß mir das hier erst überlegen und dann, was ich mit dir anstellen soll. Also sei einfach still.«

»Habe ich was falsch gemacht?«

Aber Lamar blickte finster vor sich auf die Straße. Als sie Empire City passiert hatten, nahm er den Hut ab. Es war ein breitkrempiger weißer Stetson, Mr. Stepford's Sonntagshut. Er machte eine Schau daraus, sich die kleine Stoppelfeder im Hutband anzusehen, aber es war klar, daß er zu einem Entschluß gekommen war. Er fuhr herum und wandte sich den drei Leuten auf dem Rücksitz zu.

»Also, Richard«, sagte er schließlich voll Überdruß, »sag mir mal eines – wo zum Teufel warst du, als geschossen wurde?«

»Ah«, sagte Richard. »Ich, ah, ich bin hinter Odell her durch die Küche. Ich wollte auf der anderen Seite ums Haus, verstehst du. Nur daß es schon vorbei war, als ich dazukam.«

»Ist doch nicht wahr«, sagte Mr. Stepford. »Ich hab ihn doch gehört. Auf dem Küchenboden hat er gelegen, verdammt noch mal. Geflennt hat er.«

»Ich glaub fast, sie würden einen besseren Verbrecher abgeben als unser armer kleiner Richard hier, was, Mr. Stepford?«

»Ich denke doch, Lamar, nur daß ich mich nicht mit Gesindel wie euch einlassen würde.«

»Was soll's«, sagte Lamar, »aber was mach ich bloß mit dir, Richard? Du mußt schon ein bißchen mehr bringen als Kunst.«

»Lamar, du weißt, daß das nichts für mich ist.«

»Das kannst du laut sagen. Aber wenn ich mich nicht drauf verlassen kann, daß du hinter mir stehst, wenn's zum Tanz kommt, für was zum Teufel bist du dann gut? Was wir vor uns haben, ist ein einziger Tanz.«

»Lamar, ich weiß doch noch nicht mal, wie man mit einem Rev…«

Lamars Arm schoß nach hinten, und er schlug Richard den Hut übers Gesicht. Richard erschreckte es mehr, als daß es ihm weh tat; starr vor Entsetzen sah er Lamar an. Was Lamar wiederum noch wütender machte; wild begann er mit dem Hut auf Richard einzuschlagen. Richard duckte sich und deckte sich mit den Armen.

»Das war mal 'n guter Hut«, sagte Stepford.

Endlich beruhigte sich Lamar wieder. Schwer atmend wandte er sich wieder nach vorn. Der Zorn hatte ihm rote Flecken ins Gesicht getrieben; seine Lunge schmerzte. »Fahr mal ran«, sagte er zu Odell. »Irgendwo, hier, in das große Feld da.«

Odell drosselte das Tempo, steuerte den alten Wagoneer die Schotterbankette hinab und dann vorsichtig durch den Abzuggraben auf das Feld. Er ließ den gleichmäßig laufenden Achtzylinder noch einige Augenblicke schnurren, bevor er den Motor mit einer Drehung des Schlüssels zum Schweigen brachte.

Die Straße war nur noch ein schmales schwarzes Band, das sich durch die endlosen flachen Baumwoll- und Erdnußfelder zog. Nicht ein Fahrzeug weit und breit. Der Himmel war mächtig; burgartige Wolken türmten sich über ihnen. Eine Viertelmeile weiter lag ein Zwergeichenhain.

»Okay, Leute«, sagte Lamar. »Alles aussteigen.«

»Tu's nicht, Lamar«, sagte Mr. Stepford. »Ihr mögt ja der letzte Dreck sein, aber das könnt ihr uns nicht antun. Ihr habt euch das Essen von meiner Frau schmecken lassen und meine erstklassige Waffensammlung bewundert, ohne die ihr bei der Schießerei aufgeschmissen gewesen wärt.«

»Ich muß tun, was ich tun muß, Alter. Du auch, Richard. Du kommst auch mit.«

»Oh, Gott, Lamar«, sagte Richard.

»Hören Sie auf zu greinen, Richard«, sagte Mrs. Stepford. »Lamar, machen Sie, was Sie wollen, aber sorgen Sie dafür, daß der Junge hier den Mund hält. Da kriegt man ja Kopfschmerzen von. Könnte ich erst noch pinkeln, ja? Ich hab's mir wirklich lange genug verhalten.«

»In Ordnung, Ma'am. Odell paßt auf Sie auf, weil dem das wurscht ist. Ihr anderen, ihr dreht euch um, laßt die Dame 'nen Augenblick allein, ja?«

Sie taten, was man ihnen sagte. Richard sah die Bäume in der Ferne. Es war nicht fair. Er hatte es versucht. Er hatte sich solche Mühe gegeben, zu tun, was man von ihm erwartete.

»Lamar, bitte.«

»Halt's Maul, Richard. Sind Sie fertig, Mrs. Stepford? Danke, Ma'am. Kommen Sie mit.«

Er führte sie in das Feld. Gleich würde es dämmern. Die Sonne senkte sich bereits in einem orangefarbenen Fleck. Richard kam sie vor wie von Constable. Eine heitere Ruhe lag über dem Land. Es war genau das Gegenteil einer Vermenschlichung der Natur: Hier war die Natur selbst voll Ironie – zum Teufel mit ihrer Erhabenheit. Sie wanderten über das Feld. Richard kam sich vor wie eine Ameise auf einem Billardtisch. Der Horizont rund um sie war gnadenlos flach. Nach einer Weile erreichten sie eine Senke mit einer Gruppe von Zwergeichen am Ufer eines schmutzigen kleinen Bachs. Sie stiegen hinab und waren von oben aus nicht mehr zu sehen.

»Okay«, sagte Lamar. »Das muß reichen. Habt ihr euren Frieden mit Gott gemacht?«

»Du bist ein Stück Scheiße«, sagte Stepford.

»Mach dir's nicht noch schwerer, Alter. Es muß wirklich nicht weh tun. Lauf erst gar nicht davon, handelst dir nur unnötig Schmerzen ein.«

»Halt mich fest, Bill«, sagte die alte Frau.

»Bist so verdammt schön, Mary«, sagte Bill Stepford zu seiner Frau. Ein paar Tränen traten ihm in die Augen. »Du hast mir fünfzig großartige Jahre geschenkt und dich nicht einmal beschwert. Mary, ich war dir kein anständiger Mann. Ich hatte was mit 'ner anderen. Mit vielen anderen. Der Tochter von dem Pächter, weißt du noch, Maggie? Minnie Purvis aus der Stadt. Und dann mit Al Jeffersons Nichte, der Sekretärin. Mary, es tut mir so leid.«

»Schon gut. Ich wußte über alle Bescheid.«

Sie wandte sich an Lamar. »Der Mann hier hat im Krieg fünfzig Einsätze über Deutschland geflogen. Er wurde zweimal verwundet und hat ein Fliegerkreuz gekriegt, und wenn er zehnmal behauptet, daß das nichts wär. Er ist nach Hause gekommen und hat dem Boden hier die Farm abgetrotzt. Er war zwölf Jahre Vorsitzender der Farmervereinigung. Er hat vier Söhne und zwei Töchter großgezogen und über hundert Tagelöhnern und ihren Familien Arbeit gegeben. Sogar ihre Arztrechnungen hat er bezahlt, solange sie hier waren, und obendrein noch drei ihrer Kinder aufs College geschickt. Und nicht ein einziges Mal hat er dafür was verlangt. Er ist ein guter Mann. Sie haben kein Recht, seinem Leben auf einem Acker ein Ende zu machen.«

»Er ist ein guter Mann«, sagte Lamar, »und ich habe nicht das geringste Recht, außer daß ich die Waffe habe, die es mir gibt.«

Er wandte sich Richard zu.

»Hier«, sagte er und hielt ihm den silberfarbenen Revolver des Staatspolizisten hin. »Der hat dem toten Bullen gehört. Einem Burschen, mit dem nicht zu spaßen war, bis zum bittren Ende – vielleicht färbt was von seinem Schneid auf dich ab. Erschieß sie. Beide. In den Kopf. Oder ich erledige dich.« Worauf er die Pistole mit dem langen Schlitten hob, mit dem Daumen den Sicherungsflügel umlegte und die Mündung auf Richard richtete.

Richard schluckte.

»Dazu fehlt ihm der Mumm«, sagte Stepford.

»Geben Sie ihm doch eine Chance«, sagte Lamar. »Mach schon, Richard. Zeig mir, daß du 'n Mann bist. Leiste mal Männerarbeit.«

Richard drehte sich um. Die beiden alten Leute knieten auf dem Boden. Mr. Stepford hielt seine Frau, die zu weinen begonnen hatte. Richard war verdammt komisch zumute. Hier gab es keine Ausflüchte mehr. Leg ihnen die Mündung an den Kopf und drück ab. Ein Augenblick, und es ist vorbei. Aber er hatte tatsächlich nicht den Mumm dazu. Es war einfach zu schrecklich. Würden ihnen die Köpfe explodieren? Würde es spritzen? Würde es eine furchtbare Sauerei geben? Mit Blut überall? Er drehte sich um und sah in Lamars Waffe und dann in Lamars ausdruckslosem Blick seinen eigenen Tod.

»Scheiße«, sagte er. Das klassische Experiment fiel ihm ein, das sie in Yale gemacht hatten: Stinknormale Amerikaner hatten irgendwelche armen Trottel mit immer höheren Stromstößen gefoltert, nur weil es ihnen jemand befahl. Nun, das hier war was anderes. Sein Leben stand auf dem Spiel.

Er drehte sich um und drückte Mrs. Stepford die Waffe in den Nacken; dann schloß er die Augen und drückte ab.

Es passierte nichts – nur ein Klicken. Er drückte noch mal ab.

»Er ist kaputt«, sagte er.

»Richard, du bist so was von dämlich«, sagte Lamar. »Mach, daß du wieder in den Wagen kommst.«

Richard wieselte nach oben.

»Seht ihr«, sagte er, »und ob er Mumm genug hatte. Er war nur zu blöd, um zu merken, daß das Ding nicht geladen war. Tut mir leid, Leute, daß ich euch solche Ungelegenheiten gemacht habe. Ich mußte den Jungen auf die Probe stellen. Er taugt nicht viel, aber ich nehm wohl nicht an, daß Sie bei mir einsteigen, Mr. Stepford, also muß er's wohl tun.«

»Lamar, du hast Mary fast zu Tode erschreckt.«

»Ließ sich nicht vermeiden. Man tut, was man tun muß. So einfach ist das. Wenn mir einer in die Quere kommt, Alter, dann kriegt er eine verpaßt. Aber Mumm haben Sie, das geb ich zu. Sie haben alles weggesteckt, was ich für Sie im Repertoire hatte, und das respektiere ich. Glauben Sie's mir oder nicht, aber Sie würden auch den Knast überstehen. Der arme Junge da wäre umgekommen, hätte ich ihn nicht gerettet. Also, Sie beide bleiben heute nacht hier. Wird ja nicht kalt. Morgen früh spaziert ihr die Straße lang. Bis dahin sind wir über alle Berge. Morgen seid ihr wieder daheim.«

»Lamar«, sagte Mary Stepford, »Sie sind ein schlechter Mensch, und die werden Sie früher umbringen, als Sie sich das denken. Aber vielleicht wird's schnell gehen, weil Sie heute mal Erbarmen gehabt haben.«

»Danke«, sagte Lamar. »Ist vielleicht das Netteste, was mir je einer gesagt hat. Tut mir leid, daß wir Sie bestehlen und die Waffen mitnehmen mußten. Aber's geht nun mal nicht anders.«

»Ade, Lamar«, sagte Mary Stepford.

Lamar wandte sich ab und ging zum Wagen zurück. Bill Stepford sah ihm hinterher.

»Wie kann man nur so dumm sein, Mary. Der Kerl ist asozialer Abschaum, sonst nichts. Der ist noch vor Sonnenaufgang tot, von mir aus erst übermorgen, und er wird eine ganze Menge guter Leute mitnehmen dabei. Nicht zu fassen, wie du mit so einem Mistkerl auch noch Mitleid haben kannst.«

»Tja, Bill Stepford«, sagte sie, »er ist alles, was du sagst, und mehr, aber er ist auch was, was du nie gewesen bist, all die Jahre nicht, die ich jetzt mit dir zusammen bin. Er ist sich und den Seinen treu.«

Sie fuhren erst nach Süden und dann nach Westen in die untergehende Sonne, immer durch Ackerland und langweilige kleine Orte. Schließlich sagte Richard: »Danke, Lamar.«

»Ich danke dir, Richard. Odell, Richard hat bewiesen, daß er ein Mann ist. Er kann auch abdrücken.«

»Dell gutsi-wutsi«, sagte Odell mit einem Lächeln.

»Das heißt, daß er sich freut, Richard. Hast dem armen Kerl eine Freude gemacht. Jetzt gehörst du zur Familie.«

»Danke, Lamar.«

»Jetzt müssen wir erst mal was finden, wo wir uns verkriechen und den nächsten Schritt überlegen können.«

»Lamar?«

»Ich hoffe, du kampierst gern draußen, Richard. Ich und Odell haben schon die eine oder andere Nacht unter den Sternen verbracht. Ist kein Problem. Aber wir können nun mal nicht in 'nem Hotel absteigen, und zu einer der Rockergangs können wir auch nicht, weil die Bullen bei denen so viel Spitzel haben, daß du nicht reinspucken könntest in so 'nen Haufen, ohne 'ne Hundemarke oder 'n Mikro zu treffen. Ich hab keine Lust, Türen einzutreten, wenigstens nicht für die nächsten Tage. Wir versuchen einfach für 'ne Weile im Hinterland unterzutauchen.«

Richard hatte nur ein Geschenk für Lamar. Es war nicht viel, aber er hatte es sich für diesen Augenblick aufgehoben, wo er das Gefühl hatte, einen Test bestanden zu haben.

»Lamar?«

»Was?«

»Ich denke, ich weiß vielleicht, wo wir unterkommen könnten«, sagte er.

KAPITEL 8

Als erstes spürte er seine Lippen. Sie fühlten sich schlammverkrustet, schorfig oder weiß Gott wie an. Versuchshalber bewegte er sie und spürte sie spröde auseinanderbrechen und in kleine Flocken trockener Haut zerspringen. Sein Mund war staubtrocken.

Er hörte etwas tropfen. Er konnte sich nicht bewegen. Sein Körper war kaum zu spüren. Es schien ihm unmöglich, sich auf etwas zu konzentrieren oder sich an etwas anderes zu erinnern als orangefarbene Blitze, Blumen, das Summen von Insekten. Dann fiel ihm Lamar ein, der sich über Ted beugte, und wie unter dem Mündungsgasdruck Teds Haar auseinanderstob. Er erinnerte sich, sich eingerollt zu haben. Er erinnerte sich daran, von Schrot zerfetzt zu werden. Erinnerte sich an den Schmerz.

Jen!

Jeff!

Russ!

Verloren. Er hatte sie alle verloren. Er kam sich vor wie sein Vater, ein gutaussehender, steifer Mann, der mit Make-up aufgedonnert in einem Sarg lag, die roten Backen im Tod gesünder als je im Leben.

Aber es gab Licht und jetzt, wo er sich konzentrierte, vielleicht auch Geräusche. Ihm war, als tauchte er auf, als triebe er langsam der Oberfläche entgegen. Er hatte sie kaum durchstoßen, als ihm ein Geruch in die Nase stieg … Bourbon.

Lieutenant C. D. Henderson vom OSBI musterte ihn durch seine Brille. Mal war er scharf, dann verschwamm er wieder. Im einen Augenblick war er ein alter Mann, dann wieder eine Ansammlung schriller Flecken. Schließlich raffte er sich zu einiger Stabilität auf.

»Er kommt zu sich«, sagte der Lieutenant wie in ein Megaphon. Die Worte hallten in Buds Schädel.

Jen tauchte auf. Er versuchte, sie aus dem Tod heraus zu erreichen, aber ein Gurt hielt ihn fest. Sie schien ihm gramgebeugt, das Gesicht aufgedunsen und ernst. Schon eine Ewigkeit hatte er nicht mehr so viel Gefühl in diesem leidenschaftslosen Gesicht gesehen. Jeff wirbelte in sein Blickfeld, verkrampft und besorgt. Sogar

Russ, der sich sonst außer Haus nirgendwo mehr mit ihnen sehen ließ. Er sah aus, als hätten sich sein Zorn und seine Distanziertheit erschöpft; Bud sah das Kind in ihm unter der Intensität seines Blicks.

»Oh, Bud, wag's ja nicht zu sterben«, sagte Jen.

Er konnte nicht sprechen.

»Paps«, sagte Jeff. Jeff weinte. »Oh, Gott, Paps, du hast es geschafft, wir haben verdammt großes Glück gehabt.«

Er sah den Plasmabeutel über seinem verbundenen Arm und einen zweiten mit einer klaren Flüssigkeit über dem anderen. Er war von Kopf bis Fuß bandagiert. Er spürte, wie sich etwas über seinen Penis hermachte, und dachte an Ratten, bis ihm einfiel, was er bei seinen Besuchen auf anderen Unfallstationen gesehen hatte: einen Katheter. Er hatte furchtbaren Durst.

»Jeff«, sagte er schließlich.

Jeff küßte ihn auf die Stirn. Er wünschte sich, seinem Sohn über den Arm streichen zu können, irgendwas, konnte sich aber nicht bewegen. Hin und wieder durchzuckte ihn ein stechender Schmerz.

Russ griff herüber und legte ihm eine Hand auf den Arm.

Bud nickte seinem Ältesten zwinkernd zu.

»Er kommt zu sich«, sagte ein junger Mann in Krankenhauskluft, und Bud sah, daß auf seinem Namensschildchen »Dr. Sowieso« stand. Seit wann waren die Ärzte denn derart jung?

Sein Blick fiel wieder auf Jen. Er spürte, daß ihm eine Träne ins Auge trat. Er sah den jungen Jeff, so blond und rein, und Russ mit seinem komplizierten Verstand, seinen Hoffnungen, seinem wüsten Haar – dann sah er wieder die Kugel in den Kopf seines Partners fahren.

Wie konnte ich nur derart versagen? Diese Leute haben mich mit völlig leerem Kopf erwischt. Einfach weggeputzt haben die mich! Uns beide. Lamar Pye hat uns abgeknallt.

»Sie kriegen wir schon wieder hin, Sergeant Pewtie«, sagte der Arzt. »Das größte Problem war der Blutverlust. Nur eine Stunde länger, und Sie wären verblutet. Der alte Bursche hat sich wacker gehalten, das muß ich schon sagen.«

Bud war die Verwirrung wohl im Blick abzulesen, da Jen es ihm erklärte.

»Der alte Bill Stepford. Er ist dreizehn Meilen durch die Nacht gelaufen, bis er auf eine Farm traf, von der er die Polizei rufen konnte. Sie waren um Mitternacht bei dir. Man hatte euch schon überall gesucht, hatte aber keine Ahnung, was passiert war. Du bist fast verblutet. Das war vor drei Tagen.«

»Und T-T-Ted?« stammelte er.

»Um den machen Sie sich mal keine Sorgen«, sagte C. D. Henderson. »Da wo der ist, tut ihm nichts mehr weh.«

Er mußte noch eines fragen, obwohl ihm die Anstrengung den letzten Rest an Energie und Willen zu rauben schien.

»Warum?«

»Warum?« sagte C. D. »Weil dieser verdammte Lamar der letzte Dreck ist, deshalb.«

Bud schüttelte unmerklich den Kopf.

»Warum ... lebe ... ich ... noch?«

»Weil Sie keine Taube sind, deshalb«, sagte C. D. »Der alte Stepford ging im Herbst immer auf Taubenjagd. Das einzige, was Lamar an Patronen fand, war Vogeldunst. Ein Chirurgenteam hatte Sie vier Stunden auf dem Tisch, Bud. Fast tausend Stahlschrotkörner haben die Ihnen aus dem Fell geklaubt. Aber keins davon lebensgefährlich, und die Gefahr einer Bleivergiftung besteht so auch nicht. Lamar muß Ihnen so fünf, sechs Ladungen aus einem abgesägten Lauf verpaßt haben. Er hat wohl gedacht, Sie in Stücke geschossen zu haben bei all dem Blut. Ha, Sie hatten wirklich Glück, die Weste nicht angezogen zu haben! Wie auch immer, so kurz wie er den Lauf abgesägt hat, hatte er einen enormen Streukreis und es hat weder Brustkorb noch Wirbelsäule, noch Nervensystem oder Hirn erwischt. Aber eines kann ich Ihnen sagen, Bud, durch einen Metalldetektor kommen Sie nicht mehr.«

Bud schlief, bis er einmal mehr dem Licht entgegentauchte. Diesmal stellte sich sein Blick auf das Gesicht von Colonel W. D. Supenski, dem Superintendent der Highway Patrol, ein. Der Colonel war eine Version von Bud selbst: ein kräftiger Kerl, an den so leicht kein Rankommen war. Sein Gesicht sah aus wie aus Futtersäcken zusammengenäht, die zehn Jahre irgendwo über dem Zaun gehangen hatten. Als junger Haudegen war er mit den Marines in Vietnam gewesen, in der Gesellschaft von Leuten, denen er traute: Männern weißer Hautfarbe mit Gewehren und einem unbeirrbaren Glauben an ein Abstraktum namens Autorität; trotzdem war er zuweilen ein ganz geselliger alter Charmeur.

»Also verdammt, Bud«, sagte er, »einen wie Sie zieht noch nicht mal ein Lamar Pye aus dem Verkehr!« Der Colonel hatte kleine dunkle Augen, deren Repertoire drei Ausdrücke umfaßte: völlige Leere, kranker, alles verzehrender Zorn und aufrichtige Freude. Heute strahlten sie letzteres aus. »Obwohl ich sagen muß, ich hab' schon Truthähne in Scheunen hängen sehen, die eine ganze Ecke besser aussahen als Sie.«

Bud schenkte ihm ein mattes Lächeln. Von seiner Familie war niemand zu sehen.

»Ich habe mit Jen gesprochen, Bud. Prachtvolle Frau. Mit der haben Sie wirklich das große Los gezogen, Bud.«

Bud nickte.

»Bud, es ist mir ein großes Vergnügen, Ihnen mitzuteilen, daß das Amt für Öffentliche Sicherheit und die Highway Patrol beschlossen haben, Ihnen die höchste Auszeichnung zuteil werden zu lassen, die wir zu vergeben haben, die Tapferkeitsmedaille.«

Bud schluckte.

»Wir haben sechs leere Hülsen aus ihrem .357 gefunden, Bud, und einen leeren Schnellader. Ernsthaft verwundet und von zwei Seiten unter dem Beschuß gefährlicher Killer, haben Sie nicht nur die Waffe gezogen und das Feuer erwidert, Sie haben sogar nachgeladen. Und vielleicht hat ja die Angst, die Sie den Pyes eingejagt haben, sie dazu veranlaßt, die Stepfords drei Stunden später laufen zu lassen. Vielleicht haben Sie denen das Leben gerettet. Und wenn Ihr Partner sich nicht wie ein kleines Kind aufgeführt hätte, hätten Sie den Pyes womöglich das Handwerk gelegt.«

»Sir«, sagte Bud, »Ted hat sein Bestes getan.«

»Da bin ich sicher, Bud. Aber Tatsache ist, daß Sie das Feuer erwidert haben und nicht er. Wir haben ihn auf dem Bauch gefunden, die Hände über den Kopf gezogen. Er hat einfach dagelegen und darauf gewartet, daß jemand hingeht und ihn abschießt. Nicht eine Kugel hat er abgefeuert! Bud, Tatsache ist, wir werden dafür bezahlt, solchen Kerlen entgegenzutreten. Das erwarten die Leute von uns. Also, Ted wird posthum das Tapferkeitsabzeichen der Highway Patrol verliehen. Sein Name kommt auf die große Tafel im Amt für Öffentliche Sicherheit in Oklahoma City. Und er bekommt ein Begräbnis! Bud, wir erwarten Staatspolizei aus ganz Amerika. In Zeiten wie diesen halten wir nämlich zusammen.«

»Er sollte den besten Orden kriegen«, sagte Bud. »Nicht daß so ein Orden jetzt noch das geringste bedeutet.«

»Bud, im Augenblick bedeutet Ihnen so was sicher nicht viel, ich weiß, wie Sie sich fühlen. Ich habe in meinem Leben mehr als einen

Partner verloren. Aber in den kommenden Jahren wird der Orden mehr Bedeutung haben, vor allem für Ihre Jungs. Ich weiß das. Ich hab's selber erlebt.«

»Ja, Sir«, sagte Bud. »Was ist mit den Pyes? Haben wir die schon geschnappt?«

»Tatsache ist, diese verdammten Pyes sind wie vom Erdboden verschluckt. Wir wissen nicht, wo sie sind. OSBI, FBI, Staatspolizei, Sheriffs und die Militärpolizei suchen den ganzen Staat nach ihnen ab. Sogar die verdammten Medien ziehen an einem Strang mit uns, und das ist ja wohl wirklich eine Premiere. Die kriegen wir schon.«

Bud nickte, war aber anderer Meinung. Dieser Lamar mochte ein irrer Halbwilder sein, aber blöd war er nicht. Er hatte die Gerissenheit des geborenen Knastbruders, der hatte immer noch was auf der Pfanne.

»Also Bud, Sie ruhen sich jetzt erst mal aus. Lassen Sie sich ruhig Zeit. Mit Jen habe ich schon gesprochen. Werden Sie erst mal wieder gesund. Sie brauchen sich in keinen Streifenwagen mehr zu setzen. Wenn Sie den Lieutenantsposten wollen, den Sie nun schon so oft abgelehnt haben, gehört er Ihnen. Dann kriegen Sie wenigstens endlich bezahlt für das, was Sie ohnehin schon längst machen. Wenn es stimmt, was Captain Kane sagt, führen sie ohnehin schon eine Abteilung. Bud, Sie wären bald Captain und hätten Ihre eigene Truppe. Wir könnten Sie auch ins Hauptquartier versetzen, als Chef der Schußwaffenausbildung. Das könnte Ihnen doch gefallen, Bud, meinen Sie nicht? Wäre das nicht ein schöner Abschluß für eine schöne Laufbahn?«

Bud lächelte mild; er wußte, er brauchte nichts zu sagen.

Als er das nächstemal aufwachte, war es der Schmerz, der ihn aufgeweckt hatte. Die Wirkung der Mittel hatte nachgelassen. Wenn es nur nicht so stechen würde! Er kam sich vor, als hätte ihn ein Schwarm Bienen in der Mangel gehabt. Er brauchte bloß einen Muskel zu rühren, schon machten sie sich wieder ans Werk. Das versprach nicht gerade ein Zuckerlecken zu werden.

Er hatte furchtbaren Durst. Jen schenkte ihm ein Glas Wasser ein, und er schluckte es gierig hinunter. Er hatte das Gefühl, daß ein ganzer Tag vergangen war.

»Wie geht es denn Holly?« sagte er schließlich.

»Ach, das Mädel hält sich prächtig. Manchmal dauert's eine Weile, bis einen so etwas trifft. Ihr stehen noch schlimme Tage bevor. Ich war gestern abend drüben. Donna James und Sally McGinley und ein paar von den anderen haben ihr was Warmes gebracht. Es war recht nett. Sie schien in Ordnung, würde ich sagen. Schien sich über so viel Hilfe zu freuen, und alle waren sich einig, daß sie Glück gehabt hatte, noch keine Kinder zu haben. Sie wird wieder heiraten, sie hat ja noch genug Zeit. Sie werden Ted eine Auszeichnung geben, eine der höchsten. Die Beerdigung wird was ganz Großes.«

»Wie … Wie war sie denn zu dir?«

»Zu mir? Wieso, Bud, was soll denn das heißen?«

»Ich meine, daß ihr Mann meinetwegen tot ist. Ich hätte ihn genausogut selbst abschießen können, so wie ich die Sache angepackt habe.«

»Hör auf damit, Bud. Kein Mensch hat so was gesagt oder gedacht. Das hätte ich mitbekommen. Ihr seid dem Teufel persönlich in die Arme gelaufen, das ist alles.«

Bud war da ganz anderer Meinung. Wieviel Prozent seiner Konzentration war für seinen Ärger darüber draufgegangen, beinahe ertappt worden zu sein? Er erinnerte sich wieder: Genau daran hatte er nämlich gedacht auf der Fahrt von der Hauptstraße zur Farm. Hatte er was übersehen? Reifenspuren, Anzeichen dafür, daß was nicht stimmte, all die kleinen Hinweise, deren sich ein Polizist bewußt zu sein hatte, wenn ihm sein Leben lieb war? Hatte er hinters Haus geschaut, wo sie Willard Jones' Wagen versteckt haben mußten? Nein, Bud doch nicht! Bud hatte verdammt noch mal an irgendeinem anderen Mist zu knabbern gehabt! Daß man ihn mit runtergelassenen Hosen beim Ehebruch erwischen könnte! Er hatte die Tür aufgemacht und Mr. Lamar Pye reingelassen. Recht schönen Dank auch. Und Lamar hatte getan, was er eben tun mußte – schließlich war er Lamar. Man brauchte sich doch bloß seine Augen anzusehen oder die lange Latte von Morden und Verbrechen in seiner Akte, um zu kapieren, was für einer das war.

Ein schwarzer Dunst schien sich über seinen Verstand zu legen.

»Ich möchte auf die Beerdigung«, sagte er schließlich. »Ich muß was für Ted tun.«

»Bud, sie sagen …«

»Ich möchte aber!« rief er mit der Stimme eines wütenden Ehemannes, für den das Thema erledigt war.

»Sie ist morgen«, sagte Jen.

»Dann hol einen Arzt, verdammt noch mal, mach schon, Jen!«

»Bud!«

»Ich muß hin. Es ist meine letzte Chance, dem Jungen gegenüber etwas Anstand zu zeigen. Mehr gibt's dazu nicht zu sagen.«

Die Sonne schien, es war ein bildschöner Apriltag, die Eichen sahen voll und majestätisch aus vor dem flachen, staubigen Areal des Lawtoner Veteranenfriedhofs. Der Wind raschelte in den Bäumen – in dieser Fülle von schimmerndem Grün, das sich tagein, tagaus in der beharrlichen Brise regte, die ständig über Oklahoma zu streichen schien; dazwischen graue Steine über Männern, die gestorben waren, weil ein Luder namens Pflicht es so wollte. Weit im Nordwesten stand der Mount Scott, der den Namen Berg im Grunde gar nicht verdiente, aber dennoch die beherrschende Erhebung der Wichitas war. Ein vertrockneter alter Hügel, steinig und kahl.

Bud war so mit sich selbst beschäftigt, daß er kaum auf das Geschehen achten konnte. Er reagierte auf die Schönheit dieses vom Tod beherrschten Ortes besonders bitter. Vielleicht waren es die Medikamente. Wenn sie ihn nicht bis hinter die Kiemen damit vollpumpten, waren die Schmerzen nicht auszuhalten. Aber wie Jen gesagt hätte, gehörte Bud zu denen, die etwas machten, wenn sie es sich mal in den Kopf gesetzt hatten. Also saß Bud jetzt in einem Rollstuhl, und Jen schob ihn vor sich her. Er trug den Hut seiner Ausgehuniform und seine Sonnenbrille, weil seine Augen so hohl und blutunterlaufen waren; allein auf Gesicht und Hals waren sieben Pflaster zu sehen; die zahllosen Wunden unter dem Hemd schützte ein einziger großer Verband, seine Beine zierten wieder Pflaster. Er konnte durchaus gehen, wenn es sein mußte, solange er langsam tat, aber im Augenblick ließ er sich lieber fahren.

Mehr als alles andere setzte ihm seine Müdigkeit zu – weder Schmerz noch Zorn, noch Bedauern, sondern eine Tonne flüssiger Lethargie. Die Luft schien schwer auf seinem Körper zu lasten. Er hätte gern geschlafen und konnte nicht. Er hatte keinem etwas zu sagen. Die Brille, die seine Augen schützte, half, aber er verspürte den ungeheuren Drang, sich einfach hinzulegen und einzuschlafen. Nichts auf der Welt schien ihm auch nur das geringste mehr wert.

Aber er wußte, er hatte hierzusein. Irgendwie.

Jen und Jeff schoben ihn über die Ebene. Ein Stück vor ihnen tat sich eine kleine Senke auf, in der eben die letzte Zeremonie begann. Staatspolizisten aus allen fünfzig Bundesstaaten und Vertreter der Stadtpolizeien fast ebenso vieler Städte im ganzen Land waren da.

Es war erstaunlich, wie viele Polizisten dabeisein wollten, wenn so was passierte, wie viele vorbeikamen, um dem Toten zu sagen: Schon gut, Alter, alles in Ordnung, es hätte ebensogut mich erwischen können. Hast dein Bestes gegeben.

»Bud, alles in Ordnung mit dir?« fragte Jen.

Er hatte sie zweimal angefahren, während sie ihn zu zweit anzogen. Er wußte, er benahm sich daneben, und das vor seinem Sohn.

»Ja, mir geht's gut«, sagte er. »Ich würde am liebsten das Tanzbein schwingen, verflucht noch mal!«

»Paps«, sagte Jeff.

»Tut mir leid, Jen«, sagte er. »Ich weiß, ich bin heute nicht auszuhalten.«

Lamar Pye, dieser Saukerl, lief frei in der Gegend herum, und Ted, der arme Teufel, mußte unter die Erde. Es war einfach nicht recht. Nie und nimmer konnte das recht sein.

Schon wallte der Zorn in ihm auf. Mit den Schmerzen ließ es sich leben, mit dem Zorn war das was anderes. Könnte er damit leben? Er wußte es nicht.

Ein Stück vor sich sah er Fahrzeuge verschiedener Fernsehsender, und im künstlichen Licht der Scheinwerfer, etwas abseits der Gesetzeshüter, standen einige gutaussehende Leute. Auch das stieß ihm auf. Er hatte die Nachrichten gesehen. So wie es schien, waren Lamar und Odell berühmt geworden, der arme alte Ted spielte nur die zweite Geige dabei. Bud hatte lange Interviews mit Bill und Mary Stepford gesehen, die »wie durch ein Wunder überlebt« hatten, und hundert Aufnahmen der berühmtesten Eiche von ganz Oklahoma – der, hinter der er und Ted gekauert hatten, während Lamar und Odell schießend auf sie zurannten. Sie zeigten Bilder von den leeren Hülsen – Schrot-, Revolver- und Pistolenpatronen –, die über den Hof verstreut lagen. Eine Nachtaufnahme einer ganzen Kolonne von Fahrzeugen vor der Farm. Die blaurot rotierenden Alarmlichter, die für eine Atmosphäre der Dringlichkeit sorgten, der Rettungshubschrauber, der aufstieg, um Bud Pewties blutigen Körper in die Traumaabteilung des Comanche Memorial zu verfrachten. Sogar eine Aufnahme des zu Klump geschossenen armen Bud, wie er auf einer Rollbahre vom Dach des Krankenhauses in die Notaufnahme geschoben wurde. Er hatte wie tot ausgesehen, das Gesicht kreidebleich, teilweise von einem blutigen Laken bedeckt. Mit nur einem Schuh.

Jen schob Bud durch die Menge, die sich wie von Zauberhand vor ihnen teilte. Es wurde still. Hier und da ein leises »Wie geht's denn, Bud?«, das Bud mit einem Nicken quittierte. Als der Letzte beiseite getreten war, schob Jen Bud in die erste Reihe, wo die großen Tiere saßen: Colonel Supenski in Paradeuniform, einer aus dem Amtssitz des Gouverneurs, der selber nicht kommen konnte, zwei alte Leute, die wohl Teds trauernde Eltern sein mußten, Captain James und am Ende der Reihe – Holly.

Hätte er sie jetzt zum erstenmal gesehen, er hätte sich gleich noch mal verknallt. Sie sah ruhig aus, ernst, fast wie betäubt. Aber ihre Haut schien irgendwie aufgeblüht, wie unter frischem Tau; sie schien ihm blaß wie eine weiße Rose, und ihr Blick ging ins Leere, während sie so dasaß, in einer Art feierlichem Dunst, wie es schien.

Hab ich dir nicht gesagt, wir würden uns sehen, wenn ich freihabe, dachte er. *Noch eine meiner verdammten Lügen.*

Sie spürte, daß er sie ansah, und lächelte.

Ihr Lächeln warf ihn um.

Er liebte dieses Lächeln. Mit das Schönste an ihrer Intimität war, daß sie so herzhaft über die merkwürdigen Witze des anderen lachen konnten. Irgendwie hatten sie wohl dieselbe Wellenlänge.

Holly stand auf, kam herüber, bedachte Jen mit einem tapferen Lächeln und nahm ihn dann im Niederknien bei der Hand.

»Wie geht es denn so, alter Haudegen?« fragte sie.

»Holly, ich hab's wirklich versucht. Er war einfach nicht zu retten. Die haben uns kalt erwischt.«

»Schon gut, Bud.«

Sie stand wieder auf und umarmte Jen und dann Jeff, bevor sie wieder auf ihren Stuhl zurückkehrte.

Bud hatte das schon zu oft mitgemacht. Die Einzelheiten waren ihm vertraut, und nur einige winzige belanglose Abweichungen hoben diesen von ähnlichen Anlässen ab. Eine Ehrengarde der Staatspolizei aus je einem Mann aus Oklahoma, Arkansas, Texas, New Mexico, Colorado und Missouri trugen den Sarg vom Leichenwagen zur Bahre und setzten ihn ab. Diesmal kam dabei sogar nur einer aus dem Tritt statt der üblichen zwei. Der Sarg war schwer, aber das waren sie immer – Ballast, nichts weiter. Das komplizierte Ritual des Flaggenfaltens verlief etwas unbeholfen, da das Team nicht aufeinander eingespielt war, aber schließlich hatten sie sie zu dem üblichen Dreieck geknüllt, bei dem nur noch die Sterne zu sehen waren, und der Führer des Teams überreichte sie Holly mit einem kleinen Salut.

Sieben Meter weiter gab ein siebenköpfiges Schützenteam drei Salven ab – einundzwanzig Schuß. Die Salven zerfielen wie immer, und die Schüsse hörten sich dünn an bei so viel Raum.

Der schlimmste Augenblick war wie immer der Auftritt des Hornisten. Es machte gar keinen Unterschied, ob er gut oder schlecht spielte, falsch oder richtig, die Musik hatte einfach etwas Trauriges, Schmerzliches: Sie erzählte von Männern, die vor ihrer Zeit für etwas starben, was sie nur vage verstanden, und deren Tod von denen, für die sie starben, noch nicht mal gebührend gewürdigt wurde. Bud verbiß sich die Tränen; er spürte einmal mehr eine rabenschwarze Nacht in sich aufsteigen. Wieder sah er das Haar sich aufplustern, als die Kugel eindrang; darüber Lamar mit dem ausdruckslosen Auge eines Schreiners oder Maurers, der sich unerbittlich an seine Aufgabe hielt.

Außer dem Nachruf des Geistlichen wurde kein Wort gesagt. Und dann, wie im Handumdrehen, war alles vorbei. Holly sah sich hochgerissen, umarmt und vom Friedhof geführt. Die Polizisten strömten auf ihre Fahrzeuge zu.

»Können wir, Bud?« wollte Jen wissen. »Oder willst du noch ein bißchen bleiben.«

»Nein, sehen wir zu, daß wir hier wegkommen.«

Vier Tage später wurde Bud aus dem Krankenhaus entlassen. Zu Hause atmete es sich gleich etwas freier. Aber es dauerte nicht lange, und der schwarze Dunst legte sich wieder über ihn, fast wie eine Decke, die er fest um sich ziehen konnte. Jemand hatte ihn davor gewarnt: Post-Streß-Syndrom – man machte die Hölle durch, kam sich wie ein Versager vor, wertlos, und war dabei so unsagbar müde. Tja, sagte er sich, das hat mich ja nun wirklich gründlich erwischt.

Er jagte Jen aus dem Schlafzimmer, so daß sie im Wohnzimmer schlief. Sie sah ihn nicht heulen; niemand hatte ihn je heulen gesehen, und der Teufel sollte ihn holen, wenn er damit jetzt anfing. Aber es gab eine Nacht, da heulte er, und eine andere, in der er sich im Klo einsperrte und sich die Seele aus dem Leib kotzte. Zweimal am Tag schaute der Arzt vorbei. Bud hatte eine lange Sitzung mit Colonel Supenski, einer Schußwaffenkommission, Beamten des Morddezernats beim Bezirkssheriff und der Staatsanwaltschaft. Er erzählte ihnen alles, außer daß er sauer gewesen war, weil ihn Jen fast ertappt hatte. Verbissen gingen sie jede Einzelheit durch: wer wo gewesen war, als die Schüsse fielen, dies und jenes – die Zeitlupenwiederholung eines Footballspiels, hätte man meinen können. Ob er vor einer Jury aussagen würde, damit man eine Anklage gegen Lamar bekam? Und ob!

Er versuchte, nicht an Holly zu denken, aber nachts kam auch sie noch dazu: der Blitz der Waffe, Hollys weiche Haut, die häßliche Schmauchspur an Teds Kopf, Hollys stramme Brustwarzen, das Grinsen auf Lamars Gesicht, als er sich mit der Flinte umdrehte, die glatte Innenseite ihrer Schenkel. Alles verschwamm: der Blitz, die Explosion, das Orange, der Schmerz, die Ekstase – alles in eine einzige Empfindung gestopft. Er sehnte sich danach, Holly anzurufen. Aber er konnte nicht.

Am vierten Tag war es endlich Zeit aufzustehen. Bud hievte sich aus dem Bett, stieg in seine Jeans und zog ein gestärktes weißes Hemd mit spitzem Kragen über, ein Paar Tony-Lama-Stiefel, braun, mit schwarzem Schaft. Er legte sich eine Schnürsenkelkrawatte mit einem Pferdekopf auf dem Clip um den Hals und zurrte sie fest. In den Hosenbund über der Niere kam eine Colt Commander mit acht Hohlspitzgeschossen im Shooting-Star-Magazin, dann zog er ein Sportsakko an.

Er stieg schwerfällig die Treppe hinab, leicht schwindlig zuerst, doch dann kam er dahinter wie's ging.

»Jen, ich geh für 'ne Weile weg. Dann schau ich im Krankenhaus vorbei. Bevor's dunkel wird, bin ich wieder da.«

Sie kam aus der Küche und fing ihn noch vor der Tür ab. Ihr Gesicht war grau, zurückhaltend und wie immer gelassen – wäre da nicht das Funkeln in ihren Augen gewesen.

»Du kannst doch kaum laufen. Was soll das werden?«

»Ich habe das Gefühl, diesem Farmer ein paar Worte sagen zu müssen.«

»Dann schreib ihm, oder ruf ihn an. Dazu hat man das Telefon schließlich erfunden.«

»Ohne den Schneid des alten Knaben wäre ich jetzt unter der Erde, und sie würden dir was Warmes zum Essen bringen.«

»Schickst ihm halt eine Karte, Bud, du hast noch immer Kugeln in dir. Stell dir mal vor, es löst sich was und du fängst wieder an zu bluten. Du könntest verbluten.«

»Hätte ich verbluten sollen, dann wäre ich schon an den tausend Stahlkugeln verblutet, da kann ich ruhig ein bißchen aufs Land hinausfahren.«

»Hast du eine Waffe eingesteckt?«

»Die Commander.«

»Gut. Ich will nicht, daß du schutzlos in der Weltgeschichte rumfährst.«

»Nicht daß es mir das letztemal viel genutzt hätte«, sagte er, »aber die Theorie hört sich gut an.«

Bud ging zu seinem Laster, einem blauen Ford F250, stieg ein, steckte den Schlüssel ins Schloß, drehte ihn aber nicht um. Herrgott, würde immer jemand an ihm zerren? Würde das denn nie ein Ende nehmen?

Er sah vorsichtig nach links und rechts, ließ die Kupplung kommen und setzte rückwärts auf die Straße; als er beschleunigte, flog etwas Kies. Wenige Sekunden später hatte er eine größere Straße erreicht und reihte sich hinter einem riesigen Viehtransporter in den Verkehr ein.

Bud schaltete sich durch das robuste Vierganggetriebe, den Knüppel fest in der Hand, die Füße federleicht auf Kupplung und Gas. Wenn er an etwas mit Leib und Seele hing, dann an diesem verdammten Laster.

Er fuhr jedoch nicht sofort zu den Stepfords. Ohne sich wirklich dessen bewußt zu sein, was er tat, hielt er an einem kleinen Supermarkt und ging dort zum Münztelefon. Er warf einen Vierteldollar ein und wählte. Es war genau wie beim letztenmal vor dem Restaurant, genauso einfach.

Es dauerte etwas, dann ging sie ran.

»Hallo«, sagte er.

»Gott sei Dank, daß du anrufst«, flüsterte Holly. »Bud, ich kann jetzt leider nicht mit dir reden. Der Pfarrer ist da. Er meint, er hilft mir damit. Oh Gott, dich zu sehen würde viel mehr helfen.«

»Ich war daheim, da konnt ich nicht anrufen. Aber jetzt hab ich was zu erledigen. Können wir uns in Elgin treffen, in diesem Restaurant, Ralph's, glaub ich, sagen wir so gegen zwei?«

»Ich bin da.«

Bud legte auf und ging zu seinem Laster zurück. Die Fahrt zu den Stepfords verlief ohne Zwischenfälle. Er kam an dem Restaurant vorbei, wo die Kellnerin Stepfords Abwesenheit erwähnt hatte. Wieso hatte es da bei ihm nicht gleich Sturm geläutet?

Der Grund dafür war einfach: Ein Polizist klopft beruflich an tausend Türen, vielleicht sogar an hunderttausend. Womöglich klopfen zwanzig Jahre lang tausend Polizisten an hunderttausend Türen, und nur ein einziges Mal stoßen sie dabei auf einen wie

Lamar Pye, der mit einer Selbstladeflinte im Fenster darauf wartet, sie in Stücke zu schießen. Es ist die verdammte Statistik, die sagt: Geh ruhig hin und klopf an. Lamar war nichts weiter als der Verkehrsunfall, der immer nur den anderen passiert und das Leben erst interessant macht.

Bud erreichte den Briefkasten an der Abzweigung zur Farm und bog ab. Er erkannte die Eichenallee, die frisch gepflügten Weizenfelder, selbst die Ankunft war so wie beim erstenmal: ein mit weißgestrichenem Holz verkleidetes Haus, an dem zirka alle zehn Jahre angebaut worden war; Veranda, Schuppen, Pferche, der Lehmboden, das Heu – alles war wie gehabt. Nur daß der Hof jetzt von den Reifenspuren einer Vielzahl von Polizei- und Krankenwagen gemustert war.

Und der Baum. Bud sah ihn sich an: Zwei, drei Tage lang war das der berühmteste Baum von Oklahoma und Nordtexas dazu gewesen. Hinter ihm hatten er und Ted Deckung gesucht, von hier aus hatte er zum Wagen zu fliehen versucht, um Verstärkung zu rufen, und hatte es nicht geschafft.

Bud parkte an der alten Stelle, der Platz bot sich nun einmal an. Alles war wie an jenem Tag: eine Farm mitten im Grün, weiter nichts. Einen schlimmen Augenblick lang wollte er nicht aussteigen. Bin ich jetzt erledigt? fragte er sich. Fünfundzwanzig Jahre lang hatte er nie wirklich Angst gehabt, aber andererseits hatte es ihn in diesen fünfundzwanzig Jahren auch nie erwischt. *Hat mich das fertiggemacht? Hab ich jetzt jedesmal Angst, wenn's ans Aussteigen und Anklopfen geht?* Sein Atem ging in kurzen Stößen.

Er öffnete die Tür seines Lasters, hörte wie an jenem Tag auch das Sirren der Zikaden, roch die Luzerne, den Mist – alles wie auf jeder anderen Farm. Einen Augenblick lang stand er da und sah sich um. Es hätte wirklich derselbe Tag sein können, dasselbe strahlende Wetter, dieselbe Wärme, dieselbe Zeit. Aber dann begann sein Knie zu schmerzen, weil noch immer eine kleine Stahlkugel unter der Kniescheibe saß, die herauszuholen der Chirurg keine Zeit mehr gehabt hatte. Vielleicht würden sie's ja noch mal probieren, vielleicht ließ es sich aber auch damit leben. In dem Augenblick, in dem er an die eine dachte, begannen hundert weitere Stellen zu schmerzen, sein ganzer Körper fing an zu brummen. Das Percodan ließ schon nach; er warf einen Blick auf die Uhr: noch eine Stunde bis zur nächsten Dosis.

Scheiße, dachte er. Es war also doch kein Alptraum; es ist wirklich passiert.

Er schloß die Tür hinter sich und ging auf das Haus zu, aber wie schon einmal fing ihn auf halbem Weg ein Mann mit einer Schrotflinte ab.

»Augenblick mal, Mister, das hier ist keine Touristenattraktion. Wenn Sie 'n Geschäft mit mir haben, reden Sie mit meinem Anwalt, ansonsten traben Sie mal schön wieder ab.«

Mochte sein geschwollenes Gesicht auch einer blau-grünen Grapefruit gleichen, Bill Stepford war rege und jähzornig wie eine krötige Katze. Nicht daß er auf Bud gezielt hätte, er hielt seine Flinte eher, wie ein fast Verdursteter eine Feldflasche halten dürfte. Seine blauen Augen, das eine rund, das andere länglich, aber beide voll Feuer, brannten Löcher in Bud, und auf der Stirn trat das Y-Muster seiner Venen hervor.

»Mr. Stepford, ich bin weder hier, um was zu kaufen, noch um Ihnen was anzudrehen, ich wollt mich bloß mal bedanken.«

»Verdammt noch mal! Mary, komm her! Nun schau dir mal an, wer hier aufgekreuzt ist! Bud Pewtie, der Mann, den nichts umbringen kann. In sechs Tagen läuft er schon wieder rum! Meine Herren, Junge, Sie müssen ja ein einziger Knorpel sein!«

»Ach was, Sir, ich bin aus Haut und Knochen wie Sie. Und was mein Blut angeht, davon haben Sie ja vielleicht was hier auf dem Boden gesehen.«

»Das dürfen Sie laut sagen. Ich hab wirklich gedacht, Sie hätten die längste Zeit gelebt.«

»Das hätt ich auch, wenn Sie nicht durch halb Oklahoma gelaufen wären und mir das Leben gerettet hätten. Deswegen bin ich ja da.«

»Ach was, das war doch nichts, Bud. Verdammt, ich bin ein alter Bärbeiß, der noch jeden Tag seine zehn Meilen geht. Wär ich nicht erst zwei Meilen in die falsche Richtung gelaufen, wär ich vielleicht schon früher gekommen.«

»Glaub nicht, daß das groß was ausgemacht hätte, Sir. Sie können das drehen und wenden, wie Sie wollen, ich hatt noch 'n paar Stunden gut, während der arme Ted schon hinübergewesen ist.«

»Kommen Sie doch rein, Bud, trinken Sie einen Kaffee mit uns, und erzählen Sie was von Ihren Abenteuern.«

»Da gibt's nicht viel zu erzählen«, sagte Bud, der ihm folgte. »Ich hab 'n paar tausend Löcher in mir und noch Hunderte von den kleinen Kugeln, die sie nicht rausgekriegt haben. Nicht daß eine zu tief gegangen wär. In Fetzen haben sie mich halt gerissen, das ist alles. Ich bin froh, daß Sie bloß Tauben jagen und nicht Rotwild.«

»Bud, ich habe eine Schachtel Flintenlaufgeschosse unter der Werkbank. Winchester. Der alte Lamar hat sie bloß nicht entdeckt! Da wird doch der Hund in der Pfanne verrückt!«

Sie gingen ins Haus und lachten dabei wie alte Freunde.

Mary Stepford, blaß und lederig, erhob sich vom Sofa, um sie zu begrüßen. »Also, Mr. Pewtie, eins kann ich Ihnen schwören, zum Kaffee hätt ich Sie nun wirklich nicht mehr erwartet.«

»Ich mich auch nicht, Ma'am. Ich hab selber schon gedacht, mit dem Kaffeetrinken ist es aus.«

»Tja, tut wirklich gut, Sie zu sehen«, sagte die alte Frau. Sie zog ihn an sich und herzte ihn ordentlich.

»Ich komm nur vorbei, um mich zu bedanken. Schien mir einfach nicht recht, bloß anzurufen oder zu schreiben, nach allem, was Sie für mich getan haben. Sie sind hier die Helden, nicht ich.«

»Ein Verbrecher wie dieser Lamar läßt einem doch gar keine Wahl, Bud. Wenn man da nicht auf Draht ist, ist man erledigt.«

»Sie kriegen den schon, Bud.«

»Also ich muß gestehen, Ma'am, das letzte, was ich will, ist, noch mal einem Pye in die Augen zu sehen. Die haben mir vorige Woche angst gemacht, und sie machen mir immer noch angst. Wenn ich einen Augenblick gehabt hätte, nur einen Augenblick, um mich zurechtzufinden, aber es ging einfach alles so schnell.«

»So ist der Abschaum nun mal«, sagte Stepford. »Die wissen die Überraschung zu nutzen, und das funktioniert jedesmal wieder – genau wie bei mir.«

Es war ein netter kleiner Besuch, und Bud bemühte sich, nicht allzu ernst zu werden, weil ihm die alte Frau nicht ganz auf dem Damm zu sein schien, obwohl der alte Bill Stepford so gut wie die ganze Zeit über Feuer und Schwefel zu speien schien. Bud wollte nicht, daß die beiden alles noch mal durchmachen mußten. Was hätte das schon gebracht?

Erst als es Zeit zum Gehen wurde und der alte Mann Bud zu seinem Laster begleitete, kamen sie auf Umwegen wieder auf die drei Sträflinge zu sprechen. Giftig gab Stepford Bud ein Charakterbild von jedem der drei.

Als Bud hörte, wie nutzlos dieser Richard gewesen war, fragte er sich, wieso Lamar ihn nicht abserviert hatte.

»Vielleicht wegen der Löwen«, sagte Stepford.

Bud hatte sämtliche Berichte gelesen; erst diesen Morgen hatte er mit Kollegen gesprochen, um auf dem laufenden zu sein. Das hier war neu.

»Löwen?« sagte er

»Ja, Sir. Er hat Lamar Löwen gezeichnet. Fragen Sie mich nicht, warum. Verdammt albernes Zeug.«

»Sagen Sie, Sie haben diese Zeichnungen doch nicht etwa noch?«

»Und ob ich die habe. Wollen Sie sie sich ansehen?«

»Ja, Sir«, sagte Bud und dachte dann: *Löwen?*

KAPITEL 9

Keiner hätte behaupten können, daß Lamar arbeitsscheu war. Schon am ersten Tag auf der Farm stand er früh auf und fuhr Stepfords Wagoneer in eine leere Box in der Scheune. Er baute die Batterie aus, kletterte dann mit einer Mistgabel auf den Heuboden und machte sich wie ein Wilder über den Haufen dort her. Er warf das Heu herunter und harkte es dann rund um den Jeep, bis er nicht mehr zu sehen war. Drüber stolpern würde da sicher niemand; kein Mensch, der den mächtigen Heuhaufen in einer der unbenutzten Boxen sah, würde darunter einen gestohlenen Wagen vermuten.

Am Morgen darauf hackte er Holz. Gegen zehn kam Odell heraus und schloß sich ihm an; in einer geradezu heroischen 14-Stunden-Schicht machten sie aus Ruta Beths Stämmen Feuerholz. Am nächsten Tag beschlossen sie, ein Stückchen Land hinter der Scheune urbar zu machen, nur weil Ruta Beth gesagt hatte, daß sie dort mal einen Garten anlegen wolle. Obwohl es einfach so dahingesagt war, trugen Lamar und Odell fast eine Woche lang Präriegras ab und kämpften sich durch bis auf die rote Erde, die dann geebnet, geharkt und eingeteilt wurde. Dabei buddelten sie nahezu hundert große Felstrümmer und gut tausend Steine aus. Schließlich fällten sie ein Dutzend Zwergeichen und einige Süßhülsenbäume, verarbeiteten sie zu Feuerholz und gruben die Strünke aus, was womöglich die schwerste ihrer Arbeit war, da sich die Wurzeln hartnäckig in die Erde krallten und davon so schwer zu trennen waren wie ein altes Ehepaar. Deshalb bedurfte es enormer Investitionen an Schweiß und Willenskraft, um sie herauszuziehen. Über alledem stand unerbittlich und grell die Sonne, und über die trockene Prärie pfiff der Wind. Weit draußen ragten die Stummel der Wichitas in den Himmel, das einzige, was der karge Horizont bot.

»Schau sie dir an«, sagte Ruta Beth. »Gott, was legen die sich ins Zeug. Die rackern wie mein Papa.«

»Sie sind eben im Grunde ihres Wesens Männer der Scholle«, sagte Richard geschwollen, aber Ruta Beth verstand seine Ansichten nicht.

Sie sah ihn lediglich aus argwöhnisch geschlitzten Augen an und sagte, ohne daß ihren harten Zügen etwas anzusehen gewesen wäre: »Also manchmal, Richard, da redest du total verrücktes Zeug.«

Was war sie doch für eine Enttäuschung für ihn: Er hatte sie nicht im geringsten beeindrucken können. Ein Blick auf den jämmerlichen armen Richard, und sie hatte ihm den Laufpaß gegeben, noch bevor sich etwas angebahnt hatte; der Testosteron schwitzende Lamar dagegen zog sie an wie das Licht eine Motte.

Ruta Beth Tull war achtundzwanzig und sehnig wie ein verwilderter Hund. Für gewöhnlich trug sie Versandhausjeans, einen billigen dünnen Wollpulli über der verwaschenen Bluse, schwere Bauernstiefel und schließlich ein schwarzes Band, das die dunklen Kaskaden ihres Haars hinter dem Kopf wie ein Tau zusammenhielt. Sie hatte kreidige Haut und böse kleine Augen, die die Welt unablässig auf Bedrohungen durchforschten, und war stets auf der Hut, niemals entspannt, geschweige denn mild. Ihre Fingernägel waren zu schmutzigen Stummeln abgekaut, und sie hielt auf irgendwie anstößige Art die Arme ständig um den Körper geschlungen. Aber unter all dem Schmutz steckte eine romantische Ader, die, früher mal auf Richard gerichtet, binnen einer Sekunde auf Lamar umgepolt war.

Als sie während des Prozesses, den man Richard wegen des tätlichen Angriffs an seiner Mutter machte, sein Bild in der Zeitung sah, schnitt sie es aus. Sie schrieb ihm einen Brief, der mit einem ganzen Stapel anderer in die Post ging, darunter Schreiben an Präsident Clinton und Frau, den Gouverneur, Meryl Streep, Robin Quivers von der *Howard Stern Show*, Nancy und Ronald Reagan, Barbara Bush, zwei weibliche Angehörige der Manson-Familie, die sie vom Fernsehen her kannte, und Reba McEntire – Briefe über eine ganze Reihe wichtiger Themen. Sie hatte nie eine Antwort bekommen außer dem Dankeschön der Clintons, das aber zu formelhaft war, um wirklich zu zählen. Im Fall von Richard jedoch tauchte drei Monate darauf um elf Uhr nachts eine auf: er selbst, blutbespritzt und mit Lamar Pye und seinem gestörten Cousin.

Das Dokument, das diese merkwürdige Folge von Ereignissen in Gang gesetzt hatte, war der seltsamste, ja verrückteste Brief, den Richard jemals gelesen hatte; ja, er war sogar leicht schockiert. Und so lautete der Brief:

»Ser geerter Mr. Peed«, (so ging es los)

obwol Sie mich nicht kennen können, sind wir trozdem eins. Ich glaube, in einen anderen Leben, in vielen anderen Leben müsen wir Freunde gewesen sein. Wir müsen die Götter beleidigt haben mit der Reinheit von unserer Leidenschaft, so das sie uns verflucht haben und uns zwei auf Wahnderschaft durch die Zeit geschickt haben, immer nah genug, das der eine dem anderen seine Gegenwart ant, dem anderen sein Leid, aber nie so nah, daß wir zwei uns berüren, uns halten und küssen oder sex haben konnten.

Wie Sie habe ich meine gelibten Eltern in einer Tragödie verloren. Es war nicht leicht, aber jetzt hab ich Friden gemacht mit dem traurigen hinscheiden von Mama und Papa. Oft reden die beiden mit mir aus dem Himmel, wo es sehr schön ist. Es ist da wie in einen Hotel, wo jeder jeden Tag die Lacken gewechselt kriegt. Und eine schöne Salatteke haben sie auch.

Mr. Peed, Sie felen mir, obwol ich Sie noch nie mit eigenen Augen gesehen habe. Ich habe ir Bild in der Zeitung solange angestart, daß ich es faßt von der Seite geschaut habe. Mr. Peed, ich glaube wir könnten ein wuhnderbares Leben mitnander haben, wenn wir uns nur trefen könnten. Danke für ihre Aufmerksamkeit.

In zuneigung,

Miss Ruta B. Tull
Route 54
Odetta, Oklahoma

Als Richard ihm den Brief zeigte, las Lamar den ersten Absatz, wobei er schweigend die Lippen bewegte; dann sagte er: »Also, Richard, da draus werd ich nicht schlau. Spinnt die?«

»Ich denke schon, Lamar. Und zwar total. Aber … sie mag mich. Sie lebt auf dem Land. Ihre Eltern sind tot. Ich denke, daß wir da vielleicht unterkommen könnten.«

»Hm«, machte Lamar. »Ach was, scheiß drauf, warum zum Teufel nicht? Besser als in die Felder zu scheißen, da holen wir uns doch bloß 'ne Erkältung und laufende Nasen.»

Sie fanden die Farm hinter einem einsamen Briefkasten mit dem Namen TULL an der Route 54. Sie lag in einem gottverlassenen Winkel der Kiowa County, dreißig Meilen westlich von Lawton und auf halbem Weg nach Altus. Man hatte wirklich das Gefühl, im richtigen Westen zu sein, obwohl die Prärien größtenteils Weideland und einige Felder heroisch für den nächsten Weizen gepflügt waren, aber im großen und ganzen herrschte der Eindruck, daß das Land, abgesehen vom Osten, wo die Berge lagen, sich in alle Richtungen ins Endlose erstreckte. Die Highways kreuzten die Kiowa County wie Linien in einer Geometrieaufgabe; hin und wieder führte ein Band aus roter Erde von dem schwarzen Asphalt weg und verschwand in den sanften Falten des Landes. Die Farm lag am Ende einer dieser Wege aus roter Erde, eine Meile von der Straße entfernt. Stand man im Hof, den Rücken zu dem einstöckigen, halb verrotteten düsteren Haus, und sah nach draußen, kam man sich vor wie der letzte Mensch; flaches Grasland, so weit das Auge reichte, in der Ferne die Berge und über allem ein beißender Wind.

Ruta Beth stellte keine Fragen. Ein Blick auf die Dreiergruppe, und sie wußte, wer sie waren und warum sie hier waren. Es war die Nachricht von Gott, auf die sie all die langen, einsamen Jahre gewartet hatte. Sie kam noch nicht mal auf den Gedanken, daß sie Angst haben müßte. Sie lächelte Richard an, nickte dem erstaunten Lamar wissend zu, begrüßte aber als ersten Odell.

»Armer Kerl«, sagte sie, »siehst ja halb verhungert aus. Kommt doch rein. Ich hab nicht viel, aber was ich hab, teil ich gern.«

»Odell hat gern so Frühstückszeug, Ma'am«, sagte Lamar. »Ist seine Leibspeise.«

»Was mag er denn?«

»Tja, also gern hat er *Honey Nut Cheerios*. Aber nur die gezuckerten. Die gesunden, also die mag er nicht, wissen Sie, die mit den Nüssen und so.«

»Ich habe Cornflakes.«

»Ah, also *essen* tut er sie. Aber er ist nicht gerade verrückt danach.«

»Ich hab auch was anderes. Ich mag das Zeug selbst.«

»*Cap'n Crunch?*«

»Nein, Mr. Pye. *Cap'n Crunch* hab ich nicht da. Wie wär's mit *Special K?*«

»Ist das nicht so was wie *Wheaties*? Also *Wheaties* kann er nicht leiden. Solang die noch Zucker drauf hatten, ja, da schon, aber seit sie Michael Jordan auf der Packung haben. Also, da wo wir herkommen, wissen Sie, mit Niggern haben wir's nicht. Ich weiß, man soll die gern haben heutzutage, aber versuchen Sie mal, unsere Nigger oben in McAlester gern zu haben, die lachen bloß und schneiden dir die Kehle durch. Ich hab selber einen umgebracht, 'nen großen

Kerl, so hat diese ganze verdammte Geschichte ja überhaupt erst angefangen.«

»Ich hätte noch 'n paar gezuckerte *Mini-Wheats.*«

»Gezuckerte *Mini-Wheats!* Odell, hast du gehört? Das Mädel hier hat gezuckerte *Mini-Wheats!*«

»Inni-Miez! Inni-Miez!« begann Odell zu singen, seine sonst so zerfallenen Züge strahlten ungeteilte Freude aus.

»Dann komm mal, Odell«, sagte sie und nahm den großen Mann mit ins Haus.

Lamar wandte sich an Richard.

»Also wenn du mich fragst, dein Mädel ist ja Zucker, verdammt noch mal. Also wenn du die nicht glücklich machst, dann schlag ich dir den Schädel ein.«

In diesem Augenblick wußte Richard, daß er verloren war.

Lamar dachte daran, das Haus zu streichen. Es war grau gesprenkelt, und die Farbe schälte sich; es sah traurig aus. Er wollte es fröhlich haben, blendend weiß sollte das Haus sein, wie eins von glücklichen Weißen auf einer reichen Farm voller Kinder. Er hatte einen seiner seltenen Anflüge von Phantasie: daß sie alle – Ruta Beth, Richard, Odell und Lamar – hier in diesem Haus glücklich sein könnten. Aber noch während er eine gewisse Wärme aus dem Gedanken zog, wußte er, daß das nie passieren konnte. Dafür hatten die Drecksbullen gesorgt. Hätten die nicht vor all den Jahren seinen Papa umgebracht, wäre er doch nie in diesen Schlamassel geraten. Schon wurde er wieder fuchsteufelswild.

Trotzdem, das Haus konnte er ja streichen. Er würde es gleich als nächstes angehen. Er konnte die ausgediente alte Farbe abkratzen – das würde vielleicht eine Woche dauern – und dann alles sauber abschmirgeln bis auf das frische Holz – noch mal eine Woche. So zwei Wochen dürfte es dauern, um der Bude einen neuen Anstrich zu verpassen. Odell könnte mithelfen, obwohl sein kleines Hirn sich nicht besonders fürs Handwerk eignete. Er konnte den lieben langen Tag graben, harken und pflügen, sieben Tage die Woche, aber etwas, wobei man denken mußte, das war nicht drin. Er verstand einfach nicht.

»Na, Odell, was meinst du, machen wir Schluß für heute?« fragte Lamar. Es war halb sieben am dritten Tag der zweiten Woche. Sie hatten die Scheune neu gedeckt und eine Meile Zaun zwischen Ruta Beths Grund und dem der McGillaverys gespannt. Deren Kühe gingen immer wieder mal auf Ruta Beths Feld auf der anderen Seite der Farm, und wenn McGillaverys Jungs sie suchen kämen, würde das nur Ärger bedeuten.

Lamar und Odell gingen zurück zum Haus.

»Odell, mach waschi«, sagte er. »Waschi-waschi, zum Abendessen.«

»Ahmessen«, sagte Odell und zuckelte selig davon.

Er wußte, er würde Ruta Beth hinterm Haus finden, wo sie an ihrer Töpferscheibe arbeitete. Er war immer wieder erstaunt, was sie damit so machen konnte. Ein Klumpen Ton und ein pumpender Fuß, das Drehen der Scheibe, und schon entstand etwas Wunderbares. Herrgott noch mal, was sah er ihr gern dabei zu!

Und tatsächlich, da saß sie, über die Scheibe gebeugt, ihre Hände tief in dem verschwimmenden Dreck, das Gesicht intensiv, ja wütend. Heute drehte sich der Dreck anscheinend zu etwas Schlankem, Dünnem – es erinnerte ihn an den Kerzenständer, den seine Mutter kurz vor ihrem Tod gehabt hatte.

»Ich staune, was Sie da so machen«, sagte er.

Kaum daß sie blinzelte; sie hatte so eine merkwürdige Art, etwas anzusehen, bis sie es praktisch ausgesaugt hatte. Er fand es erstaunlich, daß sie keine Angst vor ihm hatte, einem Mörder, mit einem FUCK YOU! auf den Knöcheln, einem Mann, der die anständigen Leute schon nervös machte, wenn er in derselben County war.

»Mr. Pye«, sagte sie, »das ist doch nichts, nicht wirklich. Das könnten Sie auch.«

»Ich, ach was. Ich würd's bloß versauen. Aber machen Sie weiter. Ich schau gern zu.«

Konzentriert arbeitete sie einige Minuten weiter. Dann sagte sie: »Was haben Sie vor? Die Polizei wird nie aufgeben. Sie müssen weiter.«

»Ich weiß. Und ich geh gar nicht gern. Ich hab Odell noch nie so glücklich gesehen. Er gehört hierher. Hier kann er keinem was tun, kann keinen Ärger kriegen. Kein Schnaps, keine Nigger, keine Schließer, die ihm was wegnehmen wollen. Er könnte hier glücklich sein.«

»Sie haben ihn gern. Alle tun gerade so, als wären Sie das größte Scheusal auf der Welt, aber Sie haben ihn gern.«

»Er ist alles, was ich habe. Wir kennen uns eben schon eine Ewigkeit.«

»Schön. Aber sie werden Sie trotzdem kriegen. Geschichten wie die Ihre haben kein Happy-End.«

»Ihre Farm hier ist mein Happy-End.«

»Ich schwör's Ihnen, für mich sind Sie nicht schlecht.«

»Aber ich bin's nun mal. Bin nun mal dazu geboren, nehm ich an. Weil das mit meinem Papa passiert ist. Aber ich habe nicht ein einziges Mal zurückgeschaut. Es ist das einzige, was ich wirklich kann.«

»Sie hätten Farmer werden können.«

»Da kommt auch irgendwann einer und versucht, einen fertigzumachen. Und das kann man einfach nicht zulassen. Also hält man ihn auf, und so schnell schaust du gar nicht, da bist du auch schon auf der Flucht. So ging das los. Onkel Jack, der Dreckskerl, der hat Odell in der Scheune gehalten. An 'ner Kette. Gehauen hat er ihn. Seinen eigenen Sohn. Was hat der ihn gehauen. Dreißig Dollar hat er im Monat vom Staat gekriegt, um den Jungen daheim zu behalten, weil der so krank im Kopf ist, und nicht einen verdammten Penny davon hat er für Odell ausgegeben. Der einzige Grund, warum er mich bei sich aufgenommen hat, war, daß ihm der Staat zweiundzwanzig Dollar bezahlt hat, daß ich nicht in die Besserungsanstalt ging. Er war der Bruder von meinem Papa Jim, den die Staatspolizei drüben in Arkansas erschossen hat, und als dann meine Mama Edna Sue starb, da haben sie mich in die Besserungsanstalt gesteckt, aber ich hab Ihnen mächtig Ärger gemacht. Ständig sollte man zurückstecken, aber ich hatt's mir nun mal in meinen Kopf gesetzt, daß ich vor keinem kusch. Na, jedenfalls haben sie mich schließlich zu meinem Onkel und seiner Frau Camilla geschickt, und für den war ich nur Dreck. Dreck, der ihm einen Scheck vom Sozialamt eingebracht hat.

Eines Tages hat er Odell so verdammt hart verdroschen, daß ich dachte, der Junge stirbt. Nur weil sich Odell in die Hosen geschissen hatte. Sie hatten mächtig Schwierigkeiten, Odell das Aufs-Klos-Gehen beizubringen. Na, jedenfalls dachte ich mir, jetzt ist aber Schluß. Ich hab Onkel Jack an der Straße nach Perkinsville erwischt, er war besoffen wie immer – von Odells Geld. Ich hab mein Lebtag nichts gemacht, wo ich mich so gut gefühlt habe, als wie ich dem fiesen alten Scheißkerl das Messer zwischen die Rippen rammte. Und so ist das bis auf den heutigen Tag: Ich kümmre mich um Odell, er sich um mich, wir waren ja verdammt noch mal alles, was wir auf der Welt hatten. Und so schlecht war's gar nicht. Wir hatten uns unser Plätzchen geschaffen, bis Junior Jefferson, der Dreckskerl, sein Stück abgezogen hat.«

Noch nie hatte er jemandem mehr über sein Leben erzählt.

»Sie hatten es wirklich nicht leicht.«

»Der Knast ist voller Leute, die es nicht leicht hatten. Und uns ging's genauso, das ist alles.«

»Eine traurige Geschichte, Mr. Pye, ehrlich, ich glaube wirklich, hätten Sie irgendwann mal 'n bißchen Glück gehabt, Sie hätten ein großer Mann werden können.«

»Warum sagen Sie so was? Ich bin nichts weiter als 'n Stück Dreck.«

»Aber was würden Sie denn machen, wenn Sie könnten, wie Sie wollten?«

Lamar überlegte. Die Frage hatte ihm noch keiner gestellt.

»Ich würd gern einen Strahl erfinden«, sagte er. »Wissen Sie, einen Lichtstrahl. Und alles, worauf der scheint, das wird ... na ja, *schön*. Man knipst ihn an, und schon hat man einen Haufen Geld, keiner ist mehr krank oder schlecht, man macht die Leute einfach *glücklich*. Das würd ich machen. Einen Glücksstrahl erfinden. Damit würd ich alle Gefängnisse bestrahlen, all die beschissenen kleinen Kaffs. Ich würd ihn auf Odell richten, und er könnte reden und sein Mund wär wieder in Ordnung. Sogar auf die Nigger würd ich ihn richten, verdammt noch mal. Würd ich glatt tun, damit sie endlich anständige Menschen werden.«

Sie faßte ihn ernst ins Auge.

»Das ist das Netteste, was ich je gehört habe.«

»Na ja, wird sowieso nie was draus.«

»Sie sind selber so ein Strahl. Sie geben den Leuten Hoffnung. Passen Sie nur auf. Die glauben noch an Sie wie an Jesus oder Elvis Presley. Die wissen, daß Sie für die Freiheit stehen.«

Sie berührte sein Knie.

»Ich dachte, Sie wären in unseren Richard verliebt. Er hat mir Ihren Brief gezeigt.«

»Ich nehm's wohl an. Ich weiß nicht, wieso ich auf den so große Stücke gehalten hab. Er ist ja bloß 'n Muttersöhnchen. Ich bezweifle, daß er da unten Haare hat. Sagen Sie mir, was Sie wollen. Ich geb Ihnen, was Sie wollen.«

»Keine Frau hat mir das je gesagt. Da hab ich's mir einfach genommen.«

»Ich möchte, daß Sie's haben. Ich würd's Ihnen so gern geben. Ich werd Ihre erste Richtige sein, Mr. Pye«, sagte sie schüchtern, »und Sie sind auch mein erster.«

Richard sah sofort, daß Lamar mit ihr gebumst hatte. Es war ja auch wirklich nur eine Frage der Zeit gewesen. Konnte ja fast nicht ausbleiben, daß eine mit einem Stich wie Ruta Beth mit so einem Verrückten wie Lamar bumst.

Wie auch immer, als die zwei aus der Scheune kamen, kichernd und total entspannt, rochen sie beide nach Sex. Richards Ansicht nach war es ein gemeiner, ranziger Geruch. Seine Mutter hatte manchmal so gerochen, nachdem einer ihrer »Freunde« zu Besuch gewesen war; da war er selbst noch klein gewesen, er mußte dann immer im Garten spielen.

Aber jetzt strahlte Lamar wie ein Familienvater, der eben die letzte Hypothek abbezahlt hat. Sogar Odell spürte es. Er sah von seiner Schüssel auf und strahlte, an den Lippen und den schwarzen Zähnen hafteten Krümel von gezuckerten *Mini-Wheats*. Er war glücklich.

Mein Gott, dachte Richard, *die reinste Familie*. Eine schlechte Parodie auf das Glück: Lamar der Papa, Ruta Beth die Mama und Odell und Richard die beiden Jungs. Genau das normale Leben, das er nie gekannt hatte.

Sie hatten eine herrliche Zeit: die kleine Familie lachend in der Küche des Farmhauses. *Ein wahnsinniger Norman Rockwell*, dachte Richard. Der hätte die Szene für die Titelseite der *Saturday Evening Post* malen können: Lamar mit Pferdeschwanz und tätowierten Knöcheln, Ruta Beth mit ihrem kreidigen Schauerteint und dem von Inzucht geprägten Bauerngesicht und schließlich Odell, das ewige Kind mit dem Tunnel zum Mund, dem Wedel roter Haare und den winzigen Augen. Und natürlich er selbst, Richard, der eines schönen Tages in einem Wutanfall seine Mutter geblendet hatte, weil der rechtslastige *Daily Oklahoman*, dieses neofaschistische Blatt, seine Ausstellung – »Richard Peed: Künstler im Übergang« – in der Merton Gallery an der Dwight Street nicht hatte besprechen wollen.

Sie gingen sogar einkaufen wie jede andere Familie auch. Wie sich herausstellte, hatte Ruta Beth kein vernünftiges Papier im Haus, kaum richtiges Schreibzeug, nichts. Sie hatte nicht mal Zeitschriften, Zeitungen oder Bücher. Also mußte sie natürlich los, um Blöcke und Bleistifte zu besorgen, damit Richard sich wieder an seine Löwen machen konnte, die schließlich sein wichtigster Beitrag waren. Außerdem mußte sie zu Murf's Guns drüben in Duncan fahren, um Rehposten für die Flinten zu kaufen; sie hatten im Fernsehen gesehen, daß der Staatspolizist, dieser alte Bärbeißer, irgendwie überlebt hatte, weil nur Vogeldunst in der Flinte gewesen war.

Aber Lamar war noch nicht mal wütend, so mild hatte ihn sein neues Leben gestimmt.

»Herrgott, das war vielleicht ein zäher Bursche!« tönte er. »Richtiger alter Geier, aber so zäh, wie der war, war da mit Vogeldunst nichts zu machen! Na, er hat seinen Enkeln wenigstens was zu erzählen.«

Die Rehposten waren aus einem anderen Grund wichtig.

»Wir müssen uns jetzt nur noch eins überlegen«, sagte Lamar. »Und das ist, wo wir unseren nächsten Job abziehen.«

Richard lächelte, wußte aber nicht so recht, was Lamar mit »Job« meinte.

»Na was wohl? Etwas ausrauben. Wir sind Räuber, Richard. Hast du das noch nicht kapiert? Das ist unsere Arbeit. Und bei meiner Arbeitsweise sind Rehposten genau das richtige.«

KAPITEL 10

Er fuhr auf den Parkplatz des Restaurants in Elgin. Aufrecht und tapfer saß sie an einem Fensterplatz. Sie trug eine Sonnenbrille und wirkte sogar hinter der Scheibe, in der sich verzerrt die Straße spiegelte, blaß. Statt Schwarz trug sie ein hübsches kleines gepunktetes Kleid ohne Ärmel. Die Sommersprossen auf ihren Armen paßten zum Muster des Kleids. Ihre Miene hellte sich auf, als sie ihn sah. Sie winkte zaghaft. Er winkte zurück.

Großer Gott, dachte er, *wären wir mal wieder so weit.*

Er stieg aus dem Laster, griff sich ins Kreuz und zog die Commander, die etwas verrutscht war, hinter die Niere zurück. Er hatte seine Percodan eine halbe Stunde früher genommen, gleich nach seinem Aufbruch bei den Stepfords, so daß der Schmerz sich etwas gelegt hatte. Trotzdem, so wie er ein Bein vors andere setzte, bewegte er sich wie ein alter Mann – als laste selbst die Luft mit eigenartiger Schwere auf seinem Körper. Er war fast fünfzig, fühlte sich aber wie hundertfünfzig. Ein alter Knopf voller Melancholie und schwarzer Gedanken. Die Beine taten ihm weh, sein Körper schien wie aus altem Stein gehauen, als er die Stufen hochstieg.

Er trat ein, und ihr Lächeln erhellte den ganzen Laden. Verdammt noch mal, was hatte diese junge Frau für ein Lächeln. War das bei allen jungen Frau so oder nur bei ihr? Ihm wurde etwas schwummrig im Kopf. Als er auf sie zukam, stand sie auf, ergriff seine Hand und gab ihm rasch einen Kuß.

»Also, Bud, wer hat dich denn angemalt? Diese Farbe – tote Rosen? Oh mein armes, armes Baby.«

»Na, du weißt ja vielleicht wie man einen müden Mann munter macht. Ich weiß nur eins, ich hab mich schon mal besser gefühlt.«

»Tut's sehr weh?«

»Och, nicht so daß es mit 'ner Million Milligramm Heroin alle zwanzig Minuten nicht auszuhalten wär.«

»Bud, du wirst noch deine Witzchen reißen, wenn der Teufel dir die Rechnung präsentiert.«

»Nehmen Sie mir die Frau, Mister, das Geld, mein Leben, aber nicht den Humor.«

»Als dieser Colonel wegen Ted Bescheid sagen kam, hat er eine geschlagene Stunde gebraucht, bis er was über dich sagte. Das war am schlimmsten, Bud, mein Bud. Daß ich dasitzen und die trauernde Witwe spielen mußte und dabei schier verrückt nach einer Nachricht über dich war. Bud, ach Bud, als ich erfuhr, daß du durchkommst, war das der glücklichste Tag meines Lebens, und ich mußte weiterheulen, wo ich doch am liebsten gelacht hätte, weil du es schaffst.«

»Verdammt, Holly, du siehst so was von gut aus.«

»Ach, Bud. Ach, Bud.«

»Hör mal, Holly, das mit Ted tut mir wirklich leid. Keiner hat einen solchen Tod verdient. Er war kein schlechter Kerl. Ich hab nur einfach Mist gebaut. Ich wollte wirklich, ich hätte noch eine Chance.«

»Tja, das geht wohl nicht.«

»Wie kommst du denn so zurecht?«

»Mir geht's gut, Bud, jetzt, wo die Beerdigung vorbei ist und die Eltern von meinem armen Ted wieder nach Hause gefahren sind. Ich brauche wenigstens nicht mehr die schluchzende Gattin zu spielen.«

»Weißt du, die Polizei kann was mit einem Arzt für dich arrangieren, irgend jemand, der dir hilft. Jemand, der mit dir redet, weißt du.«

»Bud, außer dir brauche ich keinen.«

»Und die Versicherung. Ein Vermögen ist es ja nicht, aber doch ein gewaltiger Trost. Immerhin stehst du nicht von einem Tag auf den anderen vor dem Ruin.«

»Es reicht, Bud. Ich komm damit mehr als ein paar Jahre durch, und außerdem haben sie gesagt, sie würden mir helfen, eine Stellung zu finden.«

»Super.«

»Bud, du hast dich der Situation noch gar nicht gestellt, stimmt's?«

»Ich weiß nicht.«

»Bud, ich will nicht von mir reden. Ich will über *uns* reden.«

Bud sah durch das verdammte Fenster auf das grüne Oklahoma hinaus. Hundert Meter weiter, auf der Bundesstraße, zischten die Autos vorbei. Auf der Straße, auf der er sich so lange seine Brötchen verdient hatte.

»Bud, wir können jetzt alles haben. Es tut mir leid, daß Ted umgebracht wurde, aber es war weder deine Schuld noch meine. Es war Lamar Pye. Jetzt können wir zusammensein. Ein Problem weniger. Es wird Zeit, Bud. Das weißt du genauso gut wie ich.«

»Holly, ich ...« Dann war er auch schon am Ende.

»Willst du denn nicht mit mir zusammensein?«

»Herrgott, doch.«

»Warum tust du's dann nicht? Bud, warum kannst du's nicht einfach tun?«

»Holly, du solltest wissen, daß er dich sehr geliebt hat. Weißt du, was mit ihm war? Er hat einfach den Schneid verloren, und das fraß ihn auf. Nicht von dir hat er nichts mehr gehalten, sondern von sich selbst. Er verdient ein bißchen Zeit, bevor wir zusammenziehen und die ganze Welt sehen lassen, daß wir was miteinander haben.«

»Du hast dich noch nie viel drum gekümmert, was die Welt denkt.«

»Mag ja sein. Aber da ist noch was anderes.«

»Und das wäre?«

»Lamar.«

»Lamar?« sagte Holly. »Natürlich, *Lamar*! Vielleicht bist du so gut und sagst mir verdammt noch mal, was das wieder heißt!«

»Ich halte es einfach nicht für richtig, zusammenzuziehen, solange er noch herumläuft.«

»Bud.«

»Holly, ich habe meinem Partner versprochen, mich um dich zu kümmern. Das war das letzte, worum er mich gebeten hat, bevor Lamar mit dem Revolver kam. Und das werd ich auch. Ich schwör's dir, das werd ich auch. Aber erst muß ich mich um meinen Partner kümmern.«

»Ted ist tot, Bud, um den braucht sich keiner mehr zu kümmern. Und nichts, was Lamar Pye passiert, bringt Ted zurück.«

»Tja«, sagte Bud, der nicht mehr weiterwußte.

»Ist es das, Bud? Lamar? Du willst gegen Lamar angehen? Ganz Oklahoma kann den Mann nicht finden, aber du stöberst ihn auf?«

Wie gewöhnlich hatte er keine Ahnung, was er gemeint hatte.

»Ich weiß nicht. Ich sage doch nur, nichts stimmt für mich, solange Lamar nicht gefaßt ist. Muß ja nicht unbedingt ich sein, der ihn kriegt. Ehrlich gesagt, das letzte, was ich will, ist, dem Kerl noch mal über den Weg zu laufen. Das ist nichts Persönliches.«

»Ja, von wegen!«

»Holly, ich ...«

»Dann willst du mich also nicht anfassen?«

»Hab ich das gesagt?«

»Es hat sich so angehört.«

»Ich schwör dir, in dem Augenblick, in dem Lamar mich erledigen wollte, habe ich nur an eines gedacht: daß ich nie richtig mit dir zusammen war – nicht in der Öffentlichkeit, wir beide in einem Restaurant, auf einem Barbecue, weißt du, als Paar, verdammt noch mal. Es war das letzte, woran ich gedacht habe, als die Lichter ausgingen.«

Stimmte das? Im Augenblick schien es zu stimmen. Aber sicher war er sich nicht. Er erinnerte sich einfach nicht.

»Verdammt, Bud, du bist wirklich zum Schießen.«

»Na ja, ist schließlich mein Job.«

»Kennst du das Motel zwei Ausfahrten vor der hier? Das Do Si Do?«

»Ja.«

»Ich hab uns dort ein Zimmer bestellt, Bud. Ich wollte mit dir feiern, daß du noch lebst.«

Bud warf einen Blick auf die Uhr. Er war um drei im Krankenhaus fällig, und es war bereits kurz vor zwei. Aber was sollte es. War schließlich nur ein Krankenhaus.

Der Unterschied zwischen ihnen – war es was zwischen Mann und Frau im allgemeinen oder nur zwischen Holly und Bud? – hatte irgendwie mit Nacktheit zu tun. Sie störte Holly nicht. Ja, genaugenommen war sie gern nackt und obendrein so verdammt lässig dabei. Bud dagegen haßte es, nackt zu sein, er fühlte sich dabei wehrlos jedem Angriff ausgesetzt – ein dicker Kerl, dessen Nacktheit seine Albernheit verriet. So zog er sich denn jedesmal, wenn sie sich geliebt hatten, die Laken über die Leisten. So schrecklich es auch sein mochte, insgeheim sehnte er sich immer danach, sich auf der Stelle anzuziehen. Aber er wußte, die Augenblicke danach waren Holly so gut wie heilig und in gewisser Hinsicht der Zweck der Übung. In solchen Augenblicken fühlte Holly sich vollkommen eins mit ihm. Er konnte es ihr einfach nicht abschlagen.

»Verdammt, Bud«, sagte sie, »Lamar hat dich ja vielleicht mit Blei vollgepumpt, entmannt hat er dich jedenfalls nicht. War immer noch genug für mich da.«

Wieso hielt sie ihn bloß für einen so tollen Liebhaber? Anfangs, ja, da war er noch eine starke Maschine gewesen, die an einem einzigen Nachmittag den Berg gleich zwei-, dreimal anging. Was mit der unbändigen Freude an der Freiheit, an einem neuen, anderen Leben zu tun gehabt hatte. Aber dieser Anfang war längst vorbei, und fast schien es ihm, als schaffe es diese starke Maschine dieser Tage gerade noch einmal hinauf. Also dachte er sich, sie sah wohl, was sie sehen wollte: den Hengst der ersten Wochen. Er wußte, das würde er nie wieder sein, jedenfalls nicht mit ihr. Es machte ihn traurig, aber er hatte einfach nicht den Schneid, es zu sagen.

»Bist du sicher, daß der nicht einen Liebestrank statt Blei geladen hatte?«

Er lachte. Sie konnte so mädchenhaft albern sein. Er sah Hollys Brüste an: kleine Dinger, aber wunderschön; er mochte ihr Gewicht, die Art, wie sie in der Hand lagen, ihre vollkommene Rundheit, die rosigen Spitzen, das leichte Zittern, wann immer sie lachte.

»Es war Stahl, nicht Blei«, sagte er. »Stahlschrot. Auch so ein Massel. Die Infektionsrate bei Stahl ist weit geringer als bei Bleiladungen. Aber gegen den Massel, dich zu haben, ist es ein Dreck.«

»Du blutest gar nicht.«

»Nein.«

Die Bandagen hatten gehalten, nicht ein verräterischer roter Fleck wies auf das Aufplatzen einer der winzigen Wunden.

»Muß dir doch vorgekommen sein, als würdest du's mit einer Briefmarkensammlung treiben«, sagte er.

»Oh, Bud, du kannst so komisch sein! Das erstemal, daß ich dich gesehen habe, da habe ich mir gedacht, oh Gott, John Wayne, wie er leibt und lebt, aber dann hast du mich zum Lachen gebracht, und ich hab gesehen, daß du viel besser bist als John Wayne. Oder sonst jemand.«

Wie absurd, ihn so aufs Podest zu stellen! Wie sollte er zu einer Frau mit einer derart hohen Meinung von ihm nein sagen? Er kam ihrem Bild von ihm am nächsten, wenn er bei ihr war; überall sonst war er er selbst.

»Ich wollte, ich könnte für immer hierbleiben«, sagte er plötzlich.

»Nichts da, Bud«, sagte sie. »Das ist nicht gut genug. Wir haben ein Haus verdient, vielleicht auch eigene Kinder. Oder Reisen. Ein richtiges Leben. Das ist uns bestimmt. Es war vorherbestimmt, daß wir uns kennenlernen, das glaube ich von ganzem Herzen.«

»Da hast du wohl recht«, sagte er – genau das, was er nicht hatte sagen wollen. Er konnte nur staunen: Irgendwie tat er immer genau das Gegenteil von dem, was er sich vorgenommen hatte. Er war völlig verdreht. Wenn auch nicht ihretwegen. Sie war nur Holly, wie immer. Es war das *Problem*, das ihm das Innerste nach außen kehrte, das *Problem*, das sie beide zusammen darstellten.

»Tja, Maus, ich sollte jetzt aber wieder los. Ich bin schon spät dran.«

»Geh nur. Aber versprich mir eins, Bud, diese Geschichte mit Lamar? Du läßt das nicht zur Besessenheit werden, ja? Zu einer Mission? Einem Rachefeldzug? Das ist es nicht wert. Würdest nur umkommen dabei.«

»Das hat damit überhaupt nichts zu tun. Ich will nur Teil des Teams sein, das ihn zur Strecke bringt, das ist alles. Teil seines Endes, so wie ich Teil seines Anfangs gewesen bin.«

Der Arzt war verärgert, weil Bud so spät dran war, und schien sich geradezu zu wünschen, etwas Ernsteres zu entdecken, weswegen er Bud aus purer Bösartigkeit wieder in ein Krankenzimmer stecken konnte. Aber Buds Wunden wollten weder aufbrechen noch bluten; als hätte er dichtgemacht und seinen Körper versiegelt.

»Ihr Colonel hat angerufen. Er sagte, er hätte Sie zu Hause zu erreichen versucht. Er hörte sich nicht sehr glücklich an.«

»Was soll's, da ich heute in keine Scherereien geraten bin, sollte er wohl nicht zu wütend sein.«

»Wo Sie hineingeraten sind, Sergeant, kann ich Ihnen schon sagen, Sie hatten Sex.«

Bud sah ihn überrascht an.

»Sir, ich …«

»Nichts da, das seh ich doch. Es gibt gewisse physiologische Kennzeichen. Ich weiß nicht, was Sie da laufen haben, Sergeant, aber ich würd's nicht übertreiben.«

»Sie werden doch nicht …«

»Nein, das geht mich nichts an. Versuchen Sie's nur nicht zu toll zu treiben. Sie könnten sich wieder weh tun. Und diesmal bleibt es Ihnen vielleicht. Und jetzt nehmen Sie Ihr Percodan.«

Und als er nach Hause kam, gab es gleich noch ein Problem: Es war Jeffs Baseballabend, und Bud hatte versprochen, sich das Spiel anzusehen. Er war spät dran, und Jen war schon ohne ihn los. Er verschlang ein Sandwich und hätte beinahe Holly angerufen, da er schon mal allein und sie auch wieder zu Hause war. Aber dann war er doch gescheiter und raste lieber quer durch die Stadt zum Platz der Lawton Cougars, wo die zweite High-School-Mannschaft unter Flutlicht ein Heimspiel hatte.

Bud fand Jen hoch auf der Tribüne.

»Hallo«, murmelte er.

»Wo warst du denn? Der Colonel hat angerufen, dann die aus dem Krankenhaus und was weiß ich noch.«

»Ach, weißt du. Ich kam mit diesem Farmer ins Plaudern und hab gar nicht so schnell geschaut, da war es auch schon spät.«

Ihr eisiges abweisendes Schweigen war Rüffel genug; an ihrer mürrischen Körperhaltung und der ablehnenden Miene sah er, daß sie gekränkt und ärgerlich war.

»Sei doch nicht gleich so böse. Ich bin zu spät gekommen. Jetzt bin ich da. Also, wie macht er sich? Spielt er?«

»Nein, er sitzt auf der Bank. Du weißt doch, daß er nie von Anfang an dabei ist, Bud. Nicht dieses Jahr.«

Bud blickte hinüber und sah seinen Jüngsten, klein und blaß in dem theatralisch grellen Flutlicht, am Ende der Bank. Jeff war Außenfeldspieler; er erlief alles und warf sich sogar brutal gegen die Mauer, nur um einen Ball noch zu kriegen; seine Qualitäten als Schlagmann freilich waren schon eine Tragödie. Sie waren so gut wie verschwunden. Im ersten Jahr hatte er einen Quotienten von .432 geschlagen und war damit ein Star; im zweiten, also diesem, war er in die erste Mannschaft aufgerückt. Aber dann hatte das Tief eingesetzt, das dem Jungen das Leben ausgesaugt hatte, und je mehr er sich reinhängte, desto schlechter spielte er. Jetzt steckte er in der zweiten Mannschaft fest und wurde noch nicht einmal aufgestellt.

Bud warf einen Blick auf den Spielstand: Sieben zu zwei führten die Altus Cardinals gegen die glücklosen Cougars; drei Innings waren gespielt, man befand sich in der ersten Hälfte des vierten. Jeff schien sich nicht zu bewegen, er saß da wie gebannt, wie verzaubert; das Spiel floß um ihn herum, Spieler liefen oder taumelten vorbei, schrien, johlten, aber Jeff schien eingefroren und weit, weit weg, in einer anderen Welt, verloren in seiner Konzentration.

»Wie geht's dir?« fragte sie.

»Gar nicht so schlecht«, sagte er. »Wenn die Medikamente nachlassen, weißt du, dann wird's immer schlimm, aber wenn man sie gerade eingenommen hat, geht's. Ein ständiges Auf und Ab.«

»Tut mir leid, daß ich dich so angefahren habe, Bud. Ich habe es nur derart mit der Angst gekriegt, als man mir sagte, sie hätten dich angeschossen. Nach all den Jahren. Und wie solltest du nicht schlecht aufgelegt sein. Nach allem, was du durchgemacht hast, ist es ja ein Wunder, daß du dich überhaupt noch aus dem Haus traust.«

Ein Cougar erreichte den zweiten Base, ein anderer den ersten. Vereinzeltes Klatschen kam von den wenigen Fans, die größtenteils aus Müttern und Vätern bestanden. Aber der Junge auf dem zweiten Base mußte vom Platz, als er den dritten zu erreichen versuchte; der nächste Junge schlug so schlecht, daß gleich zwei Läufer hintereinander rausfielen.

»Jeff würde treffen, was der Kerl da wirft«, sagte Bud bitter, »ich weiß einfach, daß er's könnte.«

»Du bist so wütend, Bud«, sagte Jen. »Nicht daß ich's dir verdenken kann, bei dem, was du durchgemacht hast – das mit Ted mitzuerleben und dann selber so knapp davonzukommen. Natürlich ist das furchtbar. Aber ich kann's nicht mit ansehen, wie du dich davon auffressen läßt. Könnte dir deine Dienststelle nicht jemanden besorgen, mit dem du reden kannst?«

»Hör auf«, sagte er schroff. »Ich brauche mit niemandem zu reden. Ich brauche nur meine Arbeit wieder. Wird mir gleich bessergehen, wenn wir diesen Dreckskerl wieder eingelocht haben. Das ist alles.«

Jetzt ließ einer der Cougars einen Flugball fallen, ein anderer warf auf den falschen Base. In Sekundenschnelle stand es neun zu zwei. Insgeheim freute sich Bud; es erhöhte Jeffs Chancen, zum Schlag zu kommen.

Und tatsächlich, im achten Inning – mit zwei Spielern »aus« und niemandem auf einem Base – schickte man Jeff auf das Plate. Bud sah zu, wie sein Junge von der Bank kam, sich streckte, in der Hüfte drehte, den Hals zu lockern versuchte. Dann stülpte sich Jeff den Helm des Schlagmanns über und ging zum Schlagraum.

Bud sah ihm nach: Das Gesicht seines Sohnes war wie die starre Maske eines Kriegers, die Augen waren zusammengekniffen, als wollte er auch noch das letzte bißchen Konzentration auf das anstehende Problem zwingen. Er trat in den Schlagraum, drehte sich dreimal – fast ein Ritual – in der Hüfte; so wie er die Keule durch die Schlagzone zog, wirkte er wie eine Maschine, die exakt die einzig mögliche Haltung einnahm, aus der sich der Ball angehen ließ.

Im grellen Kunstlicht wirkte er mager und kräftig zugleich, so ausbalanciert, so perfekt. Bud war klar, daß Jeff das Herz flattern und die Knie schlottern mußten, aber aus dieser Entfernung hätte Jeff auch ein Cal Ripken oder George Brett sein können – der geborene Schlagmann.

O bitte, laß ihn treffen, betete Bud zu den Kräften des Universums. *Etwas Erbarmen mit meinem Sohn. Laß ihn seine Sache gut machen oder wenigstens nicht schlecht. Laß ihn nicht versagen. Ich habe für uns beide genug versagt; habt ein bißchen Erbarmen mit ihm.*

Der Werfer, ein großer, geschmeidiger junger Schwarzer, holte aus, warf, aber Jeff ging den Wurf nicht an. Mit einem scharfen Knall und einer kleinen Staubwolke landete der Ball akkurat im Handschuh des Catchers. Wie schon so oft dachte Bud: *Die Kugel schlägt ein, Teds Haare heben sich, dann ist er auch schon hinüber.* Er schüttelt den Kopf, als wollte er verhindern, daß sich die beunruhigenden Gedanken irgendwo in ihm festsetzten; dann riß er sich in die Realität zurück, um zuzusehen, wie Jeff offensichtlich bereits den zweiten Ball ins Abseits gehen ließ.

»Das sollte seiner sein«, sagte er Jen.

Der Pitcher pfefferte los, und Jeff schlug in seinem Übereifer absolut lausig. Er sah aus wie ein verkrüppelter Storch, und der Ball sprang saftlos auf der Seite des dritten Base ins Aus.

»Verdammt«, sagte Bud, »da wär' aber ein Homerun drin gewesen.«

Herrgott, dachte er, *ich würde mein Leben drum geben, daß mein Sohn sich gut macht.*

Beim fünften Wurf hatte Bud den Eindruck, daß der Pitcher besonders giftig vom Leder zog; fast wie eine Schlange schoß sein Arm vor, und der Ball zischte in dem theatralischen Licht Richtung Jeff, der sich aus der Hüfte zu schrauben schien. Die Schultern folgten der Hüfte, die Arme den Schultern, die Keule den Armen – eine einzige flüssige Bewegung, zu der ein Knall den Kontrapunkt setzte, wie Bud noch keinen gehört hatte, lauter noch und entschiedener auch als die Schüsse, die Lamar in seine Richtung gejagt hatte. Der Ball stieg, und die Rufe der bis dahin gelangweilten Zuschauer schwollen an. Bud stand selbst auf und schrie: »Ja, ja, JA!« Der Ball segelte in das Außenfeld.

Flieg, du Luder, flieg schon! versuchte Bud den Ball zu hypnotisieren. *Bitte.*

Er sah den linken Außenfeldspieler am Zaun, und als der Ball herunterkam, sprang der Junge, und fast schien es, als hätte er ihn schon in der Hand. Wie eine schwarze Flutwelle spürte Bud die Verzweiflung aufsteigen, aber dann war der Sprung nicht hoch genug, es fehlte noch fast ein Meter, und der Ball sauste in die Dunkelheit.

»Mein Gott«, sagte er und griff nach Jens Arm. »Er hat einen Homerun geschlagen! Jeff! Gut gemacht, Jeff!« Er weinte, als sein Sohn wie in Trance die Runde lief und am Homebase von seinen Mannschaftskameraden empfangen wurde.

»Gott«, sagte er zu Jen, »ich bin so was von glücklich.«

»Bud«, sagte sie, »mein Gott, du blutest ja.«

KAPITEL 11

Odell saß da, das AR-15 auf dem Schoß und eine rote Perücke auf dem Kopf. Er hatte Titten, trug Lippenstift und einen pelzbesetzten blauen Mantel, den Ruta Beths Papa 1958 in Dillons Kaufhaus in Oklahoma City für ihre Mutter gekauft hatte. Odell sah nicht sonderlich weiblich aus. Wenn man genau hinschaute, wirkte er wie ein überdimensionaler Transvestit mit einem Sturmgewehr auf den Knien.

Aber wer sah schon so genau hin?

Er saß gutmütig auf dem Rücksitz von Ruta Beths kleinem Toyota zwölf Meilen vom Red River am Rande von Wichita Falls, Texas, gleich neben der Bundesautobahn 44, auf der es bis hinauf nach Oklahoma City ging. Neben ihm saß Richard gleichfalls mit Titten (Tennisbällen, die unters Kleid geklebt waren), auch er mit Perücke – wenn auch einer schwarzen – und einem roten Hut mit Federn, die sich rollten wie seine Haare. Auch seine Kleidung hatte mal Beulah Tull gehört. Ruta Beth hatte das Make-up besorgt, obwohl Richard der Ansicht war, sie hatte mit dem Rouge übertrieben. Im Spiegel wirkte er wie eine Leiche. Odell schien es ja nicht zu stören, Richard dafür um so mehr, obwohl er natürlich nichts sagte.

Lamar trug Jeans und eine Sonnenbrille, hatte seinen Pferdeschwanz unter Bill Stepfords Stetson versteckt und kaute auf einem langen Weizenhalm. Neben seinem rechten Bein lag, von außen nicht zu sehen, die gestutzte Browning A-5; diesmal war sie freilich nicht mit Vogeldunst, sondern mit den größten Rehposten geladen, die es im Handel gab. Die .45 mit dem langen Schlitten hatte er sich im Kreuz in den Hosenbund gesteckt. Neben Lamar auf dem Fahrersitz saß Ruta Beth; auch sie hatte einen Cowboyhut auf.

»Das ist es«, sagte Lamar. »Deswegen sind wir hier. Das ist unser Ticket in die Zukunft.«

Aber Richard kapierte nicht.

»Ich sehe nichts«, sagte er.

»Benutz deine Phantasie«, sagte Lamar.

Sie standen vor einem Denny's direkt an der Abfahrt von der Autobahn. Auf dem Schild stand »Maurine Street«. Der Parkplatz vor dem Restaurant war proppenvoll, das Lokal selbst saß auf einer Art Erdpodium wie auf einem Thron. Durch die Glastür auf der Vorderseite und die Fenster, die das Gebäude wie ein schimmerndes Band umgaben, sah man die Gäste. An der Einfahrt zum Parkplatz stand eine stolze Reklame, ein Stück moderner Kunst in Rot und Türkis; nachts dürfte es wie eine Leuchtbake auf die Schnellstraße scheinen.

»Ich sehe ein ... ein Denny's«, sagte Richard.

»Ennies«, sagte Odell und kicherte.

»Gibt's 'n Problem, Tante Lucy?« fragte Lamar. »Was ist, Tante Lucy, willst du den Verein übernehmen? Fällt dir vielleicht was Besseres ein?«

»Aber ... Wäre eine Bank nicht besser? Auf jeden Fall hätte so was mehr Würde.«

»Öde«, sagte Odell, der fast unmerklich mit dem Oberkörper schaukelte.

»Na, dann laß mich mal erklären«, sagte Lamar. »Du mußt mit der Zeit gehen. Bankraub ist nicht mehr das, was es früher mal war. Erstens haben die ihr Geld in Tresorräumen mit Zeitschlössern, so daß man nur an das Kleingeld am Schalter kommt, und da liegen manchmal gerade mal hundert Eier. Zweitens haben sie überall verdammte Kameras. Tante Lucy, hörst du mir zu?«

»Lamar, ich bin sicher, du hast recht.«

»Dann haben sie lautlosen Alarm, Geldbündel, die einem um die Ohren fliegen und einen mit rotem Zeug einstäuben, das sich 'ne Woche lang nicht mehr abwaschen läßt. Sie haben private Sicherheitsdienste, manchmal auch Wachleute. Mit so 'ner Bank kannst du dich ganz schön reinreiten.«

»Ich versteh's ja.«

»So ein Denny's aber in einem texanischen Kuhnest am späten Sonntagnachmittag? Laß dir mal sagen, wie's sich damit verhält: Du hast die Frühstückseinnahmen von gut tausend texanischen Baptisten. Und Baptisten, laß dir sagen, die gehen gern in die Kirche und beten den lieben langen Vormittag lang, dann spazieren sie runter ins Denny's zum Frühstück. Die hauen sich Bratkartoffeln, Pfannkuchen, Eier, Speck, Sirup, Butter und Kaffee rein wie die Schweine am Trog. Die schlagen sich den Wanst voll, rülpsen und stochern dann in den Zähnen. Ganze Familien! Fühlen sich so Gott näher, frag mich nicht, warum. Jedenfalls hat der Manager so gegen vier vielleicht zehn-, zwölftausend Dollar in kleinen Scheinen im Safe. Keine Kameras. Keine Wachleute. Keine Helden. Bloß 'n Trupp Arschlöcher, die ihren verdammten Job hassen und für kein Denny's der Welt den Kopf hinhalten.«

»Ennie«, sagte Odell munter.

»Papa, also ich schwör's dir, du weißt aber auch alles«, sagte Ruta Beth. »Du bist so was von gescheit.«

»Also, Tante Lucy, wenn du Lust hast, setz ich dich an 'ner Bank ab, die du ausrauben kannst, während ich mir das texanische Denny's hier zur Brust nehme.«

»Nicht doch, Lamar«, sagte Richard.

»Danke dir, Tante Lucy. Bist schon ein schnuckliges Ding. Na schön, Mäuschen, dann machen wir doch 'ne kleine Spazierfahrt durchs Viertel, dann parken wir, und wir zwei gucken mal rein. Die beiden Damen lassen wir hinten.«

»Ja, Papa«, sagte sie.

Ruta Beth fuhr los und bog nach rechts in ein Wohnviertel ab, dann noch mal und noch mal, immer an kleinen gepflegten weißen Häusern mit grünen Rasen vorbei. Die Häuschen von Spießern waren das, und hier und da war einer von ihnen zu sehen, wie er seinen Mittelklassewagen abspritzte, einen Rasenmäher schob oder mit einem seiner Spießerkollegen plauschte.

Richard schaute sie sich an und sah eine verlorene Welt vorbeiziehen. Was hatte er sie mal verachtet! Diese Leute! Alles Trottel, Wichser, Emporkömmlinge, Philister, die kein Gramm Hirn im Kopf hatten und von Trugbildern lebten: Baseball, Familie, Arbeit. Jetzt brach ihm ihre Langweiligkeit schier das Herz, so tröstlich nahm sie sich aus.

»Mach nicht so 'n Gesicht, Tante Lucy, bist doch so hübsch«, sagte Lamar. »Wenn du ein Gesicht wie drei Tage Regenwetter machst, muß ich immer wieder dran denken, ob du uns nicht vielleicht ausrücken willst.«

»Lamar, daran habe ich nun wirklich nicht gedacht.«

»Ja, das hab ich schon mal gehört. Wenn er aufmuckt, Odell, gibst du ihm ordentlich was aufs Dach.«

Schließlich bog Ruta Beth scharf ab, und sie rollten auf den Parkplatz des Denny's.

»Okay, Mädel, bleibt mal hier sitzen. Odell, steck die Knarre weg, falls jemand reinschaut. Wir sehen uns den Laden mal an.«

Richard sah Lamar aussteigen, stehenbleiben und sich dann ganz beiläufig strecken, als er eine Jeansjacke über die .45 zog. Dann legte er einen Arm um Ruta Beth, und die beiden schlenderten locker wie ein Liebespaar aus der High-School ins Denny's hinein.

Richard lehnte sich zurück und versuchte, sich zu entspannen. Er kam sich absurd vor in seinem Aufzug. Und er langweilte sich. Aber er konnte nicht einfach aussteigen, weil draußen seine Verkleidung sofort aufgefallen wäre. Er sah zu Odell hinüber, der ihn mit glücklichen leeren Augen angriente. Odell in die Augen zu sehen konnte einen in den Wahnsinn treiben, so arglos und entrückt wirkten sie. Konzepte wie Ursache und Wirkung, richtig und falsch lagen Odell fern. Er war nichts weiter als ein Riesenbaby, das man füttern und wickeln mußte. Lamar putzte ihm jeden Abend die Zähne und redete dabei in einer Mischung aus Singsang, Babysprache und Gekicher mit ihm. Odell war in gewisser Weise ein Unschuldslamm; er war nicht schlecht. Er hatte bei der ganzen Geschichte keine Wahl gehabt. Wahrscheinlich wäre er im Gefängnis besser aufgehoben als hier, dort fürchtete und respektierte man ihn wenigstens, man ließ ihn in Ruhe. Vielleicht auch in einem Heim, wenn das Geld dafür dagewesen wäre. Man hätte dort die merkwürdigen Lücken in seinem Verstand studieren können, die ihn so gut wie stumm und leer machten, obwohl er merkwürdigerweise kleine Aufgaben bewältigte, zu denen man Hände und Augen koordinieren können mußte, wie Fahren und Schießen. Sich selbst überlassen und von jeder Versuchung abgeschirmt, würde er vermutlich keiner Fliege was tun.

Richard wandte sich von Odell ab und blickte in die leeren Sonnenbrillengläser eines Deputysheriffs.

Lamar saß an der Theke und trank Kaffee. Er sah aus wie ein texanischer Cowboy mittleren Alters. Hinter seiner Sonnenbrille baldowerte er den Laden aus. Alles war in grünem und braunem Zickzackmuster gehalten, Farben mit geringer Intensität, die beruhigten. Er sah sich nach Zugängen um: Der Haupteingang befand sich vorn in der rechten Ecke des Baus; auf der anderen Seite gab es einen übermalten Notausgang. Die Fenster jedoch boten einen guten Blick auf den Parkplatz. Lamars Blick wanderte zurück zur Theke, folgte dieser bis an die Kasse, irgendein computerisiertes Modell. Er dachte, wenn er aufs Klo ging, könnte er sie sich näher ansehen, ob sie nicht irgendwo einen Alarmknopf hatte oder vielleicht einen Draht neben dem Geldschub, was zwar selten war, aber auch wieder nicht so selten, daß sich ein Blick nicht lohnte. Teufel auch, wer wollte schon sagen, ob sie hier in Texas nicht abgesägte Flinten oder Revolver unter der Kasse hatten. In diesem verdammten Staat konnte man ja nirgendwohin schauen, ohne eine Waffe zu sehen! Auch einen Spiegel hatten sie an der Wand, der wahrscheinlich okay war, aber er merkte sich vor, ihn sich später anzusehen. Man hielt die Spitze eines Bleistifts dagegen; war eine Lücke zwischen Bleistift und Spiegelbild, war alles okay, berührten sie sich jedoch, dann war der Spiegel von hinten durchsichtig, was bedeutete, daß einem von der anderen Seite jemand womöglich sogar mit einer Waffe zusah.

Die Küche war wie üblich hinter der Theke; die Teller wurden durch eine lange Durchreiche geschoben. Im Augenblick standen zwei Köche am Herd; sonntags wären es wenigstens vier, vielleicht sogar sechs. Allesamt schwarz. Würden die Widerstand leisten, um ihrem Boß die sowieso versicherte Knete zu retten? Wohl kaum – und sicher nicht die Älteren. Aber so junge Spritzer wie die Nigger im Knast, Kerle, die es vor überschüssigem Saft schier zerriß? Kerle, die einem ständig zeigen wollten, was für harte Brocken sie waren? Da sollte man ein Auge drauf haben.

Er drehte sich leicht, um die Anordnung der Tische zu studieren. Nur ein Speisesaal, das war schon mal gut, aber was war das denn für ein Knick? Die gierigen Schweine hatten tatsächlich noch Tische in den Gang zu den Toiletten und dem Büro des Geschäftsführers gestellt, als Nichtraucherzone. Schwierig für einen Mann allein, sowohl den Speisesaal mit seinen vielleicht fünfzig Tischen als auch den Flur im Auge zu haben, der im rechten Winkel abging. Der Mann an der Kasse könnte wahrscheinlich beides in Schach halten. Oder er würde selbst auf den Flur achten, wenn er den Geschäftsführer mit nach hinten nahm. Aber wo sollte er den Ausputzer plazieren? Am besten an einem Fenstertisch auf halbem Weg. So könnte er auf Helden unter den Leuten achten, sie ausschalten, falls es nötig war, und dabei noch nach Bullen auf dem Parkplatz Ausschau halten. Und dann war da noch ein Hinterausgang, was Lamar für den Fall, daß geschossen wurde, nur zu gern sah. Man ging nie auf Schußwaffen zu; von Schußwaffen bewegte man sich immer nur fort, um sie dann von der Flanke zu nehmen.

Und dann das verdammte Problem mit dem Fahrer. Mit nur vier Spielern im Team, wovon einer ein verdammtes Nervenbündel war und ein zweiter ein blutiger Anfänger, und mit diesem großen Raum wäre es unmöglich, den Fahrer mit laufendem Motor draußen im Auto warten zu lassen. Er brauchte seine Leute drinnen, alle, sogar den bescheuerten Richard. Was ihm gar nicht schmeckte. Deswegen müßten sie direkt vor dem Eingang parken und reinlaufen; aber ein Bulle könnte vorbeikommen und den leeren Wagen mit laufendem Motor und offenen Türen sehen. So was ließ Polizisten doch sofort anspringen. Er mußte sehen, wie hier die Streifen fuhren. Wie oft kamen die hier vorbei? Und das bei nur drei Tagen bis Sonntag. Am besten, sie warteten bis zum Sonntag darauf. Aber bis dahin würde ihm Richard aus dem Leim gehen, Odell würde sich gefährlich langweilen, und weiß der Teufel, was für ein Film mit Ruta Beth laufen würde.

Er sah zu ihr hinüber; sie hatte sich umgedreht.

»Scheiße«, sagte sie, »ein Bulle.«

Der Deputy klopfte ans Fenster. Er war im Grunde noch ein Junge, Mitte Zwanzig vielleicht, hatte Haare wie Maisfäden und Augen, die hinter der Pilotenbrille viel zu weit auseinanderstanden. Genaugenommen sah er etwas verdrossen und fies aus, als er dem armen Richard direkt ins Gesicht starrte. Er machte ihm Zeichen.

Richard blickte ihn bloß blöde an; sein Hirn war vor Angst völlig leer. Um ehrlich zu sein, er bepißte sich; warm lief ihm unterm Kleid der Urin über die Schenkel. Er blinzelte die Tränen zurück. Er spürte, wie Odell hinter ihm nervös wurde, sah eine seiner Hände unter der Decke verschwinden, unter der das AR-15 lag. Der Gewehrkolben war deutlich zu erkennen; der Polizist brauchte nur hinzusehen und sich über den absurden Gedanken hinwegzusetzen, daß ein Sturmgewehr auf dem Rücksitz eines alten Toyota mit zwei alten Fräulein an Bord liegen könnte, und schon hätte er sie beim Kanthaken.

Richard begann zu stammeln. Die merkwürdigsten Laute drangen aus seiner Kehle.

»Aja, ja-ja, aja«, sang er durch knochentrockene Lippen. Sein Mund fühlte sich an wie ein Sandloch. Ungeduldig wiederholte der Polizist die seltsame Geste, klopfte noch mal ans Fenster.

»Fester kubbeln«, sagte Odell.

Noch mehr Kauderwelsch. Dann fiel es Richard wie Schuppen von den Augen: Kurble das Fenster herab!

Seine zitternden Finger flogen an die Kurbel, er öffnete das Fenster, spürte, wie sich auf seinem Gesicht ein idiotisches Lächeln breitmachte. Es war für ihn schon mehr als Panik: Wie eine Schar Schmetterlinge umtanzte ihn jetzt die nackte Angst.

»Tag, Ma'am«, sagte der junge Polizist.

Den Mund sperrangelweit offen, nickte Richard wie ein Idiot.

»Ich war nur 'n bißchen in Sorge, Ma'am, Sie an so 'nem heißen Tag so eingesperrt zu sehen. Also wenn Sie 'nen Hund so einsperren, der kann Ihnen in 'ner Stunde krepieren, im Ernst, Ma'am, hab' ich selber gesehen. Sie brauchen 'n bißchen Luft.«

In Richards Ohren klang das wie barer Unsinn. Wieso bemerkte der Bulle die Bartstoppeln nicht? Die kräftigen Schultern? Das schwarze Haar auf den Armen? Die breiten Hände? Ganz zu schweigen von dem Gewehrkolben, der zwischen ihnen aus der Decke stak!

»Sind wohl von auswärts? Oklahoma? Sind Sie zu Besuch?«

Richards Zunge schien sich zusammenzuziehen; er hätte nicht sagen können, was herauskommen würde.

»Tante Lucy! Ach, Tante Lucy, reg dich jetzt bloß nicht auf.«

Er hob den Blick und sah, wie Ruta Beth die Treppe herunter auf ihn zurannte. Lamar hielt sich zwar zurück, behielt die Lage aber sorgfältig im Auge.

Sie lief auf Richard zu und begann ihm zärtlich über die Hand zu streichen; dabei sagte sie dem Polizisten: »Unsere Tante Lucy, wissen Sie, bis zu ihrem Schlaganfall hatte sie geradezu Hummeln im Hintern. Jetzt sitzt sie bloß noch den ganzen Tag im Schaukelstuhl mit Mrs. Jackson hier. Donnerstags machen wir gern einen Ausflug mit ihnen. Die einzige Gelegenheit, daß sie mal von der Farm wegkommen.«

Der junge Polizist trat zurück, blickte von Ruta Beth zu Richard und wieder zurück, ohne auch nur einen Gedanken an Lamar zu verschwenden.

»Donnerstags hat Bill seinen freien Tag«, fuhr Ruta Beth fort. »Er ist bei Chalmers, der Fabrik oben in Oklahoma City. Herrgott, er ist so ein lieber Mensch. Wenn ich da an meinen ersten, Jack Williams junior, denke, also der hätte ja keinen Finger gerührt, wenn's ihm nicht was gebracht hätte.« Sie drehte sich dramatisch um. »Bill, Schatz, ist alles okay. Kannst wieder reingehen und das Eis holen.«

Lamar nickte und ging wieder rein.

»Eis haben sie für ihr Leben gern«, wandte Ruta Beth sich wieder an den jungen Beamten. »Bloß mit reinnehmen können wir sie nicht, du lieber Gott. So, wie's da zugeht, das würden sie nicht verkraften. Also lassen wir sie im Wagen, trinken fix mal ein Dr. Pepper, bringen ihnen ihr Eis. Ist für sie der schönste Tag der Woche.«

»Alles klar, Ma'am«, sagte der junge Beamte. »Wollt ja auch bloß mal sehen. Das alte Fräulein hier hatte das Fenster hoch ...«

»Tante Lucy, du schlimmes Mädchen, du!«

»Und da wollt ich ihnen nur mal sagen, wie schnell einem an so 'nem heißen Tag die Luft ausgehen kann. Hunden passiert das immer wieder. Da kommt die Mama mit ihren zwei Kindern vom Einkaufen zurück, und schon hat's Fifi auf dem Rücksitz erwischt. Furchtbar, wenn Kinder so vom Sterben erfahren.«

»Tja, ich werd mal ein ernstes Wort mit Tante Lucy reden, das dürfen Sie mir glauben. Sie muß das einfach verstehen.«

»Also, dann. Ich hoffe, Sie kommen wieder mal nach Wichita Falls.«

»Na, das wollen wir doch hoffen.«

Der Polizist ging an Lamar vorbei, der eben mit zwei Bechern Eislimonade herauskam, und tippte sich an den Hut. Lamar lächelte, kam dann herüber und stieg ein.

»Hier, Tante Lucy«, sagte er laut und machte eine große Szene daraus, Richard den Becher zu geben, zog ihn dann aber im letzten Augenblick wieder fort.

»Aah«, machte Richard.

»Du Dorftrottel«, zischte Lamar. »Verflucht noch mal, fällt dir nichts Besseres ein, als den anzuglotzen, als hättest du 'nen Fisch verschluckt?«

»Ich bin doch kein Schauspieler, Lamar.«

»Das kannst du laut sagen«, sagte Lamar und wandte sich ab. »Schatzi, du hast uns unsere Haut gerettet, verdammt noch mal! Einfach toll, wie du das gebracht hast. Also ich würd sagen, du hast Zukunft in dem Geschäft.«

»Lamar«, sagte Richard, »kann ich meine Eislimo haben?«

»Nein«, sagte Lamar. »Odell kriegt eine, weil er eiskalt geblieben ist, wie ich's ihm gesagt habe, und die andere kriegt Ruta Beth, weil sie den Bullen so glatt abgefertigt hat. Du kriegst 'nen Dreck, Richard. Hat nicht viel gefehlt, und ich hätte den Jungen abknipsen müssen, und schon wären wir wieder auf der Flucht gewesen – für nichts und wieder nichts, du Dummkopf. Scheiße.« Im Losfahren drückte er Ruta Beth einen Kuß auf.

»Danke, Papa«, sagte sie.

»Witschad pipi«, sagte Odell.

»Was meinst du, Odell?« fragte Lamar. »Hast du ihn verstanden, Schatzi?«

»Er sagt, Richard hat sich naß gemacht«, sagte Ruta Beth.

»Ach, Tante Lucy«, sagte Lamar, »was bist du bloß für ein Baby!«

KAPITEL 12

Nichts versetzt einen so in Panik wie das eigene Blut, aber als Bud schließlich im Krankenhaus eintraf, war ihm klar, er würde wohl auch diese Nacht überleben. Und so war es dann auch. Bei Buds Freudensprung über Jeffs Homerun war unter der Achsel eine Naht aufgegangen, aber der Blutverlust war minimal. Trotzdem entließ der junge Arzt in der Notaufnahme Bud nicht, der bei allem Gejammer schon wieder eine Nacht im Krankenhaus zubringen mußte.

»So meckert er die ganze Zeit rum«, sagte Jen den Leuten. »Macht ihm halt Spaß.«

Aber am Morgen darauf ließ sich Colonel Supenski höchstpersönlich sehen, mit Löwenaugen. Von seiner sonst eher kumpelhaften Art kaum eine Spur.

»Bud, Sie machen's mir nicht gerade leicht.«

»Nein, Sir«, sagte Bud niedergeschlagen.

»Also, Sie befolgen ab sofort jede Anweisung des Arztes, als wär sie von mir! Sie können nicht rumlaufen und weiß Gott was anstellen. Das ist kein Urlaub. Sie sind nach wie vor im Dienst, Ihr Auftrag lautet, sich auszukurieren und dann in den aktiven Dienst zurückzukehren.«

»Ja, Sir«, sagte Bud.

»Bud, ich seh's in Ihrem Blick, daß Ihnen was zu schaffen macht. Ich weiß, angeschossen zu werden kann einen dazu bringen, eine Menge Dinge in Frage zu stellen, die einem lieb und teuer sind. Ich will, daß Sie ...«

Bud funkelte den Colonel an.

»Worauf wollen Sie hinaus, Colonel?«

»Es wird geredet, Bud.«

»Geredet? Über was?«

»Bud, nach allem, was ich weiß, hat man Sie und Teds Frau in einem Restaurant in Elgin gesehen. Da scheint was nicht okay zu sein.«

»Wen geht das was an?«

»Es sollte keinen was angehen, Bud, aber darum geht's hier doch nicht. Was sein sollte und was ist, sind zwei verschiedene Paar Stiefel. Tatsache ist, wenn Sie das Abzeichen tragen, das heißt, solange Sie bei uns Dienst tun, hat ihr Lebenswandel nicht nur tadellos zu sein, er muß auch tadellos aussehen. Das ist weder schön noch fair, aber so und nicht anders ist es nun mal, und ich weiß, Sie wissen das so gut wie ich. Also, Sie haben Ihre Zeit im Augenblick darauf zu verwenden, wieder gesund zu werden, sonst nichts. Haben wir uns verstanden?«

Bud holte tief Luft. Kein einziges Mal in seiner langen Laufbahn hatte er sich mit einer Autoritätsperson angelegt. Das war einfach nicht seine Art. Wenn man Regeln durchsetzen muß, lebt man nach Regeln, und damit hatte es sich. Aber diesmal – vielleicht war es nur Buds Sturheit, die ihn so bissig machte, vielleicht war ihm aber auch seine Welt ein wenig aus den Fugen geraten – sagte er: »Was zwischen Mrs. Pepper und mir ist, geht verdammt noch mal keinen was an außer sie, mich und vielleicht meine Frau. Das ist alles, was dazu zu sagen ist.«

Der Colonel sah ihn streng an.

»Bud, eine Scheidung, ein Skandal, so was könnte Sie teuer zu stehen kommen. Glauben Sie mir, ich weiß, wovon ich rede. Ich habe das vor vierzehn Jahren bei den Marines durchgemacht und eine Ewigkeit gebraucht, um wieder auf die Beine zu kommen. Ich habe mir dadurch die Liebe meiner mittleren Tochter auf immer verscherzt, und das wird mir noch auf dem Totenbett leid tun. Alles nur weil ich mir eingebildet habe, eine Jüngere zu lieben. Heute hat sie einen General. Ich weiß also Bescheid, Bud. Ich hab das durchgemacht. Dazu kommt noch, daß ich an die Truppe denken muß. Wenn Sie die Witwe Ihres Partners heiraten, der umkam, als Sie dabei waren … Da könnte der eine oder andere sich schnell das Maul drüber zerreißen. Und dann schaut man gar nicht so schnell, schon suchen die von der Presse nach Dreck. Ein schwerer Schlag, so was.«

»Ja, Sir« sagte Bud. »Ich habe verstanden. Aber ich sage Ihnen jetzt, was mir Ted noch im Sterben gesagt hat: Ich soll mich um Holly kümmern.«

»Schon gut, Bud, ich glaub Ihnen ja. Jetzt werden Sie erst mal wieder gesund, und die Welt ist wieder in Ordnung.«

Am Nachmittag entließ man Bud wieder, aber noch bevor er nach Hause fuhr, rief er Holly an.

»Hallo.«

»Oh, Bud, sag mir, daß es nichts Schlimmes war.«

»Ach was, nur 'n paar geplatzte Nähte, eine kleinere lokale Blutung, weiter nichts.«

»Da bin ich aber froh. Sie lassen dich also wieder gehen?«

»Ich bin schon draußen.«

»Oh, Bud, kann ich dich sehen?«

»Holly, deswegen ruf ich ja an. Die Leute fangen schon an zu reden. Der Colonel hat was gesagt.«

Am anderen Ende der Leitung ein langes Schweigen.

»Holly, das letzte, was du oder ich brauchen können, ist ein Mordstheater darüber, wer mit wem was hat.«

»Du willst mir doch was verklickern, Bud.«

»Ach, ich weiß auch nicht.«

Bud kam der Gedanke, wie einfach doch alles ohne Holly wäre. Als würde dann die Last, die sich die letzten Monate über auf seinen Schultern angesammelt hatte, schlagartig verschwinden. Er sah seine Zukunft als kitschige Postkarte vor sich – strahlend und rein. Aber ebensowenig wie er den Gedanken ertrug, Jen weh zu tun, ertrug er den Gedanken, Holly weh tun zu müssen.

»Bud, wär's dir lieber, wenn es aus ist zwischen uns?«

»Nein, Holly, natürlich nicht. Ich könnte nicht ohne dich leben«, sagte er.

»Bud, ich könnte ohne deine schlechten Witze nicht leben.«

»Wir müssen nur eine Zeitlang vorsichtig sein, das ist alles. Wenn sich die Lage beruhigt hat, dann bringen wir das in Ordnung.«

»Wann werd ich dich sehen?«

»Tja, ich hab da große Pläne für morgen, was uns anbelangt. Ich will mir Lamars Sachen aus dem Gefängnis ansehen. Wo schon alle anderen dran waren, warum nicht auch ich? Na jedenfalls, bis rauf nach McAlester ist ja ein ganz schönes Ende. Wir könnten uns, sagen wir mal, in Duncan treffen, um elf, zusammen rauffahren, was essen, ich geh für ein, zwei Stunden in den Knast, und auf dem Rückweg könnten wir zu Abend essen.«

»Oh, Bud, das hört sich ja aufregend an.«

Schließlich fuhr Bud nach Hause. Jeff war eben vom Training zurück. Jen war später dran als gewöhnlich und schien sich Gedanken wegen des Abendessens zu machen, zu dem sie sich verpflichtet fühlte. Das Problem: Huhn oder Fisch. Weder das eine noch das andere riß Bud vom Stuhl.

»Was soll's, verdammt noch mal«, sagte er, »wir haben doch Grund zum Feiern. Unser Junge hier hat einen Homerun geschlagen, ich komme gerade aus dem Krankenhaus, und du hast zu lange gearbeitet, um hier weiterzumachen. Gehen wir doch aus. Ich brauche Fleisch, frisches rohes Fleisch. Der Meers Store? Irgendwelche Einwände?«

»Papa, für Burger ist das doch viel zu teuer.«

»Egal. Auf geht's. Wir zahlen mit der Karte.«

»Bud, da ist doch noch was offen.«

»Was soll's, solange die Rechnung nicht überfällig ist, nehmen sie die Karte schon an. Jetzt komm, Jen, der Junge soll ein Erlebnis haben, so wie er uns gestern abend eins beschert hat.«

»Papa«, sagte Jeff, und seine Stimme triefte vor gespielter Verzweiflung über die Sentimentalität seines Vaters.

»Jetzt kommt schon, Leute, die Zeit bleibt nicht stehen. Vielleicht kommt ja sogar Russ mit, falls er sich dieser Tage nicht zu gut für uns ist.«

»Ich habe morgen ein Referat«, rief Russ von oben herab.

Geschichte, Leistungskurs. Russ mochte ja aussehen wie ein verdammter Gammler, aber er brachte eine Eins nach der anderen nach Hause und war auch sonst ein braver Junge. Auch wenn er kaum je ein Wort in einer Sprache herausbrachte, die sein Vater verstand.

»Wir sollten Russ nicht hierlassen«, sagte Jen.

Bud sprang die Treppe hinauf; der Schmerz in seinen Beinen wich der Begeisterung. Schlagartig schien es Bud das Wichtigste von der Welt, daß sie alle zusammen waren.

Das Zimmer seines Ältesten war für Bud ein merkwürdiger Dschungel: das Poster mit dem drogensüchtigen Rockstar, die vielen schmalen kleinen Taschenbücher ohne Bilder auf den Umschlägen – Camus, Sartre, Nietzsche, Mailer, Dostojewski – Leute, von denen Bud noch nicht mal gehört hatte, sogar Zeitschriften mit mehr Wörtern als Bildern vorn drauf. Dieses ganze Universum war Bud ein Rätsel. Er selbst hatte das College noch im ersten Jahr schmeißen müssen, als sein Vater in einem Luftwaffenkrankenhaus an Zirrhose gestorben war; er war dann selbst für vier Jahre zur Luftwaffe gegangen.

»Also, was ist mit dem Referat? Kann das nicht warten?«

»Papa, wenn ich das vermassle, gibt mir Foster keine Empfehlung für Princeton.«

»Wo dein Bruder so gut gespielt hat.«

»Ich weiß. Find ich ja auch toll, ich freu mich wirklich für ihn. Aber das *Referat.*«

»Klar doch, versteh schon«, sagte Bud, der natürlich ganz und gar nicht verstand. Russ war ein schmaler Junge, mehr Muskeln und Knochen als Fleisch, und trug das Haar beunruhigend lang. Bud gab sich alle Mühe, nicht auf das Glitzern am linken Ohrläppchen zu sehen; und dann paßte es ihm ganz und gar nicht, daß der Junge fast ausschließlich in Schwarz herumlief – mal abgesehen von einer ramponierten Lederjacke, wie die Piloten sie vor vielen Jahren getragen hatten, als Bud noch bei der Luftwaffenpolizei war.

Russ lebte sein Leben nach eigenen Regeln. Er mochte seine Familie und machte seinen Eltern auch nicht den geringsten Kummer, aber ihm schwebte nun mal eine größere, leidenschaftlichere Welt vor. Ständig hatte er die Nase in Büchern, mit denen er sich aus Oklahoma herauszulesen versuchte.

»Ist schon in Ordnung, Papa«, sagte Jeff, der hinter Bud die Treppe raufkam. »Als Intelligenzbestie muß er nun mal pauken.«

Er sagte das nicht etwa ärgerlich; er und Russ standen nie im direkten Wettbewerb miteinander und verkehrten auch an der Schule in völlig verschiedenen Kreisen. Aber das war in Ordnung, es war durchaus *cool.*

In Bud freilich blitzte der Zorn auf; er hatte es gern, wenn seine Jungs zusammen waren und er mit dabeisein konnte wie früher, als sie noch Kinder gewesen waren – vielleicht eher aus der Faszination heraus, der König zu sein, als aus dem Gefühl, ihnen etwas zu geben. Jen hatte ihm einmal Selbstsucht vorgeworfen. Die Jungs müßten so sein, wie sie waren, und nicht seine kleinen Untertanen spielen, die nur seiner höheren Ehre dienten. Er war da etwas anderer Meinung, aber die Zeichen waren überall zu sehen: der Zusammenbruch der Autorität, sowohl auf der Straße als auch zu Hause. Es war eine aussichtslose Schlacht, es war sinnlos, sie zu schlagen. Die Tage des Vaters als Herr und Meister waren gezählt. Er wußte das und würde es überstehen, wie er sich sagte, aber trotzdem fehlte ihm das Gefühl, der Herr im eigenen Haus zu sein, wie es früher mal dem zugestanden hatte, der die Hypothek abbezahlte.

»Okay, kein Problem, wir bringen dir was mit.«

»Danke, Papa«, sagte Russ.

Kurz darauf gingen sie aus dem Haus und fuhren im Dunkeln davon. Keiner sagte viel während der Fahrt. Es herrschte kaum Verkehr auf der Cache Road, der Amüsiermeile direkt vor Fort Sill. Im Westen von Lawton verschwanden die Häuser, und die Straße wurde zu einem ebenen Highway. Zwanzig Meilen außerhalb der Stadt bogen sie ab und durchquerten den Nationalpark, in dem tatsächlich noch Büffel zu sehen waren. Die Berge wirkten wie steinerne Buckel. Der Meers Store war früher mal der Laden einer Bergwerksgesellschaft gewesen. Ein paar geschäftstüchtige Leute hatten sein malerisches altes Ambiente bewahrt, und heute gab es dort riesige Hamburger aus Fleisch von echten Longhornrindern, das mehr Geschmack und angeblich einen geringeren Cholesteringehalt hatte. Es war einer dieser anheimelnden Läden, die ihren Ruf gutem Rindfleisch, kaltem Bier und koketten Kellnerinnen verdankten. An den Wänden hingen miserable Plakate und Trophäen, deren Jäger schon seit Generationen unter der Erde lagen. Rasch hatten die drei einen Tisch, und es dauerte nicht lange, und Bud wartete mit einem Budweiser vor sich auf einen der Riesenburger, die er hier besonders gut fand.

»Jeff, du solltest wirklich stolz sein. Ich dachte, es zerreißt mich, als du den Ball getroffen hast. Na ja, wenn man's recht überlegt, hat's mich ja wohl auch zerrissen.«

Jeff zuckte merkwürdig verlegen die Achseln.

»Du hast wirklich gut gespielt«, sagte Jen. »Wir sind so was von stolz auf dich.«

»Na ja, ein Glückstreffer macht noch keine Saison.«

»Nein, aber womöglich hast du ja jetzt wieder Erfolg. Ich spür doch, daß du das Zeug für die Majorleague hast, wenn du's nur wirklich willst.«

»Wohl kaum, Papa.«

»Er sollte trotzdem dran denken, aufs College zu gehen, Bud«, sagte Jen.

»Sicher, sicher, ich sag ja nichts dagegen. Aber er sollte auch verdammt stolz auf sich sein. Was für 'n Wurf hast du denn geschlagen?«

»Papa, das weiß ich noch nicht mal mehr. Ich dachte einfach, zieh durch. Um ehrlich zu sein, ich hatte schon so gut wie aufgegeben. Ich dachte, seine Bälle triffst du doch nie. Einen solchen Zahn, wie die drauf hatten. Der Mann war gut. Er hatte dieses Jahr schon ein paar No-hitters geworfen. Und er ist erst in der neunten Klasse. Wie's heißt, wird er noch vor seinem Abschluß hier Profi. Aber den einen konnte ich eben kriegen. Gott, das war vielleicht ein Gefühl.«

»Tja, und ausgesehen hat's auch nicht schlecht.«

Bud lehnte sich zurück. Er bestellte sich ein zweites Bier, als die Kellnerin das Essen brachte. Letzteres übertraf alle Erwartungen.

Es war schummrig hier drin, und während sie aßen, konnte er die Leute sehen, nicht aber deren Gesichter. Es hätte weiß Gott wer hiersein können, dachte sich Bud und mußte sich an die ungezählten grotesken Dinge erinnern, die ihm auf der Straße so untergekommen waren, wo aus dem Nichts irgendwelcher Abschaum aufgetaucht war, um jemandem das Geld und manchmal auch das Leben zu nehmen. Die Leute konnten nicht das geringste dagegen tun, außer auf Barmherzigkeit zu hoffen, so schnell konnte das gehen.

Seine Familie saß im Licht; wer saß im Dunkel? Lauerte da einer?

Eine Zeitbombe wie Lamar Pye? Der Tod, der auf jemanden wartete? Und wer würde sie beschützen? Er, Bud? Der versprochen hatte, mit einer jungen Frau durchzugehen, um das Abenteuer zu haben, das er als junger Mann nie gehabt hatte. Und der sich jetzt glücklich schätzte, eines zu haben.

Aber wer würde sie vor den Lamars bewahren?

Er sah seine Frau und seinen Sohn an. Jen sagte Jeff, daß er sich für die Vorstellungsgespräche an den Colleges ein neues Sakko zulegen sollte. Jeff meinte, Russ hätte schließlich auch keines, obwohl er bei seinem Kopf freilich auch keines brauchte. Sie waren in ihr Gespräch vertieft, und Bud hätte sie zum Schutz vor der Dunkelheit am liebsten umarmt.

Er traf sich mit ihr um elf, und zusammen fuhren sie nach McAlester. Warum? FBI, Landeskriminalamt, Bundesmarshals, die Ermittler der Strafvollzugsanstalt, der Countysheriff, die Mordkommission aus Oklahoma City – alle Welt war die erbärmlichen Siebensachen der entflohenen Sträflinge durchgegangen. Und das waren die besten Ermittler, die man sich vorstellen konnte. Was wollte Bud schon finden, was die nicht gefunden hatten?

Bud kannte die Antwort: nichts. Er hatte mit Ermittlungen eigentlich sowieso gar keine Erfahrung, schließlich hatte er den größten Teil seiner Dienstzeit auf der Straße verbracht, wo es schnell und schlimm krachte; man fällte Tag für Tag hundert Entscheidungen, ohne je tiefer zu gehen. Weder hatte er je ein Dutzend Schilderungen eines Vorfalls gegeneinander abzuwägen gehabt noch ein Netz von Informanten gepflegt. Trotzdem wollte Bud Lamar auf eine Art kennenlernen, die ihm ein Blick in dessen Akte nicht vermitteln konnte. Er wollte berühren, was Lamar berührt und geschätzt hatte, und etwas über Lamars Lebenseinstellung erfahren.

»Ich weiß wirklich nicht, wie du das Zeug anfassen kannst. Was versprichst du dir davon?« fragte Holly. Jen hatte ihn am Morgen dasselbe gefragt und es eine krankhafte Besessenheit genannt; Holly dagegen akzeptierte es, widerwillig wie immer.

»Ich weiß nicht«, sagte er. »Glauben nicht die Indianer, daß sich was von unserer Seele an allem abreibt, was uns was bedeutet? Nur daß Lamar keine Seele hat. Aber vielleicht hat ja was von seiner Bösartigkeit abgefärbt. Ich will sehen, ob noch was davon da ist.«

»Bud, das ist doch verrückt.«

»Vielleicht. Aber ich dreh noch durch, wenn ich einfach zu Hause rumsitze und Percodan schlucke. Ist doch wenigstens ein schöner Ausflug.«

Sie verließen Duncan auf der Staatsstraße 7 in Richtung der kleinen Gefängnisstadt, die knapp hundertdreißig Meilen östlich lag. Es war ein strahlender Sommertag, zu beiden Seiten der Straße breitete sich das Farmland aus, die ordentlichen Felder nur von kleinen Wäldchen und niederen Hügeln durchbrochen, über allem das rhythmische Pumpen der Ölförderanlagen, die wie riesige Insekten an der Erde zu knabbern schienen: hoch, Pause, dann gefräßig wieder herab. Hin und wieder sausten die beiden durch ein trostloses kleines Städtchen mit knatternden Wimpeln, heroisch in den Himmel ragenden Tankstellenreklamen und kleinen Schnellimbißkolonien.

Bud war in seinem Element: Amerika auf dem Highway. Überall anders und doch immer gleich. Er mochte das Rauschen des Weizens im Wind, die kleinen sauberen Orte, die ordentlich gefurchten Felder, den hohen blauen Himmel und das Grün überall. Es war für ihn immer ein aufregendes Gefühl gewesen, dieses Betonband im Streifenwagen entlangzurollen, die Antennen im Wind, der Herr der Straße, und jeder, der ihn sah, wußte auf den ersten Blick, Bud war der Mann, der hier zählte.

Er warf einen Blick auf Holly. Sie war ein so hübsches junges Ding. Er glaubte nicht, je einen Menschen mit so vollkommenen Zügen gesehen zu haben. Wieso bloß hatte sie ihn so gern?

Sie blickte herüber und lächelte. Sie hatte fast perfekte Zähne.

»Woran denkst du, Bud?«

»Ich frage mich, warum du dir von all den Kerlen auf der Welt ausgerechnet mich ausgesucht hast. Du hättest doch jeden haben können.«

»Na ja, so ist das auch wieder nicht, und das weißt du. Ich habe dich genommen, weil du der Netteste, der Stärkste, der Tapferste und der Beste bist. Wer würde so einen nicht nehmen?«

Er schüttelte den Kopf. Die Absurdität ihres Lobs irritierte ihn; er dachte an seine Angst und das Minderwertigkeitsgefühl, als Lamar auf ihn angelegt hatte, in jenem letzten Augenblick vor dem Abdrücken. Mochte er nun Tugenden haben oder nicht, an jenem Tag waren sie zu nichts gut.

Es mußte an seinen Augen abzulesen sein, daß eine Wolke durch seine Gedanken zog.

»Bud«, sagte sie, »kannst du es nicht einfach gut sein lassen? Diese Geschichte mit Lamar, Teds Tod, diese ganze schreckliche Angelegenheit. Es ist vorbei. Die anderen kriegen ihn schon, früher oder später.«

»Ich hab's vergessen. Okay? Ich schwör's dir.«

»Ach, Bud«, sagte sie mit einem Seufzen, »du bist so ein herrlicher Lügner.«

Das schien die Spannung zu lösen; den Rest des Wegs legten die beiden in überschwenglicher Laune zurück. Er flirtete, und sie lachte. Sie hörten Radio. Sie bekamen KOMA herein, einen Oldiesender aus Oklahoma City, und Bud kannte mehr Songs als Holly. Sie machten Witze über die Staatspolizisten, deren Streifenwagen gelegentlich am Straßenrand standen oder ihnen auf der anderen Seite entgegenkamen. Die Fahrt war heiter und angenehm.

In weniger als zwei Stunden hatten sie das kleine Städtchen McAlester erreicht und sahen schon vom Highway aus die einzige noch vorhandene Einnahmequelle der Stadt – das Gefängnis. So wie seine festungsartigen hohen weißen Mauern in der Sonne leuchteten, sah es von der Staatsstraße 1, auf der sie hereinkamen, irgendwie verwunschen aus, wie eine Maurenstadt oder Camelot. Es sah so heiter, so vielversprechend aus, und doch existierte das alles nur in der Phantasie. Keine Spur von Freude gab es an diesem Ort und nichts, was auch nur das geringste versprach.

»Da wären wir«, sagte Bud und bog von der Route 1 auf die West Street ab, die sie nach zwei Meilen direkt vors Gefängnis brachte. War es nur Einbildung, oder beschlich ihn ein Grauen, ein

Gespür für das Böse – als wäre die Luft irgendwie schwerer geworden?

Die Staatliche Justizvollzugsanstalt McAlester war alles, was man sich unter dem Wort »Gefängnis« vorstellt. Die Mauern waren gewaltig, schmucklos und oben mit Rollen brutalen Stacheldrahts verziert. Aus der Nähe erwies sich das strahlende Weiß als Betrug, da man die Millionen uralter Ziegel sah, aus denen der Laden bestand: Man wußte einfach, daß sie unter der Tünche schmutzig waren, als hätte man sie in Schmerz und Kummer getränkt.

»So viel Schlechtes, das aus so einem Bau kommt«, sagte Bud, als sie von der West Street auf den Prison Boulevard im Schatten der endlosen Südmauer bogen, »gibt einem zu denken. Die Knackis selber nennen sie Gladiatorenschulen. Hier lernt ein junger Kerl, der 'n bißchen wild ist, ein Einbrecher zu sein, ein Arschficker, ein Polizistenmörder und bei allem, was er tut, das Gefühl abzuschalten. Besser, du weißt erst gar nicht, was in so einem Laden vor sich geht. Du kannst es dir nicht im Traum vorstellen. Aber eins kann ich dir sagen: Aus keinem amerikanischen Gefängnis ist je was Gutes gekommen. Ich würde die ganze Bagage mit Napalm zubomben und bis auf den letzten Mann in Asche legen. Und dann neu anfangen.«

»Das gäb vielleicht ein Geschrei bei der Presse«, klärte Holly ihn auf.

»Aber nur, bis sie merken, wie die Kriminalitätsrate sinkt.«

Bud parkte auf einem für VOLLZUGSPERSONAL reservierten Platz kurz vor dem Verwaltungsgebäude, das direkt unter der Mauer kauerte, und stellte den Motor ab. Hier waren Lamar, Odell und Richard langgekommen. Er erinnerte sich an die Zeitungsberichte und Fotos gleich am Tag nach der Flucht: die Pfeile auf ein vergittertes Fenster im ersten Stock der Verwaltung von Zellenblock A, vor der ein armer Kerl seinen Lieferwagen abgestellt hatte. Sie waren eingestiegen und hatten gewartet, bis er zu seiner eigenen Hinrichtung kam. Dann waren sie zum Tor hinausgefahren, zweimal links abgebogen und auf die freundliche kleine Straße mit dem Besuchercenter und dem großen Haus des Direktors gerollt, das einem Herrenhaus glich; ja, sie waren sogar an dem vergammelten kleinen Museum vorbeigefahren und schließlich auf die West Street abgebogen. Kurz darauf waren sie über alle Berge.

»Mach mal das Handschuhfach auf«, sagte er.

Sie machte auf und sah eine kleine schwarze Pistole.

»Das ist eine Beretta 84, Kaliber .380«, sagte er. »Dreizehn Schuß. Sie ist gesichert. Wenn irgendwas passiert ...«

»Bud ...«

»Ich weiß, es ist albern, es wird schon nichts passieren, aber du weißt ja, wie mein Hirn funktioniert. Also, du nimmst das Ding und schiebst mit dem Daumen den Sicherungsflügel nach unten. Dann brauchst du bloß noch dreizehnmal durchzuziehen. Und wenn der Kerl dann so richtig wütend ist, ziehst du ihm das Ding einfach über.«

»Du bist mir vielleicht einer, Bud. Meinst du wirklich, daß da noch mal einer ausbricht?«

»Nein. Aber wie heißt es so schön? Wenn du Frieden willst, bereite dich auf Krieg vor. Ich bin in 'ner Stunde wieder da, okay?«

»Kein Problem.«

»Sicher?«

»Aber ja. Ich hab mir ein Taschenbuch mitgebracht.«

»Gut.«

Bud wurde schon erwartet, aber falls er mit einer Entschuldigung gerechnet hatte für das, was McAlester da auf die Menschheit losgelassen hatte, wurde er enttäuscht. Statt dessen gab es nur die übliche Höflichkeit unter Kollegen – distanziert und kühl, aber, wie gesagt, höflich. Er gab seinen Colt bei einem der Vertreter des Direktors ab, der ihn dann in ein kahles kleines Büro führte. Dort lag in drei ramponierten Pappkartons alles, was es von Lamar Pye, seinem Cousin Odell und Richard Peed im »Big Mac« noch gab.

»Keine Briefe«, sagte der stellvertretende Direktor. »Lamar und Odell haben seit Jahren keine Post bekommen. Kein Mensch interessierte sich für die, man wußte noch nicht mal, daß es sie gab. Bis zu ihrem Ausbruch existierten sie noch nicht mal.«

Bud nickte.

»Ich weiß zwar nicht, was Sie suchen«, sagte der stellvertretende Direktor, »aber wenn Sie denken, daß Sie hier drin was finden, dann werden Sie wohl enttäuscht sein. Wie lang brauchen Sie?«

»Ach, eine Stunde oder so?«

»Soll mir recht sein, Sergeant. Lassen Sie sich ruhig Zeit. Kein Grund zur Eile. Hier läuft Ihnen nichts weg.«

Bud setzte sich und zog sich Odells Karton heran. Er enthielt größtenteils Kleidung: sauber gewaschene Jeans, karierte Hemden und Gefängniskleidung, wie sie heute gar nicht mehr vorgeschrieben war. Unterwäsche, alles sauber. Keine Pornographie. Er schien mit Sex nichts am Hut zu haben. Ein Modellflugzeug, lausig zusammengesetzt. Irgendeine Maschine aus dem Zweiten Weltkrieg, völlig mit Leim verschmiert. Ein provisorisches Messer, aus einem Schuhlöffel gemacht, richtig fieses Ding. Schließlich noch eine Zigarrenkiste, wie kleine Jungen in Romanen sie hatten.

Bud machte das Ding auf. Als erstes sah er das verblaßte Bild einer Farmersfrau. Ihrer Frisur nach zu urteilen, stammte das Foto aus den sechziger Jahren. Die Frau machte den strengen Eindruck der Menschen aus der Zeit der Weltwirtschaftskrise, nicht ein Gramm Fleisch an ihren sehnigen Zügen; die engstehenden Augen erwarteten keine Barmherzigkeit von der Welt. Ihr straffer Mund war merkwürdig verspannt. Mit eingezogenen Schultern stand sie trotz der Sonne in einen billigen Mantel gehüllt. Das Bild war verschwommen, aber im Hintergrund waren weißgestrichene Holzplanken – vielleicht Teil eines Farmhauses – zu sehen. Er drehte das Foto um. »ODELLS MAMA CAMILLA, ANADARKO, OKLAH 1967«, hieß es da in kindlichen Großbuchstaben, obwohl die Schrift nicht Odells sein konnte, da der Mann hoffnungslos zurückgeblieben und Analphabet war.

Als nächstes kam ein Malbuch zum Vorschein. Bud schlug es auf. Es stammte aus den frühen Sechzigern und war miserabel ausgemalt, die Striche der Farbstifte waren zornig, eine Farbe lag über der anderen ohne Rücksicht auf die Konturen. Das Buch war nach dem Disney-Trickfilm *Dornröschen* gemacht; es wimmelte von schönen schlanken blonden Menschen. Wie grausam, dachte Bud, so etwas einem ungeschlachten, beschädigten Kerl wie Odell vorzulegen, der ein Loch im Gesicht und nichts im Kopf hatte. Sich das anzusehen und dabei zu denken, niemals so sein zu können. Innen auf dem Umschlag stand in der schnörkeligen Handschrift einer Frau »Odells Lieblingsbuch«. Als Bud es durchblätterte, stieß er auf Odells Lieblingsseite, wie er vermutete: Ein Drache, der sich wild aufrichtete, war kurz davor, auf einen schönen Ritter mit einem Schwert loszugehen. Es war die einzige Zeichnung, die kein Farbstift berührt hatte; das Bild hatte eine solche Wirkung auf den kleinen Odell gehabt, daß er es nicht beschmutzen wollte.

Das war's auch schon. Ziemlich wenig für ein Menschenleben, selbst für das eines Odell Pye. Er zog den nächsten Karton heraus, und merkte, wie schwer er war. Es mußte Richards sein, da sich das Gewicht im nächsten Augenblick schon als das von Büchern erwies. Richard war eine Leseratte: *Mitteilungen aus dem Bauch der*

Hölle, Kaltblütig, Die Pound-Ära und *Also Sprach Zarathustra* von jemandem, dessen Namen Bud noch nicht mal aussprechen konnte. Die Bücher sahen ein bißchen aus wie die von Russ, was Bud irgendwie ärgerte. Als er sie durchblätterte, fand er manche mit gelbem Textmarker hervorgehobene Zeilen. Dummes Geschwätz, zumeist über Gewalt.

> So spricht der rothe Richter: »was mordete doch dieser Verbrecher? Er wollte rauben.« Aber ich sage euch: seine Seele wollte Blut, nicht Raub: er dürstete nach dem Glück des Messers!
>
> Seine arme Vernunft aber begriff diesen Wahnsinn nicht und überredete ihn. »Was liegt an Blut! sprach sie; willst du nicht zum mindesten einen Raub dabei machen? Eine Rache nehmen?«
>
> Und er horchte auf seine arme Vernunft: wie Blei lag ihre Rede auf ihm, – da raubte er, als er mordete. Er wollte sich nicht seines Wahnsinns schämen.

Verrücktes Zeug. Was zum Teufel hatte das zu bedeuten?

Er vermutete, Richard wollte wohl dahinterkommen, warum er hier drinnen war. Dein Pech, Kleiner. Du hast deine Entscheidung getroffen, jetzt leb gefälligst damit.

Bud legte das kleine Buch beiseite und ging einige schwere Hochglanzpaperbacks über Kunst – meist Malerei – durch; auch hier keine Pornographie. Einige Malutensilien – ganze Packen Zeichen- und Pauspapier, eine kleine Schachtel mit Stiften, Kreide und Zeichenkohle –, aber keine Zeichnungen. Keine Waffen, nur blitzsauberes Rasierzeug, eine Zahnbürste, eine Zahnpastatube – ordentlich gerollt –, ein Kamm, Seife in einer Plastikschachtel. Aus irgendeinem Grund lief es Bud kalt über den Rücken, und bald war er Richard und seine intellektuellen Eitelkeiten leid.

Er zog sich den letzten Karton heran. *Pye, L.* stand darauf. Die Kleidung war sauber wie bei allen Zuchthausprofis: Jeans, Jeansjacke, sogar ein Paar Cowboystiefel, abgetragen, aber auf Hochglanz poliert. Ein Stapel Magazine – *Guns & Ammo, Shooting Times, Gun World* – und eine Fülle von Wichsheften. Bud blätterte sie durch. *Penthouse, Playboy* und einige eher obskure Geschichten: Frauen in Strümpfen, Frauen vornübergebeugt, die Pobacken gespreizt, um ihre tulpenartigen Schließmuskel zu präsentieren,

Frauen zurückgelehnt, Gummischwänze in ihren erstaunlich aufnahmefähigen Organen. Wieder kam Bud sich schmuddlig vor, als versuchte Lamar, ihn in seine Welt zu ziehen, ihn zum Teil seiner inneren Hölle zu machen. Er legte die Magazine beiseite, fand ein zerlesenes Exemplar einer *Bildgeschichte des Dritten Reichs*. Dann etwas mit dem Titel *Die Turner-Tagebücher* und schließlich *Letzter Weckruf an die Weiße Rasse*. Mist der Arischen Bruderschaft.

Schließlich stieß er auf eine Art Album. Er nahm es heraus. LAMARS BUCH hieß es in Blockbuchstaben, in denen Bud die Handschrift auf der Rückseite des Fotos von Odells Mutter wiedererkannte. Er schlug das Album auf und fand halbzerfallene gelbe Zeitungsausschnitte aus der *Arkansas Gazette* vom August 1955.

IM STERBEN ZWEI VERBRECHER ERSCHOSSEN: SMOKEY STARB HELDENTOD lautet die Schlagzeile, und Bud erkannte gerade noch das einspaltige Foto eines Mannes, unter dem es »Sergeant Swagger, Highway Patrol« hieß.

> Zwei mutmaßliche Mörder erschoß gestern nachmittag an der Route 71 nördlich von Fort Smith ein Sergeant der Staatspolizei, bevor er selbst seinen Schußwunden erlag.
>
> Noch am Tatort starben Sergeant Earl Lee Swagger, 45, aus Polk County, ehemaliger Marine, der im Zweiten Weltkrieg für seine Leistung im Pazifik den Verdienstorden des amerikanischen Kongresses bekam, Jim M. Pye, 27, aus Fort Smith und sein Cousin Buford »Bub« Pye, 21, ebenfalls aus Fort Smith.
>
> Die Staatspolizei gibt folgende Schilderung der Ereignisse:
>
> Gestern morgen beraubten zwei Männer, auf die die Beschreibungen von Jim M. Pye und Buford Pye passen, einen Supermarkt im Zentrum von Fort Smith, schossen dabei zwei Angestellte an und entkamen in einem weißen Ford Baujahr 1954. Trotz der sofort veranlaßten Straßensperren konnten die beiden Täter nicht gefaßt werden.
>
> Sergeant Swagger sah die beiden schließlich auf der Bundesstraße 71. Er nahm die Verfolgung auf und konnte das Fluchtfahrzeug in der Nähe von Winslow von der Straße drängen. Beim Versuch, die beiden Männer zu verhaften, erlitt er Schußverletzungen an der unteren Brust und am Bauch.
>
> Sergeant Swagger erschoß Buford Pye, als die beiden Täter

> zu Fuß zu fliehen versuchten. Nachdem er dem zweiten Täter fast dreihundert Meter in ein Maisfeld gefolgt war, erschoß Sergeant Swagger bei einem weiteren Schußwechsel mit dem Angreifer schließlich auch Jim Pye.
> Pye erlag noch am Schauplatz den Treffern an Auge und Bauch.
> Sergeant Swagger kehrte zu seinem Streifenwagen zurück, um auf ärztliche Hilfe zu warten, verblutete jedoch noch vor deren Eintreffen.
> Er hinterläßt eine Frau, Erla June, und einen neunjährigen Jungen, Bob Lee.

Mein lieber Mann, dachte Bud. *Das waren noch Gesetzeshüter von echtem Schrot und Korn.*

Ich frag mich, ob ich wohl den Schneid für so was hätte?

Anstatt sich derart melancholischen Betrachtungen hinzugeben, blätterte Bud lieber um. Es folgte ein Zeugnis von der Mittelschule der Staatlichen Besserungsanstalt Arkansas aus dem Juni 1962.

Lamar hatte eine Menge Einsen und Zweien; trotzdem hatte einer seiner Erzieher geschrieben:

> Lamar zeigt großes Potential, wenn das Fach ihn interessiert, aber sowohl seine Neigung zu Raufereien als auch seine Zerstörungswut stellen eine ständige Bedrohung für seine schulischen Leistungen dar. Er muß lernen, seine Affekte zu kontrollieren. Darüber hinaus hat er zwei jüngere Mitschüler sexuell belästigt; er hat deutlich frühreife aggressive Neigungen; daneben hegt er einen deutlichen Groll gegen jede Art von Autorität. Man täte gut daran, bei ihm sofort mit einer Therapie zu beginnen, bevor er schwere Persönlichkeitsstörungen entwickelt.

Was man natürlich versäumt hatte; ganz offensichtlich hatte er diese Störungen entwickelt.

Die nächste Seite, wieder ein Zeitungsausschnitt, diesmal eine Schlagzeile aus dem Anadarkoer *Call-Bulletin* vom Januar 1970:

FARMER ERMORDET AN DER STRASSE NACH PERKINSVILLE ROAD AUFGEFUNDEN

Der Artikel berichtete, daß der Farmer Jackson Pye – der dritte der nichtsnutzigen Pye-Brüder, schloß Bud – auf dem Heimweg von einer nahe gelegenen Gastwirtschaft auf der Landstraße von einem geheimnisvollen Angreifer erstochen wurde. Es gab keine Zeugen. Außerdem hieß es, das Pye einen Sohn namens Odell hinterließ.

Die nächste Seite: SERIE VON RAUBÜBERFÄLLEN AUF KLEINE SUPERMÄRKTE REISST NICHT AB

Die nächste: MANN AUS DEM ORT WEGEN VERGEWALTIGUNG VERHAFTET

Die nächste: KAUTIONSANTRAG DES GEWALTTÄTERS PYE ABGELEHNT

Die nächste: PYE BRICHT AUS DEM BEZIRKSGEFÄNGNIS AUS

Bud ließ die Seiten durch die Finger gleiten; die brutalen Schlagzeilen zahlreicher Verbrechen aus den siebziger Jahren schrien ihm entgegen; zumeist war es Raub oder Diebstahl, hier und da ein Mord, eine Verurteilung. Aus Lamar war der Tausendsassa des Verbrechens geworden, Meister in einem Dutzend gewalttätigen Disziplinen; seine Taten zeugten von Unverfrorenheit, Gewalttätigkeit und einem gewissen verrückten Mut. Schneid hatte er, dieser Lamar, das mußte man ihm lassen.

PYES IM MORDFALL PUSATERI VERURTEILT, hieß es auf der letzten Seite; in dem Artikel darunter war zu lesen, daß Lamar und Odell einem Polizeispitzel in einer Rockergruppe in den Kopf geschossen und ihn dann irgendwo in die Landschaft geworfen haben. Der Mann überlebte wie durch ein Wunder und identifizierte die beiden, bevor er starb.

STRAFE VON FÜNFZEHN JAHREN BIS LEBENSLÄNGLICH FÜR JEDEN DER BEIDEN KILLERCOUSINS

Dieses Album enthielt Lamars Leben, war sein Lebenslauf, und Lamar war darauf stolz. Was sollte man mit einem solchen Menschen machen? Wie sollte man so einen wieder gesellschaftsfähig machen? Er kam aus einer kriminellen Sippe, er legte schon früh asoziales Verhalten an den Tag, war anormal aggressiv und nahm den Lebensstil des Berufsverbrechers mit außergewöhnlicher Leichtigkeit an. Er war der geborene Kriminelle, damit hatte es sich.

Bud legte das Buch beiseite. Nichts, aber auch nicht das geringste konnte man damit anfangen, es sei denn, man nahm es als Warnung, sich mit Lamar Pye nicht ohne Verstärkung und nur mit genügend Feuerkraft anzulegen. Der Kerl gehört über Kimme und Korn genommen und in Stücke geschossen, sonst nichts.

Er warf einen Blick auf die Uhr.

Er war drei Stunden hier gewesen! Großer Gott! Und draußen wartete Holly.

Er griff sich den Stapel Hochglanzmagazine, um sie wieder in den Karton zu legen, aber sie waren so glatt, daß sie ihm durch die Finger glitten, zu Boden fielen und aufgingen. Fluchend bückte Bud sich, um sie aufzusammeln, als er etwas Merkwürdiges sah: Über dem runden Brustgebirge des Penthouse-Pets vom August 1991 sah er eine Figur. Aber es war keine Zeichnung, sondern nur der Abdruck von einer, die auf einem anderen Blatt angefertigt worden war.

Bud hob das Heft auf und versuchte, den richtigen Winkel zum Licht zu finden, damit es sein Geheimnis enthüllte. Es ging nicht, das Bild fiel immer wieder in sich zusammen, sobald das Licht sich änderte. Er kam auf den Gedanken, es durchzupausen. Das transparente Papier in Richards Karton fiel ihm ein, und schon hatte er es sich geholt. Er legte ein Blatt über Miss August – was die Wucht ihrer Brüste mit den gefährlichen strammen Brustwarzen nur unmerklich minderte – und fuhr vorsichtig mit dem Stück Holzkohle darüber, gerade genug, um die Holzkohle überall außer in den Rillen zu haben.

Als er fertig war, sah er sich an, was er zum Vorschein gebracht hatte: Es war das Bild eines Löwen.

KAPITEL 13

Mar winke-winke mit Rutie-Mädi.

Dell Scheune gehen, Kuhlemuh sehen. Mit Witschad. Kuhlemuh nett. Schön weich. Gut riechen tut. Augen wie Kaka so braun. Große Augen. Nicht blinzeln tut. Ganz braun. Kuhlemuh anfassen. Kuhlemuh machen »Muhhhh!« Witschad machen »Nee-nee-nee!«

Witschad Mädi!

Witschad Mädi-Mädi, wie Rutie-Mädi!

Witschad immer »Hu-huuu«, wie Mädi. Witschad Baby.

Dann … Rutie-Mädi wieder da. Ohne Mar. Wo Mar? Mar weg? Mar weit weg? WO MAR?

WO MAR?

Dell traurig, Dell wehweh. Dell Angst.

WO MAR?

»Mar wiederkommt.« Ruti-Mädi.

Witschad. Wo Mar?

Rutie-Mädi, wo Mar?

Witschad sagen: »Weiß nicht.« Dell brav.

Dell »Hu-huu« machen. Kein Mar. Dell »Hu-huu« machen.

Del Mar will. Dell rot. Dell ganz rot innen drin. Rot. Rot. Rot. Rot.

WO MAR? DELL MAR HABEN WILL!

Witschad, sagen, oder Dell boing-boing machen auf Kopf.

Witschad.

Witschad, Heulbaby, Mädi. »Nein, Dell, nein, nein, nicht wehweh machen.«

BOING-BOING MACHEN, WITSCHAD. BOING BOING!

Dann … Mar!

Mar neues Auto.

Weißes Auto!

Dell ja so froh, so froh.

»Neues Auto, neues Auto«, Dell.

»Ja, das ist es Odell, und das lackieren wir jetzt neu«, sagte Lamar, als er aus dem staubigen Fahrzeug stieg. »Richard, du bist doch der Maler, nicht? Zeit, daß du auch mal was tust, Kleiner. Sehen wir zu, daß wir neue Farbe auf den Kübel da kriegen.«

Aber Richard machte ein Gesicht, als hätte ihm eben jemand die Luft aus dem Körper gedrückt. Er hatte die Farbe abgestorbener Petunien.

»Was ist denn, Junge?«

»Odell hat mich geschlagen! Zweimal!«

»Ich seh kein Blut. Wenn er dich *wirklich* geschlagen hätte, würdest du bluten.«

»Aber weh getan hat er mir.«

»Odell, Richard nicht boing-boing machen. Richard nett. Odell sagen, leid tun.«

Seine Zerknirschung brachte Leben in Odells Gesicht. Kurz schien echter Schmerz aus seinen Augen zu kommen.

»Dell böse, böser Dell«, sagte er.

»Siehst du, Richard, er entschuldigt sich. Okay? Ist die Sache damit vom Tisch?«

»Na ja«, sagte Richard, »ich nehm's wohl an.«

»Lamar, unser Baby hier hat sich aufgeregt, wo du nicht da warst«, sagte Ruta Beth. »Ich frag mich, ob wir mit dem wohl fertig werden würden, wenn du nicht da wärst.«

»Mach dir mal darüber keine Sorgen, Schatz«, sagte Lamar. »Also dann. Packen wir's an.«

Aber Richard dachte noch darüber nach. Einen Augenblick lang hatte es ganz so ausgesehen, als würde Odell durchdrehen. Angst und Zorn hatten von seinen stumpfen Augen Besitz ergriffen; es hatte ausgesehen, als schwelle sein Brustkorb an. Er hatte Richard gepackt und zweimal hart mit der flachen Hand auf den Kopf geschlagen. Richard war sich wie eine Stoffpuppe vorgekommen. Die Angst, Lamar zu verlieren, und der Haß, der daraus resultierte, hatten aus Odell vorübergehend einen beängstigenden Psychopathen gemacht.

Es war zum Fürchten. In so einer »Laune« könnte Odell jedem weh tun. Er erschauerte bei dem Gedanken: Odell, allein auf der Welt, ohne Lamar.

»Komm schon, Junge, an die Arbeit!« befahl Lamar.

Sie hantierten den ganzen Nachmittag über mit Sprühdosen, und Richard versuchte, bei der Arbeit alles zu vergessen. Er war überrascht, wieviel Freude ihm eine so einfache Aufgabe machte. Es war ein Augenblick der Freiheit von den Löwen, Freiheit von Angst, Freiheit von Odells Launen und Lamars willkürlicher Grausamkeit. Nachdem er fieberhaft die Chromteile abgeklebt hatte, sprühte er in gleichmäßigen Kreisbewegungen das leuchtende Orange auf den Wagen; es war fast wie mit einer Spritzpistole, und er war erstaunt, wie schnell der Wagen die neue Farbe annahm und wie gut er es machte. Er war weit besser als Lamar und zehnmal besser als Ruta Beth, ganz zu schweigen von Odell, dem das Konzept der Glattheit nicht aufgehen wollte; er hielt einfach auf einen Fleck und sprühte, was das Zeug hielt. Er stellte sich derart ungeschickt an, daß selbst Lamar die Hoffnungslosigkeit einsah und ihm eine andere Aufgabe zuteilte. Es dauerte nicht lange, und sie hatten es: einen hübschen orangefarbenen Wagen.

Freitag darauf sagte Lamar zu ihm: »Okay, Richard, heute kommst du mit mir mit. Wir besorgen uns einen zweiten Wagen.«

»Einen zweiten Wagen?«

»Ja, Sir. Wirst staunen, wie so 'n dußliger Okabilly wie ich die Geschichte ausgetüftelt hat. Wir nehmen drei Wagen. Ja. So was will richtig geplant sein, wenn man den Bullen einen Schritt voraus bleiben will. Die haben Computer, Hubschrauber und weiß Gott was. Wird immer schwerer, sich sein Geld als ehrlicher Dieb zu verdienen. Aber diesmal, glaub ich, hab ich sie ausgetrickst, doch, ich denk schon. Na, Kleiner, spielst jetzt mit den großen Hunden. Ist das nicht der Hammer?«

»Allerdings«, sagte Richard.

Als sie in Ruta Beths Toyota vom Hof fuhren, kam sie heraus und drückte Lamar ein Küßchen auf die Backe.

»Sei vorsichtig, Schatz.«

»Mach ich. Und du kümmere dich um Odell. Paß auf ihn auf. Kann schon mal vorkommen, daß er spazierengeht.«

»Mach dir mal keine Sorgen um Odell. Wir werden uns gut amüsieren, wir zwei. Ich arbeite, und er kann mir die Scheibe drehen dabei.«

»Gut. Da fühlt er sich wenigstens zu was gut.«

»Und du Richard, du hörst mir auf Papa. Er weiß schon, was er tut.«

»Ja«, sagte Richard.

»Daß ihr mir nicht zu spät kommt, Schatz.«

»Keine Bange.«

»Möchtest du Roastbeef zum Abendessen?«

»Das wär super«, sagte Lamar.

Sie fuhren vom Hof. Lamar war selig.

»Verdammt«, sagte er. »Sie ist das beste Mädel, das einer nur finden kann. Ich hab wirklich einen Massel, Richard. Wenn ich's dir sage.«

Sie fuhren die Meile den roten Feldweg hinab und bogen dann links auf die 54, einige Meilen später dann auf die 62 Richtung Altus im Westen. Der Highway lag wie ein Brett auf dem ebenen Land mit dem hohen Himmel; die dünnen Wolken boten kaum einen Filter für die glühende Sonne. Am Horizont ragten Berge auf, und ein bissiger Wind fuhr über das Land. Hin und wieder hielt ein Traktor den Verkehr auf, dann wieder führte die Straße durch ein Kaff mit einer Backsteinbank, einem Eisenwarenladen, einem flachen Einkaufszentrum mit einem Laden für Autoersatzteile, einem Waschsalon und dem unvermeidlichen 7-Eleven.

»Weißt du«, sagte Lamar liebenswürdig, »das Problem mit den verdammten 7-Elevens ist, daß der Geschäftsführer da jede verdammte Stunde einen gewissen Anteil der Einnahmen in einen Tresorraum mit Zeitschloß gibt. Das geht von oben durch einen Schacht. Egal, wann du kommst, du kriegst also immer nur die Einnahmen der letzten Stunde. Das ist die Mühe kaum wert.«

Was der Mann alles wußte!

Er wußte, wie Geschäfte organisiert waren, welche Tresore sie hatten, wie der Streifendienst bei der Polizei funktionierte, worin sich die Ermittlungsmethoden von Stadt- und Staatspolizei unterschieden; er konnte mit jeder Art von Schußwaffe umgehen, kam überall hinein und wieder heraus und konnte elektronische Alarmsysteme um- oder ausschalten. Man hätte meinen können, er habe in der Basis des Universums gegraben, um an die nützlichsten von dessen Geheimnissen zu kommen.

»Also, Richard, ich wollt mal mit dir über Sonntag reden.«

Sonntag! Das letzte, woran Richard denken wollte, war der Sonntag. Es war ihm gerade gelungen, den Gedanken daran zu verdrängen.

»Ich möchte von dir hören, was du zu tun hast.«

»Ich bin dein Ausputzer.«

»Genau. Und was macht ein Ausputzer?«

»Er tut, als wäre er selbst ein Opfer des Überfalls. Er zieht keine Waffe, mischt sich nicht ein. Er mischt sich unter die Spießer, hebt die Hände und macht auch sonst alles wie sie. Er hält aber die Augen offen für den Fall, daß ein Held oder ein V-Mann darunter ist.«

»Man kann nie wissen.«

»Oder ein Abenteurer. Davon gibt es bei den Cowboys in Texas genug.«

»Also, Richard, worauf mußt du achten?«

»Ob einer eine Waffe hat.«

»Und woran könntest du das erkennen?«

»Ah ...« Richard versuchte, sich zu erinnern. »Er wird ein Sakko anhaben, egal, wie heiß es ist. Und er ist ständig damit beschäftigt. Er zupft es zurecht, er zieht es zusammen, damit es nicht auseinanderklafft. Glaubst du wirklich, wir treffen auf einen mit einer Waffe? Erinnerst du dich noch an den Verrückten aus dem Überfall bei Luby's? Da waren dreihundert Leute drin, und nicht einer war bewaffnet.«

»So 'nen Massel haben wir womöglich nicht. Siehst du eine Beule?«

»Eine Beule. Vielleicht ein ...«

»Ach was, Richard, merkst du dir denn überhaupt nichts? Diese neuen Holster sind so raffiniert gemacht, daß sie die Knarre ganz dicht am Körper halten. Früher, da hat man immer 'ne Beule gesehen. Das hat sich mit diesem Nylonzeug, das es extra für Waffen gibt, alles geändert. Und dann tragen die Bullen heute flache Pistolen statt Trommelrevolver. Du hast es wahrscheinlich mit einem Jungen mit einer Beretta zu tun, einer Glock oder einer SIG. Rangers tragen SIGs, die texanische Highway Patrol Berettas. Du mußt seinen Körper beobachten. Kapiert?«

»Ja, Sir«, sagte Richard deprimiert. Er kam sich vor wie ein halbwüchsiger Junge, der seinen Vater enttäuscht hat.

»Was noch?«

»Ah ... was noch?«

»Was noch?«

»Ich weiß nicht ...«

»Dummkopf! Es kann auch ein Weibsbild sein! Früher mal, ja, da gab's noch kaum Weiber bei der Polizei und noch weniger, die mit 'ner Waffe rumliefen. Heute stehen die Chancen verdammt noch mal eins zu fünf, daß es eine Frau ist. Das heißt, wenn du da drin Bullen hast, egal, ob in Zivil oder außer Dienst, dann steht es eins zu fünf, daß es eine Frau ist. Kann sogar eine mit Kindern sein oder eine am Tisch mit ihrem Papa oder ihrem Alten; sogar Niggerinnen können es sein, Mexen, weiß Gott was. Den Körper mußt du dir anschauen, verdammt noch mal! Wie sie ihre Hände halten – zum Beispiel drehen sie sich nicht zu schnell um, damit das Jackett nicht hochkommt. Hast du das kapiert?«

»Ja, Sir.«

»Und wenn du die Knarre siehst und die Frau danach greift, wenn's zur Sache geht, Richard, was hast du dann zu tun?«

»Ich schieße.«

»Ganz genau. So wie ich's dir gesagt hab: die Waffe geradewegs vor dir, über Kimme und Korn – und schau über Kimme und Korn, Mann! – und dann ziehst du schnell dreimal durch. Du knallst die Frau ab, Richard, oder sie wird uns abknallen. Meinst du, du bringst das? Denk mal nach: Wenn's mich erwischt, rastet Odell womöglich total aus mit seiner AR. Dagegen würde die Geschichte bei Luby's wie ein verdammtes Kaffeekränzchen aussehen. Willst du das auf dem Gewissen haben?«

»Nein, Sir.«

»Das möcht ich meinen. Rasch rein, rasch raus, keiner kommt zu Schaden, und wir gehen als reiche Leute nach Hause.«

Sie befanden sich mittlerweile im Zentrum von Altus mit seinen staubigen Straßen. Es war eine alte Stadt mit niedrigen Häusern, mit dem zweiten Stock war hier Schluß. Es gab eine ganze Reihe aufgegebener Geschäfte, einen Gemischtwarenladen, ein Gerichtsgebäude, ein Rathaus, das aussah, als hätte es mal bessere Zeiten gesehen, einige Bänke und das obligatorische Will-Rogers-Denkmal – der Mann, dem in seinem ganzen Leben keiner untergekommen war, den er nicht mochte. Lamar gefiel die Geschichte nicht.

»Zu offen. Fahr mal auf die andere Straße der Stadt. Suchen wir uns was, wo uns nicht gleich jeder sieht.«

Sie durchquerten, was hier als Vorstadt galt, kleine Häuschen unter dem Geäst welker Bäume, und kamen bald auf die Geschäftsstraße, die ein Stück der in nördlicher Richtung verlaufenden US 283 einnahm.

»Na, das ist doch schon besser. Fahr mal da rein.«

Richard fuhr in eine Ladenstraße voll Autos. Food Lion war der große Anziehungspunkt; aber es gab auch einen Joghurtshop, eine Bezirksbücherei, ein Rexall, ein Multiplexkino mit fünf lausigen schuhkartongroßen Sälen und ein Sportgeschäft.

»He, Kino, wenn das kein Geschenk des Himmels ist. Da, fahr mal rein.«

»Du willst ins Kino?«

»Ach was, Richard, doch nicht ins Kino. Machmal wollt ich, ich hätt dich in der gottverdammten Zelle gelassen. Für die Nigger. Die wären zufrieden gewesen, ich wär zufrieden gewesen, und – Scheiße – wer weiß, vielleicht hätt's dir ja auch besser gefallen als hier.«

Schweigend saßen sie da. Ein Weilchen darauf fuhr ein Wagen auf den Parkplatz, Vater und Sohn stiegen aus, gingen vor an die Kasse. Der Vater kaufte zwei Karten, und die beiden gingen hinein.

»Na, ist das ein Geschenk, oder was? Verstehst du, Richard? Vor zwei Stunden kommt der nicht wieder raus. Und wenn, dann braucht er erst mal 'ne halbe Stunde, um dahinterzukommen, daß er nicht vergessen hat, wo er seinen Wagen geparkt hat, sondern daß ihn einer geklaut hat. Die Bullen, die brauchen sogar in einem Kuhnest wie dem hier noch mal eine Viertelstunde, zwanzig Minuten, bis sie anrollen, um die verdammte Anzeige aufzunehmen. Bis dahin hat die Schüssel hier schon eine andere Farbe und neue Schilder.«

Langsam fuhr Richard zu dem Wagen hinüber, aber Lamar sagte: »Wir haben Zeit, fahr erst mal noch 'n bißchen rum. Wir müssen da noch über was reden.«

Großer Gott, dachte Richard.

»Ich hab da noch 'nen Job für dich.«

»Was denn, Lamar?«

»Also, sagen wir mal, es läuft was schief. Ich fange mir was ein. Ich komm nicht raus. Oder es erwischt mich schlimm, und ich krepier im Wagen, verblute vielleicht. Die Bullen rücken uns aufs Fell, die ganze Geschichte ist im Arsch, total in die Hose gegangen.«

»Lamar!«

»Ist alles drin. Ist eine riskante Kiste, so was, da stellen einem die dollsten Dinger ein Bein. Hörst du mir zu? Du kannst dir das doch vorstellen, oder? In deiner Phantasie?«

Nur allzuleicht. Richard war zum Heulen.

»Ich hab deinen Arsch vor den Niggern gerettet, als ich dich mit rausgenommen hab. Das neue Leben hier verdankst du mir. Richard, wenn die dich kriegen, kannst du immer noch sagen, ich hab dich gezwungen. Richard, du könntest sogar als Held rauskommen, wenn du denen die üblen Dinger erzählst, die wir abgezogen haben.

Die Stepfords werden sagen, daß du ihnen nichts getan hast, und dieser verdammte Glückspilz, dieser Smokey-Sergeant, der aussieht wie John Wayne, der wird sagen, daß du keinen erschossen hast. Verdammt, die machen einen Film mit diesem, wie heißt er gleich wieder, verdammt noch mal, Richard Gere, genau, der spielt dann dich. Aber du schuldest mir was, Richard.«

»Ja, Lamar.«

»Du hast doch immer noch die Knarre von dem Smokey? Du hast sie doch nicht verloren, oder?«

»Nein, Lamar. Ich hab sich noch. Die liegt zu Hause bei Ruta Beth unter meiner Matratze.« Er haßte das Ding. Es war ein großer silberner Apparat, hart und etwas ölig. Er sollte damit jeden Abend hundertmal abdrücken, ohne Munition, um Kraft in der Hand zu bekommen, aber mehr als fünfundzwanzigmal am Stück schaffte er nicht, dann tat es einfach zu weh.

»Was, du hast sie nicht bei dir? Na toll, Richard. Na ja, was soll's. Also, sollten wir in die Scheiße treten, Richard, und die Schrotladung von so 'nem Bullen hat uns deinem alten Lamar Hackfleisch gemacht, dann wartest du, bis Odell woandershin schaut, dann setzt du ihm die Mündung ans Ohr und drückst ab. Das wäre das Beste, was Odell passieren könnte, wenn ich nicht mehr bin.«

»Ich ... Ich, ich dachte du hast Odell gern!«

»Hab ich ja auch. Viel zu gern, um den Gedanken zu ertragen, was mit dem Jungen wird, wenn ich nicht mehr auf ihn aufpassen kann. Wer würde sich um ihn kümmern? Wer würde ihm was erklären? Auf dieser Welt gibt's doch keine Barmherzigkeit für so ein Riesenbaby, das was angestellt hat, weil es auf seinen bösen Cousin gehört hat. Er kann ja noch nicht mal für sich selber reden. Wer würd ihm die Zähne putzen? Wer würde dafür sorgen, daß er was ißt? Manchmal ist der doch zu dußlig, um überhaupt was zu essen. Ehrlich, der Kerl ist doch eine arme Haut. Die würden ihn in irgend 'ne Monstershow stecken, wenn ich tot bin und die ihn fangen. In irgend 'n Loch würden die ihn stecken, und ich wär nicht da, um ihm zu sagen, wo's langgeht. Das könnt ich nicht haben, Richard. Unmöglich. Du mußt tun, was ich dir sage.«

»Ja, Lamar.«

»Wußte doch, daß ich mich auf dich verlassen kann, Richard. Okay, setz mich hier ab.«

Richard hielt an, und Lamar schlüpfte aus dem Wagen, warf einen raschen Blick rundum, beugte sich dann ebenso elegant wie ungerührt über das Fenster des Wagens und steckte ein langes flaches Stück Metall in den Fensterschacht. Mit einigen flinken Bewegungen nach hinten, wobei er sich mit der denkbar entspanntesten Miene umsah, öffnete er das Schloß und sprang hinters Steuer. Einen Augenblick später lief der Wagen auch schon. Er setzte rückwärts heraus, fuhr lächelnd an Richard vorbei und davon.

KAPITEL 14

Am Sonntag ging Bud in Lawtons neue Stadtbücherei, die nur ein paar Schritte von der neuen Wache entfernt war, und sah sich Kunstbücher und Literatur über Afrika an. Löwen. Was zum Teufel hatte es mit dem Löwen auf sich?

Waren es nur Löwen? Oder ging es um was anderes – Löwen in der Kunst? Darüber gab es nicht viel. Er fand nur einen einzigen Künstler, den man als Löwenmaler hätte bezeichnen können: Rousseau, einen Franzosen, der das verrückteste Zeug malte, das Bud je gesehen hatte. Die Bilder wurden »primitiv« genannt. Auf dem berühmtesten leckte ein Löwe unter einem geradezu unheimlichen Mond an einem schlafenden Schwarzen. Bud starrte das Bild an, versuchte dahinterzukommen, worum es ging. Irgendwie fand er es beunruhigend – es war, als sehe man sich den Traum eines Fremden an. Seine klare Heiterkeit war fast kindlich. Es schien ihm eine gewisse Selbstgefälligkeit zu haben, so wie es seine Bedeutung vor normalen Leuten wie ihm verschloß. Es lief ihm kalt über den Rücken dabei.

Bei dem anderen berühmten Löwenbild – auch das war von Rousseau – war der Löwe eigentlich nur Beiwerk; es zeigte eine Frau auf einer Liege im Dschungel. Sie strahlte dieselbe unheimliche Ruhe aus, die Bud auf dem anderen Bild aufgefallen war. In einer Ecke des Bildes starrten, fast ein Liebespaar, ein Löwe und ein Tiger aus dem grünen Dickicht der Bäume. Das Bild hatte dieselbe kindliche Qualität, aber es schien nichts darin, was irgendwie mit Lamar Pye oder Richard Peed zu tun haben könnte; es war alles so friedlich und in gewisser Weise unnatürlich. Für Lamar war die Natur etwas Wildes; ein Handtuch von einem Löwen wie der hier wäre für einen wie Lamar doch ein Sakrileg.

Dann jedoch fand Bud eine kleinere Zeichnung in einem Buch über Kunstgeschichte, das randvoll mit Bildern von wichtigen Persönlichkeiten und Schlachten war. War es ein Löwe? Es war eine Katze – aber konnte es auch ein Löwe sein? Er sah sich die Legende an, ausländisches Kauderwelsch, das er nicht verstand, aber immerhin das eine Wort, auf das es ankam: »*Lion tourné vers la gauche, la tête levée, 1854*«. Auch diesmal war der Maler ein Franzose, ein gewisser Eugène Delacroix.

Dieser Delacroix schien etwas mehr von Löwen zu verstehen als sein armer Landsmann Rousseau. An dem Bild hier war nichts Falsches und nichts Kinohaftes, und der Löwe darauf hätte wohl kaum aus einem Traum stammen können. Es war ein Mordsvieh, das vor Freude an der eigenen Existenz zu vibrieren schien; sein Kopf war etwas nach links gedreht, so daß weder das berühmte Löwenprofil noch die vertraute Mähne zu sehen waren. Das Tier schien sich zu strecken, irgendwo auf einer Ebene. Aber Delacroix mußte sich vor Löwen gefürchtet, gewußt haben, wozu sie imstande waren, und das auf eine Weise, die bei einem Träumer wie Rousseau schlicht nicht möglich gewesen wäre: Delacroix hatte irgendwie die pulsierende Kraft erfaßt, die Muskelpakete unter der Haut, die nackte Anmut, die geballte Energie, die in diesem Tier gespeichert war, die animalische Reinheit. Aber vor allem die Augen schienen eine geheime Bedeutung zu haben: Sie waren rabenschwarze Pfeilspitzen in einem schmalen Schädel, Tieraugen – ohne Gnade, ohne Neugier –, die nichts weiter interessierte, als jedes Bedürfnis zu befriedigen, das dem Löwen so in den Sinn kam. Merkwürdig, wie sehr ein paar Tuschestriche auf einem gut hundert Jahre alten Stück Papier einen bewegen konnten.

Bud erschauerte, und das nicht vor Wonne. Er spürte die Macht des Raubtiers, des instinktiven Killers. Vielleicht war es *das,* was Richard herauszubringen versuchte.

Das war auch schon alles, was Bud aufgetan hatte; er legte die Kunstbände beiseite und wandte sich dem Löwen als Tier zu. Stundenlang starrte er in einer Reihe von Büchern ein Löwenfoto nach dem anderen an. Das brachte ihm noch weniger. Trotz ihrer vielgerühmten Erhabenheit waren Löwen nichts weiter als große Katzen. Ihre latschige Haltung, ihre Geschmeidigkeit, ihre hängebäuchige Trägheit – all das erinnerte Bud an eine Katze, die die Jungs einmal gehabt hatten, eine gelbgetigerte Tabbykatze, die auf den Namen Lauser hörte; sie hatte den ganzen Tag über im Haus herumgelegen und die Menschen darin desinteressiert beobachtet, war völlig harmlos, kaum mehr als ein atmendes Kissen. Hin und wieder jedoch brachte sie eine winzige Lunge, ein Herz, weiß Gott was, ins Haus, als Geschenk, fast schon ein Opfer für einen Gott. Als wäre er, Bud – der Hausherr –, ihr Gott gewesen. Wie auch immer, es hatte funktioniert, die Katze hatte elf Jahre lang in völliger Eintracht bei ihnen gelebt, bis sie schließlich schmerzlos an Altersschwäche starb. Bud hatte ihre gespaltene Persönlichkeit durchaus gefallen: Tagsüber war sie das vollkommene Kätzchen, um nachts aus dem Haus zu schlüpfen und zu etwas Wildem zu werden, das kleinen Kreaturen das Herz herausriß.

Trotzdem brachte Bud das alles hier nichts weiter ein als höllisches Kopfweh. Er rief Holly an und plauderte kurz, aber freundlich mit ihr, erzählte ihr von den Löwen aus der Stadtbücherei. Sie lachte über die Vorstellung, daß ein großer alter John-Wayne-Typ wie er sich Bücher über Löwen ansehen ging; die Frauen dort mußten ihn für übergeschnappt gehalten haben. Sie meint, er hätte verdammtes Glück gehabt, daß sie nicht die Polizei gerufen hatten.

Dann sagte er: »Ah, ich hab mir gedacht, ich könnte morgen mal vorbeischauen.«

»Ach, hast du dir gedacht«, sagte sie mit kokett gespieltem Erstaunen. »Also, wer bringt dich denn nur auf so was?«

»Ach, so 'n kleiner Kerl.«

»Na, dann bring ihn besser mal mit.«

»So gegen Mittag?«

»Abgemacht«, sagte sie.

Zu Hause schienen alle zufrieden zu sein. Sogar er war zufrieden, obwohl er eine Percodan schlucken mußte, um der Schmerzen Herr zu werden. Es schien alles in Butter in dem merkwürdigen Reich, das er sein eigen nannte; auch nicht eine seiner abgelegenen Provinzen rebellierte und mußte beschwichtigt werden. Er trank ein paar Bier, aß ein leichtes Abendessen und ging zu Bett, noch bevor einer der beiden Jungs von seinen Verabredungen, Partys oder weiß Gott was nach Hause kam. Er träumte von Löwen.

Am Sonntag stand Bud mit dem Gefühl auf, sich in letzter Zeit nicht genügend um Jen gekümmert zu haben, und da ihn außerdem das Gewissen wegen seiner Pläne für Mittag drückte, ging er mit ihr und Jeff zum Gottesdienst um neun. Natürlich ging Russ, der Intellektuelle, schon seit der achten Klasse nicht mehr mit.

Also schlief der Junge aus, zumal er die Nacht zuvor auf irgendeine Dummheit verschwendet hatte. Na, wenigstens war er nicht mit einem zweiten Ohrring nach Hause gekommen. Bud überwand seinen Ärger oder drängte ihn wenigstens in den kleinen Raum, in dem er ihn aufbewahrte, und fuhr mit Jen und Jeff in Jens Kombi in die Stadt.

Jen ging schon seit langem in die Methodistenkirche, obwohl sie wie Bud von Haus aus zu den Baptisten gehörte. Ihr Vater, ein wohlhabender Farmer aus der Nähe von Tulsa, hatte die Methodisten immer höhnisch als Baptisten bezeichnet, die vergessen hatten, woher sie kamen, und obwohl es Jen in so gut wie allem mit ihrem Vater hielt, hatte sie sich entschlossen, es mit den Methodisten zu versuchen, und war bei ihnen geblieben. Lawtons Methodisten hatten mit Webb Fellowes einen Geistlichen, den sie sehr mochte, weil er so verdammt unterhaltsame Predigten hielt. Für einen relativ jungen Mann schien er ziemlich weise und respektvoll. Und obendrein war er komisch. Heute erzählte er eine amüsante Geschichte über einen reichen texanischen Ölmagnaten, der jährlich fünfzehn Prozent seines Einkommens der Kirche gab und noch extra was drauflegte, als die Gemeinde sich zum Bau einer neuen Kirche entschloß. Hinterher fragte einer den Mann, ob er eigentlich zur Kirche gehöre. »Teufel, nein«, sagte er, »die Kirche gehört mir!« Bud sah, worauf Fellowes hinauswollte: Es zählte nicht, wieviel man in Dollars, sondern wieviel man mit dem Herzen gab.

In diesem Fall, dachte er, *bin ich wohl kein großer Christ, zumal ich gleich nach dem Gottesdienst und Frühstück mit Jen und Jeff ein Gebot brechen gehe.*

Nach der Predigt standen sie in der Schlange vor dem Geistlichen und sahen, daß der Mann auf dem laufenden war.

»Wie ich höre, hast du einen Homerun geschlagen, mein Sohn«, rief er herzlich aus und klopfte Jeff auf den Arm.

»Ja, Sir, allerdings«, sagte Jeff.

»Der Ball ist noch immer am Steigen«, sagte Jen.

»Ach was, er hat's gerade mal über den Handschuh des Centerfeldspielers geschafft«, sagte Jeff. »Aber ein Homerun war's trotzdem.«

»Tja, Mrs. Pewtie, Sie haben allen Grund, stolz zu sein.«

»Und dankbar«, sagte sie, während sie Buds Arm nahm, um ihn etwas näher an sich heranzuziehen.

»Wie geht's denn so, Sergeant?« fragte Webb Fellowes.

»Tja«, sagte Bud, »wie's heißt, werd ich durch keinen Metalldetektor mehr durchgehen, ohne zwischen hier und Kansas City Alarm auszulösen, aber ich fühl' mich ziemlich gut.«

Der Geistliche lachte.

»Der Herr kümmert sich um die, die wissen, daß es ihn gibt«, sagte er.

Bud bedachte den jungen Geistlichen mit einem enthusiastischen Lächeln, das freilich auch der Absurdität seiner Behauptung galt. *Lauter Mist,* dachte er, während er Fellowes' kräftige Hand schüttelte. *Einen Dreck kümmert er sich, der Herr. Seine verdammten Lamar Pyes läßt er los auf die Welt, und überall, wo der Kerl seinen Hut aufhängt, kommt der Teufel mit an den Tisch.*

Hinterher ging die Familie in das Denny's an der Cache Road in der Nähe des Holiday Inn und genehmigte sich ein schönes ausgiebiges Frühstück. Bud, der nicht gern Schlange stand, wurde unruhig, während sie auf ihren Tisch warteten, und war schon verärgert. Auch wenn es nicht den geringsten Sinn hatte. Dann fiel ihm ein, daß er hier mal mit Holly zu Mittag gegessen hatte, was nicht gut gelaufen war, weil er viel zuviel Angst gehabt hatte, daß jemand sie sah. Er versuchte, nicht mehr daran zu denken.

Bud nahm das Grand Slam – drei Rühreier, Bratkartoffeln, Speck und einen Pfannkuchen.

»Bud, ich flehe dich an, laß für die anderen auch noch was da«, sagte Jen in ihrer leicht abwesenden Art.

»Ich weiß auch nicht, warum ich einen derartigen Hunger habe.«

»Hast ja auch seit dieser Geschichte nichts mehr gegessen.«

»Dieser Lamar Pye hat mich wirklich um den Appetit gebracht. Aber ich glaube, heute hat er ihn mir wiedergegeben.« Er schaufelte sich eine Gabel voll Bratkartoffeln in den Mund. Eine seiner größten Schwächen.

»Papa«, sagte Jeff, »ich wollte heute mal raus zu den Übungskäfigen an der 61. Was immer ich plötzlich habe, ich will's nicht wieder verlieren. Kannst du mich rausfahren?«

»Klar doch«, sagte Bud und versuchte, sich die Enttäuschung darüber, daß seine Pläne mit Holly damit ins Wasser fielen, nicht anmerken zu lassen. »Wann willst du denn los?«

»Ach, irgendwann. Ich dachte, wir fahren heim, ziehen uns um und los geht's.«

»Hört sich gut an«, sagte er und kam sich wie ein Scheißkerl vor, wenn er daran dachte, was er vorhatte. »Ach, paß auf, ich sag dir was. Ich wollte heute mal auf den Schießstand. Ich hab mir überlegt, mir vielleicht eine Neunmillimeter zuzulegen. Ich habe nicht die geringste Lust, noch mal unter Beschuß mit dem Schnellader rumzuspielen. Sechzehn Schuß sind allemal besser als sechs. Die Jungs hier in Lawton haben alle Glocks, und ich dachte mir, ich schaue mal auf dem Schießplatz vorbei, mal sehen, ob mich nicht einer eine Schachtel Munition durch den Lauf jagen läßt. Mal sehen, ob die Waffe für mich taugt. Obwohl – Jed Wheelright, der hatte eine Beretta, die ich sofort genommen hätte. Also, warum ruhst du dich nicht noch 'n bißchen aus, wenn wir heimkommen, läßt das Essen sich setzen, und ich fahr gleich weiter. In 'ner Stunde oder so bin ich wieder da. Dann gehen wir schlagen.«

»Bud, wenn du mit den Jungs auf dem Schießstand erst mal auf Waffen zu sprechen kommst, dann bist du doch vor Abend nicht wieder daheim«, warf Jen ein.

Es ärgerte ihn, daß sie ihn so gut kannte.

»Nein, ich schwör's. Fünfzig Schuß auf die Scheibe, nur um zu sehen, ob ich mit so 'ner Neunmillimeter überhaupt was treffe, geschweige denn mit 'ner Glock. Dann bin ich wieder daheim.«

»Das glaub ich, wenn ich es sehe«, sagte Jen.

»Klar doch, Papa. Ich muß sowieso noch was lesen«, sagte Jeff.

Als sie nach Hause kamen, stieg Bud in Jeans und ein weites Golfhemd, das nicht gegen die Bandagen rieb, die er noch immer kreuz und quer über den Wunden hatte. Dann schluckte er seine Mittagsration Percodan.

»Ich geh jetzt«, rief er, aber die Antwort war nur ein muffiges Schweigen von Jen.

Aber natürlich fuhr Bud nicht auf den Schießplatz. Statt dessen ging's hinaus zu Hollys Wohnwagen in Sherwood Village, wo er hintenrum parkte, so furchtbar genierte er sich; dann schlich er an ihre Tür. Noch während er klopfte, warf er einen Blick auf die Uhr.

Das ist schon mal ein furchtbares Zeichen, dachte er. *Jedesmal, wenn du schon am Anfang auf die Uhr schaust, dann wird nichts Gescheites daraus.*

Aber sie öffnete die Tür in einem kurzen weißen Bademantel, und schon ließen ihn Hollys lange dünne Beine die Zeit vergessen, und eine gute Stunde lang waren er und sie die einzigen Menschen auf dieser Welt.

»Gott, Bud, bist du sicher, daß du nicht achtzehn bist?«

»Bei dir könnte ich glatt dran glauben, so viel steht fest.«

»Gut daß ich dich nicht gekannt habe, als du achtzehn warst. Du hättest mich umgebracht, das garantier ich dir.«

»Da warst du gerade mal ein Jahr alt. Und ich glaub nicht, daß ich damals meinen Schwanz von einem Vergaser unterscheiden konnte. Das hast du mir erst vor drei Monaten beigebracht.«

Er legte sich zurück und versuchte, den Augenblick in vollen Zügen zu genießen. Sonnenlicht strahlte in den Raum – ihr Gästezimmer, da Bud sich etwas komisch vorkam, mit ihr im selben Bett zu schlafen, in dem sie mit Ted zusammengewesen war; auch so stand dieses Bett nur drei Meter weiter hinter einer dünnen Blechwand.

»Ich fühl mich so verdammt gut«, sagte er. »Ich hab mich mit keiner je so gut gefühlt wie mit dir.«

»Du bist auch nicht so übel, wenn's drum geht, daß man sich gut fühlt bei dir, Mr. Pewtie«, sagte sie. »Aber Bud ...«

Er lag ein Weilchen da und beobachtete das Spiel der Schatten an der Decke.

»Bud, ich will nur eines wissen: Arbeitest du wenigstens dran? Ich meine damit, *denkst* du wenigstens darüber nach? Es ist einiges zu tun. Wir brauchen ein Haus. Du mußt mit Jen und den Jungs reden. Du solltest mit einem Anwalt reden. Es gibt so viel zu tun. Es kann nicht einfach so passieren, von heute auf morgen.«

Bud starrte an die Decke. Sie hatte mit jedem Wort recht.

»Holly, dazu ist jetzt nicht die richtige Zeit.«

»Aber die kommt doch nie.«

»Ich habe Jeff gesagt, daß ich ihn an die 61 raus auf den Trainingsplatz fahre.«

Worauf sie einen Seufzer ausstieß.

»Okay, Bud, dann geh mit Jeff auf den Trainingsplatz. Aber tun mußt du was. Und zwar bald. So ist das keinem gegenüber fair.«

Nachdem das gesagt war, ging es etwas besser. Er zog sich an, sie scherzte mit ihm und war weder eingeschnappt, noch spielte sie das Opfer. Sie verabschiedeten sich herzlich, und er konnte losfahren und mit seinem Sohn spielen gehen, ohne die Wolke eines dunklen Geheimnisses über sich.

Etwa eine Meile vor seinem Haus fuhr er auf den Parkplatz eines Einkaufszentrums und schloß den Wagentresor hinten im Kleinlaster auf. Er holte seine Schießtasche heraus, in der er die Ohrenschützer, die Schutzbrille und weitere Utensilien hatte, und nahm eine braune Flasche Shooter's Choice Solvent zur Hand. Er drückte sich etwas davon auf die Hände und rieb es ein wie Handcreme; es war nun mal der Geruch, den man bei ihm zu Hause mit Schußwaffen verband. Das Manöver widerte ihn an. Es war so gemein, so unter aller Würde.

Du bist wirklich das Letzte, sagte er sich.

Dann schloß er das Zeug wieder weg und fuhr nach Hause. Er warf einen Blick auf die Uhr: nur eine halbe Stunde zu spät. Er betete, daß Jeff noch nicht mit Freunden losgezogen war.

»Ich bin wieder da«, rief er, als er zur Tür reinkam. »Tut mir leid, daß ich spät dran bin. Jeff, auf geht's!«

»Okay, Papa«, rief Jeff.

»Russ, wir gehen auf den Trainingsplatz, Schlagen üben. Kommst du mit?«

»Nö, Papa, danke. Fahrt nur.«

Jeff sprang in abgeschnittenen Jeans, kragenlosem Trikot und Nikes die Treppe herunter. Er hatte die Drahtigkeit eines Cowboys, ein magerer, schlaksiger Junge aus Muskeln und Sehnen.

»Okay, dann mal los.«

»Daß ihr mir zum Essen wieder da seid«, rief Jen aus der Küche. Womit Bud wieder glücklich war. Keinem tat mehr was weh. Wieder mal war er durchgekommen damit. Keiner vermutete etwas, und selbst Holly schien zufrieden. Der Abgrund, in den er fallen könnte, war gar nicht so nah, wenigstens würde es noch ein Weilchen gutgehen.

Er nahm mit Jeff die 61 hinaus zu Micks Trainingsplatz, wo es Driving-Ranges für Golfer und Schlagkäfige für Baseballer gab, alles in allem ein bodenständiges Vergnügungscenter, das auch schon bessere Tage gesehen hatte; aber sie fühlten sich beide sehr verbunden damit.

»Wie war denn die Glock, Papa?« fragte Jeff plötzlich.

»Was?« Oh. Die Glock. Die *Glock*. Jetzt mußte er auch noch seinen Sohn belügen, ihm dabei in die Augen sehen; nichts, was er mehr gehaßt hätte.

»Schießt prima. Eigentlich wie ein Revolver, man drückt ab, und das Ding geht los, kein Spannen, nichts. Die Sicherung ist im Abzug, ein kleiner Stift, der automatisch gedrückt wird, wenn man zieht. Aber ich weiß nicht so recht. Fühlt sich einfach nicht richtig an. Nicht wie mein Smith.«

»Könntest du nicht die Griffschalen wechseln?«

»Nein, der ganze Rahmen ist aus einem Stück und aus Plastik. Technisch gesehen hat das Ding gar keine Griffschalen. Ich hab gehört, es gibt da so 'nen kleinen Gummischuh, den man überziehen kann, mit Fingerrillen, damit man was in der Hand hat. Aber ich denke, die Beretta Neunmillimeter Para ist mehr nach meinem Geschmack. Fühlt sich an wie meine .380.«

»Ist eine gute Waffe, hab ich gehört. Sie haben sie jetzt bei der Armee.«

»Allerdings«, sagte Bud. »Das Problem ist nur, daß sie gut einen

Hunderter mehr kostet als eine Glock. Deswegen ist die Glock ja auch allen Polizisten lieber. Du kriegst sie schon für vierhundertfünfzig. Für eine Beretta mußt du schon fünfhundertfünfzig bis sechshundert hinlegen. Verdammt, meine .380 hat ja schon fast fünfhundert gekostet.«

»Papa, du solltest dir die kaufen, die für dich am besten taugt. Wenn du sie je wieder benutzen mußt, dann wär's doch besser, die zu haben, die dir wirklich liegt, anstatt eine, die du bloß günstig gekriegt hast.«

Bud nickte. Der Junge hatte schon recht. Wenigstens einer in der Familie, der geradeaus dachte.

Micks Trainingsplatz lag auf einem großen grünen Buckel, von dem man weit in die umliegende Landschaft sah. Hin und wieder, wenn die Rekruten der Artillerieeinheit in Fort Sill gleich im Norden des Platzes loslegten, war das rollende Donnern der großen Haubitzen zu hören, deren Granaten in die Flanken weit entfernter Berge schlugen. Die Straße verlief auf einem Kamm, dem höchsten Punkt im Bezirk, und von der Anlage selbst aus sah man meilenweit in die Runde. Es war ein windiger Tag, und Mick's war wie immer mit Wimpeln geschmückt; so wie die im Wind knatterten, kam man sich vor wie in einem aufwendigen Musical.

Die Driving-Range war bis auf den letzten Platz mit Golfern besetzt, die ihre kleinen Pillen wie Leuchtspurgeschosse in das Grün hinaustrieben; die Schlagkäfige waren dagegen aus irgendeinem Grund nie so recht gefragt. Jeff hatte nicht das geringste Problem, einen leeren zu finden.

»Was ist, Papa, schlägst du nicht?«

»Ach was, ich schau dir lieber zu. Mir würden nur die Nähte aufgehen, wenn ich mich zu sehr ins Zeug lege. Das hätte uns gerade noch gefehlt. Brauchst du Geld?«

»Ja, Sir, allerdings.«

Bud reichte ihm eine Zehn-Dollar-Note und setzte sich auf die Bank, als Jeff das Geld wechseln ging und die Marken in die Maschine warf.

Er stand locker auf dem Plate, als klappernd Leben in die Wurfmaschine dreißig Meter vor ihm kam. Wie ein Reptil schnellte ein Arm heraus und warf einen Ball, Jeff beugte sich hinein und schickte ihn mit einem satten Knacken zurück.

Er war gut drauf. Blieb in der Schlagzone. Sah sie geradezu. Bud saß nur da und sah ihm zu, genoß aber jede Sekunde dabei: das Schnalzen des Wurfarms, den Ball der heranpfiff, Jeffs scheinbar langsamen Schlag, den unvermeidlichen Kontakt, das Steigen des Balls, der in eine Umlaufbahn zischte, um dann trostlos wieder zu landen.

»Mensch, du drischst die Dinger ja vielleicht weg heute«, rief er.

»Ja, Sir«, sagte Jeff. »Ich hab das Tief hinter mir.«

Als Jeff die ersten zehn Dollar aufgebraucht hatte, gab Bud ihm noch mal zehn, und als auch die weg waren, bot er ihm gleich noch mal einen Schein.

»Papa, das ist doch nicht nötig.«

»Ist schon in Ordnung. Tut so gut, dich aus deinem Tief kommen zu sehen.«

»Ach, das ist vorbei. Ich fühl mich gut.«

Zusammen gingen sie zum Kleinlaster zurück.

»Was machst du denn anders? Kannst du das sagen?«

»Es ist der Kopf. Ich hab mit dem Kinn geführt, und das hat mir den ganzen Schlag versaut. Jetzt konzentriere ich mich darauf, den Kopf ruhig zu halten, beobachte den Ball und ziehe dann durch. Es funktioniert.«

»Hast du auf ›Schnell‹ gestellt?«

»Absolut, Papa, von Anfang an.«

»Tja, also wenn ich ein Talentsucher wäre, würd ich dir schon mal hunderttausend für eine Unterschrift vorschießen. Auf der Stelle.«

»Ich wär auch mit einer Cola zufrieden.«

»Abgemacht.«

Sie holten sich zwei Cokes aus dem Automaten, nickten Mick, dem alten Bärbeißer, zu, und als sie nach Hause fuhren, ging das Zwielicht bereits in Dunkelheit über.

»Stört's dich, wenn ich mal seh, ob's was im Radio gibt, Papa?«

»Ach was, mach nur«, sagte Bud.

Jeff fummelte sich durch die Sender auf der Suche nach KOKY, der großen Rockstation aus Oklahoma City, aber während die Sender vorbeirutschten, wischte er über eindringliches Reportergeplapper, an dem man sofort die Katastrophenmeldung erkannte; die letzten beiden Silben des Wortes »Raubüberfall« genügten.

»Stop, wart mal«, sagte Bud. Sie bekamen den Sender nicht richtig herein. Mußte wohl ein entferntes Signal aus Texas sein.

Trotzdem, Bud konnte nicht anders, sofort machte er sich Gedanken. »Geh mal auf Mittelwelle«, sagte er, »auf den Nachrichtensender.«

»Papa, du hast doch gesagt ...«

»Jeff.«

»Okay, okay.«

Jeff schaltete auf Mittelwelle, um auf KTOK zu kommen. Sie hörten den Wetterbericht, eine überregionale Einspielung aus Washington, dann die erwähnenswerten Lokalnachrichten in Schlagzeilen.

»Siehst du, es ...«

»Schhhh«, befahl Bud ihm, da der Sprecher eben ein neues Thema ansprach.

»Die Behörden im texanischen Wichita Falls haben im Zusammenhang mit einem blutigen Raubüberfall auf ein Denny's diesen Nachmittag eine Fahndungsmeldung für drei entflohene Sträflinge ausgegeben. Bei dem Überfall, bei dem eine noch ungenannte Summe erbeutet wurde, fanden sechs Personen, darunter vier Polizisten, den Tod. Die Sträflinge Lamar James Pye, sein Cousin Odell Warren Pye sowie Richard Franklin Peed sind am zweiten April aus der staatlichen Haftanstalt McAlester in Oklahoma ausgebrochen. Sie ermordeten dabei einen Wärter, einen Beamten der Highway Patrol und den Fahrer einer Bäckerei und entführten ein älteres Ehepaar, bevor sie spurlos verschwanden. Laut Polizei zeigt die Schießerei bei dem Raubüberfall in Wichita Falls, daß die Täter bewaffnet und gefährlich sind. Sie halten sich in der Gegend von Nordtexas oder im Süden von Oklahoma auf.«

KAPITEL 15

Richard hatte Eier vor sich. Sie wirkten geronnen, so, als hätten sie nichts mehr mit dem zu tun, was sie sein sollten – unberührt schienen sie sich vor seinen Augen aufzulösen, sich eben der Qualitäten zu entledigen, die sie zu Eiern machten. Daneben war ein kleines Bratkartoffelgebirge am austrocknen, als bereitete es sich auf die nächste Eiszeit vor. Alles in allem sah das Ganze kaum noch nach Essen aus. Der Kaffee war längst widerlich schal.

Richard sah sich um und hatte dabei dasselbe Gefühl wie damals, als Lamar und Odell bei den Stepfords einfielen. Wohin er auch sah, überall Familien, Paare, einige einsame Angehörige der Luftwaffe – alles saß da und aß. Keiner ahnte, was für eine Heimsuchung ihm bevorstand. In wenigen Minuten würden Lamar, Odell und Ruta Beth über sie herfallen, das Geld nehmen und drohen, ihnen was anzutun.

»Noch Kaffee?«

Er sah auf und in die Augen einer Serviererin.

»Ach, nein«, sagte er.

»Geht's Ihnen nicht gut? Sie haben Ihr Essen kaum angerührt.«

»Nein, nein, ich bin in Ordnung, danke.«

»Soll ich's mitnehmen?«

»Nein«, sagte er. »Noch nicht.«

»Ist ein wirklich schönes Bild.«

»Was? Oh! Danke.«

Er hatte so vor sich hin gemalt. Einen Löwen natürlich, ganz den Wünschen seines Herrn und Meisters gemäß. Er träumte von Löwen. Sie sprangen durch seine tiefsten Gedanken. Nur der Hals, den bekam er noch immer nicht richtig hin.

Irgendwie löste die Serviererin sich auf. Er wünschte, er könnte sein hämmerndes Herz beruhigen. Der Minutenzeiger wanderte auf zwölf zu; um vier würde es losgehen, je nachdem welche Polizeidurchsagen Lamar mit seinem Radio-Shack-Scanner auffing.

»Möglich, daß es kurz vor vier wird, vielleicht auch kurz danach. Hängt ganz davon ab«, hatte Lamar ihm gesagt, als er ihn vor einer halben Stunde abgesetzt hatte.

Er schluckte. Schmerzhaft drückte der Revolver im Hosenbund, ein riesiges Ding, für das sie natürlich kein Halfter hatten. Er hatte die Waffe nur irgendwie hineingesteckt, obwohl Lamar irgendeinen Trick mit einem Stück Schnur gemacht hatte; eine kleine Schlinge in seiner Hose hinderte den Revolver daran, noch tiefer zu rutschen.

Er sah sich ein letztes Mal um, versuchte sich zu erinnern.

Männer in Sakkos wie dem, das er selber trug? Nein, nur ein Cowboy – oder was immer er war, ein Farmhelfer vielleicht – trug eine Jeansjacke, die jedoch zu kurz war, um darunter eine Waffe zu verbergen. Eine Polizistin in Zivil? Unmöglich. Das Besondere an Denny's war, daß es der amerikanische Schmelztiegel in Reinkultur war: Hier traf man jede Art von Amerikaner, die man sich vorstellen konnte, aber heute gab es hier nur teigige Typen mittleren Alters mit ihren Frauen, ein paar Frauen von der Luftwaffe – Wichita Falls ist schließlich eine große Luftwaffengarnison. Die trugen doch keine Waffen, oder? Die bombardierten doch bloß. In der Küche befand sich, nach allem, was er so sah, nur ein Haufen Schwarzer zwischen vierzig und fünfzig, die im Schweiße ihres Angesichts schufteten und dabei auf Teufel komm raus lachten; dienstfreie Polizisten waren das nun sicher nicht.

Blieb der Manager, ein pickeliger dicker Junge Anfang Zwanzig mit Eichhörnchenaugen und einer Grimasse, als stünde er ständig kurz vor einem hysterischen Anfall. Er wäre derjenige, den Lamar mit nach hinten nahm, damit er den Safe aufmachte. Er wäre derjenige, von dem Lamar gesagt hatte, er wäre in einer Minute gebrochen, egal, wie. Richard sah den jungen Mann verstohlen an, der mal mit neurotischem Übereifer Serviererinnen losscheuchte, damit sie Wasser und Kaffee nachfüllten, mal nach hinten eilte, um sich die Köche vorzuknöpfen, und gleich danach wieder an der Kasse stand. Eine Welt voll Schmerz stand dem Jungen bevor. Richard kam sich unanständig vor, so viel Schmerz auf ihn zukommen zu sehen und doch nicht aufhalten zu können.

Ich bin ein Falke, dachte er. Es war eine Metapher, die ihm eingefallen war, als Lamar mit dem Kombi losgefahren war. Da hatte er sie gehabt, seine Freiheit: Er hätte losfahren können, nichts und niemand hätte ihn aufhalten können, er hatte einen Wagen, er brauchte nur den Fuß auf dem Gas zu behalten. Statt dessen war er zehn Minuten später wieder zurück auf die Farm gefahren. Das war der Falke in ihm. Falken waren darauf trainiert zu glauben, sie hingen an einer Leine am Handgelenk ihres Herrn. Der Falkner erreicht das dadurch, daß er den Falken mit der Leine am Handgelenk behält, bis das Tier so einschlafen kann. Schläft es, ist es überzeugt; manchmal jedoch kann das Tage so gehen: Mensch und Falke warten, daß der andere als erster einschläft. Bei Richard hatte es gerade mal zehn Minuten gedauert. Das war vielleicht eine Willenskraft! Jetzt glaubte er, daß er, wohin auch immer er ging, an Lamar gefesselt war, bis der ihn freisetzte. Und Lamar würde ihn niemals freigeben.

Kopfschüttelnd warf er einen letzten Blick durch den Raum. Dann spürte er den Druck eines Augenpaares auf sich, und als er sich umdrehte, um einen Blick aus dem Fenster zu werfen, neben dem er saß, sah er den Kombi auf den Parkplatz einbiegen.

Der Wagen stoppte kurz, wartete darauf, daß ein anderer herausfuhr und sich in den Verkehr einfädelte. Richard sah sich noch ein allerletztes Mal um. Er hätte nicht gedacht, daß der Raum so voll wäre. Schließlich hatten sie weder Mittagszeit noch Abendessen. Diese verdammten Texaner. Alles mußte nach ihrem eigenen Kopf gehen.

Der Wagen kam herauf und hielt auf einem Behindertenparkplatz. Richard sah Lamar in seinem Cowboyhut und Odell, der sich sacht auf dem Rücksitz wiegte, und schließlich Ruta Beth; alle drei starrten ihn an. Richard nahm sein Taschentuch heraus, winkte unauffällig damit – das Signal – und sah zu, wie Lamar seinen Hut absetzte und die Skimaske herunterzog. Wie durch Zauberei erschienen auch an Odell und Ruta Beth Skimasken. Die Türen gingen auf. In langen Regenmänteln, die ihre Waffen verbargen, stiegen alle drei aus dem Kombi. Es ging los.

Im selben Augenblick, als Richard wieder in Richtung Kasse blickte, sah er den texanischen Highway-Patrol-Mann aus der Herrentoilette kommen.

Während der Anfahrt hatte Lamar den Scanner auf 460,225 MHz, die Frequenz des Polizeifunks, gestellt und hörte mit. Sporadisch knisterten Nachrichten in einer merkwürdigen Mischung aus Codes und Dialekt über den Äther.

»Ah, Zentrale, hier R-Victor-24, Zehn-vierundzwanzig, was den Unfall in der Remington Street angeht ...«

»Zehn-vier, R-Victor-24, äh, Zehn-neunzehn zur Wache.«

»Zehn-vier, Zentrale. Habe einen Zehn-fünfundfünfzig an Bord.«

»Verstanden, R-Victor-24, wollen Sie einen Alkoholtest machen?«

»Zehn-vierundsiebzig, Zentrale, der Mann kann kaum noch laufen. 'n Video wär nicht schlecht.«

»Zehn-vier, R-Victor-24.«

»Zentrale, hier R-Victor-11, Zehn-vierundsiebzig, was die Familienstreitigkeiten am Wilson Boulevard anbelangt, brauche ich Zehn-dreiundvierzig.«

»In Ordnung, R-Victor-11, Verdächtiger, männlich, schwarz, etwa fünfundzwanzig, zirka 140 Kilo, hat ein Messer. Sei ja vorsichtig, Charlie.«

»Na großartig. Schönen Dank auch, Zentrale, daß ich immer die Guten kriege.«

»Zehn-vier, Charlie. Melden Sie sich bei Zehn-dreiundzwanzig.«

Und so ging das weiter.

»Netten ruhigen Sonntagnachmittag haben die Jungs hier. Paar besoffene Nigger, und damit hat sich's auch schon. Mein lieber Scholli, die können sich auf was gefaßt machen.«

Lamar wartete, bis ein Wagen aus dem Weg fuhr, und bog dann auf den Parkplatz des Restaurants ein. Vorsichtig manövrierte er sich vor den Eingang, hielt davor an und rutschte dann auf den freien Platz mit dem Rollstuhlzeichen.

»Lamar, ich hab ganz schön Angst«, sagte Ruta Beth.

»Ach was, Süße, du bringst das schon. Odell, bist du bereit?«

»Breit«, sagte Odell gelassen zurück.

»Na denn, Kinder, gehen wir zur Sache. Zahltag«, sagte er und zog die Skimaske übers Gesicht.

Jeder sprang aus seiner Tür. Lamar ging voran, geduckt, seitwärts wie eine Krabbe, fast huschte er, aber er lief nicht, da schließlich vier Stufen zu überwinden waren, um in das Restaurant zu kommen. Außerdem, wenn man lief, verlor man die Kontrolle, und Kontrolle war das Wichtigste bei so einem Job.

Bei einem bewaffneten Raubüberfall war Kontrolle alles: Man gab vom ersten Augenblick an klar zu verstehen, worum es ging, zog die Grenzen – man hatte das Sagen. Wenn einer sich nicht an die Grenzen hielt, ob Mann, Frau, Junge, Mädchen oder Baby, dann mußte man hart durchgreifen. Ohne Ausnahme. Ohne Gnade. Man brach ihnen die Knochen, man brach ihren Geist, man nahm ihr Geld und ließ sie heulend und zähneklappernd zurück. Es wollte diesen Leuten einfach nicht in den Schädel, daß in diesem Augenblick nur das zählte, was der Räuber wollte. Wenn man einen umlegen mußte, tat man das eiskalt und plötzlich und wandte sich dann wieder seinem Geschäft zu.

Lamar war als erster durch die Tür, sein Herz ein Stein; wie eine Schwalbe schoß sein Blick durch den Raum – und noch im ersten Augenblick hatte er den Bullen erspäht. Der sah ihn auch, ein kleiner Funke sprang über, und dann trat der Bulle auch schon einen Schritt zurück, als wolle er sagen: »He, he, Kamerad, das möchte ich mir erst noch mal überlegen.« Aber in diesem Augenblick hatte Lamar schon die Flinte heraus, und der Bulle wußte, daß es aus war mit ihm, wollte aber gehen wie ein Mann. Er war schnell; tausendmal hatte er vermutlich von so was geträumt, schließlich war es eines der Risiken in seinem Job. Seine Rechte flog an seine Pistole.

Im selben Sekundenbruchteil, ebenso unbewußt und ohne einen Funken von Neugier – obwohl ihm die unerklärte Anwesenheit des Polizisten natürlich auffiel und er sie später zur Sprache bringen würde –, hob Lamar die gestutzte Browning A-5 unter dem Mantel hervor und jagte dem erstaunten Texaner eine Ladung Rehposten in die Brust. Bei der texanischen Highway Patrol trugen sie noch die altmodischen Uniformen aus den dreißiger Jahren – graues Hemd, roter Kragen, Epauletten –, aber bewaffnet waren sie mit SIGs, und der Junge hier war tot, noch bevor er die seine zu fassen bekam. Die Schrotpatrone explodierte zu neun Geschossen, die dem Polizisten mit über tausend Meilen die Stunde das Leben nahmen und ihn rücklings gegen die Wand zwischen den beiden Toilettentüren links vom Büro des Geschäftsführers warfen. Der Bulle rutschte an der Wand herab und hinterließ dort, da ihn einige der Schrotkugeln durchschlagen hatten, ein Netz blutiger Striemen. Noch im Fallen pumpte das Herz seinen Lebenssaft in den Raum.

Was Lamar nicht wußte, war, daß der Mann sich eben über das Funkgerät an seiner Dienstkoppel, das mit dem Mikro an seinem Kragen verbunden war, bei der Zentrale gemeldet hatte. Vierzehn Meilen weiter, in der im Keller gelegenen Funkleitzentrale der Kaserne in Iowa Park, hörte eine Führungsbeamtin was sie auf der Stelle als den verstärkten Knall einer Schußwaffe identifizierte. Fieberhaft machte sie sich daran, die Männer ihres Netzes zu rufen, und binnen zwei Minuten hatte sie vierzehn davon kontaktiert. Der fünfzehnte hatte sich eben zu einer zwanzigminütigen Pause abgemeldet, die er im Denny's zu verbringen gedachte. »An alle Einheiten, an alle Einheiten, ich habe möglicherweise einen

Zehn-dreiunddreißig im Denny's an der 287, Maurine Street. Kann jemand das prüfen? Möglicherweise Code dreizehn.« Code dreizehn bedeutete: »Polizeibeamter verwundet, bedarf sofortiger Hilfe.«

Natürlich hatte Lamar von alledem keine Ahnung. Er wandte sich von seinem Opfer ab und dem zu, was er erwartet hatte: fassungslosem Staunen. Offene Mäuler und große Augen so weit das Auge reichte, während das Echo des Flintenschusses noch durch den Pulverdampf in der reglosen Luft zu scheppern schien. Dann zerbarst das belämmerte Staunen wie Glas und wurde zu Angst. Lamar spürte geradezu, wie die Scherben durch den Raum klirrten. Ein Kind fing an zu weinen; Mütter zogen ihre Kinder an sich, und ein Vater streckte die Hände aus, um die Älteren zu beruhigen, aber alle Gesichter wurden blaß, als den Leuten die Möglichkeit ihres eigenen Todes zu dämmern begann. Die Luftwaffensoldaten am hintersten Tisch waren leichenblaß und pißten sich schier in ihre blauen Angeberuniformen. Der Pulverdampf breitete sich aus. Außer dem abrupten Klicke-ti-klick, mit dem die Schrotpatronenhülse auf dem Boden landete, war es unglaublich still.

Flink hatte Ruta Beth Buds Mossberg unter dem Mantel hervorgeholt und setzte über die Theke, um neben den Schwarzen hinter der langen Durchreiche auch die beiden Serviererinnen hinter der Theke in Schach zu halten. Odell hatte die AR-15 – sechzig Zentimeter schwarzes Plastik von Colt – in der Hand und strich mit dem Lauf über die sitzenden Burger, die unter der Drohung erzitterten. Es war zwar nur eine halbautomatische Waffe, doch Lamar kannte ihre eindrucksvolle Wirkung auf eine Menschenmenge. Jeder, der einen Fernseher hatte, hielt sie für ein Maschinengewehr.

»Bleiben Sie sitzen, und wir tun Ihnen nichts. Wir sind wegen Denny's Geld hier, nicht Ihrem«, rief Lamar in einer lauten, aber lässigen Country-&-Western-Stimme. Zeugen sagten später, er habe ganz freundlich geklungen, wie Travis Tritt oder Randy Travis.

Sein Blick blieb an Richard an seinem Fensterplatz hängen. Der Junge sah fast so verängstigt aus wie die Spießer hier.

Dann richtete er seine Aufmerksamkeit auf den kleinen pickeligen Jungen hinter der Kasse. Mit einem Satz war er bei ihm und hielt dem Kleinen die Flinte unter das Kinn.

Der Mund des Jungen arbeitete trocken. Er sah aus wie ein Fisch, den Lamar mal bei einem seiner seltenen Ausflüge in die Gesellschaft gefangen hatte: Sein Unterkiefer schien zu zucken, als er nach Luft schnappte.

»Tun Sie mir nichts«, sagte er.

»Ich bring dich um, wenn du mir nicht gibst, was ich will.«

Die Finger des Jungen flogen an die Computerkasse, er drückte eine Taste, und der Geldschub sprang auf.

»Nehmen Sie, Sir. Nehmen Sie alles.«

»Das ist doch Kleinkram, Junge. Los, ins Büro. Den Safe. Du machst ihn auf, oder, bei Gott, du wirst dir wünschen, ihn aufgemacht zu haben.«

Mit der Flinte als Stachelstock schob Lamar ihn vor sich her. Sie stiegen über den toten Polizisten hinweg, dessen Augen mittlerweile zwei Glasmurmeln ähnelten. Er lag in einer seidig glänzenden Blutlache, die Beine gespreizt, den Kopf in einem unnatürlichen Winkel, während die Hände in ihrer Entspanntheit fast geziert wirkten. Er sah aus wie ein gefallener Engel. Lamar bückte sich rasch und nahm ihm die SIG aus dem Sicherheitshalfter. Lamar wußte, wie man den falschen Druckknopf umging und den richtigen etwas weiter unten an der Lasche fand. Es war eine P220 im Kaliber .45. Er freute sich. Er hatte eine Schwäche für Fünfundvierziger. Er schob sie sich im Kreuz in den Hosenbund, gleich neben dem Halfter, in dem er den Clark Colt mit dem langen Schlitten trug.

Der Safe im Büro war ein kleiner Sergant & Greenleaf mit einem achtstelligen Kombinationsschloß in der Wand hinter dem schmierigen Schreibtisch des Geschäftsführers. Lamar stieß den Jungen darauf zu.

»Er hat ein Zeitschloß.« Der Junge war ein schlechter Lügner.

»Hältst du mich für blöd, Söhnlein?« fragte Lamar. Das hier war der heikle Teil. Er hatte nur einen Augenblick, um den Jungen zu brechen. Komisch, was für Mutreserven man in den gewöhnlichsten Leuten so findet. Manchmal freilich war es auch die schiere Dickschädeligkeit. Vielleicht war der Junge wider Erwarten ein Held, der sein Leben gab, um Denny's ein paar Riesen zu retten. Was Lamar Sorgen machte, war, daß er so jung war; ein älterer Mann hätte im Handumdrehen nachgegeben, da er irgendwann in seinem Leben gelernt hatte, was Schmerzen waren, und gewußt hätte, daß nichts auf der Welt einen schäbigen Tod im Hinterzimmer eines billigen Restaurants wert war.

Lamar ging um den Jungen herum und versetzte ihm urplötzlich einen so gewaltigen Schlag mit der Flinte, daß er zu Boden ging. Die Waffe zitterte zufriedenstellend unter dem Hieb. Der Junge, von dessen Wunde bereits das Blut zu Boden lief, war benommen. Als er wieder zu Sinnen kam, traten ihm vor animalischer Furcht die Augen heraus. Lamar bückte sich, schnappte sich mit einer geschmeidigen Bewegung den kleinen Finger des Jungen und setzte den Hebel an.

Er brach den Finger.

Der Junge heulte auf vor Schmerz. Er begann zu weinen. Stammelnd versuchte er, bei Lamar um Gnade zu betteln, bis der ihn mit einem Stoß der Gewehrmündung gegen den Kehlkopf zum Schweigen brachte.

»Ich habe keine Zeit. Du machst jetzt den Safe auf, oder ich brech dir alle Finger. Klavier spielst du dann nicht mehr, das sag ich dir. Dann kriegst du eine Ladung in den Bauch, damit du schön langsam krepierst. Du denkst, das mach ich nicht? Willst du's drauf ankommen lassen? Du kannst Gift drauf nehmen, daß ich das tu.«

Er trat zurück. Der Junge gewann wieder etwas Haltung und rappelte sich auf. Rotz rann ihm über das geschwollene Gesicht. Er machte sich an dem Kombinationsschloß zu schaffen, und einen Augenblick später war der Safe auf.

»Hättest mich nicht anlügen sollen«, sagte Lamar wie ein strenger Vater. Er schoß dem Jungen in die Brust und brauchte ihn so noch nicht mal mehr aus dem Weg zu stoßen. Er hätte nicht sagen können, warum er geschossen hatte. Die Möglichkeit hatte sich eben geboten, es war keine bewußte Entscheidung gewesen, er hatte es einfach getan.

Der Junge auf dem Boden redete gurgelnd und wimmernd mit jemandem namens Andy, aber Lamar achtete nicht weiter auf ihn. Er stieg über den Gestürzten hinweg und beugte sich in den Safe. Gewonnen! Zahltag! Wie ein kleiner Stich durchzuckte ihn die Freude darüber. Flink nahm er die plombierten Geldsäcke aus dem Fach – er wußte, sie waren später mit Leichtigkeit aufzuschneiden – und warf sie in den Wäschesack, den er noch diesen Morgen gekauft hatte. Er sah sich noch ein letztes Mal um, fand jedoch nichts und ging schließlich zurück in das Restaurant.

Es war, als wäre er gar nicht weg gewesen; es war noch immer alles wie auf einem Foto mit dem Titel *Der Überfall*. Ruta Beth und Odell hielten die Gäste und das entmutigte Personal in Schach. Zwei der Serviererinnen weinten, eine fast schon hysterisch. Die braven Bürger starrten sie einfach an, hatten viel zuviel Angst, nicht zu gehorchen, viel zuviel Angst, überhaupt was zu tun. Kaum daß sie sich zu existieren getrauten. Es lief wie geschmiert. Und er hatte einen Smokey abknipsen dürfen!

»Okay, Kinder, Zeit zu verschwin –«

Eine Sirene heulte auf; gleich darauf eine zweite.

Sie erstarrten. Lamar drehte sich um, Ruta Beth drehte sich um, selbst Odell drehte sich um. Richard, der ihnen zusah, machte es ihnen nach.

O nein!

Richard spürte, wie ihn die Panik erfaßte, und bei aller Mühe, sich in den Griff zu bekommen, wollte es einfach nicht gehen. Er hatten den Kopf voll Spinnen und Feuerwerk. Ein Streifenwagen, dessen Lichtbalken kraftlose Blitze in den strahlenden Sonnenschein schleuderte, schoß heran, seine Sirene jaulte wie ein waidwundes Tier; hinter ihm kam ein zweiter, dann ein dritter. Er wußte, er mußte hier raus. Die Polizisten würden ihn abschießen! Blindlings sprang er auf, nur um sich dem nächsten vernichtenden Schlag gegenüberzusehen. An einem Tisch auf der anderen Seite des Gangs war eine Frau aufgestanden, eine kleine Pistole in der Hand. Sie zielte damit auf Lamar. Richards Hand flog an seinen Revolver, er bekam ihn aber nicht frei. Er schrie so laut, wie er nur konnte.

Die Frau drückte ab.

Der Schuß ging vorbei.

Sie drückte noch einmal ab, traf aber wieder nicht, dann schoß Ruta Beth. Aus einer Entfernung von zirka vier Metern schlugen die schweren Schrotkugeln in die Frau und warfen sie rücklings in eine Nische voll alter Leute, die, wie durch eine Kettenreaktion befreit, auf den Ausgang zustürmten. Teller und Gläser gingen zu Bruch, Kaffee spritzte über die Tische.

Lamar schrie auf. »Die Bullen! Die schießen euch alle tot!« Er hob die Flinte und feuerte schnell zweimal in die Decke.

Das war zuviel: der Lärm, der Tod, die Wolken aus Pulverdampf. Jemand warf einen Stuhl durch eines der großen Fenster, ein zweiter tat es ihm nach, dann rannten die braven Bürger wie die Ratten vom sinkenden Schiff, sprangen den Meter vom Unterbau des Restaurants auf die Erde. Das alles im selben Augenblick, in dem die ersten zwei Wagen hielten. Jeweils ein Polizist stieg aus, die Flinte im Anschlag, fand aber keine Ziele in der menschlichen Brandung, die da aus dem Restaurant geströmt kam.

Rasch warf Lamar die Flinte beiseite, gab das Geld Odell und nahm ihm dafür das Sturmgewehr ab.

»Ich geb euch Rückendeckung. Macht, daß ihr rauskommt.« Er packte Odell, drückte ihm einen Kuß auf den Mund und wandte sich dann an Ruta Beth.

»Hast mir die Haut gerettet, Schatz. Hast du wirklich prima gemacht.«

»Lamar, du mußt ...«

»Mach dir um mich keine Sorgen. Los jetzt. Nimm unseren guten Richard mit.«

Rasch trat er an die Tür und schickte dem einzigen Bullen, den er ausmachen konnte, in schneller Folge drei Kugeln hinaus. Das Gewehr hatte einen satten Rückstoß, fand aber nach jedem Schuß mit einer geschmeidigen Bewegung wieder das Ziel. Der Polizist setzte sich traurig hin. Lamar zog herum, hielt auf das zweite Ziel an, feuerte zweimal darauf und überzog die Windschutzscheibe mit einem dichten Netz silbriger Risse.

»Witschad«, schrie Odell und riß Richard vom Boden. Der große Mann trug ihn schier durch das zerbrochene Fenster. Scherben, so weit das Auge reichte, dazwischen Schüsse, auf dem gesamten Planeten schien Panik ausgebrochen zu sein. Dazu Richards eigene übermächtige Angst. Er warf einen Blick zurück und sah Lamar, der wie ein verrückter, heroischer Sergeant in einem Kriegsstreifen die Polizisten abspritzte: Rambo gegen die Polizei. Dann saß Richard auch schon im Wagen.

Odell gab Gas, und der Wagen schnellte nach hinten, traf etwas, was mit einem entsetzlichen Klappern zu Boden ging, und raste dann los; fast schien er noch umzukippen, als er auf zwei kreischenden Reifen in die Straße einbog. Dann schossen sie wie der Blitz die Straße hinauf. Fast ebenso jäh kam der Wagen beinahe wieder zum Stehen, nahm eine scharfe Kurve und gondelte dann im Ausflüglertempo dahin.

Richard setzte sich auf; sie befanden sich in einer ruhigen Vorstadt, einer friedlichen Welt direkt aus den fünfziger Jahren: kleine Holzhäuser mit Hängebäumen und grün gefiltertem Sonnenlicht. Der Trubel der Sirenen hinter ihnen schwoll zu einem Inferno an.

»Mar«, heulte Odell. »Mar.«

»Ist schon okay, Mäuschen«, sagte Ruta Beth, die die Skimaske abgenommen hatte, um das lange Haar auszuschütteln. »Papa paßt schon auf sich auf.«

Lamar warf das Magazin aus und knallte ein neues hinein. Er spannte die Waffe mit dem merkwürdigen Hebel, den sie obendrauf hatte, und ließ ihn wieder vorschnellen. Er blickte über Kimme und Korn, konnte aber niemanden sehen. Zwei Streifenwagen standen im Winkel zu den beiden Zufahrten zum Parkplatz; er wußte, er hatte einen der Bullen erwischt, der andere schien keine Lust zu haben, sich mit ihm einzulassen, und hatte sich hinter seinem Wagen verschanzt. Lamar hätte darauf gewettet, daß er an der Strippe hing und um Verstärkung bat.

Lamar fuhr sich mit der Zunge über die knochentrockenen Lippen.

Meine lieber Junge, sagte er sich, *da hast du dich vielleicht in was reingeritten.*

Er nahm die Strickmaske ab und warf sie weg. Wenn er hier rausging, dann als Lamar Pye, der legendäre Verbrecher, der Weiße mit dem größten Schwanz im ganzen »Mac«. Er warf den Regenmantel ab, eine große Erleichterung, da es in dem verdammten Ding einfach zu heiß geworden war.

Er jagte in rascher Folge fünf Kugeln in den Tank von einer der Bullenschleudern und hoffte, daß das Ding hochging, aber es rührte sich nichts. Statt dessen pfiffen ein paar schlecht gezielte Schüsse in seine Richtung.

Er feuerte schnell, leerte das Magazin, um sie zurückzutreiben, rutschte schließlich von der Tür weg und kroch über Splitter und Scherben zur Küche. Ein schwarzer Teenager kauerte heulend an der Spüle.

»Tun Sie mir nichts, Sir«, schluchzte der Junge.

»Sei still. Hat dir doch keiner was getan. Ich bin derjenige, dem sie hier an die Wäsche wollen.« Fast hätte er den Jungen erschossen, aber was hätte das schon bewiesen? Möglicherweise brachte es ihm ja was ein im Knast, daß er einen Nigger hatte leben lassen, während er ein ganzes Rudel Weißer abgeknipst hatte.

Er stand auf, rannte zum Lieferanteneingang auf der Rückseite des Hauses und riß ihn auf. Zwei Polizisten schossen mit Flinten auf ihn, aber noch bevor die Schrotladungen die Tür in Fetzen rissen, war er wieder im Haus.

Du mußt in Angriffsstellung gegen sie gehen, sagte er sich. *Das sind Bullen nicht gewohnt. Die sind dran gewöhnt, daß Leute das Handtuch werfen, ich muß auf sie losgehen, daß die Fetzen fliegen, sonst haben die mich am Arsch.*

Er trat an die rückwärtige Mauer, an der es hoch oben ein Fenster gab. Nie im Leben kam er da durch, aber er hätte ein freies Schußfeld auf einen der Bullen.

Aber noch im selben Augenblick als er abdrücken wollte, merkte er, worauf er da geklettert war: Ein Ausguß, neben dem sich ein Müllschlucker befand. Er trat die Klappe weg, die den Schacht verdeckte, und sah sich vor einer Rutsche, knapp einen halben Meter breit, die nach einem scharfen Winkel in die Dunkelheit führte, obwohl er einen Lichtschimmer zu sehen glaubte.

Scheiß drauf, dachte er. *Wenn ich hierbleibe, habe ich keine Chance.*

Er warf das Sturmgewehr weg und zwängte sich in den Schacht. Ein widerlicher Gestank kam ihm entgegen, der Gestank von verrottenden Lebensmitteln, Bratfett, Fäulnis. Einen Augenblick hatte er Zweifel daran, daß er es schaffte – womöglich blieb er mit dem Arsch hängen und die Bullen fanden ihn halb drinnen, halb draußen. Er rutschte jedoch mit erstaunlichem Tempo, wurde in die Dunkelheit hinausgeschleudert, hatte ein merkwürdiges Gefühl von Freiheit und sah sich schließlich inmitten stinkender Essensreste und Verpackungen in einem Müllcontainer. Er rollte sich heraus, wünschte, er hätte das AR-15 mitgenommen. Aber er hatte ja noch die beiden 45er. Er sah sich rasch um, kapierte, daß er in einem Schacht auf der rechten hinteren Außenseite des Ladens gelandet war. Lamar stieg die Treppe hinauf und sah sich in der Flanke zweier Polizisten, die die Rückseite bewachten. Auch den Wagen der Highway Patrol sah er; und jetzt kapierte er: Der Smokey aus dem Restaurant hatte hinter dem Haus geparkt, war durch den rückwärtigen Eingang hinein, um aufs Klo zu gehen. Deshalb hatte Richard ihn auch nicht gesehen.

Er schüttelte den Kopf. Von vorn kam das Krachen von Schüssen, das Heulen von Sirenen, als nach und nach Verstärkung eintraf. Zeit, zur Sache zu gehen, dachte er und rannte auf das Polizeifahrzeug zu.

Es war Mord, schlicht und ergreifend. Und ein Kinderspiel obendrein. Die Leute wußten nicht, daß sie ihn in der Flanke hatten. Er lief auf sie zu, eine Pistole in jeder Hand, und als sie aufblickten, war es auch schon zu spät. Alles schien in Zeitlupe abzulaufen; die

Szene hatte die unglaubliche Klarheit von Football-Wiederholungen im Fernsehen. Er sah, wie der eine halb hochkam und die Flinte in Anschlag zu bringen versuchte, aber der Mann schien sich durch Melasse oder Motorenöl zu arbeiten, seine Augen waren so groß wie Spiegeleier, und seine Finger flogen auf der Suche nach dem Abzug über die Waffe wie die eines Kneipenmusikers übers Klavier. Lamars erste Kugel erwischte ihn am Hals. Der Adamsapfel schien zu explodieren, als hätte ein Sprengmeister in präpariert, und das Blut spritzte in einer dunkelroten Fontäne hervor. Um den anderen umzubringen, brauchte es schon etwas mehr. Während sich der Mann wie ein Fötus zusammenrollte, traf Lamar ihn zweimal, nur um zu sehen, daß der Mann eine Schutzweste trug; also beugte er sich vor und schoß ihm in den Kopf. Er sah die Haare fliegen – wieso kam ihm das so bekannt vor? – und Staub und Dunst aufsteigen, als eine Ruhe über den Körper kam, die nur den Tod bedeuten konnte. Dann stand Lamar über ihnen und leerte beide Magazine in die Leichen; einen Augenblick lang kam er sich vor wie der mächtigste König der Welt.

Schaut mich an, schaut mich an! dachte er jubelnd.

Er warf die beiden Pistolen und eine der Polizeiflinten auf den Rücksitz des Streifenwagens, glitt hinters Steuer, fand den Schlüssel und ließ den Motor an. Ein weiterer Streifenwagen kam um die Ecke, und Lamar hielt voll darauf zu, bis er auswich. Er erwischte ihn hart, hörte das Splittern von Glas. Dann setzte er zurück, um den Zaun zu durchbrechen, der ihn gefangenhielt. Es war ein stabiler Maschendrahtzaun. Lamar wußte, die schwächste Stelle wäre genau in der Mitte zwischen zwei Pfosten, also hielt er haargenau darauf zu und trat drauf.

Der große Crown Victoria durchschlug krachend den Zaun, wurde langsamer und schoß dann ins Grüne; irgend etwas zischte heran und zerschmetterte die Windschutzscheibe. Mit einem zweiten Energieschub ließ der Wagen auch dieses Hindernis stehen, schien eine Kleinigkeit zu fallen und landete auf einem Hinterhof. Lamar trat das Gaspedal durch bis aufs Blech, raste über den Hof, schickte Liegestühle in beide Richtungen davon und schließlich einen Picknicktisch voller Hamburger und gefüllter Eier, die wie verrückt durch die Luft flogen, bevor der Wagen eine Hecke niederwälzte, über den Rasen eines Vorgartens raste und auf eine Straße stieß, wo er rechts abbog. Hier drückte Lamar dann wirklich drauf. Hinter sich hörte er die Sirenen.

KAPITEL 16

Bis abends um zehn war schließlich auch Bud am Tatort, wo es immer noch zuging wie auf dem Rummelplatz. Er hatte den ganzen Weg über den Funkverkehr mitgehört. Durch elementare Polizeiarbeit war im Handumdrehen das sichergestellte AR-15 identifiziert: ein Check der Seriennummer bei der ZAD des Bundes ergab, daß es Teds auf der Farm der Stepfords geklaute Waffe war. Wenige Minuten später hatten die Behörden aus Oklahoma Lamars Visage gefaxt; der Hilfskellner, der Lamar am besten gesehen hatte, konnte ihn sofort identifizieren. Um sechs war die Fahndungsmeldung für Lamar, Odell, Richard und ein unbekanntes viertes Bandenmitglied an alle Dienststellen gegangen.

Verhaftet hatte man bisher freilich noch niemanden, und das, obwohl man von höchster Stelle den Großeinsatz aller in Nordtexas und Südoklahoma verfügbaren Einheiten angeordnet hatte, darunter Lufteinheiten mit Infrarotkapazität, Suchhunde und berittene Rangers, die das Weide- und Farmland südlich von Wichita Falls durchkämmten. Die Rangers errichteten Straßensperren an allen wichtigen Durchgangsstraßen und an den drei Brücken über den Red River fünfzehn Meilen nördlich der Stadt; die Ufer wurden in beiden Richtungen patrouilliert.

Bud parkte ein Stück die Maurine Street hinauf und ging dann zu Fuß zum Tatort zurück. Natürlich waren zu Hunderten die Gaffer gekommen, die Straße war von Kleinlastern blockiert, jede Menge Teenager und junge Ölarbeiter standen herum. Es herrschte dieselbe Jahrmarktstimmung, wie Bud sie von schlimmen Unfällen auf der I-44 her kannte. So was ärgerte ihn jedesmal wieder. Jemand tönte zwischen dem Dröhnen der Hupen: »Wahnsinn, Lamar Pye hat's geschafft!« Angewidert spuckte Bud aus. Nicht daß es ihn überraschte. Für so manchen mochte Lamar ein Held sein wegen seines wilden Lebens, seiner Weigerung, sich von irgend jemandem was gefallen zu lassen. Das war es, was Amerika vergiftete, dachte er.

Er näherte sich dem gelben Plastikband der Absperrung, das an Stabsäulen rund um das Denny's angebracht war. Etwas abseits standen eine Reihe Fernsehteams, die ihre Einspielungen in die Großstädte schickten. Auf dem Parkplatz mußte wenigstens die Hälfte aller texanischen Dienstfahrzeuge versammelt sein, während in dem zertrümmerten Restaurant die Spurensicherung am Suchen und Sammeln war. Dazwischen standen Vertreter sämtlicher Polizeibehörden des Staates, unterhielten sich, gaben Verlautbarungen heraus, Informationen ins Funknetz und weiß der Kuckuck was noch.

»Halt, Sir«, sagte ein Kollege von der texanischen Highway Patrol, als Bud sich unter dem Band hindurchbückte. »Sie können da nicht durch.«

Bud zeigte ihm seinen Ausweis.

»Oh, tut mir leid, Sarge. Ihr Jungs aus Oklahoma seid ja hier stark vertreten.«

»Uns sind sie ja auch entkommen«, sagte Bud. »Sie haben schon vor 'n paar Wochen einen unserer Kollegen umgebracht. Wir sind mächtig scharf auf die.«

»Ich weiß. Ich war auf der Beerdigung von dem Jungen. Traurige Geschichte. Tja, wenn wir sie in Texas erwischen, schicken wir euch gern die Leichen rauf. Sie haben vier Polizisten und zwei Zivilisten umgelegt. Dieser Lamar, das ist vielleicht eine Marke, verdammt noch mal.«

»Das dürfen Sie laut sagen. Wer hat denn hier das Sagen?«

»Unser Colonel Benteen schmeißt den Laden, wie gewöhnlich. Und wie gewöhnlich versucht der eine oder andere Ranger einen Fuß in die Tür zu kriegen.«

»Bei uns ist es dasselbe mit den Leuten vom OSBI.«

»Tja, ich glaube, euren Osbi haben wir hier auch irgendwo. Und dann euren Colonel, den Polen?«

»Supenski. Ja. Und der vom Osbi, das ist wohl Lieutenant C. D. Henderson?«

»Genau der. Ein Schluckspecht, der Bursche, das riecht man. Na, wie auch immer, Sie finden sie drin. Viel Glück.«

»Danke, Kollege.«

Bud ging weiter zwischen Fahrzeugen und kleinen Grüppchen kaffeetrinkender Männer hindurch, die sich leise, aber angeregt unterhielten; dann betrat er das Restaurant.

Es sah aus wie das einzige übbriggebliebene Gebäude auf einem Schlachtfeld. Die Fenster waren alle zerschlagen, die Wände von Einschüssen vernarbt, Glassplitter und Teile von Fensterrahmen, wohin man sah. Die Tische lagen kreuz und quer. Und dann natürlich die Kreidekonturen der Leichen, die man längst fortgeschafft hatte. Bud sah zwei, eine an der hinteren Wand zwischen den beiden Toiletten, die andere weiter im Restaurant. Große Lachen klebrigen Bluts markierten die Stellen. Beide wirkten wie mit einem Bann belegt: Weder die uniformierten Beamten noch die von der Spurensicherung näherten sich ihnen auf mehr als drei Meter.

»Ein dritter liegt im Büro des Geschäftsführers. Dieser Lamar – schießt einen dreiundzwanzigjährigen Trainee über den Haufen, nachdem er ihm zuerst einen Finger gebrochen hat, damit der Junge ihm den Safe aufmacht. Bud, was zum Teufel machen Sie denn hier?«

Es war Colonel Supenski.

»Tja, konnte einfach nicht wegbleiben.«

»Das kann ich mir denken. Der Teufel soll ihn holen, diesen Lamar, der Kerl ist ein ausgewachsener Hurensohn. Der muß doch verrückt sein.«

»Der ist nicht verrückt«, sagte Henderson. »Der steht auf die Dröhnung, die er kriegt, wenn er einen abknipst. Wie ein Schnüffler – nur daß er *Menschen*leim schnüffelt. Hallo, Sergeant Pewtie.« Die verkniffenen Augen hinter der Brille fixierten Bud. *Wie konnte der Mann nur so alt und immer noch Lieutenant sein,* fragte sich Bud. Dann roch er die vertraute Bourbonfahne, mit Pfefferminz verschnitten, aber keineswegs besiegt; damit wußte er Bescheid.

»Lieutenant«, nickte er.

»Verflucht«, sagte Henderson, »ein gerissener Kerl ist das. Die texanischen Kollegen haben den Wagen gefunden, in dem die Bande geflohen ist, zirka fünf Meilen von hier. Er hat nicht bloß *einen* Wagen geklaut, sondern *zwei,* der Teufel soll ihn holen. Damit sind die Aussagen der Augenzeugen und die Autonummer einen feuchten Dreck wert. Und Fingerabdrücke werden wir auch keine finden, paßt nur auf.«

»Wer ist denn die Frau, die er abgeknallt hat?«

»Na ja, laut den Zeugen hier hat die der andere Kerl auf dem Gewissen. Den kennen wir noch nicht. Wer immer er ist, er hat die Zivilistin erwischt, eine Rhonda McCoy aus Wichita Falls. Mrs. McCoy war Bewährungshelferin hier in Texas, sie hatte eine Berechtigung zum Tragen einer versteckten Waffe. Hat versucht, ihre Pflicht zu tun. Sie war so unterlegen, daß es schon nicht mehr komisch ist. Ist hier vor den Augen ihrer Eltern gestorben, ihres Mannes, ihrer beiden Kinder. Herrgott noch mal!«

Bud warf einen Blick über den Schauplatz des Blutbads.

»Er ist durch eine verdammte Müllrutsche raus. Abfall zu Abfall, paßt das nicht wie die Faust aufs Auge? Nur zu, Bud, sehen Sie sich ruhig um. Auch hinterm Haus.«

Bud durchquerte das Restaurant und ging in die Küche. Eine Reihe von Männern standen um den Müllschlucker. Auf der Theke lag, in einem großem Beweismittelbeutel, nach wie vor Teds AR-15. Er ging hinüber und sah es sich an: ein schwarzglänzendes Ding aus Plastik und parkerisiertem Metall, modern – die Waffe eines Außerirdischen.

»Die hat er von einem Staatspolizisten aus Oklahoma«, sagte einer der texanischen Polizisten. »Mußte dafür dran glauben.«

»Ich weiß, ich war dabei«, sagte Bud.

»Sie sind Pewtie.«

»Der bin ich.«

»Sie müssen ja aus Eisen sein, so was zu überstehen. Wie's heißt, sind Sie Oklahomas härtester Polizist.«

»Im Augenblick fühl ich mich nicht so hart«, sagte Bud.

Hätte ich mich bloß um meinen eigenen Dreck gekümmert, dachte er, *wär das alles vielleicht gar nicht passiert.*

Er ging durch die Küche zurück auf eine offene Tür zu. Hinten auf dem Parkplatz sah er zwei Leichen; wie's aussah, hatte man alle anderen bereits weggeschafft. Ein weiteres Heer von Polizisten stand herum, sie machten sich Notizen. Weiter hinten war ein Maschendrahtzaun niedergewalzt, dahinter markierte ein Pfad der Zerstörung Lamars Fluchtroute.

»Hey, Pewtie, wir haben zwanzig Mann hier und waren trotzdem unterlegen. Sie sollten sich das nicht so zu Herzen nehmen.«

»Wenn mir der Kerl das nächstemal vor die Flinte läuft, dann drück ich einfach ab und lüg dem Ausschuß was vor.«

»So denken wir alle«, sagte der texanische Kollege, »nur daß wir bei uns hier in Texas nicht vor 'nen Ausschuß müssen, wenn wir mal abdrücken.«

Bud ging durch das Trümmerfeld des Restaurants zurück, versuchte dabei, auf nichts zu treten.

»Sie brauchen nicht wie auf Eiern zu gehen, Sarge«, sagte ein Mann von der Spurensicherung mit weißen Plastikhandschuhen, »wir haben so ziemlich alles eingesackt.«

»Ich komme mir wie in einem Kriegsgebiet vor«, sagte Bud.

»Waren Sie denn in Nam?«

»Nein, nein, war ich nicht.«

»Tja, mich erinnert das hier an Hue nach der Tet. Üble Geschichte, das kann ich Ihnen sagen«, meinte der Techniker. »Da drüben gibt's übrigens Kaffee, falls Sie welchen wollen.«

»Danke«, sagte Bud und wandte sich ab. *Was zum Teufel mach ich eigentlich hier?* fragte er sich. *Wieso komm ich hierher? Was will ich mir damit beweisen?*

Er schüttelt den Kopf, mutterseelenallein in dem Chaos, überzeugt, daß er wie ein Idiot herumstand und bloß im Weg war; dann sah er den Löwen.

Stocksteif stand Bud da, warf einen Blick durch den Raum, um sicherzugehen, daß sonst keiner das Bild bemerkt hatte; er fragte sich, ob er Laut geben sollte. Aber weswegen? He, seht euch das an?

Das Bild auf dem Boden unter Glassplittern, mehr oder weniger beiseite geschoben, zwischen andere Papiere geräumt, als die Spurensicherung das Trümmerfeld nach Spuren abgegrast hatte. Schon merkwürdig, wie er es nur aus dem Augenwinkel gesehen hatte, bei einem Blick durch den Raum, gerade als er sich fragte, was er hier sollte.

Er kniete nieder, schob behutsam zwei zerknitterte Platzdeckchen beiseite sowie ein Dutzend Glassplitter verschiedenster Art und legte so ein drittes frei, an dem sein Blick hängen geblieben war.

Tatsächlich: ein weiterer Löwe, geistesabwesend hingemalt, vermutlich von Richard, während er auf den Überfall wartete. Wahrscheinlich hatten sie Richard als Aufklärer und Ausputzer benutzt, auch wenn sich alle einig waren, daß das neue Bandenmitglied die Schüsse abgegeben hatte.

»He, Spusi«, rief er.

Der Spurentechniker kam herüber.

»Haben Sie was, Sarge?«

»Haben Sie schon Abdrücke?«

»Ja, sind sogar schon ans Abdrucklabor beim FBI gegangen. Unglaublich, wie fix der Computer ist.«

»Wurde jemand identifiziert?«

»Die Pyes und Peed hatten wir schon selber identifiziert, kein Problem. Was den vierten anbelangt, haben wir uns zwar die Zeugen vorgenommen, aber keiner kann sich erinnern, daß er was angefaßt hätte. Aber wir haben die Patronenhülse – vielleicht haben wir ja einen latenten Abdruck auf der.«

»Okay, ich habe so das Gefühl, daß das hier Richard Peed gehört. Er ist Maler.«

Der Mann sah es sich näher an.

»Also, Ölflecken seh ich keine. Ich weiß nicht, Kamerad, ich bezweifle stark, daß sich da ein Abdruck abnehmen läßt. Von Papier ist das eine schwierige Sache. Da braucht es schon eine harte, glatte Oberfläche – Glas, Linoleum, Resopal.«

»Dacht ich mir schon. Wollen Sie das Ding trotzdem einpacken?«

»Ja, sollte ich wohl.«

»Aber könnt ich davon erst noch ein Foto kriegen oder eine Kopie, irgendwas?«

»Im Büro des Geschäftsführers steht ein Kopierer.«

»Das heißt, Sie geben nicht gleich Alarm, wenn ich das Ding mit nach hinten nehme, kopiere und wiederbringe?«

»Ist mir Jacke wie Hose, Mann. Was wollen Sie denn damit?«

»Ich hab nun mal 'ne Schwäche für Löwen.«

Bud hob das Platzdeckchen auf, das Dennys-Wappen war darauf, außerdem noch ein paar Spiele: Verbinde die Punkte, Rätsel für Kinder (»Was ist schwarzweiß und trotzdem rot? – Eine Zeitung«). Er ging damit ins Büro des Geschäftsführers. Eingetrocknete Spritzer braunen Bluts an der Wand – wild und formlos, fast ein Schußbild der Schrotladung, die den Körper des Mannes durchschlagen hatte – markierten die Stelle, wo Lamar den jungen Manager abgeknallt hatte; die mit Band geklebten Konturen am Boden zeigten, wo er gelandet war. In der anderen Ecke stand unberührt ein Fotokopierer; reine Routine, damit eine Kopie des Platzdeckchens zu ziehen, die er zusammengefaltet einsteckte. Er ging zurück zu dem Mann von der Spurensicherung, der das Ding in einen Beweismittelbeutel steckte, den Druckverschluß schloß und dann den Anhänger ausfüllte.

»Ach, Bud?«

Es war C. D. Henderson.

»Lieutenant?«

»Wie wär's mit 'nem Schluck? Ich habe eine Flasche einstecken, ich gebe Ihnen gern einen ab. Macht den Kopf frei, heißt es.«

»Nein, danke, Lieutenant. Ich würde auf der Stelle umkippen.«

»Na egal, sind 'n ziemlicher heller Kopf, wie man so hört. Immer der Klassenbeste, außergewöhnliche Verhaftungsquote, und Sie haben den Ruf, ordentliche Berichte zu schreiben.«

»Ich bin bloß ein alter Highwayjockey, Lieutenant. Ihr seid die Ermittler.«

»Sie haben also nichts am Laufen?«

»Tut mir leid, ich versteh –«

»Sie arbeiten da nicht zufällig an einer Spur, auf die sonst noch keiner gekommen ist?«

Seine Bourbonfahne war überwältigend.

»Wie gesagt, ich bin kein Ermittlungsbeamter. Das seid ihr.«

»Ja, so steht's im Buch, und ich weiß, daß euch Smokeys das nicht die Bohne schmeckt. Aber so ein heller Kopf wie Sie ... mit Erfahrung, der sich zu helfen weiß. Also, ich weiß nicht, Bud, wenn ich Sie so sehe, wie Sie hier in den Beweismitteln buddeln und dann zum Kopierer laufen. Das kommt mir doch so 'n bißchen spanisch vor.« Als er fertig war, sah er Bud an und kniff seine bauernschlauen Augen zusammen.

»Ich mach hier überhaupt nichts. Ich wollte nur sehen, was dieser verdammte Lamar diesmal angestellt hat. Das ist alles, Lieutenant.«

»Ich weiß doch, wie's einen ganzen Kerl wie Sie in allen Fingern juckt, Lamar noch mal vor die Flinte zu kriegen.«

»Ich geh nicht noch mal gegen Lamar an, das können Sie vergessen. Er hat mich einmal drangekriegt, und ich bezweifle nicht, daß er's auch ein zweites Mal schafft. Der Kerl ist mir einfach eine Nummer zu groß. Wenn ich was über Lamar finden würde, würde ich die Marines rufen, das FBI und die Staatspolizeien zwischen hier und Maryland und zurück.«

»Ha, aber würden Sie auch das OSBI rufen?«

»Hören Sie, es geht doch hier nicht um Zuständigkeiten.«

»Ja, das kriege ich jedesmal zu hören, wenn mich einer von euch Smokeys aus meinem eigenen Fall rauszudrängen versucht. Ich meine, wir kriegen hier ja womöglich eine Menge guter Spuren aus all dem Material. Ich möchte dabeisein, wenn es zur Sache geht, haben wir uns verstanden?«

»Jawohl, Lieutenant. Laut und deutlich.«

»Guter Mann, Bud. Sie und ich, wir beide sind doch alte Hasen, wir können doch miteinander auskommen. Wenn Sie was erfahren, dann rufen Sie den alten C. D. Ich will dabeisein. Ist das klar, Mann?«

»Alles klar«, sagte Bud.

KAPITEL 17

Das Wasser war kalt. Unmöglich, es auch nur einen Augenblick länger auszuhalten. Er würde sterben. Er spürte das Beben seiner Lippen, die zunehmende Taubheit am ganzen Leib. So verdammt kalt.

»Ich halt's nicht mehr aus, Ruta Beth«, sagte Richard.

»Halt den Mund, du verdammter Trottel«, gab sie giftig zurück. »Du bleibst hier liegen wie ein ganzer Kerl, verflucht noch mal, sonst laß ich Odell dir für 'n paar Minuten den Kopf unter Wasser halten.«

»Aber das ist doch hoffnungslos. Der kommt nicht mehr.«

»Und ob Papa kommt«, sagte Ruta Beth. »Papa kann auf sich aufpassen, verflucht noch mal, und er kommt. Hab ich nicht recht, Odell?«

»Wawa komm«, sagte Odell, der selbst mit den Zähnen klapperte.

Sie kauerten alle drei in einem Fleckchen Schilf, das kalte Wasser des Red River bis zum Hals. Sie befanden sich in einer gottverlassenen Gegend zehn Meilen außerhalb von Burkburnett, zwischen der Burkburnett- und der Vernon-Brücke über den Fluß. Gut hundert Meter starker schwarzer Strömung lagen zwischen ihnen und dem gelobten Land Oklahoma; der Fluß war hier geradezu reißend. Richard wußte, er könnte ihn nicht durchschwimmen; der Fluß würde ihn hinabziehen, er würde ertrinken. Nicht ein Quentchen Barmherzigkeit hatte diese Nacht für sie. Der Wind pfiff und ließ das Schilf rauschen. In der Dunkelheit war nur das Ufer zu sehen, schlammig und flach. Und überall lauerte der Feind.

Vor einigen Stunden erst war ein Geländefahrzeug vom Amt für Öffentliche Sicherheit das Ufer heruntergeschlingert; die beiden argwöhnischen Texas Rangers an Bord hatten sich einen Weg über gefallene Bäume gebahnt, waren ins seichte Wasser des Ufers getaucht, wann immer es nötig war, und hatten mit dem Suchscheinwerfer das Unterholz nach Spuren der Räuber abgesucht. Sie waren vorbeigefahren, wenn auch kaum fünf Meter entfernt. Sie würden wiederkommen.

Dann, etwa eine Stunde später, Lichter drüben am anderen Ufer, in Oklahoma, wo man vermutlich eine Kopie der texanischen Operation aufgezogen hatte. Aber die Laster waren nicht das Problem. Das wirkliche Problem waren die Hubschrauber.

Sie kamen blitzschnell herein und so tief, daß ihr Lärm geradezu aus dem Nichts explodierte, wenn sie in etwa dreißig Metern Höhe den Fluß abflogen, und das zwei-, dreimal die Stunde. Jäger, die nicht die Absicht hatten, mit leeren Händen nach Hause zu gehen. Einmal hatte Richard einen Beobachter aus einer der Türen hängen sehen, einen vierschrötigen Mann mit Feldstecher, Cowboyhut und einem Mikrofon vor dem Mund; der Mann hatte die aufwendigste Büchse an Bord, die Richard je gesehen hatte, ein fieses Ding aus schwarzem Plastik. Die reinste Strahlenkanone. Der Kerl meinte es ernst; er hatte die Absicht, noch vor Ende dieser Nacht einen Verbrecher zu erschießen.

»Können wir nicht am Ufer warten?« stöhnte Richard durch die klappernden Zähne. »Der nächste Hubschrauber kommt doch nicht vor einer Stunde.«

»Richard, du bist wirklich der größte Trottel, der mir je untergekommen ist«, sagte Ruta Beth. »Hat Papa dir nichts über Inferrot erzählt? Mit diesem Inferrot, da sehen die dich auch im Finstern an deiner Körperwärme. Genauso machen die das – mit deiner eigenen Wärme jagen die dich. Wenn die Leute auf ihren Apparaten die Wärme von drei Körpern sehen, die sich im Gras verstecken, verflucht noch mal, die haben doch in 'ner Minute 'ne Hundertschaft Rangers hier.«

Woher wußte Lamar nur so viel? Lamar wußte einfach alles.

Aber Lamar war tot.

»Wenn er's geschafft hätte, wäre er längst hier«, sagte Richard. »Wir werden hier erfrieren, das ist alles.«

»Verdammt, Papa ist viel zu clever für die Bullen.« Jetzt fing sie schon an zu reden wie er. »Also, Richard, du hältst jetzt den Mund, oder Odell muß dich bestrafen.«

»Schon gut, Ruta Beth«, sagte Richard.

»Witschad«, würgte Odell seinen Senf dazu.

»Ich hab's gehört, Odell, kein boing-boing, bitte, ja?«

Aber Odell wollte Richard gar nichts tun. Statt dessen nahm er ihn hoch und umarmte ihn. Es war wirklich merkwürdig; Odells Arme zogen Richard an sich, und sein mächtiger Körper schien ihn zu absorbieren. Das Ganze hatte nichts mit Sex zu tun, der sexuelle

Teil von Odells Gehirn schlief glücklicherweise; es war die reine Zärtlichkeit.

Witschad heile-heile machen. Witschad nicht kalt. Witschad lieb, Dell machen warm.

Odells Liebe zu ihm blühte auf wie eine Treibhausblume; Richard spürte die Wärme, die von dem großen Körper ausging, spürte sie in der Umarmung; Odell wollte, daß er überlebte, weiter nichts. *Dieser Odell! Was für ein merkwürdiger Junge! Von welchem Planeten mochte er wohl kommen?*

Seine Wärme rettete Richard. Sie griff nach ihm, riß ihn aus der eisigen Einsamkeit seines Exils und schenkte ihm Leben. Er sehnte sich danach, sich darin zu verlieren. Er wußte, ab jetzt würde er alles überstehen.

Die Stunden vergingen. Noch sechs weiteremal schubberte der Hubschrauber vorbei. Schließlich begann sich die Dämmerung in den Himmel zu schieben.

»Ruta Beth?«

»Ja?«

»Was machen wir, wenn er nicht kommt?«

»Nichts. Weiterwarten.«

»Aber dann kriegen sie uns.«

Ruta Beth antwortete nicht. Er hatte ja recht. Der Wagen, in dem sie gekommen waren, stand mit einer Tarnplane abgedeckt unter einigen Bäumen, vielleicht eine Meile von hier, am Ende eines Feldwegs in der Nähe einer verlassenen Farm. Bei Tageslicht wäre der primitive Betrug schnell entdeckt. Der Hubschrauber würde ihn entdecken, innerhalb weniger Minuten wären Hunderte von Polizisten dort; sie würden mit Bluthunden ausschwärmen, der Spur folgen bis hierher ans Ufer und das kleine Grüppchen finden.

Ruta Beths Toyota stand auf der anderen Seite des Flusses, kunstvoll versteckt. Auch den würden sie bei Tageslicht sehen. Die einzige reelle Chance war, noch in der Dunkelheit über den Fluß zu kommen und mit dem Toyota zu fliehen; gegen den Wagen lag nichts vor, mit ihm kämen sie über Schleichwege zurück auf die Farm.

Während es langsam heller wurde, sah Richard schließlich Ruta Beths wie in Stein gehauene Miene. Sie war eine wahre Gläubige, ihr Gott hieß Lamar, aber selbst ihr war anzusehen, daß sie langsam die Hoffnung verlor.

»Er kommt schon«, sagte sie. »Ich weiß, daß er kommt.«

Warten auf Lamar. Richard kam sich vor wie in einem existentialistischen Stück irgendeines perversen Franzosen, der auf Hasch und Knaben abfuhr. Aber statt spritzige Dialoge und ironische Reflexionen über das menschliche Sein abzusondern, kauerten die drei Protagonisten reglos im Wasser, runzlig wie Backpflaumen, und warteten, daß die Sonne sie verriet.

Wenigstens, dachte Richard, *wäre es bald vorbei.*

Ein Fisch biß ihn. Er fuhr zusammen, als sich der Schmerz durch die Taubheit kämpfte; der Fisch biß ihn noch mal. Nein, er hatte ihn nicht gebissen, gekniffen hatte er ihn, fast wie im Spaß – an den Eiern zupfte er ihn.

»Odell?«

Aber Odells ausdruckslose Miene ließ keinerlei meßbare geistige Aktivitäten erkennen.

Was zum …

»Verflucht«, sagte Richard. »Er ist da!«

Lamar schoß aus dem Wasser wie ein Seehund, zitterte wie ein wütendes Tier und schnaubte dann munter. »Hah! Hättest sehen sollen, wie's dich gerissen hat, Junge!«

In diesem Augenblick liebte ihn Richard.

»Lamar! Lamar!« plapperte Ruta Beth.

»Mar! Mar! MARRRRR!« äffte Odell sie nach.

»Langsam, Leute, nicht so laut! Wir haben noch keinen Grund zum Feiern. Erst muß ich euch hier rausschaffen.«

»Wo hast du denn gesteckt, Papa?«

»In der Garage von irgend 'nem verdammten Spießer. Ich bin mit 'ner Bullenschleuder rausgekommen, hab die dann stehenlassen, bin quer durch die Stadt und schließlich in 'ner Garage gelandet. Da hab ich abgewartet, bis es finster wurde, damit ich den Wagen kurzschließen und zu euch kommen konnte. Habt ihr das Geld?«

»Darauf kannst du wetten, Papa«, sagte Ruta Beth. »Komm, halt mich, gibt mir 'nen Kuß, Schatz.«

»Ich denk, das mach ich glatt«, sagte Lamar, und unter Odells seligem Blick stürzten sich die beiden im Grau der Dämmerung aufeinander und gaben sich einen mächtigen schlabbernden Kuß.

Nur Richard kam der Gedanke: *Wie viele hat er wohl umbringen müssen, um da rauszukommen?*

Aber als sich Lamar von Ruta Beth losmachte, verkündete er: »Also, Zeit zu verschwinden. Wo ist der verdammte Sack, Schatz?«

»Am Ufer, Papa. Soll ich ihn holen?«

»Allerdings.«

Er wandte sich an Richard. »Siehst aus, als würdest du frieren, mein Junge. Dir klappern doch nicht die Zähne?«

»E-e-es i-i-ist s-s-so kalt, Lamar«, stammelte Richard.

»Verdammt, in drei Stunden setzt dir Ruta Beth am Kamin frisches Weißbrot vor.«

Ruta Beth zog den großen Leinensack zu Lamar.

»Großartig, Kleines«, sagte er. Er griff hinein und holte eine Rolle dünnes, wächsernes Seil heraus. Richard konnte es in dem grauen Licht gerade noch sehen.

»Kannst du schwimmen, Richard?«

»Ja«, sagte Richard.

»Gut. Dann schwimmst du jetzt da rüber und machst das hier mit einem Laufknoten an einem Baum fest, aber richtig, damit sich die Leute hier dran rüberziehen können.«

»Ich ... ich ...« Richard schluckte.

Er sah hinüber. Die Strömung des Red River war stark, Regenfälle hatten ihn anschwellen lassen; er donnerte nur so dahin. Im grauen Licht sah man langsam, aber sicher, woher er seinen Namen hatte: Er strömte dahin wie das Blut aus einer röchelnden Brustwunde, nur hier und da blieb er stehen, um Strudel zu bilden; an diesen Stellen drehte sich die Strömung in sich selbst und führte nach unten. Hin und wieder schoß ein Stück Holz oder Vegetation vorbei. Es war ein Todesfluß, und damit hatte es sich. Richard würde da draußen kapitulieren, zumal die Kälte seine Glieder die ganze Nacht über bearbeitet hatte. Die Strömung würde ihn hinabziehen und schließlich mitreißen – als aufgedunsene Wasserleiche.

»Hah!« bellte Lamar. »Hab ich dich drangekriegt, was? Ich mach das schon, verdammt noch mal. Hilf mir nur, das Seil hier um einen Baum zu kriegen, damit's uns nicht abhaut. Ihr hangelt euch dann daran rüber. Alles klar? Ruta Beth, hast du verstanden? Odell?«

»Ja, Papa.«

»Jap«, sagte Odell.

Darauf entrollten Lamar und Odell das Seil und banden das eine Ende um den kräftigen Stamm einer grünen Weide, die krumm aus dem Ufer wuchs. Lamar machte einen merkwürdigen Superknoten, wie ihn vielleicht Bootsmaate und Pfadfinder kannten.

»Okay, Odell, halt du mir die beiden Burschen hier«, sagte Lamar und zog zwei Pistolen aus dem Wasser. Odell nahm sie ihm eifrig ab.

»Drückt mir die Daumen«, sagte Lamar. »Ich wollte wirklich, ich hätt im Knast nicht so oft das Schwimmen geschwänzt.«

Er stürzte sich in die Fluten wie ein Kind am Strand und war mit einigen kräftigen Schlägen verschwunden. Es dauerte fast fünf Minuten, bevor sie ihn auf der anderen Seite herauskrabbeln und das Ufer hinaufkriechen sahen, wo er das andere Ende des Seils an einem Ast festband. Er gab das Zeichen.

»Okay, Jungs«, sagte Ruta Beth, »Papa ruft. Odell, gehst du zuerst?«

»Zersd«, sagte Odell.

Sich das Seil entlanghangelnd, das direkt unter der Oberfläche des rosigen Wassers verlief, begann er sich über den Fluß zu ziehen. Bei seiner ungeheuren Kraft ging das trotz des Geldsacks recht schnell.

»Jetzt du, Richard.«

»Nein, Ruta Beth. Mach du.«

»Wie du willst, aber trödle nicht rum, Richard. Die Bullen sind jeden Augenblick hier, und wir können nicht warten. Und wenn sie dich kriegen, verrätst du Lamar, ganz egal, was für Angst du vor ihm hast. Das wissen wir beide.«

Sie fixierte ihn mit einem sengenden Blick. Ihr kleines Bauerngesicht hatte etwas Strenges in dem grauen Licht; auf Flächen und Winkel reduziert, wirkte es wie das eines Botticelli-Akts. Man hätte meinen können, sie habe den bösen Blick und versuche Richard mit einem Fluch zu belegen, auf daß ihn sein Schicksal ereile. Dann war sie auch schon auf und davon, und da sie leicht und von der Farmarbeit kräftig war, zog sie sich scheinbar mühelos das Seil entlang, bis Richard sie in der Strömung aus den Augen verlor.

Jetzt war er an der Reihe. Er hangelte sich versuchsweise hinaus. Die Strömung war noch stärker, als er gedacht hatte. Als der Fluß so tief wurde, daß er den Boden unter den Füßen verlor, bekam er es mit der Angst. Gerade daß er nicht erstarrte. Schließlich riß er sich zusammen und hangelte sich weiter. Mit jedem Zug am Seil wuchs seine Angst. Das Seil hing tiefer, sein Gesicht tauchte unter, das Wasser war eisig, die Strömung stark. Einmal schien das Seil über einen halben Meter unter der Oberfläche zu verschwinden, und er hatte seine liebe Mühe, den Kopf über Wasser zu halten, um sich hin und wieder die Lunge voll Luft zu saugen. Von seinem Standpunkt aus war nichts zu sehen, weder Land noch Himmel, nur funkelndes Wasser – als wäre das ganze Universum versunken. Der Gedanke machte ihm eine Heidenangst.

Trotzdem zog er sich weiter. Dann öffnete er den Mund zu früh und erwischte einen Schluck, der ihn in die Tiefe zog. Er hustete, qualvoll, bekam einen Krampf, hielt sich aber verzweifelt fest. *Ein Stückchen noch,* dachte er. Er schaffte zwei weitere Züge, bevor er wieder zum Luftschnappen kam. *Ich muß ja fast schon drüben sein,* dachte er.

Dann jedoch machte er den Fehler, sich umzudrehen und einen Blick ans Ufer zu werfen, von dem er angenommen hatte, es bereits direkt vor sich zu haben; es war kaum auszumachen. Er hatte noch nicht mal die Hälfte geschafft.

Diese niederschmetternde Entdeckung traf ihn wie ein Schlag mit dem Hammer.

Gib auf, sagte er sich, *gib einfach auf.*

Aber er kämpfte sich blindlings weiter. Es war ein langer Weg durch die Nacht, den er sich da ertastete, die Welt auf das Tosen des Wassers reduziert, seine Arme kurz vor der Erschöpfung. Er sehnte sich danach, einfach aufzugeben. Einmal war er schon so weit und befahl seinen Händen, ihn freizugeben. Aber sie wollten nicht. Er fand die Kraft für einige weitere Züge. Ein herrlicher Lungenzug Luft half ihm über die schlimmste Verzweiflung hinweg. Weiter. Er zog.

Er dachte schon, es würde ewig dauern. Aber als er den nächsten Blick riskierte, staunte er, wie nah er am Ufer war. Mit einem mächtigen Zug hangelte er sich in seichteres Wasser, er sah die anderen im Unterholz nur wenige Schritt vom Ufer entfernt. Er bekam Boden unter die Füße. Er ließ das verdammte Seil los. Er stand auf, um zu winken.

Und schon hatte ihn die Strömung erfaßt.

»Richard«, sagte Lamar, fast schon im Plauderton. Richard war fast zum Greifen nahe, er kam aus dem Wasser, schien sich dann einfach hinzusetzen, und das Wasser spülte ihn fort. Er hatte den Anflug eines dümmlichen Lächelns auf dem Gesicht, als könne er nicht glauben, was da passiert, als wäre das alles ein Witz.

»Richard«, sagte Lamar ärgerlich. »Mach, daß du aus dem …«

Aber er war schon fort. Das Wasser hatte ihn, und noch während

Lamar zusah, gerann Richards dämlicher Blick zu einer Grimasse hilflosen Schreckens. Panik erfaßte ihn, er begann zu paddeln, verlor die Kontrolle und war in Sekundenschnelle dahin.

»Witschad«, sagte Odell.

»Der ist futsch«, sagte Ruta Beth. »Den hat das Wasser.«

Lamar stand nur da. Er verspürte eine Art Enttäuschung. Dann packte ihn der Zorn. Dieser verdammte Trottel, so weit zu kommen und dann ...

»Scheiße«, sagte er.

»Lamar, es ist vorbei. Laß gut sein«, sagte Ruta Beth. »Laß gut sein.«

Richard versank. Die Welt verwandelte sich in eine flüssige Finsternis. Nicht das geringste Licht hier unten. Kraftlos trat und paddelte er gegen sein Schicksal an, aber Barmherzigkeit gab es hier unten nicht. Er rang um Luft, bekam aber nur die Lunge voll Wasser dabei. Immer wieder schnappte er nach Luft, aber es gab nur Wasser. Also schloß er einfach die Augen.

Er dachte an seine Mutter.

Mutter! Er hätte am liebsten geheult.

Seine Mutter war eine hübsche Frau. Mit ihren »Freunden« hatte sie seinen Vater aus dem Haus getrieben. Sie hielt es mit den besseren Leuten, Tulsas »Geldaristokratie«, Ölbonzen der dritten Generation, die den Geruch von Ölfeldern und Schweiß nicht mehr kannten, während es sein Vater mit dem Klüngel der alten Haudegen hielt, Leuten, die noch selbst auf den Feldern gearbeitet hatten, dem »Gesindel«, das sich mit der Kraft seiner Hände aus der Armut gearbeitet hatte. Es waren Leute wie sein Vater selbst, die ihr Vermögen mit Frechheit und Schneid gemacht hatten. Die Freunde von Richards Mutter, dieses aufgeblasene Volk mit seinen Ostküstenallüren, hatten den armen Mann schließlich vertrieben. Obwohl Richard nicht glaubte, daß es je zu einer Scheidung gekommen war.

Seine Mutter hatte Richard eingeredet, er hätte das Zeug zum Künstler. Sie hatte ihn schon früh in den Malunterricht geschickt, ihn mit Künstlervolk umgeben. Viermal war er in Europa gewesen, mit sechs, neun, elf und vierzehn. Es war nicht ihre Schuld, daß aus ihm nichts geworden war. Sie hatte alles menschenmögliche getan.

Irgendwie hatte sich alles gegen Richard verschworen. Wenn sie an der Ostküste zu Besuch waren und sie ihn verschiedenen Prominenten vorstellte, waren alle ohne Ausnahme von Richard enttäuscht. Er hatte Talent, sicher, aber nicht viel, und seine Mutter war weitaus interessanter als er. Er war ein erbärmlicher Plauderer, er hatte nichts von ihrem schwungvollen Charme, ihrer Lebhaftigkeit, ihrem sicheren Auftreten. Was sie ihm auch sagte, und das nicht eben feinfühlig, sondern ganz unverblümt.

»Richard, du könntest viel mehr erreichen, wenn du nicht so ein Sanftmütiger wärst. So wirst du das Erdreich nicht besitzen, und wenn es zehnmal geschrieben steht! Du mußt raffinierter werden. Die Leute finden deine Selbstzweifel einfach nicht interessant. Geh heraus aus dir, geh auf andere zu.«

Aber je mehr sie ihn drängte, desto mehr kapselte Richard sich ab. Es war, als blühe er innerlich, während er äußerlich zurückzubleiben schien in seiner Erbärmlichkeit, seinen Hemmungen, seiner lähmenden Angst. Er hatte einfach vor allem und jedem Angst.

Am Tag, an dem es passierte, war er nach Hause gekommen und hatte sie mit einem Freund angetroffen. Der Freund war schließlich gegangen, sie kam die Treppe herab und mixte sich einen Drink. Noch mit einundsechzig war sie schön. Sie fragte ihn, wie dem Mann von der Zeitung seine Ausstellung gefallen hatte.

»Na ja, Mutter«, sagte Richard und spürte die Angst als Schmerz, »er ist nicht gekommen.«

»Er ist *was*?«

»Er ist nicht gekommen. Mutter, ich weiß nicht, was passiert ist, vielleicht hat er sich verfahren.«

»Richard, ich habe über viertausend Dollar in diese Ausstellung gesteckt! Was soll das heißen: Er ist nicht gekommen?«

Er stand da, dreißig Jahre alt, und zitterte wie ein Kind. Er haßte sie fast so sehr wie sich selbst.

»Ruf ihn an«, sagte sie.

»Das habe ich. Er war nicht da.«

»Ruf ihn *noch mal* an.«

»Mutter.«

»Ruf ihn an, Richard, und zwar sofort. Du dummer kleiner Junge. Du kannst dich nicht einfach unterbuttern lassen. Deshalb hast du auch nie was erreicht, und ich muß dir ständig aus der Patsche helfen. Ich komme für alles auf, Richard. Du bekommst alles umsonst.«

Er rief an.

Der Mann war zu Hause.

»Ah ja, Mr. Peed, tut mir leid, ich hatte ja gesagt, wenn es geht. Aber die Kunstkritik ist nur die eine Hälfte meines Jobs, ich muß auch sämtliche Artikel für die Sonntagsausgabe Korrektur lesen, und wir sind damit ohnehin schon leicht im Verzug. Es ließ sich einfach nicht einrichten. Wir sind nicht die *New York Times*, wissen Sie. Wir sind nur der *Daily Oklahoman*.«

Er legte auf.

»Ruf noch mal an«, sagte ihm seine Mutter.

Er hätte nicht sagen können, wieso es passierte, weder unmittelbar danach noch nach Monaten der Nabelschau. Weder, warum, noch, warum gerade so. An diesem Tag. In diesem Augenblick. Es hätte auch an jedem anderen Tag passieren können, in jedem anderen Augenblick.

Das Hausmädchen rief die Polizei.

Er versuchte, es ihnen zu erklären, er hatte sie nicht zu *blenden* versucht. Umbringen wollte er sie. Aber das Messer war kurz, außerdem ein Buttermesser und viel zu stumpf, und dann stellte sich heraus, daß sie irgendwie viel stärker war, als er gedacht hatte; so wie sie zu Boden gegangen war, konnte er das Herz nicht erreichen. Nach dem ersten jämmerlichen Stoß rollte sie sich einfach zusammen, so daß er sie aufrollen mußte, aber dazu war sie zu stark. Alles, was zu erreichen war, war das Gesicht. Die Augen? Nun, die Augen sind ja wohl im Gesicht, oder? Es war nicht seine Schuld.

Mit einem Mal durchbrach Richard die Wasseroberfläche. Er war weit draußen auf dem Fluß. Die Bäume schossen vorbei. Es war viel heller geworden.

Der Sauerstoff strömte ihm in die Lunge, ein herrliches Gefühl. Er lächelte, aber das Wasser zog ihn wieder hinab.

Er überließ sich dem Tod.

Der nahm ihn in die Arme, Richard spürte seinen kräftigen Griff. Er zog an ihm, erstickte ihn. Richard empfand nicht den geringsten Schmerz, nur ein hartnäckiges Zerren durchdrang seine Taubheit. Er träumte ein letztes Mal von Lamar, ausgerechnet Lamar, erbärmlich, grobschlächtig, bärenstark und gewalttätig, wie er war. Merkwürdig, daß er in seinen letzten Augenblicken ausgerechnet an Lamar denken sollte.

Lamar hatte ihn nach oben gerissen. Richard erstickte schier an der Luft.

»Beruhig dich, verdammt noch mal, Richard!« brüllte Lamar. »Hör auf, dich zu wehren!«

Er lag verdreht in zwei kräftigen Armen. Der Himmel war strahlend blau, die Wolken sausten vorbei. Ein Hubschrauber hätte kommen sollen, kam aber nicht. Nichts kam. Das Tosen hatte aufgehört. Er kam sich vor wie in einem der Swimmingpools in seiner Kindheit; fast hätte er Wasser gespuckt, um zu sehen, ob seine Mutter lachte.

Er spürte den Boden, und als er in seiner Erschöpfung den Kopf hob, sah er, daß Odell ihn ans Ufer zog.

Eine Sekunde später kam Lamar aus dem reißenden roten Wasser, ein herrlicher Anblick an diesem strahlenden Morgen. Muskelbepackt und völlig durchweicht war er, das Haar triefnaß, die Jeans an den Körper geklatscht, sein Gesicht ernst vor Anstrengung und Schmerz.

Er grinste Richard an.

»Machst es einem wirklich nicht leicht, Richard, das kann ich dir sagen.«

»Jetzt kommt aber, Jungs«, sagte Ruta Beth. »Hauen wir ab, bevor die verdammten Bullen aufkreuzen.«

KAPITEL 18

Kein Mensch wüßte heutzutage mehr, wie man einen Tatort in Angriff nahm, lamentierte der Alte. War schon erstaunlich, daß man dieser Tage überhaupt noch Hinweise fand. Diese verdammten jungen Schlamper hatten zwei linke Hände und waren ungeduldig wie schlecht abgerichtete junge Hunde. Noch nicht mal einen Windschutz hatten sie aufgestellt.

»Können Sie nicht mal was gegen den Zug hier tun, junger Freund?« korrigierte er freundlich. Ein junger OSBI-Mann sah sich nach etwas um, woraus sich eine Barriere gegen die Winderosion bauen ließ, stellte sich aber so ungeschickt an, daß C. D. sich Sorgen machte, ob er nicht mehr Schaden anrichten würde.

Der alte Mann spuckte einen Klumpen Schleim aus dem trockenen alten Hals und ging in die Hocke. Der Wind pfiff durch die Zwergeichen, während zweihundert Meter weiter der zornige rote Fluß Richtung Arkansas tobte. Er führte wegen der Schneeschmelze um diese Jahreszeit viel Wasser und war entsprechend gefährlich; zu anderen Zeiten war er gerade mal ein Rinnsal. Hatte Lamar auch das einkalkuliert? Sollte er wirklich so clever sein?

»Ist ja womöglich gar nichts«, sagte Tippahoe, ein junger Captain der Rangers, den ihm das große Texas als Pendant gegenübergestellt hatte.

»Könnte verdammt noch mal auch unsere große Chance sein«, sagte Henderson.

»Ich hab in meinem Leben wohl schon tausend Reifenspuren überprüfen lassen, und gebracht hat es mir einen feuchten Schmutz, es sei denn, es ging darum, ein bestimmtes Fahrzeug mit einem bestimmten Ort in Verbindung zu bringen. Ich wüßte nicht, was man mit einer verdammten Reifenspur ohne Fahrzeug soll.«

»Tja, junger Freund, vielleicht haben Sie ja recht. Ich denke, ich spiel das Blatt einfach aus, wo es doch nun mal das einzige ist, das mir der Herr in seiner unendlichen Weisheit gegeben hat.« Damit ließ er den aufsässigen Texas Ranger stehen und wandte sich an einen jungen Mann von der Highway Patrol seines eigenen Staates, der mit dummem Gesicht und Walkie-talkie in der Gegend rumstand. »Schon was von der Spurensicherung?«

»Nur daß sie unterwegs sind, Sir. Sie sind im Verkehr außerhalb von Oklahoma City steckengeblieben.«

»Können sie sie nicht einfliegen?«

»Die Maschinen sind alle mit den Verwundeten beschäftigt, Sir.«

»Na schön, dann passen Sie mal auf: Sagen Sie denen, Lieutenant Henderson hat gesagt, sie sollen Colonel McClutcheon, den Operationsoffizier beim Fliegerbataillon in Fort Sill, anrufen. Sie sollen fragen, ob er nicht einen Huey loseisen kann, um die Jungs hier vor der nächsten Einheit runterzukriegen. Colonel Robert M. McClutcheon. Bei dem hab ich noch das eine oder andere gut.«

»Jawohl, Sir, ich werde es ausrichten, aber ...«

»Das wär alles, junger Freund.«

Die kleine Gruppe stand unter dem düsteren Himmel in einem kargen Landstrich voll Buschwerk und niedriger Vegetation, Teil des Red-River-Beckens, aber in Oklahoma. Eine halbe Meile weiter, auf der texanischen Seite, hatte ein texanischer Polizist in einem Graben einen gestohlenen Volvo entdeckt. Diese Entdeckung hatte zu einer weiteren geführt: einem gestohlenen Camaro, früher mal weiß, jetzt orangefarben überspritzt und unter einer Tarnplane versteckt. Beide Fahrzeuge wurden im Augenblick von den Rangers auf Fingerabdrücke überprüft, aber C. D. hätte ihnen auch so sagen können, was das brachte: Es handelte sich um die Fluchtfahrzeuge, die Lamar Pye und seine Bande gestohlen hatten. Womöglich fand man einen Abdruck des vierten Bandenmitglieds, aber D. C. bezweifelte es. Dazu war Lamar zu gescheit.

Aber immerhin hatten die beiden Funde sie hierher ans andere Ufer geführt, wo es einen Funken Hoffnung gab. Hier hatte man im Schlamm eine wirklich ausgezeichnete Reifenspur eines dritten Fahrzeugs gefunden. C. D. wußte die geordneten Bahnen zu schätzen, in denen Lamars Verstand arbeitete; alles war clever geplant, das einzige legale Fahrzeug ans Ende einer Reihe von gestohlenen zu stellen, um damit ins Versteck zurückzukehren. Damit fuhren sie einen Wagen, der keinerlei Aufmerksamkeit auf sich zog; selbst wenn man die Nummer überprüfte, käme dabei nichts heraus. Ein cleveres Kerlchen, dieser Lamar.

C. D. wandte sich ab und tat, als würde er ein Stückchen abseits schlendern, um nach weiteren Spuren zu suchen. Aber natürlich holte er nur die braune Papiertüte aus der linken Innentasche, schraubte die Flasche auf und genehmigte sich einen flinken Schluck. I. W. Harper, sieben Jahre alt, schmeckte wie der Rauch eines Präriefeuers. Henderson wurde leicht schummrig, war aber gleich wieder da, fühlte sich ruhiger und wieder mehr Herr seiner selbst. Er schraubte die Flasche zu, nicht zu fest, und ließ sie in der Tasche verschwinden.

Er drehte sich wieder um und hatte das merkwürdige Gefühl, daß ihn alle angestarrt und sich eben abgewandt hatten, um ihn nicht in Verlegenheit zu bringen. Das heißt alle außer dem jungen Captain Tippahoe, dessen Gesicht sich zu einer verächtlichen, ungeduldigen Grimasse verzog.

Wo warst du denn, Tippahoe, als ich es anno 57 mit Luke Sweetwater und Indianer-Joe Brown austrug? Wo warst du, als ich von der verrückten Sally Pogue sechs Zoll Stahl in den Bauch bekam und mich nur meine 45er gerettet hat, weil sie mir auch noch an die Gurgel wollte? Und als ich damals, 66, in Gem City zweihundert Zivilisten gegenüberstand, um das Leben zweier unschuldiger Niggerbrüder zu retten, weil ich wußte, daß die Mrs. McLintok nicht vergewaltigt hatten? Wo warst du da, Tippahoe?

Aber Tippahoe hatte keine Ahnung, und außerdem wäre es ihm schnuppe gewesen. Er trat nur einfach zurück, nahm den Hut ab, fuhr sich mit der Hand durch die teure Frisur und tat, als wäre er was Besseres.

C. D. blickte auf die feinen Rillen und Grate im Staub. Noch während er hinsah, schienen sie etwas an Kontur zu verlieren, weil schon wieder eine Bö einen halben Zentimeter abtrug.

Wo bleiben die bloß, verdammt noch mal? Er hatte nicht die Absicht, das den Rangers zu überlassen. Er traute lediglich seinem eigenen Team. Ihm war nach einem weiteren Schluck.

»Ich hoffe, sie hält sich«, sagte Tippahoe. »Und daß nicht alles umsonst war. Also bei uns in Texas machen wir so was nicht. Was wollen Sie denn machen, Lieutenant, sich in Oklahoma sämtliche Wagen ansehen?«

»Tja, vielleicht hab ich ja noch das eine oder andere As im Ärmel«, sagte C. D. und spuckte einen weiteren Batzen Schleim in den Wind.

Er blickte wieder auf die Reifenspur, die einen weiteren Millimeter an Schärfe zu verlieren schien. *Ob das wohl der zweite Hinweis war?* fragte er sich.

Der Agent, den er losgeschickt hatte, einen Paravent zu bauen, kämpfte mittlerweile mit Stöcken und einer Decke. Es sah hoffnungslos aus.

Macht schon, Jungs, dachte er. *Macht hin.*

»Lieutenant?«

»Was gibt's denn, junger Freund?«

»Ich erfahre eben, daß die Army einen Quirl abstellt, der ihr Team in Oklahoma City abholt.«

»Na, dann preiset den Herrn, und laßt die Pulle kreisen, junger Freund.«

Bud war eben beim Ölwechsel an seinem Laster, als Jen herauskam und ihm sagte, der Colonel sei dran. Es war Dienstag nachmittag gegen zwei. Bud war am Abend zuvor von Wichita Falls zurückgekommen und hatte sich noch nicht mal die Mühe gemacht, Holly anzurufen.

Dann hatte er lange geschlafen, schlimme Alpträume gehabt und war mit einer miesen Laune aufgewacht, genießbar weder für Mensch noch Tier, Frau, Sohn oder Geliebte. Er hatte den ganzen Tag verbummelt, brummig und verzweifelt wie ein alter Puma in seiner Höhle.

Jetzt versuchte er, wieder etwas menschlich zu werden. Er wischte sich das Valvoline von den Händen und ging ins Haus.

»Sir?«

»Bud, ich dachte mir, wo's Ihnen schon gut genug geht, ganz allein nach Wichita Falls runterzufahren, könnten Sie genausogut richtige Arbeit tun. Hab ich recht?«

»Allerdings.«

»Uniform ist nicht nötig, Bud. Kommen Sie in Zivil. Eine Waffe könnte jedoch nicht schaden.«

»Die ist immer am Mann, Colonel.«

»Nehmen Sie Ihren Laster. Schreiben Sie die Kilometer auf, wir erstatten sie Ihnen dann.«

»Alles klar.«

Dann erklärte der Colonel, was passiert war.

Am Vortag gegen zehn hatten zwei Rangers den verlassenen Camaro und den Volvo entdeckt, den Lamar auf der texanischen Seite des Flusses gestohlen hatte. Fingerabdruckexperten hatten einige brauchbare latente Abdrücke gefunden, die man rasch als Lamars, Odells und Richards identifiziert hatte. Außerdem fand man gut hundert Meter Nylonseil, Nr. 7, wie die Ölleute es verwendeten;

könnte in jeder Eisenwarenhandlung zwischen Dallas-Fort Worth und Oklahoma City gekauft worden sein. Es war über den Fluß gespannt. Offensichtlich hatte die Bande ihn damit durchquert.

»Ist das nicht der Hammer, Bud? Ein verdammtes Genie, dieser Lamar. Wir sitzen auf den Brücken und suchen die Gegend mit Hubschraubern und Infrarot ab, und er schlägt uns ein Schnippchen. Bud, der Kerl ist sogar noch cleverer. Die Patrone aus der Flinte, mit der die Bewährungshelferin erschossen wurde? Es war ein Abdruck drauf. Lamars! Er hat seinem Kumpan die Flinte geladen, weil er genau gewußt hat, daß wir seine Abdrücke schließlich schon haben!«

»Auf den Kopf gefallen ist er wirklich nicht«, sagte Bud und fragte sich, was das alles mit ihm zu tun hatte.

»Tja, also, vielleicht hat sich Lamar da ja doch 'nen kleinen Schnitzer geleistet«, sagte der Colonel. »Auf unserer Seite des Flusses haben wir die Spuren eines Wagens gefunden, den sie dort für die Flucht versteckt hatten. Der alte C. D. Henderson hat sich aufgeführt wie 'n Verrückter, bis die ihm einen Abdruck gemacht haben. Den haben wir ans FBI gefaxt und bekamen ihn in null Komma nichts identifiziert: Das Profil stammt von einem Goodyear 5400-B, einem langsamen Gürtelreifen, Größe 6 x 14, unverstärkt, der ausschließlich für kleine Japaner mit 152er Radstand gefertigt wurde. Der Teufel soll mich holen, wenn der alte Suffkopf da nicht einen Volltreffer gelandet hat. Der Reifen paßt nur auf drei Typen: den Hyundai Excel, den Toyota Tercel und den Nissan Sentra, alle ab Baujahr 91. Außerdem haben zwei der Firmen letztes Jahr ihr Design geändert. Für uns kommen also nur in Frage: drei Modelljahre bei Hyundai und Toyota und vier bei den Sentras. Demnach muß der letzte Fluchtwagen einer von denen sein, können Sie mir folgen?«

»Alles klar«, sagte Bud.

»Wir haben zirka 4200 in Südoklahoma zugelassene Wagen ausgesiebt, auf die dieser Reifen paßt, Bud. Zirka zweihundert davon sind auf Vorbestrafte zugelassen. Wir sind dabei, Razzien bei denen vorzubereiten, nur um sicherzugehen, weil C. D. so verdammt fest überzeugt ist, daß die zu ihresgleichen gelaufen sind.«

»Ich könnte ...«

»Nichts da, Bud. Die Tage, in denen Sie auf Razzia waren, sind vorbei. Wir klappern die anderen einzeln ab, von Haus zu Haus. Wird eine Menge Mannstunden kosten, Bud. Und mit Sicherheit gibt's dafür keine Orden. Ich habe an der Sache fünf Exkriminalbeamte und pensionierte Streifenpolizisten dran. Sie kriegen eine Adresse, Sie finden den Wagen, gucken sich die Reifen an, und wenn Sie den richtigen Satz und den richtigen Typ haben, dann rufen Sie die Nummer rein, und wir sehen, ob was rauskommt dabei. Je nachdem observieren oder durchsuchen wir dann. Sie können sich ja vorstellen, Bud, daß wir verdammt noch mal mächtig Dampf von der Presse kriegen. Wir müssen uns da einfach ranhalten.«

»Ja, Sir.«

Der Colonel sagte ihm, man habe eine gemeinsame Sonderkommission eingerichtet, mit Hauptquartier im alten Rathausanbau gleich in der Nähe des Lawtoner Reviers; dort solle er sich seine Liste abholen. Bud sagte ihm, er sei schon unterwegs. Der Colonel meinte noch, er sei ihm dankbar, aber er hätte ja gewußt, auf Bud könne er zählen.

»Ach, und, Bud?«

»Ja, Sir?«

»Diese andere Geschichte?«

Bud sagte keinen Ton.

»Bud, sind Sie noch dran?«

»Ja, Sir.«

»Diese andere Geschichte, die haben Sie doch im Griff, Bud, oder? Das gibt doch wohl keinen Mordsskandal? Von wegen Held der Highway Patrol in Liebesnest mit der Witwe seines Partners oder dergleichen?«

»Nein, Sir,« sagte Bud.

»Gut. Hab doch gewußt, daß ich auf Sie zählen kann, Bud.«

Bud ging wieder hinaus. Er warf die leeren Ölflaschen und den alten Filter in die Mülltonne und goß das verbrauchte Öl in einige Plastikkanister. Schließlich hob er die beiden Schraubenschlüssel auf, die er gebraucht hatte, und warf sie zu dem Chaos auf seiner Werkbank. Siedendheiß überkam ihn die Scham: Er hatte locker Zeit, sich ein paarmal die Woche davonzuschleichen, um es Holly zu besorgen, aber dafür, in seinem Haus etwas Ordnung zu machen, reichte es nicht.

Er ging wieder ins Haus, duschte, schlüpfte in eine gute Levi's, zog seine besten Tony Lamas an und ein weißes Hemd. Er ging hinunter zum Waffensafe, nahm den Colt Commander heraus und zog den Schlitten zurück, um sich zu vergewissern, daß er geladen war. Schließlich legte er die Sicherung um und steckte ihn in das Innenbundhalfter, das er sich am Gürtel eingehakt im Kreuz in die Jeans steckte. Neben dem Colt hatte er in einer Doppelmagazintasche am Gürtel noch zwei Ersatzmagazine. Zu guter Letzt schob er sich die dreizehnschüssige Beretta .380 mit dem zweireihigen Magazin direkt hinter die Gürtelschnalle. Sie würde zwar nach einer Weile höllisch weh tun, aber sollte sie doch. Besser eine zuviel, als eine zuwenig.

»Bud?«

»Ja?«

»Kannst du mal für 'nen Augenblick herkommen?«

Was zum Teufel wollte sie denn jetzt wieder.

»Jen, ich habe keine Zeit, ich muß ...«

»Du kommst jetzt her.«

Ihr Ton sagte ihm, daß es ihr ernst war. Scheiße! Hörte sich ganz so an, als wolle sie sich mit ihm anlegen. Stand ihm jetzt eine jener bitteren Explosionen ins Haus, bei denen sie ihm ihre Gefühle um die Ohren schlug, ihre Einsamkeit, seine mangelnde Leidenschaft? Schien auch immer öfter vorzukommen.

»Jen, verdammt noch mal, ich hab jetzt keine Zeit«, begann er, als er zu Jeff und Jen in die Küche trat, verstummte aber, als er das selbstzufriedene Grinsen der beiden sah.

»Was haben sie dir denn wieder aufgehalst, Bud?«

»Ich muß als kleines Rädchen einer gemeinsamen Sonderkommission aller Vollzugsbehörden an Türen klopfen, das ist alles. Ist überhaupt nichts dabei, ich garantier's dir. Also«, fragte er, »was ist hier los?«

»Weißt du noch, Papa, ich hab dich doch wegen der Neunmillimeter gefragt?«

»Natürlich.« Bud erinnerte sich sehr wohl, wie er Jeff am Sonntag im Wagen belogen hatte.

»Tja, mein Bester«, sagte Jen, »vielleicht hilft dir ja das mit Lamar, nur für den Fall. Ich habe meine Mutter um eine kleine Anleihe gebeten.«

»Jen!«

»Sechshundert Dollar auf meinen Anteil am Gewinn der Farm dieses Jahr. Und dann war ich mit Jeff heute vormittag bei Southwest Pawn & Gun. Das sollte dich aus deinem Tief rausholen. Ab sofort kannst du deine Schnellader vergessen.«

Sie hielt ihm eine blaue Plastikkiste hin, und Bud wußte sofort, seine Frau und sein Sohn hatten ihm eben eine große Beretta 9 mm geschenkt. Auf der Stelle schämte er sich. Schluckend spürte er, wie er rot anlief.

»Jen, das ist … wirklich nett.«

»Hier, Papa, das ist von mir. Ein Schultergurt für die Beretta«, sagte Jeff und hielt ihm ein Plastikpaket mit der Aufschrift Bianchi entgegen. »Wenn du jetzt wohin gehst, das hat wenigstens Stil.«

»Ich werd nicht mehr«, sagte Bud. »Ich weiß wirklich nicht, womit ich euch beide verdient habe.«

Eifrig halfen sie Bud beim Aufrüsten. Durch die Schachtel 7,45-Gramm-Silvertips, die Miss Edna von Southwest draufgelegt hatte, um Gesetz und Ordnung zu ihrem Recht zu verhelfen, hatte Bud im Handumdrehen siebzehn Schuß in seine neue Pistole gepackt. Ein weiteres Sechzehnermagazin lag auf der Anrichte. Es war ein schwarzes Monster von einer Waffe, eine aufgeblasene Version der .380 in seinem Hemd. Sie paßte ihm wie der Handschlag eines Bruders, und als er sie beidhändig in Anschlag brachte, hatte er ein klares Zielbild vor sich.

Als nächstes hieß es, in das X des Schultergurts zu kommen, nicht eben die einfachste Sache von der Welt, aber gemeinsam schafften sie auch das. Das Ersatzmagazin kam in ein Etui unter der anderen Achsel und wirkte gleichzeitig als Gegengewicht zu der schweren Pistole. Wenn er sein Sportsakko überzog, wäre kaum zu sehen, daß er drei Pistolen herumschleppte. Nur daß sich das Ding wie ein BH anfühlte oder jedenfalls so, wie er sich so etwas vorstellte. Die Waffe hing unter der Achsel, fest im Gurt, aber lose genug, um gegen den Brustkorb zu klatschen, wenn Bud sich rasch drehte; ein flinker Griff, und er hatte sie sauber in der Hand; eine Bewegung, an der er noch arbeiten mußte, bis sie wie am Schnürchen ging.

Verdammt noch mal, dachte er sich, als er nachzählte, *kein Wunder, daß ich so langsam bin, mit achtundfünfzig Schuß Munition am Mann. Das sollte wohl jedem genügen.*

Bud ging zurück zum Safe und nahm einen alten Karabiner im Kaliber .30-30 heraus, mit dem er als junger Mann auf Rotwildjagd gegangen war. Es war nicht das Dümmste, ein Gewehr dabeizuhaben; man konnte schließlich nie wissen. Mit einer Zwanzigerpackung Bleispitzgeschosse ging er hinaus zum Laster und verstaute das Gewehr in seinem Kasten hinter der Sitzbank. Jen trug ihm sein Sportsakko, ein hellbraunes Baumwollding, sowie seinen Hut, einen weißen Stetson, nach. Er setzte seine Sonnenbrille auf.

»Siehst aus wie ein Texas Ranger«, sagte sie.

»Das solltest du dir nicht wünschen. Das sind die ekelhaftesten Kerle, die je einen Fuß auf die Erde gesetzt haben. Ach, warte, ich hab was vergessen.«

Aber sie hatte es mitgebracht. Seine Aktentasche. Mit Richards Löwen.

»Deine verdammten Löwen.«

»Während ich nach dem Reifen suche, werd ich auch gleich mal über diese Löwen nachdenken. Vielleicht komm ich ja drauf, was er da laufen hat.«

Es kam zu einem peinlichen Augenblick, dann nahm er Jen in den Arm.

»Danke«, sagte er. »War wirklich verdammt nett von dir.«

Aber sie schob ihn brüsk weg, als würde jede Frau ihrem Mann so etwas schenken.

»Schieß erst hundertmal damit, Bud. Du weißt ja, die Dinger klemmen eher während der ersten fünfzig Schuß als später.«

»Mach ich, Schatz.«

»Die Beretta hat angeblich überhaupt nie Ladehemmungen«, sagte Jeff. »Hab ich in *Guns & Ammo* gelesen.«

Bud umarmte sie beide gleich noch mal.

»Jetzt mach aber, daß du wegkommst. Wir haben schließlich zwei Jungs zu ernähren«, sagte sie und wandte sich ab.

Bud fuhr los, und zwar nach Lawton, wenn auch nicht sofort ins Zentrum, sondern nach Osten, und hielt am ersten Einkaufszentrum mit einem Münztelefon. Rasch hatte er Hollys Nummer gewählt.

Es klingelte endlos.

Wo mochte sie sein? Trifft sich wahrscheinlich mit jemandem. Gut für sie. Er wollte eben auflegen, immerhin hatte er es gut fünfzehnmal klingeln lassen.

»Hallo?«

»Geht's dir gut? Hast du geschlafen? Ich hab mir schon Sorgen gemacht.«

Keine Antwort. Holly atmete schwer.

Schließlich sagte sie: »Du wolltest vor zwei Tagen anrufen. Ich habe die ganze Nacht gewartet!«

»Holly, ich war in Wichita Falls – wegen des Überfalls. Hast du nicht davon gehört?«

Sie hatte nicht. Er erklärte es ihr.

»Und da hättest du nicht anrufen können? Nicht ein einziges Mal?«

»Tut mir leid, Holly. Dazu war da unten einfach keine Zeit, und ich bin wirklich spät nach Hause gekommen. Ich ... Ich habe einfach nicht überlegt.«

»Und gestern hast du auch nicht angerufen.«

Er war zerknirscht.

»Nein. Ich hatte eine schlimme Nacht. Tut mir leid, ich hab gestern überhaupt nichts gemacht.«

»Bud, siehst du nicht, was du mir antust?«

»Holly, es ist noch mal dieselbe Geschichte. Sie wollen, daß ich was erledige.«

Er erklärte kurz, was er vorhatte, daß er wieder im Dienst war und den Südteil des Staats nach Autos mit bestimmten Reifen abgrasen mußte.

Die Beretta war ein ganz schönes Gewicht unterm Arm.

»Bud, du versprichst immer alles mögliche, und dann vergißt du's langsam wieder. Solange du mit mir schlafen kannst, ist alles in Ordnung, aber wenn's darum geht, Nägel mit Köpfen zu machen, dann seilst du dich ab. Du bist nicht mehr da, sondern weiß Gott wo.«

»Tut mir leid, Holly. Kann ich irgendwas tun?«

»Ja, verdammt noch mal. Ich muß umziehen. Ich halt's hier nicht mehr aus. Wir müssen was Neues finden. Suchst du zusammen mit mir?«

Eine schauderhafte Vorstellung. Das wäre furchtbar. Der Gedanke, sich wie Frischverheiratete Regale und Aussichten anzusehen. Er kam sich vor wie ein Schwein. Aber er sagte: »Natürlich, wird gemacht. Klar doch.«

»Ach, Bud«, rief sie. »Ich hab's doch gewußt. Oh, Bud, ich wußte doch, daß du mir hilfst.«

»Also, Süßes, ich muß jetzt los.«

»Wann seh ich dich denn?«

»Bald, ich schwör's. Bald, dann machen wir uns auf die Suche.«

»Oh, Bud, ich hab dich so furchtbar lieb!«

Erleichtert fuhr Bud zum Rathausanbau, einem alten Verwaltungsgebäude, das man hastig seinem neuen Zweck angepaßt hatte. Im Erdgeschoß hingen in einer weitläufigen Zimmerflucht einige Texas Rangers herum. Man hatte eine Telefonzentrale aufgebaut und einen Schwung Leute herbeigekarrt, die sie bedienten, dazu gab es das gleiche Funkgerät wie im Hauptquartier der Highway Patrol und schließlich die mittlerweile unabdingbaren Computer, die freilich von Zivilisten bedient wurden. Und wer anders hätte hier das Sagen haben sollen als sein alter Freund Lieutenant C. D. Henderson vom OSBI, der agiler aussah, als Bud ihn je erlebt hatte. Ausnahmsweise war nicht die Spur einer Schnapsfahne zu riechen. Sogar ein Lächeln trat ihm auf das faltige alte Gesicht.

»Hallo, Bud. Ich habe schon gehört, daß Sie als Aushilfe kommen.«

»Allerdings, Sir«, sagte Bud. »Ich meine, an Türen klopfen kann ich wohl so gut wie jeder andere auch.«

»Tja, an Türen wird's Ihnen nicht fehlen, Bud. Wir haben zwar schon sechs Leute im Einsatz, aber bei knapp viertausend Namen können wir natürlich nicht genug haben.«

»Na denn, wo soll's hingehen?«

»Lassen Sie mal sehen, also, die meisten sind in Lawton, also haben wir da auch den größten Teil der Leute hingeschickt, ein zweites Nest ist weit draußen in Ardmore. Aber ich würde sagen, arbeiten Sie sich mal vom Land draußen rein. Wird eh nicht so schnell gehen, weil die einzelnen Ranches ein ganzes Stück auseinander liegen. Die Rindviecher werden Ihnen bald zum Hals raushängen, aber einer muß es ja tun.«

»Na toll«, meinte Bud.

Man drückte ihm einen Packen Computerausdrucke in die Hand mit Adressen aus den Counties Tillmann, Jackson und Cotton im Südosten des Staates, mit dem Wagen etwa zwei Stunden von hier. Dann erfuhr er noch, daß man ihn in den nächsten Tagen vermutlich auch in die Counties Greer, Harmon und Kiowa schicken würde.

»Haben Sie Funk in Ihrem Laster?«

»Nein, Sir.«

»Okay, Sie kriegen ein tragbares Motorola, mit dem haben Sie keine Probleme. Wir stellen's Ihnen auf unsere Frequenz – 44.9. Sie melden bei jeder Adresse Ankunft und Abfahrt, nur für den Fall. Wir wollen jeden Augenblick wissen, wo Sie sind. Ich hoffe, Sie haben nicht noch mal so 'n Glück.«

»Das hoffe ich auch.«

»Sie haben alles verstanden, ja? Sie sagen den Leuten einfach, wir ermitteln in einem Fall, in den ein Auto verwickelt ist, und daß

Ermitteln nichts anderes als Streichen heißt – wir wollen sie nur von unserer Liste streichen. Wenn Sie auf die richtige Bereifung am richtigen Typ stoßen, dann geben Sie das durch und warten ab, was der Computer ausspuckt. Sie unternehmen nichts, bevor wir entschieden haben, ob wir durchsuchen oder observieren. Das wäre alles. Wenn Sie auf einen faulen Kunden stoßen, dann sollten Sie nicht ohne Rückendeckung sein. Sie sind mehr denn je auf sich allein gestellt.«

»Ich hab's kapiert. Ich schau mir Wagen und Reifen an, nehme aber niemanden fest. Wie gesagt, ich habe keine Lust, Lamar noch mal über den Weg zu laufen.«

»Wir haben ein kampferprobtes Sondereinsatzkommando, Rangers und Highway Patrol unter der Leitung eines Mannes vom OSBI draußen auf dem Flugplatz von Fort Sill. Das Militär stellt die Piloten. Wenn jemand in Schwulitäten kommt, können wir in wenigen Minuten zwanzig Mann bei ihm haben.«

»Hört sich gut an.«

»Alles klar, Bud.«

Bud nahm sein Funkgerät und die Karte und ging zurück zu seinem Laster. Er brauchte ein paar Minuten, bis er das elektronische Gerät in seinem Fahrerhaus aufgebaut hatte. Dann jedoch kam knisternd Leben hinein.

»Zentrale, hier Sechs-Null-Fünf, ich melde mich ab. Ich fahre in die Tillman County.«

»Verstanden, Sechs-Null-Fünf, und aus.«

Bud nahm die 44 im Süden der Stadt, folgte der kerzengeraden Straße bis zur Mautstelle an der Staatsstraße 5, auf der er bis in die weiten leeren Ebenen der Tillman County fuhr. Er brauchte etwa zwei Stunden, um seine erste Station zu finden.

»Zentrale, hier Sechs-Null-Fünf, ich bin am ersten Einsatzort, Loveland Route 5, die Del-Rio-Farm. Ich suche einen roten Tercel, Baujahr 91, Kennzeichen Oklahoma Eins-fünf-neun-neun-Roger-Mike.«

»Verstanden, Sechs-Null-Fünf.«

Bud stieg vor einem halb verfallenen Farmhaus aus und machte, was er die nächsten zwei Tage über machen sollte: Er klopfte an die Tür, zeigte seine Marke, stellte sich vor und sagte sein Sprüchlein auf. Erstaunlich, wie schnell sich die Leute zur Mitarbeit bereit erklärten. Die meisten Amerikaner helfen ihrer Polizei nun mal gern.

»Aber sicher, Officer, also ich kann's nicht sein und mein Wagen auch nicht«, bekam er zu hören oder eine Variation davon.

In Loveland nahm ihn ein knorriger Opa spanischer Abstammung mit hinters Haus und zeigte ihm seinen Wagen: Er war ein ganzes Jahr nicht bewegt worden und stand in all seiner heruntergekommenen Pracht auf vier Leichtsteinblöcken. Und so ging es weiter. Manchmal waren die Wagen sauber, manchmal völlig zuschanden gefahren. Einige hatte man erst kürzlich verkauft, gab ihm aber bereitwillig den Namen des Käufers oder des Händlers. Manchmal mußte Bud auf den Herrn des Hauses warten, der in der Fabrik war oder in einer Bar; manchmal war es ein Junge, der aus der Stadt zurückkam, von einem Job oder auch nur vom Imbiß. Früher oder später tauchte der gesuchte Wagen jedenfalls auf, er sah ihn sich an, warf einen verstohlenen Blick auf die Reifen und gab seine Meldung durch.

Zweimal fand er in den ersten zwei Tagen den richtigen Satz Goodyears am richtigen Wagen, was freilich an sich noch kein Verbrechen war. Das eine Mal war in der Nähe von Cookietown in Cotton County. Das Auto gehörte dem Filialleiter des dortigen Grain & Seed, einem Rothaarigen mit schlechter Haut und einem gewaltigen Bauch. Es schien zwar unwahrscheinlich, aber womöglich hatte ja ein Sohn oder Bruder des Mannes was damit zu tun ... Bud jedenfalls machte seine Meldung, aber der Computer fand keinerlei Hinweis auf frühere kriminelle Aktivitäten, weder bei Mr. Fuerman noch bei seiner Frau oder einem anderen Familienmitglied. In Tillman County, in der Cherokee-Reservation in der Nähe des Polk Lake, stieß er in einer Sozialsiedlung auf ein heruntergekommenes Einfamilienhaus mit flatternden Holzschindeln, und als er darauf zuging, spürte er gut hundert Augen auf sich. Polizisten haben dieses Gefühl eigentlich immer, sie müssen nur darauf achten, daß es nicht überhandnimmt, sonst sind sie für den Job ruiniert. Bud besiegte das Flüstern der Angst, klopfte und sah vor sich eine Frau mit einem Gesicht, das aussah wie hundert Jahre in Lava gereift. Ihre Zähne waren zu Stummeln geschabt, man hätte meinen können, sie lebe von Knochen. Nachdem er auf englisch erklärt hatte, worum es ging, schickte sie ihn ums Haus herum, wo er die Karre fand, einen völlig ramponierten Hyundai Excel, der mal gelb gewesen, jetzt aber fast völlig verrostet war. Und dann war nur einer der Reifen ein Goodyear 5400-B, und der war glatt wie ein Stein. Aber womöglich war es ja gerade dieser eine, von dem die Spur stammte, die man am Red River gefunden hatte.

Er spürte wieder die Blicke auf sich und sah zum Haus hinauf, fragte sich, ob ihn nicht gerade in diesem Augenblick Lamar Pye über Kimme und Korn hatte. Er unterdrückte das Gefühl jedoch, ging zurück zu seinem Laster und meldete sich. Eine halbe Stunde später kam die Antwort: Der Wagen, auf einen gewissen Sonny Red Bear zugelassen, sei nicht mit Straftaten in Verbindung zu bringen, weder in Oklahoma noch sonstwo habe je etwas gegen Sonny Red Bear oder seine Familie vorgelegen. In diesem Augenblick platzte die Tür auf, und Bud sah, was so geheimnisvoll hinter Fenstern und Türen des kleinen Hauses herumgehuscht war: ein quirliger Schwarm kreischender Kinder. Eine hübsche Frau führte sie zu einem Wagen. Die Kinder drängten sich irgendwie rein, sie stieg ein und fuhr davon.

Bud gab einer Ahnung nach.

»Zentrale, können sie nachprüfen, ob es auf den Namen Red Bear eine Zulassung für eine Kindertagesstätte gibt?«

»Verstanden, Sechs-Null-Fünf.«

Er wartete, dann kam die Antwort: Ja, eine Carla Red Bear habe eine Genehmigung für eine Tagesstätte beantragt, sie aber noch nicht bekommen.

»Haben Sie einen Verstoß zu melden, Sechs-Null-Fünf?«

Bud überlegte. Früher mal, ja, da hätte er jeden Verstoß angezeigt. Das Gesetz war streng und eindeutig, es ging nicht an, daß man dagegen verstieß, egal, ob es sich um Schnellfahrer oder Mörder handelte. Und er war streng. Oder wenigstens war er es mal gewesen. An diesem Tag jedoch war er einzig und allein wegen Lamar Pye unterwegs. Er würde mal nicht so sein mit den Red Bears, vielleicht wurde er ja auf die eine oder andere Weise dafür belohnt.

»Nein, Zentrale, ich war nur neugierig. Ich bin hier fertig und fahre dann los. Ende und aus.«

»Verstanden, Sechs-Null-Fünf.«

Das war auch schon die einzige Aufregung, die Bud auf den kleinen Sträßchen der dritten, vierten und schließlich auch noch der fünften County während der nächsten paar Tage hatte. Immer auf der Suche nach drei Autotypen aus dem richtigen Jahr. Er konzentrierte sich derart auf die Jagd, weil er wußte, es war eine Flucht vor seinem *Problem*.

So ging es denn am sechsten Tag, dem Dienstag der folgenden

Woche, dem Ende seiner Liste entgegen, als er an eine Adresse an einer Landstraße in der Nähe von Altus in Kiowa County kam.

Er hielt an der Abzweigung von der Hauptstraße an und gab seine Position durch. Es war eine karge Ecke Oklahomas, zudem pfiff ein grober Wind über die hügelige Prärie. Er sah eine Meile weiter das Haus, ein alter Holzbau mit abblätternder Farbe und einer Reihe von Nebengebäuden. Dahinter staken die Berge aus der Erde. Hier und da versuchten die knorrigen Äste eines Mesquitebaums am Himmel zu kratzen, oder es drängten sich, wie trinkende Büffel, ein paar Zwergeichen an einem Bach. Er stieg wieder ein und fuhr darauf zu, warf dabei noch mal einen prüfenden Blick auf die Angaben: ein Toyota Tercel, zugelassen auf Tull, Ruta Beth.

KAPITEL 19

Lamar war keiner, der sich eine Niederlage eingestand oder auch nur eine Enttäuschung. Trotzdem, 4567,87 Dollar waren nicht eben eine Riesensumme, bedachte man, was sie dafür durchgemacht hatten.

»Na schön«, sagte er, »ist vielleicht nicht sonderlich viel, aber ein Pappenstiel ist es auch wieder nicht. Ganz und gar nicht. Ich meine, man kommt so gut wie um die ganze Welt mit fast fünftausend Dollar.«

Tatsache war freilich, daß Ruta Beth von Haus aus über neuntausend auf der Bank hatte, das Erbe ihrer über alles geliebten Eltern, das sie Lamar mit Handkuß gegeben hätte.

»Das wär einfach nicht recht, Ruta Beth«, sagte er ihr. »Man steckt doch sein Geld nicht so mir nichts, dir nichts einem anderen zu, auch wenn man ihn liebt.«

»Wenn ich es will, dann ist es auch recht«, sagte sie.

»Na ja, sollten mal schlechte Zeiten kommen, dann hilft uns das sicher weiter. Ja, vielleicht beleihen wir es sogar, obwohl ich mir denken könnte, daß die die Seriennummern notieren würden.«

»Das würde Mama und Papa freuen«, sagte Ruta Beth.

Lamar lächelte. Trotzdem ärgerte er sich insgeheim. Ein, zwei Tage nach dem Überfall, als die kleine Familie sich abends zu den Nachrichten um den Fernseher versammelte, um das Neueste über ihren Ruhm zu erfahren, erschien ein aufgeputzter Schwarzer und sagte: »So mancher sieht in den Pyes die kühnste Bande, die Oklahoma seit den dreißiger Jahren hervorgebracht hat, als der Desperado Pretty Boy Floyd Amerika in Angst und Schrecken versetzte. Was Pretty Boy ihnen an Stil und Substanz voraushatte, machen diese Gangster an schierer Feuerkraft wett. Und Dusel. Eine Bande, die zwar schießen kann, der es aber an Hirn fehlt – wie das typisch ist für das erschreckende Gesicht des modernen Verbrechens.«

Lamar brütete eine Weile schweigend vor sich hin, aber während des Wetterberichts machte er seinem Zorn schließlich Luft. Er begann, herumzubrüllen wie ein wütender Vater.

»Dieser Scheißdreck über Pretty Boy Floyd, Bonnie und Clyde

und John Dillinger, und wie toll die gewesen sind! Eine ausgemachte Scheiße ist das, kann ich nur sagen. Was wir gemacht haben, haben wir besser gemacht als die Alten, hundertmal besser, verfluchte Scheiße!« Sein Ausbruch ließ sie alle verstummen, sogar Odell, der über einer großen Schüssel gezuckerter Mini Wheats saß. Lamar schien sich wieder im Griff zu haben, als eine der Venen auf seiner Stirn zu pochen begann. Und schon tönte er wieder los.

»Damals«, sagte er ernst und fixierte Richard dabei, »damals hatte die Polizei doch nichts. Die Funkgeräte reichten gerade mal zehn Meter, wenn sie überhaupt gegangen sind, Fingerabdrücke waren was Nietnagelneues, die mußten noch mit der Hand bearbeitet werden, weil es keine Computer gab, die Autos waren langsam, Magnums gab es noch keine, das größte, was die an Revolvern hatten, war der 44er Spezial. Keine Hubschrauber, kein Infrarot, kein Fax, rein gar nichts. Verdammt, das FBI war doch damals selber nichts weiter als eine Bande mit Maschinenpistolen und Browning-Selbstladern. Kein Schwein saß damals in einem Zuchthaus zusammen mit aufsässigen Niggern. Ich meine, verflucht noch mal, jeder Trottel hätte damals Desperado sein können. Und jetzt schau dir doch bloß mal an, was wir für lausige fünf Riesen durchmachen mußten! Ich sag dir, weder Charlie Floyd noch Bonnie Parker und auch kein verdammter John Dillinger hätten gebracht, was wir da abgezogen haben. Die tun uns einfach unrecht. Zu behaupten, wir hätten einfach Dusel gehabt! Aber ich sag dir, da gehört schon verdammt viel mal mehr zu als bloßer Dusel. Das kann ich euch sagen.«

Keuchend vor Zorn saß er da.

»Du solltest dem Kerl einen Brief schreiben, Lamar«, sagte Ruta Beth.

»Ach was. Das ist doch gerade einer der Gründe, wieso wir besser sind als die Oldtimer. Mit dem Trick arbeiten die Bullen doch schon seit Jahren. Treten in Fernsehen oder Radio auf und bepinkeln einen anständigen Überfall, damit sich unsereins mordsmäßig aufregt und ein unüberlegtes Ding dreht. Oder einen Brief schreibt. Nichts da, unser Vorteil ist die Selbstbeherrschung. Das garantier ich dir. Wir sind Profis, verdammt noch mal.«

Dann stand er auf und ging nach draußen. Sie hörten den Toyota anspringen und von der Farm fahren.

»Papa ist ganz aus dem Häuschen«, sagte Ruta Beth.

»Mäuschen«, sagte Odell.

»Er hat ja auch allen Grund dazu«, sagte Richard. »Ich wollte, ich hätt irgendeine Überraschung für ihn oder was, damit es ihm wieder bessergeht.«

Eine großartige Idee!

»Eine Überraschung!« rief Ruta Beth strahlend. »Odell, hat schon je einer Papa eine Überraschung bereitet?«

Odells Gesicht wurde schlaff, während er sich das Problem durch den Kopf gehen ließ. Eine ganze Weile hieß es in seinen Augen KEINER ZU HAUSE, aber schließlich stieß er auf ein Körnchen Information, das sich mitteilen ließ; er holte tief Luft und versuchte, es in Worte zu fassen. Sein Gesicht wurde ganz fleckig vor Anstrengung. Die Spannung stieg. Er sah aus, als würde es ihn gleich zerreißen. Aber schließlich sagte er: »Nicht breit!«

»Juchuuu!« kreischte Ruta Beth. »Dann überraschen wir ihn doch.«

»Eine Torte«, sagte Richard, der schon als Kind immer von einer Überraschungsparty geträumt hatte.

»Torte haben wir keine im Haus«, sagte Ruta Beth.

»Tote-tote«, sagte Odell.

Irgendwo in seinem Verstand hatte Odell die Erinnerung an eine Torte:

Lang-lang her. Mama singen. Mama Bussi geben. Tote! Weich, süß. Tote brennen! »Zum Geburtstag für dich, zum Geburtstag für dich, zum Geburtstag, Ode-hell, zum Geburtstag für dich.« Mama lieb. Tote gut. Lang-lang her.

»Du bist jetzt mal still, Odell, Schatzi, wir haben keine Torte. Aber wir werden uns schon zu helfen wissen. Kommt mit.«

Das muntere Häuflein wanderte in die Küche, wo man die Schränke durchging, aber Torte war nun mal keine da. Was Odell jedoch sofort fand, war eine Dose Tortenguß mit Vanillegeschmack. Den strich er sich nämlich gern aufs Brot.

»Nilleguß! Nilleguß!« quengelte er und wies mit dem Finger darauf. Dabei lief er vor Anstrengung rot an.

»Oh, Dell, Schatzi, das ist ja wunderbar«, sagte Ruta Beth.

Odell lächelte.

»Den könntest du doch auf etwas streichen«, sagte Richard. »Wär zwar keine Torte, aber so 'ne Art Kuchen.«

»Also, ich hätt schon gern eine richtige Torte«, sagte Ruta Beth. »Ist doch eine verdammte Schande, daß wir keine da haben. So was Dummes.«

»Könntest du nicht eine backen?«

»Das dauert.«

Aber Odell war noch nicht fertig. Er begann, aufgeregt zu hüpfen, und wies dabei mit der Hand. Sein Gesicht glühte vor Frustation, während er nach Worten rang, um den beiden den komplexesten Gedanken mitzuteilen, den sein Verstand wohl jemals zu erzeugen versucht hatte. Er rollte mit den Augen. Seine Zunge kämpfte um die nötige Flüssigkeit.

Sein Gehirn setzte zwei Bilder zusammen.

Oot + Nilleguß = Tote.

Wie konnte er das den beiden nur begreiflich machen?

»Oot«, sagte er und wußte, daß das irgendwie nicht seine Richtigkeit hatte. Je mehr er sich anstrengte, desto wütender wurde er auf sich selbst. In Augenblicken wie diesem hätte er sich am liebsten Augen und Zunge dafür herausgerissen, so anders zu sein. Der Druck in ihm stieg, während er das Wort zu bilden versuchte.

»Oot. OOT!«

»Oot?« fragte Richard. »Ruta Beth, verstehst du, was er zu sagen versucht?«

»Keine Ahnung«, sagte sie. »Odell, Schatzi, mach mal ganz langsam und probier's mit sämtlichen Buchstaben.«

Odell zwang sich zu etwas mehr Ruhe. Als er seine Stimme endlich wieder unter Kontrolle hatte, spuckte er das Wort aus: »Boot!«

Boot! dachte Richard.

»Brot!« rief Ruta Beth. »Natürlich, Richard, er meint Brot!«

Die Aufregung war schier nicht mehr zu ertragen. Richard spürte sie selbst. Ja. Was war ein Kuchen schon anderes als gezuckertes Brot? Also, warum nicht Zucker auf einen hübschen Laib Brot geben und die Vanilleglasur drüber. Wäre das nicht eine Art Kuchen?

»Das schaffen wir schon!« rief er. »Wir schaffen es.«

Odell lächelte verzückt, als Ruta Beth ihm einen Kuß und »Witschad« ihm einen Klaps auf die Schulter gab.

Eifrig machten sie sich ans Werk. Richards künstlerisches Talent kam zum Zug. Ein Problem war, daß der Laib, kaum daß er aus der Hülle war, immer wieder in Scheiben zerfiel. Es war Richards Idee, ihm mit ungekochten Spaghetti die innere Disziplin zu verleihen, die ihn zusammenhielt. Odell fehlte die Geduld, die Glasur aufzutragen, aber wie sich herausstellte, ging es Richard nicht anders. Also fiel das Ruta Beth zu. Mit zusammengekniffenen Augen, das Gesichtchen wie eine Faust, tupfte sie Klecks für Klecks die Glasur auf das gezuckerte Brot. Als sie schließlich fertig war, sah das Ding tatsächlich aus wie ein Kuchen!

»Tote! Tote!« rief Odell.

»Zum Butstag«, begann er zu singen. »Zum Butstag fü' Mar.«

»Jetzt fehlen noch Kerzen«, sagte Richard. »Mit Kerzen wär's wirklich echt.«

»Was, wenn er gar nicht Geburtstag hat? Oder wenn er einer von denen ist, die nicht gern an ihr Alter erinnert werden?« fragte Ruta Beth ominös.

Aber Richard blieb fest. »Nichts da, Kerzen sollten drauf sein«, sagte er. »Ich denke, daß Lamar zu denen gehört, die die Notwendigkeit so einer Zeremonie sehen.«

Sein Wille setzte sich durch. Natürlich hatten sie keine Geburtstagskerzen, aber sie fanden ein paar, die für Stromausfälle im Haus waren. Richard zerschnitt sie und steckte sie wie Karotten in die Glasur. Als sie fertig waren, sah das Gebilde verblüffend nach einer Torte aus. Trotzdem fehlte noch was.

Richard versuchte dahinterzukommen, was es war. Ein bißchen enttäuschend, das Ganze. Die Glasur war weiß, etwas ungleichmäßig aufgetragen, aber in der Hauptsache war es die Form, die nicht genügend kaschiert war: Das Ding sah wie ein mit Zuckerguß beschmierter Laib Brot aus.

»Das läßt sich doch wohl noch verbessern«, sagte er.

Dann hatte er es.

»Da gehört noch ein Löwe drauf!«

Eine wunderbare Idee, da war man sich einig. Richard machte sich an die Arbeit. Rasch hatte er die Materialien beisammen: Erdnußbutter, mit der sich das Gesicht formen ließ, zwei Rosinen für die Augen, einen zerdrückten Kartoffelchip für die Mähne. Er legte sich ins Zeug, während die anderen beiden abwartend neben ihm in der kleinen Küche standen. Zuerst war es ein Chaos. Aber er hatte sich die letzten Wochen über derart intensiv mit Löwen befaßt, daß er einen aus dem Nichts schaffen konnte – man hätte meinen können, er hätte die Erdnußbutterkleckse verhext. Und dann war die zähflüssige Erdnußbutter als Medium an sich interessant: Irgendwie hatte sie eher die natürliche Textur richtiger Muskeln, die in seinen Zeichnungen hinzubekommen er sich so schwertat. Der kraftstrotzende Körper schien seine Form dem Klumpen selbst zu entnehmen, die Raubtiermuskeln bebten gerade. Er hatte seine Freude daran.

Langsam wie ein Mosaikkünstler aus dem Mittelmeerraum, der seine letzten paar Kacheln legt, schuf er aus den Chipkrümeln eine Mähne. Dann fügte er die beiden Rosinen hinzu. Sie waren zu groß. Es sah albern aus. Schließlich erspähte er eine halb gegessene Packung Oreos. Odell stemmte die kleinen schwarzen Kekse gern auseinander und leckte die weiße Füllung heraus. Richard nahm einen heraus, zerbröselte ihn und fand schließlich zwei Krumen von etwa der richtigen Größe, die wie Augen aussahen. Vorsichtig legte er dieses letzte Detail an seinen Platz.

»Wöwe! Wöwe!« rief Odell.

»Ich werd nicht mehr«, sagte Ruta Beth. »Sieht ja wirklich ganz nach einem Löwen aus.«

In diesem Augenblick hörten sie den Wagen auf den Hof kommen. Lamar parkte neben der Scheune und schlenderte auf das Haus zu.

»Alles fertig für die Überraschung!« rief Ruta Beth.

Lamar kam die Stufen zur Veranda herauf, öffnete die Tür und starrte auf die Kerzen, die ihm aus dem Dunkeln entgegenleuchteten.

»Was zum Teufel ...«

»ÜBERRASCHUNG!« riefen Ruta Beth, Richard und Odell im Chor und sprangen, einen Sekundenbruchteil nachdem Ruta Beth das Licht angemacht hatte, aus den Ecken der Küche heraus auf Lamar zu.

Zum erstenmal in seinem Leben war Lamar sprachlos. Sein Mund kippte auf. Er starrte das fröhlich in der Küche tanzende Völkchen an und das Ding, das sie für ihn gemacht hatten.

Dann begann er zu weinen.

»Das ist verdammt noch mal das Schönste, was ich je gesehen habe«, sagte er. »Mein Gott, mein Gott, ich bin ja so stolz auf euch. Das ist die schönste Überraschung, die man sich nur wünschen könnte! Und mit einem Löwen! Richard, Junge, ich kenne deine Arbeit, der ist doch von dir! Oh, er ist so gottverdammt schön!«

»Tote! Tote!« rief Odell.

»Na, dann los, probieren wir doch ein Stück«, sagte Lamar.

»Lamar, es ist kein echter Kuchen. Er schmeckt womöglich nach nichts«, sagte Ruta Beth.

»Hol's der Teufel, Ruta Beth, ich würd sagen, echter könnt ein richtiger auch nicht sein.« Er beugte sich vor, um ihn anzuschneiden, aber Odell rief: »Ketze! Ketze!«

»Die Kerze«, sagte Richard. »Er meint, du sollst die Kerze ausblasen. Und wünsch dir was.«

Gehorsam blies Lamar die Kerze aus.

»Was hast du dir denn gewünscht?« wollte Ruta Beth wissen.

»Daß wir immer so glücklich sind«, sagte er. Das Messer in den großen Fäusten – das FUCK und das YOU! leuchteten auf seinen Knöcheln –, schnitt er den Kuchen in vier Teile und gab jedem eins, wie es sich für ein Geburtstagskind so gehörte. Und wenn sie die Augen schlossen und sich das gezuckerte Brot im Mund mit der Glasur vermischte, schmeckte es wie eine richtige Torte. Der Unterschied war minimal.

So wachte Lamar denn am nächsten Morgen merkwürdig glücklich auf. Er hatte angefangen, das Haus für den neuen Anstrich abzukratzen, hatte aber irgendwie keine Lust darauf. Sie mußten sich alle erst wieder einkriegen nach der Aufregung des Überfalls. Es wäre ein guter Tag, um etwas kürzerzutreten. Er hätte sich gern mal das Feld am Rand von Ruta Beths Grundstück angesehen; ihr Vater, so hatte sie erzählt, habe mal davon geträumt, dort Luzernen zu pflanzen, aber Lamar war sich nicht sicher, ob er so weit in die Zukunft planen wollte. Wäre schon eine Schande, etwas so Ehrgeiziges anzugehen, nur um es dann aus dem einen oder anderen Grund aufgeben zu müssen. Odell war bereits auf und sah sich im Fernsehen die Morgencartoons an, die er keinen Tag versäumte, und Ruta Beth werkte in der Küche herum. Richard schlief noch, wie sollte es anders sein.

Also ging Lamar hinaus an den Bach, der zwischen Ruta Beths Grund und dem der McGillaverys verlief. Ihn beschäftigte der Gedanke an ein weiteres Ding. Ein Ding, nach dem Oklahoma kopfstehen würde wie am 4. Juli, verdammt noch mal! Mit einer Bande wie der seinen freilich war das nicht leicht. Bei der Geschichte im Denny's waren sie noch mal davongekommen, sie hatten Dusel gehabt, wie der verdammte Nigger im Fernsehen gesagt hatte; mal angenommen, das Weibsbild hätte ihn getroffen, anstatt danebenzuschießen? Sie hatte ihn wahrscheinlich nur wegen Richards Geschrei verfehlt. Richard taugte ja zu so gut wie gar nichts, aber der Schrei, also der hatte wahrscheinlich mehr genützt als geschadet. Lamar dachte nicht gern daran, wie knapp er am Tod vorbeigeschrammt war, selbst bei einem kleinen Ding wie einer .380. Aber Ruta Beth war verdammt noch mal fixer gewesen als Odell, als es ans Zurückschießen ging. Wenn sie kein Prachtweib war!

Aber was für eine Art Ding wäre mit denen zu drehen? Um ein wirkliches klasse Ding abzuziehen, brauchte es eine beinharte Crew. Richard konnte fahren, er selbst und Odell könnten den harten Teil erledigen, und Ruta Beth könnte den Ausputzer machen. Mehr hatte er nun mal nicht. Er sah jetzt, daß es ein großer Fehler gewesen war, hineinzugehen, ohne jemanden im Wagen zu haben. Es hatte sie beinah das Leben gekostet. Also versuchte er, auf etwas zu kommen, was bei ihnen drin war. Ein weiteres Denny's? Nee. Vielleicht einen Lebensmittelmarkt oder den großen PX von Fort Sill. Oder wie wär's mit was, was noch keiner gemacht hatte – ein ganzes Einkaufszentrum zum Beispiel? Wär das nicht was? Gleich das ganze verdammte Ding! Oder ein Rodeo? Ob wohl schon mal jemand ein Rodeo ausgenommen hatte? Wie wär's mit einem von den Kasinos, die die Indianer auf Stammesgebiet hingestellt hatten? Oder Bingo mit hohen Einsätzen?

Lamar lehnte sich zurück, träumte von Ruhm und war mordsmäßig zufrieden mit sich. Es war so viel drin. Vor zwei Monaten noch war er nichts weiter gewesen als ein Knacki in einem brutalen Loch wie dem »Mac«. Er hatte sich auf nichts freuen können, als zu behalten, was er bereits hatte. Und jetzt: Er hatte eine Familie! Eine richtige Familie! Er hatte noch nicht alles ausgearbeitet, aber wenn sie noch zwei-, dreimal abräumten, und das im großen Stil, dann könnten sie ja vielleicht untertauchen. Vielleicht einen Camper kaufen und nach Florida gehen. Florida hatte er noch nie gesehen. Er hatte jedoch Bilder im Kopf, von Stränden, Wasser und Palmen. Er konnte sich vorstellen, wie Odell im Wasser planschte, Richard zeichnete und Ruta Beth ihn einfach auf ihre harte Art anstarrte, als versuchte sie ihm mit den Augen die Seele aus dem Leib zu saugen. Anstarren konnte einen das Mädel! Wie auch immer, er stellte sie sich alle glücklich bis an ihr Lebensende vor.

Mitten am Nachmittag bekam er Durst und dachte, wie schön jetzt eine der eiskalten Coca-Colas aus Ruta Beths Kühlschrank wäre; er beschloß, wieder reinzugehen. Er war mit sich und der Welt zufrieden, bereit, sich dieser Welt zu stellen, als er um die Ecke der Scheune bog und einen Laster die Zufahrt zum Haus heraufkommen sah.

Bud hielt direkt vor dem Haus. Er hörte keine Hunde, was er merkwürdig fand, da es auf den meisten Farmen hier Hunde gab. Aber andererseits hatten Stepfords schließlich auch nie welche gehabt.

Bud war nervös, obwohl er nicht hätte sagen können, warum, aber es war wie eine Woche zuvor in der Reservation: das Gefühl, beobachtet zu werden.

Er nahm das Mikro zur Hand.

»Zentrale, Sechs-Null-Fünf, ich bin jetzt auf der Tull-Farm an der 54 östlich von Altus.«

»Verstanden, Sechs-Null-Fünf, wir haben Sie auf der Karte.«

»Hören Sie, Zentrale, ich hab da so ein Gefühl. Überprüfen Sie doch rasch mal den Namen Tull, mal sehen, ob was dabei rauskommt.«

»Verstanden, Sechs-Null-Fünf. Bleiben Sie dran.«

»Verstanden.«

Bud saß ein, zwei Minuten in der Hitze. Wenn man auf den Hof einer Farm fährt, kommt normalerweise die Frau des Hauses heraus, um zu sehen, was es gibt; oder es guckt einer der Arbeiter aus der Scheune. Aber hier blieb es still. Er hörte das träge Ticken des abkühlenden Lasters. Vor ihm lag das alte Farmhaus, dahinter die Leere und dann die Wichitas, die wie mächtige Felsbrocken aufragten. Der Wind zerrte an allem; die Sonnenblumen den roten Feldweg entlang schwankten unter seiner Kraft. Eine Grille sägte wie ein Holzfäller.

Bud sah sich das Haus an. Die Leute hatten noch nicht aufgegeben: Jemand hatte sich darangemacht, das Holz für einen neuen Anstrich vorzubereiten, doch im Augenblick arbeitete keiner dran. Trotzdem bewies es, daß man hier auf die Zukunft hoffte. Als er sich umsah, fiel ihm auf, daß die Felder brachlagen, ohne ausgelaugt auszusehen. Ein hartes Stück Arbeit, Knochenarbeit. Bud hatte als junger Mann während seines Studiums in Oklahoma City selbst auf Farmen gearbeitet, bis er die Uni schmiß; und er hatte die Arbeit gehaßt. Es gab keine härtere Art, sich sein Brot zu verdienen, als es mit eigenen Händen aus der Erde zu ziehen.

»Sechs-Null-Fünf?«

»Ich höre, Zentrale.«

»Wir haben nichts über einen Tull. Eine Anfrage bei der örtlichen Polizei hat ergeben, daß ein Ehepaar Tull mit dieser Adresse vor einigen Jahren ermordet wurde, von einem Urteil in dem Fall ist aber nichts zu sehen.«

Vielleicht war es das. Daß der Tod hier auf allem lastete; so etwas frißt sich ins Holz. Ein Farmerehepaar, ermordet. Und nichts, was darauf hinwies, daß der Schuldige je erwischt worden war. Das

Ganze kam Bud auf eine unheimliche Weise bekannt vor, nur daß ihm nicht einfiel, wieso.

»Okay, Zentrale, danke. Ich klopf mal an. Warten Sie auf meine Abmeldung.«

»In Ordnung, Sechs-Null-Fünf. Machen Sie's gut.«

Bud berührte seine drei Pistolen: die große neue Beretta unter dem Arm, die Colt an seiner rechten Niere, die kleine Beretta im Hemd. *Na schön,* dachte er sich, *dann mal los.*

Lamar sah zu, wie der Mann aus dem Kleinlaster stieg. Wegen der langen Zeit am Funkgerät wußte er, daß es ein Bulle war. Jetzt stieg er aus, sah sich um, rückte den Hut zurecht, zögerte immer noch, peilte die Lage. Vorsichtiger Mistkerl.

Lamar war ins hohe Gras gesunken. Er regte nicht einen Muskel. Dann kam der Bulle um den Laster herum, schaute sich noch immer die Augen aus, und dann – großer Gott, Lamar hatte das Gefühl, die Erde würde sich auftun. Es war der gottverdammte Smokey-Sergeant, den er bei den Stepfords über den Haufen geschossen zu haben glaubte! Und das in voller Lebensgröße!

Pewtie, genau. Pewtie. Na, wenn du kein zäher Bursche bist! Pewtie war groß und hatte ein ausdrucksloses Bullengesicht, wettergegerbt und heiter, dem trotzdem nicht das geringste entging. Hundertfach hatte Lamar diese verdammte Art Gesicht schon gesehen.

Aber dann wurde es Zeit zu überlegen: Was machte er hier? Was hatte er vor? Eine Razzia? Ach was, verdammt noch mal, dann würde es hier doch nur so wimmeln: SEK, FBI, Hubschrauber, die Angeber vom OSBI. Aber Pewtie war ganz allein.

Lamar wünschte, er hätte eine Waffe bei sich und versprach sich, nie wieder ohne eine zu gehen. Er dachte an die beiden .45er im Schlafzimmer oben, frisch gereinigt, jede mit einem Magazin voll glänzender Patronen. Aber er wußte auch, hätte er was zum Schießen gehabt, würde er auf Teufel komm raus ziehen und abdrücken, und dann brächte ihm Pewties Meldung an die Zentrale die ganze Truppe auf die Farm.

Dann fiel ihm ein neues Problem ein. Was, wenn Pewtie den armen Odell sieht? Den erkennt er doch auf den ersten Blick. Er zieht, schießt, und das arme Kind beißt Blut und Mini Wheats spuckend ins Gras. Oder Richard? Auch Richard würde er erkennen; Bullen hatten nun mal die Gabe, sich ein Gesicht vom Steckbrief zu merken, es von einem Augenblick auf den anderen parat zu haben.

Jetzt sind wir geliefert, dachte Lamar. *Wenn er die beiden sieht, sind wir geliefert. Und wenn ich ihn vorher umbringe, dann dauert es vielleicht ein Weilchen, aber geliefert sind wir so oder so.*

Was wäre jetzt wohl das beste?

Ruta Beth.

Komm schon, Ruta Beth, Schatz! Du mußt uns da rauspauken.

Bud sah sich ein letztes Mal um. Nichts, was ihm spanisch vorgekommen wäre. Trotzdem wollte sich das mulmige Gefühl in der Magengegend nicht verflüchtigen. Er beschloß, die Geschichte einfach so schnell wie möglich hinter sich zu bringen.

Er ging auf das Haus zu. Eine Leiter stand an der Wand, und Bud sah, wo man aufgehört hatte, die Farbe abzukratzen. Wer immer da am Werk war, kannte sich aus: Die alte Farbe war völlig verschwunden und das Holz darunter glatt wie ein Kinderpopo. Vielleicht hatten sie eine Maschine, trotzdem sah es ihm nach einem Stück altmodischer Arbeit aus. Kein Job für einen Plattmacher, so viel stand fest.

Er stieg die Verandatreppe hinauf. Von drinnen war ein Fernseher zu hören, ein Zeichentrickfilm. Auch das war gut: Kinder bedeuteten Familie, und das schloß entflohene Sträflinge, Killer und bewaffnete Räuber so gut wie aus. Er fühlte sich jetzt ganz gut. Er klopfte an die Tür.

Er hörte ein Rascheln dahinter, war sich aber nicht sicher, was es war. Schließlich ging die Tür auf, und eine kreidegesichtige junge Frau starrte ihn an. Ihre großen Augen waren kohlrabenschwarz, das dunkle Haar trug sie zu einem langen Pferdeschwanz nach hinten gebunden. Sie trug Jeans und eine unscheinbare bedruckte Bluse, deren Ärmel sie hochgekrempelt hatte. Sie fixierte ihn mit einem funkelnden Blick, hinter dem Angst, aber auch Haß hätten stehen können.

»Miss Tull?«

»Das bin ich«, sagte sie. »Wenn Sie mir was verkaufen wollen, ich brauche nichts.«

»Nein, Ma'am«, sagte er und holte sein Ausweismäppchen mit der goldenen Marke des Staates Oklahoma heraus. »Ich heiße Russell Pewtie, ich ermittle im Auftrag der Highway Patrol.«

»Ich hab nichts angestellt«, sagte sie.

»Hat ja kein Mensch gesagt, Ma'am. Es ist nur so, daß wir in einem Fall ermitteln, bei dem wir womöglich den Abdruck eines Reifenprofils haben, an dem wir den Wagen erkennen. Der Ihre paßt haargenau, und ich würde ihn mir nur gern mal ansehen, damit ich ihn abhaken und mich wieder um was wirklich Wichtiges kümmern kann.«

»Ah ...« machte sie. War das Panik in ihren Augen? Bud spürte ihre innere Unruhe.

»Ma'am, wenn Sie lieber Ihren Anwalt anrufen wollen, damit er hier rauskommt oder was immer?«

»Ich hab keinen Anwalt.«

»Tja, Ma'am, ich warte gern, bis Sie jemanden angerufen haben. Wenn Sie wollen, gebe ich Ihnen die Nummer einer Rechtshilfeorganisation. Die können Ihnen dann entweder einen Anwalt stellen oder einen empfehlen. Aber es liegt ja nichts gegen Sie vor, Miss Tull. Wir wollen nur sehen, wo die Fahrzeuge abgeblieben sind, ein einfacher Eliminierungsprozeß, bei dem die übrigbleiben, die nicht aufzutreiben sind. Das sind dann wahrscheinlich unsere Leute.«

»Okay. Sicher. Entschuldigen Sie, ich bin nur nicht an Polizisten gewöhnt.«

»Versteh ich doch, Ma'am. Wär ja andersrum auch nicht natürlich.«

Sie kam heraus. Ganz kurz sah er eine Küche, einen Flur mit zwei Türen, das blaue Leuchten eines Fernsehers.

»Ihr Sohn, Ma'am?«

»Was? Ach, der Fernseher? Nein, ich lass ihn nur so laufen. Damit ich nicht so allein bin.«

»Sie leben allein?«

»Allerdings. Seit Vater und Mutter gestorben sind, bin ich hier ganz allein.«

»Aha. Sie lassen wohl ein bißchen was machen?«

»Ja. Ich bin's leid, immer diese tote alte Farbe zu sehen. Also hab ich zwei Leute angestellt, die alles saubermachen, neu streichen. Aber dann haben sie was anderes gefunden und sind auf und davon. Sie haben zwar gesagt, daß sie wiederkommen, aber Sie wissen ja, wie schwer es ist, heutzutage was anständig gemacht zu kriegen.«

Es schien alles Hand und Fuß zu haben, und trotzdem fragte Bud sich: *Wieso ist die Frau so nervös?*

Lamar sah zu, wie der Smokey sich Ruta Beth gegenüber auswies und sie einzuwickeln begann.

War sie clever genug? Würde sie irgendeinen blöden Fehler machen? Verdammt noch mal, wie konnten die ihn hier bloß aufgespürt haben? Wo er so vorsichtig gewesen war; Schritt für Schritt hatte er alles geplant – ganze Nächte hatte er sich in der Sorge um die Ohren geschlagen, daß auch alles klappte. Was konnte er bloß falsch gemacht haben?

Er sah sich nach allen Richtungen um. Odell mußte wohl noch vor der Glotze sitzen; sagte man dem Jungen nicht ausdrücklich, was er zu tun hatte, hockte er von Juni bis November da wie ein Stein und war zufrieden damit. Richard war das verdammte Problem. Richard konnte jeden Augenblick herbeistolpern und anfangen zu greinen. Der Bulle würde ihn erkennen, und alles wäre hin.

Es lief auf folgendes hinaus: Allein der Gedanke, daß ausgerechnet der Smokey-Sergeant, den er vor anderthalb Monaten so kalt erwischt hatte, ihm jetzt das Handwerk legen sollte, war Lamar unerträglich. Er sah schon die Artikel vor sich, schließlich wußte er, wie die Journalisten dachten. Presse und Fernsehen würden daraus was Persönliches machen. Man würde aus dem Dreckskerl, der nichts als Schwein gehabt hatte, den größten Kriminalbeamten seit Dick Tracy machen, verfluchte Scheiße! Und er, Lamar, wäre der Trottel!

Lamars Zorn brach mit der Wucht eines explodierenden Heizkessels durch. Er spürte, wie sich seine Muskeln spannten und ihm das Blut in den Ohren zu rauschen begann.

Vorsicht, ermahnte er sich. *Wer durchdreht, macht Fehler, verdammt noch mal!*

Er versuchte, einen klaren Kopf zu bekommen, um sich über seine Möglichkeiten klarzuwerden. Vielleicht könnte er zurück ums Haus schleichen, hinten reingehen, eine Waffe holen und den Drecksack einfach über den Haufen schießen. Aber ... das würde Minuten dauern. Und wenn die Geschichte noch vorher den Bach runterging, dann saß er hinterm Haus in der Wiese fest, während Pewtie Odell und Richard abknallte und dann Verstärkung rief.

Was Pewtie wohl vorhatte? Würde er reingehen, oder war er hinter etwas ganz anderem her?

Plötzlich kam Ruta Beth heraus, schloß die Tür hinter sich, und die beiden machten sich auf den langen Weg zur Scheune.

Wie eine Schlange kroch Lamar zurück, versank im Dunkel der

Scheune und sah sich nach einer Waffe um. Schließlich fand er eine: die Axt, mit der er Holz gehackt hatte. Einen Augenblick später hatte er sie auch schon in der Hand, glitt damit in den Schatten hinter der Tür und stand dort absolut reglos. Kaum daß er atmete. Die Axt war schwer genug, um damit jemanden umzubringen. Wenn Lamar auch nur die geringste Chance sähe, wäre Pewtie dran; ein Schlag, und es wäre alles vorbei.

»Das ist doch sicher wegen dieser Schießerei unten in Texas«, sagte sie. »Wirklich schrecklich, was diese Leute gemacht haben. Warum müssen Menschen so grausam sein?«

»Ma'am, ich bin jetzt seit fast fünfundzwanzig Jahren bei der Polizei, und um ehrlich zu sein, ich weiß es nicht. Viertausend Dollar. Was will man damit schon kaufen?«

Während sie sich unterhielten, sah Bud sich um. Irgendwas hier kam ihm immer noch komisch vor. Ihre Nervosität, der Gedanke, einen Fernseher anzumachen, nur für den Ton. Wieso nicht das Radio?

»Ich hab ihn hinten stehen, bei meiner Scheibe«, sagte sie.

»Wie meinen Sie?«

»Meiner Scheibe. Ich bin Töpferin. Ich forme meine Sachen auf der Scheibe. Die werden angemalt, glasiert, dann geb ich sie in den Brennofen. Ich kriege inzwischen schon so gut wie alles hin. An den Wochenenden gehe ich dann auf den Handwerkermarkt. Bringt nicht viel, aber man kommt damit aus.«

»Ah ja, ist ja schön. Komisch, bei all den Leuten, die ich schon kennengelernt habe, ich glaube, eine Töpferin war noch nicht dabei.«

»Würd mich freuen, Ihnen was zu schenken, Mr. Pewtie.«

»Das ist sehr freundlich, Ma'am, aber ich denke, ich hake nur mal schnell Ihren Wagen ab und stör Sie nicht länger.«

»Wird manchmal ziemlich einsam hier draußen, deswegen quassle ich auch so viel.«

»Kann ich mir vorstellen.«

Sie gingen durch die Scheune zu ihrem Arbeitsplatz. Unter einem Vordach standen ihre Töpferscheibe, der kohlegeheizte Brennofen und auf einer Bank daneben verschiedene Büchsen mit Farbe und ihre Keramikarbeiten. Letztere leuchteten geradezu. Sie schien den Stil der Indianer zu imitieren, nur daß das hier besser war als alles, was er in den Reservationsläden jemals gesehen hatte. Die

Farben waren in gezackten Mustern aufgetragen, geradezu wild, und standen auf der ockerfarbenen Grundierung wie auslaufendes Blut.

»He«, sagte er, »Sie sind verdammt gut. Die Dinger sind ja toll.«

»Oh, danke, Officer, danke«, sagte sie bescheiden.

Und dann wandte er sich dem Wagen zu.

Lamar sah zu, wie sie ihn tollkühn auf die Scheune zuführte.

Wunderbar, Schatz, einwandfrei, dachte er.

Er hätte jeden Augenblick losspringen können und fieberte geradezu in dem Gedanken daran. Genau das war es, wonach er süchtig war: der schiere Spaß der Gewalt. Er sah sich schon das ganze Gewicht in den Schlag legen, sah das Blatt in den Stiernacken des Smokeys fahren. Was für eine Wunde würde das geben! Das klaffende Fleisch, pulsierend, rot, vielleicht stak sogar ein Knochensplitter heraus. Und massenhaft Blut! Pewtie würde sich umdrehen, wie vom Blitz getroffen, ungläubig, sein Blick würde den von Lamar suchen und um Gnade flehen; kraftlos würde er die Hände heben, aber Lamar würde noch mal zuschlagen, mit der Kraft des Bodybuilders, immer wieder, in einem Hagel tödlicher Hiebe. Lamar war ganz aus dem Häuschen. Er brannte darauf, es zu tun!

Die beiden blieben stehen, um ein bißchen an der Werkbank zu schwatzen; der Bulle sagte was, was Lamar nicht verstand. Als der Mann jedoch den Wagen zu untersuchen begann, schlich Lamar sich durch das Dunkel der Scheune, bis er ihn fast hätte greifen können. Von hier konnte er jeden Augenblick hinausstürzen und den Mann fertigmachen. Seine Hand schloß sich fester um den Stiel der Axt, während er seine Aufregung zu zügeln und durch die Wolke roten Zorns in seinem Kopf zu denken versuchte, um dahinterzukommen, was das Richtige war. Vielleicht sollte er es einfach tun – auf Teufel komm raus.

Aber er wartete ab.

»Tja!« sagte Bud.

Er stand auf, etwas enttäuscht. Der früher mal rote, ramponierte Tercel stand in der Gluthitze. Die karierten Polster waren ausgebleicht und voller Decken. Der hintere Kotflügel hatte Rostpickel, und die Stoßstange daneben sah auch schon etwas durch aus.

Dann beugte er sich noch mal zurück und sah sich das Wappen auf dem alten Reifen an. Langsam ging er um den Wagen herum, inspizierte ein Rad nach dem anderen. Fehlanzeige! Verflucht noch mal. Wieder nichts.

Die Reifen waren zwar alt, das schon, aber es waren keine Goodyears, sondern Bridgestones.

Aus dem einen oder anderen Grund hatte er den Verdacht gehabt, den gesuchten Wagen endlich zu haben: die Abgeschiedenheit der Farm, die Nervosität der Frau, die merkwürdige Geschichte mit dem Fernseher, die Männerarbeit, die hier reingesteckt worden war.

»Tja dann, vielen Dank, Miss Tull. Wie ich sehe, kann ich Sie dann ja streichen. Also, ich glaube nicht, daß Sie in letzter Zeit ein Denny's zu Klumpen geschossen haben.«

»Na, in diesem Leben jedenfalls noch nicht«, sagte sie mit einem kleinen Lachen.

Bud riß sich abrupt los; das hier interessierte ihn nicht mehr.

»Also, dann will ich Ihnen nicht länger im Weg stehen. Ich muß noch rüber nach Granite.«

»Sicher, Mr. Pewtie. Und ich kann Ihnen nicht doch noch einen meiner Töpfe hier aufschwatzen?«

Bud wandte sich noch mal um. Einer davon hatte es ihm wirklich angetan: ockerfarbene Glasur, schwarze Diagonalen und ein strahlendes Orange, ein heller Sonnenfleck wie beim Weltuntergang.

»Könnten Sie mir einen verkaufen?«

»Ich krieg fünfzehn Dollar für die kleinen und fünfundzwanzig für die großen.«

Autsch! Nicht gerade billig.

»Aber ich sag Ihnen was. Sie suchen sich einen aus – zehn Dollar.«

»Also das ist doch ein Wort.«

Glücklicherweise war der, der Bud gefiel, keiner von den großen, so daß er die zehn Dollar berappte, ohne sich allzu unverschämt vorzukommen. In der Regel nahm er ja nichts mit, was sich ihm aufgrund seiner Marke so bot, aber was soll's ... Ab und zu mal, wem tat das schon weh?

Sie reichte ihm den Topf, und dann gingen sie zusammen zurück durch die Scheune zu seinem Laster.

»Kommen Sie doch wieder mal vorbei«, sagte sie. »Ich hab gern Besuch.«

»Danke, Miss Tull. Ich wünsch Ihnen noch was.«

Er stieg ein.

Also, wenn sich ihr Glück nicht noch im letzten Augenblick wendete. Wenn nicht noch Odell oder Richard aus dem Haus kam...

Lamar beobachtete Ruta Beth und den Smokey vom Schatten hinter dem Scheunentor aus. Sein Herz klopfte wie wild. Pewtie war jetzt zu weit weg, um ihn mit der Axt zu erwischen. Jetzt lag es nur noch an Gott.

Der Smokey fummelte im Wagen herum, nahm sein Mikro zur Hand und meldete sich ab, wie Lamar vermutete; dann ließ er mit majestätischer Gelassenheit den Wagen an. Er brauchte noch eine Minute, um rückwärts vom Hof zu stoßen, dann noch mal drei, um auf dem roten Feldweg zur Hauptstraße zu kommen, wo er links abbog; dann war er verschwunden.

Der Tag schien eine lange Pause einzulegen. Lamar merkte, daß er klatschnaß geschwitzt war. Im Gegensatz zu seiner Flucht aus dem Denny's verspürte er jetzt keinerlei Hochgefühl; alles, was er spürte, war die völlige Taubheit des Zusammenbruchs nach dem Schock, wie sie Menschen befällt, die knapp mit dem Leben davongekommen sind. Und das schmeckte ihm ganz und gar nicht.

Er hob den Kopf. Ruta Beth kam wieder aus dem Haus, wie in Trance. Ihre Hände bildeten einen Trichter vor dem Mund, als wollte sie nach ihm rufen.

»Nicht«, sagte er laut, aber ohne zu schreien. »Sei still. Und schau weder links noch rechts. Spaziere einfach rüber zu mir, nur für den Fall.«

In diesem Augenblick öffnete Odell die Tür und blickte verwirrt heraus.

»Odell, bleib, wo du bist. Nein, warte, sieh zu, daß die Flinten geladen sind. Und daß Richard im Haus bleibt.«

Odell nickte und verschwand wieder.

Schließlich kam Ruta Beth herüber.

»Du warst die ganze Zeit in der Scheune.«

»Allerdings. Eine falsche Bewegung, und ich hätte dem Kerl die Axt hier übergezogen.«

»Er hatte zwei Pistolen. Ich hab sie beide gesehen. Eine unterm Arm, die andere im Gürtel.«

»Der hatte wahrscheinlich noch mehr, verflucht noch mal«, sagte Lamar. »Der Kerl war auf alles gefaßt, der konnt's kaum noch erwarten. Was ist mit dem Wagen? Er wollte doch den Wagen sehen, Schatz, oder?«

»Ja, Papa.«

»Sag mir genau, was er gefragt hat. Ganz genau. Wort für Wort.«

Benommen wiederholte ihm Ruta Beth Buds Erklärung.

»Ach so«, sagte Lamar, der sich mächtig konzentrierte. »Hat er wirklich gesagt, daß er hier ist, um dich ›abzuhaken‹? Reisen die immer noch auf die alte Tour?«

»Genau das hat er gesagt, Papa.«

»Also, Schatz, denk mal scharf nach. Erzähl mir das ganze Gespräch. Nicht bloß, was er gesagt hat, auch was du gesagt hast. Ich muß wissen, ob du ihm zuviel gesagt hast, irgendwas, was so einen alten Fuchs wie den die Witterung aufnehmen lassen könnte.«

Mühsam, hin und wieder von Lamars drängenden Fragen angespornt, gab sie die Unterhaltung wieder. So ging das zehn Minuten lang. Aber dann sagte sie: »Ich hab mir solche Mühe gegeben, Lamar. Ich hab nichts absichtlich gemacht.«

»Du hast dich großartig gehalten, Schatz. Siehst du, er hat uns bei 'nem Fehler erwischt. Wir hätten für so 'nen Fall eine Geschichte parat haben sollen. Das letzte, was man tun sollte, ist, Sachen zu improvisieren. Da verfängt man sich viel zu leicht bei. Nein, für so einen Fall muß man schon eine Geschichte parat haben, das muß man ausgearbeitet haben, probiert. So macht man das und nicht anders. Aber du bist verdammt noch mal 'n Naturtalent für so was, Ruta Beth.«

»Kannst du dir schon denken, warum er hier war?«

Lamar überlegte noch etwas angestrengter, dann hatte er es.

»Die Reifen«, sagte er. »Auf unserer Seite vom Red River hatten wir weiche Erde. Da haben wir garantiert Spuren hinterlassen. Die müssen einen guten Abdruck vom Profil haben, und das verschissene FBI hat ihnen die Modelle gesagt, auf die die Reifen passen könnten. Also gehen sie die Zulassungsstellen durch und hoffen, den richtigen Wagen mit den richtigen Reifen und damit die richtigen Kerle zu finden. Denen geht der Arsch derart auf Grundeis, daß sie sogar den alten Pewtie losgeschickt haben, solche Scheißarbeit zu tun – der kann doch vor lauter Schrot unterm Pelz kaum noch laufen.«

Jetzt lachte er. Er sah das ganze als Witz.

Ruta Beth starrte ihn entsetzt an.

»Aber Lamar«, sagte sie. »Immerhin hatten sie recht. Ich hab die

Reifen vor zwei Jahren gekauft, weil sie runtergesetzt waren. Die von der Werkstatt haben gesagt, Goodyear würde die nicht mehr machen, und sie wollten ihr Lager räumen.«

»Aber nicht die Reifen, nein. Erinnerst du dich? Am Abend, als wir gefeiert haben, da bin ich doch noch mal raus. Ich hab mir so überlegt, wo wir noch 'n Fehler gemacht haben könnten, und alles, was ich vergessen hatte, waren die Reifen. Also hab ich sie mit Bridgestones ausgetauscht, die ich von einem Hyundai Excel geklaut habe. Ha! Hält sich für so verdammt clever, der alte Pewtie. Aber längst nicht so clever wie Lamar Pye.«

KAPITEL 20

Am letzten Tag versuchte Bud das Ende hinauszuzögern. Er bummelte. Er nahm buchstäblich jeden Wagen unter die Lupe, brach Unterhaltungen nicht einfach ab, sondern ließ ihnen ihren Lauf. Trotzdem, der Tag ging zu Ende. Bud fuhr die Zufahrt einer Farm weit drüben bei Healdton in Jefferson County hinab. Die Sonne war wie ein riesiger rosa Ballon, der in einem Meer atmosphärischen Flimmerns versank; die Dämmerstunde war ruhig und windstill. Er blickte nach beiden Seiten, als er auf die Straße fuhr, und sah das schwarze Band des Highway, das schnurgerade in einen leeren Horizont führte.

Tja, das war's.

»Zentrale, hier Sechs-Null-Fünf, bitte kommen.«

»Wir hören Sie, Sechs-Null-Fünf. Wie sieht es bei Ihnen aus?«

»Der Auftrag bei den O'Brians ist erledigt.«

»Nichts zu melden, Bud?«

»Nein, Zentrale. Fehlanzeige. Nichts. Null. *Nada.* Hat einer von den anderen was?«

»Ebenso Fehlanzeige, Sechs-Null-Fünf. Wir haben hier eine Menge enttäuschter Gesichter. Am besten sehen Sie zu, daß Sie heimkommen, Bud.«

»Danke, Zentrale, verstanden, Ende und aus.«

Bud knipste das Funkgerät aus. Während der letzten beiden Wochen hatte er den Mann am anderen Ende ein bißchen kennengelernt, einen pensionierten Deputy Sheriff aus Tillmann County. Er war ein bodenständiger Kerl wie Bud selbst, ein solider Bärbeiß. In gewissem Sinne wollte er dem Mann nicht weniger eine Freude machen als C. D. Henderson, Colonel Supenski oder sich selbst. Aber es sollte eben nicht sein. Die gemeinsame Sonderkommission hatte während der letzten zwei Wochen nahezu viertausend Adressen in Südoklahoma abgeklappert und dabei fast viertausend Toyotas, Hyundais und Nissans vom richtigen Modell und Jahr aufgespürt. Von denen waren über achthundert mit Goodyears bereift; jeder Besitzer war überprüft und entweder gleich gestrichen oder ausgiebig vernommen worden. Etwa vierzehn wurden observiert, was jedoch nichts gebracht hatte. Inzwischen hatten Teams der Highway Patrol in Zusammenarbeit mit dem OSBI Razzien auf den Wohnsitzen von fast zweihundert ehemaligen oder gegenwärtig gesuchten Straftätern durchgeführt, die einen passenden Wagen hatten. Wieder nichts, obwohl man dabei laut Henderson achtundzwanzig flüchtige Gesetzesbrecher verhaftet hatte.

Bud selbst hatte in diesen beiden Wochen über zweihundertdreißig Adressen besucht und zwölf, vierzehn, manchmal sogar sechzehn Stunden am Tag auf den Nebenstraßen der fünf südlichsten Counties verbracht. An manchen Abenden war er noch nicht mal nach Hause gefahren, sondern in Fernfahrermotels abgestiegen, um ein paar Stunden miserabel zu schlafen. Einmal war er einfach in seinen Schlafsack gestiegen und hatte unter dem Schutz der geöffneten Ladeklappe seines Lasters geschlafen. Merkwürdigerweise besser als all die anderen Nächte in dieser Zeit.

Auf dem Weg zurück nach Lawton, wo er das Funkgerät abgeben wollte, versuchte er sich alles durch den Kopf gehen zu lassen. Dieser verdammte Lamar war wirklich ein cleveres Bürschchen. So viel Verstand darauf zu verwenden, das Gesetz zu umgehen, und nicht einen Funken Moral. Mit so viel Grips hätte er Arzt werden können, sogar Anwalt, verdammt noch mal. Und was machte er? Verplemperte seine Zeit einzig und allein damit auszuknobeln, wie er mit seinen Dingern durchkam! Er war kein »genialer Verbrecher«, wie man sie in den Filmen sah, kein aalglatter Weltmann mit einer Schwäche für gute Weine, und vielleicht ließ sein IQ sich noch nicht einmal messen, aber er war ein verdammt fixer Kerl.

Müde stellte Bud sein Radio auf KTOK, den Nachrichtensender aus Oklahoma City, und hörte sich die dumpfe Litanei regionaler und überregionaler Ereignisse an, vom letzten Handschlag des Präsidenten bis zur heutigen Sitzung des Stadtrats von Oklahoma City.

Die schlechte Nachricht ließ nicht lange auf sich warten.

»In Lawton haben heute Highway Patrol und OSBI eine staatsweite Fahndung nach dem Fahrzeug abgebrochen, das der entflohene Strafgefangene Lamar Pye und seine Bande nach dem blutigen Überfall in Wichita Falls am 16. Mai benutzt haben sollen. Bei dem Überfall fanden vier Polizeibeamte und zwei Zivilisten den Tod.«

Wir werden wohl warten müssen, bis du wieder zuschlägst, Lamar, dachte sich Bud. *Und diesmal wirst du Furore machen, das ist mir klar.*

»Im Zusammenhang damit hat die Lawtoner Schulbehörde heute bekanntgegeben, daß an den High-Schools der Gegend geradezu ein Kult um Lamar entsteht, der den entflohenen Sträfling und Raubmörder zu einem Volkshelden macht. An der High-School Lawton West hat vergangene Nacht eine Gruppe mutwilliger Zerstörer die Turnhalle mit Graffiti wie ›Es Lebe Lamar‹ und ›Immer Drauf, Lamar!‹ beschmiert. Schuldirektor Will G. Long sagte dazu ...« Die Stimme des Direktors kam über den Äther: »Es ist symptomatisch für die moralische Leere, in der viel zu viele unserer Kinder aufwachsen, wenn der eine oder andere auf den Gedanken kommt, in Lamar Pye einen Helden zu sehen.«

Scheiße!

Das stieß Bud nun wirklich auf.

Das sah den verdammten Kindern von heute ähnlich! Sie hielten es für witzig oder »cool«, wenn sich einer über einen armen Polizisten stellte und ihm eine Kugel in den Kopf jagte. Wenn ein Polizist, der eben vom Klo kommt, von einer Ladung Postenschrot in Stücke gerissen wird!

Die Meldung brachte seine Laune auf den absoluten Nullpunkt, gerade daß er nicht vor Zorn kochte. Er wünschte sich, er würde noch saufen, und hätte gut Lust gehabt, irgendwo anzuhalten, um sich den Ärger von der Seele zu spülen.

Statt dessen fuhr er in die zunehmende Dunkelheit und suchte sich einen Country-&-Western-Sender, dessen flotte Rhythmen ihn wieder etwas beruhigten. Und dann wußte er mit einem Mal, daß er Holly anrufen mußte. Der Gedanke kam ihm aus heiterem Himmel, und er versuchte noch nicht mal, sich dagegen zu wehren.

Er fand eine Telefonzelle vor einem Minimarkt auf der anderen Seite von Oil City und mußte ein R-Gespräch anmelden, weil er nicht genug Kleingeld hatte.

»Na so was, Fremder, wie geht's denn so«, sagte sie. »Ich dachte schon, du wärst von der Erde gefallen.«

»Ich hab mir drei Jahre alte Toyotas angesehen, wie ein richtiger Detektiv. Wie geht's denn?«

»Ich bin okay, Bud. Und du?«

»Mir sind die Toyotas ausgegangen, Schatz, das ist alles, und du fehlst mir mordsmäßig.«

»Du kannst mir viel erzählen.«

»Stimmt aber.«

»Du hast bloß 'ne Weile keinen Sex mehr gehabt, das ist alles.«

»Überhaupt nicht, so ist das nicht. Mir fehlt Holly. Das Prachtstück. Also, ich glaub nicht, daß ich morgen viel mache. Wir zwei wollten uns doch Häuser ansehen.«

»Oh, Bud. Ich dachte schon, du hättest es vergessen.«

»Ach was. Ich bin gegen zehn bei dir.«

»Bud, ich hab mir schon Annoncen angeschaut. Ich habe was zum Mieten gefunden. Ich möchte unbedingt, daß du's siehst.«

»Zehn Uhr?«

»Oh, Bud, ich lieb dich so sehr!«

Wieso habe ich das bloß wieder gemacht, dachte er, als er auflegte. *Jetzt geht alles wieder von vorne los.*

Gleich beim Aufwachen am nächsten Morgen sah Bud sich vor einem Problem: Brauchte er seine drei Kanonen? Schließlich ging er mit Holly nur auf Haussuche. Darauf schien es nur eine Antwort zu geben, aber so einfach war es auch wieder nicht. Er hätte nein gesagt, aber wenn er unbewaffnet aus dem Haus ging, dann wußte Jen doch sofort, daß er nicht beruflich unterwegs war. Trotzdem, die Vorstellung, lächelnd, aber bis an die Zähne bewaffnet ins Haus eines wildfremden Menschen zu spazieren, sagte ihm nicht eben zu.

Aber so war das nun mal in seinem Beruf: Ständig war man am Überlegen, jedes Problem wurde zerpflückt, ein endloser Versuch, den anderen zwei, drei Züge voraus zu sein. Alles, nur nicht unter Druck improvisieren, denn dann verwickelte man sich rasch in Widersprüche, die jeder mit nur einem bißchen Hirn rasch durchschaute. Ein Leben hinter den feindlichen Linien.

Verflucht noch mal, ich werd noch selber ein Lamar Pye, dachte er, als er sich nach dem Duschen an die Farce machte, den Pistolengurt umzulegen, Waffen und Magazine zu laden – alles bis ins kleinste Detail. Selbst die kleine Beretta, die ihm bereits ein Loch in den Bauch zu scheuern drohte, steckte er wieder ein.

»Ich glaube, die verdammte .380 laß ich bald weg«, rief er Jen zu, als er sich die Waffe hinter dem offenen Knopf unter den Gürtel schob; in exakt dem Winkel, in dem sie ihm am wenigsten zu schaffen machte.

Aber sie antwortete nicht. Verbissen wie eh und eh.

»Okay«, rief er. »Ich geh dann.«

Sie kam um die Ecke und fixierte ihn mit einem funkelnden Blick.

»Wo willst du denn eigentlich hin? Ich dachte, die hätten die Suche abgeblasen.«

»Das schon«, sagte er und sprang mitten hinein in die Lüge, ohne ihr dabei direkt in die Augen zu sehen. Das konnten nur die guten Lügner: jemandem in die Augen sehen, während man ihm einen Bären aufband. Aber nicht Bud; sein Blick verlor sich irgendwo zwischen Jen und ihm. »Das schon, aber ich habe noch Papierkram zu erledigen, und ich will verdammt noch mal nicht, daß mich der Lieutenant für inkompetent hält. Wo ich nichts tun kann, um ihn zu beeindrucken. Ich geh einfach mal rein, schau mir das eine oder andere an, mach 'n bißchen rum. Mitte Nachmittag bin ich wieder da.«

»Ich seh wirklich nicht ein, wieso du heute losmußt. Wo du fast zwei Wochen auf Achse warst.«

»Ich hab nun mal einen Job«, sagte er. »Laß mich den tun, ja?«

Sie reagierte, als hätte er sie geohrfeigt, was in gewisser Weise ja auch so war, von seiner frechen Lüge ganz zu schweigen. Mit bitterer Miene trat sie den Rückzug an, sagte dann aber noch: »Russ kriegt heute Bescheid. Wenn sie ihn nehmen, dann solltest du dasein und zur Feier des Tages mit ihm ausgehen.«

»Die Frage ist, ob er mit uns ausgeht. Er sitzt ja bloß rum und liest.«

»Wir sollten ihn jedenfalls fragen.«

»Ob ich wohl raufgehen sollte, ihm was wünschen?«

»Er schläft noch. Jeff ist aus dem Haus, aber Russell hat heute erst um zehn Schule.«

»Okay. Tut mir leid, daß ich laut geworden bin. Aber die Geschichte macht mir zu schaffen.«

»Das kann man wohl sagen«, sagte sie emotionslos.

»Bis später dann.«

Er drückte ihr noch einen flüchtigen Kuß auf und stieg in den Laster.

Auf Umwegen fuhr er zu Holly.

Er parkte und ging hinein. Es war so einfach. Erst die eine, dann die andere, ohne auch nur hallo zu sagen.

»Oh, du siehst wieder mal wie so 'n richtiger Kerl aus, Bud. Ich trau mich zu wetten, daß ich weiß, was du willst.«

»Holly, ich hab die verdammten Kanonen dabei. Die Dinger sind noch schwerer loszuwerden als Stiefel.«

»Tja, dann spielst du wohl lieber mit denen als mit mir«, zog sie ihn auf, aber er antwortete ihr ganz ernst.

»Ich hab eben den Gurt umgeschnallt. Da rauszukommen nervt vielleicht, ganz zu schweigen davon, es dann auch wieder hinzukriegen.«

»Schon gut, Bud. Wie du willst. Aber eine zweite Chance kriegst du womöglich nicht.«

Aber sie war selbst angezogen und scherzte nur. Sie sah wieder so was von zum Anbeißen aus, daß er sich kaum beherrschen konnte. Wer hätte nicht gern eine so attraktive junge Frau mit so viel Pfeffer im Hintern, die einen auch noch auf den Arm zu nehmen verstand? Wenn er bei ihr war, schien alles andere zu verschwinden. Es schien so verdammt normal.

Sie hielten an einem abgelegenen Café und fuhren dann zur ersten einer Reihe von Adressen, einem kleinen Häuschen in einer gepflegten Gegend an der Sechzehnten Straße, gerade mal ein, zwei Blocks vom Lee Boulevard im Süden der Stadt. Die Besitzerin erwartete sie schon, eine schmächtige weißhaarige alte Schraube. Holly gefiel ihr vom Fleck weg, während sie Bud so gut wie ignorierte, als spüre sie, daß er bei ihrem Geschäft im Grunde nicht zählte; sie begann mit Holly zu plaudern wie mit einer Tochter.

Bud legte verlegen die große Hand mit dem Ehering auf den Rücken und steckte sie in die Gesäßtasche, so daß sein Sakko auseinanderklaffte, während er hinter den beiden Frauen zum Haus hinaufging. Er fühlte sich nicht nur ausgeschlossen, sondern auch sonst merkwürdig. Jetzt hieß es, sich dem Problem zu stellen, das ihn seit Wochen quälte. Diese Geschichte mit der »Haussuche«. Warum hatte er sich nur darauf eingelassen, von Dummheit und Faulheit mal abgesehen? Das ganze kam ihm wie eine Schändung vor. In ein fremdes Haus zu gehen, es sich mit dem Gedanken anzusehen, darin zu leben, während nur ein paar Meilen weiter seine Frau und seine Söhne ihren Geschäften nachgingen, sich des Verrats, den ihr vereidigter Beschützer gegen sie plante, nicht im geringsten bewußt.

Bud schüttelte den Kopf. Er stieg die Stufen zur Veranda hinauf, blickte in die gähnende schwarze Leere, in der die beiden Frauen verschwanden, und folgte ihnen schließlich.

Eine junge Familie hatte hier gewohnt, wie er sofort sah. Das Haus stank geradezu nach kleinen Kindern, ihrer Pisse, ihrer Wärme, ihrem Lärm, ihren unverkennbaren Gerüchen. Im Augenblick war der Raum leer, aber der billige Teppich trug die Spuren von Babynahrung, verschütteter Milch und Pipi. An den Wänden hier und da verschmierter Pudding oder ein vertrockneter Broccolistiel.

»Sehen Sie sich doch nur an«, sagte die alte Frau, »wieviel Sonne Sie hier haben. Die Holloways haben gesagt, sie hätten hier drin das Wohnzimmer gehabt.«

Bud warf einen Blick auf die kleine verglaste Veranda nach hinten hinaus, auf der es nach Schimmel roch.

»Wer hat denn hier gewohnt?« fragte er plötzlich.

»Sergeant Holloway mit Familie. Er wurde nach Deutschland versetzt, und Rose und die Jungs sind mitgegangen, obwohl ich nicht glaube, daß sie so glücklich darüber war.«

»Ist aber nicht schlecht für die Kinder, mal ins Ausland zu kommen«, sagte Bud. »Die meinen haben nie was gesehen.«

Dabei dachte er: *das Zuhause eines anderen Sergeants. Noch so ein pflichtversessener Narr, der seinem Verein alles gibt, was er hat, und dem's dabei mehr recht als schlecht geht.*

Er sah sich um, spürte den anderen Sergeant dabei.

»War er bei der Artillerie, Ma'am?« fragte er. Aus irgendeinem Grund wollte er auch das noch wissen.

»Nein, ich glaube, er war bei der Militärpolizei, aber bei einem Fliegerbataillon. Das ganze Bataillon wurde nach Deutschland versetzt.«

Mit einem Nicken sah Bud sich um. Noch ein Polizist!

Er hörte zu, als die beiden Frauen die Treppe hinauftrampelten. Als sie oben waren, guckte er in die Küche. Sie war klein, gelb und hatte eine Blumentapete; die Geräte schienen verkratzt und klebrig. Das Linoleum war abgeschabt dort, wo der Tisch gestanden hatte, die Pinnwand, an der wohl diverse Familiendokumente gehangen hatten, war mit Hunderten von Einstichen übersät. Bud hatte selbst eine in der Küche.

Er saß da, stellte sich das Geschrei der Kinder vor, vielleicht das Hantieren der Frau in der Küche, die aus nichts ein gutes Essen zu zaubern versuchte. Und wo mochte derweil der Sergeant sein? Natürlich im Wohnzimmer. Aufs Sofa gefläzt, sah sich irgendein verdammtes Footballspiel an. Wie oft schon hatte sich das gleiche Drama bei ihm zu Hause abgespielt? Und hin und wieder kam Jen heraus und rief: »Jungs, seid mal leiser, ja, Papa will das Footballspiel sehen.« Oder: »Euer Papa versucht zu schlafen.« Hatte sie ihn dafür gehaßt? Hatte sie es ihm übelgenommen? Derlei sah man doch ständig. Irgendwann sagt sich die Frau: »Hol's der Teufel!«

und rückt ihrem Mann mit dem Messer zu Leibe. Oder sie holt das Jagdgewehr heraus und besorgt es ihm mit einer .30-30. Oder sie übergießt ihn mit siedendem Fett. Hatte es Jen jemals in den Fingern gejuckt?

Er stellte sie sich vor, wie sie gewesen war, als sie sich vor einer Ewigkeit kennengelernt hatten. Die schönste Frau, die er je gesehen hatte, und als sie das eine oder andere schüchterne Lächeln erwidert hatte, wußte er kaum, was er machen sollte. Sie hatte ihrem Mann zur Seite gestanden. Sie hatte auf ihn gewartet während seiner ersten beiden langen Jahre bei der Luftwaffe und ihn dann geheiratet. Die ersten beiden Jahre ihrer Ehe hatten sie in einer winzigen Wohnung von seinem Sergeantengehalt gelebt; das war noch in Pope gewesen, dem Fliegerstützpunkt in North Carolina, wo er es zum Militärpolizisten bei der Luftwaffe brachte. Sie hatte ihn begleitet, als er wieder auf die Schule gegangen war und auch dann, als er, anstatt bei der Luftwaffe durchzuhalten, zur Highway Patrol wechselte, weil er sich zu alt vorkam unter den Kindern. »Schön«, hatte sie gesagt und war erst mit seinem »Lehrlingsgehalt« ausgekommen, dann mit dem eines einfachen Polizisten, schließlich dem eines Corporal, obwohl er die Sergeantprüfung längst gemacht hatte, aber man zog bei der Beförderung entweder dienstältere Leute oder solche mit Beziehungen vor. Sie hatte die Kinder versorgt, die Drecksarbeit gemacht und ihm allmählich alles abgenommen, was er nicht mochte: Haushaltskasse, Steuern, Elternabende. Und daneben immer noch einen Teilzeitjob. Sie hatte nie raushängen lassen, um wieviel mehr ihr Vater verdiente als Bud; und falls sie enttäuscht war über das Leben, das Bud ihnen mit all den Jahren Dienst auf dem Highway geboten hatte, so hatte sie es sich jedenfalls nie anmerken lassen. Sie arbeitete wie eine Wahnsinnige aus Loyalität zu ihrem Mann und ihrer Vorstellung von einer Familie. War es ihre Schuld, daß sie ein paar Pfund zugelegt hatte, die Jahre ihrem Gesicht die Freude genommen hatten und ihre Konversation nur noch mürrisch, bisweilen bitter ironisch geworden war?

Mit einem Mal überkam ihn eine übermächtige Melancholie. Bud hielt es einfach nicht mehr aus: sein Gespür für das lärmende Gewimmel einer Familie in dem alten Haus. Das Gespür für den Sergeant, seine Frau, die Kinder, die Geldknappheit, den ewigen Kampf, das alles irgendwie zusammenzuhalten. Er drehte sich um und ging auf die vordere Veranda hinaus, wo ein ramponiertes Sofa stand wie ein Thron, von dem aus die ganze Nachbarschaft zu überblicken war. Er setzte sich auf die Lehne und holte einigemal tief Luft. Was etwas half. Einen Augenblick lang hatte er das Gefühl gehabt, kotzen zu müssen. Er fragte sich, ob er sich nicht was weggeholt hatte, und als er sich mit der Hand über die Stirn fuhr, war sie ganz feucht.

Kommst langsam, aber sicher auf den Hund, du alter Trottel, sagte er sich.

Er hatte plötzlich das Bedürfnis, einfach abzuhauen. Bloß weg von hier. Zum Teufel mit Holly und diesem ganzen Unsinn von einem Haus. Nichts wäre jetzt schöner, als etwas Land zwischen sich und Holly und der alten Vettel da drinnen zu bringen, nach Hause zu laufen, zu Jen. Wenn er ihr alles gestand, sich alles von der Seele redete, vielleicht wäre seine Ehe, seine Familie ja noch zu retten. *Mach! Mach schon, jetzt!*

Aber er ließ es bleiben. Er saß einfach da, eine ganze Weile, und blickte die ruhige Straße hinab: Bäume, kleine Häuschen. Einige Kinder trieben sich rum.

»Bud? Bud, Schatz? Könntest du nicht mal raufkommen?«

Bud drehte sich um und stieg die Treppe hinauf zu drei kleinen Schlafzimmern und einem Klo am Ende des kurzen Flurs.

»Bud, Mrs. Ryan meint, wir könnten gern eine der Wände hier rausreißen und aus zwei von den kleineren Zimmern ein großes machen.«

Warum sollten sie? Wenn die Jungs kamen, dann sollten sie ihr eigenes Zimmer haben, etwas Platz, auch wenn es nicht allzuviel war.

»Du könntest dir ein Büro draus machen, Schatz«, sagte sie.

»Ja«, sagte er.

»Mein Verlobter ist nämlich bei der Highway Patrol«, erklärte Holly der Frau.

»Da bin ich aber froh, daß Sie von der Polizei sind. Ich habe nämlich den Revolver in Ihrem Kreuz gesehen. Ich dachte schon, Sie wären dieser Lamar Pye.«

»Also der bin ich nun wirklich nicht«, sagte er, »obwohl ich schon eine ganze Weile hinter ihm her bin.«

»Dieser Unmensch«, sagte die Frau. »Meine Tochter lebt unten in Wichita Falls, und ich habe sonntags schon oft in dem Restaurant da gegessen. Ich finde es schrecklich, was er da gemacht hat. Ich hoffe, Sie erwischen ihn und schießen ihn tot. Wäre mir gar nicht recht, wenn der vor Gericht käme und irgendein Trottel damit kommt, daß *er* bei der ganzen Geschichte das Opfer ist.«

»Wir kriegen ihn«, sagte Bud.

»Bud, Schatz, Mrs. Ryan sagt, sie würde uns das Haus für nur dreihundertfünfzig im Monat geben. Wir könnten sofort einziehen. Das wäre doch toll. Es ist ein so ruhiges nettes Viertel.«

Bud lächelte und sagte: »Holly, es ist das erste Haus, das wir uns ansehen. Meinst du nicht, wir sollten uns noch 'n paar andere ansehen?«

»Ja doch, Kleines«, sagte Mrs. Ryan. »Ihr Verlobter hat völlig recht. Sie sollten sich eine ganze Menge ansehen, damit Sie später nicht das Gefühl haben, vorschnell gewesen zu sein. Ich habe das schon zu oft erlebt.«

»Aber Sie haben keine anderen Interessenten?«

»Nein, Kleines. Lassen Sie sich ruhig Zeit.«

»Haben wir noch ein paar Adressen für heute, Schatz?«

»Ja. Okay, ich ruf Sie dann im Lauf der Woche an, Mrs. Ryan. Vielen, vielen Dank.«

Sie gingen zum Laster und stiegen ein.

»Also, dann laß mal sehen«, sagte Holly. »Ich glaube, das nächste hier ...«

»Holly, kann das nicht noch eine Weile warten? Wir haben doch schon eins gesehen, das in Ordnung war. Sollten wir das nicht erst noch mal ein bißchen überdenken?«

»Bud!«

»Ich meine doch nur, ich weiß nicht. Holly, mir kam das ganze mit einem Mal irgendwie komisch vor. Natürlich könntest du bis Freitag eingezogen sein. Und was dann? Ich bin noch nicht so weit, womöglich nicht bis ... Na ja, ich weiß nicht.«

»Bud!«

»Und, mein Gott, Holly, die Frau sagt was von Lamar Pye, der deinen Mann erschossen hat. Eiskalt über den Haufen geschossen. Und du zuckst mit keiner Wimper. Fragst sie einfach, ob das Haus sonst noch jemand will. Der Kerl hat deinen Mann umgebracht und beinah auch mich erwischt, verdammt noch mal! Und er hat 'ne Menge arme Leute auf dem Gewissen. Wie kannst du das so einfach wegstecken? Kannst doch nicht auf der einen Seite Mensch sein und ...«

»Ach, überheblich sind wir nicht, der Herr, nein? Ich hab nicht gemerkt, daß du so erhabene Gefühle gehabt hättest wegen diesem

Pye, als du mich das letztemal durchs Kamasutra getrieben hast. Einen feuchten Kehricht hat er dich geschert und Ted Pepper genausowenig.«

»Holly, ich sag doch nur ...«

»Ich muß aus diesem Wohnwagen raus, Bud.«

»Tut mir leid, Holly.«

Ein kleiner Stich ließ sie das Gesicht verziehen.

»Ach, Bud, ich will doch nur mein eigenes Haus. Bitte. Du brauchst ja nicht einzuziehen. Hilf mir nur beim Umzug, ja? Bitte.«

»Holly.«

»Bitte. Ich sag ja nicht, daß du einziehen mußt. Aber es ist immer Platz für dich da.«

»Holly.«

»Sag einfach ja, Bud. Nur das eine Mal. Denk doch, was für Spaß wir da oben haben könnten.« Spaß war ihr Wort für Sex.

»Ach, Holly, wenn es dich glücklich macht.«

Sie kreischte vor Freude und gab ihm einen Kuß. Dann lief sie davon, um Mrs. Ryan Bescheid zu sagen.

Nach dem Mittagessen setzte er Holly zu Hause ab und fuhr rasch noch zum Rathausanbau hinüber, um sich den Betrieb anzusehen, zu spüren, zu wissen, was lief; das würde seine Lügen Jen gegenüber etwas glaubhafter erscheinen lassen. Als er eintrat, sah er, daß so gut wie niemand mehr da war. Am Funkgerät saß zwar noch der Führungsbeamte, aber es herrschte kein Funkverkehr mehr. Vor den Computern saßen lustlos einige Zivilisten herum, von den Texas Rangers war jedoch keiner zu sehen.

»Irgendwas Neues?« fragte Bud den Mann am Mikro.

»Absolut nichts, Bud. Wir müssen warten, bis Lamar wieder zuschlägt, das ist alles. Hoffen wir, daß wir dann mehr Glück haben.«

»Ich frag mich nur, wie viele er wohl das nächstemal umbringen wird«, sagte Bud.

»Bud! Bud, kommen Sie rein, aber fix, verdammt noch mal«, kam es lautstark aus dem Büro des Chefs.

»Was zum Teufel ist denn los?« fragte Bud.

»Sie brauchen nicht rein, Bud. Ehrlich gesagt, es ist vielleicht besser, wenn Sie's lassen. So schlimm hab ich ihn noch nie erlebt.«

»Dann geh ich mal ...«

»Bud, Sie sollen reinkommen, hab ich gesagt, verdammt noch mal!«

Er war kaum zu verstehen, hörte sich aber verzweifelt an.

»Scheiße«, sagte Bud und trat in ein Chaos aus Formularen, Endlospapier und Büchern. Henderson hatte einen Pappbecher vor sich, der, wie Bud sah, zur Hälfte mit einer bernsteinfarbenen Flüssigkeit gefüllt war.

Der alte Polizist starrte ihn an. Das Gesicht unter dem kurzen vollen Haar glich einer Dörrpflaume, so faltig war es, nur daß der hochprozentige Bourbon es rosig eingefärbt hatte. Er hatte eine Fahne. Ständig schien ihm das Kinn nach vorn kippen zu wollen, während er trotz aller Bitterkeit bei Bewußtsein zu bleiben versuchte; so blinzelte er gegen die Dunkelheit an.

»Bud, trinken Sie einen mit. Nur einen. Wird uns beiden mächtig guttun«, sagte er und fügte ein ebenso untypisches wie halbherziges Lächeln hinzu.

»Da kann ich nicht nein sagen«, antwortete Bud und sah zu, wie der ältere Mann einen weiteren Pappbecher aus dem Schreibtisch holte und zwei Fingerbreit Bourbon eingoß.

Bud probierte. Feuer, Erinnerungen, das Gefühl, leicht angesäuselt zu sein – alles auf einen Schlag.

»Ein guter Schluck, Lieutenant.«

»Bud, ich glaube, die schicken mich in die Wüste.«

»Tut mir leid, Lieutenant.«

»Der Teufel soll sie holen, mitsamt ihren schwarzen Seelen. Fast vierzig Jahre habe ich gegeben und noch mal gegeben. Jetzt kommt mal nichts raus, und schon setzen sie dem alten C. D. den verdammten Stuhl vor die Tür.«

»Tut mir leid, Lieutenant.«

»Mit Leidtun hat das nichts zu tun«, sagte der alte Mann. Er schenkte sich nach und schluckte das Zeug mit einem Seufzer weg.

»Es war meine Idee. Das Maul hab ich mir fusslig geredet, um sie zu überzeugen. All die Überstunden. Hat den Staat zirka fünfhunderttausend gekostet, die Geschichte hier, aber ich habe meinem Chef – und dem Ihren – nun mal gesagt, daß wir Lamar Pye damit kriegen. Und die haben's dem Gouverneur gesagt.«

»Aber wir haben ihn nicht.«

Der alte Kriminalbeamte starrte in die unerbittliche Leere.

»Was zum Teufel hab ich bloß falsch gemacht? Was hab ich bloß übersehen?«

»Lieutenant, ich bin kein Kriminalbeamter. Ich fahre Streife, nichts weiter.«

»Verdammt, Bud, es gibt keine Ermittler mehr. Ich bin der letzte. Was da heute bei der Polizei rumläuft, diese jungen Kerle, egal, ob vom FBI, vom Schatzamt, vom ATF, sind doch keine Greifer vom alten Schlag mehr, nicht einer! Schreibstubenhengste sind das. Sie sehen sich am Tatort um, zapfen ein Telefon an, vernehmen Zeugen, machen sich ein paar Notizen. Aber richtige Detektivarbeit macht von denen keiner, nicht einer!«

Der Kopf des Alten kippte nach vorn; die Unterlippe hing durch. Er schien schwer durch den Mund zu atmen und kämpfte erneut um einen klaren Gedanken. Seine Augen schlossen sich, klappten aber dann wieder auf wie die einer Echse.

»Jetzt hören Sie sich mal meine Überlegungen zu dem Fall an, und sagen Sie mir, was ich falsch gemacht habe. Also, ich hatte die Geschichte folgendermaßen aufgedröselt: Diese Leute laufen immer zu ihresgleichen. Ohne Ausnahme. Das ist die erste Prämisse, die steht bombenfest. Wohin sollen Sie sonst außer zu Kriminellen? Und da muß er irgendwo stecken, bei Leuten, die ihm helfen würden. Die Rockerbanden haben wir im Griff, da ist er nicht. Als zweites haben wir den Reifentyp. Wie auch immer, wenn wir das gegeneinander abchecken, kommen wir auf fast zweihundert Möglichkeiten. Da muß er sein. Geht gar nicht anders. Was habe ich falsch gemacht?«

»Ich weiß nicht, Lieutenant.«

»Habe ich eine Kategorie von Kriminellen übersehen? Informanten, Hehler, Strafverteidiger – einen aus dem Milieu? Wen habe ich vergessen? Was gibt's denn sonst noch? Meiner Ansicht nach fehlt mir eine Kategorie, Bud. Fällt Ihnen noch eine ein?«

»Wie gesagt, Lieutenant, ich kenn mich da einfach nicht aus.«

»Sehen Sie, bei Freddy Dupont seinerzeit hieß die fehlende Kategorie ›sekundäre Erfahrungen‹. Mit anderen Worten, der Mann hat gelesen. Das war's auch schon. Mir fehlt hier eine Kategorie, verflucht noch mal!«

»Wirklich, Lieutenant, ich wollte, ich könnt's Ihnen sagen.«

»Sehen Sie, es geht hier um Punkte. Sie brauchen zwei Punkte, um eine Linie zu ziehen. Einer wären Verbrecherkreise. Ein weiterer die Reifenspur. Aber nichts, verflucht noch mal, rein gar nichts. Ich brauche einen dritten Punkt. Einen dritten Punkt, verflucht! Eine dritte Kategorie. Noch 'nen Schluck, Bud?«

»Lieutenant, ich muß nach Hause. Einer meiner Jungs kriegt heute wegen des College Bescheid.«

»Der Baseballer?«

»Nein, der Studiosus.«

»Ein Baseballer und ein Studiosus. Hört sich nach 'ner prächtigen Familie an, Bud.«

»Das ist sie«, sagte Bud.

Der Lieutenant genehmigte sich einen weiteren Schluck aus seinem Pappbecher; der Whiskey schien dem alten Mann die Tränen in die Augen zu treiben. Wie auch immer, er sagte: »Ich hab ja nie Kinder gehabt. Ich schien einfach nie Zeit zu haben.« Dann hellte sich seine Miene mit einem Mal auf, und einen Augenblick lang schien sein Trübsinn wie weggeblasen.

»Wie wär's, Bud«, sagte er, »warum bringen Sie Ihre Jungs nicht mal mit? Kommen Sie zu mir, wir setzen uns mit Ihnen zusammen, geben ihnen ihren ersten Schluck. Ist doch besser, wenn Jungs das Trinken bei ihrem Papa lernen statt hinter der Scheune. Ich werd eh kaum mehr zu tun haben, als daheim herumzuhocken. Würde mich freuen, Bud.«

Bud wußte, daß nur der Alkohol aus dem Lieutenant sprach, genauso wie er wußte, daß er es nie tun würde, als er sagte: »Hört sich verdammt gut an, Sir.« Er konnte sich nichts Schlimmeres vorstellen: seine beiden Söhne, die ohnehin schon von anderen Planeten zu stammen schienen als ihr alter Kacker von einem Vater, zusammen mit diesem verbitterten alten Knilch in ein merkwürdiges kleines Häuschen gepfercht. Außerdem glaubte er nicht, daß der Alte das wirklich wollte.

Er warf einen Blick auf die Uhr. Es war fast vier. Er war schon spät dran, verdammt noch mal.

»Ich sollte jetzt los, Lieutenant.«

»Dann gehen Sie mal, Bud. Sie haben gute Arbeit geleistet – wie überhaupt alle meine Jungs. Ich würd ja aufstehen und Ihnen die Hand schütteln, aber ich hab mich vor 'n paar Minuten bepißt, und das ist mir einfach zu peinlich.«

»Oh, Lieutenant, ich ...«

»Lassen Sie gut sein«, sagte der Lieutenant. Er schenkte sich noch einen ein und warf die leere Flasche in den Papierkorb, wo sie zerbarst. Dann sah er auf und schien überrascht, Bud noch immer dastehen zu sehen.

»Gehen Sie, raus mit Ihnen, kümmern Sie sich um Ihre Familie!« befahl er finster, und Bud sah zu, daß er rauskam.

»Bud«, sagte der Mann von der Zentrale, »Ihre Frau hat angerufen, während Sie drinnen beim Lieutenant waren. Sie sollen Sie anrufen.«

Gott sei Dank war er hier, als sie anrief!

Er fand ein Telefon.

»Ich bin's Schatz.«

»Bud, Russ hat's gekriegt. Sie wollen ihm ein volles Stipendium geben. Er geht nach Princeton!«

»Na also! Mensch, wenn das nichts ist!« sagte Bud. Wie eine Welle spürte er die Freude in sich aufkommen. Endlich ein Lichtblick in seinem Leben!

»Stell dir seine Möglichkeiten vor. Die Leute, die er da kennenlernt. Eine ganz neue Welt tut sich für ihn auf!«

»Toll. Ich bin gleich zu Hause, dann gehen wir aus, wenn er Lust dazu hat.«

»Er sagt es jedenfalls. Später will er zu Freunden, aber erst mal geht er mit.«

»Schon unterwegs!«

Russ hatte es verdient. So wie er gepaukt hatte. Und dann war er ein ausgesprochen gescheiter Junge, hatte man Bud in der Schule gesagt.

Er war also bester Laune, als er auf dem Nachhauseweg an einem großen grauen Gebäude am Gore Boulevard vorbeikam, das er wohl schon fünfhundertmal passiert haben mußte; aber diesmal sah er zum erstenmal die Löwen daran.

KAPITEL 21

Dieser verdammte Hals!

Der Schlüssel zum Löwen war der Hals. Irgendwie in den kräftigen Muskeln und Sehnen, der zotteligen Mähne, der Gedrungenheit des Baus lag das Geheimnis seiner erstaunlich majestätischen Haltung, seiner königlichen Pracht.

Nur daß Richard sie einfach nicht herausarbeiten konnte, jedenfalls nicht mit einem Bleistift, nicht mit konventionellem Zeichengerät.

Herrgott, wie sehr hatte er es versucht. Wie überdimensionales Popcorn lagen seine zerknüllten Fehlschläge auf dem Boden des Zimmers im ersten Stock von Ruta Beths Farmhaus verstreut. Seine Kopfschmerzen brachten Richard schier um. Er bekam den Löwen einfach nicht hin! Seine Tiere wirkten alle so merkwürdig verspannt. Er zeichnete sie im Schlaf, er zeichnete sie mit der Hand in die Luft, er zeichnete sie im Kopf, auf Papier, aber so richtig hingekriegt hatte er es bisher noch nie.

Wenn er so überlegte, genaugenommen hatte er seinen besten Löwen mit der Erdnußbutter, einem eher flüssigen Medium hinbekommen: das Bild, das er auf die falsche Torte gearbeitet hatte. Irgendwie waren es die Weichheit des Materials, die Leichtigkeit, mit der es zu formen war, sowie nicht zuletzt der fehlende Erwartungsdruck – all das hatte ihm die nötige Freiheit verschafft, das Wesen des Löwen herauszuarbeiten. Dieselbe Freiheit, die er bei seiner ersten albernen Zeichnung im »Mac« gehabt hatte, vielleicht auch hier und da in einer zwanglosen Kritzelei, auf einem Platzdeckchen, am Rand eines Buches oder einer Zeitschrift.

Du denkst einfach zuviel, grübelte er. Wie hatte Conrad gesagt? »Der ärgste Feind der Vollkommenheit ist das Denken.« Ein wahres Wort!

Richard stand auf, gähnte, versuchte, die Verspannung in Rücken und Hals loszuwerden, die Müdigkeit im Handgelenk. Lamar und Odell arbeiteten draußen auf den Feldern an einem absurden landwirtschaftlichen Projekt. Ruta Beth saß hinter der Scheune an ihrer verdammten Scheibe. Er war allein.

Natürlich hätte es ihm weitergeholfen, hätte Lamar ihm endlich gesagt, was er mit dem Löwen bezweckte. Wollte er ein schlichtes Porträt? Was faszinierte ihn so an Löwen? In welche Richtung sollte es gehen? Wozu wollte er ihn? Wenn Richard das wüßte, würden sie vielleicht besser ausfallen. Vielleicht hätte er sich dann leichter getan. Aber Lamar sagte ja nichts; dazu war er viel zu durchtrieben. Man hätte meinen können, Lamar ahnte instinktiv, daß es am gescheitesten war, wenn er das für sich behielt. Er wollte, daß Richard sich abmühte und der Löwe aus diesem Ringen entstand. Kein von Zweckdenken bestimmtes sauberes kleines Bild. Er war ein tyrannischer Mäzen!

Also: der Löwe.

Was war er dem Wesen nach?

Ein Jäger. Er jagte. Er durchstreifte die Savanne, tötete die Hilflosen und stahl ihnen ihr Fleisch. Er jagte, um zu essen.

Aber nein – er tötete auch, um zu essen. Die Jagd war nicht Selbstzweck, sie war der Grund. Aber irgend etwas im Löwen mußte sie genießen, die Angst und den Schmerz der Beute, den göttlichen Moment, in dem sie ihren Kampf aufgab und das Licht in ihren Augen verlosch, den Moment, in dem sie, in dunklen Strömen ihres eigenen Bluts gebadet, in den Tod überging. Ein Augenblick, in dem der Löwe sich wie Gott vorkommen mußte. Was für eine Macht! Was für ein erregendes Gefühl!

Richard versuchte, diesen Impuls in sich selbst zu finden. Aber so viel Glück hatte er nicht. Er war ein Lamm. Angewidert erschauerte er. Für ihn gab es so etwas nicht. Sich da hineinversetzen zu wollen war hoffnungslos.

Er stand auf; eine Unruhe erfaßte seine Gliedmaßen. Mit einem Mal packte ihn ein schmerzliches Verlangen nach Freiheit. Er brauchte Bewegung. Er begann durch den oberen Stock zu streifen, nicht daß es da viel gegeben hätte: drei Schlafzimmer und ein Klo, das Ruta Beth makellos sauberhielt, vor allem »bei drei großen, starken Kerlen im Haus«, wie sie sagte. Die Klobrille war heruntergeklappt.

Er spazierte in das Zimmer, das Ruta Beth und Lamar sich teilten. Auch hier die Häftlingen und Bauern eigene Ordentlichkeit, typisch für Menschen, die nach einem hohen Standard aufgezwungener Disziplin leben. Aber man konnte sich das hundert Jahre ansehen, ohne einen Hinweis darauf zu finden, daß sich hier Lamar Pye, Raubmörder und Arschficker, eingenistet hatte.

Es war ein gewisser Kitzel dabei, in Lamars Privatsphäre zu stöbern. Richard schoß das Blut in den Kopf. Er wußte jetzt, wie der Engel Luzifer sich gefühlt haben mußte, als er vor seinem Exil in Gottes Schlafgemach trat. Nur einen Augenblick lang versuchte er sich vorzustellen, wie es wäre, Lamar der Löwe zu sein, der in allen Lebewesen nur Beute sah und mit berauschendem Selbstvertrauen wußte, daß er sie mit seinen magischen Kräften alle stellen und ihnen die blutenden Herzen entreißen konnte, ihr heißes Blut kosten und das Nachlassen ihres Bebens spüren, wenn sie in den Tod übergingen.

Richard mußte lachen. *Ja von wegen!* Das Gefühl war hoffnungslos falsch. Es war in ihm fehl am Platz. *Wem versuchst du was vorzumachen?* fragte er sich.

Dann entdeckte er etwas: einen braunen Umschlag, der hinter einigen Schuhkartons auf dem Brett im Schrank versteckt war. Es kam ihm merkwürdig vor, denn nirgendwo sonst in Ruta Beths kleinem Haus gab es einen versteckten Schatz.

Nicht ohne eine gewisse Kühnheit griff Richard sich den Umschlag und sah, daß er gestempelt war: »Staatsanwaltschaft, Kiowa County, 15. März 1983«.

Was zum Teufel ...

Er öffnete die Klappe und griff hinein.

Es waren zwei, aus Bronze, in der Pose des Jägers erstarrt, vor Alter ganz grün. Bud hielt an, blickte die Fassade hinauf und sah, daß das Gebäude einer »Harry-J.-Phillips-Stiftung für die Schönen Künste« gehörte.

Er blieb einen Augenblick stehen, während ihm ein interessanter Gedanke durch den Kopf ging. Er warf einen Blick auf die Uhr. Er hatte noch ein bißchen Zeit. Warum nicht, sagte er sich.

Er stieg aus, griff hinter den Sitz und holte seinen Aktenkoffer heraus. Dann setzte er sich den Stetson zurecht, stieg die flachen Betonstufen hinauf und sah sich einen der Löwen noch mal aus der Nähe an. In dem Kunstwerk war die ganze Kraft und Herrlichkeit der Muskeln eingefangen – eine Hommage an die Stärke des Löwen an sich; selbst Bud verspürte bei diesem Anblick eine gewisse Erregung.

Er ging hinein. Es war dunkel, und die geradezu religiöse Stille ließ ihn an eine Kathedrale denken. Ein uniformierter Wachmann sah ihm entgegen.

»Wir schließen um fünf, Sir«, sagte der Wachmann.

Bud zeigte ihm seine Marke.

»Ich möchte mit dem Chef reden. Wer ist das denn, und wo finde ich ihn?«

»Dr. Dickstein. Er ist der Direktor. In der Verwaltung, dort runter links.«

»Danke.«

Bud ging einen Flur entlang und sah sich die Gemälde an. Er kam sich klein vor neben ihnen. Einige sagten ihm nicht das geringste, andere sahen aus wie Fotos von Explosionen. Hin und wieder stieß er auf eine so eindrucksvolle Szene, daß er unwillkürlich stehenblieb. Schließlich jedoch erreichte er das Büro des Museumsdirektors, trat ein und sah sich vor einem jungen Mann, der in Hemdsärmeln und Nickelbrille an einem Computer saß. Er war einer von diesen drahtigen jungen Kerlen mit Locken wie elektrisch geladenen Federn. Bud dachte unwillkürlich, daß er Russ ähnlich sah.

»Ah, entschuldigen Sie.«

»Kann ich Ihnen helfen?«

Bud holte seine Marke heraus.

»Sergeant Bud Pewtie, Highway Patrol. Ich suche einen Dr. Dickstein. Ist er da drin?«

»Hm, nicht direkt. *Ich* bin Dr. Dickstein. Dave Dickstein. Was kann ich für Sie tun, Sergeant.«

Herrgott, die wurden auch immer jünger! Bud hatte sofort das Gefühl, Mist gebaut zu haben, weil er nicht gleich kapiert hatte, daß so ein Laden von so einem jungen Kerl geführt werden konnte.

»Tja, Sir, ich hatte gehofft, Sie könnten uns vielleicht helfen.«

»Hm«, machte der junge Mann in jetzt nicht mehr ganz so eindeutigem Ton.

»Sie haben ja vielleicht davon gehört, daß da drei Leute vor zwei Monaten aus dem Staatsgefängnis McAlester ausgebrochen sind. Sie haben sich mittlerweile auf Raubüberfälle verlegt und dabei vor einigen Wochen vier Polizisten und zwei andere Leute erschossen.«

»Im Fernsehen ist von nichts anderem die Rede.«

»Sehen Sie, Sir, einer von den dreien ist Maler. Er hat in Baltimore studiert.«

»Ja. Ich sehe nur immer noch ...«

»Na ja, ich habe hier ein paar seiner Zeichnungen. Wie sich herausgestellt hat, zeichnet er gern Löwen. Löwen.«

Der junge Mann musterte Bud von Kopf bis Fuß.

»Ich bin kein Fachmann, Sir«, sagte Bud, »und um die Wahrheit zu sagen, ich könnte einen Witzbold nicht von einem Künstler unterscheiden. Ich könnte Ihnen noch nicht mal mehr den nennen, der sich das Ohr abgeschnitten hat. Aber ich dachte, ich könnte die Zeichnungen mal einem Fachmann zeigen. Vielleicht sieht er ja was, was ich nicht sehe. Vielleicht haben sie eine Bedeutung, die mir nicht aufgeht. Und irgendwie, ich weiß auch nicht, könnte mich das einen Schritt weiterbringen.

»Tja«, sagte Dr. Dickstein. »Ich habe über Renaissanceakte promoviert. Mit Löwen hat das nicht viel zu tun. Aber ich sehe sie mir gern mal an. Ach, übrigens, haben Sie unsere Löwen gesehen, Sergeant?«

»Ja, Sir, allerdings. Deshalb bin ich ja hier.«

»Es sind Repliken der Löwen vor dem Chicago Art Institute. Der Löwe ist seit tausend Jahren Thema romantischer Werke. Für gewöhnlich steht er für die männliche Sexualität, speziell in der Tradition der Romantik.«

»Sonderlich romantisch sind diese Kerle ja nun nicht.«

»Nein, das wohl nicht«, pflichtete ihm Dr. Dickstein bei.

Richard ließ das Foto herausgleiten. Ziemlich verständnislos starrte er es an: Die Einzelheiten waren deutlich erkennbar, trotzdem wußte er nicht, was das sollte. Er sah ein Pantöffelchen, ein Schlafzimmer, ein Bett, zwei schlafende Gestalten, ein Nachthemd, einen Bademantel.

Dann wurde ihm klar, daß es sich um den Raum handelte, in dem er sich eben befand. Und daß das Bett auf dem Foto vor ihm zwischen den Fenstern stand. Das Bett, das Ruta Beth und Lamar sich so einträchtig teilten. Genau betrachtet hatte der Fotograf fast an derselben Stelle gestanden, wo Richard jetzt stand, vielleicht einen Meter näher am Fußende des Bettes als er.

Ohne es zu wollen, trat Richard vor und stellte sich genau auf dieselbe Stelle auf dem Hartholzboden. Er sah sich das Bett an, das fein säuberlich gemacht war; das weiße Laken obendrauf war mit Reihen kleiner Rosen verziert. Er blickte auf die Wand über dem Bett, die weiß, leer und unstrukturiert war.

Er sah sich das Bild noch mal an. Genau dieselbe Szene, nur daß die beiden Leute nicht schliefen – sie waren tot. Jemand hatte sie im Schlaf erschossen, und selbst Richard wußte genug, um auf eine Flinte zu tippen. Die Schrotkugeln hatten Gesichter und Schädel zerstört, die offen dalagen wie geplatzte Melonen; alle Welt konnte den Inhalt sehen. Die Wand hatte ein Jackson Pollock im Amphetaminrausch verunstaltet: Spritzer, Tupfen, Fleischfetzen, Haut, die ganze Wand ein Katalog der Ingredienzen eines menschlichen Kopfes – jetzt war alles übermalt und geputzt.

Richard wurde ganz schummrig. Offensichtlich waren das Ruta Beths Eltern; die Tragödie, auf die sie in ihrem Brief ebenso vage wie düster angespielt hatte, war also ein Mord. Jemand war eingebrochen und hatte ihren Vater und ihre Mutter erschossen. Ruta Beth hatte sie wahrscheinlich so gefunden; das erklärte ihre Merkwürdigkeit, ihre Verrücktheit, ihre seltsame Hingabe an einen Mann wie Lamar, der sie – was immer passierte – beschützen konnte.

Aber ... daß sie hiergeblieben war, im selben Haus? Im selben Bett schlief?

Richard erschauerte.

Noch einmal sah er sich das Foto an. Blut, so weit das Auge reichte – das Schlachtfest eines Fleischfressers, der Triumph eines Löwen über seine Beute.

Irgend etwas in ihm schien sich zuckend zu rühren. Er bemerkte, daß er – großer Gott! – eine Erektion bekam.

Rasch tat er das Foto in den Umschlag zurück und diesen wieder dorthin, wo er ihn herhatte. Er kehrte an seinen Tisch zurück. Das Blut rauschte ihm in den Ohren.

Der Löwe. Der Löwe.

Sein Stift flog nur so übers Papier.

Bud öffnete seinen Aktenkoffer und breitete auf Dr. Dicksteins Schreibtisch die drei Zeichnungen aus: die grobe Rubbelkopie aus Lamars Gefängniskarton, die Zeichnung von den Stepfords und die Kritzelei von dem Platzdeckchen vom Schauplatz des Verbrechens im Denny's.

»Er hat in einem Baltimore Institute studiert? Ist das gut?«

»Das Maryland Institute. Eine sehr gute Akademie«, sagte Dickstein. »Wissen Sie, das hier ist ungewöhnlich. Wenn Sie das Leben von Künstlern studieren, stoßen Sie immer wieder auf gewalttätige, nicht angepaßte Menschen. Aber ihr Zorn richtet sich so gut wie immer gegen sich selbst. Das Ohr zum Beispiel, Van Gogh und solche Sachen. Es kommt selten vor, daß sie ihre Feindseligkeit auf die Außenwelt richten. Dazu sind sie zu narzißtisch, nehme ich an.«

»Wir sind uns nicht sicher, ob er bei der ganzen Geschichte etwas zu sagen hat. Er hat die Zelle mit einem beinharten ›Lebenslänglichen‹ geteilt, der den bewaffneten Raub zu seinem Beruf gemacht hat. Eine ausgesprochen starke kriminelle Persönlichkeit. Unserer Ansicht nach ist Richard da nur unter die Räder gekommen. Lamar hat eine recht überzeugende Art. Er ist das eigentliche Ungeheuer.«

Der promovierte junge Kunstkenner starrte die drei Zeichnungen eine Weile an.

»Die hier ist nicht von seiner Hand?«

»Nein. Ich habe den Abdruck in einem Magazin aus Lamar Pyes Besitz im Gefängnis gefunden.«

»Das ist mit dem Stift nachgefahren. Die Linien sind schwer, grob und tot.«

»Da werden Sie wohl recht haben. Ich habe das Original nie gesehen. Ich habe den Abdruck in einem *Penthouse* gefunden. Das Licht fing sich darin, ich habe es selber rausgeholt.«

»Ja. Aber das Original ist eindeutig von Richard.«

»Ja, Sir.«

»Tja, ich sehe Gemeinsamkeiten. Und die hier, an der hat er am härtesten gearbeitet.«

»Ja, Sir. Bei den Stepfords. Von denen erfuhr ich, daß Lamar Richard *befohlen* hat, nach oben zu gehen, um zu zeichnen, während er aus dem Fenster sah.«

»Die Zeichnung war also ein Auftrag?«

»Ja, Sir.«

»Sie stellt … Lamars Sicht von sich selbst dar?«

»Ja, Sir.«

»Ausgesprochen romantisch … Hören Sie, Sergeant, Sie brauchen mich nicht immer ›Sir‹ zu nennen. Dave genügt völlig. Jeder hier nennt mich Dave.«

»Na schön, dann Dave.«

»Gut. Also … Die Zeichnungen stellen Lamars Bild von sich selbst dar. Männer, die sich als Löwen sehen, halten sich für stark, majestätisch, sexuell provokant und ausgesprochen romantisch. Eine unglaublich ungenierte Eitelkeit. Eine typische kriminelle Persönlichkeit, darauf würde ich wetten.«

»Kommt mir ziemlich bekannt vor.«

»Ja, das dachte ich mir. Und … Es will nicht so ganz hinhauen. Ich denke, Sie sehen selbst, hier, der zweite Löwe ist etwas gekünstelt, fast schon niedlich. Der erste ist viel gröber, aber auch viel besser. In den zweiten versucht Richard einfach zuviel hineinzupacken. Seine Impulse sind widersprüchlich. Das Bild erinnert stark an die Renaissance, genauer gesagt an die italienische. Er versucht seinem Mäzen zu gefallen, dem mächtigen Herrn, der von Kunst nichts versteht, aber ganz genau weiß, was er will; doch Richards eigene subversive Interessen brechen immer wieder durch. Sein Talent verrät ihn. Er weiß, daß das Thema unter seiner Würde ist. Er durchschaut es, und so kommt er nicht wirklich über die Ebene des Lohnmalers hinaus. Außerdem verachtet er das Sujet. Es ist ihm zu primitiv: Wikinger, heidnisches Kriegerzeug, die Killerelite beim Spiel auf den Feldern des Herrn. Hm. Was sagt Hannah Arendt über die Banalität des Bösen? Hier haben wir sie im Quadrat, und Richard weiß das. Er mag den Auftrag nicht, hat aber nicht den Mumm, nein zu sagen. Was würde denn passieren, wenn er sich weigert?«

»Fragen Sie lieber nicht.«

»Ich verlasse mich ganz auf Sie.«

»Ist er gut? Als Künstler?«

»Na ja ... Das Bild hat etwas, ich weiß nicht. Er verfügt über technische Fertigkeiten, ja. Und er hat keine Lust dazu, aber er macht es, und diese Spannung macht es irgendwie interessant.«

»Was ist mit dem dritten?«

»Hm ... Eine Menge Kraft, Schwung, Flair. Spontan gemacht. Mit der linken Hirnhälfte. Er hatte etwas anderes im Kopf.«

»Er hat es direkt vor dem Überfall gezeichnet. Er mußte den Laden sondieren. Hätte er seinen Job ordentlich gemacht, wären all die Leute jetzt womöglich nicht tot.«

»Sie mögen ihn nicht, was, Sergeant?«

Bud überlegte einen Augenblick.

»Nein, eigentlich nicht. Er hatte die Wahl. Lamar und Odell, die beiden hatten nie eine Wahl. Die sind zum Gesindel geboren. Die wurden mit Prügel erzogen. Richard stand die Welt offen. Was ihm passiert ist, hätte nicht passieren müssen. Er ist gescheit genug, daß er es hätte verhindern können. Das ist es, was ich an ihm verachte. Er ist noch nicht mal ein guter Krimineller, verflucht noch mal. Lamar ist ein Prachtexemplar von einem Kriminellen. Ein Profi. Das arme Würstchen hier ist nichts weiter, als was man im Knast eine Fotze nennt.«

»Dann dürfte das Gefängnis nicht gerade ein Zuckerschlecken für ihn sein«, sagte Dr. Dickstein.

»Und das wäre alles?«

»Tja … doch.«

»Ich danke Ihnen. Sie haben mir durchaus geholfen.«

Der Museumsdirektor faltete die Stirn; er schien sich geradezu in die drei Zeichnungen versenken zu wollen.

Schließlich sagte er: »Wissen Sie, ich weiß nicht, aber da ist doch noch was.«

»Ja, Sir?«

»Vielleicht bedeutet es auch gar nichts.«

»Vielleicht nicht. Aber sagen Sie's mir trotzdem.«

»Ich sehe hier eine, einen …« Er verstummte auf der Suche nach dem richtigen Wort. »Also, ich sehe hier einen Reinigungsprozeß. Er ist am Schleifen, Reduzieren, Konzentrieren, er versucht zu vereinfachen. Er versucht, es auf Lamars Vorstellung vom Wesentlichen eines Löwen zu verknappen.«

Bud sah sich die Zeichnungen sorgfältig an. Von Nummer zwei zu Nummer drei stimmte es: der gleiche Löwe, die gleiche Haltung, aber irgendwie einfacher, weniger ziseliert, der Strich kühner; die Idee dahinter trat stärker hervor.

»Warum?« fragte er.

»Tja, er rückt in die Nähe des Cartoons, könnte man sagen. Oder des Emblems. Er reduziert das Ganze auf ein Emblem, ein Warenzeichen. Ich weiß nicht. Aber es steckt ganz entschieden viel Arbeit dahinter, viel Übung, eine Menge Methode. Hier, wo er vor dem Verbrechen nervös ist und nicht überlegt, kommt das alles hoch. So kommt er zu dem hier, der mit Abstand der beste ist. Worauf immer dieser Reduktionsprozeß hinausläuft, er hat es fast geschafft. Lamar wird das sehen.«

Bud sah sich die Zeichnung an. Er versuchte, dahinterzukommen, was das wohl zu bedeuten hatte. Wollte Lamar seinen Verbrechen ein Warenzeichen verpassen?

»Also, ich weiß nicht«, sagte Dr. Dickstein. »Es sieht ganz so aus wie etwas, was ich mal gesehen habe, aber … Gibt es in der Unterwelt so etwas wie eine visuelle Tradition? Möglicherweise hat es etwas mit Graffiti oder magischen Zeichen zu tun, eine einzigartige Signatur, eine Proklamation seines abweichenden Verhaltens, die der Welt sagt: ›Ich bin der böse Mann‹?«

Er verstummte.

Auch Bud kam es irgendwie vertraut vor.

Dann fielen ihm die scheckigen blauen Flecke auf den Armen

ein, als Lamar sich vorbeugte, um dem armen Ted eine Kugel in den Kopf zu schießen. Dann das FUCK und das YOU! auf Lamars Knöcheln.

Bud schien es ebenso schön wie perfekt.

»Eine Tätowierung«, sagte Bud, über seinen eigenen Scharfblick erstaunt. »Richard entwirft Lamar eine Tätowierung.«

KAPITEL 22

»Eine Tätowierung?« fragte Richard.

»Worauf du dich verlassen kannst«, sagte Lamar. »Genau das wollt ich von dir! Und jetzt, Herrgott noch mal, hast du's geschafft!«

Auf dem Couchtisch vor Ihnen lag Richards bester Löwe – der endgültige –, ein Tier, so wild und rein, daß es einem schier vom Papier weg an die Gurgel gehen zu wollen schien. Man spürte das Sausen des Bluts. Daneben eine blonde junge Frau mit goldbraunem Seidenteint, deren Arm, den sie voller Bewunderung um das Tier geschlungen hatte, sich in seiner Mähne verlor. Der feuchte Traum eines Nazis.

»Ich möchte das stolz auf der Brust tragen. Ich will das von einem Künstler gemacht kriegen, in einem richtigen Studio. Nicht so 'ne Knackiwichse wie der Müll, den ich jetzt auf der Haut hab.«

»Ich bin sicher, Lamar, daß ein guter Mann das hinkriegt. Ich meine, ich habe in McAlester Tätowierungen gesehen, die unglaublich waren. Offensichtlich arbeiten die heute mit allen Finessen. Nicht mehr so primitiv. Nichts, was die mit Strich und Farbe nicht machen können.«

Lamar knöpfte sich bedächtig das Hemd auf und streifte es ab. Obwohl er nicht mehr wie im »Mac« regelmäßig an den Gewichten gearbeitet hatte, war sein Körper nach wie vor glatt und muskulös. Die verblassenden Gefängnistätowierungen auf seinen prallen Armen hatten ihre Vitalität längst verloren und wirkten wie blaue Flecken. Dafür sagte das FUCK YOU! auf seinen Händen der Welt um so deutlicher, wer er war.

»Siehst du«, sagte er, »als wär's vorherbestimmt. Ich hab mir nie was auf die Brust machen lassen. Immer nur auf die Arme, die Hände, den Rücken. Als ich noch jung und blöd war. Oder jung und besoffen oder auf Speed oder alles auf einen Schlag. Aber hier, hier möcht ich den Löwen da haben, so groß und auffällig wie's nur geht.«

»Papa«, sagte Ruta Beth, »das wär echt cool. Das wär das Coolste überhaupt.«

»Das denk ich auch«, sagte Lamar. »Weißt du, ich hab mich immer als Löwen gesehen, und das Ding hier, das macht mich dazu. Na, Baby Odell, was meinst du dazu? Meinst du, Lamar würde cool aussehen mit so einem Löwen auf seiner Brust? Siehst du, ein richtiger brüllender Löwe, so wie Richard ihn geübt hat.«

Odells beschädigter Verstand rang mit dem Konzept und bekam es schließlich zu fassen.

Bild auf Haut. Löwe. Grrrrrrr. Angst. Schön.

»Auch! Auch!« rief er so aufgeregt, daß er mit jeder Silbe Mini-Wheats und Milch in die Gegend spuckte.

»Was der Junge sagen will, Lamar, ist, daß er auch eine Tätowierung möchte«, sagte Ruta Beth. »Kann er eine haben?«

»Klar doch. Vielleicht nicht gleichzeitig mit mir, schließlich muß jemand Schmiere stehen. Aber später kriegt er dann eine schöne. Odell, was für eine Tätowierung hättest du denn gern?«

Odell wollte keinen Löwen. Er wollte etwas anderes.

»Hundi! Mar, Hundi. Dell Hundi. Jappapappa?«

»Alles klar, Baby Odell, kriegst das beste verdammte Hundi, das es je gegeben hat. Stimmt's, Richard? So wie du den Löwen gemacht hast, kriegst du doch auch ein Hundi hin, nicht wahr?«

»Natürlich, Lamar.«

»Papa, ich will auch eine.«

»Natürlich, Schatz.«

»Ich will ein Bild von Mama und Papa. Auf meinem Rücken. Und einen Raben. Den will ich auf dem rechten Schulterblatt.«

»Ich wag die Wette, das kriegt Richard auch noch hin. Was, Richard?«

»Äh ... Ja, ja.«

Richard dachte vielmehr daran, jeden Augenblick in Ohnmacht fallen zu müssen. Schon als Junge hatte er Nadeln gehaßt. Und so wie er das sah, war eine Tätowierung nichts anderes als eine Nadelfolter. Der Tätowierer setzte sich hin und stach endlos auf einen ein. Injizierte mit jedem Stich einen unauslöschlichen Tintenfleck unter die Haut, bis irgendeine grauenhafte Banalität wie ein Totenkopf, ein Schlachtschiff oder ein FUCK YOU! entstand. Er wußte, das würde er nicht überstehen.

Aber er wußte auch, daß er nur deshalb hier war. Irgendwie hatte sein geschickter Umgang mit dem Stift in Lamar eine verborgene

Sehnsucht geweckt. Richards Talent hatte ihn angezogen, hatte Richard in Lamars Augen wichtig, ja zu einem Magier gemacht. Es hatte ihm vermutlich das Leben gerettet.

»Richard, ich brauche deine Hilfe.«

»Meine Hilfe?«

»Mach du den Meister. Du hast so hart an dem Bild geschuftet, und für mich ist es jetzt perfekt. Ich möchte, daß du mit dem Tätowierer zusammenarbeitest, damit es genau so wird. Ich will keine Patzer!« Seine Laune wurde vorübergehend schwarz. Er zog an seinem Bizeps, bis sie die Blutstropfen sahen, früher mal rot, jetzt nur noch rosig, die aus einem tätowierten Schnitt mit dem Dolch quollen. Es war ein durchaus ernst zu nehmendes Trompe-l'œil, wenn auch nicht besonders geschickt gemacht. Was Lamar jedoch so aufbrachte, war der dritte der Tropfen, die aus der Wunde kamen.

»Seht ihr den? Hier, schaut ihn euch an.«

Sie drängten sich um ihn.

»Ja doch, Papa«, sagte Ruta Beth. »Was ist denn damit?«

»Seht ihr, wie der nach außen geht? Alle anderen gehen nach innen. Das ist damit.«

Aber Richard sah, daß es kein Versehen war. Der Tätowierer, wer immer er gewesen war, hatte die Spritzer nur authentischer zu gestalten versucht, indem er die Anordnung variierte – eine Modulation im Strom der Tropfen –, da er instinktiv Unregelmäßigkeit mit Realismus gleichgesetzt hatte. Hätte er es genau nach Lamars Vorstellungen gemacht, wäre es irgendwie weniger lebendig ausgefallen. Es war die endlose Schlacht zwischen Mäzen und Künstler um die Kontrolle! Der Papst gegen Michelangelo.

»Ich nehme an, da müßte ich mich erst mit befassen. Ich müßte jemanden mit den nötigen Fertigkeiten finden. So was kann man nicht einfach von jetzt auf gleich angehen. Ich müßte mir Beispiele seiner Arbeit ansehen. Es gibt doch, glaube ich, Magazine für Tätowierungen. Da könntest du dir einen aussuchen. Und dann könnten wir ...«

»Nein, nein«, sagte Lamar, »das würde zu lange dauern. Bei so was lieg ich doch eh einen Monat flach, bis es heilt. Je länger ich warte, desto länger dauert das Ganze. Ich will's jetzt gleich gemacht haben, heut abend noch.«

»Aber Lamar, ich ...«

»Das Fort! Kapierst du nicht?«

»Das Fort?«

»Fort Sill. Vor dem Fort, am Fort Sill Boulevard.«

»Die Tätowierstudios?«

»Genau die. Da gehen wir heut abend hin, schauen sie uns an. Wenn du einen findest, der das hier drauf hat, dann gehen wir's noch heut abend an. Dann halten wir einen Monat still. Dann plan ich noch ein Ding. Das ziehen wir ab, und dann geht's auf nach Mexiko in den Urlaub!«

»Urlaub!« sagte Ruta Beth. »Oh, Papa, du denkst aber auch an alles.«

Es kam selten genug vor in den letzten Jahren, da jeder seine eigenen Pläne hatte, aber diesen Abend klappte es, und Bud war glücklich darüber.

Sie waren alle dabei, seine Frau und seine beiden Söhne. Man saß um einen Tisch im Mahagonisaal von Martin's, das seit vierzig Jahren das erste Restaurant in Lawton war. Und das Roastbeef dort, die Spezialität des Hauses, konnte sich nach wie vor sehen lassen, obwohl Jen sich irgendein Fischgericht kommen ließ und Russ, obzwar Ehrengast, sich für einen Teller Linguini mit Pfeffersauce entschied.

Aber Bud war glücklich. Sie saßen über ihrem Essen, und er schaufelte das rötliche Fleisch in sich hinein, für das er sich immer wieder aufs neue begeistern konnte. Die Jungs sahen großartig aus. Selbst Russ, der im Zentrum der Aufmerksamkeit stand, hatte sich etwas zurechtgemacht: Er trug ein weißes Hemd, den obersten Knopf geschlossen, und schwarze Jeans über den schwarzen Stiefeln; das lange Haar war nach hinten gekämmt. Der Ohrring war wenigstens klein. Jeff dagegen, in Blazer und Krawatte, kam Buds Vorstellung von einem, der in Princeton studierte, schon etwas näher.

»Wir sind ja so stolz auf dich, Russ«, sagte Jen.

»Wißt ihr, das Tolle ist, daß er nicht nur gescheit ist«, sagte Bud. »Die Welt ist voller gescheiter Leute. Ich meine, auch Lamar Pye ist gescheit. Und das nicht zu knapp. Aber Russ arbeitet auch. Das ist es, was so selten ist. Die Welt ist voller Leute, die sich einfach für viel zu gescheit zum Arbeiten halten.«

Russ gab sich bescheiden, schien das Ganze jedoch durchaus zu genießen. Nur Jeff war ungewöhnlich still, obwohl auch er gute Nachrichten hatte: Er war wieder in die erste Mannschaft aufgerückt.

»Tja«, sagte Bud, »wie man so schön sagt, ist ein Mann in dem Maße reich, in dem seine Söhne ihn stolz machen.«

»Wer sagt das, Papa?« fragte Russ, um seinen alten Herrn aufzuziehen.

»Na ja, so genau weiß ich das auch nicht, ein Russe vielleicht, vielleicht auch ein Grieche, und womöglich hab ich's auch gerade erfunden, aber wenn es stimmt, bin ich heute abend der reichste Mann Oklahomas.«

»Na ja, Papa«, sagte Russ, »aber vielleicht schaff ich's ja auch gar nicht.«

»Du schaffst das. Keiner, der so ranklotzt wie du, braucht sich die geringsten Sorgen zu machen. Dann suchst du dir den Job, den du gern hättest, und hast selber Söhne, die dich nicht weniger stolz machen als ihr beide mich.«

»Hört nur auf euren Papa«, sagte Jen. »Genau so ist es nämlich. Ihr Jungs seid wirklich eine große Freude für uns, ihr macht uns wirklich glücklich. Nicht ein bißchen Ärger mit euch – Gott sei Dank.«

Bud bestellte sich Roastbeef nach.

»Bud, was meinst du, sollen wir uns Champagner bringen lassen?« sagte Jen. »Ich denke, die Jungs sind alt genug.«

»Mama«, sagte Jeff, »das Zeug kostet achtzig Dollar die Flasche.«

»Na hör mal, Jeff«, sagte Bud, »dein Bruder hat uns gerade hunderttausend Dollar gespart. Also, ich denke, da können wir schon mal achtzig ausgeben.«

»Jeff, der einheimische kostet nur zweiundvierzig Dollar fünfzig«, sagte Jen.

»Und in der Spirituosenhandlung kriegst du ihn für zirka vierzehn«, fügte Jeff noch hinzu.

Bud rief den Kellner und bestellte eine Flasche Champagner, nahm aber, von Jeff doch etwas beschämt, den einheimischen. Als er kam, ließ er für die ganze Familie einschenken.

Dann sagte er dramatisch: »Auf Russ und all die harte Arbeit, die er geleistet hat.«

Sie hoben ihre perlenden Gläser und tranken. Bud freilich berührte das Zeug nur mit den Lippen; er trank nicht einen Schluck.

»Hier, laßt mich nachschenken«, sagte er und goß jedem noch ein halbes Glas ein; dann war die Flasche leer.

Jen und die Jungs tranken aus, und dann war es Zeit zu gehen.

Bud sah auf die Uhr, es war gegen zehn. Er rief nach der Rechnung, bezahlte, ohne mit der Wimper zu zucken, mit seiner Visa-Karte, obwohl es um die vierzig Dollar teurer war, als er gedacht hatte. Trotzdem, mal abgesehen von Jeffs merkwürdiger Verdrießlichkeit, war es ein wunderbarer Abend gewesen.

Ob es wohl der letzte war? fragte er sich.

Und ich bin ich drauf und dran, eine Riesendummheit zu begehen, und mit einer jungen Frau in ein Häuschen in der Nähe des Flughafens zu ziehen?

»Bud?«

»Was denn?«

»Du hast mit dir selber geredet.«

»Ich muß wohl den Verstand verlieren.«

Sie fuhren in Jens Kombi durch Lawtons stille Straßen und um halb elf die Zufahrt zu ihrem Haus hinauf.

»Papa, macht's dir was aus, wenn ich noch bei Nick Sisley vorbeischaue?« fragte Russ. »Er gibt eine Party.«

»Ach was, aber komm nicht zu spät nach Hause. Was meinst du, Jen?«

»Das geht schon in Ordnung.«

»Was ist, Jeff? Hast du was vor?«

»Ich denk, ich schau mal rüber zu Charlie«, sagte Jeff.

Als die Jungs verschwunden waren, wandte Jen sich an Bud: »Und du gehst, wie ich sehe, auch noch mal weg.«

»Was?«

»Du hast den Champagner nicht angerührt.«

»Ich muß. Aber vorher muß ich noch ein paar Leute anrufen.«

»Was ist los, Bud?«

»Ach, ich hab da so eine kleine Idee, die uns womöglich zu Lamar führen könnte. Es steckt vielleicht gar nichts dahinter. Ich check's nur mal aus.«

»Heute abend? Kann das nicht warten?«

»Jen, es ist wirklich nichts. Ich fahr nur eben rasch mal rüber zur Reservatspolizei im Comanche-Komplex. Ich habe nur ein paar Fragen, weiter nichts.«

Sie fixierte ihn mit ihrem schärfsten Blick, als hätte sie ihr Lebtag noch keinen solchen Blödsinn gehört. Dann machte sich die Desillusionierung auf ihren Zügen breit; völlig geschlagen ging sie nach oben. Er hörte sie unter der Enttäuschung schnaufen, sah ihr nach, hatte das Gefühl, etwas sagen zu müssen. Aber es wollte ihm nichts über die Lippen kommen, und sie ging ins Schlafzimmer und schloß die Tür.

Lawton war eine geteilte Stadt. Auf der einen Seite eine Miniaturausgabe von Oklahoma City mit Kirchgängern, schattigen Bäumen und Holzhäusern – Bilderbuchamerika mit einer Kirche, einem Park oder einer Schule in jeder dritten Straße; das gesamte Leben dieser Hälfte ordnete sich um zwei Gebäude: die Central Mall und die Gemeindeverwaltung von Comanche County. Die andere Hälfte war Garnisonsstadt: Pfandleihen, Sexbars und Pornoläden vom Fort Sill Boulevard bis zur Cache Road, auf der es dann noch ein, zwei Meilen so weiterging.

An der Amüsiermeile am Fort Sill Boulevard, die gleich am Tor III begann, war an diesem Abend mächtig was los. Autos verstopften die schmale Fahrbahn, das Ganze lag im grellen Licht der Neonreklamen. Die dienstfreien jungen Artilleriesoldaten, die den ganzen Tag pflichtbewußt 155-mm-Ladungen in die Berge geschossen hatten, wanderten mit dröhnenden Ohren, den Kopf voller Flugbahnberechnungen, in Rudeln den Boulevard auf und ab, auf der Suche nach Zerstreuung. Normalerweise hatte diese mit fleischlichen Gelüsten zu tun, und es gab an der Lustmeile Läden, in denen man sich für seinen ehrlich verdienten Hunderter vollaufen lassen konnte und obendrein noch einen geblasen bekam; in anderen konnte man dagegen zweihundert lassen und von der Blasmusik lediglich träumen. Man mußte nur wissen, wohin.

Aber zwischen den Tittenbars, den Mailbox USAs, den Pornoshops und den Pfandleihen fand sich hier und da ein Tätowierungsstudio: »Skin Fantasy« hieß eines, »Flesh House« ein anderes, weitere »Skin Art«, »Little Burma Art House«, »Rainbow Biceps« und so weiter.

Wie immer in den Stunden vor Mitternacht war alles gerammelt voll, und der Toyota kroch durch den zähen Verkehr.

»Meinst du wirklich, wir sind sicher?« fragte Richard.

»Sicher«, sagte Lamar. »Hier unten gibt's fast nur MPs, die nach besoffenen Soldaten suchen. Die Stadtpolizei hält sich hier raus. Außerdem hat diesen Wagen doch der große Bud Pewtie selber gecheckt: Wir haben mit Auszeichnung bestanden. Über den Wagen geht einfach nichts.«

Ruta Beth manövrierte den Toyota vorsichtig durch den schleppenden Verkehr. Kein Mensch beachtete sie; die meisten Autos waren voller Soldaten, die nach einem Schuppen suchten, der ihnen gefiel.

»Was meinst du zu dem hier, Richard?« fragte Lamar.

Der Laden nannte sich »Tat-2's« und hatte eine knallige Neonreklame, unter der es »Die Besten im Westen« hieß und darunter wiederum: »Ausbildung bei Great Sailor Jerry Collins aus Honolulu, Strich- und Schattierapparat. Sonderanfertigungen. Biker willkommen.«

»He, sieht doch genau richtig aus, was, Richard?« sagte Lamar.

»Sieht vielversprechend aus.«

»Na, dann check das doch mal, Junge.«

Mit einem Schlucken stieg Richard aus und ging in den kleinen Laden. Hinter der Theke hingen zwei halbmenschliche Gestalten herum, und an den Wänden gab es Hunderte und Aberhunderte von kleinen Bildchen. Von den beiden Gestalten schien es die Frau zu sein, die ihn beobachtete; der Mann war völlig weggetreten. Der Geruch von Desinfektionsmitteln hing in der Luft.

»Hallo«, sagte Richard.

Die Augen zusammengekniffen, musterte sie ihn von Kopf bis Fuß. Sie mußte gut hundertsechzig Kilo wiegen und trug eine blaue Rockerkluft mit abgeschnittenen Ärmeln; die gewaltigen Arme, die daraus hervorquollen, waren von oben bis unten mit dunklen Mustern verziert, aus denen hier und da ein Farbtupfen herausleuchtete. Als sie ihm das Gesicht entgegenhob, sah Richard, daß die Tätowierungen aus dem Kragen über den Hals bis zum Kinn reichten. Er wandte sich um und sah sich die zweite Hälfte des finsteren Pärchens an; der Typ war nicht weniger schrill, und was Richard auf den ersten Blick für eine Hautkrankheit gehalten hatte, entpuppte sich als Spinnennetz auf einer Hälfte seines Gesichts. Er trug eine Lederweste, die den Blick auf ein blaues Museum freigab, das jeden Quadratzentimeter seiner Zellulitis bedeckte; der Clou jedoch war die goldene Sicherheitsnadel in seiner Brustwarze.

Unwillkürlich überlief Richard ein Schauer.

»Kanni heffen, Sportsfreund?«

Was?

Ach, ob sie ihm helfen könne.

»Äh, ja«, sagte Richard und versuchte nach einem harten Brocken zu klingen. »Ich denk da an eine Tätowierung. Für die Brust. Farbig. Selbst entworfen.«

»Sonderanfertigung, meinen Sie?«

»Ja, Ma'am.«

»Machen wir kaum. Ist eher an der Westküste gefragt. Bei Filmstars. Die Kommißjungs hier, die lassen sich gerade mal ›Mama ist die Größte‹ stechen.«

»Ah, es wär nicht für mich, sondern für einen Freund. Ich zeig Ihnen mal die Zeichnung.«

Richard ging hinüber zum Ladentisch und faltete sie auf, der Löwe drohend aufgerichtet, die Frau hübsch, dahinter das Schloß.

»Scheiße«, sagte die Frau. »He, Rufe, kriegste das hin?«

Rufe erwachte aus seinem Tran und beugte sich vor.

»Herrgott«, sagte er. »Das ist ja 'ne Zweitausend-Dollar-Custom-Tätowierung. Dazu brauch ich 'ne ganze Woche.«

»Würden Sie's bringen?« fragte Richard. »Die Nuancen. Die Linie hier von der Mähne über den Körper in die Pfoten, die Spannung darin, die Kraft. Den Hals. Sehen Sie, wie gespannt und lebendig der ist. Und dann der Schwung in den Brüsten der Frau. Sehen Sie, wie elastisch, wie lebendig die sind? Wir wollen aber nicht, daß Sie's nachfahren. Wir wollen keinen toten Strich. Wir wollen was Dynamisches. Können Sie das?«

»Klar kann er. Das könntste doch, Rufe, nicht wahr?«

Aber Rufe beugte sich nur weiter vor und studierte alles genau.

Dann sagte er: »Jamie, zeig's ihm. Die Kreuzigung.«

Sie drehte sich um, beugte sich vor und zog das blaue Jeanshemd hoch. Was Richard auf ihrem breiten Rücken sah, war tatsächlich die Kreuzigung, nur daß an diesem Kreuz ein gutaussehender Rocker hing, in lebendigen Blau- und Rottönen, die Rolle der römischen Zenturionen hatte die Highway Patrol.

Richard konnte sich das Lachen kaum verbeißen.

»Ist verdammt gut, was?« meinte die Frau.

»Ein Meisterstück ist das, verflucht noch mal«, sagte Rufe.

»Es hat was«, sagte Richard, meinte das jedoch anders, als Rufe und die Frau es auffaßten, aber als er das Bild näher unter die Lupe nahm, sah er, daß es nicht ganz das war, was er sich vorstellte. Was die Arbeit an Dramatik und Detail hatte, fehlte ihr in der Feinheit der Linienführung. Die Figuren waren alle irgendwie steif, standen alle im selben Winkel, hatten ein und dasselbe Gesicht. Es war die Zeichnung eines Kranken, eines durchgeknallten Speedfreaks voller sadomasochistischer Penetrations- und Blutphantasien. Nur daß der Tätowierung jegliche Anmut, jedes Gespür für das Leben abging.

»Es ist nur nicht das, woran wir interessiert sind, tut mir leid«, sagte er.

»Ich würd's für fünfzehnhundert machen«, sagte Rufe, »genauso wie auf Ihrem Bild hier, bis zum letzten Strich, bis ins kleinste Detail. Außer mir bringt das hier sowieso keiner.«

Na, wenn das der Beste ist, dachte Richard.

»Okay, mag schon sein,« sagte Richard, »trotzdem ist es etwas ... Sie sind doch nicht beleidigt, oder?«

»Sagen Sie's ruhig. Ich bin 'n Mann. Ich verkrafte das schon.«

»Es ist etwas steif. Der, an dem Sie da arbeiten würden ... Also, der will's nicht steif. Es würde ihn nur aufregen, und wenn der sich aufregt, dann setzt es was. Glauben Sie mir, lassen Sie lieber die Finger davon.«

»Okay. Ihr Geld, Ihre Haut.«

»Wer ist denn der Beste hier? Der Allerbeste. Ist mir zwanzig Mücken wert, wenn ich Zeit spare.«

Er schob einen Schein über den Tisch.

»Na ja«, sagte Rufe, »um ehrlich zu sein, das große Geschäft ist hier in Lawton nicht mehr zu machen. Das läuft vor allem an der Westküste. Aber, na ja, einen gäbe es noch. Macht nur nicht viel. Aber, ich muß sagen, der Mann ist ein verdammtes Genie. Der macht das schon ein Leben lang.«

»Wie heißt er denn?«

»Jimmy Ky. Er ist in Ordnung. Geboren ist er in Saigon. Hat im Fernen Osten angefangen, wo das ja 'ne Kunst ist. Sehen Sie die Spinne auf meinem Gesicht? Die hab ich mir fünfundsechzig in Tokio beim großen Horimono machen lassen.« Er beugte sich vor. »Sehen Sie, um wieviel leichter die ist, die Jungs haben's wirklich drauf, das muß man ihnen lassen. Und Jimmy Ky hat bei Horimono gelernt. Der hat die Hand des Meisters. Wenn er's Ihnen überhaupt macht.«

»Oh, für den macht er's. Wo hat er denn sein Geschäft?«

Es war Bingo-Abend.

BINGO MIT HOHEN EINSÄTZEN! lautete die Neonreklame, die ihr Licht in den Himmel warf. Der Bingopalast war der größte und schwungvollste Bau des Comanche-Komplexes am Highway 65. Eine entgegenkommende Bundesregierung hatte hier ein Quartett schlanker Bauten hingestellt, und das für Leute, die nun wirklich keinen Sinn für so etwas hatten.

Der Parkplatz war gerammelt voll, und in den Fenstern des Palastes sah Bud, daß das Haus voller Farmer und Stadtleute war, die sich über ihre Karten beugten, während dazwischen »Squaws« und »Krieger« Karten, Cola, Erdnüsse und dergleichen verkauften.

»Okay, Leute«, kam eine donnernde Stimme über den Lautsprecher, die selbst Bud draußen in der Dunkelheit noch hören konnte. »Wir hätten I-6? Hat jemand I-6? Und denken Sie dran: Gewinnen Sie auf zwei Karten, gewinnen Sie den vierfachen Einsatz!«

Aber Bud wandte sich ab von dem Zirkus und ging statt dessen durch die Dunkelheit auf ein niedriges Gebäude zu, das etwa hundert Meter entfernt stand. Er versuchte sowohl den hohen ungepflegten Rasen zu ignorieren als auch die Bierdosen und Colaflaschen darauf; auch die Graffiti, die die hübschen neuen Gebäude verunzierten, übersah er geflissentlich.

Komantschen. Einstmals Guerilleros, die gefürchtetsten aller Prärieindianer, ein prächtiges Volk, das, mit nichts als Pemmikan im Magen, eine geschlagene Woche geritten war, eine zahlen- und ausrüstungsmäßig haushoch überlegene Kavallerie geschlagen hatte, um dann wieder eine Woche mit nichts als Pemmikan im Magen nach Hause zu reiten. Inzwischen kümmerten sie sich nur noch um ihr Spielkasino und mußten zusehen, wie Sitten und Gebräuche verfielen, weil es die Jungen in die Großstädte zog. Bud schüttelte den Kopf.

Er erreichte sein Ziel, das ein Schild mit der Aufschrift COMANCHE TRIBAL POLICE trug, und trat in etwas, was sich auf den ersten Blick wie eine x-beliebige Kleinstadtwache ausnahm: ein schmuddeliger Raum in Behördengrün mit einigen Schreibtischen, hinter denen sich ein Sergeant und zwei Streifenpolizisten fläzten. Alle drei trugen Jeans, Baseballkappen, SIG-Sauers in Schulterhalftern. Sie waren zähe, hagere junge Kerle und nicht besonders freundlich zu ihm.

»Hallo«, sagte er zu dem Sergeant. »Ich bin Pewtie von der Highway Patrol.« Er zeigte seine Marke. »Ich suche Lieutenant Jack Antelope Runs. Ist der da?«

»Ihr Smokies kommt auch immer dann gelaufen, wenn ihr nicht mehr weiter wißt«, sagte der Sergeant. »Muß wohl ein Indianer sein, was?«

»Wenn Sie's genau wissen wollen, nein«, sagte Bud. »Es muß ein asozialer weißer Killer sein, gegen den eure Durchschnittskrieger hier wie Waisenknaben aussehen. Aber da wäre was, wobei Jack mir vielleicht helfen könnte.«

»Ist schon gut, Sarge«, sagte Antelope Runs aus einem anderen Büro, »setzen Sie Bud mal nicht so zu. Für einen dreckigen Weißen ist er nicht so übel wie so mancher andere, den ich hier nennen könnte. Hallo, Bud.«

»Jack, siehst ja richtig doll aus.«

Jack Antelope Runs hatte Kaskaden rabenschwarzen Haares, das er erst gar nicht zu bändigen versuchte, und trug eine Schnürsenkelkrawatte mit Silberschnalle, die den dicken Hals und die kühnen Züge noch übertriebener aussehen ließ. Er war ein Hüne, an die 110 Kilo schwer, und in seinen Augen strahlte schwarzes Feuer.

»Komm rein, Bud. Bin ja froh, daß du noch unter den Bleichgesichtern rumläufst, Bruderherz, und nicht mit den Windgeistern.«

»Tja, hat nicht viel gefehlt, und dieser verdammte Lamar Pye hätte mir den Weg in die ewigen Jagdgründe gezeigt, das kann ich dir sagen.«

Bud ging rein und setzte sich.

»Um was geht's denn, Bud? Etwa um diesen Lamar?«

»Allerdings.«

»Hab mir schon gedacht, daß so ein Gary-Cooper-Typ wie du das persönlich nimmt.«

»Also, Jack, so ist das nicht, wirklich nicht. Ich habe da nur so eine Idee, und über die wollte ich mit dir reden.«

»Dann red nur, Bruderherz, red nur.«

»Ich glaube mich da an ein Rundschreiben von vor ein paar Monaten zu erinnern. Gibt's da nicht so eine Art Indianermafia, die den Rockern das Drogengeschäft abzujagen versucht? Ich glaube, ich hab da in den letzten Monaten öfter eine Meldung gekriegt.«

»Nennen sich N-D-N-Z«, sagte Jack. »Eine üble Bande, das kann ich dir sagen. Das Ganze hat im Knast angefangen. Ihr steckt unsere Brüder in weiße Gefängnisse, ist doch klar, daß die ihre eigene Gang aufziehen, um sich gegen Nigger, Mexikaner und die Weißen zu behaupten.«

»Noch was, an dem wir schuld sind, ich weiß«, sagte Bud.

»Ist allerdings nicht nur was für Komantschen, obwohl einige von unseren jungen Leuten hier dafür gestorben sind. Aber geleitet wird das ganze hauptsächlich von Cherokees. Könntest dich mit Larry Eagletalon im Cherokee-Komplex unterhalten. Der ist ...«

»Also, genaugenommen interessiert mich die Bande gar nicht.«

»Nur daß du glaubst, Lamar könnte in irgendeinem Reservationskaff von der indianischen Gastfreundschaft profitieren, oder?«

»Nein, noch nicht mal das. Eines der Kennzeichen dieser N-D-N-Z ist, wie ich mich erinnere, eine absolut kunstvolle rituelle Tätowierung um den linken Bizeps? Nein? Ja?«

»Stimmt, ja.«

»Also, ich hab da so ein komisches Gefühl, daß derjenige, der die macht, ein wirklich erstklassiger Tätowierer ist. Vielleicht der beste der ganzen Gegend.«

»Drunter würden's die Krieger der N-D-N-Z auch nicht tun. So was kriegt man heute mit Kokaingeld. Schnelle Autos, weiße Frauen, auffallende Tätowierungen.«

»Genau. Nun mal angenommen, Lamar hätte auch gern so eine wirklich gute Tätowierung. Wo müßte er da hin? In die Rattenlöcher am Fort Still Boulevard? Um sich da eine Hepatitis zu holen?«

»Hört sich nicht nach Lamar an, aber man kann ja nie wissen.«

»Aber wenn er den Besten will. Und der Junge macht es doch am besten.«

»Heißt es jedenfalls.«

»Wo würde man den wohl finden?«

»Hm«, machte Jack Antelope Runs.

»Ich will's ja nur mal überprüfen. Sehen, ob Lamar in der Gegend ist. Vielleicht hilft's mir ja einen Schritt weiter. Vielleicht observieren wir. Wenn Lamar aufkreuzt, sind unsere Jungs vom SEK dann schon da, und Lamar wandert in einen Leichensack. Braucht ja keiner zu wissen, daß die Information von der Komantschen-Polizei kommt.«

»Bud, also für einen Weißen bist du vielleicht gar nicht so dumm.«

»Ich bin bloß 'n Polizist, der seine Arbeit tut.«

Antelope Runs überlegte einen Augenblick, und sagte dann schließlich: »Weißt du, was die mit mir machen, wenn ich anfange, Indianergeheimnisse an Weiße weiterzugeben? Die N-D-N-Z schmeißen mich in den Straßengraben, und kein Aas kommt zu meiner Beerdigung, kein Aas kümmert sich um meine Witwe und meine sieben Kleinen.«

»Ich versteh schon.«

»Ich hör mich mal um, aber das ist auch alles. Verstanden?«

»Ich denke schon, Jack. Ich hoffe bloß, daß Lamar sich nicht einfallen läßt, euer Bingo nebenan hochzunehmen, bei den fetten Einsätzen. Er könnte eine ganze Reihe von euren Jungs in die ewigen Jagdgründe schicken.«

»Ich versteh dich ja, wirklich. Aber's hat nun mal mit Weiß und Rot zu tun. Ich kann's nicht ändern. Und du auch nicht.«

»Alles klar, ich seh schon, daß ich nur deine Zeit verschwende.«

»Hier, Bud, ich geb dir meine Karte. Ich schreib dir meine Privatnummer drauf, für den Fall, daß sich was ergibt und du mich anrufen mußt.«

»Ist nicht ...«

Aber Jack Antelope Runs kritzelte etwas auf eine Karte und reichte sie Bud, der sie nahm und verdrossen nach draußen ging.

Er spürte das Lachen der Kerle in der Wachstube hinter sich. Wieder mal biß ein Weißer ins Gras.

Auf dem Parkplatz hörte er: »N-2. N-2. Letzter Aufruf, N-2.« Er stieg in seinen Wagen und kam sich alt vor dabei. Wieder eine Fahrt umsonst.

Dann warf er einen Blick auf die Karte und das, was Jack Antelope Runs ihm aufgeschrieben hatte.

Es hieß darauf: »Jimmy Ky. Rt. 62, Indiahoma.«

Es sah verlassen aus. Das Neonschild leuchtete nicht, aber wenn man davor hielt, sah man, daß darauf – unter drei, vier chinesischen Buchstaben – TATTOO KY stand. Man müßte schon wissen, wo man hinwollte. Der Parkplatz war verlassen, und überhaupt lag der Laden ein ganzes Stück die Route 62 hinaus in der Nähe von Indiahoma. Es war ein holzverschaltes Häuschen an der Straße, direkt gegenüber von einer verlassenen Tankstelle.

»Keiner daheim«, sagte Richard. »Wir müssen wohl wiederkommen.«

»Ich sage, heute oder nie. Komm schon, Richard. Ihr wartet hier, wir sehen mal nach.«

Lamar stieg aus und beugte sich vor, um seine 45er zu überprüfen. Richard hörte ein mysteriöses Klicken. Dann trat Lamar vor die Tür und klopfte lautstark.

Die Zeit verging. Der Wind pfiff durch das hohe Gras hinterm Haus. Die Sterne über ihnen schienen das reinste Feuerwerk, der Himmel die Aufzeichnung einer gewaltigen Explosion. Gewalt, wohin man auch sah – oder wenigstens Hinweise darauf. Außer dem hartnäckigen Wind war im ganzen Universum nicht das geringste zu hören.

Schließlich drangen die Geräusche diverser Bewegungen aus dem Haus, irgendwo tief drinnen ging ein Licht an. Die Tür öffnete sich einen Spaltbreit.

»Gehen Sie«, flüsterte jemand. »Wir haben zu.«

Die Tür wurde zugeworfen, aber Lamar erwischte sie genau im richtigen Augenblick mit der Schuhsohle und trat sie mit der ganzen Wucht seiner Kraft wieder auf. Im rötlichen Licht stand ein knochiger Asiate um die Sechzig. Er sah fleckig aus, als leide er an einer Hautkrankheit.

»Bist du Jimmy Ky?« fragte Lamar.

»Jimmy Ky nicht mehr da. Weggehen. Weit weggehen. Ich Jimmy Kys Vater.«

»Ja von wegen«, sagte Lamar. »Du bist Jimmy Ky. Ich hab da einen Vorschlag für dich.«

Lamar trat ein, und Richard folgte.

»Ich hab gehört, du bist der Beste«, sagte Lamar. »Tja und ich will den Besten.«

Der Asiate sah ihn an, ohne auch nur die Spur von Angst zu zeigen. Richard sah jetzt, daß die scheckige Haut auf seinem Gesicht eine Tätowierung war, aber von einer Qualität, wie er sie sich nicht hätte träumen lassen: leuchtend, dunkel, lebendig, unglaublich detailliert und unheimlich. Der alte Mann war dunkelblau und rot, sein Gesicht wie ein Kaleidoskop.

»Haben Sie die selbst gemacht?«

»Mein Meister Horimono.«

»Das ist verdammt gut. Bist du auch so gut?«

Lamars Aggression füllt die Luft; jetzt war er der Löwe vor der Ziege. Nur daß die Ziege merkwürdig furchtlos war; ohne große Emotionen fixierte der Alte Lamar.

»Ich immerhin sein Schüler«, sagte er schließlich.

»Zeig's ihm, Richard.«

Richard gab ihm die Zeichnung mit dem Löwen. Jimmy Ky musterte sie einen langen Moment.

»Ist Scheiße«, sagte er. »Wieso wollen so einen Mist? Gehen Sie in Stadt. Viele Leute in Stadt machen diesen Mist.«

»Nein, nein«, sagte Richard, »Sie sehen das von Ihrer fernöstlichen Warte aus. Das hier ist von einer westlichen Perspektive aus gemacht, es ist ganz anders stilisiert. Es muß westlich aussehen, es darf keinen exotischen Ein –«

»Ich kann machen. Ich bin der Beste. Aber sein Mist«, sagte Jimmy Ky unverblümt.

»Das ist kein Mist«, sagte Lamar. »Schau dir doch mal das Feuer an, den Stolz von dem Löwen. Schau dir diesen Bullenhals an. Es ist ein Kunstwerk, verdammt noch mal! Wir haben Geld.«

»Wieviel?«

»Wieviel wollen Sie denn?«

»Hm, dafür, viertausendfünfhundert. Sie wollen, Sie zahlen.«

»Viertausend Eier! Keine Tätowierung der Welt ist das wert.«

Jimmy Ky sah in pfiffig an.

»Wie dringend Sie wollen, Mister? Sie nicht wollen, Sie wieder gehen. Ich wieder schlafen.«

»Gottverdammt noch mal«, sagte Lamar. »Der reine Nepp ist das, so wie's aussieht.«

»Der Beste hat seinen Preis«, sagte der Alte.

»Scheiße«, sagte Lamar. »Wie lang?«

»Vielleicht zwölf Stunden. Jetzt anfangen, morgen nachmittag fertig. Dann eine Woche hinlegen. Betrinken. Infektion kommen, viel Schmerz. Sie müssen wirklich wollen. Für jede Farbe Sie leiden. Fieber, schwitzen, viel Schmerz. Kein Spaß. Wie dringend Sie wollen?«

»Scheiße«, sagte Lamar. »Ich steh verdammt noch mal alles durch.«

Er wandte sich an Richard. »Du und Ruta Beth, ihr parkt auf der anderen Straßenseite, an der Tankstelle, aber laßt euch nicht sehen. Ihr deckt mir den Rücken. Sagt Odell, er soll reinkommen. Er steht hier Schmiere bei mir. Alles klar?«

»Ja, Lamar.«

»Okay, Alter. An die Arbeit. Sie machen mir einen Löwen.«

»Okay, Joe. Alles klar.«

Der Alte schien tatsächlich glücklich zu sein.

Beim erstenmal fuhr Bud vorbei. Es waren keine Lichter an. Es war nichts weiter als eine verlassene Holzbude an einem düsteren Abschnitt der Straße nach Indiahoma. Aber als er im Ort landete, wurde ihm klar, daß er zu weit gefahren war. Er wendete und fuhr zurück. Er schien durch schwarze Tinte zu rollen. Er hatte noch das Roastbeef im Magen. Er war drauf und dran, die verdammte Beretta unter der Gürtelschnalle hervorzuholen; sie war mittlerweile zu einem gewaltigen Problem geworden. Was um alles in der Welt wollte er mit drei Pistolen? Zwei mußten doch wohl jedem genügen.

Aber dann sah er die Hütte deutlich gegen die leere Prärie, unter einigen kümmerlichen Bäumen. Er fuhr ein Stückchen auf den Parkplatz und sah sich das Ganze an. Es schien völlig ruhig, ja verlassen. Kein Wagen vorm Haus, und er sah, daß das Neonschild nicht brannte. An der oberen Ecke eines der Fenster jedoch machte er einen schmalen Lichtstreifen aus.

Was soll's, dachte er und kam sich lächerlich vor. *Jetzt bin ich so weit gekommen, da kann ich's auch gleich richtig machen. Dann ist der Abend wenigstens nicht völlig vertan.*

Richard warf einen Blick auf Ruta Beth. In dem Dämmerlicht war sie kaum zu sehen. Er hörte sie atmen, sah das Schwarze ihrer Augen. Er verspürte tatsächlich Mitleid für sie: Man stelle sich vor, als Kind die ermordeten Eltern zu finden.

»Wie geht's denn, Ruta Beth?« fragte er.

Mit zusammengekniffenen Augen funkelte sie ihn an.

»Was zum Teufel interessiert dich das?«

Er spürte ihren Schmerz. »Ruta Beth, ich weiß, wie hart das Leben sein kann. Ich dachte mir nur, wenn du mal jemanden brauchst, mit dem du reden kannst, ich wäre da und ...«

Sie schreckte zurück.

»Du hast doch wohl kein Techtelmechtel im Sinn?«

»Ach, Ruta Beth, wieso ...«

Die kleine Hand zur Faust geballt, holte sie aus.

»Rühr mich an, Richard, und ich schwör dir, du kannst deine Zähne aufklauben! Und das noch bevor Lamar mit dir fertig ist!«

»Ruta Beth, ich wollte doch nur ...«

»Sei still«, zischte sie. Ein Laster fuhr auf den Parkplatz gegenüber.

Der Mann darin wartete einen Augenblick, stieg dann aus und stand einfach da.

»Siehst du was?«

»Ein großer Kerl mit einem Cowboyhut, mehr nicht.«

»Ein Bulle?«

»Weiß nicht. Jedenfalls kein uniformierter. Haben die hier draußen am Arsch der Welt auch Leute in Zivil?«

»Weiß ich nicht«, sagte Richard, der keine Ahnung hatte.

»Ich bezweifle es«, sagte Ruta Beth mehr zu sich selbst, da sie von Richard keine vernünftige Antwort erwartete. »Vielleicht ist er aus der Stadt. Aber er kommt aus der anderen Richtung, aus Indiahoma. Ist wahrscheinlich ein großer Indianer auf Spritztour. In seinem vom Staat bezahlten Laster. Ein Häuptling vielleicht oder irgend so 'n Scheiß. Aber wieso. Wieso sollte er hier anhalten?«

»Vielleicht kennt er Jimmy Ky.«

»Also 'n Bulle ist das nicht«, sagte Ruta Beth. »Wie sollte ein Bulle den Laden da finden. So 'nen Zufall gibt's doch gar nicht. Nie und nimmer.«

Sie sahen zu, wie der große Mann auf das Haus zuging.

Es war nicht der Schmerz. Schmerzen machten Lamar keine angst; es war die Hilflosigkeit. Er lag flach auf dem Rücken, unter einer großen Lampe. Seine Brust war rasiert und mit Adstringens abgerieben, bis es brannte. Er sah etwas völlig Verrücktes in diesem Hinterzimmer: einen einäugigen Riesen. Oder jedenfalls sah es so aus. In Wirklichkeit war es nur das alte Schlitzauge, das mit seiner Nadel über ihm stand, das eine Auge wirkte durch die Lupe aufgeschwollen und blutunterlaufen. Es war eine richtige Operation: Die Chirurgenhandschuhe, die sich Jimmy Ky übergezogen hatte, waren ganz glitschig vom Blut.

»Sie haben viel Blut in sich«, lachte der »Doktor«. Die Bemerkung rührte an etwas aus Lamars früherem Leben, aber er hätte nicht sagen können, an was oder wann.

Die einzige Wirklichkeit war die Nadel. Sie klopfte summend auf ihn ein, während Jimmy Ky sie vornübergebeugt führte. Die Schmerzen waren nicht so schlimm wie bei einer Klinge oder einer Kugel, aber er verspürte jedesmal einen scharfen Blitz, eine kleine Explosion, die genügte, ihn zucken zu lassen.

»Nicht bewegen, gottverdammt! Sonst aussehen wie Miezekatz anstatt wie Löwe.«

Lamar versuchte die Zähne zusammenzubeißen. Noch elf Stunden von dieser Scheiße?

Und dabei war das noch gar nichts. Das hier war der leichte Teil der Übung: die Basisfarben, die gröberen Formen. Die Knochenarbeit war erst später dran, wenn der kleine Mann sich an die Details machte und ihm mit einer besonderen feinen Nadel die kleinen Farbspritzer einimpfte, die der Arbeit Leben verliehen. Und er machte sein Handwerk sorgfältig, ungerührt von den Schmerzen seines Objekts. Er sah sich Lamar im Grunde noch nicht mal genau an, nur das Bild.

Lamar getraute sich kaum zu atmen. Er zog seine Kraft einzig und allein aus seinem Cousin Odell. Sein Baby Odell saß mit der unerschütterlichen Geduld und Loyalität des Zurückgebliebenen da, wartete, sah zu und behielt dabei die Tür des Hinterzimmers im Auge.

Es war so verdammt finster! Ruta Beth konnte einfach nichts sehen. Der Laster war ein Laster, nichts weiter, der Mann nur ein Mann, der dastand und zu überlegen schien. Als er sich schließlich bewegte, ging er zur Tür, und irgend etwas an seinem Gang kam ihr vertraut vor. Woher mochte sie ihn bloß kennen?

»D-der geht ja rein«, greinte Richard. »Was sollen wir tun?«

»Sei still«, bellte sie ihn an, dachte aber selbst: *Was soll ich tun?*

Sie sah zu, wie der Mann sich der Tür näherte, noch mal stehenblieb und seinen Hut zurechtrückte, als würde er ein teures Lokal betreten. Er war ein großer Kerl, breit, mit einem mächtigen Umfang, aber nicht mehr der Jüngste. Und irgendwas an ihm kam ihr vertraut vor, verflucht noch mal!

Sie griff unter den Wagensitz und holte ihre Skimaske heraus. Sie zog sie sich übers Gesicht, spürte das Kratzen der Wolle, den Gestank ihres eigenen Schweißes, die Wärme, das Eingeschlossensein. Sie hatte einen Geschmack nach Kupfer im Mund.

»Das ist doch nichts«, sagte Richard. »Nur ein Cowboy, der sich tätowieren lassen will. Ein Typ von den Ölfeldern hier. Will ein ›Susie-Q‹ auf den Bizeps, das ist alles.«

»Nun halt endlich den Mund, du Waschlappen«, sagte sie. Sie zog Lamars gestutzte Selbstladeflinte vom Rücksitz und entsicherte sie. Dann flogen ihre Hände an die Taille, wo sie Lamars SIG stecken hatte.

»Es ist alles in Ordnung«, sagte Richard. »Bitte, gib, daß alles in Ordnung ist.«

Der Mann trat ein und schloß die Tür hinter sich. Dann folgte ein herrlicher, gesegneter Augenblick der Stille.

»Uff«, sagte Richard. »Ist alles in…«

Dann kam das Knallen der Schüsse, vieler Schüsse, schnell und wild, und von dort, wo sie saßen, sahen sie das Mündungsfeuer durch die Dunkelheit des Tätowiersalons zucken.

KAPITEL 23

Tiere!

Zoo!

Völlig gebannt ließ Odell den Blick über die extravaganten Figuren an der Wand schweifen.

Zauberei!

Er sah einen Löwen. Er sah ein Vögelchen.

Großes Vogi. Schlange. Tiger.
Grrrrr! Tiger böse. Bär. Brummmm!

Er begann die Laute der Tiere nachzumachen und zitterte dabei ein wenig. So viele Tiere. Sie rührten an einem Erinnerungssplitter aus seiner Kindheit: Er war noch ganz klein. Mama hat ihn auf Mrs. Beans Farm mitgenommen. Er durfte die Ziegen streicheln. Odell erinnerte sich an die Ziegen rund um ihn, an die komischen Geräusche, die sie machten, den schweren Tiergeruch, ihre feuchten weichen Zungen, als sie ihm das Gesicht leckten, und daran, wie seine Mama sagte: »Ach, ich habe ihn noch nie so lächeln sehen.«

Aber dann mußten sie wieder nach Hause zu Papa; Papa war böse auf ihn. Papa schlug Odell.

»Der gottverdammte kleine Idiot ist häßlich wie die Nacht und hat nicht einen Funken Verstand im Schädel«, brüllte Papa und zog ihm den Gürtel über, während Mama weinte. Aber Odell weinte nie.

Die Tür ging auf.

An der Tür blieb Bud stehen, legte die Hand auf den Knauf und war überrascht, daß sie so einfach nachgab. Er trat ins Halbdunkel einer kleinen Kammer, in der es nach Räucherstäbchen, Desinfektionsmitteln und Schweiß stank.

Er fühlte sich wie in Stille gehüllt. Als hätte er eine Kultstätte betreten. Er blinzelte in das Zwielicht, sein Blick schoß über die grellen geschmeidigen Gestalten an den Wänden des Raums. War er in ein Museum geraten wie heute schon mal? Er sah Schlangen und merkwürdig stilisierte Tiere, fein gearbeitet, muskulös, symbolhaft und lebendig zugleich. Wie Raubvögel stürzten sich ihre Augen auf ihn. Er hörte jemanden atmen und dann leise Musik aus einem billigen Radio. Mit einem Blick hatte er die hauptsächliche Lichtquelle erfaßt, eine Tür hinter dem Ladentisch, durch deren Spalt eine weitere Kammer zu sehen war, gut beleuchtet wie ein Operationssaal. Er sah eine halbnackte weiße Gestalt ausgestreckt und eine zweite, die über die erste gebeugt stand; letztere mit blutigen Latexhandschuhen und einem merkwürdigen Instrument, bei dem es sich wohl um die Tätowiernadel handeln mußte. In der Tür saß, vornübergebeugt wie ein schläfriger Hund, eine dritte Gestalt.

Bud wandte sich an sie: »Sagen Sie, ich ...« Er starrte mitten in Odell Pyes verblüfftes Gesicht. Odell grinste absurd, seine Zunge schoß aus dem Mund. Er hatte ein schwarzes Loch im Gesicht, genau in der Mitte, direkt unter der Nase, und aus seinen Augen sprach die arglose Idiotie eines Jungen, der zum erstenmal im Leben betrunken ist.

Bud starrte Odell an, und sämtliche Instinkte in seiner Brust bildeten ein heilloses Knäuel; er wußte, er hatte mächtig Ärger am Hals.

Der Augenblick schien ewig zu dauern, als hielte das Universum den Atem an. Dann explodierte alles.

Es kam Leben in Odell, der von weiß Gott woher eine Flinte hochriß; aber Bud hatte, ohne es ausdrücklich zu wollen, seinen Colt aus dem hohen Hüftholster gerissen und den Sicherungsflügel umgelegt. Er und Odell schossen zugleich.

Das Mündungsfeuer der Waffen blitzte durch den Raum; die Schlangen an den Wänden wanden sich zischend unter dem blendenden Licht und stießen dann zu. Bud bekam nichts ab, hätte aber auch nicht sagen können, ob er Odell erwischt hatte – er bezweifelte es jedoch, da er geschossen hatte, ohne zu zielen; mit einer Hand, nicht einen bewußten Gedanken im Kopf, zog er noch siebenmal durch, schickte seine großkalibrigen Geschosse Richtung Odell. Es hörte sich an wie der Feuerstoß einer Thompson und war offensichtlich genauso inakkurat, da er nichts als Putz fliegen sah, große Brocken Mauerwerk. Andererseits hinderten ihn freilich die Blitze daran, richtig zu sehen. Dann war die Waffe leer, und Bud fluchte – nur ein Idiot schießt eine Waffe leer, ohne zu zählen; man lud mit einem Schuß in der Kammer nach, um nicht ganz ungedeckt dazustehen.

Er preschte in den Raum vor, riß dabei ein frisches Magazin aus dem Etui an seinem Gürtel, knallte es in die Waffe und ließ den Schlitten vorschnellen, um die Pistole wieder schußklar zu machen. Er landete hinter einem Ladentisch, der sich vor seinen Augen aufzulösen begann. Er sah das Glas in Scherben gehen, als die Schrotkugeln hineinfetzten, bekam das Zeug ins Gesicht und wurde blinzelnd hintübergeworfen. Aber da sich kein Schmerz einstellte, schoß er in schneller Folge dreimal in Richtung des Mündungsfeuers und hörte beim zweiten Schuß einen Schrei. Odell war verschwunden. Pulverdampf hing in der Luft. Einen Augenblick herrschte Schweigen.

Plötzlich sprang ein kleiner blauer Asiat durch die offene Tür. Bud zog mit und hätte beinahe geschossen, ließ es dann aber und wandte sich wieder der Tür zu, wo er die kauernde Gestalt Lamar Pyes entdeckte, in Kampfstellung, die Waffe sauber mit beiden Händen gefaßt. Aber offenbar konnte er Bud nicht sehen.

Bud selbst sah weder Kimme noch Korn, so dunkel war es, und so richtete er die Pistole einfach auf das bißchen, was von Lamar zu erspähen war, und drückte noch dreimal ab, schnell hintereinander, steckte dann mit einer Patrone in der Kammer sein letztes Magazin .45er ein. Wie es sich gehörte.

Ihm war klar, daß er mit den Schüssen seine Position verraten hatte. Falls Lamar nicht tödlich getroffen war, würde er das Feuer jeden Augenblick erwidern, also glitt Bud nach links an die Wand und tastete sich krampfhaft an ihr entlang, bis er auf eine Tür zu stoßen glaubte; er schlüpfte rücklings hinein.

Blitze leuchteten die Dunkelheit aus. Sowohl Lamar als auch Odell feuerten; also war Odell offensichtlich nicht tot, womöglich nicht mal getroffen. Der Ladentisch, hinter dem Bud gekauert hatte, löste sich vollends auf, als Lamars .45er und Odells Schrotkugeln ihn zu Kleinholz zerhackten. Bud hörte Lamars Pistole blockieren, und ein zweites, hohles Geräusch, als würde einer in ein Rohr blasen, schien darauf hinzudeuten, daß auch Odell am Nachladen war. Lamar war nicht zu sehen, aber Bud richtete die Pistole auf den Abschnitt in der Dunkelheit, aus dem Odells Feuer gekommen war, und als er überzeugt war, einen Schatten zu sehen, schoß er darauf; zwei-, dreimal hatte er abdrücken wollen, aber Schießen bannte die Angstdämonen, die plötzlich von irgendwoher mit Vorwürfen auf ihn einstürmten, was für ein Trottel er gewesen war, hier ohne Rückendeckung, ja sogar ohne Funk reinzugehen, und so konnte er nicht aufhören, bis die Waffe leer war. Wieder glaubte er, jemanden schreien zu hören, als er den Colt fallen ließ und die neue Beretta aus dem Schulterhalfter riß.

Waharrrrr, Waharrrrr, kam ein gurgelnder Schrei aus der Dunkelheit. Es war Odells schmerzverzerrte Stimme.

»Verdammt, Junge, bleib, wo du bist«, schrie Lamar unter kaum geringeren Qualen zurück. »Wer zum Teufel sind Sie, Mister? Was soll das, Sie sind doch kein Bulle. Wir wollen doch gar nichts von Ihnen, verdammt noch mal.«

Bud schwieg. Er brauchte nur den Mund aufzumachen, und Lamar hätte ein Geräusch, auf das sich anliegen ließ.

Wahh-arrrrrrrr. Mama. Wah-marrrrrrrrrr, widde. Mama.

»Odell, bleib unten, Papa kommt dich gleich holen. Wo bleibt denn der verdammte Wagen?«

Ein Wagen? Waren da noch mehr? Die Verbrecher waren mit Rückendeckung gekommen, der Polizist war allein.

Scheiße, dachte Bud.

Wer zum Teufel war das?

Wo kam er her?

Wieso mußte das ausgerechnet so laufen?

Lamar tat jeder verdammte Knochen im Leib weh, und dann fühlte er sich so verflucht nackt ohne Hemd, mit all dem Blut auf der Brust. Aber was ihm wirklich Sorgen machte, war Odell. So wie er sich anhörte, hatte es den Jungen schlimm erwischt. Lamar erkannte Odells Stimme kaum noch, so gotterbärmlich klang er – wie ein Tier. Odell mit Schmerzen; Lamar spürte einen bodenlosen Zorn in sich hochsteigen.

Wenn er nur einen klaren Gedanken fassen könnte! Wenn nur Ruta Beth schon da wäre! Wo zum Teufel blieben die bloß?

»Wharrr?« kam Odells bebende Stimme.

»Sei still, Odell«, rief er zurück, »gleich sind wir draußen!«

Er hatte nur noch ein Magazin, die anderen beiden waren verschossen. Sieben Fünfundvierziger. Wo zum Teufel blieb Ruta Beth?

Sein Atem kam in schmerzhaften Stößen. Es war derart finster da draußen. Er konnte nichts sehen.

Lamar sah sich um. Zu blöd, daß er im Licht war und nicht der Gegner. Genau die Art von Fehler, die einen das Leben kosten konnte.

Er schlüpfte zurück in den Raum, sprang auf und zerschlug mit einem leichten Tippen der Pistolenmündung die starke Birne über dem Tisch. Schlagartig lag der Raum im Dunkeln.

Wieviel Zeit war wohl vergangen? Vielleicht dreißig Sekunden?

Wo zum Teufel war Ruta Beth?

Er rutschte zurück zur Tür, schob sich hinaus. Er konnte nichts sehen. Der Kerl war irgendwo hinten im Laden, zwischen den Theken, die Lamars Rehposten eben in Stücke gerissen hatten. Aber wo? Hatte er Deckung gefunden? War er schon tot? Lamar sah nicht das geringste, und wegen Odells mühsamen Schnaufens war sonst auch nichts zu hören.

Lamar versuchte, einen klaren Kopf zu bekommen. Das wichtigste war jetzt, hier rauszukommen. Scheiß auf den Kerl, soll er leben oder verrecken, Lamar mußte hier raus, zurück auf die Farm, um seine Truppe wieder auf die Reihe zu kriegen. Er fragte sich, ob die Schüsse wohl weit getragen hatten, eine derartige Ballerei auf so engem Raum innerhalb so kurzer Zeit. Der Gestank von Pulver hing in der Luft.

Wer bist du bloß, du Drecksack?

»Wer bist du, verflucht noch mal?« brüllte Lamar in die Stille.

Ein cleverer Kerl, machte nicht einen Mucks.

»Wharr?« kam Odells schlappe Stimme. Dann: »MAMA!«

Mama? Er hatte Baby Odell versprochen, mit ihm das Grab seiner Mutter zu besuchen, hatte sein Versprechen aber nie eingelöst. Wie sollte er, wo er die gesamte Polizei der Welt auf den Fersen hatte?

Dann, als sich seine Augen an die Dunkelheit gewöhnt hatten, bemerkte Lamar etwas. Da, direkt vor ihm – ein Lichtschalter.

Mach das Licht an, Lamar. Sieh zu, daß du den Drecksack ins Licht kriegst, und bring ihn um.

»Marrrrr«, flüsterte Baby Odell.

Bud hatte sich so platt gemacht, daß er sich kaum rühren konnte. Es war jetzt völlig dunkel. Er hörte Odell stöhnen und rasselnd atmen, aber von Lamar war seit dem Zerschlagen der Lampe kein Laut mehr zu vernehmen.

Er versuchte zu schätzen, wo die Tür in den Tätowierraum gewesen war. Dort mußte Lamar jetzt darauf lauern, daß Bud ein Geräusch von sich gab. Vielleicht kroch Lamar aber auch auf ihn zu, um nah genug heranzukommen für einen Schnitt in die Kehle.

Nein! Bei all dem Glas auf dem Boden würde er ein Geräusch machen. Und außer Odells ächzendem Keuchen war nichts zu hören. Vielleicht warteten sie nur auf ihre Kumpane.

Plötzlich gingen die Lampen an.

Von so viel Licht geblendet, blinzelte Bud. Ein Schuß kam von Lamar, der nun zu sehen war, aber die Kugel riß nur einen Splitter aus dem Ladentisch und tanzte davon.

Alles, was Bud sah, war die große Pistole in Lamars Händen, nicht ihn selbst, nur die Waffe, die .45er mit dem langen Schlitten, die Lamar mit festem Griff hielt. Die Zeit schien sich zu dehnen – als ziehe jemand langsam ein Akkordeon auf.

Das Korn, dachte Bud und schoß.

Lamars Hand explodierte in einem rosa Nebel. Die Fünfundvierziger sprang davon. Lamar rutschte aus, stürzte, unbewaffnet, Angst im Gesicht.

Das Korn, dachte Bud.

Er versuchte sich Zeit zu lassen, sich zwei Zehntelsekunden für den Schuß zu nehmen statt eine, und legte das Korn über Lamars Gesicht, das jetzt groß und angstgebläht war, während Bud den Mann hilflos über Kimme und Korn hatte.

Baby Dell weh-weh.

Roter Saft überall, alles Matsch! Weh-weh! Gewehr Klicki-ti-BUUUM im Arm, BUUUM in Brust, BUUUM in Bauch, BUUUM BUUUM BUUUM.

Marrr?

Mar weint?

Nicht Mar!

Böser Mann Mar weh-weh machen.

Nicht, böser Mann. Mar nicht weh-weh machen. Mar Baby Dells Freund.

Nicht, Mann!

Böser Mann, tu bösem Mann weh!

Während Bud schoß, geriet plötzlich die Welt aus den Fugen. Eine Staubwolke senkte sich auf ihn herab.

Er duckte sich, spürte ein schreckliches Stechen im Bein und drehte sich um.

Odell stand hinter dem Ladentisch. Bud hatte ihm einen Teil des Kiefers weggeschossen, er konnte die winzigen Zähne sehen, die

Zunge, die sich wand wie eine Maus. Die Augen hatten den wilden Ausdruck des Wahnsinns. Er hielt die Flinte, mit der er eben auf Bud geschossen hatte, mit einer Hand, da die andere nutzlos in dem roten Strom baumelte, der aus einer Wunde hoch an der Brust kam.

Odell drückte wieder ab, aber es rührte sich nichts.

Er begann auf Bud zuzukommen, die Flinte wie eine Keule gehoben.

Bud schoß sechsmal, hielt dabei genau auf die Körpermitte. Jede der Kugeln riß ein Loch in Odell, noch mehr Blut spritzte ihm übers Hemd, aber er kam nach wie vor auf Bud zu.

Bud drückte weitere siebenmal ab, die 9-mm-Hohlspitzgeschosse fetzten in Odell, der stehenblieb, in die Knie ging, aber dann mit einem Ausdruck unsäglicher Qualen doch noch mal auf die Beine kam.

»Odeeelll!« hörte er Lamar schreien.

Bud hielt auf die Stirn, schoß ein großes Stück heraus; hielt auf ein Auge und stanzte ein großes Loch darunter, hielt auf den Hals und fetzte ihn auf.

Dann war die Beretta leer.

Odell landete auf ihm mit ungeheurem Gewicht. Ranziger Atem und Blutspritzer quollen aus dem zerschossenen Mund; Odell atmete noch mühsam, schnarchte verzweifelt wie ein Tier. Er legte seine großen Hände um Buds Hals, hatte aber zuviel Blut an den Händen, um ihn zu fassen. Es war überall und glitschig, und es war schon fast komisch, als Bud, sich unter dem Hünen windend, nach Halt suchte. Dann fiel ihm die Pistole am Bauch ein.

Ohne sich daran zu erinnern, sie gezogen zu haben, hatte Bud die .380 in der Hand, steckte sie Odell in die Achselhöhle und drückte ab. Er schoß und schoß, bis Odell schließlich schlaff über ihm zusammensackte.

Bud befreite sich von ihm und stand auf.

Auch Lamar war aufgestanden. Er hielt die linke Hand in der rechten wie einen Strauß blutiger Rosen.

»Du«, sagte Lamar. »Der Teufel soll dich holen, Bud Pewtie! Du hast ein Baby umgebracht.«

Bud zielte auf Lamars Kopf – erstaunt und beeindruckt, daß Lamar noch nicht mal mit der Wimper zuckte, so stark war sein Haß – und zog durch.

Die Waffe ging nicht los.

Er sah sie an. Er hatte alles in Odells riesigen Körper gedrückt.

Im nächsten Augenblick drängte eine ungeheure Staubwolke in den Raum, das Donnern einer Kollision mischte sich mit dem Lärm eines Motors. Ein Wagen kam buchstäblich durch die Vorderwand, Holz und Glas flogen nur so.

Auf dem Fahrersitz saß eine Gestalt mit einer schwarzen Kapuze und richtete eine Flinte auf Bud, der sich einen Sekundenbruchteil vor dem Knall fallen ließ. Er spürte das Stechen einer Schrotkugel, die ihm unter die Kopfhaut fuhr. Er warf sich hintenüber, eine Treppe hinab, hatte das Gefühl, durch die Dunkelheit zu schweben, und knallte dann so hart auf die Stufen, daß er meinte, eine Horde Sträflinge mischten ihn auf; er bekam keine Luft mehr, Sterne tanzten ihm vor den Augen.

Er rollte herum und rutschte in die Dunkelheit, war nur noch ein Tier, das einzig und allein entkommen will.

Aber die Treppe über ihm blieb leer. Er hörte das Röhren des Wagens, als dieser, vermutlich mit Lamar an Bord, zurücksetzte und mit jaulendem Motor davonschoß.

Bud lauschte in die plötzliche Stille.

Ihm war kalt. Er vermißte seine Söhne. Er hätte nicht sagen können, ob er das hier richtig oder falsch angepackt hatte. Ihm war danach, Jen oder Holly anzurufen, sein altes Leben wiederzuhaben.

Er begann zu zittern.

Richard hatte noch nie jemanden aus so purem tierischem Schmerz heraus brüllen gehört.

»AAAAAAAH!« schrie Lamar, der sich auf dem Rücksitz bäumte, schluchzte und seine verkrüppelte blutige Hand in der anderen hielt. Blut, wohin man sah, Blut auf den Sitzen, an den Türen, überall.

Ruta Beth, völlig in sich versunken, eine unerbittliche Grimmigkeit auf dem Gesicht, fuhr inzwischen blindlings drauflos.

»Mach langsamer, verflucht noch mal«, schrie Lamar einmal durch seinen Schmerz, als er den Eindruck hatte, sie werde zu schnell.

Aber falls sie erwartet hatten, Streifenwagen mit heulenden Sirenen an ihnen vorbeirasen zu sehen, Krankenwagen, Hubschrauber, was auch immer – es rührte sich nichts. Sie bahnten sich ihren Weg durch die Dunkelheit.

»Wir müssen irgendwo Hilfe für ihn auftreiben«, sagte Richard. »Er verblutet uns noch.«

Wieder schrie Lamar durch den Schmerz. »Halt's Maul Richard, verdammt noch mal. Blutet doch längst nicht mehr. Es tut nur noch weh. Das schaff ich schon. Ruta Beth, du fährst uns nach Hause, hörst du.«

»Er verblutet doch«, kreischte Richard. »Er blutet.«

»Sei still, Richard«, sagte Ruta Beth. »Laß Papa entscheiden.«

Lamar versuchte stillzuhalten, aber die Schmerzen waren einfach zu stark.

»Sollen wir den Wagen loswerden, Lamar?« fragte Richard. »Vielleicht haben sie eine Beschreibung.«

»Und was dann, du Schwachkopf. Sie finden ihn, überprüfen ihn und sind noch vor uns auf der Farm. Ich glaub nicht, daß der Saukerl ihn groß gesehen hat. Der war viel zu beschäftigt, die verdammte Treppe runterzuspringen. Für Nummernschilder hatte der keine Zeit, das kann ich dir sagen. Oh ...«

Ein plötzlicher Schmerz schien ihn zu durchzucken, er bäumte sich jaulend auf. Überhaupt schien der Schmerz unangemeldet zu kommen, schubweise oder wann immer die Fliehkraft in einer Kurve das Blut in die Wunde trieb.

»Papa, bist du sicher, daß du in Ordnung bist?«

»Fahr du zu, verdammt noch mal, Ruta Beth. Wo zum Teufel wart ihr denn überhaupt? Wir haben uns da drin mit dem Bullen eine geschlagene Stunde geschossen, bevor ihr aufgetaucht seid. Wieso seid ihr nicht gleich auf dem verdammten Parkplatz auf ihn losgegangen?«

»Lamar, Baby, wir haben doch nicht gewußt, daß er 'n Bulle ist. Er sah wie 'n Cowboy aus mit seinem Laster und so. Dann ist mit einem Mal die Hölle los, und Richard und ich, wir versuchen dahinterzukommen, was zum Teufel wir tun sollen. Schließlich hab ich einfach Gas gegeben, weil ich dachte, wenn wir durch die Tür kommen, erschießt entweder du uns oder er. Kann nicht länger als 'ne Minute gewesen sein.«

»Kam mir eher vor wie 'n verdammter Tag. Lieber Mann, der Drecksack ist wirklich gut – schießt mir in die verdammte Hand!«

Einen Augenblick herrschte Schweigen.

Dann sagte Ruth Beth: »Was ist mit dem Baby?«

»Das Baby ist tot. Dieser verdammte Smokey muß ihm

mindestens fünfzig Kugeln reingejagt haben. Ich hab noch nie einen so viel Blei schlucken und trotzdem nicht umfallen sehen. Dieser Odell, er war wirklich ein ganzer Kerl, das kann ich … Aaauuuuuuu!«

Irgendwo in ihm explodierte wieder der Schmerz. Dann war er still.

Ruta Beth begann zu weinen.

»Armer Odell«, schluchzte sie, »er hat doch nie jemandem was Böses gewollt. Hätte die Welt ihn in Ruhe gelassen, hätt er ihr auch nichts getan. Es ist zum Heulen. Und das Grab von seiner Mama hat er auch nie gesehen. Oh, Lamar, Papa, das war nicht richtig, was die ihm angetan haben.«

Richard sah nur schweigend auf das dunkle Oklahoma hinaus, das draußen vorbeiflog; nie in seinem Leben hatte er eine solche Leere gesehen.

»Was ich gern wissen würde, ist, wie der Drecksack dahin gekommen ist. Wie hat der gewußt, wo wir sind?«

»Vielleicht war es einfach Pech«, sagte Richard.

»So viel Pech kann gar keiner haben. Es war Bud Pewtie, dieser verdammte Sergeant von der Highway Patrol. Das Stück Scheiße hat mehr Leben in sich als eine schwarze Katze. Zweimal hab ich ihn erwischt auf der Farm, und der Drecksack spürt mich immer noch auf. Wie hat er das gemacht? Woher hat er das gewußt? Ist er so 'ne Art Dick Tracy? Columbo? Der rosarote Panther? Was soll das? Woher hat er das gewußt?«

Die Frage hing in der Stille.

Lamar lehnte sich zurück und wiegte sich sacht.

Dann setzte er sich wieder auf.

»Wenn heutzutage 'n Bulle was weiß, dann kann das nur einen Grund haben: Es hat ihm einer was geflüstert, um 'n bißchen Knast gutzuhaben. Hast du den Revolver, Richard? Den großen?«

»Ja, Lamar.«

»Gib ihn mal her.«

Ungeschickt gab Richard das Ding Lamar, der sich wieder aufsetzte, um es ihm abzunehmen. Er spannte den Hahn und zielte auf Richards Kopf.

»Großer Gott, Lamar, du …«

»Bist du sicher, daß du mit keinem geredet hast, Kleiner? Bist du sicher? Ich sollte dir eine Kugel in den Kopf jagen, nur um sicherzugehen.«

»Bitte, Lamar. Bitte, ja, bitte? Ich schwör's dir. Wann hätt ich das tun sollen? Ich hab doch noch nicht mal gewußt, daß wir da landen. Wer konnte das denn wissen? Wart mal ab, wir erfahren aus der Zeitung, wieso er dort war.«

»Ach was, du warst es doch eh nicht. Du hättest doch gar nicht den Schneid dazu, mich zu verraten«, sagte Lamar. Er entspannte den Smith und warf ihn neben sich auf den Sitz. Dann setzte er sich wieder zurück.

»Verdammt, tut das weh«, sagte er. »Herrgott noch mal! Dieser verdammte Bud Pewtie!«

Bud hatte jedes Zeitgefühl verloren. Stundenlang, wie es ihm schien, hielt er sich im Keller versteckt. Die Wunde in seiner Kopfhaut begann unerträglich zu stechen und wollte schier nicht mehr aufhören; gleichzeitig fing seine Beinwunde zu pochen an, schmerzte intensiver, irgendwie beunruhigender. Einmal berührte er sein Gesicht und stellte fest, daß es in Fetzen gerissen war. Auf einem Auge sah er etwas verschwommen, als wäre ihm ein Stein von der Größe eines Ziegels hineingeraten. Der Schock ließ seinen Verstand aussetzen, ohne daß er wirklich das Bewußtsein verloren hätte.

Sein letzter Campingausflug in den Naturpark am Wichita Mountain fiel ihm ein. Das mußte zirka 1991 gewesen sein. Es war das letztemal, daß sie eine richtige Familie gewesen waren. Russ war damals in der ersten Klasse der High-School, der kleine Jeff noch in der siebten der Grundschule, hatte aber schon Schwierigkeiten: Die Noten wollten nicht so recht stimmen, und dann kam das Problem mit den ewigen Selbstzweifeln hinzu. Bud erinnerte sich noch, wie er sich wünschte, den Jungen erreichen zu können, durchzudringen zu dem, was Jeff immer so zu schaffen machte, dem Jungen die Hand auf die Schulter zu legen, ihm zu sagen: »He, das wird schon, wirst sehen.«

Eine ganze Weile verlor Bud sich in dieser Welt: Er dachte daran zurück, wie grün es da oben zu sein schien, wie rein. Sie hatten in einem Wohnwagen kampiert, einem Nimrod, den er mit dem Laster bis hinauf auf den Kamm gezogen hatte. Fast der ganze Staat breitete sich vor ihnen aus, die Luft war so glasklar, daß sie einem schier die Lunge zerschnitt. Er war so glücklich gewesen. Sie hatten so viel Liebe füreinander gehabt, auch wenn keiner auch nur ein Wort darüber gesagt hatte. Er erinnerte sich an das Geschrei der

Jungs und wie Jen sich gefreut hat, mal nicht zu Hause zu sein, an das Gefühl, daß die Welt versöhnlich und voller Möglichkeiten war.

Dann sah er das Licht.

Der Strahl erwischte ihn; er blinzelte. Dahinter erkannte er kauernde Gestalten in Weaver-Haltung – Schußarm gestreckt, der andere Arm als Stütze, der Körper dadurch leicht vorgebeugt.

»Keinen Mucks, Mister. Lassen Sie mich Ihre Hände sehen.«

»Glaub nicht, daß ich die bewegen kann.«

»Besser, Sie können, verflucht noch mal!«

Bud hielt seine Hände ins Licht.

»Wer sind Sie?«

»Sergeant Bud Pewtie, Highway Patrol, Oklahoma. Ich bin verletzt.«

»Haben Sie eine Marke?«

»Ja, Sir. Machen Sie mir bloß keinen Blödsinn mit der Waffe, ja? Ich greif jetzt in meine Tasche und hole meine Marke heraus. Ich bin unbewaffnet. Ich meine, meine Pistolen liegen alle oben. Ist ein Krankenwagen unterwegs?«

»Die ganze Welt ist unterwegs. Da oben liegt schließlich Odell Pye, und das mit 'ner Menge Löcher im Leib.«

»War gar nicht so leicht, den zum Sterben zu überreden, das kann ich Ihnen sagen«, sagte Bud und holte das Mäppchen mit der Marke heraus. Von der Treppe her kam ein weiteres Licht.

»Bud? Großer Gott, wie siehst du denn aus! Ist einer von uns, Sheriff. Sani. Sani! Holen Sie die Sanitäter runter, wir haben einen verletzten Kollegen. Sofort, verflucht noch mal! Holen Sie sie, auf der Stelle!«

Als erstes kam der Smokey zu ihm herunter und fragte ihn, wo es ihn erwischt hätte, aber nur Sekunden später waren zwei Sanitäter bei ihm. Sie untersuchten ihn rasch und kamen zu dem Schluß, daß er nichts Lebensgefährliches abgekriegt hatte.

»Aber die Fetzen hängen Ihnen weg, daß es eine Art hat«, sagte einer von ihnen, den Bud von einer ganzen Reihe von Verkehrsunfällen her kannte. »Sieht ganz so aus, als hätten Sie das Gesicht voller Glassplitter und, verflucht, Sie haben da was unter der Kopfhaut.«

»Tut auch am meisten weh da oben.«

»Junge, Junge, darauf möcht ich wetten, verflucht noch mal. Darauf möcht ich wetten.«

Die beiden Sanitäter verfrachteten ihn auf eine Bahre, und ein

Team von Deputies und Smokeies mühten sich ab, ihn die Treppe hinauf aus dem Keller zu schaffen.

Den Lichtern nach zu urteilen, zog man ihn mitten auf einen Rummelplatz. Noch immer trafen Fahrzeuge ein, während man seine Bahre auf den Krankenwagen zurollte. Eben kam ein Kombi voll FBI-Leuten zum Stehen. Noch vor ihm hatte ein Ü-Wagen vom Fernsehen gehalten.

»Augenblick mal«, sagte jemand. »Sind Sie Pewtie?«

»Ja, Sir«, sagte Bud.

»Lon Perry, Sheriff, Jackson County. Hören Sie mal, Mann, ich kann's nicht haben, daß ihr Leute mir meine County zu 'ner Schießbude macht, wenn euch eine verdeckte Ermittlung in die Hose geht, verdammt noch mal. Schon gar nicht, wenn ihr nicht mal so viel Anstand habt, mir Bescheid zu geben, daß in meinem Revier gearbeitet wird!«

»Das geht jetzt aber zu weit, Sheriff«, bellte ein Smokey-Sergeant ihn an. »Der Mann ist verletzt. Er hat eben die Nummer zwei der meistgesuchten Männer des Staats erwischt und der Nummer eins vermutlich ein Loch in den Pelz gebrannt. Und kein Zivilist ist dabei zu Schaden gekommen. Also lassen Sie ihn in Ruhe.«

Es kam zu einem Wortwechsel, aber dann trat ein dritter hinzu und trennte die beiden Parteien. Es war Colonel Supenski, der aussah, als hätte man ihn aus dem Bett geholt.

»Gottverdammt noch mal, Bud, Sie kommen aber auch ganz schön rum, was?«

Bud war nicht unbedingt danach, Fragen zu beantworten. Er sagte nur: »Wieso hat es so lang gedauert, bis hier einer aufkreuzt? Wir hatten hier den Dritten Weltkrieg! Hat denn kein Aas die Polizei gerufen?«

»Kein Schwanz, Bud. Jedenfalls nicht telefonisch. Jimmy Ky kam aus dem Gebüsch gekrochen, nachdem Lamar und Kumpane abgedampft waren, wartete zehn Minuten, versuchte anzurufen, stellte aber fest, daß der verdammte Wagen die Telefonleitung zerrissen hatte. Er ist die zwei Meilen zum Sheriff gelaufen. Und Lamar, der Teufel soll ihn holen, ist wieder mal davongekommen.«

»Verdammt«, sagte Bud. »Ich weiß, ich hab ihn getroffen. Ich hab Blut gesehen, und wie er die Waffe hat fallen lassen. Ich habe ihn schwer erwischt.«

»Das allerdings, Bud. Willie, bring sie doch mal rüber. Hier, Bud, schauen Sie sich Ihre Trophäen mal an.«

Einer von der Spurensicherung der Highway Patrol kam mit einem Plastikbeutel herüber, der zwei grausige Essiggürkchen zu enthalten schien, die an einem Ende ausgefranst waren.

»Was ist das?« wollte Bud wissen.

»Lamars Finger. Der kleine und der Ringfinger der linken Hand. Sie haben ihm die Finger abgeschossen, Bud. Sie haben Lamars Cousin kaltgemacht. Sie haben Lamar das mit der Tätowierung vermasselt und ihm zwei Finger abgeschossen. Nicht schlecht für einen Abend, würde ich sagen, Bud.«

KAPITEL 24

Im OP der Notaufnahme des Comanche Memorial beugten sich ein junger Arzt und zwei Schwestern über Bud und klaubten ihm fast zwei Stunden lang Glassplitter aus dem Gesicht. Gleichzeitig holten sie unter Buds Kopfhaut das gezackte Stück eines Geschoßmantels hervor und aus der linken Wade ein großes Stück Postenschrot. Das war die üblere Wunde. Sie tat verdammt weh. Die Schmerzmittel halfen zwar etwas, aber was konnte schon den rasenden Schmerz dämpfen, den ein Fremdkörper verursachte, der einem mit solcher Wucht so tief in den Muskel gefahren war.

Als das erste Team seine Arbeit getan hatte, war – mit dem Hubschrauber – auch ein Augenarzt aus Tulsa gekommen, der sich um Buds unscharfes Auge kümmerte. Mehrere Minuten lang stocherte der gute Mann daran herum und entfernte dann ein besonders grausiges Stückchen Glas aus der linken Augenhöhle, wo es sich direkt unter der Haut ins Gewebe geschoben hatte.

Er hielt es Bud hin: Es sah aus wie eine Klinge aus reinem Glas, ein funkelndes kleines Messer. »Glück gehabt, Sergeant. Einen Millimeter weiter rechts und Ihr Augenlicht wäre womöglich verloren gewesen. Ich verschreibe Ihnen ein Antibiotikum und gebe Ihnen eine Augenklappe. In einigen Tagen sehen Sie wieder normal.«

»Danke, Doktor.«

»Ach was, ich danke *Ihnen*. Ist doch eine Ehre, an einem Mann zu arbeiten, der so tapfer ist wie Sie.« Dann folgte noch einiges Geplapper über Buds Heldentum.

Bud dagegen sah sich ganz und gar nicht als Helden. Was sollte das mit Heldentum zu tun gehabt haben; nichts, was daran heldenhaft gewesen wäre. Das gab es nur in Filmen, wo alles so deutlich passierte, daß es sich verfolgen ließ; da hatte alles seinen Sinn, und man konnte sehen, wie clever einer war. Das hier war eine wüste Keilerei gewesen, nichts weiter, zwei Katzen in einem Sack – man hatte Glück oder nicht; das war keine Frage von Kraft oder Verstand, sondern des blinden Zufalls: wo die vielen Kugeln eben so abblieben. Und da Bud das klar war, dachte er: *Das hättest du besser machen können.* Und so war es auch.

Er hätte nur einen Blick durchs Fenster zu werfen brauchen, um zu sehen, wen Jimmy Ky da dekorierte; dann hätte er sich ein Telefon gesucht und Verstärkung gerufen, und inzwischen lägen sie alle in der Leichenhalle und nicht bloß Odell, dieser arme Idiot. Keiner hatte Bud bisher zur Rede gestellt, aber er hatte die Kollegen am Schauplatz der Schießerei in seine Richtung nicken sehen. Hatte er seine Sache gut gemacht? Jemand hatte mal gesagt, wenn man nach einer Schießerei noch am Leben ist, hat man gewonnen. Aber so ganz überzeugt war Bud davon nicht. Er hatte Lamar fast gekriegt. Aber eben nur fast!

Nachdem die Ärzte fertig waren und Bud gewaschen, rollte man ihn in ein Privatzimmer. Dort warteten Jen und Jeff. Sie kam auf ihn zu und berührte sacht seinen Arm; sie sah irgendwie unwirklich aus, weil er sie wegen der Augenklappe nicht dreidimensional sah. Sie wirkte wie ein Foto. Und abgespannt sah sie aus; man hatte sie gegen fünf Uhr früh mit der vagen Mitteilung geweckt, daß ihr Mann wieder mal voll Blei gepumpt war. Glücklicherweise folgte bald die Nachricht, daß es nicht so schlimm war.

»Ach, Bud«, sagte sie.

Er lächelte matt und spürte seine trockenen Lippen platzen.

»Ach, Bud«, sagte sie gleich noch mal.

Jeff stand etwas abseits in einer Ecke des Raums.

»Wo ist denn Russ?«

»Der kommt nicht«, sagte sie. »Er ist mit Freunden hinauf an den See. Ich habe ihn nicht angerufen. Man hat mir ja gesagt, daß dir nichts fehlt.«

»Ist auch gut so. Laß ihn das mit Princeton genießen. Ist doch nichts passiert.«

»Wann ist endlich Schluß damit?«

»Es ist vorbei«, sagte er. »Ich schwör's dir.«

Nicht lange, und eine Schwester kam, die sie verscheuchte. Sie mußten auf dem Korridor warten. Er brauchte Ruhe; es bestand noch immer die Gefahr, daß der Schock einsetzte, und am nächsten Tag mußte er seine Sinne wieder beisammenhaben.

Aber auch im Dunkeln und endlich allein kam er nicht zur Ruhe. Er versuchte, nicht mehr an die Sache zu denken. Immer wieder kamen ihm blitzartig Bilder der Schießerei. Und jedesmal, wenn er glaubte, jetzt hätte er's hinter sich, kam alles wieder zurück, riesengroß und in Zeitlupe. Der lasche Ausdruck auf Odells Gesicht, als er ihn zuerst sah. *Gottverdammt, mehr als um einen Sekundenbruch-*

teil kann ich nicht schneller gewesen sein, so verdammt knapp war das. Ihm wurde fast schlecht bei dem Gedanken; er hatte den Colt gezogen, mit dem Daumen die Sicherung weggewischt und mit einem Tempo geschossen, das kaum noch meßbar war. Aber es war so einfach, so einen Griff nach der Waffe zu vermasseln; angenommen, er hätte sie nicht richtig zu fassen gekriegt, die Griffsicherung nicht richtig gedrückt, den Sicherungsflügel nicht richtig erwischt. Was, wenn er daneben geschossen hätte? Aber verdammt noch mal, er hatte einen ordentlichen Schuß abgegeben, und der hatte ihn über die Runden gebracht. Aber der kleinste Patzer in diesem komplexen Bewegungsablauf, und es wäre aus gewesen mit ihm.

Was hatte er geschossen! Angenommen, er hätte sich etwas zurückgehalten? Vielleicht hätte er seine Schüsse besser plazieren, besser zielen sollen. Er erinnerte sich, einmal auf den Colt in Lamars großen Händen gezielt zu haben. Wie das Blut gespritzt hatte und die Pistole davongeflogen war, als er traf. Komisch, bei einer Schießerei, so sagt man, konzentriert man sich auf die Waffe des Gegners, so daß Hand- und Armwunden die Regel, nicht die Ausnahme waren. Genau wie bei ihm.

Es lief alles auf eines hinaus: Es hatte nicht viel gefehlt. Auseinandersetzungen mit Schußwaffen auf kurze Distanz hatten immer etwas Unwirkliches, Phantastisches. Jede Schießerei war eine Replik der Ermordung Kennedys, eine chaotische Abfolge von Ereignissen, in der alle in einer Art Ozonschicht aus Streß handeln und nichts einen Sinn ergibt. Komisch, da hatte er wie wild geschossen, hatte derart viel Feuer auf sich gezogen, und er erinnerte sich nicht daran, auch nur einen einzigen Schuß gehört zu haben! Aber die Ohren dröhnten ihm, als schlüge jemand mit einer Baseballkeule drauf ein. Er hätte auch nicht sagen können, wie lang alles gedauert hatte. Eine Stunde? Eher drei Minuten, vielleicht auch nur zwei. Eine derartige Ballerei! Und wie wenig Kugeln hatten tatsächlich ein Ziel gefunden. Selbst der große Lamar hatte nicht sonderlich gut geschossen. So viel zur Legende vom Revolverhelden.

Was Bud verfolgte, war das Mündungsfeuer: riesige Wolken brennenden Gases, die in der Dunkelheit wie explodierende Sterne aufgeblüht waren. Ihr blendendes Licht hatte sie alle desorientiert. Vielleicht hatten bei all der Ballerei deshalb nur so wenige Kugeln gesessen. Wer konnte bei so einem Feuerwerk schon was sehen? Aber diese Blitze, die da brutal in die Dunkelheit schossen, heiß, blendend weiß – jeder ein potentielles Todesurteil –, sie würde er für den Rest seines Lebens nicht wieder vergessen; über sie käme er niemals hinweg.

Was Bud auch so gar nicht aus dem Kopf wollte, war Odell. Der reinste Horrorfilm, so wie Odell Blei schluckend auf ihn zugekommen war. Bud hatte das Herz des Jungen explodieren, seinen Hals platzen, einen Teil seines Gehirns davonfliegen sehen. Und trotzdem war Odell auf ihn zugekommen – eine Maschine, ein Roboter, weiß Gott was! Jenseits von Schmerz und Tod. Was hatte ihn getrieben, welche Reserven puren animalischen Zorns? Oder vielleicht war es gar kein Zorn gewesen. Womöglich wäre so etwas mit Zorn gar nicht zu machen. Vielleicht war es Liebe. Der einzige Mensch auf der Welt, an dem Odell etwas lag, war Lamar, und nach allem, was man so hörte, hatte Lamar ihn nicht weniger gern. Das war es, was Odell noch hatte weitergehen lassen, als sein Nervensystem schon kollabiert war. Erst die .380er hatte ihn geschafft. Was, wenn Bud die Beretta nicht unter dem Gürtel gehabt hätte? Es war gut vorstellbar, daß Odell selbst im Sterben noch genug Kraft gehabt hätte, um ihn zu erwürgen. Verdammt, hatte sich wirklich bezahlt gemacht, die kleine Pistole!

Am nächsten Morgen kam ein neuer Arzt, der Bud nach einer Untersuchung bestätigte, daß er vermutlich nicht sterben würde – wenigstens nicht in den nächsten dreißig Jahren. Und dann tanzten einer nach dem anderen die Jungs in den Anzügen an. Colonel Supenski als Vertreter der Highway Patrol war mit zwei Ermittlern darunter, aber auch einer vom Sheriff von Jackson County. Nur Lieutenant Henderson vom OSBI war nicht dabei.

Der, der die meisten Fragen stellte, war ein beinharter junger Staatsanwalt.

Wie er sich fühlte?

Prima.

Ob er dem hier gewachsen sei?

Das sei er.

Ob er einen Anwalt dabeihaben wolle?

»Jetzt warten Sie aber mal«, begann der Colonel.

»Eine reine Routinefrage bei Fällen von gewaltsamem Tod«, sagte der Staatsanwalt.

Nachdem das geklärt war, ging es los.

Langsam erzählte Bud seine Geschichte, versuchte, nichts vom Vorspann auszulassen außer Jack Antelope Runs. Dann der Schußwechsel – bis ins letzte qualvolle Detail.

»Haben Sie sie gewarnt, bevor Sie schossen?«

»Gewarnt? Ich wollte sie umbringen.«

»Streichen Sie das aus dem Protokoll, verflucht noch mal«, sagte Colonel Supenski. »Das hat er nicht so gemeint.«

»Haben Sie das so gemeint, Sergeant Pewtie?«

»Nein, Sir. Ich habe nur zu überleben versucht. Es war keine Zeit für eine Warnung. Ich sah die Waffe in der Hand des Täters und schloß daraus auf seine Absicht, auf mich zu schießen. Also habe ich das Feuer eröffnet.«

So ging es einige Stunden: Wo er gewesen war, woran er sich erinnerte, wo Lamar und Odell gewesen waren und so weiter und so fort.

Einmal, als ihm etwas klar wurde, hatte Bud ein merkwürdiges Gefühl.

»Wissen Sie, drei Wochen lang habe ich drei Pistolen mit Ersatzmagazinen herumgeschleppt. Ich hatte achtundfünzig Patronen bei mir und habe deswegen ständig gezetert wie ein altes Weib. Verdammt, hätte ich neunundfünfzig gehabt, wäre Lamar heute tot.«

Die Anwälte gingen so gegen sechs. Nach einer Konferenz mit seinen Ermittlern überbrachte der Chef Bud die gute Nachricht.

»Meiner Ansicht nach haben Sie großartige Arbeit geleistet, Sergeant. Mr. Uckley ist da ganz einer Meinung mit mir. Der Staat erhebt keine Anklage. Sie sind aus dem Schneider.«

»Danke.«

Dann waren Bud und der Colonel allein.

»Okay, Bud«, sagte der Chef, der sich nun lange genug beherrscht hatte. »Ich muß Ihnen eines sagen: Sie haben eine Menge Schneid, und Sie haben da ein gutes Stück Polizeiarbeit geleistet. Wir sind verdammt stolz auf Sie. Aber, Bud, ich habe es Ihnen schon mal gesagt, und das macht mir langsam zu schaffen: Sie führen hier keinen Privatkrieg. Sie sind kein Cowboy. Verstehen Sie mich? Wir stehen am Ende des zwanzigsten Jahrhunderts. Wir arbeiten heutzutage im Team. Bud, einen einsamen Wolf auf einem privaten Rachefeldzug kann ich mir nicht leisten. Wenn ich Sie noch mal auf Lamars Fersen erwische, bei Gott, ich zerre Sie vor den Kadi! Ich könnte Sie sogar wegen Tragen einer verborgenen Waffe drankriegen, streng dem Gesetz nach hätten Sie unter den gegebenen Umständen nämlich gar keine dabeihaben dürfen. Schließlich waren Sie krank geschrieben.«

»Ja, Sir. Aber ich kann's nur noch mal sagen: Es ist nichts Persönliches. Ich habe keine Lust, den Dreckskerl je wiederzusehen, höchstens um gegen ihn auszusagen.«

»Sie verstehen also, daß Sie offiziell beurlaubt sind? Sie haben nirgendwo rumzuhängen, wo Ihnen Lamar über den Weg laufen könnte. Sie sind offiziell von Ihren Pflichten als Polizist entbunden. Reine Routine, bedeutet nicht das geringste, aber ich habe alle Absicht, dafür zu sorgen, daß Sie sich daran halten.«

»Ja, Sir, ist mir alles recht. Ich will bloß nach Hause, sonst nichts.«

»Na schön. Ich glaube Ihnen sogar. Noch was, ich habe das vorläufige Ergebnis von Odells Obduktion. Wollen Sie es hören?«

»Natürlich.«

»Sie haben ihm dreiunddreißig Kugeln verpaßt, Bud. Vier Fünfundvierziger, dreizehn Dreihundertachtziger und sechzehn Neunmillimeter. Und die meisten davon gut. Solide Körpertreffer. Sie haben ihn sogar dreimal am Kopf erwischt. Und aufgegangen sind die Hohlspitzen laut Arzt auch, wie es sich gehört. War nicht viel übrig von ihm.«

»Er war ein zäher Bursche, so viel steht fest.«

Bud erschauerte leicht.

»Was Sie jetzt noch nicht wissen, wird Sie nicht eben glücklich machen. Ich habe da einen Bericht von unserem Pressesprecher, der ferngesehen und die Abendzeitung aus Oklahoma City gelesen hat. Die Presseleute sind ganz aus dem Häuschen, weil Sie Lamar die Finger abgeschossen haben. Als wäre das Ganze ein Scherz oder was. Die halten Sie für Annie Oakley.«

»Hat denen einer gesagt, wie normal Handtreffer bei Schießereien sind?«

»Denen können Sie sagen, was Sie wollen, die wollen nur hören, was sie schon aus dem Kino kennen. So ist das nun mal. Aber das hier könnte Lamar auf die Palme bringen. Wir würden Sie und Ihre Familie gern an einem sicheren Ort unterbringen.«

»Großer Gott.«

»Ist am besten so, Bud.«

»Ich habe einen Jungen, der gerade vierhundert schlägt, der andere ist kurz davor, die High-School mit Auszeichnung abzuschließen. Ich kann sie jetzt nicht von der Schule nehmen. Das ist die aufregendste Zeit ihres Lebens. Die kriegen Sie nie wieder.«

Der Colonel sah ihn an.

»Na ja«, sagte er schließlich, »vielleicht lasse ich dann lieber Ihr

Haus unter Bewachung stellen. Paßt Ihnen das? Rund um die Uhr?«

»Ich bin sogar dankbar dafür.«

»Ich nehme an, ein zäher alter Bursche wie Sie kann wohl auf sich aufpassen.«

»Colonel, kann ich Sie was fragen?«

»Sicher, Bud, worum geht's denn?«

»Der Alte, C. D. Henderson, wo steckt der denn?«

»Tja, den haben sie in Rente geschickt. Er hat da eine Menge Steuergelder ausgegeben, ohne daß was dabei rausgekommen wäre. Sie haben aus der Zeichnung eines Löwen mehr rausgekriegt als er aus Überstunden im Wert von einer halben Million Dollar. Er hatte ziemliche Probleme mit dem Alkohol, wissen Sie? Ich hoffe, mein Abgang fällt besser aus als der seine. Eigentlich traurig, wie häßlich das zu Ende gegangen ist.«

Sie behielten Bud noch drei Nächte im Krankenhaus, die er mit seiner alten Freundin, der Flasche Percodan, durchstand. Am Vormittag des vierten Tages um zehn entließ man ihn in Jens fürsorgliche Hände. Die beiden fuhren in ihrem Kombi nach Hause. Sein Bein pochte noch, und obwohl er keine Klappe mehr trug, sah er durch das eine Auge immer noch ganz verschwommen. Darüber hinaus hatte er das Gefühl, daß er nicht einen Quadratzentimeter am Körper hatte, der nicht grün und blau oder aufgeschürft war.

»Also, du sollst es langsam angehen.«

»Wie sollte ich es sonst angehen? Ein Nickerchen nach dem anderen, mir Jeffs Spiele ansehen, so was in der Art.«

»Bud, die Spielzeit ist fast vorbei. Er spielt nur noch morgen abend.«

»Oh. Noch was, was ich nicht so doll hingekriegt habe, was? Ich habe mich überhaupt nicht um ihn gekümmert. Ist er deswegen in letzter Zeit so mufflig?«

»Bud, was ist los mit dir?«

»Wieso?«

»Da stimmt doch was nicht. Du bist kaum noch da. Zu Hause, meine ich. Noch nicht mal, *wenn* du da bist. Du hast den Kopf ganz woanders. Du redest nicht mehr mit uns. Als würdest du das Beste für jemand anders aufheben.«

Bud spürte Zorn in sich aufsteigen. Es war für ihn immer das Schlimmste, wenn Jen in seinen Geheimnissen stocherte. Aber er versteifte sich einfach.

»Es ist nur diese Geschichte mit diesem Lamar. Verdammt, ich habe zwei Schießereien hinter mir, mein Partner ist tot, ich bin herumgefahren wie ein Irrer, gehe im Krankenhaus aus und ein und habe selbst einen umgebracht. Mach du das mal durch.«

»Nein, Bud, es ist etwas anderes. Ich beobachte dich nun seit fünfundzwanzig Jahren. Ich weiß, daß was los ist. Du mußt es mir sagen.«

Bud war ganz und gar nicht wohl in seiner Haut. *Da hätte ich die perfekte Möglichkeit*, sagte er sich. *Sag's ihr. Regle das mit ihr zivilisiert und freundlich. Es mußte doch nicht zum Chaos kommen, mit Tränen, Geschrei und Beschuldigungen, daß ich sie verraten hätte. Sprich mit ihr drüber. Sag's ihr: Du hast da eine Frau kennengelernt, sie bedeutet dir sehr viel, es ist Zeit für eine Veränderung. Es wird alles in Ordnung kommen. Es ist eine Chance für alle.*

Aber es wollte Bud einfach nicht über die Lippen. Das Ganze war ihm schlicht unvorstellbar.

»Nein«, er blieb hartnäckig. »Es ist alles in Ordnung. Ich will mich bloß ausruhen und in der Zeitung lesen, daß sie Lamar geschnappt haben. Ich schwör's dir.«

Ihr Schweigen breitete sich aus, bis es den ganzen Wagen füllte und für andere Möglichkeiten kein Platz mehr war.

Als sie heimkamen, sah Bud einen Dienstwagen vor dem Haus.

»Sind die schon lange da?« fragte er.

»Ja. Zwei Leute vom OSBI. Ein zweiter Wagen steht hinten. Ich habe sie reingebeten, aber sie meinten, sie bleiben lieber im Wagen und passen auf. Glaubst du, er würde versuchen, uns was zu tun?«

»Lamar? Ich weiß nicht. Ich bezweifle es.«

»Wenn du meinst.«

»Na ja, vorherzusagen ist so was nicht. Aber die Jungs hier draußen, die sorgen schon dafür, daß nichts passiert.«

Bud winkte den beiden zu, zwei verdrießlichen jungen Kerlen mit Cowboyhüten und zusammengekniffenen Augen. Sie antworteten mit einem Nicken, bevor sie ihre Aufmerksamkeit wieder dem Viertel zuwandten.

Bud ging ins Haus. Einen Augenblick lang war er geradezu selig, durch die eigene Tür zu gehen, auch wenn er sich bei jedem Schritt fühlte, als zöge ihn einer durch einen Eimer voll Glas. Trotzdem war es ein schönes Gefühl, eine Schießerei zu überleben und dann zu sehen, daß zu Hause noch alles beim alten war: Jen mit ihrem

Ordnungssinn hatte dafür gesorgt, daß alles sauber war, und das Haus roch noch immer vor allem nach seinen Jungs. Ihm schien eine Last von den Schultern zu fallen.

Er trat an den Waffensafe in der Besenkammer der Diele, stellte die Kombination ein, und das Ding ging auf. Drinnen glänzten in dem Dämmerlicht seine Waffen, von denen natürlich drei fehlten. Er entschied sich für eine kurzläufige Flinte – nur für den Fall –, nahm sie heraus, steckte fünf Patronen mit Postenschrot ein, lud aber nicht durch. Er schloß wieder ab und lehnte das Gewehr gegen die Wand.

»Schatz, ich hab eine Flinte rausgestellt. Brauchst nur durchzuladen, falls es soweit kommt. Ich stell sie in die Besenkammer. Neben den Safe.«

»Alles klar, Bud.«

»Wo sind denn die Zeitungen?«

»Im Wohnzimmer.«

»Ich nehm sie mit rauf.«

Sie antwortete nicht.

Bud holte die Zeitungen und nahm sie mit rauf. Er streifte die Stiefel ab, nahm noch ein Percodan und legte sich auf das Bett. Er las jedes Wort darüber, sah sich als »verdeckten Ermittler« der Highway Patrol bezeichnet – wenn das kein Witz war! – und schaute sich an, was der Colonel und ein halbes Dutzend andere Beamte über seine gute Arbeit zu sagen hatten. Es gab auch ein unscharfes Foto von ihm.

Im großen und ganzen war die Presse ziemlich wohlwollend. Man behandelte ihn in gewissem Sinne als Helden, und niemand erwähnte, daß er derjenige gewesen war, über den Lamar und Odell drei Monate zuvor hergefallen waren; das war auch gut so, es hätte sonst, wie alle zu befürchten schienen, zu sehr nach Rache ausgesehen. Vielleicht waren die Reporter zu blöd, zwei und zwei zusammenzuzählen, wahrscheinlicher war jedoch, daß jemand sie gebeten hatte, nicht darauf rumzureiten, und sie hatten sich ausnahmsweise mal daran gehalten.

Was Bud jedoch gar nicht gefiel, waren die Geschichten um die Finger. Man schien das geradezu für komisch zu halten. Als hätte er es absichtlich gemacht. Wenn er schon ein so guter Schütze war, dann hätte er Odell mit einer Kugel statt mit dreiunddreißig erledigt und mit der zweiten Lamar.

So gegen eins schlief er ein. Um drei wachte er auf und fand einen Zettel von Jen auf der Kommode. Sie sei was besorgen; Russ und Jeff kämen erst später zurück; sie wollten abends in den Meers Store, ob ihm das recht sei? Oder sollten sie zu Hause bleiben?

Bud rollte sich auf die andere Seite und wählte Hollys Nummer.

»Hallo«, sagte er. »Wie geht's?«

»Oh, Bud, alle sagen, was für ein großer Held du bist! Du bist richtig berühmt, Bud!«

»Ach, das legt sich wieder, glaub mir. Diese Aasgeier vergessen so was genausoschnell, wie sie's schreiben.«

»Geht's dir gut?«

»Ich bin in Ordnung, ich schwör's dir. Die Augenklappe ist weg, aber das Gesicht ist ganz schorfig, und am Bein hab ich einen Verband, das ist noch geschwollen und tut 'n bißchen weh. Aber ich bin wohl doch zäher als Dörrfleisch. Lamar kann mich einfach nicht umbringen. Ich ihn aber auch nicht.«

»Bud, wann kann ich dich sehen? Ich wär so gern mit dir zusammen. Ich möchte dir da durchhelfen.«

»Nicht nötig. Mir geht's gut. Schatz, ich hab dir doch gesagt, hängt ganz davon ab. Ein, zwei Tage, wenn sich der Rummel etwas gelegt hat. Das wirst du doch wohl erwarten können? Wir sind so verdammt nah dran.«

»Bud? Dir ist es doch ernst, oder? Du schiebst es zwar immer wieder hinaus, aber du kommst doch zu mir. Ich könnt's nicht ertragen, dich zu verlieren, Bud. Ich könnt's einfach nicht. Ich hab solche Angst, du könntest es dir anders überlegen und wieder nach Hause laufen, weil's einfacher ist.«

Bud hatte ihr nie versprochen, seine Familie zu verlassen. Das wußte er. Er konnte sich nicht dazu durchringen. Er hatte versprochen, es sich zu überlegen. Der Unterschied mochte klein sein, aber für ihn war er wichtig; es war der Unterschied zwischen Ehebruch und Blasphemie.

Auf der anderen Seite hörte er den Eifer und darunter die Verzweiflung in Hollys Stimme. Wie konnte sie ihn nur so lieben? War sie verrückt? Was würde passieren, wenn sie ihn so sah, wie Jen ihn kannte – als unbeweglichen, trägen und einsamen Klotz, der nicht viel gab, aber um so mehr nahm, und dessen größte Freude darin bestand, sein Jagdgewehr für den Herbst aufzupolieren? Es machte ihm etwas angst. Er war sich nicht ganz sicher, ob er daran glauben konnte. Aber er brachte es einfach nicht übers Herz, Holly weh zu tun.

»Na ja, ich arbeite dran. Als die Kerle auf mich geschossen haben, da hab ich an dich gedacht. Okay?«

»Gut, Bud. Wenn du's nur sagst.«

»Bald, Holly. Ich schwör's dir.«

Er legte auf und stieg aus dem Bett. Er ging durch das leere Haus, und jeder Schritt tat ihm weh. Er sah zum Fenster hinaus, sah den schwarzen OSBI-Wagen mit den beiden Antennen und den jungen Männern, die sich in ihm fläzten. Wieder mal wußte er schlicht nicht mehr weiter; zu aufgeregt, um zu schlafen, wußte er andererseits aber auch nicht, wohin. Er ging nach unten und machte den Fernseher an, um die Sechs-Uhr-Nachrichten zu sehen. Vielleicht gab es was Neues über Lamar.

Es gab nichts. Der große Knüller war der Kult um Lamar. In der High-School hatte er diese Nacht wieder zugeschlagen.

Jemand hatte in riesigen Lettern ODELL WURDE ERMORDET an die Wand der Turnhalle geschmiert. Und daneben: LAMAR KOMMT WIEDER.

KAPITEL 25

Lamars Ansicht nach gab es nichts, womit er nicht fertig werden konnte. Die Wunde an der Hand schloß sich und überzog sich mit Schorf, eine Infektion blieb aus, es tat nur höllisch weh, aber Schmerz war für Lamar kein Problem. Die Enttäuschung beim Anblick seiner unfertigen Brust mit den gerade mal grob skizzierten Konturen eines Löwen war herb, aber wenn sich einer, der den größten Teil seines Lebens hinter Gittern verbracht hat, auf etwas versteht, dann ist das Geduld, und so wußte er, daß sich auch diese Enttäuschung legen würde wie alles andere auch.

Mit dem Kummer freilich war das etwas anderes. Lamar hatte in seinen achtunddreißig gewalttätigen Jahren keinen Kummer gekannt; sein Vater war noch vor seiner Geburt auf dem Highway gestorben, konnte ihm also auch nicht fehlen. Seine Mutter, eine kränkliche blasse Frau ohne Persönlichkeit, hatte ihn bei Tanten, Cousins und weiß der Teufel was rumgereicht; als sie im Straßengraben starb, war sie eine Säuferin, die mit einem Taugenichts zusammenlebte, und Lamar saß bereits in der Besserungsanstalt. Er spürte nichts, noch nicht einmal Einsamkeit. Beim Tod von Odells Mutter Camilla saßen Odell und er gerade achtzehn Monate wegen schwerer Körperverletzung ab – der Anklage wegen Totschlag war man durch einen Deal mit dem Staatsanwalt entgangen –, und er spürte einen Stich. Sie war die beste Frau gewesen, die er je gekannt hatte, sanft und freundlich, und sie hatte ihr Baby so sehr geliebt, wenn auch wieder nicht genug, um ihren Gatten davon abzuhalten, Odell in der Scheune anzuketten und mit dem Streichriemen zu schlagen. Dem hatte Lamar selbst ein Ende gesetzt. Aber das war nur ein Augenblick gewesen, ein kalter Hauch in der Brust; es kam, ging vorbei und war für immer verschwunden.

Aber jetzt Odell. Lamar glaubte nicht, den Schmerz je verkraften zu können. Er lastete wie ein Gewicht auf ihm. Wie eine große schwarze Katze saß er ihm auf der Brust, um ihn zu ersticken. Ihm kam der Gedanke, daß die Katze ihn umbringen würde, sollte er sich je wieder schlafen legen. Er stellte sie sich vor, wie ihr Atem nach toten Mäusen roch. Sie hatte eine weiße Blesse zwischen untertassengroßen gelben Augen, die ihn ebenso unentwegt wie gleichgültig anstarrten. Aber sie wollte seinen Tod. Sie würde ihm nachts auf die Brust kriechen, warm und anschmiegsam, und von Stunde zu Stunde schwerer werden; wenn er endlich nach Luft zu schnappen begann, wog die Katze bereits eine Tonne, und ihr Schnurren glich dem Raspeln einer Feile, während sie ihn in die Federn drückte, bis er nicht mehr atmete.

»Wegen der Dreckskatze«, war alles, was er auf die Frage antwortete, warum er nachts nicht mehr schlief. Statt dessen schlich er auf der Farm herum oder durchstreifte die weite Prärie mit ihren knorrigen Mesquitebäumen, deren schwarze Äste, so schien es, im Zorn den Mond vom Himmel zu kratzen versuchten. Manchmal wagte Lamar sich bis über den Highway hinaus auf die Weide des Nachbarn, wo er wie ein Wahnsinniger zwischen dem Vieh herumstrich, das sich bald an ihn gewöhnt hatte.

Während er so vor sich hin lief, versuchte er sich Odell vorzustellen, als könnte er den Jungen dadurch vor der Einsamkeit des kalten Grabes bewahren. Odell hatte so etwas Solides gehabt: Er hatte kaum was erwartet und war bei einer Keilerei so gut wie nicht zu bremsen gewesen; er hatte weder Angst noch Reue gekannt; er hatte einfach von einem Augenblick auf den anderen gelebt, um ihn dann zu vergessen. Lamar hatte sich jahrelang um Odell gekümmert. Er verstand die merkwürdige Sprache seines Cousins, die verdrehten Wörter, die bruchstückhaften Sätze; er kannte die Nuancen seines Gesichts, das für die meisten anderen völlig reglos und leer zu sein schien. Nicht für Lamar, er las Odells Stimmung aus der Haltung seiner Lippen, aus dem Atem, der durch das unvollständige Septum rasselte, und wußte, daß Odells Wesen im Kern verträglich war.

Im Grunde seines Herzens hatte sich Odell trotz der schrecklichen Dinge, die er unter Lamars finsterem Einfluß getan hatte, seine Unschuld bewahrt. Er hatte einfach getan, was Lamar ihm sagte, ohne auch nur die geringste Freude daraus zu ziehen. Er hatte weder dominieren wollen noch stehlen, noch töten; alles, was er gebraucht hatte, war was zu essen und etwas Aufmerksamkeit. Das hatte ihm bis zum bitteren Ende gereicht. Lamar hatte ihn mitgezogen, hatte ihn zum willenlosen Instrument seiner kriminellen Energien gemacht. Und jetzt hatte es ihn das Leben gekostet.

Nein, nein, sagte er sich. *Das kannst du nicht glauben. Ihr hättet doch noch jahrelang weitermachen können, du und Odell – du das*

Hirn und Odell die Hand –, wäre da nicht dieser verfluchte Bud Pewtie gewesen.

Beim Gedanken an Pewtie mußte er an das Mündungsfeuer in der Dunkelheit denken. Das wiederum erinnerte ihn an Odell auf dem Boden, das Jaulen seiner Babystimme angesichts seiner Qualen. Der Mund wurde ihm weggeschossen, sein ohnehin schon winziger Wortschatz auf ein tierisches Heulen reduziert.

»WAHRRRR!«

Dann, als das Licht anging, sah er das Blut auf Odell, sein Kiefer hing zerschmettert herab, aus dem Knochen waren Splitter geschossen, das Blut quoll hervor. Pewtie mußte den Kiefer gleich mit dem ersten Schuß erwischt haben – ein Glückstreffer, der den Kampf entschieden beeinflußt hatte.

Aber dieser Bud Pewtie, also der schien wirklich einen Draht zu ihnen zu haben! Irgend etwas machte ihn zu etwas Besonderem für die Pyes. Lamar erinnerte sich noch daran, wie er sich bei den Stepfords, nachdem die .45er leergeschossen war, mit der Flinte umgedreht hatte und eine letzte Ladung in Pewtie gepumpt hatte.

Als wäre ihm der Rücken explodiert! Und geblutet hatte er wie ein Schwein – die Fliegen saßen bereits auf der großen Lache! Und trotzdem war der Drecksack nur angekratzt! Fleischwunden vom Vogeldunst! Das war schon verdammt verdächtig.

Und dann das zweite Mal: Kommt dieser Bud Pewtie in voller Lebensgröße, blöd wie ein Ochse, auf Ruta Beths Farm spaziert, gerade mal drei Meter von Lamar entfernt. Lamar hätte nur loszuspringen und dem Gesetzeshüter die Axt in den Schädel zu setzen brauchen! Es wäre so leicht gewesen! Sie hätten ihn irgendwo verscharrt, den Laster genommen und sich in Texas, Neumexiko, Kalifornien, weiß der Teufel wo, eine neue Bleibe gesucht. Aber nein, Lamar mußte ja auf Nummer Sicher gehen; und dafür hatte er ihm Odell über den Haufen geschossen.

Was ihn – wie Bud – am meisten verfolgte, war, wie Odell wie ein Wahnsinniger durch die Tätowierstube getaumelt war, während Pewtie ihn in Stücke schoß. Er mußte ihn gut zwei dutzendmal getroffen haben, während Lamar nur zugeschaut hatte, mit zerschossener Hand und unfähig, einen Gedanken zu fassen; man konnte richtig sehen, wie die Kugeln durch Odell hindurchfetzten und dabei Fleisch und Knochen mitrissen, als wäre er nichts. Aber irgend etwas trieb Odell trotz Pewties Kugeln dazu weiterzugehen. Was war er doch für ein Kerl gewesen, Odell! Auf die Welt mochte er wie ein Baby gewirkt haben, für Lamar war er ein Mann: Er hatte tatsächlich sein Leben für Lamar gegeben – ein Opfer, das für Lamar schier unvorstellbar war. In all seinen Jahren im Gefängnis hatte er nie so etwas gesehen. So etwas kam einfach nicht vor. Wenn einem die Stunde schlug, dann war man eben fällig, und damit hatte es sich.

So streifte Lamar nachts über die Felder, ließ sich das alles durch den Kopf gehen und dachte sich dabei in einen geradezu gigantischen Zorn. Eines Nachts regnete es, um ihn herum zuckten die Blitze, aber Lamar war das egal. Er stieg einen Kamm hinauf und stellte sich mit nacktem Oberkörper in den strömenden Regen, während rund um ihn wie Granaten die Blitze detonierten. Wann immer einer losging, war die Welt plötzlich haarscharf zu sehen: die Farm, der Highway dahinter, das Bollwerk der Wichitas am Horizont; aber die Blitze schienen ihm Mündungsfeuer und der Donner Schüsse zu sein.

»Er sollte zum Arzt gehen«, sagte Richard. »Er holt sich noch ein Fieber und stirbt. Oder er wird uns wahnsinnig, so wie er da draußen im Gewitter rumläuft. Dann macht er irgendwas Verrücktes und zieht uns mit rein.«

»Nun halt doch mal den Mund, Richard«, sagte Ruta Beth blinzelnd, als ein besonders greller Blitz die dunkle Küche plötzlich mit Schatten erfüllte. »Papa hat Schmerzen. Schlimme Schmerzen. Er braucht Zeit, um sich wieder in den Griff zu kriegen.«

»Was er braucht, ist ein Arzt. Man läßt sich nicht zwei Finger abschießen, ohne zum Arzt zu gehen.«

»Was du schon weißt, Richard. Ich hab gehört, daß es 1954, als Cy, der Bruder von meinem Papa, in der Dreschmaschine eine ganze Hand verloren hat, hier noch nicht mal einen Arzt gab. Die haben sie einfach fest eingewickelt, und nach ein paar Tagen war Cy wieder so gut wie neu. Sind doch bloß die verdammten Stadtleute, die jedesmal gleich zum Doktor rennen, wenn ihnen die Nase tropft.«

»Wie alt ist er denn geworden?«

»Na ja, er ist im Jahr darauf an einem Fieber gestorben, aber das hatte damit nichts zu tun.«

»Ruta Beth, ich ...«

Die Tür sprang auf, Regen pfiff herein, und noch im selben Augenblick beleuchtete wie in einem billigen Film ein Blitz Lamars schwer gezeichnete Züge; seine Haare waren ein wüster Filz, seine Augen die eines Wahnsinnigen, die Muskeln gegen den stechenden Regen gespannt, auf der Brust, gerade noch erkennbar, der Umriß des Löwen.

»Richard«, befahl er, »hol deinen Zeichenkram. Ich will, daß du mir was malst, Junge. Und zwar als ging's um dein Leben. Ich muß das einfach sehen, Richard, sonst geh ich ein.«

Richard sprang auf.

»Ja, Lamar. Brauchst nur zu sagen, was. Ich zeichne's dir. Ich mach's wie den Löwen. Sag mir nur, was es werden soll.«

»Richard, ich will Baby Odell glücklich sehen. Im Himmel. Er sitzt rechts von Gott. Er spielt mit einer Katze, einem kleinen Kätzchen. Er hat einen Heiligenschein. Auf der anderen Seite von Gott sitzt Jesus, der strahlt wie 'n Honigkuchenpferd, weil sein frischgebackener bester Freund zu ihm gekommen ist.«

»J-ja«, sagte Richard, obwohl es ihm etwas zu ambitioniert schien für sein bescheidenes Talent.

»Ja, aber das ist bloß der Himmel. Das kommt oben drüber. Hier auf der Erde, Richard, hier auf der Erde verbrennen sie gerade diesen verdammten Bud Pewtie. Du weißt, was ich meine. Er brennt. Sein Fleisch schmort im ewigen Feuer der Hölle. Er schreit um Gnade, aber die gibt es nicht. Nicht für ihn. Verstehst du?«

»Ja, natürlich, Lamar. Und du? Bist du auch auf dem Bild?«

»Natürlich, Junge, verdammt noch mal«, sagte Lamar. »Ich bin der mit dem Streichholz.«

Richard zeichnete, als stünde er selbst in Flammen. Er wußte, es war absurd, aber in gewisser Hinsicht befriedigte es ihn, Lamar helfen zu können, und sei es auch nur auf diese bekloppte Art.

Er versuchte, sich an die Sixtinische Kapelle zu erinnern, die dieselbe wahnsinnige Bandbreite hatte: Himmel und Erde, Belohnung und Strafe, die Dualität der Existenz, ein klassisches Renaissancethema. Natürlich war er kein Michelangelo, daß Lamar von dem gehört hatte, bezweifelte er; das Plagiat würde Richard wohl kaum groß in Schwierigkeiten bringen. Genauso stellte er sich das Ganze vor: eine Sixtinische Kapelle für weiße Asoziale, randvoll mit purem Zorn und dem Bedürfnis des Kriminellen nach Herrschaft und sadistischen Freuden, gleichzeitig jedoch von einer gewissen Unschuld. Es würde ein wahnsinniges Meisterwerk werden, eines jener irren Glanzstücke, die es kaum, aber dennoch immer wieder mal gibt: die Romane Célines zum Beispiel, das Werk Gustav Mahlers – und wenn er zehnmal ein Ekel war – oder die nihilistischen Western des verrückten Sam Peckinpah, den manche sogar für einen ganz großen Künstler hielten.

Richard fühlte sich befreit. Seine Finger flogen übers Papier und entdeckten interessante neue Ideen, während sie fieberhaft in unerforschte Regionen vordrangen; jeder Strich führte zu einem weiteren in diesem verrückten, fieberhaften Drunter und Drüber, dieser künstlerischen Befreiung. Was immer Lamar ihm oder für ihn getan hatte, er hatte Richard von seinen Hemmungen erlöst; kein Gedanke daran, was »sich gehört«, kein Zögern, keine Patina aus falscher »Intellektualität«. Er ließ die Arbeit aus dem Es fließen – wenn auch vielleicht aus Lamars.

Der Himmel war ein Berggipfel, violett und in Wolken gehüllt. Gott der Herr war ein wohlwollender Rockerkönig, ein Daddy Cool, der lässig auf dem Thron seiner Harley saß; seine starken Züge verstrahlten Gerechtigkeit und Gemütsruhe. Neben seinem linken Fuß saß sein einziger Sohn, Jesus, als Unterführer in glänzendem Leder, das schmale asketische Gesicht durch einen Pferdeschwanz betont, der unter dem Kopftuch hervorschaute, und mit JESUS LOVES tätowiert; er strahlte ebenfalls Güte und Nachsicht aus. Und dann Baby Odell. Ihn schuf Richard mit besonders liebevoller Aufmerksamkeit; er kurierte seine Hasenscharte und gab seinen Augen Schärfe und Witz; aus dem schlaffen Körper eines ins Kraut geschossenen Bauernjungen waren die geschmeidigen Muskeln eines Gewichthebers geworden. Der Mund war nicht mehr klein und von einem finsteren Krater überschattet, sondern kräftig und ausdrucksvoll, ebenso wie Odell jetzt Backenknochen und Charakter hatte und etwas, was der Arme im Leben nie gehabt hatte, da es ein gewisses Maß an Bewußtsein voraussetzte: Würde. Er hatte ihn etwa zur Hälfte fertig, als er merkte, daß er Odell zu Al Capps Li'l Abner gemacht hatte, aber das war in Ordnung, da sie beide über dieselbe barfüßige Schlichtheit verfügten.

Es war schon fast Mitternacht, als er eine Rohskizze der ersten Hälfte fertig hatte, aber da ihn das Fieber gepackt hatte, konnte er einfach nicht aufhören. Noch nie in seinem Leben hatte ihn ein solches Feuer verzehrt.

Oh, Mutter, dachte er, *könntest du mich jetzt sehen.*

Für Bud Pewtie versuchte er sich Qualen auszudenken, deren Dauer und verzehrende Intensität schier den menschlichen Horizont überstieg. Wie bekommt man die absolute Schmutzigkeit von Folter und totaler Erniedrigung in so etwas Schlichtes wie ein Bild? Er versuchte, sich einen Greuel auszumalen: die beiden alten Leute zum Beispiel, die man in diesem Haus erschossen hatte; Szenen aus Auschwitz, ein endloses Feld bis auf die Knochen abgemagerter Leichen; das berühmte Foto der Napalmflamme, der das zierliche kleine Mädchen entkommt, während die Mutter mit dem kleinen Bruder verbrennt; das Bild aus Zapruders Film, auf dem Kennedys explodierender Kopf zu sehen ist, ein Teil davon in der Luft, das Plasma ein Sommerfaden; das Foto der zerschundenen kopflosen kleinen Leiche eines im letzten Drittel der Schwangerschaft abgetriebenen Babys, das ihm mal ein fanatischer Abtreibungsgegner zugeschickt hatte.

Aber nichts davon funktionierte; es brachte ihn nicht dahin, wo er hinmußte.

Was ist das Schlimmste, fragte er sich, *das Schlimmste, was du weißt, das Schlimmste, was du je gehört hast?* Der Spinner aus dem *Schweigen der Lämmer* mit seinem »Frauenanzug«? Der deutsche Offizier, der Sophie dazu zwingt, zu entscheiden, welches Kind leben und welches sterben soll? Die Schreie der neun unschuldigen schwarzen Jungs in Scottsboro angesichts ihrer Todesurteile?

Nein, dachte er, das Schlimmste war der Junge, der seine Mutter geblendet hat. Er hatte nicht den Schneid gehabt, sie umzubringen. Er war nicht stark genug gewesen, obwohl er sie fast ebensosehr haßte, wie er sie liebte. Er versuchte, sich an die Bewegungen seiner steifarmigen Stöße zu erinnern, seine plötzliche Gereiztheit, das Geräusch der Klinge beim Durchdringen der Haut. Der Augen. Ihr Gewimmer fiel ihm ein. Gott, was hatte sie um Gnade gefleht! Sie war so schwach. Da hatte sie ihn so lange dominiert und war doch so ein Schwächling gewesen! Dieses Machtgefühl, die obszöne Befriedigung nach all den Jahren!

»Da, Mutter, da! Jetzt weißt du, wie das ist!«

Das hatte er zu ihr gesagt.

Jetzt fing er diese Übelkeit ein, speicherte sie wie einen fossilen Brennstoff und stürzte sich wieder auf seine Zeichnung.

Lamar saß da wie Rodins *Denker* und beobachtete die aufgehende Sonne, die hinter dem Highway über den Rand der Prärie kroch und Oklahoma einen weiteren klaren und heißen Tag versprach. So früh gehörte sie noch allein den Farmern, die sie wortlos würdigten, Männern, die noch vor ihr aufstanden, um ein gut Teil ihres ungeheuren Tagewerks zu schaffen, bevor es wirklich heiß wurde. Sie war aufgedunsen, blutunterlaufen, fast orange, gab jedoch noch keine Wärme ab. Lamar sah sie dumpf an. Es war, als wäre sein Zorn verraucht, als wäre er endlich zusammengeklappt nach all den langen schlaflosen Tagen und Nächten im Kampf gegen Fieber und Schmerz, und immer noch lauerte ihm diese große Dreckskatze auf. Seine Züge waren schlaff, seine Augen stumpf. Er hatte kein Hemd an, der halbe Löwe wirkte beinah abstrakt, eine Kritzelei auf der breiten Brust. Das Haar lag naß über den breiten Rücken gefächert. Er atmete durch den Mund und sog die Luft dabei über eine trockene, tote Zunge. Nichts an seinem Körper bewegte sich, wie in Stein gehauen saß er da, obwohl die Venen an seinem muskulösen rechten Arm geschwollen waren und hin und wieder ein unkontrollierter Impuls einen seiner restlichen Finger aufzucken ließ.

Seit drei Uhr saß er so da, seit er von einem seiner langen Nachtspaziergänge nach Hause gekommen war.

Richard näherte sich ihm zaghaft. Er kam sich wie ein kleiner Junge in der Gegenwart eines Helden vor.

Er blieb stehen und wartete, bis man ihn beachtete.

Es dauerte lange, aber schließlich schaute Lamar zu ihm herüber.

Auf seinen Wangen sah Richard zwei glänzende Linien, die mit nichts in Einklang zu bringen waren, was er über diesen Mann wußte, bis ihm klar wurde, daß da Tränen ihre Spuren hinterlassen hatten. Lamar weinte lautlos vor sich hin.

»Lamar, bist du in Ordnung?«

»Ach, Richard, das tut schon verflucht weh«, sagte Lamar. »So weh, daß ich nicht weiß, ob ich's schaffe.«

»Bitte, Lamar. Was sollen wir ohne dich tun? So was darfst du nicht sagen. Du mußt es schaffen. Kurz vor der Dämmerung scheint es immer am finstersten.«

»Verflucht noch mal, Richard, der arme Junge, der hätte doch nie was angestellt, wenn ich ihn nicht angestiftet hätte. Ich sollte in der Leichenhalle liegen, nicht er. Und dann hab ich ihm versprochen, ihm das Grab von seiner Mama zu zeigen, und was hab ich gemacht? Und jetzt kriegt er noch nicht mal eine Beerdigung. Die schmeißen ihn doch in irgendein Armengrab, und damit hat es sich. Es ist zum Heulen. Das bringt mich noch um.«

»Lamar, ich habe die Zeichnung fertig. Wenn sie dir gefällt, setz ich morgen die Farben ein.«

Er hielt sie Lamar hin, der sie nahm und sie einige Zeit schweigend begutachtete. Dann hörte Richard ein Schniefen, ein Schlucken, ein Seufzen, und Lamar brach völlig zusammen.

Richard stand da und konnte sich des Gefühls nicht erwehren, sich einer ungeheuren Verletzung von Lamars Privatsphäre schuldig zu machen. Einen Mann von solcher Kühnheit und Kraft hysterisch weinen zu sehen verstörte Richard völlig. Ihm war, als sehe er seinen eigenen Vater weinen, wo doch alles darauf hinwies, daß Väter nie weinten. Seiner jedenfalls nicht. Mütter weinten. Wenn auch nicht seine.

Aber dann sah Lamar über das Blatt und sagte: »Richard, was du da gemacht hast, das ist ... das ist einfach wunderbar. Unser Kleiner im Himmel, But Pewtie in der Hölle. Verdammt, Richard, du bist wirklich ein Künstler! Ich brauch das bloß anzuschauen, und schon kann ich mir das alles ganz anders vorstellen. Ich weiß, daß er da oben ist und auf mich wartet. Verdammt noch mal, Richard, Junge, mir kommt's grade so vor, als hättst du mir eine Riesenlast von der Schulter genommen.«

»Danke, Lamar«, sagte Richard völlig verblüfft über diese Reaktion.

Dann sah Lamar sich den unteren Teil an – den mit der Hölle.

»Aber was ist das denn?« sagte er, und seine Züge bewölkten sich wieder. »Ich dachte, ich hab dir gesagt, er soll brennen wie in der Hölle.«

»Lamar, Lamar, ich habe mir das gründlich überlegt und bin dabei auf etwas gekommen, etwas ganz anderes, etwas so ... Abartiges, daß es dich berühmt machen würde. Für immer und ewig. So schrecklich ist es.«

Lamar furchte die Stirn beim Versuch, das Bild zu erfassen. Allmählich hellte sie sich wieder auf.

»Sein Gesicht«, sagte er. »Ich mach doch da was an seinem Gesicht.«

»Ja«, sagte Richard fast schüchtern.

»Kapier ich nicht, Richard.«

»Was ist denn ein Mensch, Lamar? Ein Mensch ist vieles, und du kannst ihm das alles nehmen, aber es gibt was, wenn du ihm das nimmst, dann nimmst du ihm *alles*.«

»Alles?«

»Ja. Alles. Nicht das Leben, die Familie, die Eier – sondern sein Gesicht.«

»Ich schneid ihm das Gesicht weg?«

»Alles. Augen. Nase. Zunge. Lippen. Zähne. Dann hast du ihm das Gesicht genommen. Er hat kein Gesicht mehr. Denk doch mal! So was von … extrem.«

Lamar sah Richard an, und ein merkwürdiges Leuchten trat ihm in die Augen. Und dann sah Richard, daß es sich dabei um Respekt handelte.

Lamar umarmte ihn plötzlich und drückte ihn an sich.

»Richard, ich glaub, du hast mir geholfen, die Kraft zu finden. Du und der Herr, Richard, ihr beide, ihr gebt mir Kraft.«

»Wirst du's jetzt schaffen?«

»Schaffen? Verdammt, Junge, wir schnappen uns Bud Pewtie. Und seine verdammte Familie. Und so wie wir diesmal in den Hühnerstall einfallen, darüber reden die hier in Oklahoma noch in hundert Jahren! Leg dich mit den Pyes an, werden sie sagen, und die Pyes rauchen dich in der Pfeife! Und dann sollen sie Pewtie finden – ohne Gesicht!«

KAPITEL 26

Sie kamen nachts. Unmöglich, sich ihrer zu erwehren. Er hätte nicht sagen können, ob es sich um Träume oder Phantasien handelte, aber zwischen vier und sechs Uhr morgens, wenn er halb wach lag, stellten sie sich unweigerlich ein: Visionen, Stellungen, die sie noch nicht ausprobiert hatten – verschwommene Erinnerungen, und alle hatten sie mit Holly zu tun. Er rollte sich dann auf die Seite, sah die schlafende Jen an und dachte: *Warum, warum kannst du mir nicht genügen?*

Aber es war nun mal Tatsache: Sie genügte ihm nicht – oder wenigstens nicht mehr, seit er die andere, die Jüngere, so oft gehabt hatte, wußte, wie sie schmeckte (salzig), wie sie roch (herb), die Beschaffenheit ihres Haars kannte (fest) und all die verborgenen Winkel, die er berühren konnte, um sie zum Quieken, zum Stöhnen zu bringen.

Vielleicht war es nur die Knappheit, mit der er dem Tod entgangen war, was auch immer, jedenfalls brauchte er die Haut einer anderen, um sich über jeden Zweifel hinaus zu beweisen, daß er noch lebte. Und dazu wollte er Hollys Haut und – der Teufel sollte ihn und seine Treue holen – nicht die seiner Frau.

»Ich muß mal weg«, sagte er Jen am Morgen.

Sie sah ihn nur an. Sie war eine hübsche Frau, fast genauso alt wie er selbst, mit einem schönen kantigen Gesicht, dem im Augenblick nichts anzusehen, das schlicht nicht mehr zu überraschen war. Er spürte ihre Ferne, ihren Rückzug an einen Ort jenseits aller Enttäuschungen, als wollte sie durchblicken lassen, daß es kaum noch was zu sagen gab.

»Meine Pistolen«, sagte er. »Ich habe Henderson angerufen, den Lieutenant vom OSBI. Die Ballistiker sind damit durch, sie wurden alle beschossen. Er meint, ich kann sie abholen. Ich würde mich wieder besser fühlen mit meiner eigenen Artillerie.« Man hatte ihm zur Selbstverteidigung eine Dienstwaffe gestellt, eine Smith .357, nur für den Fall, aber der fehlte irgendwie die Intimität seiner eigenen, mit denen er schon so viele Löcher in die Scheibe gestanzt hatte – von Odell ganz zu schweigen.

»Und da willst du sie abholen gehen?« fragte Jen argwöhnisch.

»Könnt ich doch, dacht ich mir. Dann hab ich mir gedacht, ich fahre am Schießplatz vorbei und jage eine Schachtel Patronen durch, sehen, wie sie sich anfühlen. Dann bin ich gleich wieder da.«

»Du bist seit vier Monaten nicht mehr ›gleich wieder‹ dagewesen, aber ich nehme an, wenn du gehen mußt, mußt du wohl gehen.«

Bud versuchte zu lächeln. Es klappte nicht. Er wußte, er sollte nicht zu eifrig wirken, aber wenn er schauspielerte, wirkte er unbeholfen, gezwungen, das wußte er auch.

Aber genausogut wußte er, daß er heute Holly haben mußte, zum Teufel mit den Konsequenzen, und so stand er denn auf, nachdem er über eine Tasse Kaffee getrödelt und die Sportseite gelesen hatte – die er bereits auswendig kannte –, stülpte sich den Hut über, schob die charakterlose Smith in den Gürtelhalfter, zog trotz der Hitze ein Sakko drüber und machte sich auf den Weg.

Er blinzelte. Das Percodan setzte zwar den scharfen Stichen ein Ende, kam aber nicht tief genug ins Nervensystem, um des allgegenwärtigen Pochens in Gelenken und Gliedern Herr zu werden, das ihm jede einzelne Bewegung bewußt werden ließ; wieder einmal kam er sich uralt vor. Die Augenklappe trug er zwar nicht mehr, aber dafür mußte er den leichten Ausfluß wegwischen, als er hinter das Steuer des Fords rutschte. Das Einsteigen löste in der Beinwunde, dort, wo er die Schrotkugel abgekriegt hatte, einen heftigen Schmerz aus, der augenblicklich wie eine Leuchtgranate aufblühte. Bud schüttelte ihn ab und zog die Tür zu.

Es war mittlerweile ein strahlender Junitag, Blütenstaub hing in der Luft. Der Frühling war nur noch Erinnerung; ein für Oklahoma typischer heißer Sommer lastete auf dem Land mit einem Gewicht, das jedes Lüftchen im Keim erstickte. Bud nahm einen tiefen Zug »nicht-klimatisierter« Luft und meinte fast, heißen Dampf einzuatmen. Dann ließ er den Wagen an, setzte rückwärts vom Hof und fuhr mit einem Nicken an der Tagschicht seiner Beschützer vorbei.

Er fuhr zum Rathausanbau. Henderson war nirgendwo zu finden, nur ein jüngerer OSBI-Mann, der mit einigen anderen Männern in dem großen Büro der Sonderkommission hofhielt.

Die Männer wollten Bud kennenlernen: zwei Texas Rangers, die nach wie vor auf ihre Chance bei Lamar hofften, zwei verdeckte Ermittler aus dem Hauptquartier der Highway Patrol und zwei, drei Leute vom OSBI; eilig warfen sie Bud Namen und Hände zu.

»Wahnsinnsarbeit, was Sie da geleistet haben, Pewtie. Verdammt, genau die Art von Ballerei, die dieses Land hier weit öfter gebrauchen könnte.« So in etwa der Kern der Kommentare, den er in diversen Varianten zu hören bekam.

»Na ja«, sagte Bud bescheiden, »ich hatte einfach verdammtes Glück.«

Nachdem er das Palaver hinter sich hatte, ging Bud in das Büro, wo einst Henderson betrunken seine Audienzen gegeben hatte. Der neue Boß öffnete eine Schublade und holte, eine nach der anderen, Buds Pistolen heraus.

»Einen Colt Commander .45 ACP, Seriennummer FG34509, eine Beretta 92F 9-mm, Seriennummer D12097Z, und eine Beretta 84, Kaliber .380, Seriennummer E259751Y. Hier, Sergeant Pewtie, unterschreiben Sie, und sie gehören Ihnen. Ich habe Ihren Schultergurt für die Beretta und das Galco für den Colt, weiß aber nicht, was aus dem für die .380 geworden ist. Wie zum Geier tragen Sie die denn?«

»Am Bauch. Unter der Gürtelschnalle. Ohne Halfter. Tat höllisch weh, aber dann war ich doch verdammt froh, daß sie da war, als ich sie brauchte.«

Er sah sie an: seine drei Pistolen, funktionelle schwarze Modelle für den Ernstfall, ohne die Spur von Anmut, geschweige denn Glanz. Werkzeuge, weiter nichts. Eine Welle von Zuneigung schlug über ihm zusammen, so stark, daß er am liebsten umgekippt wäre. Niemand, dem so eine Waffe nie das Leben gerettet hat, kann sich auch nur im Traum die Gefühle vorstellen, die einen beim Anblick seiner Lebensretter befallen.

Bud ging hinaus, blieb aber dann noch mal stehen, weil er das Gefühl hatte, daß noch was zu erledigen sei.

»Wo finde ich denn C. D.?«

»Tja, Sarge, er hat da ein Haus im Süden der Stadt, die 39. Straße hinaus, südlich vom MacMahon Park.« Er nannte ihm eine Adresse.

»Ich sollte mal vorbeischauen«, sagte Bud und stellte fest, daß es ihm tatsächlich Ernst damit war.

»Der alte Knabe wüßte es sicher zu schätzen, vorausgesetzt Sie erwischen ihn, bevor er zu tief in die Flasche schaut.«

Bud sah auf die Uhr. Hatte er dafür Zeit? Warum machte er das? Wenn es schnell ging, sollte es eigentlich keine Rolle spielen. Wie immer war die Zeit das Problem. Der Besuch könnte ihm aber bei seiner Ausrede zustatten kommen: Er hatte den Lieutenant besucht, sie hatten sich verplauscht – da war er eben spät dran.

Es war ein schäbiges kleines Haus in einer reizlosen Vorstadtsiedlung, kleiner noch als Hollys Wohnwagen, ein ganzes Ende südlich vom Flughafen; hin und wieder donnerte ein großer Jet über ihre Köpfe hinweg, dessen Fahrwerk Antennen und Schornsteine zu knicken drohte. Im ganzen Viertel gab es nicht einen Baum.

Einen Augenblick zögerte er, überlegte, ob er das wirklich wollte. Er wurde das Gefühl nicht los, daß es sinnlos war. Aber ihm schmeckte irgendwie nicht, wie diese Geschichte gelaufen war: daß er, Bud Pewtie, und nicht der alte Mann Lamar »gefunden« hatte. Irgendwie war das nicht fair. Schließlich ging er rüber und klopfte an.

Die Frau, die ihm öffnete, war eines jener verhärmten Exemplare ohne eine Spur von Weichheit auf dem abgespannten Gesicht; ein maßloser Überdruß sprach aus ihr.

»Ich heiße Pewtie«, sagte Bud. »Ist C. D. zu sprechen?«

Sie funkelte ihn wortlos an, aber schließlich sagte sie: »Sind Sie der Anwalt, der wegen der Abfindung kommt?«

»Nein, Ma'am. Ich bin Polizist und habe am letzten Fall mit ihm gearbeitet.«

»*Gestern* wollt er dasein, der verdammte Rechtsverdreher. Wir brauchen das Geld. Der alte Dummkopf C. D. hat vor zwei Jahren sein ganzes Geld beim Bau eines Ferienhotels unten am Lake Texoma verloren.«

»Tut mir leid«, sagte Bud.

»Na, dann gehen Sie mal nach hinten. Aber er hat eine Stinklaune – wie immer.«

»Ist er …«

»Natürlich. Dem Mann nimmt die Flasche keiner mehr weg, aber schlimm wird's erst so gegen vier.«

Bud ging nach hinten in einen kleinen dunklen Raum, wo er C. D. unter einer Wolke von Zigarettenrauch fand, Bourbonflasche und Pappbecher vor sich. Mit zusammengekniffenen Augen, das Gesicht in Falten gelegt, eine Zigarette zwischen den Lippen, saß er vor einer Seifenoper. Auf einem Regal linker Hand stand eine Messingarmee von Auszeichnungen für seine Leistungen als Pistolenschütze.

»Hallo«, sagte Bud.

»Bud, ich werd verrückt«, der alte Mann sprang auf. »Nett von Ihnen vorbeizuschauen.«

»Na ja, ich wollte mal sehen, wie's Ihnen geht.«

»Ach, ganz gut. Gegen Abend wird's immer langweilig, ansonsten geht's.«

»Brauchen Sie irgendwas?«

»Nein, danke, nicht das geringste. So besoffen wie letztes Mal bin ich heute nicht. Was ist, Junge, brauchen Sie auch einen?«

»Nein, Lieutenant. Ich wollte nur mal vorbeischauen, mich verabschieden.«

»Tja, da sind Sie der einzige, der Manns genug dazu ist. Fast fünfzig Jahre, und kein Aas hat sich sehen lassen. Wie wär's mit einem Sandwich, Bud, wollen Sie eins? *Schatz!* Kannst du Bud mal ein Sandwich machen?«

»Nein, das ist nicht nötig, Lieutenant, ich hab schon gegessen.«

»Sicher, Bud, sicher. Ich muß schon sagen, das war gute Arbeit, das mit Odell. Ein Jammer, daß Sie nicht auch noch Lamar erwischt haben.«

»Mir hat nur eine Kugel gefehlt. Was für einen Massel der hatte!«

»Also, Bud«, sagte Henderson, »ich bin der einzige, der Ihnen das ins Gesicht sagt: Sie hätten nicht so ziellos drauflosballern dürfen. Ich habe sieben Schießereien hinter mir, ich habe sie alle gewonnen, und es hat mich dabei nur zweimal erwischt. Sie müssen zielen, Bud. Das hat mir der alte Jelly Bryce beigebracht, und es hat keinen besseren Schützen gegeben als den.«

»Da haben Sie schon recht, Lieutenant. Ich konnte einfach nicht schnell genug denken.«

»Und das hab ich auch von Jelly Bryce: Wenn einer auf Sie losgeht und Ihr Blei einfach wegsteckt, müssen Sie kühlen Kopf bewahren und ihm das Schambein zerschießen. Mit Ihrem größten Kaliber. Ist das Schambein im Eimer, geht er zu Boden. Treffen Sie ihn eine Handbreit neben der Hüfte, und er fällt garantiert um. Unter solchen Umständen ist sogar ein Kopfschuß eine unsichere Sache, verdammt, Sie können einem das halbe Hirn wegschießen, und er funktioniert noch fünfzehn Sekunden auf Instinkt.«

»Ich werd's mir merken.«

C. D. nahm einen Schluck aus seinem Glas. Die Seifenoper leierte vor sich hin. Bud roch Rauch und Schnaps. Und mit einem Mal wollte er nur noch raus.

»Hören Sie, Lieutenant, ich muß wieder loszuckeln. Ich wollte nur sagen, daß es mir leid tut, wie das für Sie ausgegangen ist – ich wollte nicht, daß da was bleibt zwischen uns. Einige meinen, ich hätte Lamar gefunden, wo Sie es nicht geschafft haben, aber wir wissen beide, daß dem nicht so war.«

»Nichts da, Bud, das hat schon seine Richtigkeit. Sie haben Lamar gefunden, nicht ich. Was ist, Bud, bringen Sie die Jungs mal mit rüber? Ich würd sie wirklich gern kennenlernen. Hören sich wirklich nach 'nem verdammt ordentlichen Pärchen an.«

»Sicher, Lieutenant.«

»Dann machen wir's doch gleich fest, Bud. Ich hol nur mal meinen Kalender raus. Vielleicht können wir sie zum Angeln mitnehmen. Nehmen wir doch ein Wochenende im Juli, wir könnten hinauf in die Wichitas, oder nein, nein, an den Lake Texoma. Da hatt ich mal 'n hübsches Grundstück. Ich weiß, wo sich die verdammten Fische verstecken, das kann ich Ihnen sagen!«

»Lieutenant«, sagte Bud, »da muß ich sie erst fragen. Jeff hat seine Spiele, und ich weiß noch nicht, wann genau Russ an die Ostküste muß. Ich muß Sie zurückrufen.«

»Klar doch, Bud. Also, sind Sie sicher, daß Sie nichts trinken wollen?«

»Ich muß los, Lieutenant.«

»Okay, Bud.«

»Na, jedenfalls, tut mir leid ...«

»Mir auch, Bud, was soll's. Ich wollte Lamar kriegen, und bei Gott, hätt ich noch die eine oder andere Chance bekommen, hätte ich ihn auch geschnappt.«

»Das hätten Sie.«

»Das hätte ich!« sagte der alte Mann weniger zu Bud als zu sich selbst. »Darauf können Sie sich verlassen, ich hätt ihn gekriegt. Nur daß mir die letzte Chance gefehlt hat.«

Als Bud schließlich wieder neben seinem Ford stand, lastete die volle Wucht der Hitze auf ihm. Er sah auf die Uhr. Verflucht noch mal, jetzt hatte er fast eine halbe Stunde mit diesem traurigen alten Sack verschwatzt, wo er doch bloß zehn Minuten eingeplant hatte. Er konnte nur den Kopf schütteln über das, was aus dem großen Lieutenant Henderson geworden war. Ihm war noch immer ganz schummrig vom Rauch und der finsteren Enge des Hauses, aber vielleicht war es auch die Heftigkeit seiner sexuellen Vorfreude. Wie auch immer, er stieg ein, und mit dem Gefühl, es sich verdient zu haben, fuhr er zu Holly.

Er brauchte noch mal zwanzig Minuten, um das Haus zu finden, und er wußte, er mußte eine Entschuldigung für diese Zeit finden. Aber als er schließlich dort war, hatte er was ganz anderes im Kopf. Der Druck war schier nicht mehr auszuhalten.

Er hielt vor dem Haus, nickte auf dem Gehsteig einem schwarzen Jungen auf einem gelben Plastikdreirad zu und sprang die Stufen zur Veranda hinauf.

»Ich werd verrückt«, sagte sie. »Der Held persönlich.«

Bud drehte sich theatralisch um. »Ach ja? Du hast einen Helden da? So einem wollt ich schon immer mal die Hand schütteln.«

»Mach, daß du reinkommst, Bud Pewtie, aber sofort. Dann kannst du mir sagen, wie sehr dir mein Haus gefällt und wie leid's dir tut, daß ich ganz allein einziehen mußte. *Hinterher.*«

Sie zog ihn an sich, begrapschte ihn und fand sofort seine Pistolen.

»Mein lieber Mann, vielleicht sollten wir's lieber lassen, wenn du dazu erst deine Ausrüstung aus dem Weg räumen mußt.«

»Für ein paar Minuten mit dir, Schatz, werf ich sie gern auf den Müll.«

»Na, ich hoffe doch, es werden mehr als nur 'n paar.«

Und es wurden mehr. Bud war groß in Form an diesem Tag, von allen Hemmungen befreit, getrieben von der merkwürdigen Intensität seiner Bedürfnisse. Seine Schmerzen waren wie weggeblasen, seine Beine wieder jung, seine Lunge stark. Die Spiele begannen auf dem Wohnzimmersofa, wurden wegen der Möglichkeiten, die der Neigungswinkel hat, kurz an der Treppe fortgesetzt und endeten in komplizierten Verrenkungen und einer gewaltigen Explosion im Bett.

»He. Na, wenn das nichts war!« sagte Bud.

»Solltest vielleicht öfter einen über den Haufen schießen, Bud. Das wirkt ja Wunder bei dir.«

»War ich nicht der reinste Jüngling?« fragte er.

»Und was für einer.«

Er lag noch eine halbe Stunde in ihrem Bett, dann kam er wieder in Stimmung. Mit einem entzückten Quieken nahm sie ihn auf; sie war schlüpfrig, glatt wie ein Aal.

Und als sie damit fertig waren, sagte er: »Also ich würde sagen, wir haben es ganz zünftig eingeweiht, das neue Haus.«

»Würd ich auch sagen. Willst du's sehen?«

Bud wußte, er sollte nicht. Es würde zu lange dauern, und er war ohnehin schon spät dran; aber wo sie doch so stolz auf das verdammte Ding war.

»Sicher«, sagte er.

Sie zogen sich an, und sie schleppte ihn von einem Zimmer zum anderen. Bud gab sich alle Mühe, seine Begeisterung zu zeigen, aber er wußte, er machte es nicht sonderlich gut. Und dann war auch nicht viel zu sehen: Auf sechs Zimmer verteilt wirkte das Mobiliar aus dem Wohnwagen entschieden karg. Und dann sah das Haus aus irgendeinem Grund grauer und schmutziger aus, als er es in Erinnerung hatte. Könnte er hier leben? Es war nicht annähernd so hübsch wie das wunderbare, gemütliche Haus, in dem er bisher gelebt hatte.

»Tolles kleines Haus, Schatz«, sagte er.

»Hilfst du mir beim Streichen?«

Bud haßte Streichen.

»Natürlich.«

»Ach, Bud, wir werden so glücklich sein hier. Ich weiß es einfach.«

»Das werden wir, ganz sicher. Hör mal, ich, äh, ich muß ...«

»Ich weiß, Bud. Und du willst nicht drüber reden. Okay, Bud. Seh ich dich morgen?«

»Natürlich«, sagte er. »So wahr ich hier stehe.«

Bud fuhr nach Hause und überlegte sich Lügen, oder besser, er schmückte die Wahrheit aus: *Der alte C. D., ich mußte einfach zu ihm. Ist einfach nicht recht, was die ihm angetan haben und was man über ihn sagt. Und du weißt ja, wie der Mann redet.* (Natürlich hatte sie keine Ahnung.) *Er quatscht und quatscht und ist einfach nicht mehr zu bremsen. Und so bitter, wie er ist, wollte ich ihn nicht auch noch vor den Kopf stoßen. Außerdem wollte er unbedingt die Geschichte von meiner berühmten Schießerei hören. Und dann hatte er natürlich eine Menge Kommentare und konstruktive Kritik. Da flog die Zeit bloß so dahin.*

Er ging so weit, sich das laut vorzusagen, um damit vertraut zu werden. Bei so einer Eskapade sollte man nicht improvisieren, allzuleicht kam man auf etwas, was einer früheren Aussage widersprach. Man suchte sich eine nette, einfache und glaubwürdige Geschichte aus, die so nahe an der Wahrheit war, wie es nur ging (in diesem Fall nicht sonderlich nah, aber glaubwürdig), und blieb dabei. Hier mußte er lachen, weil ihm eine alte Geschichte einfiel, von einem Quarterback, der sich rumtrieb und den seine Frau erwischte, wie er um sieben Uhr morgens nach Hause geschlichen kam. Er hatte sich was ganz Dolles zurechtgelegt. Er sagte ihr, er sei schon so gegen zehn am Abend zuvor nach Hause gekommen, aber da sie bereits geschlafen habe, habe er sie nicht wecken wollen und draußen in der Hängematte geschlafen. Sie darauf: »Das ist nett von dir, aber die habe ich vor zwei Wochen abgenommen.« Worauf der Bursche sagte: »Tja, das ist meine Geschichte, und ich bleibe dabei.«

Bud fuhr die Zufahrt hinauf, und auf der Stelle stieg einer der jungen Kerle vom OSBI aus und kam auf ihn zu.

»Sergeant Pewtie?«

»Ja?« sagte er, durch den Ernst des jungen Mannes sofort auf der Hut. Großer Gott! Stimmte was nicht?

»Sergeant, Ihre Frau hat Sie weiß Gott wo gesucht.«

»Ist was?« fragte er.

»Es geht um Ihren Sohn.«

»Meinen Sohn?«

Bud sah ihn entsetzt an, dachte schon, jetzt änderte sich womöglich sein ganzes Leben: Lamar, sein Sohn, Rache – alles vermengte sich in einem einzigen schrecklichen Augenblick.

»Ihr Jüngster, Jeff.«

Großer Gott, dachte Bud.

»Er wurde heute von der Stadtpolizei verhaftet. Körperverletzung. Er ist in der Schule auf zwei Jungs losgegangen. Und hat sie ziemlich übel zugerichtet.«

KAPITEL 27

Trotz der vielen Berichte über die berühmte Schießerei bei Jimmy Ky hatten die Zeitungen nichts Persönliches über Bud Pewtie gebracht. Sergeant der Oklahoma Highway Patrol, achtundvierzig Jahre alt, das war es auch schon. Sein Name stand noch nicht mal im Telefonbuch, aber das war bei Polizisten normal.

»Wie sollen wir ihn denn finden, Papa?« fragte Ruta Beth.

»Ach«, sagte Lamar, »da gibt's Mittel und Wege. Er hat eine Spur hinterlassen. Ein alter Fuchs wie ich, das müßte doch mit dem Teufel zugehen, wenn ich den nicht aufspüre.«

Lamar starrte das Foto in der Zeitung an, und Bud Pewtie starrte zurück: ein ernstes, autoritäres Gesicht, das Gesicht eines Menschenjägers. Lamar hatte es schon öfter an Polizisten gesehen, wenn auch in jüngster Zeit immer seltener, da die Bullen jünger und irgendwie weicher geworden waren. Aber Pewtie hatte die grauen Augen und den schmalen Mund des Helden – ein Mann, der zur Sache ging. Ein Revolvermann. Und verdammt noch mal, geschossen hatte er wie ein Weltmeister! Lamar warf einen Blick auf die Bandage an seiner linken Hand. Zwei Finger, die einfach fort waren, als hätte man ihn operiert. Glück oder Können? Lamar wußte, es war wahrscheinlich Glück, aber nichtsdestoweniger machte es ihn nervös. Keiner sollte so viel Schwein haben dürfen.

»Der Mann ist zum Fürchten«, sagte Richard.

»Richard, wenn du dem Kind von so einem den Revolver an den Kopf hältst, ist er die längste Zeit zum Fürchten gewesen. Und wenn du das Hirn von dem Kleinen über den Gehsteig verteilst, dann greint er wie 'n Baby. Aber dann weiß er, was es ihn wirklich gekostet hat, sich mit Lamar Pye anzulegen. Bei Gott, und wie er das weiß!«

Lamar dachte: *Wahrscheinlich ein Familienvater. Aussehen tut er wie ein Stammvater; eine Menge von diesen beinharten Spießersäcken haben so ausgesehen – Typen, denen man beigebracht hat, sie brauchten sich die Welt bloß zu nehmen und mit Kindern zu füllen.* Er sah Pewtie als Häuptling, für Lamar lebte Bud in einem Herrenhaus, und wenn er zehnmal wußte, wie wenig Polizisten verdienten. Aber das Bild war zu gut; es schürte den eiskalten Zorn, den Lamar kosten, den er sich bewahren mußte, um zu tun, was er sich ausgedacht hatte. Das würde der Welt schon beibringen, wie gefährlich es war, Lamar Pye was zu nehmen.

»Also«, sagte er, »hier steht, er ist achtundvierzig. Ein Kerl wie der sollte doch wohl Kinder haben. Und die wären doch wohl in etwa in der High-School, wenn man mal davon ausgeht, daß er Ende Zwanzig geheiratet hat, als er die Marines und die Polizeischule hinter sich hatte.«

Er warf einen Blick in die Runde – Ruta Beth, Richard. Ruta Beth mochte das anständigste Mädel sein, das es je gegeben hatte, nur die Hellste war sie nicht, da gab es keinen Zweifel. Sie hatte etwas von Odells dumpfem Ausdruck, als sie mit dem Gedanken rang.

Richard auf der anderen Seite war wieder verdammt noch mal zu clever. Das war ja überhaupt erst das Problem mit dem Kerl. Der knobelte einem zwar alles aus, hatte aber zwei linke Hände. Richard war so ziemlich der nutzloseste Kerl, den er je gesehen hatte, ein miserabler Dieb, ein Feigling, ein verdammtes Weib. Lamar hätte ihn den Niggern dalassen sollen, die hätten ihn erst zu ihrer Fotze gemacht und dann umgebracht. Aber nein. Nicht Lamar. Nimmt einen Grünschnabel unter die Fittiche, der ihm monatelang am Rockzipfel hängt.

Richard kapierte natürlich als erster, aber in dem Moment, wo er es sagte, verstand es auch Ruta Beth; ihre kleinen schwarzen Augen leuchteten auf wie die eines Babys.

»Sport! Seine Kinder treiben doch sicher Sport! Ganz bestimmt!«

»Allerdings, Richard, ich denke, du hast's erfaßt. Wir gehen in die Bücherei, sehen alte Zeitungen durch, die High-School-Sportseite. Herrgott, ich garantier euch, so einer wie der hat einen Fullback oder einen Pitcher, weiß Gott was, zum Sohn! Wir finden seinen Namen in der Zeitung und wissen damit, auf welche Schule er geht. Genau! Und so kriegen wir raus, wo der alte Bud Pewtie wohnt. Wir können nach dem Laster suchen, den wir ja alle gut genug gesehen haben, obwohl ihr beiden Genies ihn auf dem Parkplatz nicht erkannt habt.«

»Es war dunkel, Lamar«, sagte Richard.

»Es war dunkel, Lamar«, wiederholte Lamar. »Oder wir schicken dem Jungen was, einen Geschenkkorb, weil er einen No-Hitter geworfen hat. Daran erkennen wir ihn, wenn er rauskommt, und brauchen ihm bloß noch zu folgen. Ihr könnt es drehen und wenden, wie ihr wollt, wir schnappen uns den ganzen Pewtie-Clan, darauf könnt ihr euch verlassen.«

»Mal angenommen, er wird bewacht.«

»Na, dann warten wir eben ein bißchen und fangen uns einen Pewtie, wenn sie mal grade nicht aufpassen. Eins der Kinder. Oder die Mama. Wir rufen den alten Bud an und sagen ihm, entweder kommst du raus mit uns spielen oder wir schicken dir Finger und Ohren. Oh, der kommt schon. Verdammt noch mal, ich weiß, daß er kommt.«

Richard und Ruta Beth fiel die Aufgabe zu, in der kleinen Bibliothekszweigstelle an der Ecke Achtunddreißigste und Cherry die gebundenen Ausgaben des *Lawton Constitution* durchzugehen – April und Mai, der Juni war noch nicht komplett.

Richard blätterte sich durch die schmucklosen Seiten, die Finger wurden ihm schwarz, hin und wieder sprang ihm eine Schlagzeile ins Auge: TERMIN FÜR BACKBENEFIZ DES FARMERVERBANDS zum Beispiel, oder SICHERHEITSREKORD BEI WHIZ PLASTICS oder VORTRAG AUF DIENSTAG VERLEGT – keine Nachrichten im eigentlichen Sinne, sondern kleine Ankündigungen über Veranstaltungen in und um Lawton. Sie lasen sich wie Meldungen aus einem anderen Leben. Man hatte Richard eine tiefe Verachtung für die untere Mittelschicht anerzogen, aber in diesem Augenblick schien es ihm das Schönste, was er sich vorstellen konnte, ein Leben lang in einer unfallfreien Firma wie Whiz Plastics zu arbeiten, am Samstag zum Backbenefiz des Farmerverbands zu gehen und am Dienstag zum Vortrag.

Aber daraus würde nichts werden. Das war vorbei. Für immer. Zwischen ihm und diesem Leben stand eine Mauer. Da hatte man ihm von klein auf eingetrichtert, daß er was »Besonderes« sei, gescheiter, talentierter – und was hatte ihm das eingebracht?

Warum bin ich so verdammt clever? fragte er sich voller Selbstmitleid. *Warum muß ich immer alles durchschauen? Warum kann ich nicht so banal sein wie alle anderen auch.*

»Was greinst du denn?« fragte ihn Ruta Beth. »Willst du, daß die uns verhaften, weil wir hier auffallen? In so 'ner Kleinstadt kann dir das schon passieren.«

»Ach was, es ist nur alles so banal, was so in einer Zeitung steht. Nichts, was etwas bedeuten würde. Es ist so *gewöhnlich*.«

»Verdammt noch mal, Richard, du bist wirklich der komischste Typ, der mir je untergekommen ist. Ich weiß überhaupt nicht, was Lamar an dir findet. Und jetzt such schon endlich den Namen, verdammt noch mal!«

Richard machte, daß er vorankam. Sein Blick durchstreifte die Sportseiten, er ging langweilige Artikel über langweilige Spiele aus der Stadt und den umliegenden Bezirken durch. Was fanden Jungs nur am Sport? Es war ihm ein absolutes Rätsel. Nahm man doch bloß mal Baseball. Was sollte das? Was spielte es auf lange Sicht schon für eine Rolle, ob man den Ball nun traf oder nicht? Auch nur eins dieser Systeme, die sich selbst definierten, voller …

ZWEI TREFFER VON PEWTIE VERHELFEN LAWTON ZUM SIEG ÜBER EUREKA

Fast hätte er es übersehen. Aber da hatte er es, *Pewtie*, in voller Größe. Unmöglich, daß es hier zwei davon gab.

»Jeff Pewtie, zweiter Jahrgang«, hieß es in dem atemlosen Artikel, »setzt seine Trefferserie mit einem Single im Ersten und einem Doppel bei besetzten Bases im Fünften fort. Seit seinem Aufrücken in die erste Mannschaft Mitte Mai hat der 15jährige aus dem zweiten Jahr einen erstaunlichen Quotienten von .457 geschlagen.«

Richard überflog die Seiten auf der Suche nach weiteren »Arbeiten« des jungen Herkules und fand sie fast jede Woche. Wenn Jeff mal keine Wahnsinnsbälle drosch, erstaunte er die Fans mit erstklassigem Außenfeldspiel. Und schließlich, kaum zu glauben, ein Bild: Man klopfte dem Jungen, der einen spielentscheidenden Schlag gelandet hatte, auf die Schulter. Und es stammte erst von letzter Woche! Richard schaute sich das Bild sorgfältig an. Der Junge sah gut aus, das Gesicht jung und kantig, der kompakte, muskulöse Körper strotzte nur so vor Gesundheit und Selbstvertrauen. Er studierte den Knochenbau, versuchte ihn mit dem Foto des Sergeants in Einklang zu bringen, das man einige Tage zuvor, nach der Schießerei, gebracht hatte. Es dauerte ein Weilchen, aber dann hatte er es: Es war die Nase, die Proportionierung des Fleisches zwischen den Augen, der feine Bau des Gesichts oder besser dessen genetisch bedingte Wiederholung, wenn auch mit leichten Abweichungen – Vater und Sohn.

»Das ist er«, sagte er.

»Wurde auch Zeit«, sagte Ruta Beth.

»Das ist der Junge.«

Richard sah ihn sich noch mal an; ein Schauer überlief ihn. Was für ein perfekter Gladiator, wie sicher war er sich seines Platzes auf dieser Welt, wie erwartungsvoll, was die Zukunft anging. Und was für Kummer erwartete ihn.

Auf dem Parkplatz zeigten Sie Lamar die Seite mit Jeffs Bild, die sie aus der Zeitung gerissen hatten.

»Du hattest recht, Lamar. Und wie. Jetzt brauchen wir nur noch zur Schule, wie du gesagt hast, und es genau so zu machen, wie du sagst, und in ein, zwei Tagen ...«

»Richard, verdammt noch mal, manchmal glaub ich wirklich, daß du kein Hirn im Kopf hast. Aber auch nicht ein Gramm. Wie genau hast du dir das denn angeschaut?«

Richard senkte beschämt den Kopf.

»Nicht sonderlich«, sagte er.

»Hab ich mir fast gedacht. Richard, sag mir eins: Hast du dir in deinem Leben überhaupt schon mal eine Sportseite angeschaut? Oder schaust du dir bloß Bücher mit nackten Weibern drin an?«

»I-ich ... Sport interessiert mich nun mal nicht«, sagte Richard mißmutig und schob die Unterlippe nach vorn.

»Tja, die meisten Sportseiten haben was, was man einen Spielplan nennt. Da staunst du, was? Brauchst bloß hinzuschauen, und schon hast du's.«

»Was habe ich?«

»Den Spielplan. Meinst du nicht, daß so ein alter Bulle wie Pewtie seinen Jungen gern spielen sieht? Also, mal im Ernst, meinst du nicht?«

»Ganz bestimmt, Papa«, sagte Ruta Beth.

»Worauf du wetten kannst«, sagte Lamar. »Und nach dem Plan hier spielen die heute abend.«

Er sah die beiden an.

»Packt schon mal eure Handschuhe ein, Leute, wir gehen zum Baseball.«

KAPITEL 28

Im Nu war Bud in der Wache im Zentrum, einem zweigeschossigem Backsteinkasten an der Vierten Straße, gegen dessen Eintönigkeit auch das bunte Blumenbeet davor nichts ausrichten konnte. Er erkundigte sich und sah sich an die Abteilung für Jugenddelikte verwiesen. Er hastete die Treppe hinauf und einen hellgrünen Korridor entlang, fand das Dezernat und öffnete eine Milchglastür; hier bot sich ihm ein Anblick wie auf tausend anderen amerikanischen Polizeiwachen auch: ein völlig verstelltes Großraumbüro, grüne Wände, die Schwarzen Bretter mit Rundschreiben übersät, die niemand las. In einer Ecke stand Jen mit einem alten Freund, einem Lieutenant namens Howard, der mit Bud zehn Jahre bei der Highway Patrol gewesen war; als man ihn bei einer Beförderung übergangen hatte, war er verbittert zur Stadtpolizei gegangen.

Bud ging auf die beiden zu.

»Jen, mein Gott, was zum Teufel ist los? Ist er in Ordnung?«

Jen sah ihn nur an, einen schrecklichen Schmerz in den Augen, und wandte sich wieder ab.

»Hör mal, Bud, am besten du beruhigst dich erst mal«, sagte Howard. »Ich habe nicht zugelassen, daß man ihn im Gewahrsam zum Abschaum steckt. Er hat eine Einzelzelle, und keiner wird ihm was tun, das garantier ich dir. Zwei meiner Leute gehen den Aussagen nach, ich habe mit den Müttern der beiden anderen Jungs gesprochen und kenne den Jugendrichter. Ich denke, daß man sich auf ein bloßes Vergehen einigen kann. Die beiden anderen Jungs sind ja nicht so ganz unschuldig dran. Jeder versucht, sich den Umständen entsprechend zivilisiert aufzuführen.«

»Sag mir nur, was passiert ist, Howard. Jeff ist doch nicht der Typ, der auf irgendwelche Leute losgeht, und dann in der Schule. So haben wir ihn nicht erzogen. Er war nie in eine Schlägerei verwickelt, und er hat auch keine Jugendakte, nichts.«

»Bud, er hat die zwei Jungs angegriffen. Vor anderen. Ja, um genau zu sein, in der Klasse. Er ist ein starker Junge, weißt du. Dem jungen Jennings hat er zwei Rippen gebrochen, dem jungen Chastain die Nase.«

Bud starrte Howard ungläubig an. Er verstand kein Wort.
»Ich sehe einfach nicht …«
»Die beiden waren die Sprayer, Bud«, sagte Howard. »Sie waren es, die ›Lang Lebe Lamar‹, ›Odell war ein Märtyrer‹ und ›Vorwärts, Lamar!‹ an die Wände gesprüht haben. Zwei wirklich gescheite Jungs, der eine geht nach Norman, der andere in den Osten wie deiner. Du weißt ja, Witzbolde, Angeber. Tja, wie's aussieht, haben sie die für junge Leute heute so typische Wut im Bauch. Wollen die Autorität in Frage stellen, wie sie sagen. Grober Unfug, würde ich sagen. Die meisten wissen, daß sie's gewesen sind, vielleicht sogar Russel. Aber Jeff hat's erst heute in der Umkleidekabine erfahren. Er ist einfach von Klassenzimmer zu Klassenzimmer gegangen, bis er sie hatte, und dann drosch er auf sie ein. Eins kann ich dir sagen: Die schmieren keine Schulwände mehr voll.«
»Wenn du mich fragst, verdient Jeff einen Orden dafür«, sagte Jen bitter.
»Nein«, sagte Bud, »so darfst du nicht denken. Was er getan hat, war falsch – egal, aus welchem Grund. Er muß seine Strafe wie ein Mann nehmen, er darf sich dadurch nur nicht das Leben kaputtmachen lassen. Wir brauchen einen Anwalt, und zwar einen guten. Und meine Vergangenheit wird sicher auch nicht schaden. Das wichtigste ist, daß man ihn nicht wegen Körperverletzung verurteilt. Verdammt, er ist schließlich erst fünfzehn. Ein Kapitalverbrechen sollte man nicht in der Akte haben, so was hängt einem für den Rest des Lebens nach.«
Eine ungeheure Melancholie überkam Bud. Armer Jeff. Blitzartig sah er, wie Jeffs Verstand funktioniert hatte – die Familienehre zu rächen. Offen gesagt, was die beiden anderen Jungs sich da geleistet hatten, fand er zum Kotzen. Er knirschte mit den Zähnen und schwor sich, seinem Sohn zu jeder Chance zu verhelfen, die er ihm nur verschaffen konnte, auf Teufel komm raus. Aber woran er vor allem zu knabbern hatte, war, daß der Ärger, für den er selbst gesorgt hatte, mitten auf dem Schoß seines Jüngsten gelandet war.
Er legte Jen die Hand auf die Schulter, und sie zuckte zurück.
Er suchte ein Telefon und rief einen Staatsanwalt an, den er kannte; der gab ihm den Namen des besten Strafverteidigers in der Stadt. Er hatte von ihm gehört: ein Mann, der für Extravaganz und Charisma bekannt war, ganz zu schweigen davon, daß er sich zu verkaufen wußte. Rasch rief Bud an, und als man ihm sagte, Mr. O'Neill sei in einer Besprechung, sagte er: »Jetzt hören Sie mal,

junge Frau. Hier ist Sergeant Bud Pewtie von der Highway Patrol, der Polizist, der sich mit den Pyes geschossen hat. Ich denke, Mr. O'Neill wüßte es zu schätzen, daß sich ein so berühmter Polizist wie ich in der Stunde der Not an ihn wendet. Ich bin sicher, er würde Ihnen sagen, mich auf der Stelle durchzustellen.«

Es funktionierte; eine Minute später hatte er den Anwalt am Telefon, und fünf Minuten später hatte er versprochen, noch vor vier Uhr auf der Wache zu sein.

»Ich habe ihm einen Anwalt besorgt«, sagte Bud. »Glaub mir, ein guter Anwalt ist schon die halbe Miete. Wenn schon der Abschaum die besten Anwälte hat, warum dann nicht wir.«

Aber Jen reagierte nicht; sie sah nur zum Fenster hinaus.

Bud trat hinter sie.

»Was zum Teufel ist los?« fragte er. »Du behandelst mich wie den letzten Dreck.«

»Wo warst du?« fragte sie schließlich. »Was zum Teufel ist los?«

»Ich war ...« Ihm fiel nichts ein. »Ich war bei ...«

Und dann erkannte er seinen Fehler.

Er konnte nicht sagen, daß er den verbitterten C. D. Henderson im Ruhestand besucht hatte, weil er bereits gelogen hatte, als er ihr sagte, er hole sich bei C. D. seine Waffen ab.

Er lief gegen die Wand. Ihm wollte nichts einfallen. Ihm waren die Lügen ausgegangen.

»Ich bin nur so rumgefahren und habe nachgedacht.«

»Worüber?«

»Darüber, wie verbraucht ich mich fühle.«

»Ach, jetzt hör aber auf, Bud. Ich bin auch nicht blöd, ich sehe doch, daß da was ist.«

Sie blickte finster zum Fenster hinaus. Dann drehte sie sich um.

»Warte du auf den Anwalt. Hol Jeff raus. Ich halte das nicht mehr aus. Ich fahr nach Hause.«

Es dauerte noch eine Stunde, dann war der Anwalt da, der Papierkram erledigt und eine rasche Anhörung vor dem Haftrichter arrangiert; schließlich ließ man Jeff gehen. Er sah so klein aus, so blaß und bleich. Man hatte ihm Gefängniskleidung gegeben: gürtellose grüne Hose, Hemd, Papierslipper. Er sah aus wie ein Internist. Er wich Buds Blick aus, aber ihr »Gastgeber«, ein freundlicher schwarzer Wärter, der Bud ebenfalls kannte, holte Jeffs Kleidung und brachte ihn auf die Herrentoilette, wo er sich umziehen konnte.

Bud wartete im Büro, und als man Jeff wiederbrachte, in Jeans und Stiefeln, sah er schon etwas besser aus. Trotzdem wich er dem Blick seines Vaters nach wie vor aus.

Zusammen gingen sie hinunter zu Buds Truck.

»Weißt Du, Jeff«, sagte Bud schließlich, »ich kann dich ja verstehen. Zum Teil denk ich ja selber, daß die Jungs es verdient haben. Aber du kannst nicht einfach auf jemanden losgehen. Du kommst da nur auf einen Weg, bei dem du leicht unter die Räder kommst, so ein prächtiger Kerl wie du. Das geht doch gegen alles, was wir dir beigebracht haben.«

Jeff sagte: »Papa, ich weiß Bescheid.«

»Warum hast du dann ...«

»Nein, ich meine, ich weiß es. Was du machst. Dafür gibt es keine Entschuldigung.«

Bud musterte das Profil seines Sohns neben ihm, sah das hagere, starke Gesicht, die feinen Wimpern, die Heftigkeit seines Blicks.

»Für die Frau«, sagte Jeff.

Ein dumpfer Schlag von Buds Herz. Die Welt wurde unscharf, dann kam sie wieder zurück.

»Jeff, ich ...« Aber ihm fehlten die Worte.

»Das Telefon, Papa. So vor drei Monaten hab ich dich spätabends telefonieren hören. Leise, damit's ja keiner mitkriegt. Aber man konnte es durch den Boden hören. Am nächsten Tag hab ich eine geschlagene Stunde lang das Telefon angestarrt. Und dann die Wiederholtaste gedrückt. Hast du das noch nicht mitgekriegt? Daß die letzte Nummer automatisch wiedergewählt werden kann? Wie kannst du das nicht gewußt haben? Ich habe also die Nummer wählen lassen, und es ging eine Frau ran, sie sagte: ›Hallo‹, ich sagte: ›Hallo‹, und dann habe ich die Stimme erkannt, von damals, als du und Mama die beiden zum Abendessen zu Hause hattet. ›Mrs. Pepper?‹ habe ich gesagt, und als sie ja sagte, habe ich aufgelegt. Und dann hab ich dich gehört, jeden Abend, durch den Lüftungsschacht. Mußtest du sie denn von daheim aus anrufen? Konntest du das nicht von woanders aus tun, mußte es denn unbedingt von daheim aus sein?«

»Jeff, ich ...«

»Du bumst diese Frau, und dann kommst du nach Hause und tust, als wäre alles in Ordnung, und abends rufst du sie an und machst Pläne für morgen? Ich wette, du hast dir das schon alles zurechtgelegt! Daß du mit ihr weggehst und Mama mit uns Kindern sitzenläßt! Und wir können damit fertig werden, während du einen draufmachst! Gott, Papa, wie konntest du ihr das bloß antun? Wie konntest du nur?«

Bud schluckte mühsam.

»Jeff, so was ist nicht so schwarzweiß, wie du es hinstellst.«

»Nein, es ist ganz einfach. Du hast uns satt. Wir langweilen dich. Also bist du woandershin. Und jeden Morgen mußte ich mich fragen, ob du uns wohl am Abend verläßt.«

Er hatte angefangen zu weinen. Die Tränen liefen ihm über die Wangen. Seine Nase begann furchtbar zu laufen. Er konnte es nicht ausstehen, wenn er heulte, das wußte Bud, er ließ sich nicht gern gehen, aber jetzt passierte es eben, und er schluchzte hysterisch auf. Bud hielt den Laster an und streckte eine Hand nach seinem Sohn aus.

»Nicht!« sagte Jeff und zuckte heftig zurück.

»Tut mir leid, Jeff«, sagte Bud. »Ich wollte euch doch nie und nimmer weh tun. Ich glaube nicht, daß ich euch je verlassen hätte, nicht wirklich. Ich hab das doch nicht geplant. Ich habe nicht davon geträumt. Es ist einfach passiert.«

»Papa. Papa, Papa, Papa.«

»Jeff, es gibt da was, was jeder Sohn lernen muß, und das ist, daß sein Vater kein Held ist. Er ist ein Mann wie jeder andere auch. Er gibt sich alle Mühe, aber er macht Fehler wie jeder andere. Ich nehme an, ich habe mich einfach gehenlassen. Mein alter Herr war ein Säufer, er hat mich oft verprügelt und meine Mutter schon früh aus dem Haus getrieben. Da habe ich immer gedacht, wenn ich besser wäre als er, dann hätte ich schon was erreicht. Aber jetzt sehe ich, daß Bessersein einen feuchten Dreck bedeutet.«

Lange saßen sie schweigend da.

»Tja«, sagte Bud schließlich, »wenigstens weiß ich jetzt, was ich tun werde.«

Er holte tief Luft und stellte sich dann der Zukunft.

»Ich mach das schon. Ich schaffe es. Du weißt, daß ich's schaffe.«

»Und du lügst nicht bloß wieder?«

»Jeff, ich habe dich nie belogen. Deine Mutter, die ja. Irgendwann, wenn du selber älter wirst und sich eine jüngere Frau für dich interessiert und du einfach nicht nein sagen kannst, dann weißt du vielleicht, wie das ist.«

Der Junge sah ihn an, das arg mitgenommene Gesicht völlig verquollen, sagte aber nichts.

»Spielst du nicht heute abend?« frage ihn Bud.

Jeff nickte.

»Lassen sie dich mitspielen?«

»Ich weiß nicht.«

»Na, wie wär's dann damit? Ich geh mit dir hin. Nach dem Spiel fahr ich rüber zu Holly und sag ihr Bescheid. Das bin ich ihr schuldig. Ich muß ihr das ganz offen sagen, verstehst du. Dann komme ich heim und sage deiner Mutter, was für ein miserabler Ehemann ich gewesen bin. Und bitte sie um Verzeihung. Entweder sie verzeiht mir, oder sie verzeiht mir nicht, aber mit der Lügerei ist's vorbei, das schwör ich dir. In Ordnung? Keine Lüge mehr, kein Betrug, Schluß damit. Und dann, in den Ferien, verreisen wir alle miteinander. Wir haben ein bißchen was gespart, aber ich denke, es ist wichtiger, daß die ganze Familie mal wieder zusammen verreist. Ich bringe das Haus wieder in Ordnung, Jeff, ich schwör's dir.«

Der Junge sagte nichts. Dann sah es so aus, als nicke er.

KAPITEL 29

Lamar stahl noch auf dem Parkplatz der Stadtbücherei einen 91er Trans Am und folgte Ruta Beth und Richard damit zurück auf die Farm.

Als sie ankamen, hatte er bereits alles geplant.

»Okay«, sagte er, »wir machen es folgendermaßen. Beim Spiel wird nichts unternommen. Dazu sind dort zu viele Leute, zuviel Verkehr, zuviel, was man nicht im Griff hat. Aber wir hängen uns an Pewties Fersen und folgen ihm heim. Wir warten, bis er's sich mit seiner Familie gemütlich gemacht hat. Dann schießen wir die Türen auf und halten drauf. Ich will Haare an der Wand sehen! Ich will den Kleinen, die Mutter und wer sonst noch im Haus ist tot sehen! Dieser Pewtie soll spüren, was es heißt, jemanden zu verlieren. Ich will, daß er genauso leidet wie ich. Dann mach ich ihm das Gesicht ab, Richard, und schon sind wir wieder fort. Alles klar?«

»Alle?« fragte Richard unangenehm berührt.

»Bist du dem Job nicht gewachsen, Kleiner? Ist es dir gar nichts wert, daß ich dich davor gerettet habe, die Fotze für die Nigger zu werden? Daß ich dir im Denny's das Leben gerettet habe? Und dann noch mal in dem verdammten Fluß? Daß der Dreckskerl unseren kleinen Odell voller Löcher geschossen hat? Richard, das hier ist ein Stoßtruppunternehmen. Männerarbeit. Da heißt es beinhart reingehen, gezielt schießen, alle umlegen. Ja, *alle*. Die ganze verdammte Familie. Also, entweder du bist dabei, oder wir lassen dich hier. Und ich garantier dir, du wirst deines Lebens nicht mehr froh.«

»Ich mach das schon«, sagte Richard. Merkwürdigerweise glaubte er es jetzt selbst. Immerhin war es die reine Mechanik: Man zielt und drückt ab. Dahinter steckte beileibe kein höherer Sinn.

»Und du, Ruta Beth. So was zieht man nicht durch, wenn man nicht hundertprozentig dran glaubt. Bist du dabei?«

»Ja, Papa«, sagte sie. »Die Kinder, die Frau, alle. Als Rache für unser Baby. Wir zeigen denen, was es heißt, einem Baby was zu tun.«

»Gut. Dann wollen wir uns mal was Beßres anziehen. Soll schließlich ausschauen, als hätten wir selber 'nen Jungen im Spiel. Hast du noch Anziehsachen von deinen Eltern, Schatz?«

»Es ist noch ein Koffer da.«

»Könnt ihr den holen, du und Richard? Wir ziehen uns um, und los geht's.«

»Was hast du denn vor, Papa?«

Lamar lächelte.

»Die Waffen«, sagte er. »Ich check die Waffen durch.«

Lamar ging nach oben und sah sich an, was da war. Die SIG .45, die er dem Texas Ranger abgenommen hatte, der Smith im Kaliber .357 Magnum von Pewtie, die beiden .45er von den Stepfords, die beiden gestutzten Flinten, die eine der Browning-Selbstlader, die andere die Mossberg aus Bud Pewties Streifenwagen. Ruta Beth hatte Munition gekauft: 11,98-g-Hohlmantelgeschosse für die .45er, 8,1-g-Hohlmantel für die .357er und sechs Schachteln Postenschrot für die Flinten.

Liebevoll schob er Patronen in Waffen und Magazine, vor Erregung zitternd wie immer beim Zusammenfügen der Teile – dieses reibungslose Gleiten von Verschlußstücken, Vorderschäften, Schlagbolzen, das Gewicht des Metalls –, bis jede der Waffen schließlich durch die Ladung zu leben schien. Die SIG und noch eine der anderen .45er waren für ihn, dazu der Browning-Selbstlader; Ruta Beth würde er den Vorderschaftrepetierer und eine .45er geben und dem armen Richard die Magnum.

Schließlich sammelte er sie zusammen und ging wieder nach unten. Richard stand frisch gewaschen in einer netten Hose und gestreiftem Freizeithemd da. Er sah aus wie ein Anwalt auf einer Party. Ruta Beth wirkte fast fröhlich in ihrem weißen Polyesterhosenanzug, der mal ihrer Mutter gehört hatte; dazu trug sie ein paar Slipper. Lamar schlüpfte rasch in einen hübschen grauen Polyesterfreizeitanzug und ein farbenprächtiges Hemd; so ließen sich die Waffen besser verstecken.

Er stellte sich vor den Spiegel im Bad. Er sah denselben alten Lamar mit dem fleischigen, freundlichen Gesicht, der zermatschten Nase, wo ihn vor Jahren die Cherokee-Deputies erwischt hatten, und den offenen, wachsamen Augen. Was stimmte nicht an diesem Bild? Die Haare, das war's. Zu viele Haare. Er sah aus wie ein Rocker, ein Indianer oder dergleichen Gesindel.

»Ruta Beth«, rief er. »Komm und schneid mir die Haare ab. Ganz.«

Die Mannschaft war schon auf dem Platz, als Bud und Jeff ankamen. Es war das letzte Spiel der Saison, auf dem Parkplatz versammelten sich die Eltern. Bud sah den Mannschaftsbus der Gegner – *Eisenhower High-School* stand drauf – und wußte, die Spieler waren wahrscheinlich bereits in der Umkleide und zogen sich an.

»Tja, da wären wir«, sagte Jeff.

»Laß mich mitgehn und mit dem Mann reden. Vielleicht hat der Heldenzirkus um mich ja auch seine guten Seiten.«

Die beiden gingen unter die Tribüne, durch einen Spalt im Zaun um den Graben herum, in dem die Ersatzbank stand. Vor ihnen auf dem Feld schlug ein Hagel schwarzer Assistententrainer den Innenfeldspielern Bodenbälle zu. Bud sah zu, wie der Ball von der Keule schoß, um dann über den Rasen zu hüpfen; die Jungs, die sich flink bückten, um ihn sich zu schnappen, erwischten ihn wie durch Zauberei immer genau im richtigen Augenblick nach dem Aufhüpfen und pfefferten ihn dann aus einer Pirouette übers Feld dem Mann am ersten Base zu, der ihn an den Catcher weiterwarf; der wiederum servierte ihn dem Trainer. Im Außenfeld nahmen die Jungs die fallenden Bälle aufs Korn, fingen sie und warfen sie dann übers ganze Feld zurück.

Bud und Sohn stiegen in den Graben, wo ein älterer Mann, die Beine übereinandergeschlagen, sich den Kopf über eine Mannschaftsaufstellung zerbrach.

»Trainer?«

Der Alte sah auf.

»Hey, hallo Jeff.«

»Sergeant Pewtie.«

»Ich bin wieder draußen, Sir«, sagte Jeff, »ich frag mich, ob ich wohl spielen könnte?«

»Technisch gesehen haben die Eltern beider Jungs von einer Anzeige abgesehen«, sagte Bud. »Der Haftrichter hat ihn mir auf das Versprechen hin übergeben, ihn zum Therapeuten zu schicken. Wie sich rausgestellt hat, hat er nicht allzuviel angerichtet, und den Eltern ist klar, daß ihre Jungs Blödsinn gemacht haben und daß Jeffs Reaktion verständlich ist. Wenn auch deshalb nicht weniger dumm.«

»Dann geht's also nicht in den Knast?«

»Sieht nicht so aus, Sir«, sagte Jeff.

»Es würde Jeff eine Menge bedeuten, wenn er mitspielen könnte«, sagte Bud.

»Tja, ich denke, der Mannschaft würde es auch eine Menge bedeuten, wenn er spielen würde. Lassen Sie mich kurz telefonieren.«

Der Trainer stand auf, trat an ein Münztelefon einige Schritte unter der Tribüne, warf einen Vierteldollar ein, fragte etwas, hörte zu, fragte noch was und kam dann wieder zurück.

»Tja, Jeff«, sagte er. »Du sollst suspendiert werden. Für drei Tage. Einen suspendierten Schüler darf ich nicht auf den Platz lassen. Ist nun mal die Regel.«

»Versteh schon«, sagte Jeff, aber die Enttäuschung schwappte ihm wie eine Welle übers Gesicht. Er schluckte und schien sogar den Tränen nahe zu sein.

»Tja, Sir«, sagte Bud. »Dann vielen Dank, daß Sie uns angehört haben. Regeln sind nun mal da, daß man sich dran hält.«

»Das sind sie, Sergeant Pewtie«, sagte der Trainer, »und zwar aufs i-Tüpfelchen. Und das i-Tüpfelchen ist in diesem Fall, daß das Hausverbot offiziell erst morgen in Kraft tritt. Was mich betrifft, ist der Junge heute noch in der Schule und sieht besser mal zu, daß er endlich auf den Platz kommt, bevor ich's mir noch anders überlege.«

Jeff strahlte.

»Ich hol nur mein Trikot.«

Er rannte davon.

»Sie kriegen doch deswegen keinen Ärger, oder?« fragte Bud.

»Verdammt«, sagte der alte Mann, »ich bin jetzt vierunddreißig Jahre hier und habe den Leuten siebenmal die Staatsmeisterschaft gebracht. Was wollen sie machen? Mich anpfeifen?«

Bud schüttelte den Kopf.

»Ich weiß zu schätzen, was Sie für den Jungen tun. Er ist ein guter Junge. Er verdient eine Chance.«

»Allerdings, Sergeant Pewtie, da bin ich ganz Ihrer Meinung: Er ist ein guter Junge und hat eine Chance verdient. Ich hoffe, es hilft ihm.«

Bud schlüpfte aus dem Graben.

Die Ränge begannen sich zu füllen. Er warf einen Blick auf die Uhr. Es war fünf, das Spiel begann um sechs und wäre vermutlich um halb neun vorbei.

Eine überwältigende Melancholie überkam Bud.

Tja, es wurde Zeit.

Er ging zu einem der Erfrischungsstände, die eben aufgemacht hatten, und kaufte sich eine Cola gegen den Staub und den Schleim in seinem Hals. Das süße kalte Naß rann seinen Schlund hinab und gab ihm vorübergehend etwas Energie. Aber dann war es vorbei, der Pappbecher landete in einer Mülltonne, und was er zu tun hatte, war noch immer nicht erledigt.

Er ging zu demselben Münztelefon, von dem schon der Trainer in der Schule angerufen hatte, warf seinen Vierteldollar ein und wählte die Nummer.

Beim dritten Klingeln ging sie ran.

»Hallo«, sagte er matt.

»Bud Pewtie, du meine Güte, mir brummt noch immer jeder Zentimeter von all der Zuwendung heute. Ehrlich gesagt, ich weiß nicht, ob ich mich heute noch mal einkriege. So gut hab ich mich seit Jahren nicht mehr gefühlt.«

»Tja, da bin ich aber froh«, war alles, was ihm einfallen wollte.

»Also, was verschafft mir die Ehre? Normalerweise höre ich doch von dir vor spätabends nichts.«

Sie hörte sich so glücklich an! Er sah sie vor sich, freudestrahlend, mit leuchtenden Augen. Noch nie hatte er eine Frau so befriedigt wie sie. Schon vom ersten Mal an war das so gewesen.

»Ah«, sagte er, »ich seh mir Jeffs Spiel an. Ich bin wahrscheinlich, hm, so bis halb neun, neun hier. Ist sein letztes Spiel diese Saison. Ich hoffe, er spielt gut.«

»Ganz bestimmt, Bud, ich weiß es.«

»Na, jedenfalls, Jeff geht mit den anderen wahrscheinlich noch auf eine Pizza oder was, und ich hab mir gedacht, ich schau nach dem Spiel bei dir vorbei.«

»Bud!« sagte sie und kreischte vor Freude. Aber dann war die Freude wie weggewischt. »Was ist los? Stimmt was nicht?«

Er log. Was hatte es für einen Sinn, ihr jetzt weh zu tun, sie drei Stunden lang leiden zu lassen, bis er endlich kam? Er brachte es einfach nicht übers Herz.

»Nein, nein, nichts. Es ist nur, ich hab 'n bißchen Zeit, keiner wird merken, daß ich fehle oder warum, und da dachte ich, wir könnten ein Bier trinken.«

»Oh, Bud, wir gehen aus. Wir waren seit Monaten nicht mehr miteinander aus! Das heißt, ich glaube, du hast mich überhaupt noch nie ausgeführt. Ich seh dich dann.«

»Allerdings«, sagte er und legte auf.

Lamar saß allein oben auf den Rängen des Lawtoner High-School-Platzes. Er war sich des Polizisten durchaus bewußt, der fast dreißig Reihen weiter unten auf der anderen Seite des Hufeisens saß, das den Rand des Baseballfelds säumte. Trotzdem sah er ihn nie direkt an; er hatte ein Gespür für die magische Kraft des Auges – was immer es sein mochte, was manche Menschen den Druck seines Blicks auf ihnen spüren läßt. Wie viele hatten sich in letzter Sekunde umgedreht und waren dem Messer entgangen, mit dem man ihnen ans Leben wollte. Er hatte es auf dem Gefängnishof oft genug gesehen: Männer, die ihre Nerven wie Saiten gestimmt hatten, die immer auf Draht waren, empfindlich, schnell und verdammt gefährlich. Andere paßten einfach nicht auf, und wenn bei denen der Sensenmann kam, dann waren sie nicht auf Draht, er schlitzte sie noch am selben Fleck auf. Lamar freilich kannte das nicht nur vom Sehen: Einmal, auf dem Hof in Helena, hatte ihn aus heiterem Himmel ein Nigger in der Absicht angefallen, ihn auszuweiden. Wollte sich einen Namen machen. Hundertmal hatte Lamar sich gefragt, ob es die Hand Gottes, der Atem des Teufels an seinem Ohr oder irgendein tierischer Instinkt war; Tatsache ist, daß er einen Luftzug gespürt hatte und herumgefahren war – einen Sekundenbruchteil bevor das Messer seine Wirbelsäule erreichte. Mit dem Handgelenk hatte er den Stich abgefangen (die schartige Narbe würde ihm bleiben) und den Mann mit ein paar Kopfstößen erledigt, das Ganze in vielleicht einer halben Minute. Wie eine Dampframme hatte Lamar dem Mann den Kopf gegen den Nasenrücken geknallt, mit allem, was er draufhatte, bis es aus mit ihm war.

Man hatte es als Notwehr gesehen, das einzige Mal, daß Lamar eine Verhandlung für sich hatte entscheiden können; später hörte er dann, daß der Junge die Tulsa-Afriques hatte beeindrucken wollen, die übelste Niggergang im ganzen Knast. Er wollte aufgenommen werden; Lamar schickte ihn seiner heulenden Mama in einem Sack. Merkwürdigerweise hatte Toussaint Du Noir, wie sich der Oberstrolch der Afriques getauft hatte, Lamar eine Stange Zigaretten geschickt – als Belohnung dafür, ihm den Möchtegern vom Hals geschafft zu haben. Es waren allerdings nur Kools gewesen, und Lamar hatte sie bei Roy, einer Fotze, gegen ein paar Minetten getauscht.

Aber Lamar war sich sicher, daß auch Bud über diese Art sechsten Sinn verfügte, und so ging er ihm aus dem Weg. Seinen Leuten hatte er gesagt, im Trans Am zu warten, der zwei Reihen hinter Buds nicht zu übersehendem Laster stand.

Lamar genoß das Spiel. Er saß bei den Fans der Gäste, Lokalrivalen von der anderen Seite der Stadt, alles fleißige brave Leute von der Sorte, mit der Lamar keine Probleme hatte.

Der verdammte kleine Pewtie war gut. Lamar erkannte ihn fast auf der Stelle am kantigen Kopf und der gleichen wachsamen Haltung, wie sein Vater sie hatte. Er schätzte, daß auch Bud ein guter Sportler gewesen war, da so was in der Regel in der Familie lag; so wie sein eigener Papa im Knast ein ausgezeichneter Spieler gewesen war, hatte auch Lamar mal einen guten Mittelfeldspieler in der Gefängnisliga abgegeben, als er noch schnell genug war.

Aber der junge Pewtie erlief wirklich alles, was ins linke Feld kam; und er hatte einen guten Arm. Herrgott, was schlug der Junge Serien! Sie waren erst im fünften Inning, und er hatte schon ein Doppel und ein Einzel geschlagen. Aber das Tollste war, wie er sich auf dem Homebase festkrallte, wenn er schlug; furchtlos, die Beine gespreizt, wartete er nur darauf, daß der Ball kam, um ihn zu zerschmettern. Lamar spürte seinen Hunger bis in die Ränge.

Das ließ ihn den Mann mit dem Stern aus irgendeinem Grund noch mehr hassen; es genügte nicht, daß er Lamar den einzigen Menschen genommen hatte, der ihm etwas bedeutete, nein, er mußte einfach alles haben: eine Frau, einen großartigen Jungen, einen Platz in einer Welt, die Leute wie Lamar Pye mieden wie die Pest. Eine Welt, für die er nur existierte, weil man Angst vor ihm hatte.

Lamar nippte an seiner Cola, rückte sich die Baseballmütze zurecht und sah für alle Welt wie einer der vielen Arbeiterväter aus, die zusahen, wenn ihre High-School-Jungs Baseball spielten. Aber dabei arbeitete er an seinem Zorn, er wollte ihn so heiß, daß er sich schon wieder eisig anfuhlte.

Ein herrliches Gefühl, die Wut in sich aufsteigen zu spüren.

Zur Belohnung warf er einen Blick auf den Schrank von einem Staatspolizisten, der auf der anderen Seite seinen Sohn anfeuerte. *O Mann!* dachte er, *du kannst dich auf was gefaßt machen. Wenn du wüßtest.*

Wie eine Rakete stieg der letzte Ball übers Innenfeld, als wollte er nach Regen bohren, fiel aber dann doch wieder und beschleunigte noch mal im grellen Schein des Flutlichts, bevor einer der Innenfeldspieler ihn sich schnappte. Das war's. Das Spiel war vorbei.

Und nicht das schlechteste. Jeff hatte zweimal alle Bases geschafft, einen Base gestohlen und weit draußen im Außenfeld zwei nette Bälle gefangen. Auch einen anständigen Wurf hatte er anbringen können – ein besonderer Sieg für ihn, da das der problematische Teil seines Spiels war. Lawton hatte mit acht zu zwei locker gewonnen, und das im Grunde schon seit dem vierten Inning, in dem Lawton sechs Punkte gemacht hatte. Ein Baseballkrimi war es nicht.

Genauso wie Bud es wollte.

Er sah auf seine Uhr. Es war fünf nach halb neun. Er hatte Zeit.

Er drängte sich durch die hinausströmende Menge, schlüpfte durch den Zaun und in den Graben, wo Jungs und Eltern sich zusammengefunden hatten. Der Trainer hielt eine nette kleine Ansprache, was für eine großartige Mannschaft sie gewesen waren, auch wenn sie das Staatsturnier nicht erreicht hatten. Er meinte, er hätte vielleicht schon talentiertere Teams gehabt, aber sicher keines, das so hart gearbeitet hatte, und daß es sehr gut aussah fürs nächste Jahr. Er hoffte, Erst- und Zweitkläßler spielten in den Ferien Legion-Ball. Höflich spendete man ihm etwas Applaus.

Dann ging die Mannschaft auseinander, und die Spieler kamen zu zweit oder dritt heraus, mit oder ohne Eltern.

Jeff tauchte neben ihm auf.

»Wir wollen uns noch bei Nick treffen«, sagte er. »Weißt ja, wie immer.«

»Kannst du bei jemandem mitfahren?«

»Ich fahr mit Tom, Jack und Jacks Freundin.«

»Aber bleib nicht zu lange. Mach deiner Mutter keine Sorgen.«

»Bestimmt nicht, Papa.«

Der Augenblick hing zwischen ihnen.

»Okay«, sagte Bud. »Ich erledigte jetzt die Geschichte, über die wir gesprochen haben. Kommt alles wieder in Ordnung.«

»Ich weiß, Papa.«

»Amüsier du dich mal gut. Aber nicht zu lange. Und kein Bier.«

»Alles klar, Papa.«

Jeff lief davon und wurde von einer Welle von Jungs verschlungen; Bud wußte, für ihn war es Zeit.

So ein bißchen nervös war Lamar schon. Er verließ den Parkplatz und parkte zirka hundert Meter weiter die Straße hinauf, damit er nicht zur selben Zeit von dem nahezu leeren Platz fahren müßte wie Bud. Bei einem Mann mit scharfen Augen konnte ihn das verraten. Er schluckte.

Er fuhr selbst, weil er weder Ruta Beth noch Richard traute. Trotzdem war es eine riskante Kiste, Buds Laster durch den Verkehr zu folgen; er mußte vorsichtig sein, durfte ihn weder verlieren noch zu dicht auffahren, gerade dicht genug, um dem Karnickel in seinen Bau zu folgen. Es war schlicht und ergreifend eine altmodische Jagd.

Freilich hatte er etwas nachgeholfen; er hatte das Spiel im siebten Inning verlassen, um unter Buds Heckleuchten, direkt über der Stoßstange, ein Stückchen Reflektorband anzubringen; so konnte er auch gut hundert Meter zurückfallen und verlor den Laster wegen des ungewöhnlichen Musters trotzdem nicht aus den Augen. Er brauchte den Ford selbst gar nicht zu sehen, nur die Lichter.

Er beobachtete, wie Bud als einer der letzten das armselige kleine Stadion verließ. Der Polizist war allein und bewegte sich mit einer Traurigkeit, die Lamar nicht so recht einleuchten wollte, aber aus jeder seiner zögernden Bewegungen sprach der Schmerz. Zuvor schien Pewtie zu stolzieren. Jetzt hing eine finstere Wolke über ihm. Sogar Ruta Beth fiel es auf.

»Wieso zum Teufel ist er denn so geknickt?« überlegte sie laut.

»Ja, Lamar«, sagte Richard, »du hast doch gesagt, sein Junge hätte eine Menge Treffer gelandet.«

»Wer weiß,« sagte Lamar. *Wenn der Mann denkt, daß er jetzt traurig ist, stell dir vor, wie dem nachher zumute ist.*

Bud stieg in seinen Wagen, machte das Licht an und fuhr los. Lamar machte ebenfalls das Licht an und raste die Straße hinauf, so daß er Bud erreicht hatte, noch bevor dieser in den Verkehr einbog. Er ließ den Mann sogar warten, während er vorbeibummelte. Bud fädelte sich hinter Lamar ein, aber Lamar gestattete sich keinen Blick nach hinten; so eine Kleinigkeit, ein Blick zur falschen Zeit, und die ganze wackelige Geschichte konnte auseinanderfallen.

»Da ist ...«

»Halt's Maul, Richard. Verdammt noch mal, Junge, halt die Luft an und schau geradeaus!«

Lamar wurde noch etwas langsamer; Bud stieß mit einem flinken kleinen Spurt in die Gegenspur und schoß gedankenverloren an ihnen vorbei. Gut, das bedeutete, daß er nicht gemerkt haben konnte, daß hinter ihm jemand losgefahren war, um sich an seine Fersen zu hängen.

Lamar fiel ein paar Fahrzeuge zurück.

»Können wir das Radio anmachen?« fragte Richard.

»Sei still, Richard«, sagte Ruta Beth.

Im schwindenden Licht bummelten die Fahrzeuge durch den Abendverkehr. Die Straße hinauf und hinab gingen Lampen und Leuchtreklamen an, verschwammen durch die Windschutzscheibe und machten es gar nicht so einfach, den Lichtern von Buds Laster zu folgen. Lamar konzentrierte sich derart, daß er wie ein anderer Mensch wirkte; sein ganzes Universum bestand aus den beiden roten Lichtern und den Leuchtstreifen darunter.

Dann sah er ein Problem auftauchen. Es kam ganz plötzlich, direkt aus dem Nichts. Bud blinkte links, gerade als er über eine gelbe Ampel fuhr. Unmöglich für Lamar, es noch vor Rot zu schaffen, und er wußte, wenn er einfach durchraste, sah ihn womöglich ein Bulle oder vielleicht sogar Bud selbst. Man konnte gar nicht vorsichtig genug sein.

Rasch überschlug Lamar die Situation und rechnete im Bruchteil einer Sekunde aus, welches von zwei gefährlichen Manövern das geringere Risiko darstellte. Er bog gleich links in eine Seitenstraße, von der er noch nicht einmal wußte, ob auf ihr ein Durchkommen war. Da von Bud nichts mehr zu sehen war, trat er aufs Pedal und raste wie ein Wilder los, kreischte an einem hupenden Lahmarsch vorbei, scheuchte zwei Frauen zurück auf den Gehsteig und kam dann auf die Straße, in die Bud eingebogen war. Hier fuhr man Stoßstange an Stoßstange.

Scheiße!

Wo war er?

Er warf einen Blick auf die Hecklichter, die die Straße hinauf verschwanden, sah aber nichts. Verflucht noch mal! Er spürte eine tobende Leere.

»Lamar, ich sehe nicht …«

»Sei still, Richard, Papa denkt nach.«

Dann sah er ihn, den kleinen roten Tupfer unter einer Heckleuchte. Pewtie! Lamar jagte den Trans Am durch den Verkehr, schoß zweimal auf die Gegenspur hinaus und ordnete sich knapp hundert Meter hinter Bud wieder ein.

»Er hat nichts gemerkt«, sagte er. »Sack und Asche!«

Bud hielt vor dem kleinen Häuschen, das jetzt im Dunkeln leuchtete. Es wirkte heiter und freundlich. Der kleine Schwarze auf dem Dreirad war nirgendwo zu sehen. Bud stieg aus und wartete einen Augenblick neben dem Laster.

Das verdammte Haus. *Sie ist hier eingezogen, um mit dir zusammenzusein, und jetzt mußt du ihr das antun. Wirst ihr verdammt weh tun. Weh tun und dich dann aus dem Staub machen.*

Er versuchte, das Ganze in ein positives Licht zu rücken: Es war besser für sie. Nein, wirklich, sie hatte einen Neuanfang verdient, besser als ein halbes Leben mit einem runderneuerten Kerl voller Schrotkugeln, den außer seinen Kindern und einem schlechten Gewissen auch noch die Erinnerungen an eine betrogene Frau und einen ermordeten Partner plagten, der immerhin Hollys Mann gewesen war. Sie hatte was anderes verdient. Beim Anblick des Hauses spürte Bud einen kleinen Frosch im Hals.

Dann wurde es Zeit, und er packte die Sache an.

Er ging den Weg hinauf. Es war erst acht Stunden her, daß er ihn das letztemal genommen hatte. Da hatte er mit ihr geschlafen. Ihm wurde ganz anders, als ihm die Bilder kamen: Wie sie es auf dem Wohnzimmersofa getrieben hatten, auf der Treppe, im Schlafzimmer. Sie hatten es sich aufgeteilt, von Raum zu Raum, als wollten sie nach all den Motelzimmern die plötzliche Freiheit feiern. In jedem Raum war Interessantes passiert, aber das auf der Treppe – er glaubte nicht, daß sie das schon mal probiert hatten.

Vorbei, alles vorbei.

Das Gefühl, einen riesigen Verlust zu erleiden, bemächtigte sich seiner.

Aber es mußte sein, dachte er. Seine Söhne, seine Frau. Seine Familie. Es war schwer, noch nie war ihm etwas so schwergefallen, aber es war zu machen, noch war alles drin, noch konnte er alles wiederhaben.

Er stieg die Treppe hinauf, und noch bevor er die Tür erreicht hatte, sprang sie auch schon auf.

»Na so was, Mr. Bud Pewtie persönlich, hallo«, sagte sie.

»Hallo, Holly.«

»Tja, dann mal rein in die gute Stube.«

Bud trat ein. Dasselbe Haus, derselbe Geruch: Holly.

»Willst du 'n Bier?«

»Nein, besser nicht.«

»Bud, du machst ein Gesicht wie auf dem Weg in die Kirche. Warum spuckst du's nicht aus, damit wir endlich zur Sache kommen können.«

»Ach, Holly.«

Sie spürte die Reue in seiner Stimme. Ihr Gesicht nahm einen ernsten Ausdruck an, als hätte er sie geohrfeigt. Sie wußte auf der Stelle Bescheid. Er sah es ihr an.

»Nicht, Bud. Wo wir uns so nahe sind.«

»Wir sind uns nicht nahe.«

»Bud, tu mir das nicht an. Bitte, Schatz.«

»Holly, ich ...«

Er verstummte, wieder einmal um Worte verlegen.

»Was?«

»Ich wollte dir nie weh tun. Das ist das Letzte, was ich je wollte. Ich wollte, daß alle glücklich sind.«

»Das geht aber nicht.«

»Allerdings. Holly, Jeff weiß Bescheid. Er leidet furchtbar darunter. Ich werd versuchen, sein Leben wieder in Ordnung zu bringen.«

»Bud.«

»Holly, du bist eine schöne junge Frau. Du kannst dein Leben für dich haben. Du kannst alles haben, was du willst.«

»Bud, ich will dich. Ich will uns. Ich will das, was wir uns zusammen überlegt haben.«

»Das kann ich dir nicht geben. Tut mir leid.«

»Bud ...«

»Holly, ich muß meinem Sohn ein besserer Vater sein als mir der meine. Ohne das bin ich nichts, das weiß ich. Ich habe ihm was genommen. Ich will es ihm wiedergeben.«

»Bud, du mußt dich doch nicht entscheiden. Du kannst beides haben. Ich sage nicht, daß es leicht sein wird, aber du kannst beides haben.«

»Holly, ich geb dich frei. Verdammt noch mal, du kannst alles haben. *Alles.* Wart's nur ab. Dein Leben wird noch ganz prima, wirst sehen. Komm nur erst mal drüber hinweg, dann wird's doch für dich erst richtig schön.«

Sie starrte ihn wütend an und begann dann zu weinen. Er hätte sie gern getröstet. Schließlich war sie ihm all die Monate über ein solcher Trost gewesen.

Sie setzte sich.

»Ich verstehe nicht, wie du mit einer solchen Lüge leben kannst. Du gehst wieder heim, aber nichts stimmt mehr. Du markierst den edlen Ritter, ich bin fort, und du sitzt mit einer Frau da, die du nicht liebst. Also, was hast du dann? Letztendlich nichts.«

Bud setzte sich. Sie legte den Kopf in die Hände und begann zu schluchzen.

Hilf ihr doch, dachte er. *Nimm ihr den Schmerz.*

Ihr Gesicht war verschmiert, verquollen, fleckig und rot. Die Nase lief ihr. Ihre Schultern zuckten unter lautlosen Schluchzern. Er hatte Frauen auf der Schnellstraße so weinen sehen – angesichts des Blutbades, das ihnen Gatten und Kinder genommen hatte. Man konnte nichts für sie tun außer zu hoffen, daß es heilte und irgendwie weiterging.

»Bud, ich liebe dich.«

»Holly, es geht hier nicht um Liebe. Mein Sohn kann sich keinen neuen Vater suchen und ich mir keine neue Familie.«

»Bud ...«

»Holly, ich bin nicht die Sorte Mann, die wegläuft. Daher kommt doch das ganze Verbrechen heutzutage, daß jeder kneift. So einer kann ich nicht sein.«

»Du hast mich angelogen. Immer wieder.«

»Vielleicht. Aber mich selber auch. Ich dachte, wir hätten eine Chance. Aber ich bin nicht der Mann, der dir diese Chance gibt. Du verdienst einen, der sie dir gibt.«

»Für dich ist das alles ganz einfach.«

»Nichts da, ganz und gar nicht. Es ist alles andere als einfach. Holly, ich liebe dich. Siehst du das denn nicht?«

»Ach, Bud«, sagte sie. »Warum tust du mir das bloß an?«

Lamar hatte sich das Haus größer vorgestellt. Er war enttäuscht. Er wußte, Polizisten waren nicht reich – außer sie waren korrupt; und daß Bud korrupt war, glaubte er nicht. Aber diese heruntergekommene kleine Bude?

»Besonders gut kann's dem ja nicht gehen«, sagte er.

»Jedenfalls nicht so gut wie uns«, sagte Ruta Beth.

»Na ja«, sagte Richard vom Rücksitz her, »bei einem lausigen Beamtenjob. Ich wette, der verdient keine fünfundzwanzigtausend im Jahr.«

Sie standen einen halben Block vor Buds Haus. Sie sahen den großen Laster davor.

»Überfallen wir sie gleich, Papa? Rein, raus, zack-peng?«

»Laß mich überlegen«, sagte Lamar.

Die Vorstellung reizte: zur Tür rein wie bei den Stepfords, und sie hätten den Mann kalt erwischt. Rehposten in die Bude gepumpt, bis nichts mehr lebte. Und dann nichts wie raus.

Aber ... ihm war nicht klar gewesen, daß es ein so dichtbesiedeltes kleines Viertel wäre. Wenn es hier knallte, gab es doch sofort überall Zeugen; man hätte sie sofort identifiziert, die Bullen wären ihnen auf den Fersen, noch bevor er sich und die Seinen wieder auf die Farm zurückgebracht hätte. Und zweitens war Pewtie selbst verdammt schnell; das war das Problem. Er trug ein Sakko, war also wahrscheinlich bewaffnet. Richard konnte in Panik geraten – wer weiß, was dann passierte? Wenn Pewtie an seinen gottverdammten Commander kam, weiß der Teufel, was dann passierte.

Außerdem wußte er gar nicht, wer im Haus war. Womöglich das ganze Sondereinsatzkommando. Bei einer Geburtstagsfeier oder weiß Gott was.

Lamar hatte alle Mühe, den Teil in ihm an die Kandare zu nehmen, der danach schrie, das Haus zu stürmen und die Wände mit Haaren und Blut zu versauen. Aber er zwang sich zur Ruhe und ließ die clevere Hälfte seines Verstands übernehmen.

»Okay«, sagte er. »Wir bleiben ganz ruhig. Richard, du steigst jetzt aus und schlenderst mal die Straße rauf. Nicht stehenbleiben, nicht langsamer werden, nicht starren, verdammt noch mal, daß du mir da bloß nicht reinstierst! Und dann kommst du wieder her und läßt mich wissen, was du sehen konntest. Aber übertreib's nicht, Junge, sonst hau ich mir deine Eier in die Pfanne.«

»Ja, Lamar.«

Richard stieg aus, knallte die Tür nicht zu, sondern drückte dagegen. Vielleicht lernte er doch ein bißchen was. Dann schlenderte er die Straße hinauf.

»Was denkst du denn, Papa?« fragte Ruta Beth.

»Ich will das richtig angehen. Das ist alles, Schatz. Dann haben wir unsere Pflicht Odell gegenüber getan und hauen ab.«

»Ich kann's kaum erwarten, Papa. Ich mache alles für dich.«

»Ich weiß, Süßes. Du bist die Beste.«

Sanft spürte er ihre Hand am Hals.

»Ich könnt nach vorn kommen und's dir mit dem Mund machen. Könntest mir's in den Mund machen«, sagte sie. »Würde dich ein bißchen entspannen. Mir macht's nichts aus.«

Der Gedanke gefiel ihm nicht.

»Nicht jetzt«, sagte er. »Wir haben zu arbeiten.«

Er sah Richard nach, der langsam den Gehsteig hinaufschlurfte, einen Augenblick zu zögern schien und dann weiterging. Dann machte er kehrt und kam denselben Weg wieder zurück. Es schien eine Ewigkeit zu dauern. Aber schließlich stieg er wieder ein.

Lamar ließ den Wagen an, fuhr einen Block weiter und bog ab, bevor er Richard fragte, was er gesehen habe.

»Sie scheinen sich zu streiten. Er schreit sie an, sie heult. Sie kam auf ihn zu, er rief etwas, und sie ging wieder.«

»Hört sich ganz wie bei Mama und Papa an«, sagte Ruta Beth.

»Hast du sonst noch jemanden gesehen?« fragte Lamar und bog um eine weitere Ecke.

»Nichts, Lamar. Keinen Menschen.«

»Auch seinen Jungen nicht?«

»Nein. Der muß wohl noch aussein.«

»Okay, okay.«

Lamar nahm eine weitere Ecke.

»Wo fahren wir denn hin, Papa?«

»Ich will nur aus 'ner anderen Richtung kommen und woanders parken. Ich will nicht, daß einer von den Spießern hier die Bullen holt, weil er jemanden im Wagen rumsitzen sieht. Das hätt uns gerade noch gefehlt. Gottverdammt, ich wollte, der Junge wäre da. Dann wär's perfekt.«

Er fuhr in die Straße zurück und parkte auf der anderen Seite, diesmal ein gutes Stück weg von Hollys Haus.

»Okay«, sagte er. »Was soll's. Wir machen's. Wir erwischen sie beide, knallen sie über den Haufen, ihn und sie, und damit hat es sich. Ist das ein Wort?«

»Alles klar.«

»Bereit für richtige Männerarbeit, Richard?«

»Ich bring das schon, Lamar.«

»Ich will, daß du hintenrum kommst. Geh zur Hintertür rein. Du verpaßt jedem eine Pille, der dir entgegenkommt, ohne deinen Namen zu rufen. Aber dir kommt schon keiner entgegen. Die schieß ich schon selber in Fetzen.«

Lamar stieg aus, ging zum Kofferraum und öffnete ihn. Er holte den Browning-Selbstlader heraus, öffnete den Verschluß gerade weit genug, um die grüne Patrone im Lager zu sehen, und hielt das Gewehr dann parallel zum Bein.

Ruta Beth hatte die andere Flinte.
Richard holte den Revolver heraus.
»Noch nicht, du Kaffer. Erst, wenn du drinnen bist. Bist du bereit?«
»Ja, Sir.«
»Und du, Kleines?«
»Ja, Papa.«
»Dann auf zum Schlachtfest.«

»Wir können nicht immer wieder auf demselben Punkt rumreiten. Das wird auch nichts ändern.«
»Das wär's dann also? Du gehst einfach auf und davon?«
»Holly, ich ...«
»Ich kann einfach nicht glauben, daß du so einfach gehen kannst.«
»Ich kann nicht ewig bleiben. Es wird nichts ändern.«
»Ach, Bud.«
Er stand auf, nahm seinen Hut und ging zur Tür.
Er machte sie auf.
Dann drehte er sich noch einmal um.
Sie saß noch auf der Couch. Sie sah aus, als hätte er sie geschlagen. Ihr Gesicht war geschwollen und naß.
»Gott, Holly«, sagte er. »Tut mir wirklich leid. Du verdienst so viel mehr, als ich dir je geben könnte.«
Sie saß schweigend da.
Er dachte nach, was er noch sagen könnte, irgendein Zauberwort, das alles besser machen würde. Aber natürlich gab es das nicht. Letztendlich drehte er sich einfach um und ging.
Wenn sie ihn gerufen hätte, was hätte er wohl gemacht? Ein Teil von ihm wäre so gern wieder reingegangen. Ein anderer hatte keine Ahnung, was zum Teufel er da machte. Er wußte nur, daß er hier wegmußte, sonst würde er niemals gehen. Also ging er, wie in einem Tunnel, zu seinem Laster.

Lamar war noch fünfundzwanzig Meter vom Haus entfernt, als plötzlich die Tür aufging. Er sah Bud in voller Lebensgröße – wie John Wayne in hundert Western: unerbittliche Miene, den breiten Stetson tief über den Augen.
Aber Bud sah Lamar nicht. Statt dessen ging er schnurstracks auf den Laster zu.

Zum Schießen war es zu weit. Lamar hätte natürlich laufen können, aber Bud würde ihn sehen oder hören. Wieder bezwang Lamar seinen Hunger nach Aktion, fiel zurück, verschwand hinter einer Hecke, kniete nieder und winkte Richard und das Mädchen zurück.

Sie sahen zu, wie Bud in den Ford stieg. Viel zu weit weg für einen Angriff. Und ihr Wagen war zu weit weg, um ihm zu folgen.

Bud ließ den Laster an und fuhr los.

»Wo fährt er hin?« flüsterte Richard.

»Sei still«, sagte Lamar.

»Was machen wir denn jetzt, Papa? Was machen wir denn?«

Lamar überlegte einen Augenblick und dachte dasselbe: *Was machen wir jetzt?*

Dann grinste er.

»Ich weiß schon«, sagte er.

Holly saß da. Der Verlust lag drückend schwer auf ihr. Vor ihren Augen spielte sich die Szene noch mal ab, im Kopf hatte sie das Echo der Wörter: *so nahe, so nahe.*

Aber sie würde ihn nie davon überzeugen können, wie gut sie zusammenpaßten und daß sie zusammen mehr wären als jeder für sich.

Dann klopfte jemand an die Tür, was Holly sofort neue Hoffnung gab. Sie stand auf und lief los, dachte: *Bud, Bud, Bud.* Sie machte auf. Aber es war nicht Bud. Es war Lamar Pye.

KAPITEL 30

Im Dunkeln fuhr Bud ziellos durch das Zentrum von Lawton, ohne viel zu sehen außer verschwommenen Lichtern. Da er keinem bestimmten Weg folgte, fand er sich mal in der Nähe des Flughafens, mal am Great Plains Coliseum, mal am Tor III von Fort Sill. Selbst der Fort Sill Boulevard schien verlassen. Das bernsteinfarbene Licht der Straßenlaternen tauchte hier im Vergnügungsviertel alles in ein besonders intensives Braun, so daß keine Farbe wirklich herausstand.

Bud empfand genau das Gegenteil von dem, was er erwartet hatte. Er hatte gedacht, er würde sich ohne sein Geheimnis endlich frei fühlen, bereit, sich mit gebührendem Ernst dem höheren Sinn seines alten Lebens zu widmen, wo es ihm schon wie durch ein Wunder wiedergegeben war. Aber nein. Er fühlte sich einfach mau, träge, miesepetrig, verdrossen. Er hätte sich am liebsten mit jemandem angelegt. Immer wieder flackerte ein maßloser Zorn in ihm auf. Er hätte gute Lust gehabt, ihn an jemandem auszulassen, an Jen vielleicht, Jeff oder Russ, aber im Grunde richtete sich Buds Zorn gegen ihn selbst. Es war weniger Niedergeschlagenheit als schlicht und ergreifend die Reue über seinen Verlust: Wie auf einer Leinwand liefen in seinem Kopf Bilder seiner herrlichen Stunden mit Holly ab.

Und so wenig aufzuweisen. Sie hatte ihm so viel gegeben und so wenig bekommen dafür.

Tja, Holly, laß dir das eine Lehre sein, die dir später mal zustatten kommen wird: keine verheirateten Männer. Es bringt einfach nichts. Alles, was du kriegst, sind leere Versprechungen und einen Vorschuß an Sex, das dicke Ende mit Einsamkeit und Schmerz kommt dann nach.

Schließlich bog er in seine Straße ein und hielt auf seiner eigenen Zufahrt. Jens Kombi stand unter dem Dach.

Er stieg aus und ging ins Haus, das ihm auf einmal besonders klein und billig vorkam. Es machte wirklich nicht viel her. Kein einziger Raum hatte auch nur die Größe eines Motelzimmers. Das Mobiliar war, abgesehen von dem, was Jen von ihrer Mutter bekommen hatte, billig, auf Raten gekauft und kaputt, bevor es abbezahlt war. Das Linoleum in der Küche war schäbig; die Wände gehörten gestrichen; seine Werkstatt war ein Saustall, der Rasen stand zu hoch.

Aus irgendeinem Grund schien es gerade heute abend nach tausend Mahlzeiten zu stinken, nach überfüllten Toiletten, verschüttetem Bier, Fertigmahlzeiten und Pizzas, die zu lange im Kühlschrank gelegen hatten. Gott. Wie konnte es nur so weit kommen? Wie hatte er in einem Haus landen können, das er nicht mochte, mit einer Frau, die …

»Ach«, sagte sie. »Wurde aber auch langsam Zeit.«

»Schon gut, Jen«, sagte er.

»Und, wo ist er?«

»Bei Freunden. Ich habe ihn noch rechtzeitig zum Spiel herausgeholt und zum Platz gefahren. Der Trainer meinte, seine Suspendierung von der Schule fängt offiziell erst morgen an, da hat der alte Knabe ihn spielen lassen. Hat sich damit eine Menge Ärger eingehandelt, wenn du mich fragst. Na, jedenfalls war Jeff gut, ein Doppel, ein Einzel, und gegen Ende hat er noch einen Ball im Laufen gefangen.«

»Haben Sie denn nachspielen lassen?«

»Nein, nein.«

»*Er* ist bei Freunden. Bud, aber wo warst *du*?«

»Ach, ich hatte noch was zu erledigen.«

»Was denn? Bud, was geht hier vor sich?« Ihr Gesicht war ernst, und ihre Augen wichen nicht von den seinen. Er hielt ihrer Kraft einfach nicht stand.

»Tja …«

Der Augenblick hing in der Luft.

Schließlich sagte er: »Hör mal, es ist mir klar, daß ich in letzter Zeit nicht gerade ein Mustergatte gewesen bin, Jen. Ich hatte meinen Kopf einfach woanders. Okay, ich habe dich hin und wieder belogen, ich habe das eine oder andere gemacht, was ich nicht hätte tun sollen. Aber, Jen, ich sage dir hiermit klipp und klar, ganz offen, es ist alles vorbei. Ich möchte wieder Vater meiner Söhne und der Mann meiner Frau sein. Ich will unser altes Leben zurück, das wir all die Jahre über gern gelebt haben.«

»Bud?«

»Was?«

»Bud, ich frag dich erst gar nicht nach Einzelheiten.«

»Da bin ich auch froh.«

»Ich habe das eine oder andere gehört, ich weiß nicht, ob's wahr ist oder nicht. Ich will nur, daß du mir sagst, daß es vorbei ist, was immer es war. Du hast ein gutes Leben, Bud, du hast so hübsche, starke und tapfere Jungs. Kein Mann könnte bessere haben.«

»Ich weiß.«

»Ich weiß, ich bin nicht mehr so jung wie früher. Dafür kann ich nichts. Ich bin alt geworden, genau wie du, und wie du bin ich auch nicht mehr besonders schlank. Ich habe sogar 'n bißchen mehr zugelegt als du.«

»Das ist es doch nicht.«

»Ach, wer weiß schon, woran's liegt, Bud. Ich weiß nur, daß ich dir das eine Mal vielleicht verzeihen kann. Aber, Bud, so was machst du mir nie wieder. Wenn du mit ihr zusammensein willst, dann geh und leb mit ihr. Aber Schluß mit dem Hin und Her.«

»Ich mach's wieder gut. Ich werd dafür sorgen, daß du gar nicht mehr daran denkst, daß es mal nicht so gutging. Wir hatten nur schöne Zeiten, wir zwei und die Jungs.«

»Na schön, Bud. Dann will ich davon nichts mehr hören. Wir schließen das Kapitel ab, und ich will nie wieder was davon hören? Ist das klar?«

»Ich hab's verstanden.«

»Gut. Und jetzt, denke ich, sollten wir ins Bett gehen. Ich denke, du solltest mir zeigen, daß du mich noch liebst. Und zwar körperlich. Ist dir klar, daß das schon fast ein Jahr her ist?«

»Das wußte ich nicht.«

»Es ist lange her, Bud, lange, und ich habe auch meine Bedürfnisse, ob du das nun gern siehst oder nicht.«

»Na, dann los.«

Sie gingen nach oben.

Das Telefon riß Bud aus einem traumlosen Schlaf; er erwachte in der Dunkelheit seines Schlafzimmers, neben ihm atmete schwer seine Frau. Im ganzen Haus war es still.

Tranig ging er ran.

»Pewtie.«

»Na so was, hallo Bud«, kam eine Stimme von weit, weit weg. Aus verlorenen Erinnerungen kam sie auf Bud zugeschwommen wie aus einem stillen grünen Weiher. Er gab sich alle Mühe, sich zu erinnern, aber ihr Besitzer blieb jenseits seines Bewußtseins.

»Wer ist denn dran?«

»Oh, du weißt, wer das ist, Bud. Dein alter Kumpel Lamar Pye, verdammt noch mal.«

Auf der Stelle war Buds Kopf klar.

»Pye! Was zum Teufel ...«

»Fehlt dir nichts?«

»Was?«

»Vermißt du nichts?«

Bud dachte: *die Jungs!*

»Lamar, ich schwör dir bei Gott ...«

»Mußt doch ganz einsam sein in deinem Bett.«

Bud warf einen Blick hinüber: Er sah Jen sich unter den Decken bewegen.

»Ich verstehe nicht ...«

»Ich hoffe, du hast noch niemanden angerufen, Bud.«

»Ich ...«

»Ist verdammt hübsch, deine Alte. Bißchen jung für einen alten Bock wie dich. Ich möchte wetten, daß sie dich ganz schön hart rannimmt.«

»Lamar, was zum ...«

»Komm, sag deinem Schatz was. Bring sie rüber, Süße.«

Eine Stimme, die weiter weg war, sagte: »Komm rüber, du Schlampe«, und im nächsten Augenblick hatte er eine andere Stimme in der Leitung.

»Oh, Bud, o Gott, sie sind einfach reingekommen, und jetzt haben sie mich. Bud, ich hab solche Angst. Bud, sie sind bewaffnet, und er hat mich geschlagen, er hat mich ...« Dann nahm man ihr den Hörer wieder weg.

»Wer ist es denn, Bud?« fragte Jen tranig.

»Hast du gehört, Smokey? Wir haben deine Frau. Ja, verdammt noch mal, deine Frau. Du hast mir meinen kleinen Cousin genommen und voller Löcher geschossen, ich nehm mir deine Frau. Zu meinem Privatvergnügen. Ich sag dir jetzt mal, wie das ablaufen wird, okay? Wenn du jemanden anrufst, wenn du irgend jemandem auch nur ein Wort sagst, bei Gott, ich bring sie um, und das weißt du. Aber erst fick ich sie noch in jedes Loch, das ich finde. Jedes.«

»Ich schwör ...«

»Also, Bud, wenn du das hübsche Mädel hier wiederhaben willst, dann kommst du besser selber und machst, was ich sage. Ich will, daß du zu einer Telefonzelle fährst. Du hast ungefähr eine Stunde. Sie steht außerhalb von Geronimo an der Kreuzung Hundertvierundzwanzigste und Shoulder Junction. An einer Exxon-Tankstelle. Ich lots dich dann von Telefon zu Telefon, bevor ich dich reinhole, nur um sicherzugehen, daß du nicht gleich das SEK mitbringst. Alles klar?«

»Lamar ...«

»Wenn du den Anruf versäumst, schneid ich ihr die Gurgel durch und die Nase ab, Bud, und hol mir dann dich und den Rest deiner Familie, wann's mir paßt.«

»Tu ihr nichts, verdammt noch mal«, bellte Bud.

»Ach, noch was, Bud«, sagte Lamar mit vor Charme triefender Stimme. »Du willst sie doch wieder, oder? Dann sag ich dir was: Pack ein paar Knarren ein.«

Er legte auf.

Bud sprang aus dem Bett, bemühte sich, einen klaren Gedanken zu fassen. Aber eigentlich gab es da nichts zu entscheiden, jedenfalls nichts, dem er sich stellen wollte. Wenn er im Präsidium anrief, konnte er nach den Regeln spielen und Lamar früher oder später mit einem Sondereinsatzkommando auf den Pelz rücken, mit Hubschraubern, Scharfschützen, allem was man so hatte; die Profis würden die Sache angehen so gut sie konnten, aber es würde nichts nützen. Ein Blick auf die anderen Jungs bei seiner privaten Party mit Bud, und Lamar würde Holly, ohne mit der Wimper zu zucken, aufschlitzen und den Kampf mit den Polizisten riskieren. Ihm war das scheißegal; er hatte keine Angst vor dem Tod, er wollte nur Bud.

Bud stieg in Jeans und Stiefel und zog sich ein schwarzes Hemd über. Das Sakko griff er sich nur, um die Waffen zu verstecken, die er tragen würde.

»Was ist denn, Bud?«

»Ich muß weg.«

»Bud, du ...«

Er wandte sich seiner Frau zu.

»Tut mir leid. Ich muß noch ein letztes Mal weg. Wenn du mich liebst, läßt du mich gehen. Wenn du mir vertraust, läßt du mich gehen.«

Er rannte nach unten und riß den Waffensafe auf. Es war alles da. Er zog den Schultergurt über, fädelte den Halfter in den Gürtel und machte sich daran, Patronen in die Magazine zu laden, bis sie randvoll mit Hohlmanteln waren. Falls ihm der Daumen zu schmerzen begann, merkte er es jedenfalls nicht; es schien nur eine verdammte Ewigkeit zu dauern. Er steckte die Beretta und die .45er in ihre Halfter, die .380 wieder hinter die Gürtelschnalle. Dann sah er sich nach einer Flinte um; nur ein Trottel kämpft mit einer Kurzwaffe, wenn er sich's aussuchen kann. Er fand jedoch nichts Passendes, bis ihm die .30-30 einfiel, die er draußen hatte, der Unterhebelrepetierer, den er noch unter dem Sitz seines Lasters hatte. Er schloß den Safe.

Eine Gestalt tauchte in der Dunkelheit auf.

»Papa?«

Es war Jeff.

»Jeff, ich hab's eilig.«

»Papa, was ist ...«

»Laß mal gut sein.«

»Papa ...«

»Jeff, ich hab dich lieb. Egal, was du hörst oder was man dir sagt oder was passiert, ich liebe dich. Ich liebe deine Mutter und deinen Bruder mehr als alles auf der Welt. Aber jetzt habe ich was zu erledigen. Bleib du hier und kümmere dich um deine Mutter. Es wird alles gut. Ich schwör's dir.«

»Papa ...«

»Jeff, ich muß los!«

»Papa ... Ich hab dich lieb.«

Bud packte seinen Jüngsten und drückte ihn, daß die Knochen knackten. Er spürte die Rippen des Jungen und das Schlagen seines Herzens unter dem Muskelpanzer.

»Geh jetzt«, sagte der Junge, und Bud stürzte hinaus.

Als Bud den Ford erreichte, machte er sich absurderweise Gedanken, er könnte zuwenig Benzin im Tank haben. Aber es war genug. Er gab Gas und raste aus dem schlafenden Viertel auf das fünfundvierzig Meilen entfernte Geronimo zu. Er hatte zirka fünfzig Minuten.

Plötzlich hatte er eine Idee. Das Verrückteste überhaupt! Er hätte nicht sagen können, woher sie kam, aber blitzartig war sie da. Er erspähte eine Telefonzelle vor einer Tankstelle, hielt an und lief los, um die Nummer der Auskunft zu wählen.

»Haben Sie die Nummer von einem C. D. Henderson draußen an der Achtunddreißigsten.«

Es dauerte einige Sekunden.

»Die Nummer ist geheim, Sir.«

»Es handelt sich um einen Notfall, verdammt noch mal. Hier ist Sergeant Russel B. Pewtie, Kennummer R-vierundzwanzig, ich brauche die Nummer. Geben Sie sie mir, oder geben Sie mir Ihren Vorgesetzten.«

Es dauerte nicht lange, dann hatte Bud die Nummer und wählte sie.

Das Telefon schien ewig zu klingeln.

Dann hatte er eine tranige Frauenstimme in der Leitung, C. D.s Frau, und Bud bat darum, den Lieutenant zu sprechen.

»Carl«, hörte er sie sagen, »ein Kollege von dir.«

Dann kam Hendersons Gekrächze über die Leitung.

»Hallo?« sagte er.

»Lieutenant, hier ist Bud Pewtie.«

»Bud, mein Gott!«

»Sie haben doch noch Ihre Schlüssel, oder? Ich meine, Sie kommen doch noch ins Büro?«

»Ich könnte einbrechen, wenn's denn unbedingt sein muß. Aber was ...«

»Nun hören Sie mal zu, Sie versoffener alter Sack! Sehen Sie zu, daß Sie rüberkommen. Sie erzählen doch ständig, was für 'n großer Ermittler Sie sind? Also, heute nacht können Sie's beweisen.«

»Was reden Sie denn da? Was ist los?«

»Spielt jetzt überhaupt keine Rolle. Ich habe da was für Sie. Das geheimnisvolle Mitglied in Lamars Bande. Das immer die Maske aufhatte? Wissen Sie, wieso? Weil's ein Mädel ist, verdammt noch mal. Eine junge Frau. Ich hab gehört, wie er sie ›Süße‹ genannt hat. Und sie hat gesagt: ›Komm rüber, du Schlampe!‹ Das ist alles. Aber eine junge Frau! Mitte Zwanzig vielleicht. Das ist doch ein Hinweis! Ihr dritter Hinweis. Finden Sie eine Kategorie, die keine ist, und das mit einem Toyota und einer jungen Frau! Finden Sie mir die, verdammt noch mal, und wo sie wohnt! Und jetzt machen Sie schon, alter Knabe, und lassen Sie mich nicht im Stich.«

»Bud.« Der alte Mann schien zu seufzen. »Bud ... Ich werd's versuchen. Aber ich bin nicht mehr der, der ich mal war.«

»Tja, wer ist das schon? Außer diesem verdammten Lamar?«

Bud legte auf, warf einen Blick auf die Uhr und sah, daß er nur noch eine Dreiviertelstunde hatte. Er sprang in den Laster und trat aufs Gas.

»Also«, sagte Lamar, »dein Alter, wie ist er denn so? Du weißt schon, im Bett.«

»Sie Schwein«, sagte sie.

Sag's ihm, dachte sie. *Daß er sich getäuscht hat. Daß er im falschen Haus gelandet ist. Daß er die Falsche hat.*

Und dann?

Dann bringt er mich einfach um, das ist alles. Und Bud kriegt er trotzdem.

»Wie groß ist er denn? Richtig groß? Oder bloß normal? Ich wette, er ist bloß normal.«

Angewidert schüttelte sie den Kopf.

»Ja. Bloß normal. Hier. Willst du mal was sehen? Willst du mal was sehen, was du doch nie gesehen hast? Schau dir das an. Halt sie fest, Ruta Beth.«

Sie hatten Holly die Hände auf den Rücken zusammengebunden und die Füße gefesselt. Sie kam sich so hilflos vor. Ihr war schlecht. Er war es, der ihren Mann umgebracht hatte. Dieser groteske asoziale Schlägertyp mit den Fingerstummeln, ein unterernährtes kleines Frettchen von einem Landei und ein zarter Kindmann mit Wuschelkopf und nicht für einen Penny Mumm in seinem braven kleinen Puttengesicht.

Jetzt trat Ruta Beth hinter sie und hielt ihr den Kopf.

Lamar baute sich vor ihr auf und öffnete seine Hose.

»Oh, Gott«, stöhnte Holly und versuchte den Kopf abzuwenden, aber Ruta Beth dirigierte ihn mit erstaunlicher Kraft in die richtige Richtung.

Lamar zog sich die Unterhose herunter und legte etwas frei, was nach einem Stromkabel aussah: einen Penis von der Größe einer Schlange, schlaff, leicht gerollt, die Vorhaut wie eine Kapuze vorn dran.

»Na? Schon mal so was gesehen?«

»Schau dir Papa ruhig an«, sagte das Mädchen. »Mach schon, schau ihn dir an, den King. So was hast du noch nicht gesehen. Er ist der Größte.«

Holly glaubte ersticken zu müssen.

»Träum mal schön davon, Schätzchen. Mach nur, träum davon, bis Männe aufkreuzt.«

Bud erreichte die Exxon-Tankstelle eine Minute vor der Zeit, aber Lamars Anruf kam fünf Minuten zu spät.

Als es endlich klingelte, riß er den Hörer vom Haken.

»Ja?«

»Hallo, Bud, na, wie geht's denn so? Hast du Probleme, ja?«

»Spar dir den Scheiß, Pye.«

»Bud, der größte Fehler, den ich je gemacht habe, war, dich nicht zu zertreten, als du auf dem Boden gelegen hast. Da hätt ich dich abknallen sollen. Denk nur, was uns das für Ärger erspart hätte.«

»Wo steckst du?«

»Och, das sag ich nicht. Hast noch eine lange Nacht vor dir. Vielleicht lots ich dich zu mir, vielleicht auch nicht. Vielleicht stell ich dir einen Hinterhalt. Vielleicht red ich gerade jetzt von einem Funktelefon aus und seh dich durch das Zielfernrohr einer Flinte. Ich brauche bloß den Finger krumm zu machen, und es ist aus.«

Er lachte. Es machte ihm unendlichen Spaß.

»Du hast ihr doch nichts getan?«

»Schatz, sag deinem Mann, was du gerade gesehen hast.«

Gedämpft kamen die Geräusche eines Gerangels über die Leitung, als man jemanden zum Apparat stieß.

»Bud!«

»Holly!«

»Oh, Bud, ich mußte ihn mir ansehen. Sie haben mich gezwungen.«

»Holly, ich ...«

»Seinen Pimmel. Sie haben mich gezwungen.«

Wie Dampf kochte der Zorn in Bud auf. Am liebsten hätte er den Hörer gegen den Apparat geknallt, bis er brach.

Dreh jetzt bloß nicht durch, ermahnte er sich. *Das will er doch nur. Er spielt mit ihr. Er quält sie auf seine kindische Art, um ihr seine Macht zu demonstrieren – die Größe seines Schwanzes, kleine Sticheleien, vielleicht eine Zeichnung auf ihrer Haut. Und alles nur, damit sie's dir erzählen kann, damit du langsam durchdrehst, bis du mit den Nerven so runter bist, daß du nicht mehr funktionierst.*

Es bedeutet nichts. Das einzige, was zählt, ist, zu ihm zu kommen und sie da rauszuholen.

Aber er wußte auch, daß Lamar einen vor Zorn Wahnsinnigen erwartete. Bud vergab eine Chance, wenn er Pye nicht wissen ließ, wie irre ihn das hier machte.

»Pye«, schrie er. »Pye, du Drecksack! Ich bring dich um! Rühr sie ja nicht an, verfluchte Scheiße! Rühr sie bloß nicht an!«

Lamar lachte noch mal.

»Bud? Bist du noch da? Du fährst jetzt nach Snyder. Zum 7-Eleven an der 183 nördlich der Stadt. Besser, du machst dich gleich auf die Socken, alter Junge. Und zwar dalli, oder ich zeig ihr meinen Lümmel nicht bloß. Laß sie ihn ein bißchen streicheln. Kleines Küßchen vielleicht.«

Lamar legte auf.

Bud wählte rasch die Nummer von Hendersons altem Büro im Rathausanbau. Aber dort ging niemand ran.

Der alte Lieutenant hörte das Telefon klingeln. Er war seit fünf Minuten im Büro. Was hatte es für einen Sinn ranzugehen?

Er knöpfte sein Jackett auf und holte eine Flasche I. W. Harper heraus. Sie war nur noch zu einem Drittel voll. Er schraubte sie auf, nahm einen Schluck. Flüssiges Feuer, das tief in ihm aufloderte. Ein Schauer durchfuhr C. D., sorgte dafür, daß alles verschwamm, und rüttelte ihn wieder wach. Er griff unter das Sakko und legte die Hand auf etwas Hartes und Kaltes: der geschwungene Griff eines Revolvers. Er nahm ihn heraus und wog das ölige Ding in der Hand. Ein Colt Frontier mit Elfenbeingriffschalen, Kaliber .44 Spezial, hergestellt 1903 in New Haven, Connecticut. Der schimmernde Regenbogen des gehärteten Stahls war längst verschwunden, was die Waffe fast braun aussehen ließ. Sein Großvater hatte diesen Revolver getragen, noch bevor Oklahoma Bundesstaat geworden war, und dann sein Vater; beide waren sie Männer des Gesetzes gewesen.

C. D. öffnete die Ladeklappe, zog den Hahn auf Ruhrast und drehte die Trommel, um die Zündhütchen der angelaufenen Patronen zu sehen; er stellte sie so, daß die Spitze des Hahns auf einer leeren Kammer lag, so wie jeder vernünftige Mann seinen Colt trug. Nur Idioten luden einen sechsschüssigen Revolver mit sechs Patronen; früher oder später kamen sie an den Hahn und schossen sich ein Loch in den Fuß.

Und ein Idiot war C. D. nun sicher nicht.

Trotzdem glaubte er nicht einen Augenblick, Bud helfen zu können; er hatte nur das bedrückende Gefühl, daß von dem hier schrecklich viel abhing. Und daß er versagen würde – ein verbrauchter alter Säufer wie er. Leute würden sterben. Bud und wer immer sonst noch darin verwickelt war. Und Lamar würde weitermachen.

Und falls das passierte, so hatte C. D. sich gedacht, würde er den alten Colt spannen, sich die Mündung in den Mund schieben und abdrücken. Er fühlte sich so verbraucht, kaum daß er noch da war. Sein ganzes Leben war eine einzige Verschwendung, alles änderte sich so schnell, er konnte einfach nicht mehr mithalten. Er war achtundsechzig und hätte schon vor fünf Jahren in Pension gehen sollen, den Rest seiner Tage genießen. Aber nein. Eitelkeit, Zorn, was auch immer ihn da geritten hatte.

Na schön, du alter Sack, sagte er sich.

Tu was für dein Geld.

Denk nach. Denk!

Du hast jetzt einen neuen Punkt einzuarbeiten. Einen dritten Punkt, einen dritten Hinweis. Ein Mädchen. Eine junge Frau. Wie hilft dir das weiter?

Eine Kategorie, die an sich keine ist. Eine junge Frau.

Wie passen die zusammen?

Wie sollten die schon zusammenpassen!

Also, wovon war er ausgegangen: daß Lamar Hilfe irgendwo im Milieu suchte, womöglich sogar fand. Diese Leute liefen doch immer zu ihresgleichen. Also war er die Rockerbanden durchgegangen, Indianer, die in der Reservation ihre eigenen Leute ausnahmen, das organisierte Verbrechen in Tulsa und Oklahoma City, die von den Südamerikanern belieferten Drogenringe, die in der Innenstadt fest in der Hand der Schwarzen, ansonsten in der von Spaniern und Italienern waren. Und schließlich die unstete kleine Gruppe bewaffneter Räuber, Mietkiller, Eintreiber und Schläger, die freiberuflich für die Gangs tätig waren.

Aber zu denen war er nicht, wenigstens nicht zu denen davon, die mit dem einen Hinweis in Übereinklang zu bringen waren, den sie hatten: der Reifenspur, die nur von einem kleinen japanischen Wagen stammen konnte; einem Hyundai, einem Nissan oder einem Toyota aus drei Modelljahren.

Nichts. Null.

Aber vielleicht war die Annahme auch einfach falsch. Vielleicht hatte er auch jemanden aufgetan, der mit dem Millieu nichts zu tun hatte.

Nein, nein: Lamar war, so extravagant der Mann auch sein mochte, eine bestimmte Sorte Mann, ein Typ, und Typen handelten nach

Mustern. Und das war in Lamars Fall ganz einfach: Er war ein Berufsverbrecher, der ewig gesessen hatte und sich nur unter seinesgleichen so richtig wohl fühlte. Bei wem er auch untergekrochen sein mochte, er hatte irgendwas mit dieser Subkultur zu tun, hatte das Gesetz auf die eine oder andere Art gebrochen. Und wäre damit im Computer.

Aber da war nichts.

Der alte Mann knipste seinen Computer an. Er kam damit in die staatliche Zulassungsstelle und Oklahomas Straftäterdatei. Er konnte eine Suche definieren, sehen, was dabei herauskam.

Also fing er von vorne an. Er lies den Computer eine Liste aller Frauen zwischen sechzehn und dreißig ausspucken, auf die jetzt oder früher mal ein passender Wagen zugelassen war.

»SUCHE SUCHE SUCHE«, blinkte es ihm einige Minuten lang vom Bildschirm entgegen, dann erschien auf blauem Hintergrund eine Liste von Namen.

Er war nicht sonderlich geschickt, was die Bedienung des Geräts anbelangte; er konnte den Cursor nicht über den Bildschirm bewegen, ohne erst zu überlegen, also befahl er dem verdammten Ding, die Liste einfach auszudrucken. Es klickte und ratterte lautstark, und C. D. trat an den Drucker, riß das Blatt ab und sah, was er hatte.

Die Liste umfaßte dreiundachtzig Namen, allesamt bedeutungslos, keiner sagte ihm was. Vielleicht war es eine davon, vielleicht nicht.

Als nächstes nahm er sich die Liste der bekannten Schwerverbrecher vor, auf die ein passender Wagen zugelassen war, und hoffte auf eine Übereinstimmung, eine Nebenzulassung, vielleicht für Vater und Tochter.

Es gab keine.

Nicht eine junge Frau teilte sich ihren Wagen mit einem bekannten Schwerverbrecher, wenigstens nicht nach den Akten.

Dann gab er langsam und sorgfältig einzeln die dreiundachtzig Namen ein und ließ sie mit »Schwerverbrechen« abgleichen.

Es dauerte fast eine Stunde.

Das Ergebnis war gleich Null.

»Richard«, sagte Lamar, »komm her.«

Fast schüchtern trat Richard vor.

»Richard, wie lang hast du schon keine Frau mehr gehabt?«

»Hör mal, Lamar, das ist privat.«

»Oh, Gott«, stöhnte Holly.

»Also, meine Beste, nun schau dir mal unseren Richard hier an. Was hat er, was dein Angetrauter, Bud Pewtie, nicht hat? Er ist ein guter, tüchtiger Mann. Und Gott hat ihm ein Talent gegeben. Er ist loyal und arbeitet hart. Er ist gebildet. Du warst doch auf dem College, Richard, nicht wahr?«

Richard bejahte.

»Siehst du. Er ist ein gescheiter Kopf. Könnte dir alle Ehre machen. Weißt du, wenn du dein Blatt richtig ausspielst und das alles vorbei ist ... Vielleicht könnte ich dir zu einer Verabredung mit Richard verhelfen.«

Lamar lachte einmal mehr prustend los.

Dann sagte er: »Weißt du, Richard, könntest sie eigentlich 'n bißchen anfassen. Doch. Würde ihr sicher nichts ausmachen, oder, Schatzi?«

»Bitte«, sagte Holly. »Oh, Gott, tun Sie mir nichts. Nicht anfassen.«

»Ach, das würde doch nicht weh tun. Richard, würdest du die junge Frau hier irgendwo anfassen wollen? Oder sie vielleicht anschauen? Könntest sie so lang anschauen, wie du nur willst, oder wenigstens 'n Weilchen. Hast du schon mal ein so hübsches junges Ding ohne Klamotten gesehen, Richard? Ich meine in echt, nicht in deinen Büchern?«

Das Schreckliche war, Richard wollte sie anfassen, wollte sie sehen. Sie war wirklich ein hübsches junges Ding. Natürlich hatte er nie eine Frau gehabt. Es hatte sich einfach nie ergeben. Nicht daß er homosexuell gewesen wäre. Er war eher asexuell. Aber jetzt, wo er sie so ansah, rührte sich eine verborgene Lust in ihm. Vor allem ihre Hilflosigkeit erregte ihn. Die Art, wie das Seil ihr in die sommersprossige weiße Haut schnitt und das Fleisch unter dem rohen Druck zu glühen begann; die Art, wie ihr Hals sich leicht rötete, wenn sie sich wand; der Ausdruck baren Entsetzens auf ihrem Gesicht; sie war so verdammt hübsch. Sie trug Bermudashorts, Nikes ohne Socken, ein Polohemd; sie sah aus wie eine Studentin.

Aber dann dachte er: *Wieso ist sie so jung?*

»Lamar, warum ist sie so jung?«

»Wieso?«

»Sieh sie dir doch an. Sie ist doch keine Dreißig. Noch nicht mal fünfundzwanzig. Woher soll sie einen Sohn haben, der Baseball spielt? Hat sie Pewtie mit zehn geheiratet?«

»Sie war in seinem Haus. Sie hat einen Ehering. Sie haben sich gestritten. Wer sollte sie sonst sein?«

Aber dann kniff Lamar die Augen zusammen und sah sich Holly genauer an.

»Wie alt bist du?«

»Sechsundzwanzig«, sagte sie. »Ich bin seine Frau.«

»Aber der Baseballer ist nicht dein Sohn?«

»Nein, Jeff ist nicht mein Sohn. Bud und ich haben noch keine Kinder. Er hat die beiden Jungs von seiner ersten Frau. Aber die ist gestorben, und er hat vor zwei Jahren mich geheiratet. Es waren die zwei glücklichsten Jahre meines Lebens. Er ist so ein wunderbarer, lieber und anständiger Mann. Er ist tapfer und stark. Sie sollten sich schämen für das, was Sie da tun.«

»Na, du nimmst ja den Mund ganz schön voll. Der Hurensohn hat über fünfundzwanzig Kugeln in meinen Cousin gejagt. Er hat den Jungen einfach über den Haufen geschossen.«

»Sie sind der letzte Dreck«, sagte sie. »Sie mögen mich ja kriegen und vielleicht auch Bud, aber letzten Endes kriegen die Sie.«

Lamar beugte sich über sie.

»Kapierst du denn nicht?« sagte er. »Ist mir scheißegal. Was soll ich schon noch groß anfangen? Ich will nur noch abrechnen. Glaubst du, ich habe Angst vor dem Tod? Meine Liebe, da bist du aber noch nie wo gewesen, wo's richtig zur Sache geht, das kann ich dir sagen. Du hast keine Ahnung, was so was aus einem Mann macht. Wir alle hier krepieren noch heute nacht, spätestens morgen mittag. In diesem Raum. Und bei Gott, ich werd meine Schulden eintreiben. Ich geh nicht mit 'ner Tasche voll uneingelöster Schuldscheine aus dieser Welt.«

Bud achtete nicht auf Geschwindigkeitsbeschränkungen, er fuhr, als stünde er in Flammen, und schließlich gab er es auch noch auf, an roten Ampeln zu halten. Es war nicht ganz Viertel vor drei, die Straßen waren verlassen. Er raste Hügel hinauf und hinab, kürzte über Feldwege ab, durchquerte die Counties Tillman und Comanche auf Autopilot, stieß kurz hinter Cache auf die 62 und raste auf dieser schnurgerade nach Snyder. Er erreichte den 7-Eleven kurz hinter der Stadt, fand ihn noch offen, aber jemanden am Telefon.

Er holte seine Marke heraus.

»Polizei. Wir brauchen das Telefon.«

Ein junger Indianer sah sich die Marke an, spuckte auf den Boden und wandte sich wieder seinem Gespräch zu.

Bud zog die .45er und drückte sie ihm an den Hals.

»Mach daß du rauskommst, du Hurensohn, sonst geraten wir verdammt noch mal aneinander, und das wird dir ganz und gar nicht gefallen!«

Angesichts der Waffe und von Buds Zorn gab der Junge nach, legte auf und lief in die Dunkelheit. Sofort schämte Bud sich, so einfach der schlimmsten Versuchung des Polizisten nachgegeben zu haben: sich den nötigen Respekt mit roher Gewalt zu verschaffen. Man geht nicht einfach mit der Waffe auf Bürger los. In jeder anderen Nacht wäre das Grund genug für eine Suspendierung gewesen. Nicht so heute. Heute pfiff er darauf.

Er sah auf die Uhr. Fünf nach drei. Scheiße. Womöglich hatte Lamar angerufen, während der Indianer telefonierte. Schwer atmend saß Bud da, den Kopf leer. Die Sekunden tickten vorbei. Plötzlich war es zehn nach.

Herrgott, dachte er, *ich hab's vermasselt.*

Aber das Telefon klingelte.

»Pye?«

»Oh, Bud, tut mir leid, daß ich zu spät dran bin. Ich bin gerade dabei, deine Gattin kennenzulernen.«

»Wehe, du tust ihr was.«

»Verdammt, also wenn die nicht hübsch ist.«

»Laß sie laufen. Hast doch mich. Laß sie laufen.«

»Mal sehen. Wenn du brav bist, wer weiß, vielleicht will ich mal nicht so sein. Aber wenn du Zicken machst, Bud, dann muß ich sie womöglich ein bißchen disziplinieren, weißt du? Scheiße, vielleicht steht sie sogar drauf.«

»Der Teufel soll dich holen, Pye!«

»Besser, du fährst mal schleunigst weiter, Bud. Du mußt bis vier draußen in Toleens sein. Wirst alle Hände voll zu tun haben, mein Junge.«

Lamar legte auf.

Bud, dem vor Zorn ganz schlecht war, starrte den Hörer an. Toleens? Toleens? Wo zum Teufel war das denn? Er hoffte, er hatte eine Karte im Wagen.

Aber statt dessen warf er eine Münze ein und wählte die Nummer des Rathausanbaus, Hendersons Anschluß.

»Hallo?«

»Lieutenant Henderson?«

»Bud.«

Bud hörte es am tragischen Tonfall des Alten: nichts.

»Ich versuch's ja«, sagte der alte Mann. »Ich hatte nur einfach bisher kein Glück.«

»Herrgott«, sagte Bud. »Sie haben eine Geisel. Sie werden sie umbringen. Sie müssen einfach draufkommen!«

»Bud, geben Sie mir das Okay, ich rufe die Polizei. Sie machen weiter. Wir folgen ihnen aus der Luft. Mit dem Hubschrauber. Ich schicke mit zehn Minuten Abstand zwei Busse mit den besten SEKlern der ganzen Branche hinter Ihnen her. Wir nehmen den Laden, und die Geisel ist frei.«

»Er würde den Hubschrauber hören, verdammt noch mal, auf jeden Fall. Lieutenant. Sie können nicht nach den Regeln spielen, wenn Sie einem wie Lamar beikommen wollen. Dazu ist er verdammt noch mal viel zu gut. Womöglich beobachtet er mich ja sogar und weiß, daß ich irgendwas abzuziehen versuche. Sie müssen es schaffen, Sie *müssen.*«

Er hörte nichts als den rauhen Atem des Lieutenants.

»Sie haben doch nicht etwa getrunken?«

»Junge, ich habe jeden verdammten Tag meines Lebens getrunken. Ich habe vier meiner sieben Schießereien besoffen gewonnen.«

»Schon gut, schon gut. Ach übrigens, Toleens. Schon mal davon gehört? Ist das ein Ort?

»An der 54, zwischen Gotebo und Coopertown. Ich hatte da mal einen Mord, 59.«

»Ja, ich hab's. Gibt's da ein Münztelefon?«

»Verflucht, Junge, das Telefon *ist* die Stadt. Fahren Sie los!«

Der Lieutenant starrte auf das Telefon und hörte, nachdem Bud eingehängt hatte, einige Sekunden lang das Amtszeichen. Dann legte er auf, legte die Finger auf den Nasenrücken zwischen den Augen und drückte.

Der Blitz, mit dem seine Sehnerven explodierten, tat ihm irgendwie gut; dann kehrte der Raum wieder zurück: verlassen, grün, schäbig – eine Polizeiwache wie all die anderen, in denen er ein langes Leben zugebracht hatte.

Er fühlte sich verbraucht, es fehlte ihm der Wille. Eine junge Frau würde heute nacht sterben, mindestens sie, womöglich auch

Bud. Eine Frau, ein Polizist, beide zu jung. Warum sollte sich diese Nacht von anderen unterscheiden? So was passierte rund um die Welt. Warum lag es an ihm dazwischenzugehen?

Er versuchte sich einzureden, daß es nicht zählte, nicht vor dem Universum. Aber es zählte. Und das so sehr, daß er am liebsten geheult hätte.

Er sah sich die Liste an. Dreiundachtzig Namen junger Frauen, die womöglich einen Wagen besaßen, der mit dem Raubüberfall zu tun hatte. *Eine Kategorie, die keine war.* War alles nur eine Illusion? War er ein eitler Trottel, der einer Reihe zufälliger Ereignisse Bedeutung zu geben versuchte? Gab es vielleicht gar kein Schema?

Schlüssle es noch weiter auf. Zwei Elemente. Jung und Frau.

Was sagte ihm *Frau*? Womöglich die Tochter eines Kriminellen. Selbst eine Kriminelle? Aber nicht den Akten nach. Zu denen gab es keine Verbindung.

Er mußte lachen. Wie viel doch von Akten abhing! Ein Großteil der Polizeiarbeit war nichts weiter als Buchhaltung. Über Menschen. Das Aufzeichnen verfügbarer Fakten, die einem in ferner Zukunft, wenn man es am dringendsten braucht, vielleicht etwas sagen.

Frau. Nichts.

Was war mit *jung*? Was könnte schon dran sein an jung, Jugend und Unreife, was hier hereinpaßte? Was irgendwie die Grundannahme tangierte: *eine Kategorie, die keine ist.*

Wie sollte ein junges Mädchen Lamar kennenlernen? Der Mann hatte seit Jahren gesessen. Woher sollte er sie kennen? Da gab es nur eines: Sie konnte ihm schreiben.

Hm.

Wieso sollte sie ihm schreiben? Woher sollte sie von ihm gehört haben?

Vielleicht war sie eine dieser merkwürdigen verzweifelten Kreaturen, die Häftlingen schrieben, Geld schickten, ihnen Heiratsanträge machten. Es war eine Krankheit, aber es gab sie. Und wenn es so etwas gab, dann gab es für diese Frau auch keine Kategorie. Aber wäre das den Vollzugsbeamten nicht aufgefallen? Nach so etwas sah man doch beim Ausbruch eines Häftlings als erstes.

Wieder nichts.

Er widmete sich wieder dem anderen Kriterium: jung? Was könnte das damit zu tun haben? Eine junge Frau fühlte sich doch wohl kaum von Häftlingen angezogen; das war doch wohl mehr etwas für überdrehte alte Jungfern. Wieso eine junge Frau? Sie mußte eine Tochter sein.

Aber mal angenommen, sagte er sich, da ihn das mit der Tochter nicht weiterzubringen schien, *mal angenommen, sie ist weder Tochter noch Schwester, noch sonst irgendwie verwandt*. Sie war eine junge Frau. Sie hatte Umgang mit Strafgefangenen. Wie anders sollte sie an so jemanden kommen als über einen Verwandten?

Tja, wie?

Er hielt inne.

Irgend etwas schwebte vor ihm im Dunkeln, durchsichtig, geisterhaft in der reglosen Luft.

Es schien mit einem Mal so ruhig, als wäre die Nacht selbst, ja, als wäre die Zeit stehengeblieben.

Was konnte sie mit solchen Leuten in Verbindung bringen, was konnte sie anziehen?

Tja, was.

War sie ein Opfer?

Dann würde sie das doch wohl eher abstoßen. Also was?

Sie hat selbst ein Verbrechen begangen.

Es war so einfach, und schon im nächsten Augenblick explodierte der Gedanke in seiner ganzen Schönheit. C. D. sah es jetzt klar und deutlich vor sich.

Eine Kategorie, die keine ist.

Eine Minderjährige, die ein Kapitalverbrechen begeht ... Aber die Gerichtsakten sind versiegelt, weil sie minderjährig ist. Dafür gibt es keine Kategorie. An so was ist über normale Kanäle kein Rankommen.

C. D. blinzelte, schraubte die Flasche auf und nahm einen wohlverdienten Schluck Harper's.

Aber wenn die Gerichtsakten versiegelt sind, dann komme ich nicht ran. Vielleicht morgen, aber sicher nicht jetzt.

Es machte ihn wütend. So nah und doch so weit weg. Wer könnte sonst noch so etwas haben?

Der nächste Schritt ergab sich von selbst.

Die Presse.

C. D. schlug ein kleines schwarzes Büchlein auf, das er immer dabeihatte, und fand die Nummer des Chefredakteurs vom *Lawton Constitution*. War ihm scheißegal, wie spät es schon war.

»Hallo«, antwortete eine tranige Stimme.

»Parker? Parker, hier ist C. D. Henderson.«

»C. D.? Was zum Teufel ...«

»Laß das mal. Hast du im Augenblick jemanden in der Zeitung?«

»Ja, sicher, die Nachtredaktion, der Mann am Fernschreiber, Foto-, Sportredakteur, Setzer. Und vielleicht hängt sonst noch der eine oder andere rum.«

»Seid ihr nicht alle an irgendein Computernetz angeschlossen?«

»Nennt sich Nexus.«

»Dacht ich's mir doch. Hör mal, ich geb dir den Knüller, wenn du mir einen Gefallen tust. Du rufst den Schichtchef an, sagst ihm, ich will die Namen aller verurteilten minderjährigen Mörderinnen der letzten zehn Jahre. Aus eurem Archiv. Nicht dem vom Gericht. Und zwar schnell. Okay, Parker?«

»Ich ... Was ist ...«

»Ist jetzt egal, Parker. Besorg mir nur einfach die Information, und du bist ein gemachter Mann. Sie sollen mich hier anrufen – 555-3321 –, und zwar so bald wie möglich. Wirklich: so bald wie möglich! Es geht um Leben und Tod. Wir versuchen einer Unschuldigen das Leben zu retten und einen Schuldigen dahin zu bringen, wo er hingehört – unter die Erde.«

Das Schönste daran war, daß er Bud beobachten konnte, ohne was zu riskieren. Er brauchte sich noch nicht mal in den Wagen zu setzen.

Lamar lag mit einem Feldstecher in einem Abzuggraben ein Stück hinter der Abzweigung zu Ruta Beths Farm. Er sah auf die Uhr. Wenn Bud die Exxon-Tankstelle vor zwanzig, fünfundzwanzig Minuten verlassen hatte, um nach Toleens zu kommen, war das hier die einzige Straße. Er dürfte also in wenigen Minuten aus der Senke auftauchen. Und dann? Ein Hubschrauber über ihm? Ein SEK mit Konvoi zehn Minuten danach? Hätte er eine Antenne am Laster, die auf Funkkontakt wies?

Lamar fand das alles recht interessant.

Aber natürlich war die Schießerei nicht das Problem.

Bud würde vorbeikommen; es wäre ein leichtes, ihn mit vier, fünf Ladungen Postenschrot zu erwischen, ihn abzuknallen, ihn sofort hier zu erledigen. Lamar sah es vor sich: das Wrack des Lasters, die Löcher in der Tür; er konnte das ausgelaufene Benzin riechen; Scherben, wohin man sah. Der Polizist, der, vom Schmerz gezeichnet, um Gnade flehte. Lamar setzte die Mündung der Flinte auf ihn, spürte, wie er sich noch ein letztes Mal wand – und dann die Ladung, das spritzende Blut, die Fetzen. Er stellte es sich so schön vor. *Phantasie.* Geschwollenes Wort. Man hatte Bilder im Kopf.

Aber Lamar wußte, sie hätten ihn schon während des Spiels oder an jeder der Telefonzellen erledigen können. Er zwang sich zur Geduld des Jägers. *Schau erst mal,* sagte er sich. *Nutz deinen Vorteil. Nur nichts überstürzen. Mach's richtig. Laß ihn zahlen. Und zwar ordentlich. Mit Phantasie.*

Weit weg tauchten Scheinwerfer auf. So rasch, wie sie näher kamen, schloß er auf ein verwegenes Tempo. Schnell konnte Lamar sehen, daß es sich um einen Ford F250 handelte, weiß und blau; während der Laster auf ihn zukam, stellte Lamar den Feldstecher auf Buds nervöses Gesicht ein.

Kantiger Kopf, die Augen unter dem Stetson zusammengekniffen, dunkle Kleidung. Er fuhr schnell, aber gut, ruhig und sicher. An Buds Gesichtsausdruck erinnerte sich Lamar noch von den Stepfords her, als der arme Kerl auf das Haus zugekommen war und er und Odell die beiden schön mal aufs Korn nahmen: so stolz auf seinen Körper, von sich eingenommen bis zum Gehtnichtmehr, immer noch dieselbe stiernackige Großspurigkeit, wenn sie auch im Augenblick mit einer schier unmenschlichen Anspannung durchsetzt war. Er raste an Lamar vorbei auf sein Ziel zu, das gut zwanzig Meilen weiter lag, ohne auch nur zu ahnen, wie nahe er an seinem Tod vorbeigewischt war.

Als nächstes sah sich Lamar den Laster an, der ganz normal auf der Straße zu liegen schien, jedenfalls nicht tief genug für eine größere Ladung, mit anderen Worten, auf der Ladefläche kauerten weder das SEK der Highway Patrol noch ein paar Texas Rangers. Er hatte keine extra Antenne.

Lamar sah die Heckleuchten winzig werden, während er auf das verhaltende Singen der Reifen auf dem Asphalt lauschte. Er legte das Glas weg und horchte angestrengt in die Nacht. Nichts zu hören. Er wartete. Beobachtete. Nur der sachte Nachtwind schob sich über die offene Prärie, hier und da der Laut eines Nachttiers. Kein Hubschrauber, der Bud auf tausend Fuß Höhe gefolgt wäre, und auch die Straße blieb eine Ewigkeit leer, ein flaches, leeres Band, das im Licht der Sterne leicht glänzte. Kein Konvoi, nichts.

Zufrieden stand Lamar auf, und während er zum Farmhaus zurückging, genoß er die Macht, die er unter dem endlosen Nachthimmel verspürte. Ihm war, als wäre er unsichtbar; er kam sich vor wie ein Gott. Beim Gedanken an den bevorstehenden Tanz verspürte er eine Regung im Schritt.

Er dachte über derlei sonst nicht groß nach, dazu war es zu sehr Teil seiner selbst, aber jetzt spürte er es, rein und bis in sein Wesen: Er war der Löwe, er war der König. Und jeden Augenblick würde er zuschlagen.

Bud traf in Toleens ein, das gerade mal aus einem baufälligen alten Laden bestand, windschief, die Farbe so gut wie abgeblättert, mit zwei Zapfsäulen und einem Münztelefon neben der Tür. Er hielt und wartete, sah dabei auf die Uhr. Fast vier. Er hatte es gerade noch geschafft.

Er wartete bis zehn nach. Was war denn jetzt wieder? Herrgott noch mal! Er wurde langsam nervös. Er saß hier schön in der Falle. Jeden Augenblick könnte es aus der Dunkelheit knallen, und er wäre erledigt. Womöglich saß Lamar gleich auf der anderen Straßenseite und sah ihn nervös auf der Veranda herumzappeln, bevor er ihn ganz gemütlich über den Haufen schoß.

Aber schließlich klingelte das Telefon.

»Ja.«

»Na, Bud, wie geht's denn so, Alter?«

»Spar dir den Scheiß, Lamar. Du hast ihr doch nichts getan, oder?«

»Bis jetzt jedenfalls nicht.«

»Beweis es.«

»Komm mir bloß nicht so, Bulle. Ich brauch hier gar nichts zu beweisen. Wenn du deine Frau haben willst, dann machst du besser, was ich sage. Sonst werd ich ihr was tun.«

»Wo bist du?«

»Oh, nicht so hastig, Pewtie. Erst wird noch 'n bißchen Fangen gespielt, 'n paar Kilometer hast du schon noch. Ich will wirklich sichergehen.«

»Sag's schon.«

»Nichts da. Du fährst jetzt nach Osten, Richtung Chickasha. Die Stadt heißt Anadarko. Das ist dein nächster Halt. Auch eine Tankstelle. An der 62, eine Phillips. Du hast eine Stunde.«

»In einer Stunde schaff ich das nie.«

»Du machst das schon. Dann unterhalten wir uns noch ein bißchen, und vielleicht darfst du mich dann holen kommen – oder auch nicht.«

Er legte auf.

Rasch rief Bud Henderson an.

Besetzt.

Verdammt!

Er hätte gut Lust gehabt, den Hörer herauszureißen. Der alte Sack! Was zum Teufel trieb er denn jetzt wieder?

Was jetzt? Wie der Teufel nach Anadarko rasen, was in einer Stunde vielleicht gerade zu schaffen war? Oder er gab C. D. Henderson noch ein paar Minuten, wodurch die Sache noch riskanter wurde?

Er lief zum Laster und ließ ihn an.

Stellte die Zündung dann wieder ab.

Er lief zurück zum Telefon, wählte noch mal. Es klingelte einmal, dann ging Henderson ran.

»Bud?«

Wer sollte es sonst sein?

»Ja.«

»Ich hatte eben einen Anruf von einem Journalisten. 1983 hat ein fünfzehnjähriges Mädel seine Eltern erschossen und dafür sieben Jahre in Kingsville, einer Anstalt für geisteskranke Kriminelle, gebrummt. Ich habe da angerufen und mit einer Nachtschwester geredet, die sie gut kannte. Das Mädel hat ständig Leuten geschrieben, die ihre Eltern angegriffen oder umgebracht haben.«

»Richard!«

»Richard. Sie hat Richard geschrieben, und kein Aas hat sich die Mühe gemacht, seine Post zu kontrollieren. Schließlich war er nur Mitläufer und erst 'n paar Monate dort gewesen. Aber sie ist unser Bindeglied. Ich habe den Namen mit der Liste der Wageninhaber abgeglichen, Bud. Auf sie ist ein einundneunziger Toyota Tercel zugelassen.«

»Großer Gott!«

»Sie wohnt auf einer Farm an der 54, in Kiowa County, mitten auf dem Land, trostlose Gegend kurz vor den Wichitas. Sie heißt Ruta Beth Tull.«

»Da bin ich eben vorbei! Er hat mich an sich vorbeifahren lassen, um mich zu kontrollieren! Jetzt hetzt er mich noch ein bißchen durch die Gegend bis mir die Augen zufallen. Ist eine halbe Stunde von hier.«

»Dann sehen Sie mal besser zu, daß Sie hinkommen Bud. Sie haben da was zu erledigen.«

»Danke, Alter. Sie sind noch immer ein verdammt guter Ermittler.«

»Ich denke doch, Kleiner. Ich denke doch. Also, ich gebe Ihnen zehn Minuten, mehr nicht. Die bin ich Ihnen schuldig. Dann kommt die Kavallerie.«

»Das ist doch ein Wort.«

»Und, Bud, immer dran denken: Korn und dann genau in die Mitte! Bringen Sie sie unter die Erde, Bud. Alle miteinander.«

KAPITEL 31

Holly versuchte einen klaren Gedanken zu fassen, aber dafür war ihre Angst zu groß. Sie konnte nicht anders, als die Leute anzustarren. Lamar war ein großer, schmieriger Typ und schien mit Testosteron aufgepumpt. Ständig am Grinsen. Der reinste Filmstar.

Seine Freundin auf der anderen Seite, das arme bemitleidenswerte Ding, Ruta – wie auch immer, irgend so ein altmodischer Bauernname –, war nervös wie eine Katze. Sie machte ihr wirklich angst: eine verkniffene, grimmige knochige kleine Maus mit einem Frettchengesicht, das Holly mit Inzucht verband.

Der Abschuß freilich war der, den sie Richard nannten. Gott, sie hätte gelacht, hätte sie nicht solche Angst gehabt. Richard hatte traumhaft zerzaustes Haar, das fast toupiert wirkte, und obwohl hochgewachsen, war er ein Schwächling. Er hatte die zarten Hände eines Pianisten und einen tänzelnden Gang; wenn er sich bewegte, wurden alle möglichen Rhythmen frei. Er hatte kein Geschlecht, daß sie erkannt hätte, ausgetrocknete, verkniffene schmale Lippen und wirkte, als hörte er alles erst einen Augenblick später.

Was für ein Trio! Diese kranken Idioten hatten ihren Mann umgebracht, als er am Boden lag, und dann zwei Monate lang ganz Oklahoma terrorisiert? Ihr kamen sie wie ein Clan von Hinterwäldlern vor, asoziales Gesindel, die hatten nie ein Klo mit Spülung gesehen. Fast mußte sie lachen. Sie waren so unerträglich verkommen.

Und sie wußte, sie würden Bud umbringen. Das war das Schlimme daran. Sie würden ihm, ohne mit der Wimper zu zucken, das Leben nehmen. Und dann ihr.

»Was schaust du denn so, Kleine?« wollte Lamar plötzlich wissen und beugte sein Gesicht vor das ihre.

»Was seid ihr doch für Abschaum«, sagte sie. »Der letzte Dreck!«

»Beste«, sagte er, »du weißt, ich könnte dich vergewaltigen. Ich hab das jahrelang gemacht, mit allem, was nicht schnell genug auf die Bäume kam. Ich hab überhaupt so einiges hinter mir. Die Polizei weiß grade mal ein Drittel davon. Die könnten mich auf tausend Jahre wegsperren, und wir wären noch lange nicht quitt.«

»Sie tun's ja doch nicht.«

»Wieso nicht?«

»Weil Sie irgendwo Angst vor Bud Pewtie haben. Sie haben ihn nur einmal drangekriegt – und dann er sie. Jetzt kommt das dritte Mal, und vielleicht sind Sie ja doch nicht der tolle Hecht, für den Sie sich halten.«

Lamar lachte.

»Verdammt«, sagte er. »Ganz schön große Klappe! Ich hätte nicht schlecht Lust, dich zu behalten, damit's nicht langweilig wird. Könntest Ruta Beth in der Küche helfen. Was ist, Ruta Beth, brauchst du nicht eine Hilfe?«

»Nein, Papa«, sagte Ruta Beth wütend.

»Tut mir leid«, sagte Lamar. »Wir stellen gerade niemanden ein.« Dann lachte er wieder, und seine Augen glitzerten in dem gedämpften Licht.

Bud machte die Scheinwerfer aus und sauste an der Abzweigung zur Tull-Farm vorbei. Von der 54 aus war nichts zu sehen außer dem Licht eines heruntergekommenen alten Hauses gut anderthalb Kilometer draußen in der dunklen Prärie, hier und da der Fleck eines Mesquite- oder Zwergeichenhains in der welligen Landschaft, weit dahinter die Berge.

Er fuhr eine halbe Meile weiter und kam dann langsam zum Stehen, sorgfältig darauf bedacht, daß die Bremsen nicht quietschten. Er versuchte zu überlegen. Sollte er an der Straße parken und über die Felder gehen? Sollte er versuchen den Feldweg zu nehmen, langsam und ohne Licht? Er käme wahrscheinlich ziemlich nah ran. Doch Lamar hätte sicher jemanden Wache stehen. Aber zu Fuß schien es ihm zu weit. Er warf einen Blick auf die Uhr. Zehn vor vier. Er wollte seinen Zug machen, bevor Lamar anrief und keine Antwort bekam. Lamar würde doch sofort die Stacheln ausfahren, wenn er auch nur ein bißchen zu spät dran war; er würde was wittern.

Du mußt zuschlagen, und zwar sofort, dachte er. *Du kannst nicht noch mehr Zeit vertrödeln. Du mußt rein und Lamar noch in der ersten Sekunde erwischen.* Ohne Lamar fielen die anderen auseinander, obwohl – er machte sich da keine Illusionen – auch die junge Frau dran glauben müßte. Wenn sie Lamar ihre Seele verkauft hatte, dann war sie ein Ziel und damit auszuschalten. Und womöglich auch Richard, obwohl Bud sich um den weniger Sorgen machte:

Der Kerl hatte keinen Mumm in den Knochen und würde in dem Augenblick aufhören, in dem Lamar nicht mehr war.

Bud kroch noch ein paar hundert Meter weiter bis an einen weiteren langen Feldweg, der, so wie er in der Dunkelheit verschwand, schnurgerade ins Nichts zu führen schien. Er dachte: *Das geht doch hier mehr oder weniger parallel, vielleicht eine halbe Meile von der Farm. Wenn ich hier langfahre und weiter vorn abbiege und in Vierradantrieb gehe – die Weide schaffe ich spielend, selbst mit Büschen und Stacheldraht.* Dann würde er sich von hinten ranschleichen, Lamar von außen mit der Flinte abschießen, die Tür eintreten – das mit Richard und dem Mädel mußte er eben riskieren. Vielleicht würde Holly es schaffen, vielleicht nicht. Jedenfalls war es die beste Chance, die er hatte, solange er sich nur dahinterklemmte, richtig zur Sache ging und schoß, ohne zu zögern.

Okay, dachte er, *höchste Zeit.*

Seine Schutzweste.

Er hatte sich nicht die Zeit genommen, sie anzuziehen.

Na, ich hoffe, meine Glückssträhne hält an, dachte er, ohne so recht daran zu glauben.

Lamar beobachtete den Minutenzeiger, der sich im Schneckentempo über das Zifferblatt der großen Uhr auf Ruta Beths Kaminsims bewegte. Während er der Erde Sekunden entzog, zog er Bud Pewtie seinem Schicksal entgegen. Lamar hatte seine Hausaufgaben gemacht. Um vier wäre Bud in Anadarko; Lamar würde ihn Richtung Odette schicken, wo er nach einem Zeichen Ausschau halten sollte. Da Bud nicht wissen würde, wo es war, würde er sich die Augen aus dem Kopf schauen, zittrig und müde werden. Sie würden ihn auf die Farm lotsen. Er würde in seinem Laster sitzen und seine Frau aufgezäumt auf dem Hof sehen. Er würde aussteigen und langsam auf sie zugehen. In diesem Augenblick würde Lamar ihn niederstrecken, gnadenlos, mit einer Ladung Rehposten in die Beine. Unterhalb der Schutzweste, die er mit Sicherheit trug. Lamar würde ihm den Kolben ein paarmal überziehen, dann ab in die Scheune mit Pewtie. Die eigentliche Arbeit kam in der Scheune. Sie würde fast den ganzen Vormittag dauern. Keiner würde die Schreie hören.

Hätte er Pewtie erst erledigt, würde er sich die Frau vornehmen. Auf jede Art, die ihm nur einfallen wollte; der Gedanke, daß sie wußte, sie würde danach sterben, machte ihn um so schärfer. Vielleicht würde er auch Richard mal ranlassen. Mal sehen. Dann würde er sie umbringen. Aus reiner Menschenfreundlichkeit hatte er sich für einen Kopfschuß entschieden.

»Papa?«

»Ja?«

»Es wird langsam Zeit.«

Er sah wieder auf die Uhr. Fünf vor.

»Ach, gib ihm noch 'n paar Minuten, Kleines«, sagte er. »Soll er sich amüsieren. Kommt ja einiges auf ihn zu. Der reinste Güterzug.«

Richard war ausgesprochen nervös. Immer wieder fuhr er sich mit der Zunge über die Lippen und versuchte, die Frau nicht anzusehen, deren Angst und Hilflosigkeit ihn erregte. Noch nie hatte er auf eine Frau so reagiert; aber er hatte auch eine Todesangst. Mit diesem Pewtie war nicht gut Kirschen essen; er hatte es immerhin mit Odell aufgenommen, und noch nicht mal die furchtlosen schwarzen Schläger im Knast hatten Odell die Stirn zu bieten gewagt.

Wie immer war es Richards Phantasie, die ihn verriet. Er konnte nicht stillsitzen. Er sah, daß Lamars große Gabe die Fähigkeit zu konzentriertem Handeln war, wogegen er, Richard, sich ständig von abtrünnigen Gedanken und launischen Impulsen gepeinigt sah. Mal angenommen, die Schrotladung warf Pewtie nicht um. Angenommen, es gelang ihm, eine Waffe zum Einsatz zu bringen. Angenommen, Lamar stolperte, wenn er auf ihn zulief. Es konnte auf hundert Arten schiefgehen, obwohl andererseits, wenn Lamar etwas plante, in der Regel nichts schiefging. Lamar erledigte etwas, und damit hatte es sich.

Trotzdem sollte das hier für eine Weile ihr letztes hartes Ding sein. Lamar wollte weg aus der Gegend, sich ein neues Operationsgebiet suchen. Außerdem wollte er einen Tätowierer, der ihm sein Bild fertigmachte. Und daß Richard sich ordentlich dahinterklemmte. Und Richard wollte Lamar nicht enttäuschen. Lamar war ein Gott für ihn; Lamar stand über ihm, dominierte die Landschaft wie ein tyrannischer König. Richard hatte sich ihm völlig ergeben; er hatte seine Mutter, die er gleichzeitig fürchtete und liebte, durch einen Mann ersetzt, den er ebenso fürchtete, wie er ihn liebte.

Ich bin ein Sklave, dachte er.

Und ich bin es gern.

Wieder warf er einen Blick auf die junge Frau, spürte ein Zucken in seinem Schwanz. Dann berührte er den schweren Revolver in seinem Gürtel, sah König Lamar auf seinem Thron an und schwor ihm ewige Leibeigenschaft.

Bud fuhr ohne Scheinwerfer und im niedrigsten Gang, nur vom Licht der Sterne geführt; er hätte sich einen Mond gewünscht, aber der war nicht da. Er behielt den Meilenzähler im Auge, und als er eine voll hatte, hielt er an. Er stieg aus und sicherte die vorderen Radkappen. Es war finster wie der Traum eines Zuchthäuslers. Wie immer fuhr der Wind über die trockene Prärie. Er blicke sich um, sah, daß der Graben zwischen Straße und Feld gar nicht so schlimm aussah, und stieg wieder ein. Er schaltete auf Vierradantrieb und schob sich langsam nach vorn, spürte einen kleinen Widerstand: ein Drahtzaun, der mit einem metallischen Knirschen nachgab. Er taumelte weiter, dann sackte der Laster plötzlich in einen unglücklichen Winkel und rutschte eine Böschung hinab, bevor er schließlich zum Stehen zu kommen schien.

Scheiße, dachte Bud, wechselte zurück in den niedrigsten Gang und trat vorsichtig aufs Gas. Das Murmeln des Motors vertiefte sich, der Ford bockte leicht auf und begann sich dann aus dem Graben zu ziehen. Eine letzte malmende Drehung der Reifen, ein Zittern, und er war wieder frei; er schoß hinauf, landete auf der Wiese und suchte sich dort seinen Weg.

Nichts stellte sich ihm mehr in den Weg; der Laster rumpelte leise über das Land, und Bud lenkte ihn nach einem Kompaß auf dem Armaturenbrett, wich verkümmerten Mesquitebäumen aus und umschiffte kleine, mit Zwergeichen verstellte Senken. Die Prärie war grenzenlos, aber wie beim Meer war die Flachheit nur Illusion. Bud schwankte durch überwucherte Löcher, vor sich nur ein Bild, das undurchdringlicher nicht hätte sein können: Die eine Dunkelheit war die Luft, die andere das Land und die Demarkationslinie dazwischen zu vage, um sie ausmachen zu können.

Aber schließlich schien er auf einem Kamm gelandet zu sein und hielt an.

Er sah Ruta Beth Tulls Heim. Ein Wetterleuchten hellte den Himmel auf und beleuchtete kurz die Farm. Sie kam ihm merkwürdig bekannt vor, als hätte er sie im Traum gesehen. Woher kannte er sie?

Dann wurde ihm klar, daß er bereits hiergewesen war, auf der Suche nach den Reifen. Lamar mußte ihn damals irgendwie aufs

Kreuz gelegt haben. Er versuchte, sich an die junge Frau zu erinnern, aber es wollte sich kein Bild einstellen. Wieso erinnerte er sich nicht?

Er sah die Scheune, er sah das weiße, frisch gestrichene Haus unter dem Licht der Sterne. Nur ein Licht war an. Er stand zirka dreihundert Meter davor.

Ihm kam der Gedanke, noch näher ranzufahren. Nein, zu riskant, sie würden einen Mann nicht kommen sehen, schon gar nicht, wenn er die Scheune zwischen sich und ihnen behielt, aber der Laster machte Lärm, sorgte für zuviel Bewegung. Es war zu riskant.

Bud trat ans Fahrerhaus. Er zog das Sakko aus und legte seinen Hut auf den Sitz. Den konnte er bei dieser Arbeit nun wirklich nicht brauchen. Dann griff er hinter den Sitz und holte den Gewehrkoffer mit der Winchester heraus, dem 1894er Modell, wenn diese hier auch von 1967 stammte. Vorsichtig kippte er den Hebel nach vorn, um eine der .30-30 Bleispitzpatronen ins Lager zu pumpen. Er klappte den Hebel wieder zurück, griff noch mal hinter den Rücksitz und fand die Packung Munition, aus der er noch eine Patrone herausnahm und in die Ladeklappe schob. So, damit wären es acht. So ein Karabiner war nicht unbedingt die geeignetste Waffe für diese Art von Arbeit, aber so ganz ohne war er auch wieder nicht: Die Schußfolge war schnell, die Treffsicherheit groß, und so ein Teilmantelgeschoß wurde im Ziel – Lamars Hirn, wie er hoffte – platt wie ein Pfannkuchen. Verdammt, die Texas Rangers hatten diese Dinger seit hundert Jahren, und die hatten noch jeden erwischt.

Er berührte die anderen Waffen, zählte sie durch: die Beretta 9 mm, den Colt .45 und die Beretta .380, alle geladen, jede mit einem Ersatzmagazin voll Hohlmantelgeschossen.

Bud kehrte auf die Anhöhe zurück und studierte die Farm, froh darüber, sie erkannt zu haben; damit kämpfte er auf Gelände, das er wenigstens schon mal gesehen hatte.

Sonst gab es nichts mehr zu überlegen, nichts mehr zu tun.

Oh doch: ein Gebet.

He, sagte er mit einem Blick nach oben. *Alter Mann. Hilf mir heute nacht doch bitte mal aus, ja. Du weißt, daß ich es dringend nötig habe.*

Dann schluckte er und machte sich auf zu seinem Tanz mit Lamar.

Im Trab huschte er die Böschung hinab, versuchte, nicht zu sehr ins Schnaufen zu kommen, und sah Haus und Scheune mit düsterer Unvermeidlichkeit vor sich wachsen. Noch auf der Böschung änderte sich sein Winkel zum Haus, so daß es hinter der Scheune verschwand.

Neue Ängste befielen ihn: Was, wenn Lamar eine Bande angeheuert hatte, was, wenn ihn da drin nicht drei erwarteten, sondern zehn, zwanzig?

Nun, dann stirbst du eben, dachte er, *du und Holly, aber das läßt sich jetzt nicht mehr ändern.* In einer halben Stunde wäre das Sondereinsatzkommando hier, und die Schießerei überlebte keiner – wie bei der verrückten Geschichte in Waco: Der Wahnsinn des Augenblicks würde sie alle verschlucken.

Bud erreichte die Scheune und traf damit wieder auf etwas, was er bereits kannte. Er sah den Brennofen, die Holztische, die Regale mit den trocknenden Gefäßen, Farbtöpfe, Glasur, was auch immer, die Pinsel sorgfältig in Einmachgläsern verstaut, die im Sternenlicht leicht glänzten, alles merkwürdig, aber bekannt. Die Töpferin, natürlich, jetzt fiel es ihm wieder ein. Er hatte ihr noch einen Topf abgekauft! Mit buntem Zickzackmuster. Das einzige Farbige an der Frau. Jetzt sah er sie auch wieder vor sich: ein knochiges graues Ding. Er sah genau, wie sie sich in die Kraft eines Prachtstücks wie Lamar verknallen konnte, zumal sie den kranken Kitzel kannte, über etwas zu stehen, was eben noch gelebt hatte.

Trotzdem ... Sie war eine Frau.

Bud hoffte, er würde es über sich bringen, eine Frau zu erschießen.

Knall sie einfach ab. Kopf, Brust, immer voll drauf, und denk dir nichts dabei.

Aber dieser Zipfel eines Zweifels machte ihm zu schaffen; nicht, daß sie ihn gerührt hätte, so hilflos war sie auch wieder nicht. Wäre sie nur nicht so eine kleine graue Maus gewesen, die keine Ahnung von den Möglichkeiten des Lebens hatte. Kopfschüttelnd schlüpfte er in die Scheune.

Er kauerte im Eingang, studierte, was er vor sich sah. Das Haus war fünfundzwanzig Meter entfernt, er konnte die Hintertür sehen und etwas gedämpftes Licht aus den Fenstern im Erdgeschoß. Im Hof, nach vorne zu, standen zwei Wagen geparkt, außerdem konnte er eine baufällige Veranda erkennen.

Als erstes dachte er an die Wagen: Mit denen könnten sie fliehen.

Nachdem er die Scheune wieder verlassen hatte, schlug er einen weiten Bogen und kroch dann auf die Autos zu; keines war abgeschlossen, eines davon war der Toyota, dessentwegen sie sich so geplagt hatten, der andere war ein schwarzer Trans Am.

Behutsam öffnete Bud die Türen, beugte sich hinein und griff in das Kabelnest unter der Lenksäule. Er hatte keine Zeit, den Draht für die Zündung zu suchen, also riß er mit einem kräftigen Ruck einfach alles heraus. Mit den Wagen fuhr heute nacht keiner.

Als nächstes krabbelte er auf die Seite des Hauses. Das Fenster war hoch, und er konnte nicht so recht hineinsehen, aber dem gedämpften Licht nach, das von woanders in den Raum drang, war er wohl leer, wahrscheinlich die Küche. Das Licht kam durch eine Tür zu einem größeren Zimmer oder aus dem Flur. Er schlich um das Haus herum zur Hintertür. Er drehte am Knauf, aber sie war verschlossen. Rasch sah er sich nach etwas um, womit sie sich von außen sichern ließ. Wenn er Lamar erledigt hatte, so dachte er, würde Richard mit Sicherheit auf den nächsten Ausgang zulaufen, und wenn der sich nicht öffnen ließ, wäre einer wie Richard wohl zur Aufgabe bereit.

Die Wäscheleine!

Er lief hinüber, schnitt sie mit dem Taschenmesser ab, kam dann wieder zurück, legte einige Schlingen um den Türknauf und das andere Ende der Leine um den Wäschepfosten, wo er sie mit einem soliden Cowboyknoten sicherte. Den würde Richard jedenfalls nicht aufkriegen.

Vielleicht ging er durch ein Fenster und lief in die Prärie hinaus; man würde ihn nach ein paar Metern mit einem gebrochenen Knöchel finden.

Bud warf einen Blick auf die Uhr. Es war vier. Unwiderruflich. Und damit Zeit.

Er schlich am Fundament des Hauses entlang zur Ecke der Veranda und spähte hinein. Die Haustür war offen, obwohl ein Fliegengitter den Zugang versperrte. Durch das Gitter zu schießen wäre freilich kein Problem. Er schob sich näher an die Tür und spähte in das blendende Licht. Er spürte ihre Körper, konnte aber nicht richtig sehen. Er wagte sich etwas weiter vom Haus weg, bis er ihn schließlich sah: Lamar Pye.

Großmächtig stand er neben der Couch, den Telefonhörer fest in der Hand. Hinter ihm stand, eher ein Schatten, Ruta Beth Tull; Richard war nicht zu sehen, aber sicher nicht weit. Schließlich machte er einen Kopf aus, in eine Ecke der Couch gedrängt: Holly.

Wie von selbst flog der Karabiner an Buds Schulter. Um einen besseren Halt zu haben, kniete er nieder. Die Lichtverhältnisse waren nicht eben berauschend, aber es ging. Er sah das Korn. Zitternd zeichnete es ein Muster in die Luft; so krampfhaft, wie Bud sich darauf konzentrierte, machte es ihn verrückt. Er ließ etwas Luft aus der Lunge und zwang seine Arme zur Ruhe.

Erst Lamar. Durchladen, Ruta Beth. Zwei simple Schüsse. In einer Sekunde war es geschehen. Lamar krepiert an seinem Loch im Kopf; Ruta Beth wird nicht mehr rechtzeitig reagieren und ist damit ein leichtes Ziel. In die Brust. Dann weg mit dem Karabiner, die Beretta heraus und schießend ins Haus. Wenn du Richard siehst, leg ihn um; ansonsten schnapp dir Holly und dann nichts wie raus.

Aber selbst jetzt zögerte er noch einen Augenblick, schier überwältigt von der Eiseskälte des Plans.

Nicht doch, verdammt noch mal, sagte er sich. *Leg ihn um! Schick ihn zur Hölle!*

Bud konzentrierte sich ganz auf das Korn, als er abdrückte, sein Ziel: die Mitte von Lamars breitem, fast schon hübschem Gesicht.

Er spürte das Brechen des Abzugs, und für den Bruchteil der Sekunde, in der der Hahn nach vorn schlug, schien die Welt stillzustehen – eine zu lange gehaltene Note, die die Grenzen menschlicher Geduld überstieg. Die Zeit war stehengeblieben. Kein Laut, keine Bewegung, kein Leben.

Der Karabiner ging los, das Mündungsfeuer riß kurz die Details aus der Nacht, dann zerbarst die Tür in unzählige Scherben, in einen Schauer aus Glas, ein bitteres Chaos – verflucht noch mal, das war kein Fliegengitter gewesen, sondern eine gläserne Sturmtür, und das mitten im Sommer! Wer hätte an so was gedacht! Lamar tauchte augenblicklich ab, aber mit einer solchen Energie, so entschlossen, daß Bud sofort wußte, die Kugel war abgelenkt worden. Er hatte ihn nicht erwischt.

Lamar hatte es noch mal versucht. Das Telefon klingelte vor sich hin. Was zum Teufel war los mit dem Mann?

»Wo zum Geier ist der?« fragte er.

»Vielleicht hatte er einen Platten oder einen Unfall«, sagte Richard.

»Der doch nicht. Dazu ist er verdammt noch mal nicht der Typ.

Der Mann *ist* 'n Unfall.« Lamar stand da und wurde ganz fleckig vor Zorn und Frustration. *Was zum Teufel?*

Das Geklingel kam kratzend durch den Hörer, aber niemand ging ran.

Lamar versuchte zu überschlagen, was alles schiefgelaufen sein konnte. Hatte er es übertrieben? Hätte er den Drecksack abknallen sollen, als er an ihm vorbeigerast war? Bestand irgendeine Möglichkeit, daß man ihm auf die Schliche gekommen war?

Nein. Er war zu vorsichtig gewesen. So clever waren die nicht.

Er stand da, den Blick auf die junge Frau gerichtet, die eingerollt vor ihm lag, gefesselt und geknebelt, hilflos. Er spürte Ruta Beth hinter ihm. Richard war weiß der Teufel wo und machte sich wegen irgendwas ins Hemd.

Die Tür explodierte.

Im nächsten Augenblick lag Lamar auf dem Boden. Wie er dahin gekommen war, wußte er nicht; seine Reflexe hatten übernommen, hatten ihn sich flachlegen lassen, um sicher zu sein.

»Lamar!«

Es war Ruta Beth, die wie vom Blitz getroffen über ihm stand.

»HINLEGEN!« schrie er. »SIE SIND DA!«

Ruta Beth schlug neben ihm auf.

»Ich bin getroffen, Papa.«

»Gottverdammt noch mal!« schimpfte Lamar.

»Scheiße!« kam es von Richard aus der Küche.

»Hat's dich schlimm erwischt, Kleines?«

»Am Hals. Oh, Papa, es tut so weh.«

»Du mußt zurückschießen, verdammt noch mal, sonst können wir einpacken!«

Er zog Holly selbst von der Couch und nahm sie als menschlichen Schild. Er spürte ihr Herz gegen seine Rippen schlagen wie das eines gefangenen kleinen Vogels. Die Versuchung, ihr eine Kugel in den Kopf zu jagen, war groß, aber er wußte, das wäre dumm gewesen. Sie hinter sich herzerrend, rutschte er ans Fenster, um einen Blick hinauszuwerfen, sah aber nichts; nur ein Hauch von Pulverdampf lag in der Luft. Rasch peilte er die Lage: Der Scharfschütze eines SEK hätte ihn nicht verfehlt, ausgeschlossen, und außerdem hätte er mittlerweile ein Dutzend Blaulichter vor der Tür, große Kerle mit Lautsprechern, Hubschrauber – die ganze verdammte Welt würde sich bereitmachen, ihn zu erschießen. Aber es war verdammt noch mal kein Schwanz zu sehen.

Er wußte genau, wer das war.

Wie zum Teufel hatte er ihn gefunden?

Verdammt!

»Richard, Junge, das Licht, mach das Licht aus!«

»Lamar, ich …«

»GOTTVERDAMMT, JUNGE, MACH SCHON AUS!«

Hätte er ihn nicht angebrüllt, hätte Richard sich nicht gerührt. Irgendwie begann das nutzlose Stück Scheiße doch noch herumzuflattern, und einen Augenblick später war das Licht aus. Einen weiteren Augenblick später hörte Lamar ein schrilles Geheul. Wie ein Tier, das sich am Herd verbrannt hatte, aber hinter dem verängstigten Jaulen, dem panischen Gegreine eines angstschlotternden Hosenscheißers steckte einwandfrei Richard.

»Abgesperrt! Es ist abgesperrt! Abgesperrt!« schluchzte er.

Er meint die Haustür, dachte Lamar. Dieser Scheißkerl Pewtie hat sie blockiert. Dieser gerissene Hund. Damit blieb nur das Fenster zur Seite hin.

»Ruta Beth, bist du okay?«

»Oh Papa, es tut so fürchterlich weh. Ich bin ganz voll Blut.«

»Kannst du schießen, Kleines?«

»Was?«

»Ob du schießen kannst, verdammt noch mal, Ruta Beth! Wir müssen reagieren. Es ist Pewtie, dieser Scheißkerl. Du bist alles, was ich habe.«

Nicht ganz: Er hatte auch noch die Frau. Er spürte, wie sie sich unter ihm wand.

»Ich glaub nicht, Lamar. Meine Hände sind blutig. Ist alles ganz glitschig.« Sie war kurz vor dem Durchdrehen.

»Schon gut, Kleines. Macht gar nichts. Bist trotzdem die Größte. Hör zu, du krabbelst jetzt zur Tür raus. Auf dich wird er nicht schießen. Er sieht ja, daß du verwundet bist. Du schreist um Hilfe. Er wird dir sagen, du sollst die Hände hochnehmen, und wenn ich seine Stimme höre, knall ich ihn ab.«

Ruta Beth ließ eine schwarze Blutspur zurück, als sie an ihm vorbeikroch. Als sie die Tür erreichte, zog sie sich irgendwie daran hoch. Dann trat sie auf die Veranda und stellte sich mitten unter die helle Lampe. Lamar, der auf dem Hals von Buds Frau kniete, beruhigte sich, studierte die Dunkelheit vor dem Fenster, wartete auf einen Schrei. Er hatte fünf Ladungen Postenschrot in der gestutzten Browning. Wenn er ihn hörte, brauchte er bloß herumzuziehen und die Flinte leerzupumpen. Wenn er nur einer war, wie er vermutete, konnte er ihn wenigstens verletzen.

Bud hatte sich hinter den Trans Am gleich links von dem Haus geworfen.

Gottverdammt noch mal! Gottverdammt!

Das war schön in die Hose gegangen. Was jetzt? Lamar wußte, daß er es war, und berechnete todsicher bereits seinen Gegenschlag. Wenn er Holly nicht schon die Kehle durchgeschnitten hatte.

Aber was Bud dann sah, verblüffte ihn.

Es war die junge Frau, Ruta Beth Tull. Plötzlich stand sie da, schwankend, mit erhobenen Händen. Blutgetränkt. Er hatte doch nicht mal einen zweiten Schuß abgegeben! Dann wurde ihm klar, daß der Meister der Komödie da oben diese Nacht seinem Affen wieder mal Zucker gab: Er hatte aus dem Fliegengitter eine Sturmtür gemacht, um Buds Kugel von Lamar abzulenken, und, Spaßvogel, der er war, dafür gesorgt, daß sie Ruta Beth traf.

»Nicht schießen«, sagte sie. »Mich hat's schlimm erwischt.«

Sie trat einen Schritt vor.

Bud legte ihr Kimme und Korn direkt über den Kopf. Sie war zehn Meter entfernt; ihr ins Gesicht zu schießen wäre absolut kein Problem.

»Nicht schießen«, sagte sie mit einem schwankenden Schritt nach vorn.

Er spürte bereits den Widerstand des Abzugs am Finger.

Mach schon, sagte er sich. *Mach schon, und kümmre dich dann um den anderen.*

»Behalten Sie die Hände oben, und legen Sie sich mit dem Gesicht nach unten ...«

Im Fenster blitzte in rascher Folge Mündungsfeuer auf, als jemand fünf Ladungen Schrot in seine Richtung schickte. Bud war sich gar nicht bewußt, daß er sich geduckt hatte, nur daß rund um ihn alles zu explodieren schien, als die Rehposten in die Haube des Wagens schlugen, gegen die Windschutzscheibe, die sich zuckend in ein silbriges Netz verwandelte, bevor es auf seiner Seite die Scherben nach außen blies. Für eine geschlagene Sekunde, wie es schien, wurde seine linke Gesichtshälfte ganz taub, dann begann sie zu brennen.

Er faßte sich ins Gesicht: Blut. Aber war etwas eingedrungen? Der Schmerz beanspruchte rasch sein ganzes Gehirn, während ihn die Schießpulverschwaden schier zu ersticken drohten. Tödlich getroffen schien er jedoch nicht.

Als nächstes hörte er das Krachen eines zerberstenden Fensters von der anderen Seite des Hauses: Lamar haute ab.

Lamar wußte, der Mann mit dem Stern würde das Richtige tun, was in diesem Fall freilich das Falsche war; er konnte die arme Ruta Beth nicht einfach erschießen.

Und tatsächlich sah Lamar eine Gestalt hinter dem linken vorderen Kotflügel des Trans Am kauern, über einen Karabiner gebeugt. Augenblicklich riß er die abgesägte Browning hoch und ließ ein ganzes Magazin darauf los. Das grelle Feuerwerk schluckte für einige Augenblicke die Welt vor ihm, und eine halbe Sekunde lang wünschte Lamar, er hätte sie nicht gestutzt: Mit einem richtigen Kolben und langem Lauf wäre der Smokey kein Problem gewesen. Aber so bäumte sich die Waffe in seiner Hand auf, und er hatte seine Mühe, sie wieder aufs Ziel zu bringen. Jeder Schuß schien die Gegend auf Meilen hin auszuleuchten. Merkwürdigerweise war Lamar so auf den mechanischen Ablauf konzentriert, daß er nichts hörte.

Dann war die Waffe leer, Pulverschwaden durchzogen brodelnd die Luft; er glaubte Pewtie getroffen zu haben, war sich jedoch nicht sicher. Ihm blieb jetzt nur noch eines: aus dem Haus und hier wegzukommen. Das war alles, was zählte. Wenn er aus dem Haus kam und über die Felder, könnte er einen Laster stoppen, den Wagen irgendeines Spießers requirieren. Aber seine Karte hier raus war nun mal die Kleine, auch wenn sie ein Klotz am Bein war; Pewtie würde nun mal nicht wüst hinter ihm herballern, wenn Lamar seine kleine Frau dabeihatte.

»Na komm, Herzchen«, sagte er und zog sie im Aufstehen mit hoch. Die nutzlose Flinte ließ er fallen. Er hatte eine SIG mit sieben Patronen, aber nichts zum Nachladen. Zu blöd. Und Zeit, sich nach weiteren Magazinen umzusehen, hatte er auch keine mehr.

Mit einem einzigen kraftvollen Ruck schleppte er Holly ans Seitenfenster und warf sie hinaus. Sie krachte durch die Scheibe, blieb mit dem Fuß hängen und knallte mit einem furchtbaren Bums auf die Erde. Er sprang hinterher und riß sie hoch.

»Komm schon, verdammt noch mal, oder ich jag dir eine Kugel in den Kopf, und die Sache hat sich.«

Er riß sie mit sich fort in die Dunkelheit.

Bud kam hinter dem Wagen hervor, dachte dann jedoch an die Frau, die noch in der Tür stand. Er zog sich zurück und legte ein weiteres Mal auf sie an.

»HINLEGEN, VERDAMMT NOCH MAL – MIT DEM GESICHT NACH UNTEN!«

Aber die Frau starrte ihn lediglich an. Dann schien sie langsam die Hände zu heben, auf halber Höhe jedoch stoppte sie und richtete etwas auf ihn. Hatte sie eine Waffe, oder was war das?

Bud hatte keine Zeit zu überlegen; die Winchester ging los, er lud durch und schoß gleich noch mal. Er sah die Kugeln nicht einschlagen, aber mit der zweiten schien Ruta Beth die Luft auszugehen, sie kippte seitwärts weg und landete dann mit gräßlicher Wucht, wie's schien, auf dem Boden; Arme und Beine nahmen absurde Winkel ein.

Er wäre am liebsten sofort hinter Lamar her.

Aber wo war Richard?

Wo steckt Richard?

War es eine Falle? Vielleicht war es Richard, der aus dem Fenster gesprungen war, und Lamar war am Nachladen und wartete nur darauf, daß Bud die Nase rausstreckte.

Nein, nein, es war Lamar. Nur Lamar war clever genug, sich sofort durchs Fenster zu verdrücken. Richard war noch drin, völlig aufgelöst. Richard zählte hier nicht, so viel stand fest.

Richard lag schluchzend auf dem Boden der Küche.

Es war so unfair. Warum mußte es ausgerechnet immer ihn erwischen? Jetzt war die Polizei da und würde ihn abschießen. Er hatte doch überhaupt nichts getan. Kapierten sie das nicht? Er war unschuldig. Sie konnten ihm keine Schuld geben. Es war schließlich nicht so, daß er das hier gewollt hatte. Er hatte es doch sogar zu verhindern versucht! Im Restaurant hatte er mit seinem heldenhaften Schrei der Frau das Leben zu retten versucht. Ruta Beth hatte sie umgebracht, nicht er.

Er zerrte noch mal an der Tür. Sie wollte sich nicht bewegen.

Er ließ es sein, krabbelte an die Wohnzimmertür und spähte hinein. Das Schießen hatte aufgehört. Die Fenster waren beide herausgeschossen, und von Lamar fehlte jede Spur.

»Lamar?« rief er.

Keine Antwort.

Er warf einen Blick auf die Tür und sah Ruta Beths Stiefel ein gutes Stück voneinander auf der Veranda liegen. Nach all der Knallerei nahm er an, daß sie noch drin steckte.

Er krabbelte hinüber und spähte um die Ecke. Ruta Beth lag auf dem Bauch in einer großen seidigen Lache Blut, die sich langsam ausbreitete. Völlig reglos lag sie da – nicht das geringste Lebenszeichen in ihr.

Er wandte sich der Dunkelheit zu.

Er hob die Hände.

»Ich ergebe mich«, sagte er.

Und erhielt keine Antwort darauf.

Es war das Schlimmste, was Bud passieren konnte: einem bewaffneten und ausgesprochen gewalttätigen Mann im Dunkeln über unbekanntes Gelände folgen zu müssen. Und nicht einmal schießen zu können, weil er womöglich Holly traf. Während Lamar jederzeit zurückschleichen und ihm auflauern konnte.

Du Trottel, sagte er sich.

Verdammter Trottel. Hast aber auch nicht die Bohne Verstand!

Mehr aus Zorn als sonstwas stürzte er sich in die Dunkelheit, versuchte, nicht zu arg ins Schnaufen zu kommen und seine Nachtsichtigkeit wiederzufinden, nachdem die Mündungsblitze ihr den Garaus gemacht hatten.

Aber dann dachte er: *Lamar ist doch genauso blind! Die nächsten fünf Minuten sieht er doch 'nen Dreck!*

Geduckt rannte Bud weiter. Er warf die Winchester weg; beim bevorstehenden Nahkampf war sie nicht zu gebrauchen. Das hier war Polizeiarbeit wie aus dem Lehrbuch: eine Schießerei aus nächster Nähe mit einem Unschuldigen in der Mitte. Er kannte die Statistiken aus dem *Police Marksman*: Der durchschnittliche Zweikampf fand auf Entfernungen zwischen sechs und sieben Metern statt, mit zwischen 2,3 und 5,5 Schüssen. Bud holte den Colt Commander heraus, der den richtigen Bums hatte, aber leichter zu handhaben und trotzdem treffsicher war. Es würde eine knappe Sache, wenn es überhaupt dazu kam, nicht wie in dem Tätowiersalon, wo sie losgeballert hatten wie in einem Kriegsfilm.

Die vertraute Waffe bot ihm einen gewissen Trost; die bekannten Konturen, die Sicherung genau dort, wo sie sein sollte, der kurze Abzug sauber und streng, die Art wie sie sich in die Hand legte, wie sich die Finger darum schlossen – all das barg selbst in der Spannung des Augenblicks ein gewisses Vergnügen. Er zog den Kopf ein, spähte nach Zeichen auf der Prärie. Natürlich, so dachte er, würde Lamar auf die nächste Baumgruppe zuhalten, um nicht auf offenem Gelände erwischt zu werden. Die Prärie war karg und leer, nur zur Rechten, in einer kleinen Senke, war eine Baumgruppe zu sehen, das einzige, was die Leere durchbrach. Es war der einzige Ort, wo Lamar hinkonnte, ein anderer Fluchtweg war nicht drin, und Bud wußte, Lamar würde schnell machen, weil er damit rechnen mußte, daß es hier von Polizei bald nur so wimmeln würde.

Aber vielleicht hatte er sich ja auch längst gesagt: »Scheiß drauf« und Holly erwürgt – und lauerte seinem Todfeind jetzt irgendwo flach ins Gras gedrückt auf.

Nein. So dachte Lamar nicht. Was immer er war, er war ein Profi und dachte in erster Linie daran, zu fliehen, um noch einen weiteren Tag rauben und morden zu können, an eine Chance, Bud ein andermal zu kriegen und damit durchzukommen. Einer, der sich opferte, war das nicht.

Bud duckte sich noch tiefer und eilte weiter.

Das Mädel war ein Klotz am Bein. Er hätte sie am liebsten auf die Erde geknallt. Aber sie war die einzige Karte, die er hatte, also brauchte er sie.

Er ging davon aus, daß Pewtie ihm folgte. Was blieb dem Gesetzeshüter schon anderes übrig? Aber als er über die Prärie zurückblickte, war nichts zu sehen, wenigstens nicht richtig. Lichtspiele, blaue und orangefarbene Feuerräder tanzten ihm vor den Augen wie an den Nationalfeiertagen seiner Kindheit: das Feuerwerk aus der Flinte. *Das hat man davon, wenn man sie stutzt.*

Einmal ging die Kleine in die Knie, und er riß sie wüst wieder hoch.

»Du bleibst bei mir, Püppchen, sonst erledige ich dich auf der Stelle, ganz still und leise, dann ist dein Gatte dran, und ich geh meiner Wege.«

Er sah, daß sie Todesangst hatte, und spürte, wie sie sich wand. Ein Geräusch kam hinter dem Knebel hervor, kehlig und primitiv. Aber gegen seine Kraft war sie machtlos, also wandte sie sich mit hervorquellenden Augen ab, die Adern an ihrem Hals die reinsten Stricke. Außerdem blutete sie von dem Sturz durchs Fenster; sie hatte sich den Kopf angeschlagen. Ihr Pech. In dieser Nacht hatten sie's alle nicht leicht.

Er zerrte sie weiter. Er sah die dunkle Linie der Bäume vielleicht hundert Meter vor ihnen und war froh darüber, daß bisher weder Polizeiwagen noch Hubschrauber gekommen waren. Vielleicht hatte Pewtie sie gar nicht gerufen, vielleicht wollte er ja einen auf John Wayne machen und die Geschichte allein durchziehen. Aber nein: Pewtie war einer, der Verstärkung rief und dann erst mal allein ranging. Lamar kannte seinen Plan: ihn umzubringen und sich die Kleine zu holen; er wußte, die anderen spielten da keine Rolle.

Jetzt war Lamar nur noch fünfzig Meter von der Baumgruppe entfernt. Unter einem plötzlichen Energiestoß rannte er los und zog die Frau hinter sich her. Die war fertig, ihr Widerstand gebrochen, und als ihr die Beine durcheinander gerieten, ging sie zu Boden. Er verfing sich in ihr und fiel ebenfalls hin, landete mit einem dumpfen Schlag und bekam Erde in den Mund. Einen Augenblick lang war er benommen, als sie sich plötzlich wie wild zu winden begann und schließlich losriß. Mit mehr Kraft, als er ihr zugetraut hätte, rannte sie ihm davon.

»Hol dich der Teufel«, zischte er, riß die Waffe hoch und war bereits am Abdrücken, als er den Impuls unterdrückte; das Mündungsfeuer würde ihn nur verraten. Statt dessen kam er auf die Beine und setzte ihr nach, rutschte einmal aus, hatte sie aber mit drei kurzen Sätzen eingeholt. Er stürzte sich auf sie, spürte, wie sie unter seinem Gewicht zu Boden ging. Als sie unter ihm bockte und trat, versuchte er, ihr Gesicht in den Dreck zu pressen, rutschte jedoch irgendwie ab, so daß er nur den Knebel verrückte.

»BUD! BUD, HIER DRÜBEN, HIER!« schrie sie, als er ihr endlich das Gesicht in die Erde drückte. Aber noch bevor er ihr ernsthaft was tun konnte, sah er Pewtie auf der Anhöhe auftauchen. Er nahm die Pistole hoch, drückte ab und konnte nicht mehr aufhören, wie hypnotisiert vom Zucken der Waffe in seiner Hand, von den Blitzen, wie die Lufttulpen vor ihm aufblühten. Pewtie verschwand.

Er glaubte nicht, daß er ihn erwischt hatte.

»Komm schon«, rief er und zerrte sie wieder hoch, aber wieder riß sie sich los, und diesmal blickte er ihr, anstatt ihr nachzulaufen, einfach hinterher. Dann drehte er sich um und lief auf die Bäume zu.

Bud sah eine Bewegung und riß die Pistole hoch.

Er nahm Druckpunkt, als die verzweifelte Erscheinung auf ihn zugeschwankt kam, erkannte aber im nächsten Augenblick, daß es Holly war.

»Holly. Hier.«

Sie strauchelte, als sie sich ihm zuwandte, und er lief auf sie zu.

»Ich bin ihm entkommen. Er hat nicht auf mich geschossen. Oh, Bud, ich wußte, daß du kommen würdest.«

Er holte sein Messer heraus und befreite ihre Arme. Sie schlang sie um ihn.

»Oh, Gott, Bud, du hast mir das Leben gerettet, so viel steht fest.«

Er sagte nichts.

»Du liebst mich doch. Du bist gekommen. Oh, Bud, du bist eben ein ganzer Kerl.«

»Schon gut«, sagte er.

»Bud, du mußt mich doch lieben, nach dem, was du für mich riskiert hast.«

»Holly ...«

»Bring mich hier weg.«

»Das mußt du selber. Geh ein Stück in die Wiese und leg dich hin, egal was passiert. In ein paar Minuten ist die ganze Mannschaft hier. Du bist sicher. Du hast es hinter dir. Ich hab dich rausgeholt.«

»Du bist fertig Bud. Oh, bitte, laß gut sein.«

»Ich muß das jetzt zu Ende bringen. Ich muß mir Lamar schnappen.«

»Bud! Er bringt dich um!«

»Ich muß.«

»Bud!«

»Ich muß los.«

Aber sie zog ihn an sich, als wollte sie ihn nie wieder loslassen, ihn ganz vereinnahmen, jetzt, wo ihr Ziel so nahe schien, so einfach zu erreichen ...

Er schlug sie mit der offenen Hand, und das kräftig, gegen die linke Seite ihres Gesichts, und sie stürzte.

Noch nie hatte jemand sie geschlagen.

Seine Nasenflügel bebten, seine Augen waren groß, der Blick merkwürdig wild. Sie sah darin nichts, was sie wiedererkannt hätte.

»Kapierst du denn immer noch nicht?« Er schrie fast. »Es ist vorbei! Verdammt noch mal, ich bin frei, du bist frei! Und jetzt verschwinde. Das hier ist Männerarbeit.« Und ohne sich noch mal umzudrehen, machte er sich auf den Weg den Hügel hinab. Er wußte, er hatte noch ein paar Minuten, bis Lamars Augen sich wieder an die Dunkelheit gewöhnt hatten. Vor sich sah er das dunkle Band der Bäume, dicht, verlockend und still.

Auf Verstärkung warten, hieß es im Diensthandbuch für so einen Fall.

Nicht diesmal, dachte er. *Diesmal wird die Sache erledigt.*

Lamar kauerte hinter einem der Bäume. Kein Mond, keine Sterne, es war verdammt finster hier. Seine Augen funktionierten noch immer nicht so ganz richtig. Auf den Bullen zu schießen war wirklich blöd gewesen. So was hätte ein Amateur gemacht. Ein Mäusepiepel wie Richard würde so etwas tun. Und wieder hatte er das Mündungsfeuer so nah am Gesicht gehabt, daß er verdammt noch mal nichts mehr sah. Nichts als Sterne und Feuerräder, so weit das Auge reichte, feuerspeiende Drachen, flammende Löwenmähnen unter der Sonne.

Zeit. Er hatte keine Zeit mehr.

Außerdem hatte er so gut wie keine Munition mehr. Der Schlitten war zwar wieder nach vorn geknallt, aber als er das Magazin herausnahm und die Lippen abtastete, sah er, daß es leer war. Was nichts anderes bedeutete, als daß er nur noch eine Patrone hatte. Die im Lager.

Verdammt!

Durch das Stroboskop in seinen Augen glaubte er den Mann die Böschung herabkommen zu sehen, aber es wollte sich kein Bild einstellen, das klar genug gewesen wäre, um darauf zu schießen. Er sah ja noch nicht mal seine Waffe.

Die einzige Möglichkeit war, nah ranzukommen, wirklich nah ran, die Waffe aufzusetzen und ihn dann mit der letzten Kugel in die Hölle zu schicken.

Aber auch das schmeckte Lamar nicht. Es setzte voraus, daß Pewtie ihm nahe genug kam, und hatte er erst mal die Bäume erreicht, dann konnte man unmöglich sagen, welche Richtung er einschlagen würde. Und Pewtie sah besser als Lamar, da die Büchse nicht halb soviel Mündungsfeuer gehabt hatte wie seine Flinte. Außerdem hatte er seither nicht mehr geschossen. Und einfach abzuwarten war auch nicht drin. Je länger Lamar hier war, desto größer die Gewißheit, daß man ihn schnappte.

Nein. Ich muß ihn zu mir bringen und umlegen, und zwar schnell, und dann nichts wie raus hier, bevor das Aufgebot kommt.

Ihm kam eine Idee.

Die Pistole, die Pistole, die Pistole.

Ja. Wenn er sie in einer Astgabelung befestigte. Mit einem Zweig oder was auch immer in den Abzugsbügel geklemmt.

Laß Pewtie kommen. Wenn er da ist, feuerst du deinen letzten Schuß ab.

Pewtie wird mit allem, was er hat, auf das Mündungsfeuer halten und sich damit selber die Sicht verderben. Dann ist er blind und du nicht.

Noch im selben Augenblick, in dem er geschossen hat, schlägst du zu, tief und hart, so daß er zu Boden geht. Dann würde es Mann gegen Mann gehen, Kraft gegen Kraft, und Lamar wußte, daß ihm im Zweikampf keiner gewachsen war. Falls Pewtie irgendwelche Zweifel daran hatte, konnte er ja Junior Jefferson fragen.

Lamar glitt tiefer in den Wald und hatte sofort gefunden, was nötig war: einen jungen Baum mit einer kräftigen Gabel in vielleicht anderthalb Metern Höhe. Lamar klemmte die SIG in die Gabel, nahm den Gürtel ab und band die Pistole fest. Er sah sich um und brach dann einen Zweig von zirka eins zwanzig Länge ab.

Sacht verkeilte er die Spitze zwischen Abzug und Bügel. Noch einen Zentimeter weiter und der Zweig drückte den Abzug so weit nach hinten, daß er die Waffe auslöste.

Lamar kauerte nieder und wartete auf die Geräusche seiner Beute.

Ich krieg ihn doch noch, dachte er sich.

Bud hatte die Bäume erreicht.

Also das schmeckt mir ja gar nicht.

Er überlegte: Wenn er schoß, dann nur unter Feuer, und selbst dann wollte er seine Chancen auf seiner Seite haben, und nicht nur ein paar. Also steckte er den Colt in den Halfter und nahm die Beretta heraus. Mit dem Daumen zog er den Hahn zurück. Dann kroch er, den Finger am Abzug, los.

Er ist hier drin, verdammt noch mal, er wartet nur, bis er wieder klar genug sieht. Wenn ich nicht schnell genug mache, bin ich ein toter Mann.

Er glitt ins Unterholz. Sein Blick war so klar, wie er nur sein konnte. Vor sich sah er nichts weiter als einen schmalen Irrgarten aus Bäumen, darunter Gebüsch, einen Graben, in dem ein Bach verlief, dahinter einen Zaun und weit, weit dahinter die Buckel der Wichitas. Aber keinen Lamar.

So langsam wie er sich bewegte, war er sich sicher, daß Lamar ihn nicht sah.

Er schob sich vorwärts, fast geräuschlos, sondierte dabei das Terrain, sah aber nichts.

»Lamar!« rief er. »Gib auf, Lamar. Sie sind auf dem Weg. Du mußt heute nacht nicht sterben wie deine arme Freundin.«

Schweigen.

»Die schicken dich bloß wieder in den Knast, Lamar. Da bist du dann eine große Nummer. Kannst haben, was du willst. Bist dort der King.«

Lamar antwortete nicht.

Schrie er denn einen Geist an? War Lamar durch die Bäume gerannt und bereits auf dem Weg zu irgendeiner braven Familie, die er für einen Lincoln umbrachte, mit dem er entkam?

Nein. So schnell konnte er nicht gewesen sein.

»Lamar!«

Vor ihm blitzte Mündungsfeuer auf, und er sah nur noch Sterne. Aber Lamars bester Schuß war danebengegangen – Bud hielt die Beretta darauf und schoß zurück. Die Waffe bäumte sich in seiner Hand auf, aber endlich schießen zu können war eine Freude. Die Blitze leuchteten den Dom unter den Bäumen aus, so daß man, wenn auch nur für einen Sekundenbruchteil, jede Einzelheit gestochen scharf sah.

Bud schoß acht- oder neunmal.

Damit war er so gut wie blind, hörte aber, daß sich vor ihm etwas bewegte, und noch bevor er etwas dagegen tun konnte, schoß er bereits wieder, die Blitze größer diesmal, wie Leuchtgranaten, das reinste Feuerwerk; die Nacht schien zum Tag zu werden, und sogar der brodelnde Pulverdampf war unter den Blitzen zu sehen.

Verdammt, dachte er, und schon traf ihn Lamar mit voller Wucht vor die Brust.

Lamar sah ihn kommen. Einen Augenblick zweifelte er an seinem Plan: So langsam und schwerfällig, wie der Mann daherkam, schien er ein leichtes Ziel. Aber nicht nachts, wenn man die eigene Waffe nicht sah, um richtig zu zielen. Nicht wenn man nur einen Schuß hatte. Man mußte warten, bis man die Hand nach ihm ausstrecken konnte, und wer wußte schon, ob er so nah kam.

Dein Plan ist schon okay, dachte er.

Er sah Pewtie zögern, selbst am Zweifeln.

Kannst dich wohl nicht entscheiden, Junge?

Dann steckte Pewtie die Waffe weg und holte eine andere heraus. Was sollte denn das nun wieder? Hatten sie eine geheime Bedeutung für ihn? Spielte jetzt keine Rolle. Wichtig war, daß Lamar damit wußte, daß er sie hatte, die eine in der Hand, die andere hoch an der rechten Hüfte. Vorsichtig kam Bud zwischen die Bäume.

Dann blieb er stehen und schrie Lamar etwas zu. Lamar verstand nicht ganz, so dicht wie er sich, zwei Meter rechts von der in die Astgabel gekeilten SIG, in den Waldboden duckte. Mit der gestreckten Linken kontrollierte er den Zweig, der den Abzug betätigen sollte. Er konzentrierte sich ganz darauf, kein Geräusch zu machen, sich totzustellen, kaum daß er schnaufte. Gleichzeitig versuchte er sich auf Bud einzustellen, irgendwie zwischen den Bäumen hindurch den Verstand des Gesetzeshüters zu erreichen, um ihn in seine Nähe zu ziehen. Was bisher funktionierte.

Bud kam näher und schrie noch was. Er schien stehenzubleiben, nicht ganz schlüssig, in welche Richtung er sollte. Dann schien er sich zu entscheiden und drehte sich, als wolle er nach rechts. Wenn er zu weit ging, war er für Lamar nicht mehr zu erreichen.

Okay, Lamar, sagte er sich. *Mach schon. Mach schon, bring's hinter dich.*

Aber irgend etwas hielt ihn zurück.

Was? Angst, Bedauern?

Was auch immer, jedenfalls sah Lamar nur zu, als sich der Mann gerade mal acht Meter vor ihm, in Zeitlupe, wie es schien, umdrehte, nichts weiter als ein dunkler Fleck vor den Bäumen, fast nicht da, hätte er ihn nicht reinkommen sehen.

Mach schon, Lamar, sagte er sich.

Er schob den Stock nach vorn, und das Ergebnis ließ nicht lang auf sich warten. Der Knall war eher knackig als laut, das Mündungsfeuer leuchtete einen Augenblick das angespannte Gesicht des Polizisten aus. Dann verschwand es wieder.

Fast augenblicklich schoß Pewtie zurück. Lamar senkte den Kopf, um sich seine allmählich zurückkehrende Nachtsichtigkeit zu bewahren. Er hörte das Knallen, die scharfen Echos, fast als schwinge jemand über seinem Kopf eine Peitsche. Und das oft und in schneller Folge.

Hast die Hosen voll. Und das gestrichen! Nicht zwei Schüsse oder drei, sondern sechs oder sieben. Ein Stoßgebet und draufgehalten! Schweinepriester!

Einen Augenblick herrschte Schweigen. Dann feuerte Pewtie absurderweise noch mal wie ein Verrückter und kam schließlich unter dem Adrenalinstoß und dem Donnern der Schüsse gerannt. Lamar ging hoch wie ein Löwe, überwand springend die kurze Distanz zwischen ihnen und fiel ihn aus dem Winkel heraus an; und falls Pewtie ihn kommen sah, dann zu spät, denn schon knallte er voll in den Mann. Er spürte geradezu, wie Überraschung und Schreck Pewties Körper aus dem Konzept brachten. Dann war Lamar auch schon über ihm und begrub den um sich schlagenden Körper unter dem seinen.

Das erste war die Hand mit der Waffe, die er mit der Linken packte, dann setzte er Bud, während er an ihm hochrutschte, die Handkante ins Gesicht – unmöglich mit drei Fingern eine Faust zu machen – und traf ihn direkt über dem Auge. Er glaubte einen Knochen brechen zu hören, als der Mann aufschrie und mit dem anderen Arm die Schläge abzuwehren versuchte.

Es war wie Brutalsex zwischen zwei Schwulen: zwei Kerle, die in einem Dunst aus Körpergeruch und Angst aufeinander eindroschen. Lamar sah sofort, was er zu tun hatte; er wußte, es wäre ein Kinderspiel. Er brauchte nur weitere zehn Sekunden auf den Kopf des Mannes einzudreschen, den er da in der Gewalt hatte, bis er benommen genug war, um ihm mit beiden Händen die Pistole zu entwinden; dann könnte Lamar ihn mit seiner eigenen Waffe erschießen.

Aber Buds freie Hand schoß ihm an den Hals und begann zu drücken, ein Daumen fuhr ihm verzweifelt gegen den Adamsapfel. Lamar würgte, fädelte eine Hand unter Buds und stieß ihm dann einen Knöchel in die fleischige Seite seines Halses. Sofort spürte er den Körper unter ihm unter dem furchtbaren Schmerz erstarren. Er schlug noch mal zu und glaubte seinen Gegner mit dem letzten Zittern aufgeben zu spüren. Mit der Behendigkeit einer Raubkatze fuhr Lamar herum und hatte gleich darauf auch die zweite Hand um Buds Handgelenk mit der Waffe. Lamar drehte das Gelenk gegen den Uhrzeigersinn, um ihm die Pistole zu entreißen, spürte, wie sie ihm zu entgleiten begann. Etwas plumpste gegen sein Bein, dann ging die Pistole los, das Mündungsfeuer blendete ihn erneut, aber das spielte jetzt keine Rolle mehr, da der Schlitten wieder nach vorn glitt und der Rückstoß den Griff des Mannes noch mehr geschwächt hatte. Dann hatte Lamar die Waffe selbst in der Hand.

Er beugte sich zurück, sah zu, daß er sie richtig zu fassen bekam, setzte die Mündung auf Buds Körper und drückte ab.

Richard hörte Schüsse. Sie schienen von weiter draußen zu kommen, von der Prärie.

Er blickte sich wieder um, sah aber nichts Bestimmtes und ging schließlich in Richtung der Schüsse. Nachdem er eine Weile durch die Dunkelheit gelaufen war, blieb er einen Augenblick stehen, sah die Farm hinter sich und vor sich nichts weiter als das dunkle Band einer Baumgruppe.

Plötzlich tauchte eine Gestalt vor ihm auf.

»Lamar?« sagte er, aber es war nur die Frau, die ihn entsetzt anstarrte und dann floh. Als er sie in der Dunkelheit verschwinden sah, wunderte er sich über den Ekel auf ihrem Gesicht.

Er stand einige Sekunden da und überlegte, was er tun sollte. Noch nie war ihm die Welt so leer erschienen wie in diesem Augenblick.

Dann sah er vor sich zwischen den Bäumen einen einzelnen Schuß aufblitzen; eine Laune des Schicksals hatte ihn gerade in diesem Augenblick genau dorthin blicken lassen.

Der erste Gedanke: *Womöglich braucht Lamar Hilfe.*

Er ging in Richtung des Schusses.

Ich muß Lamar helfen.

Er holte den Revolver heraus.

Bud spürte, wie seine Kräfte nachließen und mit ihnen sein Wille schwand. Er hatte nichts mehr, womit sich kämpfen ließ, und Lamar hatte ihn derart hart ins Gesicht und gegen den Hals geschlagen, daß er nur noch Sterne sah, die seine pochenden Sehnerven verschossen. Trotzdem hielt er die Beretta fest; er wußte, sie war seine einzige Chance.

Lamar war über ihm und drosch mit gewaltigen Schlägen weiter auf ihn ein, denen er nichts entgegenzusetzen wußte. Sein Gesicht schwoll an wie eine faulende Grapefruit. Unter dem Stroboskop seiner Sehnerven sah er seine Söhne vor sich, und für einen Augenblick vergaß er, wo er war. Lamars Gesicht war eine wilde Maske, so starr vor Haß und Kraft, daß es ihm wie etwas aus vorgeschichtlichen Zeiten vorkam. Lamars schwarze Augen funkelten, seine Nasenflügel zitterten, Bud roch Schweiß, Schmutz und Blut, und schließlich traf Lamar ihn mit einem gewaltigen

Schlag auf die Nase, brach sie, füllte Buds Verstand mit rotem Dunst.

Lamar drehte sich, und Bud spürte die zweite Hand des anderen an seinem Gelenk. Nach wie vor hielt ihn Lamar mit seinem Gewicht am Boden, während er ihm die Waffe zu entwinden versuchte; einen Augenblick noch, dann hätte er sie verloren.

Der Magazinknopf, dachte er.

Er drückte ihn mit dem Daumen, spürte das Magazin herausgleiten und drückte dann ab. Die Kugel fuhr ungezielt ins Nichts, als Lamar die Waffe endlich zu fassen bekam und mit spürbarem Triumph von Bud abließ; eine rasche Drehung, dann rammte er Bud die Pistole gegen die Rippen und drückte ab.

Lamar mußte zehnmal abgedrückt haben, bevor ihm klar wurde, daß das Ding nicht losgehen würde. Wie sollte es auch. Ohne Magazin.

In der Zwischenzeit ballte Bud die Faust, traf Lamar am Hals und spürte seinen Gegner zusammensacken.

Er rollte sich etwas herum, riß den Colt aus dem Halfter und wollte ihn auf Lamar richten, der sich aber schnell erholt hatte und mit der Linken nach der Pistole griff.

Hoffnungslos ineinander verkeilt, rutschten die beiden Männer über die lose Erde auf den Bach zu, beide verzweifelt darauf bedacht, einen Halt zu finden, während sie um die Kontrolle von Buds Commander rangen. Bud hatte den Daumen über dem Sicherheitsflügel und versuchte, ihn nach unten zu kriegen, Lamar hatte den seinen darunter und versuchte alles, das zu verhindern. Ihre Gesichter waren nur Zentimeter voneinander entfernt.

Urplötzlich und mit der Geschwindigkeit einer Schlange stieß Lamar zu und schlug die Zähne in Buds Nase. Der Schmerz raste Bud die Wirbelsäule hinauf und hinab; er schrie, aber im selben schrecklichen Augenblick fiel ihm ein: *Ich habe ihm doch ein paar Finger abgeschossen.*

In einer kurzen Geraden stieß sein Daumen gegen Lamar's Faust, traf die Bandage, grub sich durch und spürte, wie der Schorf dem Blut wich. Dann hörte Bud einen Schrei, der nicht von ihm selbst kam.

Er bekam die Pistole frei und rammte sie Lamar in den Leib, aber als er abdrücken wollte, rührte sich nichts. Lamar hatte einen Finger zwischen Hahn und Schlitten gebracht.

»Drecksau, Drecksau, Drecksau«, fluchte Lamar.

Bud bekam die Waffe wieder frei, nahm mit dem Daumen den Hahn zurück, aber auch diesmal bekam Lamar ihn am Handgelenk zu fassen.

Die Pistole in Buds Hand wurde zum Bajonett, um dessen Kontrolle sie rangen, um es dem Gegner ins Herz zu treiben. Sie stieg und stieg, schwankte mal hierhin mal dorthin, während die beiden ineinander verschränkt drückten, bissen und mit den Schädeln aufeinander einschlugen.

Die Pistole wanderte höher, bis sie Buds Kinn zu berühren schien; er spürte sie schon hart und kalt, sah Lamars unbarmherzige Augen, aber dann setzte, weiß Gott woher, ein letztes Quentchen Zorn ein letztes Quentchen Kraft frei.

Die Waffe ging los.

Das Mündungsfeuer explodierte in Buds Gesicht; der Blitz war grell und brutal, schien alle vier Winkel der Erde zu füllen und überwältigte Buds Verstand: Er war sofort geblendet. Tausend Partikel Pulver und Blei fuhren ihm in die Haut.

In seiner Blindheit isoliert, fiel Bud hintüber, sah nichts, spürte nichts. Er war hilflos.

Er hatte die Waffe verloren, er war blind, ihm dröhnten die Ohren.

Jetzt bringt er mich um, dachte er und wartete auf den nächsten Schuß, empfand ihn fast als Erlösung, da er dem Schmerz ein Ende machen würde, der in seinem Kopf zu pochen begann. Er würde ihm endlich Frieden bringen.

Aber es kam kein Schuß. Er tastete blinzelnd um sich, sah noch immer nichts, hörte aber ein unidentifizierbares Röcheln, Stöhnen, was immer.

Er fuhr sich mit den Fäusten in die Augen und drückte fest zu, während er sich rücklings ein Stück die Böschung hinaufarbeitete.

Er öffnete die Augen, wartete auf den Tod.

Unendlich langsam jedoch identifizierte er das Geräusch. Es kam von einer mächtigen Gestalt, die direkt vor ihm, die Hände vor dem Gesicht, im Bach kniete.

Gerade als Lamar die Hände vom Gesicht nahm, fuhr knisternd ein Wetterleuchten über den Himmel, in dessen Licht Bud sah, daß das Projektil, ein Hohlmantelgeschoß, von unten durch Lamars Kinn gedrungen war und dann eine Furche durch das Gesicht gepflügt hatte. Die Zähne und der größte Teil seiner Zunge waren verschwunden, die Nase ausgeweidet, und als das Geschoß auf seinem Weg nach oben aufgepilzt war, hatte es Lamar beide Augen zerstört und schließlich die Stirn geöffnet und durch eine dunkle pulsierende Masse ersetzt. Lamars Gesicht war ausradiert.

»Schi-mi, schi-mi, schi-mi«, stöhnte Lamar, und Bud wußte, es bedeutete: »Erschieß mich, erschieß mich, erschieß mich.«

Bud fand schließlich die Beretta .380, obwohl sie beim Kampf fast in der Unterhose gelandet war. Er nahm sie hoch und zielte. Er war einen Meter von Lamar entfernt. Er schoß ihm zwei Kugeln in den Kopf, der Mann kippte seitwärts in den Bach und rührte sich nicht mehr.

Bud starrte ihn an, wenn auch nur für einen Augenblick, dann setzte er sich zurück, als die totale Erschöpfung über ihm zusammenschlug. Er hatte eine taube Stelle neben der anderen; der Rest tat ihm weh. Die kleine Pistole glitt ihm aus der Hand, und er machte sich noch nicht mal die Mühe, danach zu sehen.

Holly hatte es unter bitteren Tränen fast zurück zur Farm geschafft, als sie das Donnern hörte. Sie wandte sich nach Westen und sah sie kommen oder wenigstens ihre Lichter: Drei Hubschrauber kamen mit dramatisch blitzenden Scheinwerfern über die Bäume herein.

Gleich darauf sah sie aus der anderen Richtung die Fahrzeuge – Highway Patrol, Kombis, Krankenwagen, einen ganzen Konvoi – den Feldweg zur Farm heraufrasen. Hubschrauber und Fahrzeuge erreichten die Farm fast zur gleichen Zeit; Gruppen von schwarzgekleideten Männern in Kapuzen mit ausgefallenen Gewehren strömten heraus. Es war Theater, Kino, es hatte mit alledem hier nicht das geringste zu tun.

Sie ging auf sie zu, während die Männer, ihren dramatischen Auftritt fortsetzend, Türen eintraten und vermutlich durchs Haus rannten, bereit, mit ihren automatischen Waffen alles niederzumähen, was sich bewegte. Nur daß es nichts mehr niederzumähen gab.

Sie erreichte die gesicherte Zone.

»Hilfe«, sagte sie.

Im nächsten Augenblick war sie von Polizisten umringt.

»Sie sind da draußen«, sagte sie und wies mit der Hand. »Bud Pewtie und Lamar. Da drüben unter den Bäumen. Ich habe Schüsse gehört. Beeilen Sie sich lieber.«

»Dann mal los«, sagte ein alter Mann, der das Kommando zu haben schien.

»Bitte, machen Sie schnell«, sagte sie, aber sie waren bereits unterwegs.

Wir waren so nah dran, dachte sie.

Wie durch einen Nebel krabbelte Bud völlig erschöpft die Uferböschung hinauf; weder die Staubwolken noch das Donnern der Hubschrauber, noch das Blinken ihrer Navigationslichter ergaben irgendeinen Sinn.

Sein Verstand wollte nicht so recht. Er konnte nur eines denken: *Es ist vorbei.*

Ein Scheinwerfer traf ihn.

Er blinzelte.

»Da ist er«, rief der Pilot über den Sprechfunk.

C. D. sah hinüber, und tatsächlich hatte der Scheinwerfer Bud erfaßt, der blind umhertappte und dann in die Knie ging. C. D. sah, daß er von Kopf bis Fuß blutig war, und als er seinen Feldstecher auf sein Gesicht richtete, stellte er fest, daß es völlig zerschunden war.

»Landen Sie, verdammt noch mal!« schrie er.

Der Vogel setzte hart auf.

»Hören Sie, Sie fliegen zurück zum Haus und sehen verdammt noch mal, ob sie in einem der Wagen einen Arzt oder wenigstens einen Sani auftreiben. Bringen Sie ihn schleunigst her. Den Jungen hat's schlimm erwischt. Dann rufen Sie die Traumastation des Comanche und sagen denen, sie sollen sich schon mal fertigmachen.«

»Markieren Sie die Stelle mit einer Fackel, Lieutenant, damit wir Sie wiederfinden.«

»Darauf können Sie Gift nehmen«, sagte C. D. »Und bringen Sie noch Leute mit, um das Gelände zu sichern.«

Er rollte sich aus dem Huey, und jemand reichte ihm eine Leuchtkerze, die er mit einem kräftigen Ruck in Brand setzte. Sofort flammte ein rotes Feuer auf. C. D. lief damit auf Bud zu, während der Hubschrauber wieder in die Nacht hinausdonnerte.

Er lief die Böschung hinab und ließ die Leuchtkerze fallen, als er Bud erreichte.

»Bud, Bud ...«

»Ich hab ihn, Lieutenant. Er ist da unten. Ich hab ihm das Gesicht abrasiert. Herrgott, mir tut alles weh!«

»Nur die Ruhe, Bud.«

Er versuchte Bud zu trösten, drückte ihn an sich, legte dem Smokey die Hand auf die Brust, um seinen Herzschlag zu ertasten. Bud kippte nach vorn, fing sich dann aber noch mal. Im flackernden Rot der Leuchtkerze, mit dem Blut im Gesicht sah er fast schwarz aus; ein Auge war unter einer Schwellung so gut wie verschwunden. Er zitterte, Speichel und Schleim liefen ihm aus dem Mund.

»Ich hab ihn erwischt. Scheiße, er ist tot«, sagte er.

»Gute Arbeit, Bud. Sie haben ihn erwischt. Verdammt gute Arbeit. Aber jetzt beruhigen Sie sich erst mal, Hilfe ist ...«

Plötzlich tauchte jemand vor ihnen auf.

Er dachte, es wäre ein anderer Polizist, aber als die Gestalt aus der Dunkelheit kam, erkannte er sie an der Größe.

»Wo ist Lamar?« fragte Richard.

C. D. war nahe genug, um das geschwollene Gesicht des Mannes zu sehen. Hatte es ihn erwischt? Hatte Lamar ihn geschlagen? Aber als Richard schniefte, sah C. D., daß er nur geheult hatte.

»Es ist vorbei«, sagte er. »Aus und vorbei.«

»Wo ist Lamar?«

»Tot«, sagte C. D.

Richard nahm etwas hoch. C. D. sah, daß es ein Smith & Wesson .357 war.

Bud mußte fast lachen. Richard! Mit einer so großen Kanone! Und obendrein seiner eigenen!

»Richard, Junge, es ist vorbei. Legen Sie die Waffe weg. Sie wollen doch niemanden verletzen«, sagte C. D. »Jetzt doch nicht mehr.«

Richard sah den Revolver an, fast erstaunt, ihn in seiner Hand zu sehen.

Bud hörte die jaulenden Motoren der herankommenden Fahrzeuge. Plötzlich stand ein Hubschrauber über ihnen, schickte das Licht eines Scheinwerfers herab, der sie alle erfaßte, und sorgte für einen Staubsturm um sie herum.

Richard blinzelte.

»Ich ... ich ...« begann er.

»Ganz ruhig, Richard, es ist vorbei. Legen Sie einfach die Waffe weg, damit nicht noch jemand zu Schaden kommt.«

Richard sah C. D. an, dann Bud. Im Licht erkannte Bud riesige rote Augen, denen die Angst anzusehen war, bebende Lippen und eine triefende Nase.

»Richard, legen Sie die Waffe weg, die Jungs hier meinen es ernst. Es ist vorbei. Es braucht jetzt keinem mehr was zu passieren. Sie sind selbst ein Opfer. Er hat sie gezwungen.«

Richard nickte wie betäubt.

»Lassen Sie die Waffe fallen, Richard«, sagte Bud, den plötzlich die Angst quälte, die Polizisten könnten diesen bedauernswerten, verängstigten Jungen erschießen. Richard trat einen Schritt auf ihn zu, schien sich umzudrehen, um sich die Männer anzusehen, die vom Hubschrauber herübergelaufen kamen; dann wandte er sich wieder Bud und C. D. zu. Er schwankte, als würde er den Halt verlieren. C. D. griff nach ihm, um zu helfen.

Richard begann sich zu bücken, um die Waffe wegzulegen, als die Polizisten ihn umzingelten, und alles war in Ordnung, prima, das Happy-End von dem alle geträumt hatten.

Aber plötzlich trat, aus dem Nichts, etwas in Richards Blick.

»Papa!« schrie er, hob den Revolver und drückte ab.

KAPITEL 32

Lange nach dem Begräbnis, einem der größten in der Geschichte des Staates, lange nachdem Presse und Fernsehen das Interesse verloren hatten, lange nachdem die Leute aufgehört hatten, danach zu fragen, fuhr der Ford F250 auf den Parkplatz eines kleinen Friedhofs in Kiowa County. Es war November, der Tag vor Thanksgiving, wenn Oklahoma kühl und gelb wird und irgendwie seinen Glanz verliert.

Es war windig, und Russ Pewtie, der auf der Beifahrerseite ausstieg, schloß seine Jacke; sein Atem bildete Dunstfetzen unter der Nase, und von der schneidenden Kälte begannen ihm die Augen zu tränen. Er war erst diesen Morgen mit dem Flugzeug aus dem erstaunlich milden New Jersey gekommen.

Auch sein Bruder Jeff neben ihm, der ihn in Oklahoma City abgeholt hatte, erschauerte.

»Verdammt kalt«, sagte Russ.

»Verdammt kalt«, sagte Jeff.

Russ war bereits zwei Monate im Osten gewesen; er hatte es nicht leicht gehabt und bereits ein Seminar sausenlassen; aber inzwischen fühlte er sich wohler und wußte, er würde es irgendwie schaffen. Jeff sah gut aus. Seine Noten hatten sich gebessert, sein vorletztes Jahr an der High-School hatte begonnen, er hatte einen Führerschein, einen Laster geerbt, und eine Freundin hatte er auch, eine hübsche junge Frau, Tochter eines Colonels aus Fort Sill. Er trainierte jeden Tag nach der Schule und bereitete sich darauf vor, im Frühjahr wieder Baseball zu spielen.

Die beiden jungen Männer ließen den Laster stehen, der so sehr nach ihrem Vater roch. Sie sahen sich um, bewegten sich etwas, damit ihnen warm wurde, aber ohne großen Erfolg.

Russ warf einen Blick auf die Uhr.

»Na, dann schauen wir halt mal vorbei«, sagte er.

»Okay«, sagte Jeff, »bringen wir's hinter uns.«

Sie traten unter die knorrigen Zwergeichen, passierten ein windiges Schmiedeisentor und dann die Grabsteine auf der Prärie. Es waren so viele. Der Wind legte zu und fuhr ihnen peitschend um die Ohren. Das hohe Gras bog sich unter seiner Gewalt. Hier draußen war es immer windig.

In New Jersey gab es keinen solchen Wind, dachte Russ. Nirgendwo gab es Wind wie hier.

Nachdem sie einige Minuten gesucht hatten, kamen sie an den letzten der Steine, einen unter vielen. Wie seine Nachbarn war er aus nichtssagendem poliertem Granit, ein Symbol des Lebens, wie man es sich strenger nicht vorstellen konnte; kein Schnickschnack, keine Sentimentalität.

Russ versuchte eine Empfindung aufzubringen, aber ehrlich gesagt wollte es ihm nicht gelingen. Er kam sich falsch vor, lächerlich, absurd.

Er sah auf den Stein, auf dem das Leben eines Mannes in einem Satz Zahlen zusammengefaßt war.

1926–1994

Und darunter die Inschrift POLIZIST.

Und darunter eine weitere: ER HAT SEINE PFLICHT GETAN.

»Armes altes Schwein«, sagte Jeff.

»Ich frag mich, warum er's wohl gemacht hat«, sagte Russ.

Und darunter schließlich der Name: CARL D. HENDERSON.

»Weil er gedacht hat, daß es zum Job gehört«, sagte ihr Vater, der sich auf der anderen Seite des Grabsteins erhob, wo er schon eine ganze Weile gesessen hatte. Und dann sagte er: »Danke, Jungs, daß ihr gekommen seid. Ich weiß das wirklich zu schätzen. Hallo, Russ, siehst großartig aus.«

»Danke, Papa, ich bin okay. Ich hab deinen Wagen gar nicht gesehen.«

»Mir war heute nicht nach Fahren – das kleine Ding mit seiner lausigen Automatik. Mama hat mich abgesetzt. Sie mußte noch den Truthahn holen.«

Russ sah seinen Vater an und dachte an das letzte Mal, als er ihn gesehen hatte, im Krankenhaus, so gut wie tot. Der Mann, der überlebt hatte, war ernster, hagerer, gesetzt, seine Haut fast grau. Hin und wieder trat ihm ein geistesabwesender Ausdruck in die Augen. Richards Kugel hatte Hendersons Aorta durchschlagen und dann auch noch Bud erwischt, ihm das Schlüsselbein zerschlagen, die Nerven im rechten Arm ruiniert und auf ihrem Weg nach unten in die Milz noch einen Lungenflügel zerstört.

Gott sei Dank war ein Arzt im Hubschrauber gewesen; er hatte mit einem Blick Hendersons Tod konstatiert, noch auf der

Wiese Buds Brustkorb geöffnet und das Herz wieder zum Schlagen gebracht, bevor ihn der Hubschrauber in die Traumastation des Comanche geflogen hatte. Dort hatte Bud schließlich drei Monate mit dem Sensenmann gerungen, bevor er endlich über den Berg war.

»Siehst selber nicht schlecht aus, Papa«, log Russ.

»Dieser verdammte Ruhestand macht mich mürrischer als 'nen Maulesel«, sagte Bud. »Aber ich werd mich schon dran gewöhnen. Also, alles bereit für die Party?«

»Und wie«, sagte Jeff.

Bud holte eine neue Flasche I. W. Harper heraus und machte sie auf. Ohne großes Brimborium nahm er einen tiefen Zug von dem rauchigen Zeug. Dann gab er die Flasche an Russ weiter und der an Jeff; beide nahmen sie einen Schluck.

»Uff«, sagte Jeff und blinzelte angesichts der Kraft der Flüssigkeit.

»Und wenn ich euch je allein dabei erwische, zieh ich euch den Hosenboden stramm!« drohte Bud und nahm Jeff die Flasche ab.

Dann wandte er sich um und goß den Rest neben Hendersons Stein in die Erde.

»Der alte Sack wollte immer, daß ich einen mit ihm hebe«, sagte Bud. »Tja, so komm ich also endlich dazu. Und hab sogar meine Jungs mitgebracht, genau wie er's gern gehabt hätte. Auf dein Wohl, Alter.«

Schließlich drehte er sich wieder um und sah seine beiden Söhne an. Dieses eine Mal hatte Russ die düstere Miene des jungen Intellektuellen abgelegt; Jeff schien etwas wacklig auf den Beinen nach seinem ersten Schluck harten Stoffs.

»Na schön«, sagte er. »Gehen wir.«

Irgendwann in derselben Woche blinzelte Richard mehreremal, als sich die Türen öffneten und er mit seiner Eskorte aus dem Krankenwagen auf den Gehsteig des Prison Boulevard trat. Er hätte sich gern die Augen abgeschirmt, aber das war nicht möglich; Hand- und Fußschellen, beide mit einer Kette um die Taille verbunden, nahmen ihm die Bewegungsfreiheit.

Der Wind war eisig, der Himmel strahlend blau. Richard erschauerte, spürte wieder die Phantomschmerzen. Auch er hatte sich von seinen Wunden erholt, die erstaunlich geringfügig waren, wenn man bedenkt, daß vier Staatspolizisten noch im selben Augenblick das Feuer auf ihn eröffneten, in dem er auf Henderson und Pewtie geschossen hatte. Was hatte Lamar gesagt? »Heute kann doch keiner mehr schießen.« Womit er wieder einmal recht gehabt hatte.

Eine Kugel hatte ihm eine Rippe gebrochen, eine zweite war ihm glatt durch den Brustkorb gefahren, zwei weitere in den fleischigen Teil seines Beins. Er hatte gewußt, er würde nicht sterben. Genaugenommen hatte es weit mehr weh getan, als ihn einer der Smokeies gegen den Kopf getreten hatte, als er am Boden lag. Er dachte schon, sie würden ihn verbluten lassen. Aber zu ihrer Enttäuschung wollte er einfach nicht sterben.

Den größten Teil der letzten Monate hatte er in Kingsville verbracht, einer freundlichen Anstalt für geistesgestörte Kriminelle, wo sich Ärzte liebevoll um ihn kümmerten. Aber irgend etwas hatte sich geändert. Er war distanziert und unzugänglich, und sosehr sie ihn auch zu erreichen versuchten, er starrte sie einfach nur an. Irgendwie schienen sie ihm von einem anderen Planeten. Während des letzten Monats, als er wieder zu Fuß gehen konnte, hatte man ihn gedrängt, doch wieder zu zeichnen. Aber er hatte nur die Stifte und das Papier angestarrt und nichts als Leere gesehen.

Der Richterspruch war einfach. Um dem Staat die Kosten eines Verfahrens zu sparen, erklärte er sich – unter der Voraussetzung, nicht zum Tode verurteilt zu werden – des vorsätzlichen Mordes für schuldig. Laut seinem Anwalt käme eine Entlassung zur Bewährung frühestens in siebzehn Jahren in Frage. Die Flucht legte man ihm nicht zur Last, da sein Anwalt das Gericht davon überzeugen konnte, daß Lamar ihn zum Mitkommen gezwungen hatte; ebensowenig beschuldigte man ihn des Mordes an dem Schließer und dem Lieferanten oder an den Zivilisten und Polizisten, die bei dem Raubüberfall auf das Denny's in Wichita Falls ums Leben gekommen waren. Sein bester Leumundszeuge war der alte Bill Stepford, der der Staatsanwaltschaft folgendes sagte: »Er hat überhaupt nichts gemacht. Nur dagehockt und geheult, als Lamar und Odell mit meiner armen Frau und mir so brutal umgesprungen sind. Richard war ein verdammter Feigling. Keiner Fliege hätte der was zuleide getan.«

Falls Richard dazu eine Meinung hatte, so behielt er sie für sich. Er war so gut wie stumm geworden, ein verdrießlicher Beobachter, langsam in seinen Bewegungen, sein Gesicht gegen jeden menschlichen Ausdruck gefeit. Wer wußte schon, was sich hinter den zusammengekniffen Augen abspielte, so stumpf wie sie geworden waren.

»Da wären wir, Richard«, sagte der Chef seiner Eskorte, »alles genau wie du's verlassen hast.«

Und so war es auch.

Drohend ragte die staatliche Justizvollzugsanstalt McAlester vor ihm auf, hohe Mauern, weiße Wände, die in der Sonne leuchteten; man hätte meinen können, ein Camelot, eine sagenhafte Maurenstadt oder eine Bergfestung in Tibet vor sich zu haben. Das »Mac«. Das »Big Mac«. Hatte es ihn endlich wieder.

Er blinzelte noch mal. Von hier aus war nichts weiter zu sehen als Mauern und ein kleines Stückchen des Zellenblocks, der vier Monate seine Welt gewesen war, bis Lamar ihn auf diese völlig verrückte Flucht mitgenommen hatte. Er sah sich um, aber außer Mauern war nichts zu sehen.

Das »Mac«, dachte er. *Ich bin wieder da.*

Jetzt werden sie mir die Rechnung präsentieren.

Er wußte, er würde wahrscheinlich sterben.

Die Schwarzen würden ihn kriegen. Wahrscheinlich die Schwarzen. Seine weiße Haut würde schon genügen, um sie in Rage zu bringen; es würde keinen Augenblick dauern, und sie würden über ihn herfallen, ihn ficken, um ihm dann lachend den Hahn abzudrehen. Er könnte natürlich den Arsch für einen der Großen hier hinhalten ... Aber siebzehn Jahre davon?

Vielleicht die Mexikaner – die *cholos*. Die taten doch nichts lieber als in der Dusche *gringos* aufzuschlitzen. Die hätten ihn schnell. Oder die Rothäute, diese teilnahmslosen mongolischen Wilden mit dem aufwendig tätowierten Band um den Bizeps: N-D-N-Z.

Aber er wußte es: Es wären die Schwarzen.

Rasselnd öffneten sich die Türen.

Ein Lieutenant, den er wiedererkannte, erwartete ihn schon.

»Na, wie geht's denn so, Richard? Wußte doch, daß du früher oder später wiederkommst. Ist noch keiner weggeblieben.«

Richard sagte nichts.

»Verdammt, sogar Lamar und Odell sind wieder da. Drüben auf dem Gefängnisfriedhof, verdammt noch mal. Wer wollte sie auch sonst schon haben? Ist doch klar, daß man die nicht zu anständigen Leuten legt.«

Richard erinnerte sich vage an den Friedhof. Ein unscheinbares

Stückchen wertloser Erde hinter dem Landwirtschaftscenter westlich der Anstalt, wo man Leute aus der Gefängnisgemeinschaft, Knackis wie Schließer, begrub.

»Ich würde sie gern mal besuchen«, sagte Richard.

»Na, da müssen wir erst mal sehen«, sagte der Schließer. »Manches geht hier einfacher als anderes. Aber die laufen dir ja nicht weg.«

Richard nickte nur bitter und fragte sich, wie es wohl passieren würde.

Die Abfertigung verlief emotionslos und effizient; er hatte im Grunde kein Eigentum, das zu konfiszieren gewesen wäre, und so begab er sich einfach in die Hände der Anstalt.

In neuer Gefängniskleidung, den Arm voll Klamotten, betrat er den Zellenblock und ging den Laufsteg entlang zu dem Raum, in dem er den Rest seines Lebens verbringen würde.

Die Ungeheuerlichkeit des Ganzen türmte sich über ihm auf; er dachte an den gespreizten Kopf einer Kobra, hatte das Gefühl, von der Dunkelheit verschlungen zu werden. Tageslicht gab es hier nicht. Draußen auf dem Hof ging alles seinen Gang. Er hörte das Geschrei von Basketball- und Handballspielern, das Klappern der schweren Hanteln, an denen die Bodybuilder hier drinnen trainierten. Und weitere zusammenhanglose Geräusche: Latinomusik, billig und laut, Soul, Country und das schnatternde Gequassel vieler Männer, die sich unterhielten, gärten, wehrten, sich die Finger nach etwas Raum und Individualität blutig kratzten, aber vor allem nach einem weiteren Tag an diesem archaischsten aller Orte. Gerüche: Fürze, Schweiß, Galle, Kotze und Kot. Eisen und Stein, wohin man sah, das leichte Vibrieren des Laufgitters auf dem Steg unter ihm, rechts glitten die Zellen vorbei, mit Bildern diverser Heiliger und Huren geschmückt.

Bis er schließlich zu Hause war.

»Da wären wir, Richard: D-58. Tut mir leid, Doppelzimmer ist nicht. Hast einen Vergewaltiger bei dir, einen Rocker und einen, der gern Leute absticht. Nicht gerade der Chor aus der Sonntagsschule.«

Und Richard wußte auch schon, wo sie ihn hingelegt hatten. Aufs hintere Stockbett, oben, wo sich die Fürze sammelten und man sich bei heißem Wetter wie in einem U-Boot vorkam, während es im Winter am kältesten war. Jeder Quadratzentimeter wäre mit Bildern aus dem Innenleben der anderen tapeziert, und er hätte nicht das geringste zu melden. Seine eigenen Zellengenossen brachten ihn womöglich um, nur aus Spaß an der Freude, weil sie gerade das Wichsen oder Arschficken müde waren.

Richard schlüpfte hinein.

Hm.

Mußte ein Fehler sein.

Das kapierte er nicht.

»Mußt du nicht mich fragen, Richard. Wir lassen euch das selber ausmachen, wo wer schläft.«

Ein Bett war frei, aber es war nicht das hinten oben, sondern das untere gleich vorn an der Tür.

Hm.

Das beste Bett in der Zelle.

Und man hatte sämtliche Bilder von der Wand genommen; er konnte aufhängen, was er wollte.

Er blickte sich das teilnahmslos an. Auf seinem Gesicht war nichts zu sehen.

»Okay, Richard. Ab jetzt bist du allein. Sei ein guter Junge, und falls du Ärger kriegst, rufst du uns.«

»Sicher.«

Seine Eskorte ging, und er war allein.

Er setzte sich auf das Bett.

Dann sah er sich die beiden Tische an und staunte noch mehr. Normalerweise gehörten diese den beiden Stärksten, und die Schwächeren konnten zusehen, wo sie blieben. Manchmal ließ sich auch ein Deal ausarbeiten, bei dem alle vier teilten, wenn sie gleich stark waren. Aber beide leer, und das Zeug, das sie enthalten hatten, fein säuberlich auf einer Seite der Zelle gestapelt – als wäre es an ihm, sich den besten auszusuchen.

Richard saß einige Stunden da, um an die Lösung des Rätsels zu kommen. Er hatte nur eine kleine Aufgabe zu erfüllen. Sorgfältig faltete er den Druck auseinander, den er sich hatte kommen lassen, und klebte ihn dann mit Klebstreifen genau über die Mitte eines der Tische.

Dann mußte er schließlich aufs Klo.

Früher hatte er dabei Todesängste ausgestanden. Die Klos hatten keine Zellen, man stand der Welt nackt gegenüber und war somit besonders angreifbar. Er hatte es sich angewöhnt, nur mit Lamar oder Odell zu gehen. Aber die beiden hatte er jetzt nicht mehr. Die lagen eine ganze Meile von hier unter der Erde.

Wieder einmal konnte er nur staunen über seine Apathie. Noch nicht einmal der Gang aufs Klo machte ihm besonders angst. Er stand einfach auf und ging. Was immer passieren würde, würde passieren, und vielleicht war es ja besser jetzt als später.

Er stand auf, verließ die Zelle und ging den Laufsteg entlang aufs Klo. Er trat hinein. Ein Schwarzer, dünn wie ein Zwirnsfaden, sah ihn an und ließ ihn dann schweigend allein.

Richard saß da und erledigte sein Geschäft. Er stand wieder auf, machte sich die Hose zu und ließ sich Zeit mit dem Händewaschen.

Als er hinauskam, sah er sie.

Es waren vier, groß und schwarz.

Sie kamen aus dem Nichts, das heißt, sie tauchten aus irgendeiner der Zellen auf. Ganz plötzlich hatten sie den Laufsteg vor ihm blockiert.

Er sah sich um. Hoch über ihnen auf der Schießgalerie patrouillierte ein Wächter mit einer Mini-14, sah aber nicht her.

Und so dachte er: *Das wär's dann wohl. Endlich. Dein Schicksal.*

Einer der Kerle war unglaublich aufgepumpt von der Arbeit mit den Hanteln; seine glänzenden braunen Muskeln wirkten wie in Stein gehauen, sie standen heraus wie Rindslenden oder aufgeblasene Würste. Er trug ein rotes Halstuch. Ein anderer, schlaksig und verdrossen, hatte Michael Jacksons hübsche Haare, eine goldene Kette um den Hals und sehnige Arme mit strickartigen Venen. Seine Augen waren toter als Kohle. Der dritte war noch ein Kind, ganz versessen darauf, allen zu imponieren, das Gesicht eine teilnahmslose Maske, die der Welt signalisieren sollte, was für ein harter Knochen er war. Er fixierte Richard mit hochmütigem Blick. Der vierte war kein anderer als der berühmte Rodney Smalls, der Obermacker aller Nigger hier drin. Rodney fixierte ihn mit schmalen Augen.

Er war ein Schrank von einem Kerl, scharfsinnig und gewalttätig, ein erhabener Despot, der mit eiserner Hand herrschte. Rodney verließ seine Zelle sonst kaum; er zog es vor, die Schwarzen von dort aus zu regieren.

Aber Richard verstand: Jetzt galt es, für Junior Jefferson zu bezahlen. Er hatte Lamars Schuld geerbt.

Er versuchte, so teilnahmslos wie nur möglich dreinzuschauen, als er ihnen entgegenstarrte.

Okay, dachte er. *Ist es soweit?* Aus irgendeinem merkwürdigen Grund hatte er noch nicht mal sonderlich Angst.

Dann hatten sie ihn erreicht.

»Hey, Richard.«

»Ja?«

Gib ihnen nichts. Laß sie deine Angst nicht sehen.

»Wie läuft's denn so, Mann?«

»Kann nicht klagen«, sagte er.

»Wie geht's denn? Brauchst du was, Mann, irgendwas? Was zu rauchen? Soll ich dir Kippen besorgen?«

»Cool«, sagte Richard.

»Scheiße, Mann, wir haben kein Zoff mit dir. Ich wollt dir das bloß schon mal vorab sagen, Richard. Du bist okay.«

»Unser Richard hier«, sagte Rodney seinem jungen Schützling, »hat zwei Smokeies umgenietet, verdammt noch mal, 'nen Lieutenant und 'nen Sergeant. Eiskalt übern Haufen geknallt hat er sie, die zwei weißen Schweinepriester mit ihren E.T.-Visagen. Macht sich gerade wie'n richtiger Kerl und knipst zwei Scheißhäuser von der Highway Patrol ab. Hast sie alle beide erwischt, was, Richard?«

»Den Lieutenant hab ich umgelegt«, sagte Richard. »Der Drecks-sergeant hat mehr Leben als eine Katze, verdammt noch mal. Aber eins kann ich dir sagen: Seit der mir übern Weg gelaufen ist, hat der keine ruhige Nacht mehr gehabt!«

Die vier Schwarzen lachten.

»Bist schon okay, Richard, Mann. Hast es echt drauf. Voll cool, Wahnsinnstyp, Mann, eiskalt.«

Jemand klopfte ihm auf den Rücken. Er spürte ihre Wärme, ihre Zuneigung, ihren Respekt.

»Laß dir's gutgehen, Richard. Für so 'nen verdammten Weißen bist du gar nicht so schlecht.«

Er sah ihnen nach. Der Junge streckte den Finger zu einer Pistole und tat als knalle er einen Staatspolizisten über den Haufen, worauf sie alle in Gelächter ausbrachen.

»Richard?«

Er drehte sich um. Ein blasser Weißer stand vor ihm, vielleicht fünf Jahre jünger als er.

»Richard, ich bin Aaron Miles. Ich lieg in deiner Zelle. Ich hab mich gefragt ...«

»Hab ich mit dir geredet, du Wichser?« fragte Richard.

»Ah ... nein. Es ist nur ...«

»Ein Dreck ist, du Wichser. *Falls* wir reden, und ich hoffe, du merkst, daß ich *falls* sage und nicht *wenn*, also, *falls* wir überhaupt reden, dann wenn *ich* das sage. Ist das klar, Fotze? Hast du mich verstanden?«

»Ja, Sir.«

»Und jetzt gib mir mal die Hälfte von deinen Zigaretten«, wies Richard ihn an. »Ich krieg jede Woche die Hälfte. Ist das klar? Sonst könnt ich mich für dich interessieren. Und das ist das Letzte, was du willst.«

»Ja, Sir.«

»Und jetzt geh mir verdammt noch mal aus den Augen.«

Der Junge huschte davon. Richard sah ihm nach. Er hatte einen netten Arsch.

Zum erstenmal seit Monaten verspürte er etwas, hatte er ein richtiges Gefühl in den Knochen, und ein kleines verkniffenes Lächeln huschte ihm übers Gesicht.

Er ging zurück in seine Zelle und sah sich den Druck an.

Mit einigen geschickten Federstrichen hingeworfen, kauerte das Tier auf einer ansonsten leeren Steppe, muskelbepackt, den Kopf gedreht, als wittere es seine Beute, die winzigen Augen, in denen die Blutgier pochte, schwarz und verschlagen. *Lion tourné vers la gauche, la tête levée* von Delacroix, der den Hals, wie Richard bemerkte, gut hingekriegt hatte.

Tja, Löwen.

DANK

Der Autor bedankt sich bei folgenden Freunden und Kollegen für ihre Hilfe und entbindet sie gleichzeitig von jeder Verantwortung für Irrtümer und Auswüchse. Neben den bereits in der Widmung erwähnten – Mike Hill, Bob Lopez, Steven Wigler, Lenne Miller und inbesondere Weyman Swagger –, die mir mit Rat und Tat zur Seite standen, als ich es am dringendsten brauchte, gilt das auch für Steven Woods, Pat McGuire, Floyd Jones, Jean Marbella, John Feamster, Mike Mayo, Jim Horan und die ungezählten guten Leute aus Oklahoma, die mir während des wochenlangen Herumlungerns in ihrem Staat mit so unverdrossener Höflichkeit und Gastfreundschaft begegnet sind.

Die wahre Heldin dieses Buches ist – mit wackerer Unterstützung meines Lektors David Rosenthal – Esther Newberg, meine Agentin bei ICM; beiden ein besonderes Dankeschön dafür zu »kapieren«, worum es ging. Meine Frau Lucy kümmerte sich wie immer um Abwasch und Rechnungen, damit ich den Staatspolizisten aus Oklahoma und einen beinharten entflohenen Sträfling spielen konnte, was viel spaßiger ist als Abwasch und Rechnungen; meine Kinder – das heißt, inzwischen sind Jake und Amy bereits Teenager – wußten sich derweil halbwegs zu benehmen.

Schließlich sollte ich noch anmerken, daß dieses Buch, trotz meiner Darstellung einiger Behörden des Staates Oklahoma – namentlich der Highway Patrol, des Landeskriminalamts und der Staatlichen Gefängnisverwaltung – durch und durch Fiktion ist und in keiner Weise ein schlechtes Licht auf deren Leistungen werfen soll.

×

KAT CANTRELL

Conquise par son rival

INTÉGRALE

ENCEINTES DE LEUR RIVAL

Traduction française de
TATIANA ANDONOVSKI

SAGAS

HARLEQUIN

Collection : SAGAS

Titre original :
THE CEO'S LITTLE SURPRISE

Ce roman a déjà été publié en 2017

HARPERCOLLINS FRANCE
83-85, boulevard Vincent-Auriol, 75646 PARIS CEDEX 13
Service Lectrices — Tél. : 01 45 82 47 47 - www.harlequin.fr
ISBN 978-2-2804-5023-2 — ISSN 2426-993X

Composé et édité par HarperCollins France. Achevé d'imprimer en février 2021.

par CPI Black Print - Barcelone - Espagne

Dépôt légal : mars 2021.

FSC
www.fsc.org
MIXTE
Papier issu de sources responsables
FSC® C159065

Pour limiter l'empreinte environnementale de ses livres, HarperCollins France s'engage à n'utiliser que du papier fabriqué à partir de bois provenant de forêts gérées durablement et de manière responsable.